Lies of Love

爱的谎言

王 颖 ｜ 著

（上）

台海出版社

图书在版编目（CIP）数据

爱的谎言：全2册/王颖著.—北京：台海出版社，2017.8

ISBN 978-7-5168-1515-1

Ⅰ.①爱… Ⅱ.①王… Ⅲ.①长篇小说-中国-当代 Ⅳ.①I247.5

中国版本图书馆CIP数据核字（2017）第189546号

爱的谎言

著　　者：王　颖	
责任编辑：高惠娟	装帧设计：天下书装
版式设计：天下书装	责任印制：蔡　旭

出版发行：台海出版社
地　　址：北京市东城区景山东街20号　邮政编码：100009
电　　话：010-64041652（发行，邮购）
传　　真：010-84045799（总编室）
网　　址：www.taimeng.org.cn/thcbs/default.htm
E-mail：thcbs@126.com

经　　销：全国各地新华书店
印　　刷：三河市人民印务有限公司
本书如有破损、缺页、装订错误，请与本社联系调换

开　　本：710mm×1000mm　　1/16	
字　　数：300千字	印　　张：30
版　　次：2018年9月第1版	印　　次：2018年9月第1次印刷
书　　号：ISBN 978-7-5168-1515-1	

定　　价：68.00元（全2册）

版权所有　翻印必究

第一章
这个伪君子,他居然用谎言欺骗了我这么多年
/ 001 /

第二章
烽火狼烟遍地起,一场家庭保卫战就要开打
/ 027 /

第三章
做女人可怜,做小三的女人更可怜
/ 052 /

第四章
披了六年羊皮的狼,终究还是一只狼
/ 081 /

第五章
优雅的放弃,掩盖不了美丽的谎言和人性的自私
/ 105 /

第六章
登堂入室修成正果小三变正妻,结局却是那么乏味和无聊
/ 130 /

第七章
要区别精品男人和劣质男人,挑选"床上用品"不能不慎重
/ 155 /

第八章
一个高大英俊的男人,此时泪眼婆娑,令人心碎
/ 185 /

第九章
鬼使神差与甄鹏假结婚,我弄不懂自己是伟大还是无聊
/ 208 /

第一章 这个伪君子,他居然用谎言欺骗了我这么多年

我原本不想去参加那场婚礼——虽然那是我的闺蜜曼婷的婚礼。我自以为是地想:结婚是两个人的事情,何必给别人派罚单?哎呀,我忘记了几年前自己也曾经得意扬扬地给人派过罚单,并大秀过幸福!

那时候我很猖狂,生怕自己的幸福天底下有人不知道。

现在,我是个围城里的女人,虽然说不上蓬头垢面,却也素面朝天,上班、带孩子,和丈夫卿卿我我,早已经忘记了自己,就算是曾经的闺蜜也疏远很久了。拜托,就连接电话,我也是草草应对两句,便匆匆挂断,对不起,菜煳在锅里了!

庸俗,就是我现在的生活,将这种生活进行到底,我就是个平凡而幸福的女人。女人们奔向围城,不就是为了过这样的日子吗?

然而,就是在这场我本不愿意参加的婚礼上,发生了我从未料想过的一幕。

热闹温情的婚礼,喜气洋洋的宾客,突然,这一切被打破了。我看到两个孩子冲过去,分别抱住了一个男人的两条腿,争先恐后地喊"爸爸"。

不错，是在叫他"爸爸"，那个女孩子，千真万确，是我的女儿璇璇，那个男孩子，我却不认识，小家伙也不像是开玩笑的样子！

世界上不可能有两片完全相同的树叶，就像不可能有两个朱德义。可是那身高，那体型，那眉眼，那衣服，那双鞋——那双法国都彭男鞋——是我花了一个月工资买的，他确定是我的丈夫朱德义。

我瞬间石化，如置梦中。是上天在惩罚我吗？

"欣瑜！"可能是看到我可怕的表情，朱德义叫了我一声。他动了动腿，无奈被两个孩子抱得紧紧的，动弹不得。见此情景，我不由自主抽了抽嘴角，冷冷地笑出了声。

我一步一步慢慢走过去，蹲下身细细端详起来。这孩子的眉眼和朱德义像一个模子里刻出来的。不祥的阴云布满了整个天空，可我还是故作镇静，看着朱德义的脸。他突然间变得那样陌生，脸上的表情变化莫测，是在哭，还是在笑？

"他是谁？"

朱德义动了动嘴，却失声了。

"他是谁？"我的声音在颤抖。

依旧没有回答，我恍惚了，推了推朱德义说："这孩子我喜欢，你不说哪儿来的，我可带回去了啊。"

我笑着，我能确定自己的笑容依然迷人。

朱德义手足无措起来，结结巴巴说不出一句完整的话。从他慌乱的神情中，我似乎看清了一切：我的丈夫朱德义，不仅仅是我女儿朱艺璇的爸爸，还是眼前这个小男孩的爸爸。可这小男孩不是我儿子，我没生过他，也没见过他。

两个孩子的哭闹声已经惊动了诸多宾客，酒店大堂里顿时安静下来，宾客们静静期待这一场好戏。他们可真有眼福，这个劲爆的场面可比曼婷的婚礼别致多了。

我感觉被命运捉弄了,不,是被上帝惩罚了,但是,他老人家又凭什么惩罚我?上帝一定是打盹了,事情才乱套了!

正当我想把璇璇拉到我身边的时候,一个女人风一样地冲过来。她扫视了一眼人群,突然指向我,继而走向朱德义,问他:"她是谁?"

朱德义低头沉默。

"她究竟是谁?"女人的嗓门瞬间提高八度。

"妈妈——"璇璇喊了我一句。我很想理直气壮地告诉来人,我是朱德义的妻子,可是,我动了动嘴,什么也没说。

女人冷笑了一下看看我,然后指着朱德义低头问璇璇:"告诉阿姨,他是谁?"

"他是我爸爸!"璇璇声音响亮。

女人凄厉的目光投向朱德义,朱德义不置可否,低下了头。

女人瞬间就疯了,反手就给朱德义一巴掌:"那么我呢?"

朱德义的脸立刻泛起五道红色巴掌印。他慢慢抬起头来,对女人说:"璐璐,对不起,她……是我的合法妻子。"

这时候,一身婚纱的曼婷从人群外挤进来,慌张地问朱德义:"佳璐姐,姐夫,怎么了?"

女人看起来很生气,胸脯一鼓一鼓,满是怒容。她很想说点什么,却欲言又止。她眉头紧蹙,对着曼婷摇摇头,然后眼一红,头一低,钻出了人群,回头看了一眼朱德义:"你,你……"

曼婷焦急地问我,"欣瑜,这究竟是怎么一回事?"

我动动嘴,眨了眨眼,尽量装作若无其事地回答:"没事,家里事。没事了,别为这点小事影响了你的大事。"

我呆立在原地,浑身没有丝毫力气。我很想顺势躺在地上,可是理智告诉我我必须站着,稳稳当当地站着!

可是我的大脑一片空白,我端起身后桌子上的酒,不由分说泼向朱德义，可我的手刚挥到半空中，就被一只极有力的大手攥住了。

"这么好的酒，不该浪费，应该喝掉它，庆祝你看清了这个男人的真面目，嗯？"顺着声音我抬起头，一张俊美却沧桑的男人的脸出现在眼前，他如剑的眉峰向我传递一个信息，这个人是站在我这一边的。他单挑了一下眉毛，又拿起一杯红酒，在我的杯子上响亮地碰了一下，说："来，我陪你喝一杯。"

他一饮而尽，我也冷静下来，机械地举起酒杯一饮而尽。

男人又说了一句："我知道，你输得起！"

是，我输得起，也必须输得起！我竟一滴眼泪也没有掉，大大方方背起自己的背包，朝人群笑了笑，又轻松地对朱德义笑笑说："怎么？不想走？还嫌曼婷的婚礼不够别致？"

璇璇和小男孩依旧不肯撒开朱德义，他们都眼巴巴地抬头看着他，生怕一撒手，爸爸就被对方抢跑了。

曼婷似乎看明白了一切，她把头转向朱德义，义愤填膺地说："姐夫，你居然是这种人！"

随后，曼婷把我拉到一个没有人的角落里说："欣瑜，你确定这个是男人是你的丈夫？"

我耸耸肩摊摊手，说："可惜我婚礼的时候你没能参加，如果参加了，你就提前认识你表姐夫了。对了，你表姐就是你经常提起的秦佳璐？"

大学期间，曼婷没少提秦佳璐，说她长得好，家世好。

曼婷点点头，我抱歉地笑笑："对不起，曼婷，你大喜的日子就这样被我搅和了。"

曼婷叹了一口气说："这是演的哪一出啊，亏你还笑得出来！你先去我家吧，我找人送你去。"

璇璇扑向了我，可是我已经心乱如麻，没有半点力气，曼婷伸手拉过璇璇，温声说："孩子就先留这里，有朱德义在。"接着曼婷招呼过来一个男人，把我交给他，又轻轻拍拍我的肩膀，就拉着璇璇走到了朱德义身边，意味深长地看着他。

尽管我努力地支撑着，可是全身实在没有力气，我一次次告诉自己，必须表现得无所谓，很无所谓！可是身体还是不争气，我被这个陌生的男人揽住腰，靠在他身上，他用力撑住我，尽量让我保持直立。我们走出酒店，男人很熟练地打开一辆灰色威志车，把我塞到后座。我像个机器人一样一动不动，车子刚刚发动，我就从后视镜里看到自己苍白的脸，我像是被人偷窥了心事一样，急忙躲闪。我发誓，我不再流眼泪，朱德义，他不配！

开车的男人转过头来，温柔地对我说："躺一会儿吧，到了我叫你。"

我连声谢谢也懒得说，就躺在后座上，可是我的胃开始痉挛。我用手捂住胃，忍受着眩晕感，过了一会儿，我实在控制不住了，说了句："我想吐！"

车子停了下来，男人迅速下车，开门，再上来，我没忍住，转眼间，男人的西裤上随处可见斑斑点点的污渍，我居然没有一点不好意思，如果我是他，一定会捂住口鼻，一脚把这个呕吐的家伙踢下车，要么干脆自己跳下车。可是，我感到后背有一只手轻轻地拍打，传入耳膜的是一声叹息。

当我重新睁开眼睛，我已经躺在一张干净的床上。环视四周，那张《罗密欧与朱丽叶》的剧照提醒我这是在曼婷家里。大三的时候，学校声乐系组织排练了音乐剧《罗密欧与朱丽叶》，本来我是女一号，没想到在一次排练中突然受伤，曼婷代替了我。

海报唤起了美好的回忆，那时的我们多么单纯，每天除了快乐地唱歌就是愉快地跳舞，四年大学，我曾经拒绝了多少男孩的执着追求，四年之后，我居然变成了遭遇小三的弃妇！更可笑的是，那个男孩的年龄告诉我，朱德义在我们的新婚第一年就已经出轨！

"你醒了啊？"房间里传来一个男人的声音。我抬头一看，看到一个高大英俊的小伙子，他灿烂的笑容让我突然感觉之前见到的所谓帅哥都是浮云，我还没见过如此令人动容的笑，他的笑令我暂时忘记了一切烦恼。

帅哥穿着一件白色的睡袍，这是一件极为合体的睡袍，我忍不住问："你是曼婷的弟弟？"

听曼婷说过她有个帅得一塌糊涂的弟弟。

"你现在最重要的是喝一碗粥。"他轻松地笑笑，把手里的小瓷碗递给我。

"你到底是谁？"

他哈哈大笑起来，转身坐在床边的椅子上："看来我……我们的担心是多余的，你并没有多么受伤。"

我笑，然后说："受伤？我受什么伤？你也看到了，人家的儿子说不定比璇璇还大呢？如果那样的话，受伤的女人不应该是我吧？即使那个女人在我之后，那说明朱德义从来没有爱过我，那我还值得为他糟蹋自己吗？"

我为自己的强词夺理庆幸，我还能把我丈夫冒出个儿子的事说得像天气那样轻松！

一阵轻松的大笑过后，他简单地介绍了自己，他说："我叫欧阳云翳，和曼婷在同一所高中教书。这么说吧，大学期间你和陆曼婷一起泡了四年，我和她在这个屋子里一起吃住了四年，你对我来说已经不是陌生人，曼婷整天念叨的就是她老公和蒋欣瑜！"

我突然有些愧疚，走出校门后，我很少和曼婷联系，每次她要煲电话粥，我都要以做家务、看孩子为由拒绝，久而久之，我和曼婷的通话就越来越少了。没想到，曼婷还是喜欢把我挂在嘴边上。我有些感动，泪花在眼里闪烁。我轻轻地笑笑说：

"你就是她传说中的合租对象啊，看来你下手太慢，被哥们儿捷足先登了吧？"

欧阳并没有生气，淡淡地笑笑："谢谢你夸我，我也谢谢陆曼婷没对我下毒手。告诉你个秘密啊，陆曼婷的性别，直到今天她穿上婚纱我才真正确定了！哈哈！"

曼婷的性格是有些男性化。见过嘴巴狠毒的，但没见过嘴巴如此狠毒的。不过我没心思和欧阳贫嘴，趁他转身之时，攥起拳头在他后脑勺比画了一下，不承想被他发现，我连忙假装捋头发，白痴似的笑了两声。欧阳意味深长地说："物以类聚啊，没想到我和这类物种还真有缘！"

我清了清嗓子，双手抱拳戏谑道："谢谢你送我回来，救我于危难之时！"

有人敲门，朱德义站在门外，他先是上下打量一下欧阳云翳，然后就不请自进。

"朱先生，您搞搞清楚，这是谁的家？"欧阳云翳毫不示弱，他的一只手扶在墙上，挡住朱德义。

朱德义轻蔑地笑了笑，说："是你家又怎么样？我是来找我老婆的。"

"你说什么？我没听清楚，麻烦您再说一遍？你说她是谁？"欧阳云翳冷冷地看着朱德义。

我已经倒了一杯水，尽管我心里惦记着璇璇，很想知道朱德义把璇璇放到哪里了，但我还是忍住，顺手拿起遥控器，假装漫不经心地调台。

朱德义再次上下打量欧阳云翳，然后他愤怒地喊道："你是谁？你们俩为啥穿成这个样子？！"

朱德义气急之下，一把揪住了欧阳云翳的衣领。我无法阻止这个场面，或者说根本不想去阻止。既然欧阳云翳愿意为我出头，他的行为确实也令人大快人心，何乐而不为呢？我假装没听见，从茶几底层拿了茶壶，准备给自己泡点茶。

欧阳云翳一巴掌，落在朱德义脸上。朱德义还没反应过来，欧阳云翳就又过去一巴掌，朱德义被打翻在地，嘴角立刻渗出鲜血。

"第一巴掌教训教训你，回去重新查查字典，什么叫老婆？什么样的人才配当老公？第二巴掌是让你学会尊重别人，尤其是尊重女人！"

看到朱德义嘴角的鲜血我竟然异常兴奋，我端起一杯茶，起身走到朱德义面前笑着说："恭喜你，终于传宗接代了！不，恭喜得晚了，你早就为你们朱家延续香火了，快打电话告诉你妈吧，她老人家一定高兴死了！"

朱德义两手扶住我的肩膀说："欣瑜，你听我说，不是你想的那样，你听我解释好不好？"

我低头看了看朱德义的手说："把你的手拿开！"

朱德义愣了一下，松开双手，像是被霜打的茄子。

欧阳云翳正义愤填膺地瞪着朱德义，我说："云翳，你先休息去吧，有事我叫你。"

我也不知道为什么叫他"云翳"，当着朱德义的面我就想这样称呼他，我想看朱德义不知所以然、气急败坏的样子。果不其然，朱德义再次火起，他拉着我的胳膊。

"放开！"我大声吼道。

朱德义松开手，我若无其事地退回到沙发上坐下。朱德义先我一步端起茶杯，仰起脖子喝起来。

我再次冷笑："果然是出息多了，茶杯都可以随便用，更何况其他东西。"

"你别打岔！你和那个男人什么关系？"朱德义抹了抹嘴角的水珠，"欣瑜！我知道是我对不起你，可是你也不能学现在的小姑娘这么随便吧？"

"呵呵，现在的姑娘是够时髦的，跟别人的老公上床都不算什么，动不动连孩子都生，你说我是不是特别跟不上时代发展啊。"

朱德义被气得眼珠子都绿了，他强忍住怒火踱起步来，又从上衣口袋掏出一支烟，点燃后吸了几口，继续说："好，你打算怎么办？"

看到朱德义的打火机，我再次失神，那是我送给他的生日礼物——Zippo 限量版打火机，上面雕着我的照片。我不得不佩服朱德义，整天和那个女人生活在一起，还敢随身携带印有我照片的打火机，我真不知道是朱德义疯了，还是这个世界疯了。

"给我时间，我尽快处理好，可是在这之前，你能不能住到咱们的房子去？我求你别住在这里。"

朱德义这番话确实令我感到意外。我原以为，他肯定会说，条件随便提，只要签字就行，然后苦苦哀求我别抓着他不放，毕竟那个女人为他生的是男孩儿，他爸妈盼孙子都盼疯了。

"朱德义，希望你能如实回答我。"

朱德义脸上显然有惊喜之色，他说："你问，我保证如实回答。"

"那孩子几岁了？叫什么？"

"四周岁，叫朱承安。"

"你是先认识我还是先认识她？"

"我和她只是个意外，请你相信。"他眼神焦虑地看着我。

"你先认识的是我还是她？"我加重语气。

"你。"

"你给她买了房子？"

"没有，我们住的是她的房子。"

"你爱她吗？"

"我更爱你。"

这几个问题问出来，我突然很平静，男孩四周岁，比璇璇小半岁，也就是说，在我们结婚第一年，朱德义就背叛了我。不管他爱不爱那个女人，那个四岁的男孩总是抹不去的事实。我确定，即使朱德义放弃那娘儿俩回到我身边，我也不能接受。

"欣瑜，我不能没有你！"朱德义眼圈红了，他试图抱住我，我抬抬手挡住他伸过来的胳膊。

"对于一个没有结婚就肯为你生孩子的女人，你不能这样残忍，真的不能。"

"可是，我爱的人是你！请你相信我！"他的话说得那么理直气壮，就好像他说爱我，他就显得多么高尚，他的语气真的很可笑。

"我没那么伟大，会把老公轻而易举让出去，可是我不得不遗憾地告诉你，我非常庆幸认识到你的真面目。你也别担心我会很难过，离开你，我会过得很好。"

"欣瑜，你别说气话，我离不开你，我不能没有你！"

我慢慢走进卧室，把门栓插好，眼泪终于汹涌而出，原来我不是如我说的那样不在乎。我踉踉跄跄地走到床前，拉起被子蒙住头，昏天暗地地哭起来。

不知过了多久，门被打开了，曼婷和璇璇出现在客厅。璇璇看见我，一头扎进我的怀里。

我的眼泪再一次不争气地流出来，我走进卫生间，不停地用水冲刷脸颊，可是，不争气的眼泪还是一遍又一遍流淌。

曼婷把我拉在沙发上："欣瑜，看着我，有话就说出来，想哭就哭出来。"

刚接触到曼婷的目光，我所有的伪装一下子坍塌，眼泪再次决堤，同时，我看到曼婷的眼里也饱含了泪水："傻瓜，难道你以为那个小三是我表姐，我就不和你一条心了吗？欣瑜，你这样让我很伤心。"

我擦了擦眼泪说："其实真的没什么了，我已经做出决定了，我决定放弃。"

"不战而降？这可不是你做事的风格！"曼婷瞪大眼睛，疑惑地看着我。

我的脑子突然无比清醒，这场对弈，我根本就没有参战的欲望："其实，我不是不想参战，也不是不想赢，是因为我知道，这样的局面对于一个已婚女人来说，已经彻底地输了。我可以既往不咎，也可以不计前嫌抹去朱德义和你表姐的过往，可是，那个小男孩总不能说抹去就抹去吧？有些事，不是我们想的那么简单，输了就是输了，有时候认输比打得头破血流的赢光彩。"

"你想好了？"

我肯定地点点头。

"池塘的水满了，雨也停了，田边的稀泥里到处是泥鳅⋯⋯"欧阳云翳的卧室里传来璇璇稚嫩的歌声，还有清脆悦耳的钢琴伴奏。

"谁在弹琴？"我疑惑地问曼婷。

之所以这样问，是因为钢琴声听起来太专业了。不对，不仅仅是专业，是非常有特色、带有独创性的伴奏。

"人家可是到国外留过学的，他的钢琴水平，国内能超过的屈指可数，我们学校领导当财神爷供着呢。"曼婷竖起大拇指说。

正说着，欧阳云翳牵着璇璇的小手从卧室走出来，璇璇像一只快乐的小鸟，蹦蹦跳跳来到我跟前，她拉着我的衣角撒娇说："妈妈，我要跟叔叔学钢琴，叔叔说我好有音乐感觉呢，是不是，叔叔？"

我突然有些窘，想起刚才朱德义在的时候，我还拿人家当炮灰，还真是觉得难为情。

今天是曼婷大喜的日子，眼看傍晚了，说什么也不能耽误她。听见曼婷的手机铃声，我猜电话是她老公打来的。就推着曼婷到门外，又递给她外套。隔着门，曼婷又啰唆了两句才肯走。

"妈妈，爸爸让我跟着他去那个小坏蛋的家，我没去。爸爸还让那个小坏蛋叫我姐姐，我才不要他当我的弟弟呢。妈妈，你说璇璇做得对不对？"璇璇眨了眨眼睛看着我，我笑了笑，没有说话。璇璇又说："抢别人的爸爸，难道那位阿姨没有教过他不许随便抢别人的东西吗？"

璇璇的话再次戳到我的痛处，我哽咽了一下，眼泪差点出来。这时，欧阳云翳把璇璇拉到他身边："璇璇真是个好孩子，可大人的事，小孩子不可以随便问哦。来，叔叔带你出去吃饭，想吃什么，告诉叔叔。"

"叔叔，我要吃肯德基！"璇璇高兴地跳起来。

"欣瑜，不介意的话，我请你吃个饭，算是我们正式认识。"

"你太客气了，我应该请你才对，我刚来，就给你添麻烦。"

"我看你很没情绪，要不我带璇璇去吃肯德基，待会儿给你带点吃的来，你在家洗洗澡，休息一下吧。"

我看见璇璇朝我吐舌头，感到身心疲惫，也就不再客气："有机会请你吃饭，今天确实累了。"

我很虚荣，既然婚姻已经无法挽回，我不想看到朱德义把离婚协议书放到我面前，所以，欧阳云翳和璇璇一出门，我就找到纸和笔起草了一份离婚协议书。其实，写这些没什么困难的，我只要璇璇就可以，在S市我是和璇璇的爷爷奶奶住在一起的，房子是老人的，至于H市那套两居室，是朱德义用他的工资按揭买的，我们有一些存款，都是朱德义存下来的，我的工资除了我和璇璇的生活费，都搭进了家里的日常开支。

放下笔我才发现，原来我一直认为自己很幸福，但除了璇璇之外，其实我真的一无所有。

我刚给自己倒了一杯水，就接到学校领导的电话，通知我开学一周后参加全省公开课评比。

离开学还有两三天,也就是说从教案设计到讲课只有七八天的时间,我必须好好准备。想到此,我拨打了快递员的电话,并发了条信息给朱德义:协议书已经寄出,注意查收。

欧阳云翳帮我订了一份肯德基宅急送,这令我很感动,这个男人真心细,不过我不能再麻烦他了,我决定第二天一早就回S市,忘掉一切,全力准备公开课。

欧阳云翳是抱着璇璇进屋的,打开防盗门,就看见他灿烂的笑容。

"快点把床铺好吧,路上就睡着了,小丫头沉甸甸的。"

我看到璇璇的嘴角还有面包碎屑,就去卫生间拿毛巾。刚回到卧室,就看见欧阳云翳正给璇璇脱袜子,我不好意思地说:"别忙了,我来吧,你一定累坏了吧。"

欧阳云翳笑着说:"我从小就喜欢小孩儿,璇璇这么可爱,当然更喜欢。"

我一边给璇璇擦脸,一边漫不经心地说:"喜欢孩子,那还不赶紧结婚生一个?"

"那也要有女朋友啊。"欧阳云翳有点不好意思。

"看你还是别忽悠我了。"我不由自主摇摇头,对他的话表示充分怀疑:"我算是知道现在的男人都啥样了,就拿我老公来说吧,我都生了璇璇,人家在外面还是单身呢。"

欧阳云翳安慰我说:"人生很多事情都很难预料,这个坎儿,很快就会过去的。"

欧阳云翳帮璇璇掖好被角,走出卧室前伸出拳头做加油状,我突然感觉很温暖。

到现在我也不明白,人和人之间的感情为什么如此经不起考验,欧阳云翳和我萍水相逢,就可以对我和璇璇这么好,朱德义可是我的老公啊,我们结婚五年多,他是那么喜欢璇璇,怎么可以和别的女人生孩子呢?

我为什么不能原谅他呢?很多出轨的男人,他们的老婆不都是忍了吗?可是,只要想起那个和璇璇差不多大的小男孩儿,我的心就无以复加地痛。我知道,我和朱德义再也回不去了。可是,我真的有些想不通,我到底哪里不好,他居然做出这样的事。

想了一夜,终是想不明白,索性就不再想,日子还是要过的,我阻止不了任何事情,就像我阻止不了天亮。我多么希望黑夜就这么黑下去,不用见任何人,就这样在一个房间独处,可是,天,还是亮了。

为了回报欧阳云翳的帮助,我打算准备一顿丰盛的早餐。打开冰箱,如我所料,只有几个鸡蛋和牛奶,没有任何可以熬粥的粮食,真不知道他们是怎么过日子的。拿了曼婷昨天留给我的钥匙,我出门买东西去了。

出小区向右走大约五十米就是菜市场。这一年的正月比往年冷,我却丝毫没有感觉,看着忙碌的人群和讨价还价的人,突然感觉生活很真实,很多事情都是浮云,只有柴米油盐才是真真正正的日子。

我最拿手的早餐主食就是鸡蛋灌饼,因为朱德义喜欢吃鸡蛋灌饼,为了让他吃到卫生又可口的早餐,我反复试验才独创出来的。有一次和朱德义的朋友吃饭,他很骄傲地说:"有机会来我们家吃朱氏鸡蛋灌饼啊,我破纪录一顿饭吃了六个!"当时朋友还打趣说:"弟妹,你做的是名副其实的猪食啊,小心把他养成真正的肥猪!"

往事历历在目,我的眼里泛起了泪花,不过,我很快就把注意力转移到做早餐上。一小时的工夫,夹着生菜、泛着植物油花的鸡蛋灌饼就端上了餐桌,我还做了最拿手的皮蛋瘦肉粥,我兴高采烈地看着自己的劳动成果,刚想去敲欧阳云翳的房门,一抬头,他正靠在卧室门口看着我。

他的出现吓了我一跳。他一边向我走来,一边笑着说:"唉,曼婷和你一起四年也没受一点熏陶，每次她说要做饭，先不说我能不能咽得下，每次张超凡都恨不得跪下来求她饶命。女人和女人真的不一样啊！"

说完，他一边摇头叹气，一边走进卫生间。

我笑了笑说："你不怕我向曼婷打小报告啊。"

璇璇揉着眼睛走出卧室，她的心情还算不错，这令我感到欣慰。愉快的早餐时间很快就过去了，我简单收拾了一下就向欧阳云翳告辞，他并没有感到意外，说：

"我大概能猜到你的决定，不管怎么样，我都支持你，希望你把我当成朋友。璇璇天分很好，希望她能跟我学琴，我义务教她，希望你认真考虑一下，能遇见这样的孩子，真的很不容易。"

能看出欧阳云翳的真诚，我连连点头，说："我会认真考虑的，太谢谢你了。"

拉着璇璇的手，我不知道该如何踏进家门，可是，我必须进去。令我万万没想到的是我按下门铃，打开门的却是一个女人，那个叫秦佳璐的女人。

"妈，璇璇回来了。"秦佳璐打开防盗门，刻意拉长声音。

我并没有理睬她，径直走进屋。婆婆看见我，表情很复杂，她先是尴尬地笑笑，脸上掠过一丝愧疚。为了掩饰慌张，她连忙走过来，接过我的包说："欣瑜啊，怎么德义没和你一起回来？"

还没等我说话，那个叫秦佳璐的女人连忙接过话茬儿，说："妈，不是告诉您了吗？德义很忙，他叫我先回来给您看看孙子。"

这个女人的气势很是嚣张，丝毫不把我放在眼里，她像是一个斗志昂扬的战士，随时准备向我发起进攻。可是，我丝毫不想迎战。

婆婆没有正眼瞧她，压低声音，淡淡地说了句："谁是你妈！我问你了吗？"

秦佳璐并没有因为婆婆的冷淡而闭嘴,她上前两步,拽过那个男孩子说:"安安,快过来,姐姐回来了,你还不打个招呼?"

这时,我看到安安手里正在玩璇璇的遥控汽车。璇璇三步并作两步,上前就从安安手里抢过遥控器,她怒气冲冲,噘着小嘴儿嘟囔:"你敢抢我的爸爸,还想抢我的遥控车!"

小男孩儿也不示弱,撒开腿以最快的速度跑到遥控汽车前,一脚就踩下去,接着又是第二脚,第三脚。遥控汽车在极短的时间内就支离破碎,小男孩儿却得意地笑了,像是打赢了一场胜仗,他瞪了一眼璇璇,得意地说:"不让我玩儿,你也别玩!"

璇璇哪里这样被人欺负过,"哇"的一声就哭出声来。她一边哭,一边跑到奶奶跟前,抱着奶奶的腿诉苦:"奶奶!我不喜欢他,让他从咱们家出去!"

婆婆看了看我,面带难色,她蹲下身,低下头,抱住璇璇说:"璇璇啊,别哭了,改天奶奶给你买一辆新的,好不好?不过,璇璇是姐姐,以后要让着弟弟,知道了吗?他是你的弟弟,奶奶以后不能偏心哦。"

婆婆的话令我很不舒服,不过想想也很正常,她盼孙子心切,这会儿有现成的大孙子送上门,她自然是喜出望外。对于朱德义,我都不计较,何必为难老人呢?

没等我把璇璇拉过来,那个女人又开口了,她说:"璇璇啊,奶奶说得对,你在这个家娇生惯养好几年了,现在有弟弟了,就要让着弟弟,知道吗?"

听见这话,我气不打一处来,连忙从婆婆手里拉过璇璇,说:"璇璇,平时妈妈是怎么教你的,不让你和野孩子打架,以后看见野孩子就要躲远点儿,知道了吗?"

"你……"秦佳璐被气得一句话都说不上来。不过,她很快调整状态,得意地拉长声调说:"安安,你要多少汽车,你爷爷奶奶会不给你买?你可是朱家长孙啊,将来要延续朱家的香火的。"

秦佳璐趾高气扬的样子实在令人无语,这时,公公从卧室走出来,他推了推老花镜,先是叫了一声璇璇,然后对着婆婆和秦佳璐厉声喝道:"璇璇是我们朱家明媒正娶的儿媳妇生的孩子,还轮不到外人在这里撒野!"

客厅里顿时安静下来,婆婆也被吓得够呛。我和公公婆婆一起生活了将近六年,从来没有见过公公发这么大的火。公公是从S市教育局副局长的位置上退下来的,S市是个县级市,他算不得大官,可是工作严谨,为人清廉,得到上上下下一大帮人的好评。

公公拉着璇璇的手,走到沙发前坐下,义正词严地说:"我活了这么大岁数,虽然不是什么大官,但是大小也算个领导;我们朱家也算不上大户人家,但是,我敢肯定从来没有发生过如此败坏门风的事。德义这样的行为,我绝不允许!秦小姐,我不管你和德义是什么关系,我也不管这个孩子究竟是不是我们家德义的,我只有一点肯定地告诉你,我们只承认欣瑜是我们的儿媳妇。你们年轻人的事我也不管,你们如果真的有感情纠纷,请你们自己去解决!老伴啊,送客!"说完,公公就向卧室走去。

显然,婆婆对公公的态度很不满,但是她也没敢反驳,先是不由自主瞪了公公一眼,继而转身对秦佳璐说:"不好意思啊,你初次登门就被……老头子就这脾气,我看……"

秦佳璐从容地笑了笑,就连忙拉起安安的手,说:"妈,不怪爸,是我太冒失了,改天我和德义再一起来看您,妈,我先走了啊。"

说完,秦佳璐就带着安安走出家门。

这时,公公已经换好外出的衣服,提高声调对璇璇说:"璇璇,快去让你妈妈帮你围围巾、戴帽子,咱们出发!"

璇璇兴高采烈地一边向我摆手,一边高兴地喊道:"买汽车去喽!"

在回S市的路上，我已经决定带着璇璇去我妈家先住几天，等找好房子，再正式从朱家搬出去。公公的良苦用心我明白，他是想安慰我，也是想表明他们的态度，无论怎样都会一如既往地疼璇璇。可是，傻子都能明白，公公婆婆无论多么喜欢璇璇，也不可能把安安拒之门外，儿媳妇没有亲、后之分，可是孙子就是孙子，血脉亲情是什么都无法替代的。

"璇璇，咱们不是说好去看姥姥吗？你忘了，我和姥姥已经说了哦！"我很礼貌地对公公说："爸，您看真是不巧，我在路上就和我妈说好了，中午过去吃饭。"

公公叹了口气，扬了扬手，说："去吧，去吧。"说完，他摇摇头又向卧室走去。

婆婆对我不生二胎一向不满，这一点经常在一些芝麻小事上体现出来，有时候谈话内容离该话题十万八千里，不一会儿她也能绕到生孩子的问题上来。朱德义为此表示强烈抗议，有一次，他被叨叨得不耐烦了，大声呵斥婆婆道："妈！欣瑜是个知识女性，她有她的事业，不是生孩子的机器！"

那一次，婆婆被气得一天没吃饭，干干地坐在沙发上骂了朱德义一天一夜，后来还是我替他道了几次歉才算完事。虽然璇璇由公公婆婆帮我带，但我还是没勇气生二胎，现在拉扯一个孩子花费太多，我和朱德义都是工薪阶层，总觉得负担不起。再说了，我如果再生个女孩儿呢？难道还要生第三胎不成？说到底，我的骨子里非常排斥用生孩子的方式来讨好老公和公婆。

三年前，朱德义从S市调去H市做领导秘书，他突然忙起来，S市到H市只有一个多小时的车程，可是他由两三天回来一次，到后来一个月才回来一次，当然，节假日他会接我们娘儿俩去H市。

他忙起来的主要原因还有一个，说是在外面和朋友做生意，具体情况我没多问,我想不让家里掏钱下本的生意能有多大?他能挣个零花钱就不错了,所以也没放在心里,不过后来,他开始给我零花钱了,我猜他的生意还是做得不错的。我一直认为朱德义是个非常靠谱的男人,我也不像别的女人那样恨不得把老公拴在裤腰带上,现在看来,是我给他的自由过了火。

婆婆一边帮璇璇拿围巾,一边又像以往一样不厌其烦地数落我:"欣瑜啊,我怎么说来着?我们家德义那么优秀,他就是不勾引别人,也架不住女人往上贴啊。你看看那个秦佳璐,一看就是拆迁办主任,长得一副小三样,你争点儿气,把德义抢回来,也把我那大孙子一起抢回来!妈支持你!要说喜欢我当然还是喜欢你,你除了没生儿子这一条,做儿媳那是没得说!听妈的话,和那个什么璐璐战斗到底……"

我不禁暗笑,婆婆成天和跳广场舞的大妈八卦,还真变得越来越时髦了,连小三和拆迁办主任这样的词都会用。不过,我对她出的主意一点都不动心,笑笑说:

"谢谢您啊,让您跟着我们操心了,同时也恭喜您,多年的梦想终于成真了。我想我没有和别人抢老公的兴趣,她要是喜欢您儿子,您就成全她吧,我不会怪你们其中的任何人。"

璇璇已经穿戴整齐,我带着她直接到了学校宿舍。把几件换洗的衣物放好后,才到我妈家吃午饭。傍晚,我又带着璇璇回到学校。

到了学校门口,璇璇说什么也不肯进去,她疑惑地看着我问道:"妈妈,咱们为什么又来这儿啊?"

面对着乖巧的女儿,我的眼泪不由打转。我蹲下身,握住璇璇的小手笑着回答:"妈妈过几天要参加一个讲课比赛,所以要到学校准备材料,璇璇是愿意陪妈妈住在学校,还是去姥姥家住呢?"

听到要住姥姥家,璇璇不由自主地噘起小嘴,委屈地说:"我再也不去姥姥家了!妈妈,你送我回奶奶家吧,好吗?"

璇璇的话我一时答不上来,弟弟的儿子辉辉从小就被我爸妈宠着,在家里像个小皇帝一样,璇璇每次去,看到玩具不能随便动,就连吃的都不许碰。俩孩子动不动就打起来,不管是哪个孩子的错,我都要使劲批评璇璇,尽管我知道很多时候都是辉辉太霸道,为了不得罪弟媳妇,我尽量不带璇璇去妈妈家。

我一时间不知道怎么回答,璇璇拉着我的衣服再次请求我:"妈妈,我要回家!"

我很认真地说:"璇璇,你听妈妈说,爷爷奶奶年纪大了,总是陪着璇璇是很辛苦的。妈妈现在放着假呢,等开学了,还让爷爷奶奶接送璇璇上下学,现在让爷爷奶奶好好休息几天,好不好?"

"妈妈,你骗人!我就知道,爸爸不要我们了,那个阿姨和那个坏蛋弟弟把爸爸抢走了,是不是?妈妈,我们回家,让爷爷奶奶帮我们把爸爸抢回来,我要爸爸!"

原来这个小小的人儿什么都知道,她心里明白是怎么一回事。她说让爷爷奶奶帮她抢爸爸,可是她怎么知道,迟早有一天,爷爷奶奶的态度也会发生变化,他们面临选择的时候,也会毫不犹豫地去选择孙子,而不是孙女。他们之所以现在还对璇璇好,那是因为他们的儿子有错在先,还有就是一时半会儿割舍不下对璇璇的感情。

我不会让我的女儿像是被选择的商品一样被人决定去留,我不会让我的女儿体验那种心理落差。

"璇璇听话,爸爸、爷爷奶奶还会像以前一样疼璇璇,可是,我和你爸爸之间出了点问题,不能生活在一起了,所以,璇璇如果跟着爷爷奶奶,那以后就不能经常和妈妈在一起了,璇璇愿意吗?"

璇璇很坚定地摇了摇头,继续问我:"妈妈,你和爸爸要离婚,对吗?"

我很惊讶,这么小的孩子懂什么叫离婚吗?从曼婷的婚礼以后,我就避免这个字眼，生怕在璇璇心里留下阴影，可是，离婚这个词却从四岁半的璇璇嘴里说了出来。

我尽量笑得很自然，然后说："璇璇知道什么是离婚吗？"

"离婚就是爸爸妈妈不在一起吃饭了，也不在一起睡觉了，我好朋友琪琪的爸爸妈妈就离婚了，她跟着她妈妈住，琪琪想她爸爸，她爸爸也不去看她，她爸爸的新女儿还抢了她的房间。琪琪说她房间里还有好多好多她心爱的玩具。妈妈，你和爸爸别离婚行吗？"

璇璇带着哀求的语气，眼神也充满了期待。她的话令我很吃惊，我不知道怎样说才能让孩子明白并接受这个事实。我安慰女儿说："璇璇，大人的事，等你长大就明白了，你要相信无论怎样，爸爸妈妈永远都爱你，爷爷奶奶也永远爱你，记住了吗？"

璇璇点点头，默默地跟着我回到宿舍。

学校的教师宿舍是一个独立的院子，房子虽然很旧，但砖墙璧瓦、白桦竹林形成了一种田园风格。前几年学校搞建设，楼体主设计师刻意留下这个院子，每逢有省里的领导到学校视察工作，都会顺道参观一下这个古朴的小院，也都无一例外地对这里的闲情逸趣赞叹不已。

最近几年，很多老师买了商品房，陆陆续续搬出这个院子，留在这里住的除了近几年招聘来的年轻教师，还有几对快要退休的老教师。我的到来让很多人很吃惊，差不多每位老师都来我这儿串门，他们也都无一例外地询问我，在家里住得好好的，为什么大正月地搬出来住，还带着孩子。

面对大家的关心，我只是笑笑，我的解释是为了准备几天后全省统一的公开课，一来要用学校的钢琴练习伴奏，二来要用多媒体教室演示PPT文稿。这个理由也是实话，公开课的钢琴伴奏我还不熟悉，需要反复练习才能保证上公开课不出问题，家里没有钢琴，也只能到学校练习。还有就是PPT文稿，也要在多媒体教室反复演示，严格卡好上课时间，保证不拖堂，不空堂。我的解释极其自然，我看到大家虽然还是将信将疑，但是也都不再追问，毕竟不是自己的事，谁也不会那么八卦。

帮助我打扫卫生收拾房间的是张老师，张老师全名张新景，四十一二岁，是学校出色的语文老师。她人很热情，对我也特别好。刮风下雨的，经常留我到她家吃饭。

收拾妥当，我连忙给张老师倒了一杯开水，张老师接过水放到桌子上，迅速打量我几遍，这才说："欣瑜啊，你和我说实话，你家里是不是发生什么事情了？告诉姐，姐帮你出出主意。"

我知道张老师是好心，可是，我真的不愿意提起朱德义。为了掩饰自己的不自然，我双手拽住张老师的胳膊，笑着说："姐，这个学校这么多人，我就知道你最关心我，不过，真没事。"

"没事就好，好好的啊，别让人操心啊。"张老师笑着抚摸了一下我的头发。

璇璇推门进来，她兴高采烈地走到我面前，二话不说就拉着我往外走，一边走一边说："妈妈，你来看我画的画，叔叔说我画得可好了。"

张老师也好奇地跟着我们走出屋来。璇璇指着门前空地上的简笔画对我说："妈妈，快看，这个是我画的洋娃娃！还有这个……这个是叔叔教我画的太阳，不对，叔叔说叫夕阳！"

张老师看到璇璇的画连忙夸奖："璇璇可真棒！洋娃娃和璇璇一样漂亮！你说叔叔教你画画，哪个叔叔啊？"

我和张老师顺着璇璇的手指，看到院子西北角的空地上有个人，我一眼就认出来是学校的美术老师李东辉，暗地里大家都管他叫李疯子。他这个人怪怪的，平时独来独往，总是有一些异于常人的举动，沉默寡言，但是上课时精神头儿十足。

"放着假呢，他怎么在这儿？"我疑惑地问张老师。

"他今年过年都是一个人在学校过的，谁知道呢，他又不和别人交流,可能是要创作什么作品吧,哎……放着豪华的别墅不去住,偏偏住在这破房子里。我要是像他那么有钱,早就不在这个破地方住了。"

张老师说着说着又绕到买房的事情上去了。买房的事都已经把端庄文雅的张老师逼成祥林嫂了,她家买房子的坎坷路程都能写一本书了。

我突然想起放假前的一件事,张老师兴高采烈地凑齐了首期房款,就在要签买房合同当天,她婆婆突然生病住院,后来查出来是胃癌。

我叮嘱璇璇不要去打搅李老师,然后把张老师重新拉进我的宿舍,关切地问她:"您婆婆出院了吧?"

"出院是出院了,可是一个手术做下来,人瘦得不成样子,估计也扛不了几天了,我那十五万房款也已经花去一大半儿。唉……你说我买个房怎么这么难啊。"张老师眉头紧蹙,一副苦大仇深的样子,不过,她很快就由苦闷转为苦笑。

"张老师,别难过,说不定明年咱们就涨工资了呢,到时候再攒一年,您的钱就又够首付了。"我不知道说什么好,只好信口开河安慰她。

"涨工资?"张老师抬起眼睛瞥了我一眼,意思是你怎么这么天真啊。她笑了笑,继续说,"咱还是别做梦了,十年前我和我们家老王的工资虽然也不多,但是村里种庄稼的亲戚朋友还经常找我周转个三百五百的,可是现在,我们俩的工资加在一起,也抵不上一个民工!那会儿孩子小又体弱多病,攒一点点钱都送给医院了。我和老王省吃俭用,攒啊,攒啊,好不容易从牙缝里抠出点钱,谁知道物价跑得比火车还快!前几天我婆婆住院,我才发现,支出住院费的速度火车都不能比,那是比灰机还快!当老师的可生不起病啊!"

从张老师嘴里说出来"灰机"这个词,我也乐得不行,连忙打趣张老师说:"您可真时髦,还灰机呢!"

张老师推了推眼镜,哀叹一声,说:"教了半辈子语文了,可真是看不惯网络这么糟蹋我们的汉语啊。不过,文字也是为人服务的,在某些时候，网络戏言确实能调侃我们的生活……尤其是像我这样穷酸的，还不得找这些不花钱的乐儿啊。"

"咦？听您这么一说，我倒是非常理解孔乙己了，你说人闲得没事，不拽文拽什么啊？咱们是名副其实的穷秀才啊。"说完我也跟着叹一口气。

张老师反而笑了，继续说："傻丫头，谁和你咱们啊，你不属于我们这个阶层，你老公是领导的秘书，你公公婆婆又都有退休金，H 市你还有房子，将来你再把工作调过去，小日子就更滋润了。对了，这次公开课好好准备啊，说不定就被哪个当官的看上，一下子就调到 H 市重点学校呢。"

张老师的一席话说得我心里酸酸的，可是我也只有回她一个微笑。面对张老师，我不知道该怎样安慰她，十几年了，他们一家三口都是挤在学校的宿舍，儿子眼看就要中考了，连个隔音的环境都没有，屋子里也只放得下一张书桌，两口子为了不打扰儿子学习，经常是吃过晚饭，就到院子里遛弯，一直遛到儿子睡觉才回去，然后打开台灯，并肩在儿子的书桌前批改学生的作业。

虽然学校住房不算紧张，但是张老师为了省钱，每到冬天就让儿子和他们在一个屋里睡。想起这些我不由地联想到自己，我那点微薄的工资就是我和璇璇唯一的生活保障，我还打算给璇璇报一个舞蹈班……虽然之前花的也是我的工资，但至少家里的日常开销不用我全部负担，有个大事小事的也有璇璇的爷爷奶奶帮衬着，但是现在……我似乎意识到生活的压力了。

晚饭的时候，璇璇又问我："妈妈，我每天都跟着叔叔学画画儿，好吗？"

"不行哦！"我微笑着对璇璇摇摇头。

"为什么呢？"璇璇睁着无辜的大眼睛看我。

"因为叔叔很忙啊,你没见大冷天的叔叔都在画画吗?再有啊,妈妈跟这位叔叔不熟,以后不许随便打搅叔叔,听见了没有?"

我说的是实话,我和李东辉虽然同事五年,又同是一个教研组,可我们也只是点头之交。他比我大几岁,我毕业刚来这个学校的时候,就听说他叫李疯子,工作中很少有具体的交集,对他了解也很少。听说他是外地人,是跟着爱人落户到本地的,岳父是本市最大上市公司的老板,他爱人毕业后没有当老师,独立经营一家大型超市。按道理说,他家别说商品房,光是别墅就有两栋,但为什么来住校?

晚饭后,我正在洗碗,突然听见说话声,我仔细辨别了一下,确定声音是隔壁发出来的,我这才想起来,我和李老师的宿舍是挨着的,当年分宿舍的时候,学校是按照音乐、美术、体育这样排列的。结婚以前我没住过校,所以无所谓宿舍挨着谁,可现在看来,我和李东辉挨着很不方便。老房子隔音不好,隔壁咳嗽一声都听得清清楚楚。

我心想,但愿他是来小住几天的,毕竟他是个有家的人,哪能总是住在学校呢?这样想,心里也就不别扭了。

离公开课评比的日子越来越近了,我必须加班到多媒体教室把教案先打印出来。哄着璇璇上床入睡后,已经是晚上十点钟,我穿好羽绒服,拿着手电筒打开门走了出去。

璇璇长这么大还从来没有自己睡过,我走出门几米,心里还是敲小鼓,我就又重新打开门,看着璇璇睡得很香,才又狠了狠心把门锁好,再次走出去。

虽然已经是正月,气温依然很低,我冻得浑身直哆嗦。偌大的多媒体教室只有我一个人,我感觉害怕极了,夜深人静,只能听到自己的呼吸声和键盘啪啦啪啦的声音。我的脚尤其冷,我不由自主地跺着脚,哈着气,或许因为太冷,又或许我太牵挂璇璇,我打字的速度比平时快了很多,整整八页的文档,中间还穿插表格,我仅仅用了一个多小时就完成了，我把教案打出来拷到 U 盘里。

走出教学楼，顺着手电筒微弱的光，我看见雪花在飞舞，一会儿工夫，地上就白了一层，我裹紧羽绒服赶紧走回去。这么一会儿没见璇璇，我竟然觉得像是过了好久，我的璇璇是不是做噩梦了，是不是睡醒了看不到我急哭了？

当我推开宿舍门的那一刹那，我的心碎了，璇璇正躺在地上，身上只穿着单薄的睡衣，我喊了一声"璇璇"，就迅速把她抱起来，搂在怀里。

"宝贝，你怎么掉到地上去了？"我拍拍璇璇的小脸儿，微弱的台灯下，我看到璇璇的脸非常红，我赶紧把嘴巴凑近她的额头，我的嘴唇刚刚接触到她的皮肤，就感觉出来，璇璇发烧了！

"璇璇！璇璇！醒醒！"我再次拍打璇璇的小脸儿，我必须确定我的女儿没有大事，她只是发烧而已。

璇璇果然睁开眼睛，然后又闭上，她轻声对我说："妈妈，我要喝水。"

我这才注意到璇璇的嘴唇已经皱巴巴的，我赶紧把她放到床上，盖好被子才去取水。水很烫，我拿了一盆水，把水杯放到里面，然后去翻抽屉，刚拉开抽屉我就意识到是找不到体温表的，我忘记了这里不是家，是宿舍。

璇璇半夜不是没有发过烧，可是家里都准备好了体温表、退烧药，即使是烧得厉害必须去医院，也得先吃了退烧药我心里才踏实，我总想，吃了药不至于引起高烧带来的危险症状。可是，现在……

水已经凉了，我把璇璇拖起来，让她靠在我的怀里，然后端起水杯，凑近璇璇的嘴唇，我再次喊道："璇璇，醒醒，喝水，璇璇！"

可是任凭我怎样喊，璇璇就是不醒。这下，我被彻底吓坏了，像是遇到危险的孩子，我本能地哭出了声音。

第二章　烽火狼烟遍地起，一场家庭保卫战就要开打

"蒋老师，怎么了？发生什么事了吗？"李老师不知道什么时候已经站在门口，我像是遇到亲人一样，哭着说："璇璇发烧了，我叫她也不醒。"

"那赶紧上医院吧，我背她，我知道一条近路，比开车还快。"李老师说着已经抄起璇璇放到自己的背上，我赶紧拿了条毯子盖到璇璇身上，然后又以最快的速度拎起包出了宿舍门。

在雪光的映衬下，路还不算黑，我和李老师跟跟跄跄，很快就到了医院。

化验、交费、住院，我和李老师分头行动，很快璇璇就被送到了病房，护士先给璇璇打退烧针，然后才开药打点滴。护士从璇璇腋下拿出体温计看了看，就转头看向我和李老师：

"你们是怎样做家长的？孩子都烧到四十度才来医院，唉……"

还没等我做出任何反应，护士已经摇头叹气地走出病房。

璇璇还是不清醒，她的嘴唇毫无血色，脸却红得发紫，我很害怕，这要是烧坏了怎么办啊？正当我焦急万分的时候，李老师推门进来，他

手里端着一个脸盆，脸盆里放着几块干净的毛巾，手里还拿着一个小瓶子，毛巾里鼓鼓囊囊的，不知道是什么。李老师示意我接过瓶子，我连忙拿过来，顺便问了句："这是什么？"

"酒精棉球，我好说歹说护士才给的，快帮孩子擦一擦手心脚心。"李老师说。

这个物理降温的办法我听说过，却不曾用过，我像是一个无知的孩子，听李老师指挥。

"反复搓几下，别舍不得用力。"说着，他把脸盆里的毛巾都拿出来，原来毛巾里包裹着一块冰块，然后他端着脸盆再次走出去。待到李老师回来，几块毛巾都是湿的了，他把毛巾递给我，然后吩咐道："额头、手腕、小腿上各放一块湿冷毛巾，其他部位盖起来。"

我机械地照着李老师说的去做，可能是他和我不太熟悉，他只是吩咐我，并没有自己动手。看我收拾妥当，他又出去拿来了棉签，倒了一杯水，然后说："毛巾放着吧，给璇璇擦擦嘴唇，她可能太口渴了，这样容易脱水。"

我惊讶于李老师的周到体贴，在他面前，我仿佛是个无知的小女孩儿，而他，却是眼前这个小女孩的亲人。

过了一会儿，璇璇的体温终于降下来，她的脸色逐渐恢复正常，嘴唇也滋润了不少，我这才注意到坐在椅子上打盹的李老师。

"李老师？"我轻轻地叫了一声。

他激灵一下就醒了，抬起头来紧张地问："怎么了？珍珍还烧不？"

"珍珍？你的女儿叫珍珍吗？"我说。

李老师这才笑了笑，推了推鼻梁上的眼镜，有点不好意思地说："是啊，恍惚中，我就把璇璇当成珍珍了，珍珍小时候半夜发烧是经常的，所以……"说着，李老师挠了挠头皮，嘿嘿地笑了。

"所以你特别有经验，是吗？李老师，真没看出来，你对女儿这么好,你女儿有你这么好的爸爸真有福气。"

李老师没有说话,我看到他的眼睛里闪过一丝沉重。说不上来为什么,我总觉得李老师是个很忧郁的人,总觉得他的眼睛很深邃,有让人琢磨不透的东西。

我的话令李老师陷入沉思中,同时也触碰了我那根敏感的神经。都说母爱是伟大的,可是哪个女孩儿不渴望博大厚重的父爱呢?可是,我却在璇璇这么小的时候,就剥夺了她享受父爱的权利。思及此,我内心就充满了深深的愧疚。可是,尽管这样,我也没有后悔自己的决定,我相信,带有欺骗性质的父爱,璇璇宁可不要,她长大后一定会理解我的。

我打开手机看了看时间,已经是深夜三点钟,我赶紧对李老师说:"李老师,真是太感谢你了,你快回去休息吧,璇璇退烧了,我一个人看着她就行了。"

"哦,我刚才问了值班医生,他说璇璇是普通感冒,退烧了问题就不大,你别担心,估计明天不再发烧就能出院了。"

"嗯,知道了,谢谢你,快回去吧。"

李老师也拿出手机看了看时间,说:"好吧,那我回去了,明天我女儿要过来,有事随时给我打电话,那我先走了。"说着,李老师站起身来,就往外走。我送他到病房门口,这时候,璇璇醒了,叫了我一声。

我惊喜万分地回过头,走到璇璇面前,俯身亲了亲她的小脸蛋儿,然后说:"宝贝,你可吓死妈妈了。"

璇璇睁着大大的眼睛看着我说:"妈妈,刚走的那个人是谁?是爸爸吗?"

我的眼泪突然盈满眼眶,猝不及防,我赶紧扭过头去,用手擦了擦眼泪,笑着对璇璇说:"都是妈妈不好,不该扔下璇璇,都是妈妈不好。"

"我就知道,刚才那个人一定不是爸爸!爸爸不会来看我的,他再也不要我了,对吗?"

璇璇充满了失望的情绪,小小的人儿,目光中多了一些凄凉。

"怎么会呢?爸爸是因为工作太忙没有时间啊,再说了,璇璇半夜发烧,爸爸怎么会知道呢?"我尽量保持平常的语气说。

"妈妈骗人!爸爸现在一定在那个坏女人的家里,他一定陪着那个小坏蛋玩遥控汽车……"说着说着,璇璇就呜呜地哭起来。

这时,李老师又推门进来,他手里拎着几样食品,看见璇璇在哭,他连忙问:"怎么了?"

还没等我回答,璇璇就委屈地说:"叔叔,我爸爸不要我们了!"

"瞎说!"我使劲瞪了璇璇一眼,然后转向李老师,抱歉地笑笑,又对璇璇说:"快谢谢叔叔,是叔叔冒雪送你来医院的,不然啊,你就被烧成小傻子了。"

"谢谢叔叔!"璇璇的声音倒是很响亮,只是腮边还挂着泪珠。

李老师并没有理睬璇璇的话,他俯身把璇璇的泪珠抹掉,然后鼓励她道:"乖乖听妈妈的话,明天有个小姐姐会和璇璇玩哦。"

"好啊,好啊!"璇璇兴高采烈地点点头。

李老师临走前嘱咐我说:"给孩子热一罐八宝粥,你也吃点东西吧,折腾了这大半宿,我走了啊。"

人与人之间的距离是很容易拉近的,第二天我刚给璇璇办完出院手续,就看见李老师出现在病房里。我有些过意不去,连忙问他:"李老师,你怎么来了?不是要陪珍珍吗?"

"没关系,我刚接她到宿舍,这会儿练琴呢,雪下了一宿,路不好走,我开车过来的。"

"你的女儿学琴啊,那你和嫂子一定很辛苦吧?"我随意搭话道。

"是啊,她学琴六年了,一直是我陪她,最近要参加比赛,学校安静,我就把琴给她搬到学校了。我之前不知道你和璇璇搬过来,所以可能会吵到你们。"

李老师话音刚落,璇璇就抢着说:"我也喜欢弹钢琴,可是妈妈不让我学,我认识一个叔叔,弹钢琴弹得好神奇哦!"璇璇又噘起小嘴,瞪着我说。

"你啊,啥都好奇,又要学弹琴又要学画画,估计你啊,都是三分钟热度。"我一边收拾璇璇的东西,一边说。

"别的我不敢说,璇璇画画确实有天分,而且思维活跃,是画画的好苗子。"李老师说着,又把璇璇背上肩膀。

"李老师,你可别招她,她最大的优点就是缠人,没个三两天,她可能又要嚷嚷学别的呢,这孩子不适合画画,没事瞎涂着玩还行。"

"你可别随意抹杀孩子的热情啊,你要不介意,我免费教她,我还是相信自己眼光的。"

得!又一个免费老师,我呵呵笑了几声没再继续这个话题。

和李老师说说笑笑一路,我发现他虽然是个不太健谈的人,却是个很容易相处的人,没有感觉出他有什么地方异于常人,我觉得"李疯子"这个外号并不符实。况且,一个那么喜欢孩子的人,我认为他一定就是个善良的人。

一路上东拉西扯,李老师的话题总是离不开他的女儿,一进宿舍小院,我果然听到清脆悦耳的钢琴声,乐曲是张建中的《绣金匾》。

"珍珍钢琴练到八级了?"我惊讶地喊出声。据我所知,珍珍也就十来岁,十来岁的孩子,就能如此娴熟地演绎《绣金匾》,在我看来,真的是天才!

李老师先是谦虚地笑笑,然后说:"个,还没有考八级,去年才过的六级,想明年再过八级。"说着,我们就打开车门走下车。

"和你比,我这个做妈妈的真是不合格,我总觉得璇璇还小,不想让她那么辛苦,孩子嚷嚷着学这学那,我还不赞成。"走到宿舍门口,李老师刚把璇璇放到地上,她就迫不及待地推门进了李老师的宿舍。

"璇璇!"我叫了一声,璇璇根本就不理睬我,我尴尬地笑笑,打开自己的宿舍门。李老师朝我笑笑,走进他的宿舍。

雪依然在下,我担心璇璇打扰珍珍练琴,就敲门进了李老师的宿舍。

果然,璇璇已经淘气地坐在琴凳上,我连忙把她拉下来说:"璇璇要听话,别影响姐姐练琴。"

这是一架德国贝希斯坦钢琴,至少也要十八万,上学期间,声乐系和钢琴系宿舍在一起,我们宿舍有两个钢琴系的富家女,她们的钢琴都是这个牌子,所以我并不陌生。我不禁欷歔不已,李老师的爱人是真的有钱。

"阿姨,没关系的,璇璇会弹《粉刷匠》呢,她很有天分的,阿姨,也让璇璇学琴吧?"

璇璇听见珍珍夸她,赶紧抢着说:"我还会音阶练习呢,我妈妈教过我。"

说着,她就弹起了音阶,我赶紧把璇璇拉下琴凳说:"姐姐的琴不可以随便动哦,再不听话,妈妈要打屁屁了。"

珍珍笑了笑对我说:"阿姨,没关系的。"

"对了,珍珍现在跟谁学琴啊?"我说。

"我爸正为这事发愁呢,咱们市就这么大点,教我钢琴的老师建议我重新找老师,她的能力只能到这儿了。"珍珍说完,沮丧地低下头。

"你跟欧阳叔叔学吧,妈妈和曼婷阿姨说他弹琴老厉害了!"璇璇拖着长音说。

璇璇既然说了,我也不能避开这个话题,我说:"璇璇说的是我朋友的一个朋友,我和他不很熟,所以,也只能帮你问问。"

"谢谢阿姨!"珍珍听到这个消息很兴奋,我心里却在敲小鼓,听说欧阳云翳收学生是很挑剔的,再贵的学费对于李老师家都不成问题,可是，珍珍究竟有没有发展前途，我这个门外汉确实判断不出来。

"珍珍，你爸呢？"我环视了一下四周，没有看见李老师。

"哎……我爸啊……"珍珍一边说，一边摇头叹息，一副无可奈何的表情。

"珍珍，怎么了？"我疑惑地问。

"瞧！那不是？"珍珍走了几步到门口，她把宿舍门打开，指着远方的一个人影说。

顺着珍珍的视线，我看到李老师站在雪地里，手里拿着一根画笔，正在画板上认真地运笔。画架很单薄，李老师的身影也显得很凄凉。他身上已经蒙了薄薄的一层雪，但是，即使在远处，也能看出他非常专注。

"下着雪呢？李老师在画什么？"我不由自主说了一句。

"阿姨，您不知道啊，我爸这个毛病自打我记事以来就有了，只要下雪天，他就会背着画夹来学校画这棵树，您看到了没有？就是他面前的那棵歪脖子树，每次他一犯病，我妈就和他吵架，每年冬天，他们不知道吵多少次呢，我都习惯了。"

珍珍说得很轻松，我这才突然明白为什么很多学生叫他李疯子了，看来，他的行为还真是令人匪夷所思。我很少和其他老师一起八卦这些事情，所以，之前对李老师的事更是一无所知。

"我拿件雨披给他送过去吧，这样会冻坏的。"说完我就要回自己屋拿雨披，可是珍珍立刻拽住我说："阿姨，您可千万别去，他画画的时候谁要是打扰他，那可是自讨苦吃。您别理他，他早就习惯了。"

我疑惑不已，点点头，拉着璇璇往外走，我对珍珍说："这都十一点了，等着啊，阿姨今天给你做好吃的，好好练琴吧。"

"好啊，好啊，不然我要和老爸一起饿肚子，我先练了啊，我的琴声停得太久，他会过来教训我的。"说完，珍珍连忙坐在琴凳上，随后就听到了流畅悦耳的《绣金匾》。

回到屋里我才知道，我哪里有什么饭可以做，一没米二没面的，正好璇璇吵着要奶茶和薯片，我只好让她先自己玩，自己准备去超市一趟。为了答谢李老师，我还是想把饭准备得丰盛一些。

步行去超市一点都不远，我一定要加快速度，午饭后，我还要到音乐教室练琴，再不练的话，时间就太紧了，我可不想在全省公开课上出差错。

天气不好，超市的人也不多，正当我买好米和蔬菜去货架上拿奶茶的时候，透过货架的缝隙，我看到一个熟悉男人的身影，我顿时石化，那个人不是别人，是朱德义，璇璇的爸爸，但已不再是我的丈夫。他正低着头和手里牵着的男孩儿说话，他们的样子很亲昵，像极父子，不！是我说错了，人家本来就是父子。我无须再看下去，赶紧拿了几罐奶茶，匆匆忙忙走出超市。

"妈妈，怎么光有奶茶啊，我要的薯片呢？"璇璇噘着小嘴儿，很有情绪。

璇璇的质问使我一下子想起在超市遇见朱德义的情景，我停顿了一下，只好撒谎说："今天真不巧，你爱吃的番茄味儿断货了，改天好不好？改天妈妈去超市给璇璇买。"

璇璇情绪低落。我赶紧用开水给璇璇先冲了一杯奶茶，然后去做饭。因为厨具简陋，我煲了米饭，做了个西红柿炒鸡蛋，好歹我还买了一只现成的烤鸡和凉拌小菜，这顿饭才显得丰盛一些。

把饭桌摆好，我就过去叫珍珍，珍珍倒是很大方，她洗了洗手很快就到我这边吃饭了。见珍珍过来了，璇璇很高兴，往珍珍身后看了看，疑惑地问："叔叔呢？叔叔为啥不过来吃饭？"

珍珍摸了摸璇璇的小脑袋瓜，说："不管他们大人，我们先吃。"

我稍稍迟疑了一下，最终决定去叫李老师过来一起吃饭，雪很大，我拿了一把伞，深一脚浅一脚地走到门前的空地。空地是老师们用来种菜的地方，冬天大白菜已经收完，显得很空旷，除了不远处那棵枝枝杈杈的歪脖子榆树，没有任何有生命的东西。

今年的冬天格外冷，也格外长，正月里了还下十几厘米厚的大雪，实属少见。我的雪地靴被淹没了一大截，寒气逼来，手里的温度迅速散去，我非常惊讶李老师的毅力，他在零下十来度的雪天站了快四个小时了。

我一步一步走近李老师，他竟然没有觉察到我的到来。当我站在他身边，把红色的伞放到他的头顶，他居然也没有任何反应，他像是一尊雕像那样伫立在我面前，全身已经都是白色，一点也看不出羽绒服本来的颜色，帽子兔绒处依稀可见清晰的绒毛。如果不是他微微颤抖的睫毛，我一定认为眼前的这个人就是一尊雕像。

他的双臂抱在一起，仔细端详眼前的画。画很简单，就是那颗歪脖子树，我不懂美术，可是我断定，画纸上真的只有寥寥数笔，这幅画根本就不像专业美术老师画了几个小时的作品。

"李老师，外面太冷了，回去吧，我简单做了点饭，去吃吧。"我小心翼翼地试探道。

李老师还是不做任何反应，我心里突然害怕起来，难道他真的被冻僵了？我身体向前探了探，把手放到李老师眼前晃了晃，这时，我听到一个暴跳如雷的声音。

"走开！"我没听错，李老师几乎用尽全身力气，说了这样一句话，像极了《亮剑》里李云龙的吼声。

"李老师，吃饭了。"我有点不确定刚才的话是从李老师嘴里说出来的，所以一边拍打身上的雪，一边再次问道。

"我说走开！你没听到吗？"李老师的声音比刚才还要狂暴，还要粗鲁。他用手一挥，我手中的雨伞就滚落在地，我也一个趔趄，一屁股坐在雪地里。

冷不丁被摔在地上，身上很疼，怒火也不打一处来，我哼了一声，不客气地对他说："好心当成驴肝肺！你以为你是谁啊?！要不是感谢你昨晚帮了我，我才懒得理你呢？疯子！大家说得一点也不错，你果然是个疯子！"

我一边说，一边去捡滚到几米外的雨伞。拿起雨伞，刚要回宿舍，我听到李老师说："梅梅，是你吗？你回来了吗？"

我惊诧不已，以为自己听错了，抬起头，我看见李老师正一步步走近我，眼神含情脉脉，他一边靠近我一边说："梅梅，真的是你吗？我就知道你会回来的。"

他的神情非常专注，像是一个电影演员，这会儿完全投入了剧情。

我先是一愣，随后笑了笑，故作轻松地说："李老师，你认错人了，我不是梅梅。"

"不，没有错，没错，你就是梅梅，没有第二个人直接叫我疯子，只有你，也只有你敢这么教训我，梅梅，你再也别走了，好吗？"说着，李老师像是失去理智一般，他快步走上前，一把抱住我。

"李东辉！你这个人面兽心的东西！你终于露出你的真面目了！我说呢，你怎么放着大别墅不住，偏偏跑到这破宿舍来，原来你在这里养了个小情人啊！狐狸精！不要脸！看我不撕烂你的脸！"突然一声猛喝，吓得我心惊肉跳。转头一看，不知道什么时候，身后冒出来一个女人，穿着鲜红的羽绒服，一边怒吼着，一边走向我和李老师。

李老师倒像是没事人似的，他把我抱得更紧了，突然，他笑起来，全身都跟着颤抖起来，他说："梅梅，你看你走了，我过的什么样的日子，梅梅，带我走，咱们一起走，好吗？"

"李老师……"

我用尽全身力气，终于挣脱了李老师的怀抱，可是，我站都没站稳，就被红衣女人按倒在地。她揪住我的头发，一边把我的头往雪地里按，一边怒骂道："狐狸精！这就是你勾引我老公的下场！去死吧你，去死！"

我的头皮被女人扯得生疼，但是脑子非常清醒，我想，不管发生什么，我都不能被打坏，璇璇还需要我照顾。我低着头，任凭女人揪过来甩过去，我忍着剧痛，看准了女人的下半身，拼尽全力踢出去。果然，女人被迫松开我的头发，被我踢出去一米多。

"妈，你又犯病了！真是的！"我身后传出珍珍的叫声。

显然，珍珍是在叫眼前的女人。我回过头，看到珍珍一副无所谓的表情，好像这一幕她已经见怪不怪，璇璇却站在不远处吓得哇哇哭起来。

使我不能忽视的是，在不远处有好几个同事都在悄悄地看。我被红衣女人骂做狐狸精、和她厮打在一起的情景，几个同事也尽收眼底。我不禁苦笑，有时候，人不想出名都难！

……

都说无巧不成书，这一幕也被最不应该看到的人看到了，我的公公婆婆也刚刚搭着一辆出租车来到这里。

婆婆怒视着我，伸出食指指着我的脑门呵斥道："蒋欣瑜！真没想到，你竟然是这种女人，你真无耻！"

"妈，您误会了，不是您看到的那样！"我连忙解释道，虽然和朱德义离婚是必然的，可是，如果公公婆婆误会我，我很有可能连璇璇的抚养权都得不到。想到这里，我不禁万分着急。

"误会?！呵呵。"婆婆冷笑道，阴阳怪气地瞥了我一眼，说，"人家老婆找上门来了，还说是误会？"

"这不是您想的那样，真是误会！"我试图再次为自己辩解。

"你这个不要脸的女人！你不配做璇璇的妈妈！"说着，婆婆走到璇璇跟前，拉着璇璇就走。

"璇璇……"我不顾一切地大喊一声。

璇璇看到我走过来，回过头来喊了一声"妈妈"，可是她的两只手被公公婆婆抓得紧紧的。

"爸，妈，大雪天的，你们怎么来这儿了？"一种不祥的预感袭击了我的全身，我感觉璇璇就要离开我，他们就是来抢璇璇的。

"你也知道是大冷的天啊，大冷的天你让孩子在外面疯跑，你也不管管？"婆婆拉着璇璇，瞥了我一眼，没好气地说。

婆婆的话令我哑口无言。我没有作声，伸出胳膊对璇璇说："璇璇，到妈妈这里来，咱们请爷爷奶奶到屋里坐。"

"屋里？你那个破地方怎么住啊？我可舍不得璇璇住在这种地方。我们璇璇也不能跟着个不检点的女人！"婆婆先是不冷不热地对我说，然后迅速换了一副语气对璇璇说，"璇璇乖，还是跟爷爷奶奶回家去住，好不好？奶奶给璇璇买了好多好多好吃的，还有璇璇最喜欢的番茄味薯片！刚从超市买的，都在车上呢。"

顺着婆婆指的方向，我再次看了一眼那辆红色的出租车。

这下，我急了，三两步冲上前去，双手用力抱住璇璇说："璇璇哪儿也不去，就跟着妈妈，你是我唯一的希望了，妈妈不能再失去你。"

说着说着，我的眼泪就掉下来了。

"璇璇，下来，跟奶奶走！"说话间，婆婆又从我怀里来抢孩子。

我当然不撒手，推搡之间，璇璇被吓得哇哇大哭，我一边安慰璇璇，一边和婆婆理论："妈，我不能没有璇璇，求您了，您也是有孩子的人，请您理解我的心情。"

婆婆果然松开了手，她平息了一下气息，大声呵斥道："你有能力带孩子吗？来的幸亏是我和你爸，要是来个人贩子，这会儿你哭都来不及！想不到你真狠，我们家德义有了儿子，都没说不要你，你倒是先摆起谱来了，口口声声和我们德义离婚。好！离婚我没意见，像你这样水性杨花的女人，我们朱家也不会要了！可是，璇璇是我们朱家的骨血，谁也休想带走！"

婆婆的一番话说得义愤填膺，我顿时就乱了方寸，我该怎么办？

我站在他们几个面前，蹲下身来，用期盼的眼光看着璇璇，我对她说："璇璇，告诉妈妈，你跟着妈妈，告诉爷爷奶奶你不跟他们走，好吗？"

璇璇瞅瞅我，又瞅瞅她的爷爷奶奶，说："我先跟爷爷奶奶回去，妈妈讲完课，回家接璇璇。妈妈，你为什么要骗璇璇说超市没有番茄味的薯片了呢？爷爷说他们可是刚买的呢。"

璇璇的思维跳跃性很强，美食的诱惑此刻比任何甜言蜜语都管用，我真恨我自己。我不知道该怎样回答孩子，婆婆更像是得了理一样，拼命从我的怀里抢璇璇。我使劲抱住璇璇，试图抱着璇璇走进宿舍，可是我刚迈开步子，婆婆就用力掰我抱着璇璇的手，我拼力一甩，婆婆被我甩到地上，她"哎哟哎哟"地喊疼，坐在地上不起来。我被吓傻了，情急之中，赶紧放下璇璇，过去搀扶婆婆。

这个时候，站在一边闷声不吭的公公也来搀婆婆，婆婆眼睛朝上翻，狠狠瞪了我一眼，威胁我说："除非她让我把璇璇带走，否则我就不起来！"

我仍是一声不吭，我和公公都放弃了扶她起来。婆婆的苦肉计令我太意外了，相处了将近六年，我从来没有发现她居然还会这样撒泼。在我眼里，她虽然算不上是通情达理之人，但也不至于像今天这样完全一副泼妇无赖形象。看来，婆婆就是豁出去她的老脸，也要把璇璇抢回去，她一门心思就是儿孙满堂。我不无讽刺地想，朱德义这次倒是挺孝顺，给了她老人家一个惊喜，孙子孙女全齐了。可是，孙子孙女是两个不同的概念，显然太出乎她的意料。

那天在婆婆家，老人家的态度很明朗，她以为我会不惜一切代价打击小三，所以，她一再怂恿我帮她争取安安，不料我坚决放弃这段婚姻，显然在婆婆的意料之外，这也是她突然对我态度强硬起来的原因。我想，朱德义肯定回过婆婆家了，种种迹象表明，这次公婆的到来是预谋好的。

我知道，公公婆婆了解我的为人，他们知道眼前就是一个误会，可是，他们就是揪住这个由头不放，我一下子就急出一身汗。

当务之急是想怎样才能留住孩子，可是，我真的束手无策。我像是热锅上的蚂蚁，蹦来蹦去的不得心安。

公公又叹了一口气，清清嗓子对我说："欣瑜啊，你婆婆来的时候就嚷嚷说离婚可以，一定要把璇璇留下，你知道我为什么执意要跟她来吗？我是为了阻止你婆婆把璇璇从你身边带走，我担心你离开德义，无依无靠，孤苦伶仃，我想璇璇应该是你唯一的精神支柱。况且，你妈也答应我，听璇璇的意见……可是，你太让爸爸失望了，刚才的事，你叫我这老脸往哪里搁啊，我可是从教育岗位上退下来的领导啊……欣瑜，我本来是要来帮你的，看来，我帮不了你了。以你目前的状况，不适合带璇璇，所以，我现在也改变主意了，璇璇还是我和你婆婆带吧，我不管抚养权在谁手上，璇璇总是我们朱家的后代吧，我们带她，不会有差错吧？"

"爸，请你相信我，我的情况只是暂时的，刚才就是个误会……还有，讲完公开课，璇璇就要上幼儿园了，到时候就没有问题了。"

话说到这里，婆婆一骨碌从地上爬起来，说了句"璇璇必须跟我们走"就抱起璇璇走向出租车。

此刻，我的大脑一片空白。看着婆婆和璇璇远去的身影，我感到自己的心都腾空了，我没有上前阻拦，是因为我不想让璇璇觉得自己像个东西一样被抢来抢去，况且，婆婆的苦肉计还极有可能弄假成真：大雪天的，地上太滑，老年人又容易骨折。唉！……

不追了，也没力气再争了，我告诉自己，璇璇一定要跟着我，尽管暂时她跟着爷爷奶奶回去，我却始终认为我一定有能力把璇璇争取回来。我可以没有婚姻，没有家庭，没有任何一个人的关爱，可是我唯独不能没有璇璇，她是我生命的一部分，没有她，我的生命是不完整的，残缺的。

我努力平静下来，对公公说："爸，您是个明白人，您和我妈都做过老师，怎么说也算是书香门第。在一些问题上，我希望您多做做我妈和德义的思想工作，不然，到时候闹到法庭上，可真就有损您一生的好名声了，面子上，您肯定会觉得过不去的。您说呢？"

"是……是……不过，刚才的事，谁也没有证据证明你说的就是真话。"公公的语气很稳，却令我心里十分没底。

尽管公公不是十分相信我，但是，显然他对婆婆的举动感到有些愧疚。我虽然气愤至极，也不能说出什么难听的话来，我长长叹了一口气，然后客客气气地对公公说：

"爸，别管过错方是谁，我想我和朱德义一旦闹上法庭，认识您的人都会把这件事当作新闻来谈论的，爸爸您英明一世，我想您不会不考虑后果吧？我恳切地希望您做做妈和朱德义的工作，早一点让璇璇回到我身边来。"

公公听完我的话，气得差点背过气去。我承认我是在威胁公公。可是，我明明没有理亏。

公公踉踉跄跄地走了，我望了望校门口，红色出租车居然已经开走了，婆婆做事可真不留余地，难道她还怕我追出去不成？教了一辈子书，难道她不知道有些事商量不成，还有法律可以求助吗？

我有心想帮公公再拦一辆出租车，可我又担心会弄得很尴尬，所以没敢上前，好在学校门口的马路非常宽，会有很多出租车经过。

当下，我冷静下来，竭尽全力把公开课讲好是当务之急。

莫名其妙被人打一顿，感觉无比委屈。从小到大，我还真没受过这样的委屈，在家里我一直是爸妈的掌上明珠，在公婆家，婆婆虽然偶尔为我没有生儿子发发牢骚，但大多数情况对我还是挺好。屋漏偏逢连夜雨，我真的想号啕大哭一场，可是我不能，稚嫩的璇璇还需要我。

进了屋，看了看时间，已经是下午一点钟，不能再耽搁了，我必须到多媒体教室去练琴。

我擦了擦眼泪，站起身，穿上羽绒服，把房门锁好就向外走。刚出宿舍门，我就看见李老师拖着红衣女人上了一辆红色轿车，轿车就停在宿舍墙角，李老师的神情看上去已经恢复正常，女人还在不停地叫骂，珍珍倒是和一般孩子的反应大相径庭，她若无其事地站在一旁，看到我过来还打招呼："阿姨，你去哪儿？"

倒是我显得极不自然，我支吾一句："哦，我要到音乐教室。"

"阿姨，我妈妈她……希望你不要介意。"珍珍有点难为情地说。

我挤出一抹笑容，说："没事，就是个误会，你和爸爸一起照顾妈妈吧，我走了！"

这时，我看到红色轿车从我面前呼啸而过，李老师一家人真是怪怪的，我不知道究竟是李老师脑子有问题，还是他老婆精神有问题，总之，在我看来，这一家人都有问题。

"阿姨！"珍珍再一次叫我。

我转过头来看着珍珍，珍珍可怜巴巴地说："我想跟您去，现在剩下我自己，我害怕。"

看见珍珍失落的样子，我有些于心不忍，刚才发生的事终究是个误会，有孩子什么事呢，我对珍珍说："嗯，走吧。"

刚一踏进楼道，珍珍就喊："好冷啊！像个冰窖一样。阿姨，到这里干吗啊？"

"我要准备上一节公开课。"我笑笑说。

说话间，我们已经到了音乐教室门口，我拿出钥匙打开门，珍珍先挤了进去，小丫头一下子就被音乐教室的舞蹈镜吸引过去，兴奋地说："阿姨，不瞒您说，我从来没有上过音乐课，也从来没有见过这么漂亮的音乐教室，平时您的学生都在这里上课吗？"

我很惊讶，珍珍都十一二岁了，怎么会没有上过音乐课呢？现在一般的学校音、体、美课程都开足课时，教师配备也都很专业。

"珍珍，你在哪所学校读书？"我疑惑地问珍珍。

"我在花语人才。"

"那可是贵族学校，怎么没有音乐课？那里没有音乐老师吗？"我惊诧道。

珍珍摇摇头，说："我爸希望我一门心思练钢琴，从小我对音乐的认识就是钢琴，刚到那所学校的时候，我就跟着金老师学钢琴，她给别的学生上课也不许我听，就让我练琴，只要有一点业余时间，我就练琴。金老师说我是好苗子，不能浪费太多时间。"

"哦，这样啊。"我点点头。

我掀开琴盖儿，坐在琴凳上，先练习了一下基本的指法和音阶，就找出《青春舞曲》的谱子开始练习。其实有珍珍在一旁听我弹琴，我还是有几分紧张的，她的钢琴水平毕竟在我之上。开始一两遍，我弹的是降 b 调，我自己跟唱还行，考虑到讲课的时候全班同学需要合唱，我就改成了 G 大调，可是在伴奏的过程中应付不来，好在有珍珍在，我把伴奏时要分别照顾到两个声部和她说了一下，她很快就给我写出了新的伴奏类型。

"珍珍，你真棒！"我由衷地说。

珍珍见我对她配的新伴奏很不熟，就善解人意地说："阿姨，回我们屋弹吧，这里太冷了，您的手指可能太僵了，这样练，恐怕到晚上也练不熟。"

我对珍珍抱歉地笑笑，然后说："我不去你那儿练了，你的琴太贵重了。"

珍珍被冻得浑身直打哆嗦，不一会儿，她就回宿舍去了。

环境安静果然效率高,虽然教室依然很冷,但在我反复做了几遍手指操后,手指很快恢复灵活,练了一个多小时,弹得还算流畅。看了看时间,已经三点多,我赶紧盖上琴盖,锁好门走出去。

刚走回宿舍打开门,就看到张老师向我走来,她手里端着一个汤盆,我好奇地问:"张老师,你这是……"

"什么这是那是的,快开门让我进去。"张老师瞥了我一眼笑着说。

我赶紧推门把张老师让进屋,张老师左右环视了一下,像是在找什么的样子:"璇璇呢?我给璇璇端的排骨汤,这是我老公给我婆婆熬的,我盛过来一些。"

说着,她把汤盆放到桌子上,自己去找盆架洗手。

"哦,璇璇啊,被她的爷爷奶奶接走了。"我不想把我和朱德义的事告诉张老师,我知道她是个热心肠,可是,也就是这个热心肠经常为了别人家的事着急上火,她婆婆的事够她闹心的了,我不想给她添乱。

"哦,这样啊,那你赶紧洗洗手喝汤吧。"说着,张老师去拿碗,宿舍里根本就没有厨房,我用布帘隔开一个两三平方米的地方,那里有一张旧书桌,有一个电饭锅和一个炒锅,就算是我的厨房了。

这个环境张老师很熟悉,她结婚以前住单人宿舍,我这样设计还是刚分配到这所学校时她教我的。她结婚后,学校分给她同样的两间宿舍,张老师这才正式有了厨房,可是后来,随着儿子的长大,厨房再次改成卧室,被儿子占了去,她家又回到和我一样的格局。

"还热呢,快喝。"张老师笑着盛了一碗汤,放到我面前。

我真的感觉好温暖,在宿舍吃了几顿饭了,除了泡面就是请李老师的那一顿饭还像点样子。喝下去一口汤,我的胃感觉暖暖的。我笑着对张老师说:"姐,这汤和我妈熬的一个味道!"

"那是什么味道?!"张老师笑眯眯地问道。

"爱心汤,当然是爱的味道喽!"我提高八度戏谑道。

"小丫头，就你嘴甜。不过，看着你这么幸福，我真是羡慕呢，你年轻，老公又有出息，公婆又有钱，关键是养孩子还不用自己承担费用，真是没得比啊……对了，"张老师又开始发牢骚，不过她的话锋很快一转，盯着我上下看了一遍，然后说，"刚才那几个老师的话，你别介意啊，她们就会闲得没事八卦。我是没看见，我要是见当时的情景，肯定会替你出头的。"

"新景姐，你说什么呢，没事，就是个误会，真没事。"我有点欲盖弥彰，但是除此之外，我不知道该怎样应付。

张老师并没有觉察我神情的变化，继续乐此不疲地说："我就说她们没事就会八卦呗，说你和李疯子有一腿，还被他老婆抓了个正着什么的，你别听'大舌头'她们胡说啊，再让我听见她们胡言乱语，我一定不饶她们！幸好你和你老公生活得很幸福，要不然啊，他们还不定念叨啥呢！你说她们没事多批改会儿作业多好啊，省得评职称的时候说这也不公平，那也不合理的。你没见，'大舌头'还刻意到我家八卦你，她知道咱俩关系好，故意跑到我那里捣乱，捕风捉影！"

"姐，你对我真好，这个学校里也只有你相信我。"说着，我的眼泪就啪嗒啪嗒滴到碗里，我赶紧放下碗，去拿纸巾擦。

"怎么了？你这是怎么了？"张老师很紧张，见我掉眼泪，赶紧追问我。

我把和李老师相处这一天多的事。很详细地说了一遍，包括珍珍帮我配伴奏的事。张老师自然是相信我，问我接下来该怎么办时，我一时回答不上来。

张老师又是摇头又是叹气，她说："欣瑜，还是回去吧，别为了讲课的事回头再耽误家庭，这些风言风语的，最好别传到你公公婆婆和你老公耳朵里，要不然就麻烦了。再说了，人家李疯子入冬以来就搬到学校了，你这突然搬来，是挺让人不理解的。你说他放着别墅不住，谁都知道他疯，可是你图了个啥啊，一百五十平方米的大房子不住，偏偏跑来住宿舍，也难怪'大舌头'她们胡说八道了。"

"嗯，我听你的，明天就回家去。"我很勉强地笑笑，心里却不知道该怎么办。

"要说咱姐俩也算是有缘分，和你毕业一起分配来的那几个年轻人，我都不喜欢，可我就是喜欢你，你说这是缘分不？"张老师继续唠叨。

张老师走后，我赶紧收拾行李，把刚刚挂好的几件衣服又重新叠起来。收拾妥当后，已经是下午五点钟，天已经擦黑，硬着头皮在宿舍住一晚问题倒是不大，可是，李老师还会不会回来？同事们会怎么想？正在胡思乱想，突然听到一阵敲门声，我激灵一下，蹑手蹑脚走到门前，先是通过玻璃窗户向外张望了一眼，可是什么也看不见，我正在门上寻找可以向外看的缝隙，就听见一个男人的声音："蒋老师，是我，请开一下门。"

我听出来说话的人是李老师，突然就慌神了，这真是说曹操曹操就到啊，真不禁念叨。我没有打开门，隔着门说："哦，李老师啊，有事吗？"

"嗯，是有点事，请开门，好吗？"李老师客客气气地说。

推诿下去有点矫情，我想了想，打开门，大大方方地出现在李老师面前。

李老师在门外，他推了推黑框眼镜，礼貌地问我："我可以进去吗？"

"哦，请进。"

李老师进了屋门并没有关门，他看起来有些拘谨。我确实觉得不自在，首先打破尴尬局面，问李老师说："你有事？"

李老师又推了推鼻梁上的黑框眼镜说："我来有两个目的，首先，我送珍珍妈回家，回来的路上碰见教研室李主任了，她叮嘱我讲课前把U盘和教案准备好，还有讲课需要的教学用具，我就想着也嘱咐你一下……"

李老师想继续说,我连忙打断他:"李老师,你是说你也参加讲课大赛?"

"是啊,有什么不妥吗?"李老师挠了挠头发。

看起来李老师还有很多话要说,我拉了一把椅子放到他面前,他顺势坐下,左右看了看,又对我说:"蒋老师,你家有什么吃的吗?"

我暗暗笑道,这个家伙还真不客气。我看看布帘后面的小厨房,只有张老师端过来的排骨汤了,汤里有三四块排骨,还有剩菜。我端着排骨汤出来放到桌子上说:"你吃吧,还热呢。"

"嗯,是真饿了。"李老师毫不客气地从我手中拿过筷子和汤勺。

我又掀开布帘,电饭煲还是保温状态,我又盛了一碗米饭放到李老师面前,接着就把中午的剩菜又热了热,半开玩笑说:"这饭啊,本来我就是为了答谢你备的,看来,你是非要吃到嘴里的。"说完,我笑了笑。

"对了,璇璇呢?"李老师吃到一半,又左右看了看,然后疑惑地看着我。

"爷爷奶奶接她回家了。"我顺势就撒谎,我发现撒谎很容易,刚才对张老师撒谎的时候我心里还不踏实,可是同样的谎言现在说出来,脸不红心不跳的。

李老师吃得可真香,我却没有一点食欲。很快,李老师就吃了两碗米饭,大部分菜也被他横扫一空,他甚至都没问我吃了没有,好家伙,把我这里当自己家了,我和他才相处了短短的两天时间而已。

"哦,这样啊。蒋老师,哎……真别扭,我还是叫你小蒋吧,可以不?"

"行啊,不然你还要叫我老蒋不成?不过,还是叫蒋老师顺耳些。"说完,我就哈哈大笑起来。李老师也笑了,但他的笑有一些诡秘,是掺杂着复杂感情的那种,具体的神情是怎样的,我描述不出来,但是我敢肯定，那种一闪而过的眼神和雪地里看我时一样。我本能地有些担心，不会是李老师真有精神分裂吧？

"李老师，吃饱了吗？麻烦你集合那天转告李主任，我想这两天先到H市去，我和人约好了，到时候抽签我肯定赶到。"

"好，对了，忘了这个茬儿了，你老公是在H市吧？是要先去，我肯定转告，肯定。"

李老师恢复正常的状态，我的心稍微平静一些。我望了望窗外，冷不丁冒出这么一句，我想他应该听出来我是在下逐客令："这都几月了，白天还显得这么短。"

"蒋老师，我到你这里来还有一个目的，就是想跟你说声对不起，为我和方欣给你带来的伤害道个歉，希望你能原谅。"

方欣，就是他的爱人吧？

"没关系，就是个误会，我没往心里去。我也希望你能和嫂子好好解释，也尽快消除她对我的误会。"为了尽早结束谈话，我的话说得很干脆、很简练。其实如果不是同事们误会，我真的很好奇李老师的故事，雪地里李老师的表现真的和琼瑶电视剧里的男主角一样，眼神那样温存，痴情到忘我。

李老师站起身来，无可奈何地叹了叹气，说："好吧，那你好好备课，期待着你的精彩表现哦！"

我笑了笑说："你也是，听说这次大赛每个科目就只有一个名额，我们真幸运。"

"蒋老师，你长得真的太像梅梅了，相貌和眼神都像。对不起，我是真的认错了。"李老师临走之前对着我解释说。

当我听到李老师开宿舍门的时候，已经是六点半钟。孤男寡女，连打呼噜的声音都能听到。其实我对人言可畏的说法并不是十分在意，只是我不能在这个节骨眼上出任何问题,不然我不保证朱德义一家人不拿谣言说事,到时候要想争取到璇璇的抚养权,对我十分不利。再说了,对于李老师,本来我就不了解,谁知道他半夜会不会真的"犯病",又错把我当成梅梅。

我已经没有了退路,穿好衣服,背起背包,快步向车站走去。最后一班到H市的车是七点钟,我和朱德义两地分居间,我曾经多次坐这班车,我和司机、售票员都快成朋友了。那时候的我们很相爱,每到周五朱德义就会打电话问我,亲爱的,是我回家去,还是你带璇璇过来?要么他直接叫我带璇璇过去,H市是省会城市,而S市是个县级市,每逢周末H市商场促销啊,知名店铺周年庆啊等等,朱德义总是会抽出时间来,开着车带着我和璇璇到处逛。璇璇小的时候要带着奶瓶、尿不湿等等,可是他从来没有嫌烦,有时候路上人多堵车,堵得我都心焦,我会说,德义,咱们回家吧,不玩了,可他总是安慰我说,每周才来一次,就逛逛呗。

我也依稀记得他口袋里的钱越来越多,按揭买了房子,每次逛街还总是给我买这买那的,我体谅他,不花他的钱,可是他总是不听,我的白金项链和钻石耳环都是他硬要给我买的。现在想想,可能是安安一天天长大,他一天比一天心虚吧。

很快就到了车站,估计是司机师傅看到我了,一个劲儿朝我按喇叭。我抬起头,司机师傅正朝我笑,他说:"可有日子不见你了,不过这不是周末啊?"

司机是个五十多岁的男人,人很憨厚。我自然地笑笑回答道:"是啊,孩子她爸经常回来,有时候他开车接我们娘儿俩。"

"嗯,对对……"说话间,售票的阿姨已经在台阶上扶我了,阿姨也很慈祥,我刚上车,还没坐稳,阿姨就问我:"璇璇呢,怎么这次没带她?"

我礼貌地笑笑，然后说："这不是放着假吗，我和璇璇就在 H 市住着呢，我是临时回来有点事。"

我倒是没有撒谎，这个寒假我和璇璇一直是在 H 市的家里过的。曼婷婚礼前几天，公公婆婆太想璇璇，朱德义才把我和璇璇送回来的，可是，他万万没想到我就在 S 市住了一天，曼婷婚礼那天，我们娘儿俩就又杀回去了，还是璇璇不让我告诉朱德义的，她说要给爸爸一个惊喜，呵呵，这倒好，我和朱德义确实都给了彼此一个大大的惊喜，那终生难忘的一幕。

到了 H 市，已经是晚上八点多，华美的灯光照着地上的白雪，闪着熠熠的光辉。我站在马路中央，却不被这美好的景致所吸引。原来有璇璇在，我没觉得自己很脆弱，毕竟她是我的精神支柱，此刻的我像个迷了路的孩子，找不到家的方向，在这个陌生的城市，没有一盏灯是为我而亮。我非常想家，想念爸爸妈妈，一想到如果他们知道我的状况，该是如何地伤心？

掏出手机，我忍不住拨了一个电话，电话那端是爸爸逗小侄子玩的声音："别闹了，别闹了，姑姑的电话。"稍后，就听到辉辉对爸爸说："我要和姑姑说话，我来说！"

"好，辉辉接电话。"我对爸爸说，爸爸也只好把手机递给辉辉。

"姑姑！我想求你办件事。"辉辉郑重其事的语气把我逗乐了，我还听到爸爸妈妈在一边也乐出了声，妈妈哈哈大笑后，说："还办个事？你个屁大点的小孩儿能有什么事啊？"

"辉辉乖，有什么事求姑姑呢？"我说。

"姑姑，我要和璇璇一样的遥控车，璇璇说她爷爷会带她去买，她说那个车老厉害了，姑姑你帮我问问，璇璇她买了没有？在哪里买的，我也让爷爷帮我买！"

我一阵心酸，顿时就哽咽了。我稍微调整了一下语气，对辉辉说：

"这个啊，好说！姑姑直接给辉辉买回去，你说好不好？"

"好啊，好啊，谢谢姑姑！"辉辉异常兴奋，"我没事了，姑姑你可以和爷爷说正事了。"

听到这句，我又忍不住哈哈大笑起来，我对着话筒说："爸，您听见您孙子的话了吗？他倒是知道他自己的事不是正事。"说完，我又忍不住哈哈大笑起来，爸爸在电话那头早就合不拢嘴了。

"欣瑜啊，有事吗？"爸爸问我。

"爸，我没事，就是突然想您了。"

"想我就回来啊，这有什么难？"

"爸，我在H市呢，要准备讲公开课，您忘啦？"

"对对，那你赶紧去准备，璇璇呢，我和我外孙女说几句话。"爸爸说。

"爸……璇璇睡了，爸，来电话了，先不和您说了啊。"说着我就挂掉电话。我担心说漏嘴，就谎称来了电话，爸爸是很了解我的人，我担心再说下去非穿帮不可。

握着手机，下一个电话我不知道要打给谁，没想到，这时候又接到曼婷的电话。其实曼婷这几天每晚都和我煲电话粥，除了劝我离婚的事一定要三思，她还没完没了给我讲张超凡如何细心，如何体贴。知道曼婷很幸福，我真的替她高兴。不过这几天打电话不是中午就是清晨，这个时间段她来电话倒是很少。

"欣瑜，你在哪儿？"曼婷在电话里问我。

"我在学校呢，怎么了？"

"在学校干吗啊，这么冷。"

"我准备参加公开课大赛啊。"

"撒谎！"曼婷已经挂断了电话。

我正纳闷间，一双温暖的手捂住了我的眼睛。

第三章　做女人可怜，做小三的女人更可怜

我猜到是曼婷，曼婷先是咯咯笑了几声，然后说："又长本事了啊，撒谎撒得那么溜。"

"曼婷，我……"

"我什么我？冷死了，先上车再说！"曼婷穿一件大红毛呢外套，她双肩抖了抖，我这才反应过来，曼婷的穿衣风格和原来迥然不同，之前她都是穿休闲服、运动服，衣服都很中性，而且她总是留李宇春式的短头发，看背影很多人误认为她是帅哥。

随着曼婷手指的方向，我看到一辆奶白色轿车。不过，我还是被曼婷惊艳的打扮吸引住眼球，她在我面前旋转一圈，虽然视觉上我一下子很难接受她的造型，但还是觉得很漂亮。都说被爱情滋润的女人最美，我觉得非常有道理，曼婷的言谈举止中透出前所未有的温柔，让我真有点不相信这是我同窗四年的死党。

"好啦，好啦，回去让你好好看个够！"曼婷说着就去拖我的旅行箱，我赶紧让她放下箱子，坏笑了几声说："谁知道你肚子里有没有珍贵的东西，还是我来拿箱子吧。"

"箱子为什么这么沉?"曼婷一边走,一边审问。

"嗯,不打算回去了。"我很平静地对曼婷说。

"好,我收留你!"曼婷敲了敲车窗,张超凡探出头来对我笑笑,这张面孔比QQ视频里更加英姿,比婚礼那天更加沉稳。

"麻烦你了。"我对张超凡笑笑说。

张超凡很快打开车门,帮我把箱子放到车后备厢,曼婷坐在我身边,她先是用手拍了张超凡一下,然后嘻嘻笑着对他说:"老公,我收留可怜的美眉,你没意见吧?"

"当然没意见!"从后视镜我就看见张超凡的脸并没有不悦的表情,还是笑意盈盈。

"那我陪她睡一晚呢?你有意见吗?"曼婷继续向张超凡撒娇。

我连忙打断曼婷说:"帮我找个合适的旅馆吧,我先住下来,等我讲完公开课,我再好好找房子。不过工作的事,要劳烦你们两口子费心了。"

"啊?!"张超凡一个小小的急刹车,就连他都惊讶地张大嘴巴,曼婷更是夸张,她摸摸我的额头确定我没发烧,然后对我说:"你没做梦吧?你知道正式编制的老师要花多少钱才能买来不?"

"就是啊,欣瑜,曼婷说得没错,这个工作虽然挣得少,但是体面啊,有好多人花好几十万,就是想搞个正式编制呢。"

"详细情况以后和你说,先帮我找个干净的旅馆吧。"我说。

"你为啥不住在我家啊,我家超凡都表过态了,真是的,你就住我家吧,好吗?"曼婷拿出对她老公的那一套向我撒娇,两只手挎着我的胳膊,一副小女儿情恋。

"亲爱的,你让我适应适应,行不?"我真是有些不适应,连忙推开她,说完我转头对张超凡说:"我说张大侠啊,你用了什么方法迷惑我们曼婷的啊,这改变真够快的!"

张超凡并没有说话，我还是看见他笑眯眯的样子，还真是幸福。我趁机对曼婷说："我可不想住你家，你们这样秀恩爱，让我一个离婚女人情何以堪啊！"

话虽然是玩笑，却也是实情，每个人都会触景生情，我看到曼婷的幸福，已经在深深地被刺激。当年，我和朱德义何尝不是这样恩爱呢？

曼婷当然是最了解我的人，她很快就答应我到外面住，可是，她没经过我同意，却拨通了欧阳云翳的电话，她在电话里说："喂！小子，你的桃花运来了，今晚送上大美女一个，要不要？"

只听欧阳云翳清了清嗓子，拽起酸了吧唧的文言，他说："弱水三千，只取一瓢，可否是我那一瓢？"

我吐吐舌头，表示恶心，曼婷丝毫不收敛，她也随着欧阳云翳搭话说："S市一流离婚女蒋大姐！"

"曼婷，我不过去，快别打搅人家了。"情急之下，我急忙表态。我实在忍不住这俩神经病拽文，真有想吐的欲望，我从心里开始咒骂他俩的语文老师，为什么教会他们识字啊？这可真是罪过！

估计欧阳云翳听到我说话了，他迅速恢复平时说话的语气说："是欣瑜要过来吗？"

"是啊，偷着乐吧？"曼婷说。

接着话筒里传来欧阳云翳嘿嘿的笑声，又说："欣瑜在哪儿？用不用我去接她？"

"不用、不用，我们就快到了。"说完，曼婷就挂断电话。

"曼婷，我和他不熟，真的不好意思打搅人家。超凡，你还是送我到旅馆吧，好吗？"我用近乎哀求的语气对他们说。

"旅馆啊，小旅馆，整天半夜有扫黄打非的，一排女人在门口，那个床啊，被啊，都是什么人用过的，你知道吗？"曼婷一边讲述一边做恶心状，她的面部表情都夸张得扭曲变形。我看见曼婷的样子，确实再也没有勇气去住旅馆了。见我没有表态,曼婷还是不罢休,她接着说:"大的宾馆倒是干净,住一夜你知道要多少钱不?我和超凡去度蜜月两天,多半的费用都花在住宿上了,你很有钱吗?嗯?"

说着,车子就停在了欧阳云翳租住的小区门口,曼婷指了指我的行李箱,眼睛向上挑了一下说:"到了,要么就让我老公帮你把箱子扛上去,要么就放到大马路上。"

我突然笑了,曼婷刚才讲话的表情才是她的真面目。看来,女人要假装淑女是很累的,不,女人要看在什么人面前才能充分发挥她的女人味。找对了人,男人婆也能有女人味。

"不用了,我自己拿得动,不耽误你们甜蜜了。"一边说,我一边拎起箱子下车,踩着咯吱咯吱的雪向欧阳云翳的住处走去。

开门后,首先映入眼帘的就是欧阳云翳那张帅气阳光的脸,花儿一般的笑容荡漾在他的脸上。

"欢迎,欢迎!"欧阳云翳迅速接过我的行李箱,我很自然地进了屋。

"箱子这么沉啊,看起来要久住啊?"他试探性地问我。

"我一找到合适的房子就搬出去,可能要麻烦你几天。"我淡淡地说。

"为什么要去找合适的房子?我这里不合适吗?正好曼婷搬走了,你住在这里没有任何问题啊。你要是觉得过意不去,就帮我分担房租呗,你说呢?"

我礼貌地笑笑,说:"再说吧,今天太晚了,可是,我还是想多看几遍教案,过几天我要参加省里的公开课评比。你累的话就先睡吧。"

欧阳云翳没有说话,默默地到房间去睡觉了。

再次看见他,已经是上公开课的前一天晚上,他敲了敲我的门,探出头来对我说:"我出门了几天,你都在忙啥呢?"

我对他无奈地一笑,然后说:"还有啥?还是那该死的公开课呗,我都准备好几天了,还是对教学设计不太满意。"我一边整理笔记,一边发牢骚。

"哦？那我可以看你的教案不？"欧阳云翳笑嘻嘻地看着我。

"当然，只是别见笑，多多指教。"我把教案夹递给他。

欧阳云翳看得非常认真，我倒了一杯水，定了定神说："打扰一下，从教案夹里拿一份教案给我，我再熟悉一下。"

欧阳云翳从教案夹里抽出一份递给我，抬头问我："你这节课安排得非常好，但我想问一句，这节课的特色是什么？"

他把我问得愣了一下，时间很紧迫，我只知道把教案准备得精细一些，把伴奏尽量练得熟悉一些，根本没在别的方面下功夫。

"这个……"我的脸顿时红了。

"我说得更直白一些，你凭什么打动十几个评委呢？"欧阳云翳用非常专注的眼神看着我，好像要从我脸上挖掘出想要的答案。

"时间很少，我准备得不充分。"我看他还是十分认真地看教案，就试探性地问："假如你愿意，就给我个建议呗？"

欧阳云翳把教案夹合上，很严肃地对我说："一节好的音乐课，不是表演秀，更不是才艺展示，你在课堂中的活动太多了，并没有让学生真真正正、完完全全地参与到音乐活动中，这是教案很大的不足。如果我是评委，这样的教案，非常抱歉，我只能给你判个及格。"

他的话如五雷轰顶，本来我以为能在 S 市的竞争者中脱颖而出，内心还怀着骄傲，没想到被欧阳云翳说得一文不值。这节课对我来说很关键，我非常希望能在大赛上拿个奖，然后凭着这个奖在 H 市找一份工作，我要养活璇璇，让她过得更好，而且，我不能回原单位上班了，即使没有李老师那件节外生枝的事，单单为了躲避公公婆婆对璇璇的"贼心不死"，我也想离开。

如果这件事放在前些天，我会毫不客气地对欧阳云翳发火，骂他瞧不起人，瞎得瑟，钢琴弹得好有啥了不起等等，可是，我真的迫切地想拿奖。当然我也知道,在这样大型的比赛中拿奖的希望是非常渺茫的,但是我还是会加倍努力。我呆了几秒钟,然后抬起头,很自然地笑笑,对欧阳云翳说:

"要不你能在那么好的高中当老师,我就只能在那么小的初中教教书,我道行不深呗,那还不快赐教赐教,留洋学生?"

我这番恭维令欧阳云翳不好意思起来,不过他的笑依然很自信,他说:"咱们国家教育理念旧了些,也不怪你。我想如果赢得评委的青睐,首先你得让他和学生一样,有身临其境的感觉,你可以考虑把这两个环节设计成游戏的形式,当然,你的舞蹈示范和钢琴伴奏一定要出彩,虽然我建议你示范部分少一些,但是绝对要艳惊四座,让人感觉你是一个音乐素养极好的人。因为话又说回来,这节课终究比的是实力,教师自身基本功一定要过硬。这个伴奏乐谱充分说明了你的音乐天分和钢琴天分,所以,我建议你在伴奏上多下功夫,在舞蹈上多下功夫。"

我想解释伴奏不是我配的,可是,欧阳云翳已经风风火火地进了卧室,掀开他的钢琴,然后喊了我一声:"你先弹一遍我听听。"

他的语气不容拒绝,我再次想解释伴奏谱子的事,可是欧阳云翳又在催促我。

"别的我不敢说,钢琴我可以帮你,快点,现在已经九点多了。再晚,邻居就要骂了。"

我只好硬着头皮走进屋坐在琴凳上,看到欧阳云翳的钢琴我不得不发感慨,现在有钱人真多,欧阳云翳的钢琴和珍珍的钢琴是同一个牌子,虽然太具体的价格我说不上来,单从外观上来看,这架钢琴比珍珍的琴还要昂贵。

虽然我心里欷歔不已,但也没表现出来。我强装镇定,很自然地弹奏起来,管他呢,丢人就丢人,反正我又不是钢琴专业,爱谁谁去。

我调整了一下呼吸,先练习了两遍 G 大调音阶。欧阳云翳没有说话,他静静地看着我,我也不敢抬头看他,紧接着我就弹奏《青春舞曲》。

几分钟时间,曲终,我抬起头去看欧阳云翳的表情,内心非常忐忑。欧阳云翳的脸上很平静,从他的表情上我无法判断他对演奏的评价,只好硬着头皮开玩笑道:"不许打击我啊,你打击我,我没心情参加比赛,你可是要负责的!"

"哈哈!"欧阳云翳居然哈哈大笑起来,他看了看我,然后说:"我就是好奇了一下,这个伴奏怎么会是你这钢琴水平写出来的呢?"

"你哪只耳朵听到我说伴奏是我写的啊?我可没说!"我站起身离开琴凳,理直气壮地说。

"好,算你没说,我也没时间问。我说正题,你这个水平弹成这样,已经非常不容易,但是还有个别需要出彩的地方……"说着,欧阳云翳坐在琴凳上,给我做部分的示范。他的手弹出行云流水般的感觉,同样的那几小节被他演绎起来,感觉真是大不一样,我心里暗暗赞叹。

接着,他又详细给我讲了这个歌曲钢琴伴奏尤其需要注意的地方和特殊处理的几个地方,他说得很仔细,我听得也很认真。说完,他又要求我多弹了好些遍,终于,在晚上十点多的时候,我弹奏的《青春舞曲》才在他那里勉强过关。

"已经很晚了,你去睡吧!"我冲了两杯奶茶,递给他一杯,自己喝了一杯,旅行箱里的奶茶是那次给璇璇买的。喝一口奶茶,我本能地又想起了璇璇,一种难以名状的痛在我心里泛起,我努力调整呼吸才不至于流下泪来。

"眼圈红红的,怎么了?"欧阳云翳问我。

"没事。"我说。

欧阳云翳没有问我璇璇的去向,我心里踏实了很多。我担心在这个大男孩面前失态,我担心提到璇璇被爷爷奶奶带走那一幕,就会控制不住大哭一场。这个时候,我不能哭,我也没时间哭,我要创造争取璇璇抚养权的一切条件。思及此，我不再犹豫，见欧阳云翳正在津津有味地喝着奶茶，我问他："你一般几点睡觉？"

"我是夜猫子，晚上经常上网到深夜，怎么了？"他好奇地问我。

"那好，不管你有没有别的事，我希望你接下来看一下我的舞蹈有什么问题，可以吗？"我用非常信任、非常坚定的目光看着欧阳云翳，他一句话也没说，只是深深地点了一下头。

我让欧阳云翳稍等，就去卧室换上练功服。

没有什么好扭捏的，我直接把U盘拿出来，递给欧阳云翳。他接过来，很快插在他的电脑上，笑着说："其实我可以给你伴奏的。"

"吹吧？难道我上课的时候你也替我伴奏？"我已经站好，就等音乐响起。

"也是，也是。"欧阳云翳笑了笑。

我像是打了鸡血一样，在客厅非常完美非常流畅地跳完《青春舞曲》。欧阳云翳的掌声随着音乐的结束响起来，他非常兴奋地说："我知道为什么S市要派你来参加比赛了，果然是基本功过硬。"

我淡淡地笑笑，就教案本身把我的想法说出来，我说："这一段先作为示范，我想把重点放在新疆舞的动作特色和民族风情上，毕竟我们不是为了培养舞蹈家。我想这段表演能达到激发学生热爱舞蹈的热情就行了，这节课的重点是让学生深入了解维吾尔族的风土人情，并让他们去体会是怎样通过舞蹈和音乐来表达的。"

我一口气说完，等待欧阳云翳的意见。

"嗯，这一点在你的教学设计当中能够体现出来，就这么办吧。你真的很棒，加油！"欧阳云翳说完，做了一个振臂握拳的姿势。

"谢谢你。"看看时间，已经是快十一点钟了，我不好意思地说对他说："谢谢陪我到这么晚，如果获奖我请客啊！"

"那这顿饭你算是欠下了。"说完，欧阳云翳又嘿嘿笑了几声，然后说:"我说大姐,咱们收工吧?不然红着眼睛就不好看了,我可知道评委都是喜欢美女老师的!"

我点点头说:"那我洗洗睡了,晚安。"

简单洗漱后,回到卧室,我又把教案整理了一下,然后躺在床上闭着眼睛,想象着我身处课堂之中,台下是几十个学生,我想把要讲的课完整地讲一遍。想着想着,我很快就进入了梦乡。

第二天,我是被欧阳云翳叫起来的。天已经放晴,太阳金灿灿地照在雪地上,发出刺眼的光,熠熠的光辉昭示着这场雪的华美。欧阳云翳买了豆浆和油条,我扒拉了两口就赶紧收拾出门,我得提前看看公交站牌。

走出门,刚关上防盗门,我就听见欧阳云翳叫我:"欣瑜,我今天没课,我送你去,给你加油!"

他的话提醒了我,今天是开学的日子,大部分学校都是过元宵节以后陆续开学。元宵节过去了,丝毫没有过节的气氛和印象,我突然想起璇璇,璇璇的感冒彻底好了吗?她的书包铅笔盒和开学要穿的衣服都整理出来了吗?她想我了吗?她知道我疯了一样地在想她吗?

"喂!美女,表个态啊,我可是请假陪你的,不然我还要主持升旗仪式呢。"欧阳云翳看我走神,一只手在我眼前晃了一下。

我回过神来,对他说:"没事,坐公交很方便的,现在也不晚。你还是去学校吧,第一天开学就请假不好吧?"

"没事,我说了请假的理由,领导觉得我也应该进去听听,所以还打电话给分管的人,让他们放我进去呢。"

"哦,这样啊,总是麻烦你。"我说。

再次看见欧阳云翳的灰色威志,突然有种恍如隔世的感觉。掐指算来,也只有八九天光景,可是就在这几天里,我经历了很多事情,每一件都能令我终生难忘。

"昨晚睡得好吗？"车子发动，欧阳云翳随口搭话。

"哦，还好。"望着车窗外漫天雪景，我有点走神，以至于反应慢了半拍。

"闭上眼想想开场白吧，我不打搅你。"欧阳云翳说。

我没有作声，闭上眼睛，脑子里确实一片空白，我不去想任何事情，都到这会儿了，还是顺其自然吧。

省级的公开课评比果然场面很大，主要是来的评委很多，大部分都是在教育杂志封面见过的人。我只大概扫了一眼，就去找 S 市的教研主任，可是，却没看到她的影子。李老师西装革履的样子我都没认出来，在参赛座位席上，他突然站起来喊了我的名字，我才去分辨这人是谁。李老师穿一件蓝色西装，白色的衬衣衬得他的脸更加白净，看上去人也年轻了不少，像是刚刚三十出头的样子。李老师告诉我，教研室主任突然有事来不了了，让选手自己参赛。有没有教研室主任，讲课都是一样的。

欧阳云翳跟着我一起坐到 S 市参赛座位席上，刚刚落座，欧阳云翳就扯了一下我的衣角问："那位老师是谁啊？"

"哦，我的同事，人有些古怪，但是很有才华。对了，昨晚一直就没机会和你说，我的钢琴伴奏就是他家丫头配的，待会儿讲完课，我介绍你们认识。他家丫头真是钢琴天才，看看能不能收她做学生？"说完这几句话，我感觉稍微有些不妥，毕竟我和欧阳云翳不是很熟，张口就提收学生的事太冒失了，况且我和李老师也不熟。思及此，觉得自己有点多管闲事，可是，或许是做老师的天性吧，看到在某些方面有才华的学生，就想让他沿着自己的梦想走得更远一些。想到这里，我加了一句："学费不是问题，李老师的爱人是个大款。"

"哦，他已经结婚了啊，那个……"欧阳云翳若有所思地说。

"什么？"他的声音很低，我确实听得不太清楚。

欧阳云翳笑着解释说："哦，没什么，我是说，一看那个琴谱就知道你说的那个孩子是个苗子。如果家长有向我学的打算，是没有问题的，你引荐的学生应该不会错。"

这时，大赛评委要求参赛教师到前面去抽签，欧阳云翳看起来比我还紧张，小声嘀咕："别抽到后面就好，省得人家都听得麻木了，给不了高分。"

我刚站起身，李老师就叫了我一声："蒋老师，我们一起去吧。"说着他站在那里等我。

我向李老师走去。

不知道是不是好兆头，我和李老师分别都抽到一号签，也就是说，我和李老师将在不同的两个阶梯教室第一个参加比赛。当我拿到签号的时候，心里万分忐忑，万事开头难，前面连个示范也没有，心里很没底。我这是第一次参加这么大规模的比赛，额头竟然渗出湿漉漉的汗珠。抬起头，正看见李老师向我伸出食指，他摊摊手，表示无可奈何，不过，他很快又做了个加油的振臂动作，就转身离开了。

我回去拿教案夹的时候，把签号给欧阳云翳看。他倒是很轻松，笑着说："没关系，去吧，讲完就轻松了，我等你。"说着他还笑了笑。

四十五分钟的课堂转眼就过去了，我按照计划很顺利很流畅地完成了这节课，自我感觉还不错。也不知道大赛组请的是哪里的学生，表现那么积极，那么活跃，整个课堂我居然一点都不紧张，一节课下来，整个人反倒是精神焕发，如沐春风。

低头鞠躬时，我全身无比放松，评委席掌声不断，这时的我很有自信，目光扫过每一个微笑的脸庞。突然我愣住了，正在微笑着鼓掌并用与众不同的目光凝视我的那个人是甄鹏，我的大学同学，是我暗恋过他，他也暗恋过我的人。

我的目光和甄鹏很快相遇，他朝我微微一笑，我朝他点了点头，算是相互打过招呼。

甄鹏的样子比六年前成熟了许多，不过挂在脸上的那一抹笑容总是那么温柔，那种温柔的笑意和欧阳云翳的灿烂阳光是迥然不同的。算起来我和他都有六年不见了，应该说，我毕业后闪电结婚唯一有联系的同学就是陆曼婷。除此之外，就是忙工作，忙璇璇，忙家务。

第二个讲课的也是个女老师，高挑的身材，白皙的皮肤，标准的美女老师。不过，我突然没有兴致听课，甄鹏的出现令我的心微澜再起，我很快联想到自己的现状，璇璇的影子迅速映入脑海，我要赶紧去接璇璇。可是，当着那么多人的面，我没好意思立刻离开。

"喂！请我吃什么啊？这个奖是拿定了！"欧阳云翳用胳膊拱了我一下，笑嘻嘻地小声说。

"别瞎说，这才第二个，小心笑死人，这里又不能抢救。"我下意识白了欧阳云翳一眼，真恨不得偷偷拧他一把，前后左右都是参赛老师，被人听见，我还不得钻老鼠洞啊。

"嘻嘻……"欧阳云翳自顾自地笑。

不一会儿，李老师也回来了，他朝我打了一个 OK 的手势，就又坐到前面。

"怎么样？顺利不？"李老师回过头小声问我。

"还行，没出错。"我小声回答。

"别乱说话，好好听，多学习学习。"欧阳云翳见我和李老师说话，就假装咳嗽一声，小声警告我，又对回过头来的李老师说："老兄，怎么不听听对手怎么讲的啊，知己知彼百战不殆啊。"

李老师轻松地笑了一下，然后问我："这位老弟是欧阳吧。"

"你怎么认识我？"

"新一代钢琴大师，有谁不认识？"

"哦，幸会幸会。"

"待会儿再说吧，先听听讲课吧。"他俩小声嘀咕确实很不礼貌，所以我插了一句。这句倒是很管事，我看不到李老师啥表情，但欧阳云翳坐在我身边，像是浑身长满了痱子似的坐不住，一会儿看看时间，一会儿拿出手机来玩游戏。我说过两次叫他先回去，他就是不肯，还说这是难得学习的机会，高手云集。我听了不禁失笑，明明听不下去，这不是自讨苦吃吗？不过，我却无论如何也听不下去了，耐着性子听完第二位老师讲完，我连忙站起身，对欧阳和李老师打了个招呼，就走出阶梯教室。

没想到，欧阳云翳和李老师随后也跟了出来。在阶梯教室吸了半天的二手烟，一出来呼吸果然畅快了很多。欧阳云翳感慨道："你可真行！那些人的水平值得你听得那么认真啊，我看啊，一等奖非你莫属。"

"认真？你快别挖苦我了，我真后悔自己讲完没立刻走，我先走了啊，璇璇一定特别想我了。"

李老师对我说："早看出你归心似箭了，我捎你回去吧，反正我也听不下去。"

"不了，我去车站坐车很方便的。"我说。

"我也回 S 市，你也回，正好顺路嘛。"李老师看着我说。

再推辞的话显得我太矫情，我大大方方地笑着说："是啊，省了车票了，谢谢啊。"

欧阳云翳看着我，一脸的不高兴。他说："我请假陪你来讲课，没想到你先撤了，唉……好吧，我还是上班去吧。"

欧阳云翳有些失落，悻悻然向自己的车走去。

"欧阳老弟，请留步！"李老师扬了扬手，微笑着喊欧阳云翳。

"有事？"

李老师上前几步，对欧阳云翳说："嗯，是有点事，我想冒昧地问问欧阳兄，看看能不能给我女儿上钢琴课。这段时间，我找过好几个老师，但教珍珍都很吃力，我们那个小地方恐怕再也找不出好的钢琴老师了。欧阳老弟可是业内的佼佼者啊，不知道看在欣瑜的面子上，能否给个薄面？"

我刚想说，我和欧阳也不熟，可是那样李老师会很难堪，我只好走近欧阳云翳说："是啊，欧阳就给个面子呗？珍珍钢琴底子很不错的，我刚才上课的伴奏谱子还是珍珍帮忙配的。"

"当然，欣瑜的面子一定给，不过我这个人对学生是非常挑剔的，只要学生有潜力，不管是谁，我都可以收。但是丑话说道前头，如果不是那块料，学费出得再高也免谈。"

欧阳云翳带着黑色墨镜和我说话，样子酷酷的。我心里觉得好笑，就打趣他道："知道你挑剔得很。不过，珍珍配的伴奏，你不是也说好吗？"

欧阳云翳把墨镜摘下来，客气地对李老师说："这样吧，你休息日带你家宝贝来我家面试吧，让欣瑜带你来就行了，她和我住一起，不，不，是和我合租。"

欧阳云翳的话说完，自己先笑了，我和李老师也跟着笑了。我说："房子先给我留着吧。"

"蒋老师准备在 H 市不回去了？"李老师疑惑地问。

"暂时不回的，我想趁着周末的时候碰碰运气，来这里找找工作，如果找不到，我想还是会留在 S 市。"我如实说。

欧阳云翳答应李老师这个休息日带珍珍面试。坐在李老师的车里，我感觉有点别扭，毕竟我和他被人误会过，我显得有些不自然。不过，很快李老师就打破了尴尬的局面，他的眼睛看着前方说：

"真是不好意思，那个误会给你造成不必要的麻烦。不过，你可千万别因为这个辞职啊，如果我们俩必须有一个人辞职，那怎么着也应该是我。"

我连忙解释道："李老师，你误会了，我是因为个人原因才想要离开的，我和我老公正在协议离婚中，璇璇……不瞒你说，那天璇璇就是被她爷爷奶奶强行带走的，所以，我想离开。不过，李老师，我辞职的事你可要替我保密啊，工作找不到的话，我是不能辞职的，我还要养活璇璇呢，不能没有工作。"

李老师叹了叹气，说："当然，我不会和任何人说的。以后有啥困难尽管和我说，能帮得到的，我一定尽力而为。"

李老师的驾车技术很不错，虽然有的路面还有积雪，可他开车很平稳。快到S市的时候，李老师接到一个电话，他在电话里说："王校长，有啥事？"

我知道，这是他和我们的校长在说话。接下来，李老师的表情一下子惊住了，他靠右停下，猛然刹车，然后对着电话说："好，我马上就到学校了，给学校添麻烦了，真是不好意思。"

说完，李老师挂断电话，扶着方向盘长长地叹了一口气。

"李老师，有什么事吗？"我关心地问。

"唉……别提了，欣瑜啊，看来你也要跟着我丢人了，现在珍珍她妈就在校长办公室呢，她还是怀疑你和我……唉，她的疑心病啥时候能好呢。"李老师唉声叹气地说。

"李老师，别急，误会终究是误会，我相信嫂子很快就明白了。"我安慰李老师。

车子开到校门口，我对李老师说："我先下去吧，省得被同事们看见说三道四的。"

李老师点头同意，没想到，我刚打开车门，一条腿刚踏出车外，我就又被一个女人揪住了头发。

"狐狸精！你果然和我老公在一起。"女人一边撕扯我，一边喊叫。这一次，只听声音，我就知道这个女人是李老师的妻子。

我两只手用力重重地向前一推，女人就倒在地上。我也很愤怒，看着周围的老师、同学纷纷向这边跑过来，我更加难以控制自己，我大声解释道："难道李老师没告诉你吗？上次是个误会，这次我只是和李老师一起去参加省里的公开课大赛而已，看在李老师的面子上我不和你计较，但是，你总是这样的话，我就不客气了！"

我愤愤然说完就走，可是刚迈两步，就被迎面走过来的一个人拦住了。我抬起头，天哪，我怀疑这简直就是预谋好的，婆婆居然又到了！

"妈，您……"

婆婆拦住了我，一副幸灾乐祸的神情，指着我的鼻子说道："你怎么又跟他在一起……"

"妈，这是个误会。"

"误会？恐怕是你们早就有奸情吧？不然的话，和我儿子连手续都没办，就急着到学校投靠他了呢？真是个不折不扣的破鞋！"

婆婆说着，转身指向正在扶老婆的李老师。婆婆武断的话差点气炸了我的肺，我说："你哪只眼睛看到我和李老师好了？你拿出证据来，不然的话，就别血口喷人！"

"证据？我相信证据会有的！像你这样的贱女人，根本不配做我孙女的妈，即使法庭宣判，也不会把璇璇判给你这个水性杨花的女人！"婆婆说完就轻蔑地笑起来。我被气得胸口一鼓一鼓，嘴唇也打着哆嗦，真有拿起刀子杀人的冲动。

"你——血口喷人！"

婆婆依然轻蔑地笑，指着我对周围的人说："这个女人死活要和我儿子离婚，还想把我孙女带走，你们说说，她配做母亲吗？"

眼前的婆婆像是着了魔一样，我只能说她之前伪装得太好了。六年来，表面上婆婆对我特别好，难道之前她对我的好，都是假装出来的吗？我真是越来越看不透朱德义一家人了。

人群里大家议论纷纷，对我更是指指点点。如果地上有个老鼠洞，我一定会钻进去，哪怕是下辈子做老鼠，也绝不做蒋欣瑜了。

我低着头一口气跑进校长室，在校长面前鞠了个躬说了句"对不起"，就跑出学校。

背着一个简易的背包，我不知道该到哪里去。妈妈家我暂时不能去，爸妈如果听说他们的女儿被人骂作破鞋，我想，他们死的心都有了！

学校是无论如何也待不下去了，我相信我和李老师之间的误会，会因为婆婆的出现很快传得满城风雨，我只祈祷我爸爸妈妈永远不知情。我想了想，冲到婆婆家，可是婆婆的防盗门是紧闭着的，我拿出钥匙来开门，居然打不开，他们换锁了！我不在乎这些，我关心的是璇璇在哪里，我这才发现自己都懵了，璇璇开学了，她当然在幼儿园里。

我迅速在路上拦了一辆出租车，然后给璇璇幼儿园的阿姨打电话，可是，阿姨告诉我，璇璇并没有来上课。我呆呆地坐在出租车里，不知道接下来该怎么办，璇璇显然是被公公婆婆藏起来了。

司机师傅听到了我的电话，他问了一句："还去幼儿园吗？"

我心不在焉地说："不去了。"

司机接着问我："那去哪儿？"

我愣了一下说："随便。"

司机师傅很真诚地对我说："姑娘，还是说去哪儿吧。"

"车站。"我说。

我想了一下，如果他们把璇璇藏起来，我就是挖地三尺也不可能找到。我当前是尽快离开 S 市，让自己静一静，尽快找份工作，然后离婚争取璇璇。

我的工资卡里只有几千块钱，到了 H 市，我先是拿了一些钱，找到曼婷，把房租转交给欧阳云翳。我天生脸皮就不算厚，还是觉得让曼婷转交比较方便。

可是我刚说了意图，正打开包从里面拿钱，曼婷阻止了我，她说："半年的房租我已经给过欧阳云翳了。"

"什么时候给的?"

"昨天晚上啊，网上我和他QQ聊了三两句，他就说陪你备课，后来我就在网上银行给他打钱过去了，还留言告诉他。欧阳还打电话质问我，怪我管闲事，看来我是剥夺了他大献殷勤的机会了。"曼婷说完就开始诡异地笑。

"那我还你吧?"我点了曼婷额头一下。

"省省吧，我还不知道你啊，虽然你不说，我也能猜得到，你的工资一点也没攒下吧?除了你和璇璇花的，都贴补家用了吧?"曼婷点了一下我的额头，一副恨铁不成钢的样子。

"嘿嘿，那我找到工作以后有了钱，还你。不过，你怎么知道我不回S市工作?"

"我比你肚子里的蛔虫还了解你，你说为什么啊?"曼婷笑笑接着说："好啊，今天开始我就是你的债主了，逛个街吃个饭什么的，你得随叫随到啊!"

"好好好，反正我现在也没工作，闲着也是闲着。"我随口说着就向外走去。

"欣瑜!"曼婷叫住我。

"怎么了?"我疑惑地看着曼婷。曼婷走向我，态度十分认真地问："你确定要放弃朱德义吗?"

"嗯。"我深深地点头。

曼婷有点为难的样子，但她还是鼓足勇气说："那我求你一件事，好吗?"

她拉住我的手，然后嘴唇抿了抿，又张开。我追问一句："这可有点不像你了啊，装淑女装得有点过头了啊。"

曼婷的态度依然很认真，说："好吧，我是非常了解你的，做了决定的事情不会轻易改。如果你真的放弃朱德义，我希望你能早点和他办手续，欣瑜，你别误会……"

我笑了笑说："我知道了，曼婷，我不让你为难。"

"你也知道，咱俩的关系比我和我表姐铁得多，可是，我表姐就差跪在地上求我了。她如果要我劝你离开朱德义，我是不会做的。既然你决定了，也帮帮我表姐吧，她也很可怜，朱德义非但没有说过要娶她，也不让孩子进家门。上一次我表姐自作主张带着安安去过你婆婆家一次，可是，从此以后，朱德义再也没有找过她，电话也不接。"曼婷说完，长长地叹了一口气。

我听着，心中滋味难言。那个女人表面上很嚣张，其实也是个可怜人。朱德义？他居然有如此行为？我心里似乎软了一下，但是想到他已经瓜熟蒂落，与那女人有了儿子，分明没有给我，也没有给他自己留条后路。

当着曼婷的面，我拨通了朱德义电话。电话很快接通，我一副公事公办的语气说："协议书签好了吗？签好我们找个时间办一下手续。"

朱德义接到我的电话并不意外，他清了清嗓子说："璇璇的事，我也是无可奈何。你难道非要和我离婚不可吗？为了璇璇，你就不能原谅我一次吗？"

"原谅？你高估你自己了，自打我看到安安的那一刻起，我的心就已经死了。再说下去的话没有意义，我想你爸爸妈妈把璇璇从学校接走，你不可能不知道。我希望你尽快把这件事处理好，别闹得大家都不好看。"我不知道为什么没有告诉朱德义他亲爱的妈妈今天在学校干的事，我懒得说，说不说结果都是一样的。

"既然你这么绝情，我也不耍无赖，可是，璇璇的事……对不起，目前我不能说服我的爸妈放弃璇璇。"

"朱德义,我劝你别跟我玩把戏,什么叫你说服不了你爸妈?我是要和你离婚,不是和你爸妈离婚。"

"呵呵,你休想要回璇璇,打官司我也不怕!"朱德义大声喝道。

"我真是领教了什么叫无耻。不过,我有必要提醒你一句,有些女人被逼急了,什么事都做得出来,你就不怕鸡飞蛋打吗?"说完,我气得莫名其妙地笑起来。

我一语双关的话和莫名其妙的笑显然使朱德义大乱方寸,他沉默了几秒钟说:"欣瑜,你给我时间,老人总是需要时间来接受这件事的。"

曼婷在一旁听得也是义愤填膺,她转过头,使劲按一下我的脑门说:"你干什么啊?就让你公公婆婆抢走了孩子?"

我被曼婷按得生疼,倒吸一口气说:"他们带走璇璇的时候,我的心像是刀割一样地疼。我是璇璇的妈啊,那种绝望你是无法体会的。可是,我只能先忍一忍,不然,我把老两口都推倒在雪地里,和他们拼个你死我活?这样的事我做得出来吗?"

曼婷睁大眼睛,疑惑地看着我说:"我还以为他们是趁你不注意带走孩子的,闹了半天是明抢啊?我的个神啊,现在的老年人都这么疯狂啊,你还真是不能轻举妄动,不然给他们摔个生活不能自理或者终身残疾什么的,你就更没能力争取璇璇了。"

我故作轻松地笑笑,对曼婷说:"是啊,我和朱德义毕竟没有办手续,说他们老两口抢孩子,也说不过去啊。你放心,曼婷,我不会把你的干女儿轻易让出去的,你每年就好好准备压岁钱吧。"

我窝在曼婷家的沙发里,懒洋洋的。备课和讲课的时候都没有觉得累,整个人像是打了鸡血一样精神,可这会儿,我却赖在座位上,一动不动。

电话响起,我也懒得接。曼婷拍了拍我的脚丫子让我离远一点,她很快坐到贵妃榻上。

"甄鹏!"曼婷的嘴迅速张成一个O字,我也吃了一惊,抢过手机来看,屏幕里闪烁着的分明就是甄鹏两个字。

"这么多年,他都没有换电话号码啊!"我十分惊讶,不由自主地喊出声。

曼婷嘻嘻地坏笑起来,打趣我道:"不会是等你找他吧?嗯?不对,明明你的电话已经换过好几次了,他怎么知道你的电话号码呢?"

"你让我接不接?"我瞥了曼婷一眼,不满地抗议道。

曼婷连忙递给我手机,我索性按下免提键,省得曼婷疑神疑鬼的。电话里,甄鹏的声音有些激动,说:"欣瑜,你怎么没来啊?"

其实,我心里非常忐忑,担心甄鹏带来我不愿意听到的消息。我支支吾吾地说:"我有些别的事,所以就没去,该讲完了吧?"

虽然我和甄鹏在讲课现场没有打招呼,可是,谁也不至于认不出谁。不过,他给我打电话我却十分意外。

"下午只有两位教师讲课,四点钟就该颁奖典礼了,你能赶来吗?"甄鹏非常自然地说。

"我?"我惊讶地问。

"不是你是谁?你是一等奖啊。"甄鹏的声音一下子提高了八度,想必也很替我高兴。

"啊?真的吗?"我忍不住大吃一惊,看了看时间,已经三点五十分,无论如何我是赶不上颁奖典礼了。我只知道这次大赛规模很大,但是之前大规模的比赛我也参加过,都是讲完了就回去,过些日子就会有人把荣誉证书递到手里,最次的也是优秀奖,这次大赛的隆重程度远远超出我的想象。

这时,曼婷再也按捺不住兴奋,她一把抢过我的电话,对甄鹏说:"我是陆曼婷,这样啊,你代替曼婷领奖,我和曼婷先找地方等你,我们一起庆祝一下,好不好?"

接着，曼婷和甄鹏说了好多饭店和 KTV 的名字，大多数我都没有听说过，我拉了拉曼婷，小声说："我可只有三千块钱啊，都请客了，我就别过日子了！"

我不知道曼婷和甄鹏最后说了什么，只见曼婷把电话挂掉，笑嘻嘻地说："我还巴不得请客呢，可是我没这么好的事啊。好了，快去把自己打扮好看点，快去洗脸，我帮你找我的衣服！"

"为什么要穿你的衣服啊，我这件挺好的。"我看看身上穿的黑色羽绒服，真的没有觉得不好，大冬天的，我怕冷。

我去卫生间洗了洗脸，拿出曼婷的梳妆盒放到茶几上，又拿了一面小镜子开始细细地化妆。甄鹏毕竟是我青春韶华时喜欢的人，见他，我肯定是非常重视的，可是离婚的事使我焦头烂额，我实在是没有精神和精力见甄鹏。

但曼婷都这样说了，况且获奖证书是在甄鹏的手里，想想自己的能力得到肯定，得奖的喜悦把我阴暗的心情冲淡了很多。

化妆的每一个步骤我都没有省略，只是比以往加重了些，用来掩饰憔悴的脸色。曼婷拉我到衣橱前，我惊讶地发现曼婷的穿衣风格真是彻底改变，以前那些中性的衣服彻底被逐出衣柜，代替它们的不是淑女装，就是质地考究的休闲服。其中最令我倾心的是那件毛呢外套，领口和袖口都是黑色兔毛，腰身和口袋是经典蕾丝花边。我的目光停留在这件大衣上，曼婷看出我的心思，她笑着瞥了我一眼，然后拿下衣服，叫我试穿。

香奈儿的衣服我只有两件，一件是夏天的真丝连衣裙，一件是米色风衣。连衣裙是璇璇生日的时候，朱德义送给我的，他说璇璇生日最受苦的人是我，应该好好犒劳我。我清楚地记得那条连衣裙花了整整三千八百元，是我两个多月的工资，价格我事后才知道，我嚷嚷了半个月要退货，朱德义每次都是摇头叹息和嘻嘻地笑。所以，后来我生日的时候，朱德义给我买礼物怎么也不肯带我去了,他说省得我心疼。

也就是朱德义给我买回风衣的那一晚,我郑重其事地问他是否生意挣了钱,他只告诉我生意的事别问太多,说他赚得也不多,也就是相当于多了一个月工资。他还说让我相信他,生意会越来越好。再后来,也就是那年秋天我过生日的时候,朱德义给我重新买了一款钻戒,我问他生意怎么样,他还是避而不答。我是个傻女人,或许在朱德义第一次给我买香奈儿的时候,我就该觉察到异常,可是,我反应迟钝,总是想既然他还舍得给我花钱买东西,那就是心里有我。没想到,他真的是做了亏心事才来假惺惺地补偿我的。

"喂!走什么神呢?这会儿就开始想老情人了啊?"曼婷的手在我眼前晃了晃,我才从沉思中清醒过来。

"这衣服穿在你身上真好看,我穿上还是有点假装淑女的感觉。你看看你穿上,气质、身段都有了,啊……不说了,羡慕嫉妒恨。"曼婷打开了滔滔不绝的话匣子。

我试图脱下衣服,因为我穿之前就看了看吊牌,这款香奈儿毛呢外套的价格是五千五百五十元。刚脱到一半,曼婷就按住我,说:"怎么了?干吗要脱?这不挺好吗?"

"曼婷,这衣服太贵了,不适合我穿。"我微微一笑说。

"你看你说的,贵就贵呗,别说你穿一下,就是送给你,以我们的交情,你认为不可能吗?"曼婷对我很不满,她撇了撇嘴埋怨道。

"曼婷,你误会了,我不是那个意思。我是说,我不想让甄鹏误认为我嫁了个有钱人,嗯?"我说。

"什么叫有钱人啊?你以为张超凡就是有钱人啊,真是的,他只是工资高一些而已,再加上他很努力带学生。我们家超凡在美术界的名气虽然抵不上欧阳云翳在音乐界那样响当当,但是也是小有成就的哦。我老公可是勤勤恳恳靠劳动吃饭,我也是稳稳当当靠老公吃饭。"

曼婷的话我不是很明白，我好奇地问她："靠老公吃饭？难道你和我一样，辞了工作？"

曼婷耸耸肩膀，然后使劲点点头。

"为什么？为什么不工作？"我像是看外星人一样看着陆曼婷。

"没有为什么啊，我老公挣得又不少，我们又有房有车，我还求什么呢？我不奢望住豪宅，开豪车，我很知足的。"说完她嘻嘻地笑起来。

几年不见，曼婷不只是穿衣风格上的变化，我发现，我们之间的差异越来越大。不过，我知道曼婷不是个贪慕虚荣的女人，也不是个甘愿依靠男人生活的人，她只是被爱情和初婚的甜蜜冲昏头脑而已，我说："曼婷，你听我说，你现在这么说是很有道理的。可是，你想过没有，你不去工作整天待在家里，是会被社会淘汰的。你逐渐脱离社会的话，如果有一天，你不得不靠自己吃饭的时候，怎么办呢？"

曼婷对这番话明显不爱听。她看看时间，然后说："快走吧，我知道你为了我好，以后再说这些，别让甄鹏等急了。"

我知道如果坚持要换下曼婷的衣服她肯定会生气，我没敢再惹她，硬着头皮穿好衣服。曼婷给自己选了一件大红色毛呢外套，一双红色短皮靴，看上去真是一个娇小可爱、幸福甜蜜的小新娘。

我和曼婷打车到了品味阁餐厅，路上的时候我在想，我应该叫上欧阳云翳的，毕竟为了我讲课，欧阳云翳陪我熬到那么晚。可是想想和甄鹏的关系，再想想欧阳云翳对我身边男人的态度，还是多一事不如少一事，况且甄鹏已经打了好几个电话催了。

品味阁餐厅算是H市比较有情调的地方，刚下车，曼婷就拉着我急匆匆往里赶。我心里暗暗惊喜，这个地方不是什么星级饭店，我的现金有一千多，怎么也够我们三个人消费的。

"两位美女，这都磨蹭了一个多小时了，我等得花儿都谢了啊，茶水也喝了三大壶了。"甄鹏说话很随意，让人感觉他和上学的时候一样，也一下子拉近了我们之间的距离。

"不好意思,让你久等了。"我笑了笑说。

"等美女是你的荣幸!多少人巴望着都盼不来呢,你说是不?"曼婷转身看着甄鹏,意味深长地笑。

甄鹏给我和曼婷每人倒了一杯茶,继续说:"那是自然。不过,你可真不够意思,我们同在 H 市,结婚都不言语一声,还老同学呢。"

其实我知道曼婷为什么没有请甄鹏,她当时给我打电话说过,她担心我尴尬就没有请甄鹏。曼婷拿起菜单来,递给甄鹏,非常潇洒地指了指菜单说:"总是给人下不来台,得理不饶人!这样吧,这顿饭我请了,权当是我的婚宴单独请你,欣瑜作陪,我待你不薄吧?不过红包也要补上哦!你不用手下留情,尽管点!欣瑜获奖这一顿呢,等她找到工作再补上,行不?"

"找工作?欣瑜,你辞掉 S 市的工作了?"甄鹏瞪大眼睛,疑惑地看着我。

"是啊,怎么了?"我若无其事地回答。

"她啊,离……"曼婷抢先说。

我连忙打断曼婷的话,接着说:"人往高处走,水往低处流呗。"我尽量把话说得轻松,装得无所谓的表情。

曼婷听到我的话突然情绪低落了,低声说:"对不起啊,欣瑜,我帮你问了,我们学校是私立的,听说你单身带孩子,他们拒绝了。"

我对曼婷笑笑表示没事。曼婷越说越来气,她义愤填膺地说:"你说这是他妈的什么制度啊?分明就是性别歧视!"

"算了吧,曼婷,工作慢慢找,没事,咱们这个专业的人还是很缺的。"我淡淡地说。

"等等,我刚听明白了,曼婷刚才说的意思是,欣瑜现在一个人?"甄鹏十分惊讶,他看看曼婷,又看看我。

"我不是一个人,我还带着女儿。如今离婚不算什么吧?不过,我正在为了我女儿的抚养权伤脑筋呢,呵呵。"我轻描淡写地说,并没有感到难为情,我也没有责怪曼婷透露我离婚的事,毕竟,这是铁的事实。

当然,这不算什么,据说中国人见面打招呼从"吃了吗"快要变成"离了吗"。

这下轮到曼婷惊恐了,她睁着两只无辜的眼睛,讪讪地说:"真像说的那样,离婚率那么高吗?"

"是啊!据不完全统计,大城市的离婚率都达到了百分之三十五了。"甄鹏叹了一口气,若有所思的样子。

"那,你离了吗?"曼婷把刚才甄鹏说的那句口头语活学活用到甄鹏身上。

"离了啊。"甄鹏回答得十分干脆。

"离了?!"

"是啊,已经一年多了,现在我自己带儿子。呵呵,也不叫我自己带,是我妈帮我带着,孩子太小,还没三周岁。我儿子很可爱的,给你们看看啊……"说着,甄鹏拿出钱夹,随手翻开。我和曼婷同时凑上去,看到一个虎头虎脑的小男孩儿,皮肤白白嫩嫩的,像极了电视上的小童星。

"你老婆为啥不要你了啊?"曼婷直来直去地问。

"呵呵,人家出国了,拿绿卡了,当然就不要我了。"甄鹏给自己倒了一杯茶水,慢慢抿了一口。

我觉得这个话题有些沉重了,连忙拿菜单再次递给甄鹏:"我知道我得这个奖,肯定你也做了很多努力吧?点菜,待会儿我敬你。"

我一边说一边给甄鹏和曼婷倒上酒。甄鹏也没客气,扫了一眼菜单,叽里咕噜地说了好几个菜名。

"欣瑜,你多想了,你讲的课每个评委都给了高分的,大赛前我根本不知道参赛者有你,我就是打招呼也来不及啊。再说了,比赛是公开公正的,哪有光天化日之下走后门的道理,你说是不是?"

我点点头笑了笑,然后接着说:"那就什么也不说了,干杯!"

曼婷刚要举起杯子和我俩干杯,就听到电话响。看到号码,她连连点头,还说了一句:"我这就出去啊,没事,我不在更好,俩人都离婚了,同病相怜,我和他们可没有共同话题。"

挂掉电话,甄鹏就开玩笑说:"曼婷,你赶紧走吧,你接听你老公电话的声音,我真受不了。你确实不适合跟我们这些孤独的人在一起啊。"

"只有羡慕嫉妒恨喽!"我加了一句。

"切!那不打扰二位旧情复燃了啊。"曼婷说。

"别真走啊,不够意思!"甄鹏举着酒杯摇摇头说。

"放心,我结了账走!"曼婷把刚才那杯酒端起来一饮而尽,喝完说了"回头见"就扭搭扭搭地走出包房。

"快吃菜,别凉了。"我指了指饭桌上叫不上名字的菜笑着说。

甄鹏没有理睬我,他放下酒杯,神情专注地看着我说:"欣瑜,你认准了的事不会轻易改变,离婚这件事发生在你身上,令我太意外了!能告诉我为什么吗?"

"行啊,这也不是秘密,曼婷婚礼那天你没来,如果来了就看到好戏了。我老公和别的女人生的儿子,和我的女儿璇璇在大庭广众下抢爸爸,你说热闹不?"这件事我说得很轻松,就好像婚礼那一幕是我看热闹一样,仿佛那场闹剧和我没有半毛钱关系。

甄鹏听了我的话,说:"我想不到你这么坚强,欣瑜,你果然成熟多了。"

我无所谓地耸耸肩膀,然后说:"人总要活着,难道我离了朱德义活不了吗?我要让他看看,没有他,我会过得更好!"

"欣瑜,按你说的情况,你争取你女儿的抚养权应该没有任何问题啊，你老公是过错方。再说了，他又有其他孩子，你放心吧，打官司的话，你也会赢的。"甄鹏用鼓励的眼神看着我。

"谢谢你啊，不说这些不愉快的事了，我的获奖证书呢？快让我看看。"说着我就迫不及待地伸出手来。

"看你急得像个孩子似的，我放到车里了，待会儿走的时候再拿吧，省得丢到这儿。"

我"嗯"了一声，抬起头目光正好和甄鹏的目光相对，我有些不好意思，尴尬地笑笑说："突然见面，都不知道说什么了。"

"你的情况我都了解了，对了，工作我帮你留意一下，有消息的话打电话给你。"甄鹏看上去极其自然，反倒显得我很拘谨，我不知道再次见到甄鹏为什么内心依然会起涟漪，难道是因为他说自己离婚了吗？我知道我今天说的话已经很多，可是，我知道在这么狼狈的情况下遇见甄鹏，丝毫不丢人，我也没有任何想掩饰自己的想法。

"还是说说你吧，我很好奇，怎样的一个女人能舍得丢下两岁多的孩子出国啊？"我说的是实话，不管孩子是不是维系婚姻的纽带，我都认为一个母亲无论在什么情况下都不应该抛下自己的孩子。

"说起来也很简单，我毕业后，在一所私立中学做了半年音乐老师，后来校长的侄女对我产生了好感，校长的侄女就是我的前妻王默然。王默然的爸爸在省里是个大官，也就是去年春天媒体曝光的，'一个贪官被十一位情妇联名告倒'，那就是我的前岳父。我岳父倒台后，我前妻她们一家人都搬到国外去了，只丢给我一句'好好照顾孩子'就扬长而夫，到现在连个电话都没有。"甄鹏说得很轻松，好像这件事像天气那样稀松平常。

"她可能有难处吧。"为了安慰甄鹏，我顺口说。

"难处？有难处就可以不要亲生儿子了吗？有难处就一去不回头、杳无音讯吗？"甄鹏说着说着站起身，他猛地拿起酒瓶，开始咕咚咕咚喝起来。

看着落寞的甄鹏,我突然就想起朱德义。一股酸楚的感觉立刻溢满心头,我用手碰了碰甄鹏,说道:"别喝了,给我留点,要喝一起喝!"

之前滴酒不沾的我见酒就醉,我刚才喝得也太猛,十几分钟后,我有些醉了。甄鹏没有阻拦我,后来,他喝得连说话都不顺畅了,只能听到他嘴里叽里咕噜地骂前妻:"王默然,你害我害得好苦!你个狠心的女人,太恶毒了!"

甄鹏不停地骂骂咧咧,好像只有骂人才能解他心头之恨。两个受婚姻伤害的人都像是忧伤的天使,除了借酒消愁,我们别无选择。

第四章　披了六年羊皮的狼，
　　　　终究还是一只狼

第二天醒来的时候，我睡在和欧阳云翳合租的房间。睁开眼睛，天已经亮了，我揉揉惺忪的双眼，定了定神，没错，这是我的房间，墙上还有曼婷那张《罗密欧与朱丽叶》的剧照。

我记得昨晚喝了很多酒，可是后来发生了什么就真的不知道了。头还有些晕，正在纳闷我是怎么回来的，就听见门外欧阳云翳在喊我："吃饭了！"

我说了句"来啦"就赶紧下地，我的身体还有些打晃，不过，很快我就能站稳，心想，得喝了多少酒才能这样啊。

去卫生间简单洗了一把脸，我看到欧阳云翳在餐桌前吃早餐，他低沉着脸不再理睬我。

"哦，不好意思啊，以后你不用管我，我起来自己做就行了。"

"不用管你？不用管你，你就被那个男人带去宾馆开房了！"欧阳云翳很气愤，他喝了两口牛奶，大声呵斥道。

"昨晚……是你把我带回来的？"我小心翼翼地试探道。

欧阳云翳根本就不接我的话茬，他继续没有好气地说："你抓紧时间吃早饭，待会洗个澡换身干净衣服。"

"干吗？"

欧阳云翳冷冷地用不带丝毫情绪的语气说："面试，到我们学校面试，上午九点钟，你别迟到啊。现在快八点了，我吃完先到学校，你要是自己不愿意来，就叫曼婷和你一起去。我也是面试官之一，你就把昨天的课重新讲一遍就行了。不过，讲得不好的话，我也不会录用你，你准备一下吧。"

"这……这不行……你们学校是高中，况且又是重点高中，我可不行，我还是找一所初中学校比较靠谱。"我下意识推辞道，以我的资质到重点高中教学，确实有些不敢想。不过人家欧阳云翳这么热情地帮我，我当然不好意思，连忙笑着说："谢谢你啊，总记着我。交了曼婷这个朋友可真值，现在又得了一个现成的哥们儿，你的好意我心领了啊。"

欧阳云翳对我的表现极为不满，他笑了笑，拉长声音，略带讥讽地说："你不会是瞧不起我们学校吧，得了个一等奖，还攀上个好同学，是不是有更好的选择啊？嗯？"

"欧阳，我没开玩笑，我知道你生我的气了。昨天是我不好，本来我们去吃饭是想叫上你的，可是你对我同学有成见，我担心闹得不愉快才没叫你。进你们学校是每个老师的梦想，可是，我知道自己有多大能力，你这么帮我，真的谢谢你。"

"行了！别说了，我说你能行你就行，再说，你没试怎么知道自己不行？我承认，我是想帮你。这次我是想，学校提出来招新人帮我带学生的，可是面试官又不是我一个，我说了也不算。给不给自己这个机会，你看着办吧，九点钟如果你不来，我就对校长说，你自动放弃这个机会。"说完，欧阳云翳放下盛牛奶的杯子，就到卫生间洗手，很快我就听见关门的声音。

本来我今天想找朱德义谈谈，可是，欧阳云翳这所学校真是太诱人了，工资待遇要比我之前待的学校高出三倍。刚要给曼婷打个电话商量一下，就接到朱德义的电话，他很平静地对我说："欣瑜，我给你两条路选择，第一和我继续生活，这样你还能和璇璇在一起；第二，放弃璇璇，我们好合好散。"

"放屁！"我毫不犹豫就骂了一句，我发誓，这是我三十年来骂得最脏的一句话，我知道，只有朱德义才配我这么骂，我拿着手机的手不停地在发抖，我气愤得想摔手机。

"哦？几天不见，我这么优雅的老婆也会骂脏话了啊。"他说完，电话里就传来令人恶心的奸笑。

"朱德义，我可真没想到你是这种人！"我都不知道说什么才能表达气愤的心情。

"好了，好了，消消气，你那么大火气干吗啊？我给你看一样东西，我相信你看完后，绝对会求我的。"

"朱德义，你休想拖下去，更休想把璇璇从我身边带走！"我气急败坏地说。

"亲爱的，别动肝火，你打开欧阳那小子的电脑，登录你的邮箱，看看，看看，我老婆多么上镜啊，喝醉酒的样子可真迷人。你的样子一定把你的同学迷得七荤八素了吧……"

听到朱德义这样说，我顾不得礼貌，擅自走进欧阳云翳的房间，迅速打开电脑，登录常用的邮箱。打开一看，果然是我醉酒的照片，有和甄鹏碰杯喝酒的，有醉倒后趴在桌子底下，甄鹏夫扶我的，甚至还有我和甄鹏醉倒在一起，他压在我身上的，还有欧阳云翳费劲把我往车上拖的情景，我衣襟敞开，双手挂在欧阳云翳的脖子上，样子十分暧昧。

我看不下去了："朱德义，想不到你跟踪我！"

"是，跟踪了，能怎样？如果去法院离婚，法官会把璇璇判给一个嗜酒成性、行为不检点的女人吗？"朱德义得意地说。

"我什么时候嗜酒成性,行为不检点了?我平时喝不喝酒你又不是不知道,我行为不检点?你有证据吗?"

"照片,不,我还有专业人员拍的视频,高清的,你要不要也看一下?"朱德义一副胜券在握的语气。

不用再和他说下去了,也不用看什么高清视频,我相信,昨晚在欧阳云翳没来之前,朱德义就已经开始偷拍了,想趁我喝醉,只要是他能想出来的暧昧姿势,他都能拍到。

我挂掉电话,像一摊泥一样瘫在地上。我不知道该干什么,为了争取璇璇的抚养权,朱德义居然跟踪我,居然威胁我!想起朱德义对我的种种好,我的眼泪滂沱而下。我怎么也不能相信将近六年的夫妻,他居然为了女儿的抚养权这样威胁我,不惜诬蔑我的名声和清白。婚姻六年,一个模范丈夫,一个深不见底的阴险男人,到底哪一个才是真正的他?

朱德义像是一只披了羊皮的狼,披了六年的羊皮怎么也会有些羊的性格吧,可是,我从他的话语里听出来的只有陌生和冷酷。

我该怎么办?我能怎么办?只有不惜一切代价夺回璇璇!我想我应该马上离开欧阳云翳这里,不然真不知道朱德义还会杜撰出什么新闻来。我更不能接受欧阳云翳给我介绍的工作,那样的话,朱德义的话在法庭上的效力会更大。眼前要做的,是和欧阳云翳脱离一切干系,毕竟我和朱德义没有办离婚手续,和任何男人来往都会被朱德义说成"乱搞男女关系"。

提着简单的行李箱站在大街上,我竟不知道该去哪里,偌大的 H 市居然没有我的栖身之所。我在大街上晃来晃去,接到了欧阳云翳的电话,看到来电显示,任凭电话肆意地叫嚣,我都不拿起来听。我知道在 H 市除了曼婷对我最好,就是欧阳云翳了,如果朱德义为了得到璇璇,而给欧阳云翳扣上私通已婚女人的罪名,对他来说是不公平的。人家那么帮我,我怎么能牵连他呢?

饥饿感把我从胡思乱想中拉出来，我找了一个面馆坐下来。已经感觉很饿很饿，却没有一点吃的欲望，可是我的内心有一个强烈的声音告诉我，我必须吃东西，我必须尽快找到工作，为迎接将要到来的抚养权大战。

任何美味都不能勾起我的食欲，我真想找个人撬开我的嘴，把整碗面条灌进我的胃里去。我闭上眼睛，假设有人刻意撬开我的嘴，面条一大口一大口往嘴里塞，我连嚼都不嚼就咽下去，一碗面竟然在十分钟内吃完了。

走出面馆，我随意找了一家小旅馆安排了一下，就拿着简历出去找工作。我一边看求职信息，一边看房子出租信息，我想尽快找一处小房子租下来，住旅馆不是长久之计。

我知道会接到曼婷的电话，欧阳云翳打不通我的电话，一定会打电话给曼婷，我让曼婷在家里等我。

"你啥时候也变得那么不靠谱了啊？嗯？"刚一进门，曼婷就使劲点了点我的额头，像是训斥学生一样。

"可能是欧阳把你那件香奈儿送去干洗店了，你问他要啊，我可不知情。"我懒懒地坐在沙发上说。

"唉……人家欠下你的了啊，要知道昨天那情况，我说啥也不回家吃什么日式料理。欧阳给我打电话的时候，我就告诉他吃饭的地方了，后来我又接到欧阳一个电话，他张口就数落我说，'你那是什么狗屁同学啊，不仅把欣瑜灌得烂醉如泥，还把自己灌得不省人事，真不靠谱！'"

我听了这话一下就乐了，白了曼婷一眼说："你添油加醋的本事不去当编剧真是屈才！"

曼婷一边调皮地笑一边说："欧阳对你可真上心啊，他昨天晚上把你送回家安顿好，就把甄鹏送到五星级饭店，用甄鹏的身份证开了三间房。"

"啊？！他一个人干什么睡三间房啊？"我对欧阳云翳的行为大吃

一惊。

曼婷意味深长地笑起来，她说："看上你了呗，故意整甄鹏呢。"

"欧阳真这么干了？"我好奇地问。

"还有更过分的呢。他啊，把甄鹏里里外外的衣服都交给酒店服务员，然后告诉服务员，不到第二天中午千万别打扰客人休息，十二点以后再把衣服送过去。"

曼婷说完就哈哈大笑起来。我也跟着笑，不过，我赶紧追问下文，因为甄鹏遭遇的恶作剧和我有关系，心里有些过意不去。

"现在甄鹏呢？"我问。

"这不，刚放下甄鹏的电话，就接到欧阳的电话，再接着你就来了。"曼婷看着我，试图从我的眼里找出她想要的什么答案。

"怎么了？这幅表情看着我。"我说。

"没事啊。"曼婷诡秘地笑。

"笑什么嘛，快说！"我焦急地问。

"没笑什么，我是在看你到底和甄鹏相配一些，还是和欧阳更有夫妻相。"曼婷说完就赶紧从我身边躲开，她担心我攻击她。上学的时候我们有时候拳脚相加，可是现在即使我和她再怎么胡闹，也不会动手了，她已经是个结了婚的女人，这一点我还是会注意的。突然想起怀着璇璇时候的情景，肚子一点点隆起，穿上时装越来越滑稽，朱德义陪我一圈又一圈地逛商场，就是为了买到称心如意的孕妇服。

"怎么了？想什么呢？"曼婷又重新回到我身边坐下来，她看到我眼里盈盈的泪水，脸色也暗下来，她从刚才的调侃中沉下气来说："勇敢地面对现实吧，真的，欧阳和甄鹏人都不错，给自己找条退路吧。"

我摇摇头，没心思陪她说这些，可是眼泪再也忍不住，像是山洪暴发一样大声哭起来。曼婷连忙抱住我，连声问我："怎么了？怎么了？"

我把朱德义打电话的事说了一下，然后刻意叮嘱曼婷说，我千万不能在这个节骨眼上出岔子,和任何人的暧昧都会遭到朱德义变相的攻击。否则,我这辈子休想再见到璇璇。

曼婷气得脸都绿了,义愤填膺地说:"没想到朱德义是这种人!我必须找时间找找表姐,叫她也赶紧和他一刀两断!枉他当了我那么多年的表姐夫,这种男人,简直就是人渣!"

哭了一会儿,我擦了擦眼泪说:"我的事你别和欧阳说,更不能告诉欧阳我住在哪儿。你知道璇璇对我有多么重要,况且欧阳把我当朋友,我也不能害朋友不是?"

"难道你还怕朱德义不成?"曼婷的嘴角抽动了两下,气哼哼地说。

"我不怕他,只是我害怕失去璇璇。"或许我脑子有些乱,可是我真的六神无主,我继续对曼婷说,"他居然能趁着我喝醉酒,拍了我和甄鹏酒醉的照片,他还有什么事干不出来?我会慢慢想办法对付他,不过他趁我不防备来这一招,已经遏制住了我的咽喉。我真想象不出来,璇璇如果跟着朱德义这种人,将来会变成什么样子?"

我已经哭得泣不成声,曼婷除了愤怒,就是安慰我。

这时,曼婷的电话响了,我以为是张超凡打来的,我不想听他们两口子打情骂俏,就到卫生间去洗脸。

"怎么了?衣服找到没有?我正打算替你解围去呢。"曼婷说话时依然带着诡秘的笑容:"那就好,嗯,她就在我这里,我让她接电话啊。"

我接过电话放到耳边,甄鹏的声音传入耳膜:"欣瑜,真对不起啊,昨天我也喝多了,没能照顾好你,真是失礼。"

"曼婷刚才都和我说了,你别生欧阳的气啊,他这个人就是喜欢开玩笑,你别介意啊。"我不好意思地说。

"欧阳教训得是啊,哪里有置身边女士于不顾,喝得那么高的。损失个万儿八千的不算什么,只是……呵呵,这么大人了,第二天起来找不着衣服穿,叫天天不灵,叫地地不应的,曼婷一定是幸灾乐祸了好一会儿了吧?"甄鹏说话的语气越来越轻松,我想象着他找不着衣服穿的情景,也禁不住笑起来。曼婷在我身边听着电话更是乐不可支地捂着嘴巴,尽管没有笑出声音,但笑得前仰后合的。

上大学的时候,曼婷就看不惯甄鹏,她知道我喜欢甄鹏,也看出来甄鹏喜欢我。她提示过甄鹏好几次,甄鹏都没有向我表白,而我又是绝不会倒追男生的那一类人,所以直到毕业,我和甄鹏依然徘徊在爱情之外,友谊之上。我毕业后和朱德义相亲,闪电结婚,也有和甄鹏赌气的意思。但是我发誓,自我和朱德义开始谈恋爱到现在,我都没有对甄鹏抱过任何幻想。

"甄鹏,我那个获奖证书你先替我保存,以后找机会我去取。"我说。

"你明天就来我们单位吧,我带你去一个学校面试。"甄鹏一本正经地说。

我一头雾水,张口便问:"面试?"

"是啊,那天你讲公开课,我身边一个退休老教师一个劲儿夸你,说你能干,是个音乐教师的骨干。再后来你说辞职了,我就打电话问了问这位老师,他说巧得很,他刚办完退休手续,但是苦于找不到接班人,暂时还在第一线上课,他们学校公开招人。"

听到这个消息,我异常兴奋,连忙问:"真的?"

"是啊,这件事真的很巧,怎么样?考虑一下,跟我去面试吧?"甄鹏的声音听上去轻松愉快。

我犹豫了一下,说:"这样吧,你把学校的名称和具体地址说一下,我自己过去吧。省得万一我应聘成功,人家说我走后门!"

"嗯,这样也好。"甄鹏说完就把学校的详细地址说了,这一听吓了一跳,翔鹏高中是本市最好的私立高中,虽然名声不如欧阳所在的学校响亮,但是教师的工资待遇要好过国中。我对自己的能力从来没有怀疑过,但是我一直在初中教学第一线,从来没有想过教高中,更何况是那么好的私立高中。

"我可能会让你失望,不过我会去试试的。"我说。

"你一定能行,别灰心啊,你也不用准备,就把公开课那一节讲一讲就行。那位老教师已经认准了你,你需要做的就是征服他们音乐教研组其他成员。有问题吗?"

甄鹏一再鼓励我,我也不能打退堂鼓,我鼓足勇气说:"好的!等我好消息吧!"说完,就挂断电话。

曼婷又不由自主地按了一下我的脑门,说:"我就说嘛,人不会总是走背字,你这次啊,又是桃花运又是财运。哇,翔鹏高中啊,月薪怎么也得上万吧,我要是在那样的单位估计也不会辞职的。"

"八字还没一撇呢,别瞎说。好了,我这就先回去准备。"临走前,我把新住址和曼婷说了一下,她答应我不告诉欧阳云翳,并强烈表示一定要帮我争夺璇璇的抚养权。

刚回到住处,我就接到爸爸的电话,我当然不会把离婚的事告诉他们,我只告诉他们,我来 H 市讲公开课,也极有可能在这边找工作。爸爸妈妈误认为我是要和朱德义在 H 市比翼双飞,自然替我高兴。爸爸告诉我,他和妈妈想璇璇了,我只好撒谎说过段时间就回去看他们。

放下电话,我抹了抹眼泪就迅速投入到备课中,我一定会更加努力,用讲公开课的热情去参加面试。想着将来如果和朱德义打离婚官司也会花钱,我和璇璇以后的生活也会花钱,就像是打了鸡血一样精神亢奋,可是有些问题的处理我有点拿不定主意,我很快就想到了甄鹏,甄鹏作为大赛评委,一定集中了各个优秀教师的讲课优点。正在犹豫要不要打个电话问问,突然接到曼婷的电话,说甄鹏要来我这里送获奖证书。

听到这些,我忍不住和曼婷发起火,大声嚷道:"曼婷,你有脑子吗?我不是刚告诉你,不要告诉别人我的地址吗?你没听见吗?"

曼婷很委屈地说:"你吵什么啊,你只说不让我告诉欧阳,你可没告诉我不让我告诉甄鹏啊。再说了，告诉甄鹏怎么了？人家除了想把奖励证书送给你，还刻意收集了几个评委对你讲课的意见和建议，大家都是想帮你，有什么错吗？"

说完，曼婷就干脆挂断电话。我细细回忆了一下，觉得自己可能当时只说不让告诉欧阳云翳。正想着，听见一阵敲门声，我的心突然就提到嗓子眼儿，朱德义拍的那些暧昧照片在眼前闪过，我急忙打开门，向左右望了望，确定没人跟踪甄鹏，才把心放到肚子里。

甄鹏看到我紧张的样子，笑嘻嘻地问："怎么了？疑神疑鬼的？"

我假装很轻松地说："我要争取我女儿的抚养权，当然要处处小心啊，不然的话被人监控，说我行为不检点什么的，那这场官司就输定了。"

"官司？难道你和你老公非要走上法庭吗？"甄鹏走到椅子边，很随意地坐下，把获奖证书从衣兜里掏出来，放到书桌上。

此刻，证书已经不能勾起我任何的激动心情。我漫不经心地拿起证书说："是啊，他说我只有两条路可以选，一条是和他继续生活，另一条是放弃抚养璇璇。"

我的话说得很平静，但是只要想起朱德义干的那些勾当，我就恨不得把他撕成碎片。

"有什么需要我帮忙的吗？有的话，不用客气，我一定会鼎力相助。"甄鹏说。

"有啊。"我话锋一转接着说，"我刚要给你打电话呢，你听了我的课，还没给我提意见呢。"

说着我就去拿暖水瓶，可是暖水瓶里根本就没有水。我不熟悉这里的地形，也不知道去哪里打水，我尴尬地笑笑。甄鹏看出了我为难的样子，笑笑说："老同学了，还那么客气干什么？你赶紧看看吧，我都把大家说的总结到你这份教案的背面了，一边看，一边对照一下。我的意见也在其中，取长补短就行，这些评委毕竟曾经都工作在第一线上，可不是纸上谈兵的专家,你好好看看。"

"嗯,我会加油的,为了我的女儿,我也要争取这份工作。"

甄鹏站起身,我开玩笑说:"那我就不留你了,你看我这里连口水都不给你喝,呵呵。"

"是啊,对了,看见欧阳,就说我挺佩服他的,告诉他,我和他肯定还会打交道。"

"好的。"我连想都没想随口就说。

甄鹏打开门像是突然想起了什么事,但又有些为难的样子,我小声试探道:"你还有事?"

"好吧,我有话直说吧,我那里有闲置的一套房子,两居室,是我和我前妻买的第一套房子,我们还有一套大房子,离婚的时候都给了我,如果不嫌弃,就搬过去吧,你和你女儿住够了,反正闲着也是闲着。我儿子由我妈带,所以我也就经常跟我妈住,偶尔到现在的大房子住几天。"

"那多不好意思啊,不过,可以算我租你的,给你租金怎么样?"我说。

"行啊,也让我尝尝包租公是个什么感受?"甄鹏说完就哈哈大笑起来。

"租我的房子住,总不会被你现在的老公说行为不检点吧?"甄鹏依然笑着。

"对了,对了,还真是,你要是不提醒我,我都忘了。你打印一份租房合同,改天签字吧,不然的话,还真说不清楚。"我郑重其事地对甄鹏说。

听到我的话,甄鹏差点晕倒,他皱起眉头说:"还真签啊?哎……好吧,好吧,真不知道你是得了疑心病,还是你那个老公脑子真有问题。对了,你都快离婚了,我别总是说你老公了,他叫啥?"

"朱德义,道德的德,仁义的义。"说这句我都顺嘴了,我想再有两天我就和祥林嫂有一拼了。

"道德的德，仁义的义。朱德义，得意，这名字真不错。"甄鹏说。

我差点当着甄鹏做干呕状，我忍了忍，不想再提朱德义三个字。

"那现在就搬？"甄鹏看着我说。

"我不着急，明天也行。"

"如果我那边有电脑也能上网呢？"甄鹏笑嘻嘻地看着我。

"真的？"

"当然。"

"不是早就没人住了吗？怎么还能上网啊？"我一边收拾东西，一边和甄鹏说话。

"王默然出国前一下交了三年的网费，她业余喜欢写作，经常一个人搬到那里住几天，写一些东西，据说她在网上发过好多篇散文。我不知道她的笔名是什么，也从来没见过她写的东西。"

"哦，这样啊，看来她还是个很有追求的人。"我很快把东西都放进行李箱，然后去洗手。

"如果不是她老爸非给她安排个反贪局副局长的位置，她现在或许早就是知名作家了。不过，这也够讽刺的，后来她不出国也没什么别的出路了。你说他老爸是那么大一个贪官，事情被抖搂出来后，她每天怎么去上班啊？她的难处我也理解，可是，她对我们爷儿俩也真够狠的。"甄鹏说着，就走过来帮我拉行李箱，他问我："可以走了吗？"

我点点头，跟着甄鹏走出小旅馆，甄鹏的车是一辆白色东风，这款车虽然算不上豪华，但是对于一个工薪阶层来说，已经是不可思议了。瘦死的骆驼比马大，我一下子想起他的贪官岳父，我想，他这辆车有可能也是他岳父的战利品。

甄鹏看到我好奇的眼神，释然地一笑，说："很多人都会像你一样好奇，好奇我沾了我前岳父多大的光，但是我希望你别那么想。我前岳父都被抓进去了，我的房子、车子却依然还在，这说明我的钱是经得住查的，以后详细和你说。做音乐的，只要勤奋点儿，想多挣点钱并不难，以后你就知道了。"

我不置可否地点点头，然后说："是啊，欧阳就是例子啊，听说他带学生的学费高得吓死人。"

说到这里，我才突然想起来，那天李老师和欧阳云翳约的是明天见面。李老师没有欧阳的电话，也没有他的住址，那天说得好好的，李老师来了给我电话……此刻，我真恨自己多管闲事，自己的事都乱成一锅粥，还去管别人的闲事。

"到了，该下车了。想什么呢？都走神了。"甄鹏开玩笑说，他把车子熄火，然后说："就在二楼，我给你开开门，把钥匙给你放下就走。"

这个两室一厅大概有八十平方米，电器家具一应俱全，简简单单四处看看，我就对坐在沙发上的甄鹏说："你这房子还蛮新的，也不过住了一年吧？"

甄鹏打开客厅的饮水机，又坐到沙发上，说："我们结婚的时候，我坚决不用王默然爸爸买的房子结婚，王默然拧不过我，我们就在我按揭的这套房子里结婚的。不过后来她生了儿子后，就请了一个保姆，所以就住不下了，她非要搬到她爸爸买的大房子去，我偏偏不去，那个时候我们就经常分居。后来孩子越来越大，我也就不和她一般见识了，跟过去住了，后来，就是她常常过来写东西。好了，我把钥匙给你放这儿啊，我喝杯水就走，又饿又渴的。"

我连忙从饮水机里用纸杯给他接了一杯水，递给他说："那你赶紧喝水，中午没吃饭？"

甄鹏一边喝水，一边发牢骚："哎……别提了啊，提起来我就觉得尴尬。那个欧阳啊，可把我整惨了，早上我醒来，居然发现自己赤身裸体地躺在酒店床上，到处找不着衣服，就赶紧给服务台打电话。服务台说我的朋友告诉他们十二点才给我送衣服，说是我精神有问题，不然走丢了他们是要负责任的。等就等吧，服务员按时送来了洗好的衣服，告诉我需要结三套总统套房的钱，钱我倒是有，可是我没有现金啊！想想，这么糗的事就别让更多的人知道了，反正也瞒不过陆曼婷。谁知道陆曼婷答应得好好的去给我送钱，我等啊等啊，到下午给你打电话的时候她都没去，这分明是耍我呢，直到把我的手表，还有身份证押给酒店……"

可能是我的神态暴露了我的想法，我正偷着乐呢。

甄鹏说："我就知道曼婷是整我，上学的时候她就看不惯我。你居然偷偷笑，你是知情的，对吗？"

甄鹏说完，我就不再偷着笑了，而是正大光明笑着说："现在的年轻人真能闹腾，你当年不也挺会整人的吗？看吧，报应来了吧？"

甄鹏听我这样说，也忍不住哈哈大笑。他说："是啊，那时候追你的那个那谁，我都忘了叫什么，我骗他班主任叫他去操场谈话，结果那小子一等就是一下午，哈哈！"

"你还说呢，天那么冷，那人回去就感冒了，还打了好几天点滴。"

"你怎么知道？"甄鹏问。

"我当然知道啊，那时候他给我写情书，还把这件事写进去了呢，说为了我差点牺牲，如果你要是和他争我，他就和你不共戴天！"

"哈哈，他有那么勇敢啊！"甄鹏笑得前仰后合。

"反正比你勇敢！"我脱口而出。

我突然冒出来的这句话使甄鹏愣住了，他顿时呆住。我自知说错话，更是尴尬，我和甄鹏谁也不再说话，屋子里安静极了，只能听到饮水机不时运转的声音。

甄鹏的表情突然严肃起来，他站起身，对着墙壁沉思了一下，然后转身问我："欣瑜，你怪我吗？"

我假装一副无所谓的神态，若无其事地说："不怪啊，怪你干吗？"

是璇璇最爱吃的,我不在,不知道璇璇此刻正在干什么?她洗手洗澡了吗?吵着要妈妈了吗?她……

我把筷子递给甄鹏,自己却把面挑来挑去,一口也不愿意往嘴里放,最后我还是按照中午吃面的方法,很快把面吃完。

甄鹏看来真是饿了,吃完一碗,又到厨房去盛,我说没有了,他才悻悻然从厨房出来说:"就一碗面,还不让吃饱,这面还是我买的呢,你可真小气!"

我知道他是开玩笑,可是我没心思陪他调侃,朝他温柔一笑,说:"快回去吧,垫垫肚子就行了呗,阿姨一定在家等着你吃饭呢。"

他真起身说了句"说得是"就匆匆忙忙离开。临走前,他收拾了几件私人物品,然后把钥匙给我留下。

甄鹏走后,我赶紧给李老师打电话,告诉他我有点急事不能带他去见欧阳云翳,让他自己去找。

有电脑工作起来就是快,我把上课要用的 PPT 重新演示了一遍,然后拿自己的教案和甄鹏给的意见修改稿反复对照了好几遍,终于在两个小时之内完成了一份自己更为满意的教学设计,然后我又用了一个小时的时间再次熟悉,力求在应聘中不出差错,万无一失。

这一切都做完已经是晚上十一点钟,我去浴室冲了个热水澡,刚想从柜子里翻找一下是否有电吹风,手机响了。这么晚了,谁会给我打电话?

朱德义显然是喝了酒,他约我过去谈谈离婚的事。我没有拒绝,一来关于璇璇的问题我也想尽早解决,二来我了解朱德义,他一旦喝酒就会话多,但说的都是真话。我问了地址,拿了外套就打车到一个叫"当年"的酒吧。

酒吧里乱哄哄的,黑乎乎的,长这么大,我还是头一次来这种地方。我站在门口有些露怯,犹豫了一下,还是勇敢地进了门。刚一进门,就看到朱德义向我打招呼,他一个人趴在角落的一张桌子上,看见我来招

"欣瑜，你知道我指的是什么，对不起，当年是我负了你。"甄鹏大胆地说。

我假装不明白甄鹏的意思，其实我心里像明镜似的，我看得出，他想解释当年为什么没有把那层窗户纸捅破。

可是我现在的状态，哪里有心思想这些，我表面看起来一副无所谓的样子，但璇璇的事没有一刻令我安宁，没有一刻不令我牵肠挂肚。

我岔开话题连忙说："时间可真快啊，一晃都六七年的事了，不提了，不提了，先顾眼前。"我站起身，然后礼貌地问甄鹏，"电脑在什么地方？我们抓紧时间把租房合同拟出来，趁着都在签上字，你平时肯定时间少。"

其实，我看得出甄鹏是想帮我，他坐在我身边，看着我打字写合同。我一边打一边和他商量细节，他不发表任何意见，什么都说好，打完后我念了一遍给他听，他说好，打印出来签字吧。

从始至终他都是笑吟吟的，对合同一点都没有认真，签完字，我半开玩笑对他说："我先给你一个月的房租，等上班后，我再给你付一年的。"

"你非要给，我也拦不住你，但是，可不可以把房租当作我的伙食费？当然，我不会每天每顿来你这里吃，但是，我确实想偶尔来蹭饭，行吗？"甄鹏很认真地征求我的意见。

"这个阶段恐怕不行，等我的事情办妥之后吧，偶尔蹭饭，拿什么伙食费啊。"我稍加思考了一下，摊手笑笑，从随身包里拿出与欧阳云翳合租时二倍以上的钱，递到他手里。

他犹豫了一下，说："好吧，我收下了，不过，为了你的事，我到现在还没吃午饭，你是不是让我享受一碗面？面在挨着冰箱的橱里。"

说完，他不等我同意，就靠在沙发上，一副等待吃饭的架势。

甄鹏看上去很疲惫，我没说话，饮水机里现成的热水，我接了一些放到锅里，很快就把两碗面端上茶几，还打了两个鸡蛋。我做的荷包蛋了招手，就又趴在桌子上了。

我刚坐下，朱德义就抬起头眯着眼睛说："亲爱的，过得还好吗？"

他说话的语气软软的，却像是一把无形的刀刃，我的心此刻是颤抖的，担心朱德义又出什么损招，尽管他的语气听起来就像是小别的夫妻之间的呢喃。

我冷笑两声，回复道："有什么话你就直说吧。"

"好，我开门见山，我给你指的两条道，你考虑得怎么样了？"朱德义盛气凌人的语气令人很不舒服，他好像并没有喝醉。

我不想和朱德义总是说车轱辘话，于是干脆利落地说："我当时就告诉你了，我不会与你和好，也不会把璇璇让给你，如果你不在离婚协议上签字，只有法庭上见了，我的律师会联系你的。"

我之所以先发制人，其实是担心和朱德义闹上法庭，那不堪入目的照片如果公之于众，我真的受不了，我受不了别人指指点点，我做不到在唾沫星子里坦然处之。

"你真不担心那些照片被公开？"朱德义又问了一句。

"曼婷婚礼上，我已经出尽风头了，名声对女人来说是很重要，可是，对于一个母亲来说，微——不——足——道！"

我把"微不足道"四个字分别拉长，用来强调我的态度。没想到朱德义居然哈哈大笑起来，他继续说："没想到你蒋欣瑜也会不在乎这些，你不是一向自恃清高、不甘受辱吗？怎么，你的骨气哪里去了？"

"好了，朱德义，既然我们谈不拢，那就法庭见！"说完我就站起身。

"欣瑜，你别走，好吗？"朱德义说话的语气突然像是变了一个人，他一边呜呜地哭，一边用乞求的眼神看着我说："欣瑜，别离开我好吗？我都忘了告诉你了，我们有钱了，我做生意赚了好多好多的钱，我会让你过上更好的生活，我们重新买一个大房子，我再给你买部车子好不好？"说着，朱德义站起身，去拉我的手。

我不去想朱德义说的话是真是假，即使是他做生意挣了钱，和我也没多大关系。在我心里，早在得知他和别的女人生孩子的时候，我们的关系就完了。我不会为了钱再和这样一个男人有任何瓜葛。

"欣瑜！"朱德义几乎用尽全身力气抱住我的腿，整个身体因为用力扑过来倒在了地上。

我摇摇头，叹叹气，却没有那么大力气甩掉他，周围异样的目光看过来，还有些年轻人鼓掌起哄。我有些无可奈何，也有些恼羞成怒，我尽量压制自己的怒火，把语速放慢："朱德义，你这是干什么？好离好散，你有秦佳璐和安安，我只要璇璇。我不阻拦你的幸福，也请你为我考虑，不要让我们母女分离，好吗？算是我求你了。"

"不！我不离婚！离婚也绝不许我的女儿离开我！"朱德义跟跟跄跄地站起身，然后指着我说，"我朱德义只有甩女人的份儿，还没有哪个女人像丢垃圾一样丢掉我！蒋欣瑜，你办不到！"

朱德义在和我说话时，还在接二连三往嘴里灌酒，这时，他俨然喝醉，但是语言还很流畅很连贯。

见多了这些男男女女的事，周围的人见没什么花样儿，也就不再围观。朱德义挺了挺身子，然后甩下几张钞票便离席而去。

我低着头喝酒，一杯又一杯。我实在是搞不明白，为什么朱德义会变成这个样子，难道夫妻六年的情分，就这样烟消云散，不留一点点痕迹吗？假如日后我真的不能争取到璇璇的抚养权，真不知道日子还怎么过下去。想到这些，我的心就隐隐作痛，一杯又一杯的酒令我十分兴奋，喝到胃里的一阵阵辛辣能使我瞬间麻木。我几乎在那一个瞬间就爱上了酒，抬了抬手，叫服务生又拿来几杯，一一灌到胃里。

小舞台上一位女歌手正在唱《甜蜜蜜》，那女人笑得很灿烂，周围人的目光都被她吸引了过去。好多人为她鼓掌，还有人献花，此刻，我觉得舞台上的女人才是真正的女人，有鲜花，有掌声，我在校园里也曾经被很多人簇拥着。想起当年，我居然晃晃悠悠走到舞台上，醉意蒙眬地看着舞台上的女人，伸过手去。女人莫名其妙地看着我，疑惑地看了看周围。我一把夺过她的话筒，随着音乐唱起《甜蜜蜜》的后半段，没有想到我刚开口，就有很多男人在台下打口哨，我唱得更加投入。一曲唱完，台下有很多人一起喊："再来一个！再来一个！"

我的虚荣心得到了很大满足，伴奏的乐队很年轻，他们的音乐很快唤起我的激情，我随着音乐的节拍摇动身体，又连续唱了两首歌。可能是我刚才抢尽了风头，刚才那位歌手很不高兴，她想从我手里抢麦克风，我正唱得来劲儿，自然不愿意给她，那个女人一下子就愤怒了，一把推开我。我踉跄地向后退了几步，恍惚中看到几个小伙子走过来，其中一个叼着烟，把我扶起来，色迷迷地看着我说："妞！唱得真不错啊，想唱歌还不容易啊。来，哥哥带你去，保管你唱个够！"

我本能地挣脱眼前的男人，另一个男人又上前托起我的下巴，贪婪地看了一眼，重重地咽了一口口水，对旁边的几个男人说："极品啊，还等什么？"

我自知闯了祸，拼命地挣扎，可是，我终不是几个男人的对手，被其中一个男人扛起来。

我正在拼命喊叫的时候，就听见对面有个陌生的声音厉声喝道："放下她！"

我抬起头来，眼前的男人我并不认识，但是他高大魁梧的身材，严肃英俊的面孔好像是在哪里见过，迅速搜索记忆，却想不起来他是谁。

"哟！还真有英雄救美的，怎么样？大哥？要不咱们一起玩玩得了，省得伤了和气，搞得到处血腥，大家都晦气。"扛着我的小伙子说道。

"我让你放开她！"对面的男人再次喝道，他的剑眉很快蹙在一起，一副刚正不阿的态度。

可能是酒精的作用，我浑身一点儿力气都没有，不知道后来他们说了什么，只记得没有几句话，双方就厮打起来，我被扔在一个角落里。我努力用意念支撑自己，但还是很快就睡了过去。

当我睁开眼睛的时候，发现自己在欧阳云翳的家里。看看时间，已经八点钟，昨晚的情景不是很清晰，我只记得见过朱德义，后来在酒吧喝醉了，是一个男人救了我……可是，我为什么会在欧阳云翳的房间里呢？

我的手机在房间的某个角落里响，找了半天，发现在客厅里。电话是甄鹏打来的，问我准备好了没有，要不要跟我一同过去？我忙说"不用"就赶紧挂断电话，四处望了望，没有看到欧阳云翳，我拎起包就跑了出去。

打车回到住处，拿了讲课要用的东西，连忙赶到翔鹏高中。还好，到会议室刚刚八点半，九点钟才正式讲课，我这次抽的签是第二个。我坐在会议最后一排，由于昨晚喝多了，我担心自己不能正常发挥。我把要用的东西重新整理一下，一边整理，心里一边默默讲课，我脑海里像演电影似的播放，我找不到 U 盘了，一下子就慌乱了，这可如何是好？时间已经是八点四十五分，如果回到住处找，来回至少要半小时，这个时间段路上正好堵车，即使找回 U 盘，肯定也晚了，不找的话，课就没法讲。

我急得像是热锅上的蚂蚁，我恨透了自己，为什么要去赴朱德义的约？为什么要喝酒？不然的话，以我平时办事的态度，根本就不会出现这种情况。我硬着头皮给甄鹏打电话，把情况告诉他之后，我又问了一句："你那里还有多余的钥匙吗？如果有，能帮我看看 U 盘是不是还插在电脑上？也很有可能早上我着急拿东西，掉到地板上了。"

"好吧，我现在去我妈那儿拿备用钥匙，你先等我消息，实在不行你就跟评委说最后一个讲，我来想办法，你先别急啊。"说完，甄鹏就挂断了电话。我的心稍稍安稳一些，好歹甄鹏那里是有希望的。怀着忐忑不安的心情，我硬着头皮准备代替 U 盘的应急方案。

谢天谢地，甄鹏终于赶在我讲课前，把 U 盘带来了。我很顺利地讲完，心里的石头总算是落下一大半。散场后，为了表示对甄鹏的感谢，我说请他吃饭，他却执意拒绝。

李老师的电话也是在这时候打进来的，我虽然知道他找我肯定是因为珍珍，我和李老师应该是老死不相往来，可是珍珍的事是我答应过的，况且我实在不忍心看着珍珍的钢琴天才浪费，心里想着等他们见了面我就再也不管了。在电话响过很多次之后，我终于接起。

李老师像是没有发生过任何误会一样，很自然地和我说话，直奔主题。他说他去了欧阳云翳家里，家里没人，打电话没人接，我让李老师在门口稍等，我联系一下欧阳云翳。

电话响了好久，欧阳的语气阴阳怪气的，他说："蒋欣瑜，你可真长本事了啊，还学会喝酒了？"

"谢谢你，是你从酒吧把我带回来的吗？"我说。

"不是我，是别人！害得我……我大哥现在还在派出所呢，行了，不和你说了，我要到派出所去解决事情。"

我一头雾水，连忙问道："你大哥？"

欧阳匆忙说了句"回头给你解释"就挂断了电话。

我只好打车到欧阳云翳住的地方，李老师和珍珍就在门口的台阶上坐着，李老师往我身后看了看问："欣瑜，怎么就你自己，欧阳老师呢？"

我连声说抱歉，解释道："李老师，真是不好意思，我刚联系欧阳，他家里出了点急事，他正在派出所呢。"

"派出所？"李老师好奇地问。

我顿时脸就红了，只好硬着头皮说实话："昨晚我在酒吧喝醉了，有几个小流氓骚扰我，有个男人救了我，欧阳说那男人是他大哥，因为我打架进了派出所，我还搞不清状况，这样吧，你们先到我家休息一下，我也要到派出所去看看，毕竟人家是为了我……"

"哦，这样啊，蒋老师，你没什么事吧？没被人欺负吧？"李老师关心地问。

"没，没有，倒是珍珍的事，让你扑了个空。"我抱歉地对珍珍笑笑，珍珍摇摇头说没关系。

"蒋老师，这样吧，我开车送你到派出所去，珍珍的事改天再说吧。"说着，李老师就拉着珍珍向楼下走，我紧紧跟在李老师后面说："也好，看情况吧，或许事情马上就解决了，到时候我们和欧阳一起回他这里，让他给珍珍面试。"

很快就到了派出所门口，李老师让我进去，他和珍珍在门口等，我点点头，向派出所走去。

刚一进门，我就看到欧阳云翳和一个男人从一间屋子走出来，只听欧阳对男人说："不管怎么样，我还是要谢谢你。"

男人的面孔一点也不陌生，但是我还是想不起来他是谁，男人看起来表情极其严肃，他对欧阳说："你究竟和她是什么关系？"

"就是朋友。"欧阳小声说。

"普通朋友？"男人问。

"当然啊，她连婚都没离呢。"

"你最好离她远一点，离婚还带着孩子的女人，你想都别想！还有啊，那个女人大庭广众之下搔首弄姿的，难怪有人骚扰她。如果不是陆曼婷婚礼上知道她老公干的缺德事，觉得她挺可怜的，我才懒得理这等闲事！"

我真想冲上前去质问这个男人，我搔首弄姿了吗？即使我搔首弄姿了，关他屁事？不过，人家终究是救了我，我不可能这样无理，再说了，当时我喝醉酒肯定是严重失态了。思及此，我没有勇气出现在这个男人面前。

男人的脸不经意地扭过来，我突然想起来，我确实是见过他，在曼婷的婚礼上。那个冷峻严肃的表情我记忆犹新，难怪这个男人看上去这么面熟，他在我最难堪的时候说"我知道，你输得起"对我的印象太深刻了。也就是因为他那句话,我才不至于失去理智。冲动是魔鬼,后来我想,如果我用酒泼了朱德义,表面上是我占了上风,可是婚礼上所有的人都会觉得我是个泼妇,那样的话,反而显得秦佳璐非常有风度。不仅是参加婚礼的人,包括朱德义对我仅有的一点愧疚也会烟消云散。

他是欧阳的哥哥?我心生疑问,这时,又听见欧阳替我辩解说:"哥,你肯定是误会了,欣瑜怎么可能是那样的女人!"

"你认识她多久了?"

"还不到半个月。"欧阳小声说。

"半个月就想了解一个人吗?那么,我们相处十几年了,你了解我吗?不管怎样,离个婚也不至于糟蹋自己。"男人说完就伸出胳膊横在空中,示意欧阳别再继续说下去。

看着欧阳和男人走出大厅,又看着男人上了一辆黑色保时捷,我才走出派出所大门,这时候,李老师已经和欧阳搭上腔了。

我走上前去,欧阳瞥了我一眼,拉开车门说:"上车。"

我笑着对欧阳云翳说:"不了,我还有事,我另外找了别的住处,麻烦你听听珍珍弹琴,我就先走了。"我说完了看李老师和珍珍。

"阿姨,你不跟我们去吗?"珍珍忽闪着大眼睛问我。

我摸了摸珍珍的头发,对她笑笑说:"阿姨还有事哦,你可别紧张啊,珍珍是最棒的,欧阳叔叔一定会教珍珍的。"

欧阳云翳显然很生气,他看也不看我。我走上前去,弱弱地问了一句:"你大哥没事了吧?我刚要到里面去找你们,没想到你们已经出来了。你大哥他人呢?我还想当面道谢呢。"

为了表示我的诚意,我顺嘴又撒了谎。我发现自己撒谎的本领越来越高,欧阳云翳一点也没察觉,他的面色缓和了很多,说:"到底出什么事了?大晚上的喝那么多酒,你知道外面多不安全啊,幸亏碰到我大哥,不然,在派出所的可能就是你了。"

"欧阳，真的谢谢你，在H市，除了曼婷，我也就你这个朋友了，总是麻烦你……"

"你刚都说了是朋友，还麻烦麻烦的，真是的。"欧阳露出一丝不悦。

李老师接过话茬，说："是啊，多个朋友多条路，蒋老师遇到你这么个侠肝义胆的人，还真挺幸运的，我也很高兴能认识你呢。"

"大家都是朋友，我喜欢交朋友。"欧阳的表情有些不太自然，但是话说得很利落，很得体。

本想回到住处再睡一觉，公交车还没等到就接到曼婷的电话，我之前拜托她帮忙找个律师咨询一下，她说张超凡有个高中同学就是律师，只是此人太忙，不承想曼婷很快就约到了这位律师，半小时后在咖啡馆约见。

我慌手忙脚地换了干净衣服，洗了把脸就匆忙赶到午后浓香咖啡馆。

曼婷和一个戴着眼镜的男人已经坐在座位上，我连忙快走几步，抱歉地说道："不好意思啊，让你们久等了。"

律师品了一口咖啡，笑着说："蒋小姐是吧？我可是被张超凡媳妇绑架过来的啊。"

我刚想客套几句，这时候接到朱德义的电话。朱德义告诉我，此刻璇璇在家里。我连忙问朱德义是啥意思，他说："你不是要抚养璇璇吗？我把她送过来了啊。"

我告诉朱德义我马上就来，然后挂掉电话。

曼婷睁大眼睛看着我，着急地问："怎么？什么情况？"

"事情可能有变，真不好意思，我想马上去看看我女儿，以后短不了麻烦你。曼婷，帮我照顾一下客人。"我连忙对律师抱歉地笑笑，从包里拿出几张百元钞票放在桌子上，然后说了句："真抱歉，走了啊。"

走出咖啡厅，我拦了一辆出租车，很快就到了我曾经的家。

第五章　优雅的放弃，掩盖不了美丽的谎言和人性的自私

门是朱德义开的，我一进门连鞋也没来得及换，就朝客厅望去。

"璇璇呢？"我一边说，一边走进璇璇的房间。只见璇璇躺在床上已经睡着，我连忙跑过去，俯下身紧紧地搂住璇璇，眼泪顷刻而下，这才几天不见，璇璇的小脸就瘦了一圈了，面色也不太好。看着璇璇带着泪痕的脸，我的心像是被利器扎了一下，生生地疼。大人离婚，最受苦的还是孩子，一种无奈与愧疚蔓延在心头，我的眼泪再次像是绝了堤的洪水，倾泻而下。

朱德义站在门口，倚在门上对我说："让她睡吧，坐车累了，以后有的是机会和她相处。"

我恋恋不舍地站起身，一边回头看璇璇，一边慢慢退出她的房间。我坐在客厅，扯过纸巾擦了擦眼泪，这时，朱德义已经给我冲了一杯果汁。

"喝几口润润嗓子吧。"朱德义说。

我抬起头疑惑地看着朱德义，有点不相信眼前这个事实，就在昨天晚上，他还在威胁我，要么放弃璇璇，要么别离婚。我真的好奇到底是

什么让他在一夜之间就改变了主意。我迫不及待地问:"你是真的把璇璇送回到我身边吗?"

朱德义叹了叹气,我目不转睛地盯着他的眼睛,渴求他给我一个肯定的答案,我发现一缕愁绪在他的眼底悄悄蔓延。

"说话啊?你为啥改变主意了?"我再次问道。

朱德义的双眉紧紧蹙在一起,他的喉结滚动了一下,我看到他的眼里隐隐约约有泪花在闪动,他连忙转过身,慢慢走到窗前,声音微微颤抖:"欣瑜,昨晚的事真的抱歉,我喝的酒越来越多了,可是明显酒量大不如从前,沾酒就醉,而且,醉酒后像个神经病一样,希望你不要介意。"

朱德义的态度令我感到十分意外,听他这样说,我不由得回忆起一个多月前见到朱德义的最后一次醉酒。那晚是周六,我和璇璇也是在这间房子里,晚上十一点钟,我看电视等他回来,他推门进来就像疯了一样把我按倒在沙发上,疯了一样吻我。我推开他,给他放洗脚水,他靠在沙发上疯狂地大笑,笑着笑着又哭。那一晚他折腾到深夜两点钟才睡。在此之前,朱德义喝酒从来不闹事,只是一味地睡大觉。看来他早就有心事,我这个做妻子的并不合格,虽觉察出来却并没有过分地关心。思及此,我对朱德义的恨似乎减少了很多。

关于璇璇的问题,既然他不直接回答我,那我只好自己找答案。我看着他的背影很平静地说:"不管怎么说,谢谢你把璇璇送回到我身边,我希望协议书你也尽快签字。"

朱德义缓缓地转过身,他的身影还是那么挺拔高大,我坐在沙发上只能仰视他。他目光焦灼,眼圈发红,低低地问我:"难道你就那么迫不及待地离开我吗?"

我很平静地笑笑说:"时间拖久了没什么意义。早点了结,我们相互恨得会少一点儿。"

"好吧,我签字。"朱德义走到茶几前面,从抽屉里取出我快递给他的离婚协议书。我站起身,从我熟悉的笔筒里拿出一只黑色签字笔递给他,他就坐在我的身边,我甚至能听到他每一次呼吸的声音。他抬起头看了看我,本能地躲闪了一下,我很快就听到签字笔划过纸张的声音。

"签好了,我不明白,你为什么不要房子?"朱德义说。

"我没有能力养活璇璇又供房子。"

"我可以继续供,房产证不是你的名字吗?我现在有能力付全款,如果需要我付全款,修改一下离婚协议书就行了。"他淡淡地说。

"不用了,婚都离了,不可能还让你供房子,我们还是分清楚好,我只要璇璇就好,真的。"

朱德义抿着嘴,深深地点了点头。我拿起协议书,和他约好去民政局办手续的时间。他淡淡地笑笑,自言自语小声说了一句"玩火自焚"。

"为什么突然不和我争璇璇了?"我忍不住想知道这个问题。

"本来就是我妈非逼着我争取璇璇,我爸妈带璇璇好几年了,怎么可能一下子割舍掉呢?也希望你能理解他们,如果他们做了什么,说了什么,都是因为想争取璇璇,我替他们向你道歉。我只不过是想缓缓再谈离婚,我心里总感觉你还会给我机会,所以,就顺着我妈将计就计,为的就是逼你妥协,不过目前看来已经无法挽回。再说我爸妈把璇璇带回来这些天,璇璇就一直不太好,不过没关系,该做的检查都做了,没什么大事,就是感冒引起的发烧,现在已经完全好了,你放心吧。"

朱德义的话并没有令我动容,近来他和他父母的态度太匪夷所思了。我不去思考朱德义说话的真诚度,只想尽快和这一家人一刀两断,接下来的路即使再苦再难我也不会后悔。

环视一下这个家,属于我的东西本来就很少,我里里外外收拾了一遍,也只有我和璇璇的几件衣服。朱德义坐在沙发上看着我收拾,我们谁也不说话。我收拾完衣服就到璇璇的房间,璇璇还没醒,我坐在床头看着她。卧室门是开着的,朱德义坐在沙发上能看见我,就这样,我看着璇璇，朱德义看着我，我们谁都没说一句话。

已经下午四点钟，天很快就要黑了，我摸摸璇璇的小脸蛋，轻轻地叫她，没想到璇璇很快就醒了，她揉揉眼睛，蒙眬中喊了我一声"妈妈"！

算起来，才有半个月的时间没有听到璇璇叫妈妈，可是，我还是激动地流下眼泪。我擦擦眼泪，笑着说："宝贝睡得好香啊，妈妈等你很久了哦。"

璇璇也笑了，说："妈妈，你讲课讲了很多天吗？我想妈妈的时候就喜欢睡觉，因为只有睡着了才会梦见妈妈。奶奶说妈妈不要我了，是真的吗？"

我把璇璇紧紧搂在怀里，激动地说："怎么会呢，妈妈怎么会不要璇璇呢？"

"可是奶奶说我要妈妈，就永远不给我买玩具了。妈妈，我告诉奶奶了，我不要玩具也要妈妈。"璇璇睁着大眼睛很无辜地对我说。

我松开璇璇说："璇璇，跟妈妈到一个新的地方去，好不好？现在就跟妈妈走。"

"为什么呢？爸爸呢？"璇璇再次问。

"以后啊，璇璇和妈妈生活在一起，想爸爸了，爸爸会去看璇璇的。"我想璇璇有权利知道我和朱德义离婚的事实，我不想瞒她。事实上，以现在小孩子的观察力，想瞒也是瞒不住的。

我抱着璇璇走出卧室，朱德义就站在门外，他神情专注地看着我和璇璇，璇璇对朱德义说："爸爸，你会经常看我吗？"

朱德义的眼里在一瞬间就充满了泪，他赶紧把璇璇抱过去，把脸凑向孩子的衣服蹭了一下说："当然会，想爸爸了，璇璇也可以给爸爸打电话。"

"爸爸，你可以帮我把抱抱熊和喜羊羊一起搬走吗？"璇璇忽闪着大眼睛问。

"当然，这里的东西璇璇喜欢什么都可以拿走。"朱德义点点头。

璇璇摇摇头，然后小心翼翼地看着朱德义说："爸爸，我还有一个请求，可不可以不让那个小坏蛋住我的房间？"

这句话说出来，我再次哽咽了，朱德义看上去也非常难过，他说："这里的一切都是璇璇的，房间也给璇璇留着，我每个周末都接璇璇到这里来住，好不好？"

璇璇听话地点点头，大声说道："好！爸爸，拉钩！"

我和璇璇向外走的时候，璇璇站在抱抱熊和喜羊羊玩具前迟疑了一下，又重新把玩具扔回到卧室，仿佛那可爱的玩具就是她，她多么想在这个家里保留自己的位置。

走的时候，朱德义执意要送我们，我拒绝了，平静地对朱德义说："领了证以后我会告诉你，我住在哪里。你自然也可以按照我们说好的，想孩子了就去接她，不过现在恕我直言，我不想告诉你我住在哪儿，省得节外生枝。"

朱德义沉默片刻，然后说："好吧，我送你们打车。"

坐上出租车，我并没有直接去我住的地方，而是先到了曼婷家，我不得不提防朱德义，他都能干得出跟踪我的事情来，还有什么事干不出来？虽然我不知道是什么原因让他在一夜之间放弃璇璇的抚养权，但我也保证不了他睡一觉后不会反悔。

曼婷看到我和璇璇非常惊讶，她一把就抱起璇璇，亲了亲孩子的小脸蛋儿，说："小宝贝儿，你这个大救星终于来了，不然啊，你妈也活不成了。"说完就嘿嘿笑起来。

我赶紧把璇璇拉到身边，瞥了一眼曼婷道："小心点儿，说不定我的干儿子或者干女儿也在某人的肚子里呢。"

曼婷毫不忌讳地哈哈大笑起来，这时张超凡从卧室走出来，他说："说什么呢？这么热闹？"

我不好意思地笑笑，璇璇礼貌地叫了声"叔叔"，曼婷快步走到她老公跟前耳语了几句,只见张超凡的脸一下子就红到了脖子根儿。

我一边给璇璇换拖鞋,一面问张超凡:"介不介意我们娘儿俩蹭晚饭呢?"

"欢迎,欢迎,我今天亲自下厨,给三位美女露一手!"张超凡说着摸了摸璇璇的头发问:"美女干闺女,喜欢吃什么?"

被人叫作美女,璇璇非常开心,她对张超凡说:"帅爸做什么,璇璇就吃什么,璇璇一点也不挑食哦!"

璇璇这句话把我们三个大人逗乐了,张超凡任劳任怨地去做晚饭,我和曼婷聊天,璇璇看动画片《喜羊羊和灰太狼》。

曼婷疑惑地看着我,说:"朱德义真的无条件把璇璇送过来了?"

"我发现了解一个人,六年的时间远远不够,关于朱德义,关于他妈妈,我好像从来就没有认识过一样,他们到底是什么样的人,真的很难说。还好,我不用细问这个问题了,璇璇回来了才是最关键的,他已经签字了,找时间我们就去民政局把证换了。"我说。

"真这么顺利?"曼婷有点不相信我说的话。

"我到你家来就是担心朱德义跟踪我,说实话,事情太顺利,我也感觉很蹊跷,总之,我防着他就行了。晚饭后,麻烦你老公送我们娘儿俩回住处吧。"接着,我把我住在甄鹏房子的事告诉了曼婷。

曼婷说:"既然这样,你索性就在我家住几天吧,我在家也没事,帮你看着璇璇。你抓紧时间把证换了,然后帮璇璇找个幼儿园,再找份工作。"

曼婷既然这么说,我也不客气了,毕竟我出去找工作,璇璇需要有人照应,我不想在这个节骨眼儿上出岔子。我都不敢想,如果把璇璇一个人放到家里是个什么结果,璇璇的奶奶会不会把她偷走?朱德义会不会反悔挖地三尺找到她?说实话,就目前的情况,让璇璇上幼儿园我都不放心。

"曼婷，我不想同你客气，我晚上住我那里，白天你帮我带她吧。你去问问你老公同意不？你可千万要尊重张超凡的意见啊。"

曼婷白了我一眼，说："如果我带干女儿他都有意见，那代表他根本不爱我，不尊重我！"

"行啦，你们正是新婚，动不动就爱不爱的，以后你就知道了，过日子可没那么简单。"

张超凡对璇璇留下来并没有表现出不悦。可是，领证的事我再也不想拖了，我给朱德义发了一条信息："明天我们就去换证吧，你挤一挤时间。"

"那好吧，我请假，明天我去接你，咱们一起回S市。"朱德义很快回复我。

我把这个消息告诉曼婷，曼婷当即就说："今天就别回去了，你不是不愿意朱德义知道你住哪里吗？你让他明天来我家接你。"

我点点头，当天就住在曼婷家里。第二天我给璇璇洗漱好，就等朱德义。

一路上我们谁都没说话，只是一首接一首地听抒情老歌。这些年，这些老歌伴随我们的婚姻生活，可是，关于和朱德义的点点往事，我却一点也想不起来，或许我的大脑已经自动屏蔽了和朱德义的一切美好回忆，剩下的除了满目疮痍，就连憎恨都微乎其微。我在熟悉的家门口等待朱德义，我们很快就去了民政局。

拿到绿色证书后，朱德义很深情地看了我一眼说："我们一起吃个午饭吧。"

"不了，没必要搞那个仪式，我还要回家看看我爸妈，璇璇让曼婷带，我也不好意思。你忙你的吧，我自己回去就行了。"

我拒绝得很干脆，朱德义有点尴尬，他笑了笑，颇有些不好意思地说："那好吧，我单位也有很多事要忙，先走了。"

绿色的证书拿在手里，心里有说不出来的轻松。我想，是该爸爸妈妈知道的时候了，我先去"好滋味"火烧专卖店买了爸爸爱吃的驴肉火烧，又到蛋糕点买了妈妈爱吃的草莓蛋糕，这才回到家里。

爸爸正在客厅给小侄子辉辉当马骑，看到我来，很高兴地对辉辉说："快去看看姑姑买什么了？"

妈妈接过我手里的东西，瞥了爸爸一眼说："丫头买的你爱吃的驴肉火烧，洗洗手趁热吃吧。"说完，妈妈就去了厨房。

辉辉没有礼物，很是失望，噘起小嘴向爷爷打小报告说："姑姑说话不算数，我以为给我带了遥控小汽车呢。"

"辉辉真乖，下次姑姑回来一定给你带遥控小汽车，好不好？"我走过去摸了摸辉辉的头发，安慰他。

"姑姑说话不算数，不理你了！"辉辉说完就跑到卧室去了，爸爸刚想去追，被我叫住了："爸，我有事和你们说。"

"有事？"爸爸可能是看我的表情很认真，他停下脚步，转身向厨房方向喊："老婆子，快出来，丫头有事要说。"

"什么事啊，妈正准备做你爱吃的酸菜鱼呢。"妈妈没打算过多停留，她围着围裙，手里还拿着刮鱼鳞的小刀。

我有些难以启齿，担心他们接受不了我离婚的现实。我说："爸，妈，我说了，你们千万别激动好吗？"

"什么事啊，急死我了！"妈妈弯着腰看着我的脸。

"爸，妈，我和朱德义离婚了。"我怯怯地说。

"什么？你说什么？"妈妈瞪大眼睛，伸长脖子再次问我。

我把绿色的离婚证书拿出来，小心翼翼地放到茶几上。妈妈顿时就明白了，手里拿的小刀"当啷"一声掉在地上，在我毫不防备的情况下就瘫软了下去。我和爸爸连忙把她扶到沙发上，妈妈这才舒了一口气，拉长声音哭着说："我这是造的什么孽啊，你真是不让人省心啊。"

爸爸的表情极其严肃，他呵斥妈妈道："先问问孩子为什么，离婚有什么大不了？"

在爸爸眼里，离婚绝对是件大事，他之所以这样说是为了安慰我。我连忙对二老说："朱德义在外面生的儿子，和璇璇是同岁的。"

"什么？！岂有此理！"爸爸愤怒地拍了一下茶几，站起身来。

"我亲眼见了那个孩子，爸、妈，我知道离婚给你们丢人了，可是，也只有这样了。"我淡淡地说，我想我表露出来的神情是非常轻松的，我也像是卸下了一个沉重的包袱，心里无比畅快。

"孩子，你做得对！是爸爸不好，居然给你找了这么个人家，唉……"爸爸喃喃道。

"爸，这怎么能怪您呢，知人知面不知心，好在我们发现得还不算晚，您说是不是？"我云淡风轻地说。

"也是啊，你爸爸和你公公是老相识了，他为人很老实，怎么会生了这么个不老实的儿子呢？"妈妈唠叨说。

"爸，妈，你们别为我的事操心了，现在离婚对我来说是好事，如果再等个十年八载我才发现真相，那时候我都人老珠黄了，离了婚嫁也嫁不出去了。"我刻意把离婚的事说得很轻松，不然，爸爸妈妈看到我伤心的样子该有多难过啊。

"璇璇呢？"妈妈问。

"放心吧，璇璇和我在一起，我的好朋友曼婷暂时帮着照看呢。"我说。

妈妈站起身来，在我的脑门上使劲按了一下，然后责怪道："你这个小丫头片子太有主意了，瞒着我和你爸把离婚这么大的事都给办了，唉……"说完妈妈又是摇头又是叹气。

"丫头，我知道你是为了不让我们操心才不说的，可是，你什么事都自己扛着，能行吗？连个商量的人都没有。"爸爸眉头紧紧蹙在一起，焦急地说。

"爸,我都是孩子妈了,为了璇璇也不会冲动的,我是经过深思熟虑才做决定的。"

"嗯,我尊重你的选择。"爸爸说。

后来,妈妈也不再说什么,接着我把想在H市找工作的事一一交代,他们都表示理解和支持,这令我十分安慰。午饭后,我带着辉辉到商场去挑遥控汽车,偶然地看到公公婆婆带着安安也在买玩具。说实话,那一幕我确实有些受不了,曾经很多次,他们带着璇璇来这里选玩具,如今同样的事,只不过换了个孩子而已。可是,婚都离了,还有必要难受吗?

安安手里拎着一个玩具,婆婆还在一个劲儿地说:"还喜欢哪个,随便挑!"

此刻,我的目光和公公的目光碰在一起,我刚想礼貌地冲老人笑笑,很意外,老人家躲闪得很快。只有几秒钟的时间,他们就消失在我的视线里。

两位老人的神情有些怪异,可是我没有多想,毕竟现在他们和我没有半毛钱的关系,我也没工夫揣摩这些,只要他们不再来打扰我和璇璇的生活,那我就谢天谢地了。

下午三点,爸爸妈妈就催促我回H市,说璇璇不能总在家待着,要尽快送幼儿园,生活如果有困难都要第一时间和家里说。临出家门,爸爸还递给我一个存折,存折上有八千块钱,我爽快地接到手里,假装上厕所走到卫生间,又把存折放到了马桶盖子上。

在车站候车的时候,我看到一个卖风车的,顺手给璇璇买了一个红色的漂亮风车。按了曼婷家的门铃,我把风车背到身后,待曼婷一开门,我就把风车拿了出来,俯下身去大声说:"璇璇,你看妈妈给你买什么了?"

可是,眼前的一幕令我惊呆了,我的眼前的确有个孩子,可是这个孩子并不是璇璇,而是安安!天啊,今天下午他不是和朱德义的父母在一起吗？怎么这么快就到了曼婷这里？难道朱德义和秦佳璐生的是双胞胎吗？

我立刻像是霜打了的茄子，慢慢抬起头，曼婷连忙解释道："欣瑜，听我解释，是这样的。"

"璇璇呢？"我打断曼婷。

"璇璇在欧阳那里。"

"哦。"我转身就要离开。曼婷抓住了我的袖子，说："我知道你生气了，可是你听我说，璇璇刚才还是在我家的，可是就在刚才，我表姐突然就把安安也送过来了，说是要赶在民政局下班之前去和朱德义领证，我拦都没拦住。我表姐一定是疯了，非要嫁给这个人渣！"

从曼婷的叙述中我可以确定一件事，那就是朱德义把安安带回来的。他在回来的第一时间就见到了秦佳璐，于是就有了曼婷这里发生的这一幕。

呵呵，曼婷还是藏不住话。不，也不怪曼婷藏不住话，这是多么讽刺的事情啊，朱德义在同一天和我领了离婚证和秦佳璐领了结婚证，世界上难道还有比这个更讽刺的事吗？

曼婷根本没发现我心情的巨大变化，她继续说道："我没让她看到璇璇，省得大家碰面尴尬。正在我不知道怎么办的时候，欧阳到我家来找你，所以我就让欧阳带走璇璇。欣瑜，你知道我是没办法才这么做的。"

是啊，这样的情况我能怪曼婷吗？我有什么理由让曼婷左右为难？

我勉强挤出一抹笑容，然后对曼婷说："我没有怪你，你的立场我能理解。我要去找璇璇了。"

我低头想去捡刚才掉在地上的风车，可是，安安已经拿在手里。安安显然认出了我，他的眼睛里有着这个年龄的孩子不该有的成熟。他瞥我一眼，然后当着我的面把风车狠狠地撕烂踩在地上。

曼婷大声训斥安安，安安却做了个鬼脸儿，调皮地说："我就不给那个小丫头玩儿，就不给她，谁让她抢我的爸爸！"

　　我什么也没说，从客厅的角落里拉起我的拉杆箱，转身离开了曼婷的家。

　　当我拉着拉杆箱站在欧阳家门口的时候，我这才发现不该着急从曼婷家拿行李，这点行李本身就是放在朱德义那里暂时用不到的东西，带着真累赘，还容易让人误会。

　　门铃按了几下都没人开门，刚想就地坐下来等欧阳云翳，突然想起来我还有这里的钥匙，我赶紧从背包找出来，打算开门进去等。我知道这样做有些不妥，可是总要好过拖着行李在家门口等吧？邻居们见了，更会胡乱猜疑我和欧阳的关系。

　　拿出钥匙，插进锁孔，可是还没等我拧钥匙，门已经开了。一个男人站在门里，我张大嘴巴惊恐地看着他。

　　"你……对了，你是欧阳的大哥吧？"我礼貌地打招呼。

　　"他这么和你说的吗？哦，当然，也可以说我是他大哥。"他依然站在门口，一只手扶着防盗门，丝毫没有让我进去的意思。

　　"哦，谢谢你那天在酒吧替我解围，我听欧阳说还连累你进派出所了，我就想着安顿好后，找时间请你吃饭答谢。"我笑着礼貌地说。

　　男人的嘴角抽动了一下，露出一丝笑容，他说："那倒不必了，我不是什么英雄救美，更不是为了欧阳这样做的，不过是看不惯女人在公开场所如此放荡。"

　　男人的话令我十分难堪，不过，念在他救过我的分儿上，我不和他计较。我努力忍住怒火，低下头拖着行李箱往里走，他的一只胳膊扶住墙挡住了我的去路。我非常客气而冰冷地说："请让一下。"

　　我抬头看着他，他微笑着盯住我数秒钟，然后说："好吧，既然你这么喜欢和男人同居，我不拦着你。"说完，他立即闪身，径自走到沙发上去。

我把拉杆箱放到客厅的角落里，然后走到男人面前，刚刚拖动行李有些累，我喘着粗气，叉着腰对坐在沙发上的男人说："虽然你帮过我，可是我还是请你放尊重点，你凭什么说我和人同居？"

此话一出，我立刻有些后悔，我突然想起那天在派出所他对欧阳云翳说的话，他这样羞辱我，我干吗不气气他？反正这个人就是个怪胎，怪物，他对我印象坏我也无所谓，我就该说"我就喜欢和人同居，关你屁事"。

男人耸耸肩，又轻蔑地笑了笑，他丝毫不理睬我，拿起遥控器打开电视机津津有味地看起来。

这时候，欧阳云翳带着璇璇回来了，他看到我说："欣瑜，你接回璇璇了，也不告诉我。"

"谢谢你啊，欧阳，你看总是麻烦你，我这就带璇璇走了。"我说完就接着对璇璇说，"快和叔叔再见。"

璇璇很不高兴："妈妈，咱们不是本来就住这里吗？欧阳叔叔都说了，你都交好租金了。"

我心里暗笑，欧阳怎么和小孩子说这些啊。我刚想对璇璇说要到另外的房子住，没想到坐在沙发上的男人说话了，他对欧阳云翳说："快点收拾东西，跟我走！"

欧阳这才正眼看了看沙发上坐着的男人，他很冷淡地说："你怎么还没走？"

"你就是为了这个女人才不肯跟我回家住吗？"男人关掉电视机，大声对欧阳云翳说道。

"丁一汉，我再说一遍，你休想让我跟你回去，更别想让我到你公司帮你！"欧阳云翳的态度更加坚决。

我对着璇璇做了个噤声的动作，璇璇轻手轻脚地跟到我身后。我对欧阳云翳说："你们聊吧，我带璇璇先走了。"说完我就一只手拖着行李箱，另一只手拉着璇璇往外走。

"欣瑜，你别走，我待会儿有话和你说。"欧阳云翳的语气很强硬。我总不能当着另外一个男人令欧阳太难堪，所以松开拉杆箱，拉着璇璇走进我之前住的卧室。

"妈妈，那个男的是谁？怎么那么凶？"我刚关上卧室门，璇璇就迫不及待地问。

我对璇璇撇撇嘴，假装不高兴地说："小孩子家不可以问大人的事哦！"

璇璇也噘起小嘴儿，白了我一眼，小声反抗道："大人有什么了不起。"

"璇璇，想妈妈了吗？"我亲了璇璇的小脸蛋儿一下。

"想，可是，妈妈，咱们今天晚上睡在哪儿？哪里才是咱们的家呢？"璇璇露出疑惑的神态。

璇璇的话令我一阵阵辛酸，是啊，自打朱德义把璇璇带回我身边，她一会儿睡在我和朱德义之前的房子里，一会儿睡在曼婷家，这会儿又拖着行李在欧阳家里，难怪璇璇会糊涂了。我非常愧疚，转身对璇璇笑笑说："妈妈带你到一个新的地方，从今天开始那里就是我们的家了。"

"可是，我喜欢欧阳叔叔这里，这里可以弹钢琴。"璇璇低着头说。

我正不知道该说什么，这时欧阳云翳敲门进来，对璇璇说："璇璇累不累？不累的话到叔叔屋里弹钢琴，待会儿叔叔要听璇璇弹的《小星星》。"

璇璇乖乖地答应了一声，就连忙走出卧室跑了出去。

欧阳云翳呆呆地站在对面看着我，我被他看得有些不好意思，笑着问他："怎么了？我脸上有东西？"

"不，没有。"欧阳笑笑说。

欧阳云翳的表情在一瞬间变得严肃，他说："欣瑜，我有那么令人讨厌吗？"

我很自然地笑笑，非常诚恳地说："说什么呢，你这么照顾我们娘儿俩，我都不知道该怎么感谢你了，是真的，欧阳，谢谢你。"

"那就好，可是我总感觉你在躲着我。欣瑜，我知道你现在的处境非常难，别拒绝我的帮助，好吗？"

"当然，有你这样的好朋友，我真的很高兴。"我诚恳地说道。

"那为什么突然从我这里搬走？还不接我的电话？"欧阳云翳站起身来，走到窗前，以极其平静的语气对我说。

"连招呼都不打就离开，确实很不礼貌。对不起啊，当时我确实是有难处，我刚搬来的时候不是都说了吗？我找到合适的房子就搬出去。"

"这么说，你找到合适的房子了？"欧阳云翳转过身来，再次问我。

"嗯，不好意思啊，这会儿才告诉你，我才在那边住了一个晚上，我不大习惯和别人住在一起。你别误会啊，即使是和别人合租，我也会很快搬出去的，我喜欢独处。"我不知道为什么要解释得这样详细，我只知道欧阳对我绝对没有坏心眼儿，我不忍心让这么阳光的男孩儿因为我受一点点伤害。

"那好吧，待会儿我就送你们娘儿俩走。"

我刚想说不用麻烦了，我不想让任何人知道我住在哪里，可是，面对诚恳的欧阳云翳，我终究是说不出口，我笑笑点点头。

"不过，璇璇必须跟我学琴。"欧阳云翳又说。

我硬着头皮说："学琴就算了，璇璇不是那块料。再说了，你哪里有时间教她啊，目前的状况我没办法给璇璇买钢琴，再有……"我吞吞吐吐，有点说不下去。

"也没有钱交学费，对吗？"欧阳云翳撇了撇嘴，瞪了我一眼，然后说："刚才还说把我当朋友，这会儿又提钱，你把我当什么人了啊。"

说到弹琴，我突然想起珍珍，于是问："对了，珍珍那天弹得怎么样？"

欧阳连想都没想就脱口而出说："那孩子确实是个天才，真不错。不过我和你说啊，璇璇也绝对不逊色于她，所以我打算单独抽出一天的时间来教珍珍和璇璇。"

"璇璇真的行吗？"我有些怀疑欧阳云翳的话，但心里还是希望他说的是真的。

欧阳云翳继续说："当然行！我都想好了，等珍珍来上课的那天，你就把璇璇送过来，珍珍上课的时候她就坐在旁边，不管她做什么，我想让璇璇多受熏陶，然后再单独给她上课。有珍珍给她做榜样，我想璇璇一定会坚持下来的。"

我微微沉思了一下说："那就让璇璇先试试。可先说好啊，学费你必须要收，因为我们是朋友，你可以适当少收点，行不行？"

"我说不行就不行，珍珍的学费我都不收，为什么要收璇璇的？"欧阳云翳强调说。

"为什么也不收珍珍的学费呢？"我惊讶得张大嘴巴问。

"酒逢知己千杯少，我和李老师倒是一见如故。再说了，我又不缺钱，这么好的学生我心甘情愿付出劳动，没关系。你也做老师，这有啥难理解的？"

欧阳的话确实令我非常吃惊，当代社会物欲横流，还真的有人这么大公无私啊？我有些不太相信，可是，和欧阳接触了这段时间，确实发现他为人豪爽，不拘小节。

"钱对李老师来说真不是问题，他老婆是个富婆，他没和你说吗？"

"我知道啊，他连和你发生的误会也和我说了，我发现李老师可真是个珍稀动物，现在的社会这么痴情的男人恐怕是绝种了吧。我真服了他，为了个女人把自己搞得疯疯癫癫的。不过，他的画我也真喜欢，透着一股说不上来的味道，总之我喜欢。他也说了，不收学费可以，但是必须接受他的画，我当然乐于接受啊，虽然他不是什么名家，可是，谁让我喜欢呢？喜欢就不论价值，甚至无价，就像是他们父女俩喜欢我弹琴一样。所以啊,缘分是无价的,我喜欢交李老师这样的朋友。"欧阳越说越兴奋,刚叙述完这一段,紧接着就说:"李老师说你像极了他那个死去的女朋友。"

"哎……先不提李老师的事了,提起他爱人,我就头疼。对了,今天来的那个男人到底是不是你大哥啊?"我担心没当面向他大哥致谢而显得失礼,便直接问道。

"算是我大哥吧,不过,对我来说,他只是一个自动提款机而已。"欧阳淡淡地说,脸上没有一丝表情。我看得出来,欧阳和这个叫丁一汉的男人有着非比寻常的关系,一个姓欧阳,一个姓丁,又显然不是同胞兄弟,虽然我好奇,但也没心情关注这些。我站起身,对欧阳说:"我要回去了。"

欧阳没有说什么,跟随我走出卧室,刚走进客厅,我就听到璇璇弹奏《小星星》的旋律。

《小星星》是我教过璇璇的曲子,是一支非常简单的儿歌,可是此刻听起来,璇璇弹得不仅流畅,而且节奏非常稳,和之前我教她弹奏的差别很大,我吃惊得嘴巴张成"O"字,说:"你什么时候教她了?"

"璇璇弹得好吧?我就说璇璇是天才,我只是在刚才出门前给她示范了一遍,回来她就能很好地领悟了,厉害吧?"欧阳云翳说得眉飞色舞,好像璇璇是他的女儿那般得意。

我真的很吃惊,璇璇的音乐感觉真的很好,即使以我成年人的理解力都做不到。我激动地走进屋里,亲了亲璇璇的小脸蛋儿,对她说"宝贝,你太棒了!"

璇璇停下手来,噘着嘴巴对我说:"我以后再也不听妈妈弹琴,妈妈弹得和欧阳叔叔弹得不一样,欧阳叔叔的琴声好美哦。"

"好好!"我连忙说道。

"欧阳,那我家璇璇学琴的事可真赖住你了啊。不过,李老师还可以送给你画，我暂时可没什么报答的。"

"你当然有能力报答我，就怕你不肯。"

"什么？"我瞪大眼睛疑惑地看着欧阳。

欧阳有点儿不好意思，他挠了挠头皮嘿嘿笑着说："你猜？"

"你学费那么贵，我实在想不出能报答你什么。"

"钟点工啊，我目前最缺人帮我打扫卫生，帮我做饭。"欧阳不再吞吞吐吐，说完哈哈大笑起来，紧接着说，"纯属玩笑啊，说着玩的。"

欧阳的话令我感到有些意外，不过我是没有理由拒绝的，于是我如实说："这个嘛，我倒是可以考虑，只不过我要忙着找工作，找到工作后也要上班，我可以抽时间过来帮你，你看怎么样？"

"那至少每周可以打扫一次吧？"欧阳笑嘻嘻地说。

"每周一次当然没问题，只是每周一次的话，我的劳动力价值就要和你这个钢琴大师相媲美了啊。"说完我也不由自主地笑起来。

欧阳云翳也哈哈笑起来，接着说："那不行啊，我反悔了，你这也太糟蹋大师的劳动价值了吧？我抗议！"

璇璇见我们两个大人笑，便忽闪着眼睛问我："妈妈，你们在说什么？我听不懂。"

欧阳云翳连忙笑着对璇璇说："你妈妈答应璇璇学琴了，你开不开心？"

璇璇笑着重重点头，然后对欧阳说："我看叔叔比我还开心！"

"哈哈！"欧阳云翳再一次忍不住哈哈大笑，他低下头来摸了摸璇璇的小脑袋，说："璇璇，你可真可爱！"

人如果走运的话，挡也挡不住。璇璇抚养权的事顺利解决后，好像一切都变得顺利起来，我和璇璇刚要离开欧阳云翳家，就收到翔鹏高中打来的电话，我被录取了。我高兴地把璇璇抱在怀里，在她的脸上亲了又亲，欧阳云翳疑惑地问我："啥事情啊，这么高兴？电话里的意思是你被哪里录取了？"

"翔鹏高中!"我大声地干脆地回答。

"哦,这样啊。"欧阳云翳悻悻地说。

"怎么?你不替我高兴吗?我可以直接付给你璇璇的学琴费用了。"

"对不起,我说过不收费的话绝对不会轻易改变,钟点工你爱做不做吧,没什么事你走吧。"欧阳云翳的态度来了个一百八十度转弯,我心里暗暗思量,他为什么这么不高兴呢?

我突然想起来,欧阳云翳曾经帮我在他的学校找工作的事,当时因为朱德义用照片威胁我,我爽约了。我笑着对欧阳云翳说:"你可真小心眼儿啊,去你们学校应聘的事当时我有难言之隐,对不起啊。"

"谁帮你联系的?又是你的老同学?"他阴阳怪气地说。

"我这个情况,朋友们知道了都在帮我,你和曼婷不是也都在全心全意帮助我吗?"

"OK,我明白,恭喜你找到新工作,要我送你们吗?"

璇璇这时候又插嘴了,她说:"我要叔叔送,我不要坐出租车。"

我点点头,欧阳云翳一声不响地去取车钥匙,然后送我和璇璇回家。

到了楼下,我犹豫了一下,还是客客气气地说了声"谢谢"。欧阳云翳笑笑,没说话,我和璇璇刚下车,他的车就迅速转弯,绝尘而去。

回到家,心情格外好,我先是给璇璇洗了个热水澡安排她睡去。看了看时间,十点钟,我想,我被翔鹏高中录取的事怎么也是甄鹏介绍的,应该把这个好消息告诉他一声,顺便说声谢谢。于是拿出手机给甄鹏发了一条信息,我在信息中说:"我被翔鹏高中录取,谢谢你引荐。"

没想到信息很快得到了回复,他在信息中说:"只说谢谢可不行啊,找时间请我吃饭。"

我又回复道:"好的,只是不能太贵哦。"

"那明天晚上就请,我等你约我。"

没想到甄鹏这家伙还是个急性子。我立刻起身看了看钱包,还好,除了上次给甄鹏的房租，还有一千块钱。可是，我还要留着和璇璇过日子，即使明天就到翔鹏高中报到，到发工资也要一个月的时间呢。我心里暗暗祈祷，甄鹏可千万别让我请吃贵的。

说实话，找到这么好的工作，我有些兴奋得睡不着觉。有几天了，我的几个行李箱就没动过，更别提换换外套了，我根本就没那个心思。可是，现在不一样了，璇璇顺利地回到我身边，我又幸运地找到这么好的工作，我忍不住把所有的行李箱都打开，打算臭美一番，在新领导和新同事面前留个好印象。

其实，冬天的外套我也没有几件，本着既不另类又大方的原则，我把几件羽绒服和毛呢外套都穿了个遍，而且还根据外套的颜色搭配靴子和裤子。试来试去，我最终打算穿我那款韩版白色长款的羽绒服，今年的冬天格外冷，都出正月了，即使是爱美的女人也迟迟脱不掉羽绒服。

这款羽绒服多少有些与众不同，鱼尾的下摆用蕾丝收紧了口，穿在身上很可爱，也很淑女，白色显得我的肤色也很透亮。这款羽绒服是朱德义给我买的，就在前不久，他让我去帮他挑一件衣服，在商场停留了很久，我终于给他选了一款我们俩都很中意的花花公子的最新款，朱德义也要给我买一件最新款的女装，可是我真的不喜欢非常正统的羽绒服，一来我确实嫌贵，再就是我喜欢有个性的时装，就拉着他来到时尚购物街的精品小店。在H市的一条时尚购物街，只花了三百多块钱就买了这件羽绒服。朱德义反复唠叨了好几遍，难道他就没能力给老婆买一件好点的衣服吗？

往事历历在目，穿着这件羽绒服，我的眼泪滑过腮边。我不去擦，一边掉眼泪一边去找我那款咖啡色皮靴来搭配，我没有专心掉眼泪的时间，我没有资格总是沦陷在往事里不能自拔，我的璇璇需要一个健康积极生活态度的妈妈，一个充满希望的妈妈。

明天早上报到，我总不能带着璇璇吧？我这才想起这个棘手的问题，看看表已经快十一点了，算了，起床再说吧。

第二天我起得很早，大约六点半我就把自己收拾得妥妥帖帖，从精致的淡妆到锃亮的皮靴，在镜子前微笑了一下。我对自己很满意，对着镜子默默地给自己打气，我的心情也是如沐春风。

我刚要给曼婷打电话，号码都拨出去了又赶紧挂掉，心想，安安还在曼婷那里怎么办？说不定朱德义和秦佳璐领了结婚证，就迫不及待地去度蜜月了呢。当然我这是胡乱猜想，但是绝不能让曼婷在安安和璇璇的问题上为难，曼婷有自己的生活，以后要给璇璇找个幼儿园又列入我的日程安排。

"璇璇，醒醒！"我用手轻轻地拍拍璇璇。

璇璇揉揉蒙□的睡眼，懒懒地回答我："怎么了，妈妈？"

我给璇璇重新掖好被角，哄她说："璇璇，妈妈今天要到新单位去报到，你自己在家，好不好？"

"璇璇想跟欧阳叔叔在一起！"璇璇睁开眼睛，兴奋地说。

"那怎么行？欧阳叔叔也要上班啊？再说了，欧阳叔叔不上班的时候要交女朋友哦，不能总是陪璇璇哦！"

"哦，这样啊，那我跟干妈吧，好吗？"璇璇依然不罢休。

"干妈虽然不是太忙，可是干妈的肚子里可能有宝宝哦，以后即使跟干妈，也不许让她抱，更不许追着干妈跑，知道不知道？"曼婷当然不见得怀有宝宝，可是谁又说得准呢，为了以防万一，我借此机会对璇璇提出要求。

璇璇听话地点点头，随即低下头说："那好吧，我待会儿可以玩会跑跑卡丁车吗？只玩半个小时我就关掉电脑，我说诂算诂！"

璇璇的时间观念很强，玩游戏从来不耍赖，说玩半小时，就玩半小时，关于这一点，我倒还是放心。不过我还是提醒璇璇说："妈妈会打固定电话查岗的哦。"

"不信任？哼！"璇璇用了"信任"这个词，我非常意外，忍不住哈哈大笑，我在璇璇的小脸蛋上亲了又亲，就是舍不得放她一个人在家。

这时，璇璇已经自觉地穿好衣服，看着她洗漱完吃完早餐，又反复叮嘱她不要给陌生人开门，我才肯走出家门。

翔鹏高中果然名不虚传，之前来试讲紧张得都没浏览一下风景，这所学校的建筑都是欧式的，绿化面积也很大，刚走过去就看到了两栋新楼和两个小花园，虽然未到暖春，这里已经是一片婆娑的绿。校园的各个角落都有四季常青的树木，大多数我是叫不上名字的。我心里感叹不已，贵族学校果然大气，能在这里教书我真的感觉到很幸运。

学校的小路上、花园里随处可见课间休息的学生，他们穿着考究的学生服，一个个精神抖擞，让我一下子就想起韩剧里的校园。深深吸一口气，我同时也对自己充满了信心，打听了教导处的位置，我走到一座新楼前，上了二楼，敲开了教导主任的办公室。

随着一声清脆响亮的"请进"，我走进办公室，给我开门的是一个年轻漂亮的女人，先是朝我微微一笑，她的目光扫过我的全身。我也趁此机会打量了一下这个女人，她穿着一身蓝色制服裙装，头发如瀑布般披在肩上，脸上的皮肤吹弹可破，从气质和修养上看却不像是教导主任，倒像是酒店的大堂经理。可是我的目光四下搜寻了一下，也没见到貌似教导主任的人。这个女人看我的眼神逐渐有了变化，表面上看上去很礼貌，可是她的眼神令我浑身不舒服，总有做错事情的感觉。

"您是新来的音乐老师吧？"女人瞥了我一眼，礼貌地问。

"是的，请问我到哪里报到？"我也礼貌地说。

"你先到我这里登记一下，我给你安排一下办公室和个人休息室，然后带你领办公用品，等周主任回来，教学上的事他和你亲自谈。"

"哦，好的，周主任快回来了吧？"这次我看清楚了，漂亮女人的胸牌上写着"刘助理"三个字，我一下就明白了，眼前这个漂亮女人是周主任的助理。我心想,做个教导主任都有助理,这个学校果然很牛!

"刘助理,我可以坐下吗?"我看到刘助理已经坐到她的办公桌前,她先是给自己倒了杯水,然后悠闲地翻看一个类似花名册的东西。我看她并没有帮我登记的意思,让我直愣愣站在她面前,即使不累,但明显有一种不被尊重的感觉。说完后,没等她同意,我就坐到对面的椅子上。

刚坐下,就看见刘助理身后向右的位置有一扇门,门上写着"教导主任室"。

刘助理坐的是老板椅,她听见我说话,抬起头来,皱了皱眉头说:"你叫我刘芳,或者小刘吧,我最讨厌别人管我叫刘助理了。你看上去怎么也有三十了吧?我还是建议你叫我小刘吧,好多同事都喜欢这么叫我。"

这个女人竟然对我这么不友好,明显是说我是三十岁的老女人,这让我很难堪,我再一次礼貌地笑笑说:"哦,小刘是吧,一般人呢大学毕业都有二十三四岁了,能有点资历到这个学校的,怎么也有三四年的工作经验吧,难不成你连大学都没上过?"

刘芳被我的话气得够呛,她翻了个白眼,站起身说:"走吧,我带你去看办公室和个人休息室。"

说完,她就刻意把高跟鞋跺得很响,我跟在她的屁股后面,心里偷偷地笑。

初次见面就损人家,活该被我嘲笑没文化,罪有应得!

音美教研室也在这座楼,教导主任办公室正冲着楼梯,音美教研室在最西头,紧挨着音美教研室的是体育微机教研室和英语教研室,对面有卫生间和休息室。

一进音美教研室就感觉出一股时代气息,像欧阳那样年轻的老师在这里占大多数,他们都各自做了自我介绍,可惜我一个也没记住。

刘芳指给我一张办公桌,说是之前退休的那位老教师的,她拍了拍那张办公桌,带着领导的口吻说:"这可是权威老教师的办公桌,希望你能好好工作！"

她的话一出口，各位老师都或明或暗地嗤之以鼻。我也觉得非常好笑，但也不能不给她面子，我呵呵地笑了笑说："用这张桌子，我还真挺有福气。"

刘芳感觉出大家的异样表情，连忙恢复语气说："走吧，那个谁，蔡老师，你带蒋老师到休息室看看去吧，你去方便，我还要到后勤部领钥匙。蒋老师，我去办公室等你，待会儿直接带你去后勤部领东西，老周也应该快回来了。"

老周？我愣了一下，才明白老周应该是周主任。

蔡老师看上去比我年轻几岁，有着活泼的气质和吹弹可破的肌肤，尤其是这个女孩子的身段，苗条却不瘦弱，一看就是有舞蹈功底的。我好奇地笑着问道："蔡老师是教舞蹈的吧？身段这么好。"

"蒋老师真会夸人，我是教舞蹈的，来这个学校才两年。我叫蔡文静，你叫我小蔡也行，文静也行，叫蔡老师怪别扭的。"她笑起来的样子非常甜，非常开朗，让人有一种返璞归真、回归大自然中的感觉。蔡老师笑着说："蒋老师，咱们走吧，以后我们俩在一个休息室，待会儿你向后勤要钥匙就行了。"

我和蔡老师一边走一边聊天，我说："很高兴和你一间休息室。"

"是啊，看到你就有一种亲近感，私下里我叫你欣瑜姐吧。"蔡老师笑笑说。

我笑着应允，很快蔡老师就打开了休息室的门，刚推开门，我就忍不住发出一声感叹："啊！这么温馨啊！"

这间屋子说是休息室，其实就是一间宿舍，房间装修得比家里还温馨，桌椅齐全，还有两张单人床，墙壁都贴着朴素大方的壁纸，饮水机和水果都有。

蔡老师随手拿了一个香蕉递给我，她笑着对我说："这个学校的待遇在整个 H 市确实是最好的，可是工作压力也很大，你正式上班后就知道了。"

"哦，刚才那位刘助理好像对我不很友好，她对谁都这样吗？"我问。

"她对所有漂亮的女老师都不友好，以后你就知道了。"说完，蔡老师看了看表说，"咱们走吧，待会儿我还有课，要提前去教室门口候着。"

"哦，好的，好的。蔡老师，我刚来，以后有不懂的问你，好吗？"

"当然，只是我知道的也不多，要论年龄和经验，我还要请教您呢。"说着，蔡老师把休息室的门关好，就回办公室拿课本了。

我想这时候周主任应该回来了，于是走到教导主任的办公室。办公室的门是虚掩着的，我敲了几下门，没有人应声，我把门推开一条缝，看见刘助理的外套搭在椅子上，心想，刘助理肯定是在的，可能没听见吧，于是我一边敲门一边向里走去。

"刘助理在吗？"我很自然地问道。

仍然没有人应声，可是，周主任的办公室却传来一阵嬉笑声，周主任的门是敞开的，我再次循声问道："刘助理，你在吗？"

屋里的嬉笑声戛然而止，刘助理一边答应一边向外走，她红着脸走出周主任的办公室，制服下面的白色衬衫从短裙里蹿出来，她很自然地抚了抚头发，喝道："你进来怎么也没敲门？"

"我敲门了，门是开着的，所以我就……"看到刘助理的样子，即使我再没想象力也知道刚才发生了什么，况且刚才刘助理一转身，又不小心露出了裙子的拉链，拉链只拉到半截，再定睛一看刘助理的衬衫扣子居然开着。我很奇怪：刚才还是扣着的，怎么转眼间开了？难道刚才忙中出错没把扣了系好？

"新来的，真没规矩！"刘助理娇声对我呵斥道。

我一时无语，站在门边，进退两难。真没想到，第一次见面就遇到这样的事情，是否会影响我日后的工作？甚至影响今天的应聘？

第六章　登堂入室变正妻，结局却是那么乏味和无聊

我刚想提醒她，衬衫扣子开了，刘助理根本不给我说话的机会，站在敞开着的办公室门口，敲了几下门，一边向里走一边礼貌地对坐在办公桌前的周主任说："周主任回来了，你进来吧。蒋老师来了，我带她进来了。"

当我和刘助理同时出现在周主任面前的时候，周主任突然就红了脸，但很快他就很自然地说道："蒋老师来啦，请坐。小刘，没啥事你就出去吧。"

刘助理听见周主任让她出去，脸一下子就变绿了，她饱满的胸部随着呼吸一起一伏，里面春光乍现。我心里暗笑，可是，傻子才当着周主任的面提醒她呢，她这是自作自受。

刘助理的脸色变得也很快，她笑笑，说："我给你们倒杯茶。"说着就到茶几上拿茶叶。

周主任一副做贼心虚的样子，他的脸红一阵白一阵的，看到刘助理还不想走，于是很严厉地批评道："小刘，我说过你多少次了，一定要注意仪表，你的一言一行代表着翔鹏高中的形象，快去整理一下衣服，别

成天邋里邋遢的。"

刘助理像是一下子领会到什么，把已经拿起来的茶叶盒子放到茶几上，就迅速开门出去了。我心里偷偷地笑，但是这个场面令我非常尴尬，心想，这俩人偷情的技术含量也太低了吧，犯这么低级的错误。我也突然一下子明白了蔡老师刚才说的话，难怪刘助理对所有漂亮的女老师都不友好，原来是担心有人争宠啊。

想到这些，我不由上下打量了一下眼前的周主任，他三十六七岁，戴一副黑边眼镜，体型微胖，个子在一米八左右，确实是个还算帅气的男人。不过，我真理解不了，教导主任这么个没有实权的小官，靠上他能有什么好处呢？在哪儿不是干活吃饭啊，这么个如花似玉的女人却要把这个中年男人当个宝啊？

周主任绕过办公桌，拿了刚才的茶叶桶，亲自泡了一杯茶递给我，然后他也端了一杯，重新回到座位上，操着一副官腔说："欢迎蒋老师来我们学校工作，你这次在全省大赛上的表现，我们都是有目共睹的。但是，翔鹏高中讲的是教师的综合能力，每年的高考对学校来说是一个挑战，对老师来说也是一次难得的磨炼机会啊。"

人家是领导，我也只能客套一番，我恭恭敬敬地对周主任说："我早就听说，咱们学校每年的高考成绩在全省甚至全国都能排上名次，能在这样的学校工作，我很荣幸，也谢谢领导给我的工作机会。"

周主任笑了笑，继续说："愿不愿意给自己一次锻炼的机会，带一个高三班级？"

周主任的话吓了我一跳，以我的资历和能力怎么可能胜任？尽管对我来说这确实是件好事，但是我也只能如实拒绝，我很坦诚地说："不瞒您说，我感觉自己真的胜任不了这么重要的工作，一来，我之前的工作经验都是初中，我第一次在高中工作，业务上来说我需要努力学习，工作环境上来说，我也需要适应，带高三真的是为难我了。"

我说的这些都很客观，带高三不但需要丰富的经验，还需要有大量的精力。以我目前的状况，从哪个角度都是最不合适的人选。我真的有些不理解周主任的想法，但是我绝不会拿自己和学生的前途命运开玩笑，我拒绝的态度很坚决。

周主任很认真地说："这么和你说吧，之前退休的张老师是全国名师，虽然你刚才看到的那些科班专业的毕业生也有工作经验，但他们没有谁拿过省级以上的大奖，这是学校冒险让你带高三的理由。不然，那些贵族学生的家长是得罪不起的。你尽管接下就是了，教研组里还有两个资质好的老师，他们都拿过全国大奖，但是年龄偏大，精力怕是跟不上去。不过，他们会协助你的工作，这样的话，将来成绩好的话，你会名利双收的。"

我刚想说自己刚离婚又带着孩子，担心精力不够。可是我还是把这话生生地咽回去，想起曼婷的学校以我带着孩子为理由，连面试的机会都不给我，我还是好好珍惜这次工作机会。再说，周主任说的这个理由也不是很牵强，他把话说到这个份儿上，我再不答应的话，就纯属脑残了。

稍稍迟疑了一下，我坚定地说："好吧，我接受这个任务，一定会好好工作的。"

离开周主任的办公室，我突然被刘助理拽住胳膊，我被捏得吃痛，只听到刘助理小声说："你刚才看到什么了？你最好别乱说，否则，我能让你立马滚蛋！"

我用力把刘助理甩开，说："放开我，我没工夫管你们的闲事。不过，你最好以后对我尊重点，也没人喜欢你那中年男人！"

刘助理看了看我，说："最好是这样！"然后她立马换了一副嘴脸向周主任屋里走去，很正经地说了句"我带蒋老师去后勤领东西"，然后转身走出来，拉着我走出办公室。

刘助理走路的姿态堪称一绝，她摆动腰肢的幅度是我见过的最夸张的。我真怀疑男人的口味，为什么人类一直在不断进化，男人们还是改不了那个臭德行，就是喜欢搔首弄姿的女人呢？

大概是她的把柄在我手里吧，领东西的时候，她刻意叮嘱后勤部的主任把最好的给我。我自然不知道好与坏的差别，不就是毛巾肥皂什么的吗？备课本啊，笔啊，总该是一样的吧，还能好到哪里去？等我见到实物的时候不禁感叹不已，学校居然发给我一个笔记本电脑。钢笔是派克，毛巾肥皂都是进口产品，一串英文没来得及看。

"这……"我支吾了一下，不知道自己这个标准是正常的还是刘助理走后门的结果。刘助理看着我满脸疑惑的表情，笑了笑说："本来在学校工作两年以上才给发笔记本，不过你要带高三，就给你破例了，刚才我出来的时候已经请示过周主任了，你放心用就行了。"

请示过周主任？我明明看到她根本就没和周主任说两句话啊。我心想，这个刘助理分明就是半个教导主任，还真得罪不得。

"谢谢你，小刘。"我按照她之前叮嘱的称呼说。

"你能记住我的好，就行了。"刘助理意味深长地说。

出来的时候，刘助理说了句周一见，我才想起来今天是星期五，也说了句再见，回到家已经到了中午十二点钟。

在路上的时候，我才突然想起璇璇一个人在家，恨不得一步回到家。璇璇长这么大，还是第一次一个人在家，真不知道她在干什么？是否乱动电器了，是否饿了自己倒水了？是否……虽然我无数次对她进行过安全教育，可是此刻我还是像热锅上的蚂蚁，心神不宁。

钥匙还在锁孔的时候，我就开始喊璇璇，门开的时候，我的心快要跳出来了。

"璇璇！"我再次喊道。

"妈妈，我在这里。"顺着声音，我不止看到璇璇一个人，还看到了甄鹏。他和璇璇坐在电脑前,俩人正全神贯注地玩游戏呢。

"甄鹏,你啥时候来的?"我感到很意外。

"你忘了说要请我吃饭吗?我今天可是请了假来赴约的啊。"他只抬头看了我一眼,就又和璇璇一起玩起来,嘴里不停地说,"吃掉它,吃掉它!"

"妈妈,以后我就玩大鱼吃小鱼。你走的时候没给我下载跑跑卡丁车,正好,叔叔帮我下载的这个,比卡丁车好玩。"璇璇高兴地对我说。

"先别玩了,咱们和叔叔一起到外面吃饭,妈妈带璇璇去吃大餐,好不好?"提到大餐我心疼得不行,就像是已经吃完饭开始埋单了一样,要知道,大餐可是要花费我和璇璇仅有的生活费的。

"我已经买好菜了,就在家吃吧,你快去做吧,我们玩会儿。"

"啊?这怎么好意思?咱们还是到外面吃吧。"听到这个消息,虽然我心里像是一块石头落了地,还是再次邀请甄鹏到餐馆吃。

"不用了,快去做吧。"他头也没回地说。

"我厨艺一般啊。"

"真啰唆,快点啊,我和璇璇都饿了。"甄鹏说。

璇璇也紧跟着凑热闹说:"妈妈你快去,叔叔买了好多好吃的。"

餐桌上放着一大堆琳琅满目的食物,我一一拿出来,分门别类摆好,心里盘算着怎么把这些食材做成食物。

其实,甄鹏买的差不多是半成品,有糖醋小排、梅干菜烧肉、蚝油香菇等,除此之外,还有一整箱杏仁露。

这些饭菜非常合璇璇的胃口,璇璇一边吃一边说好吃。吃完饭,璇璇乖乖地去卧室午休了,甄鹏非常熟练地帮我收拾碗筷,连餐桌都擦得很干净。

我在洗碗,甄鹏就靠在厨房的门上,有一搭没一搭地和我聊天,他说:"看样子,你和你老公很有希望复合?"

我愣了一下说："怎么会这么说呢？一个碗打碎了，是没有可能恢复原样的，就别奢望它还能继续盛汤盛饭。"

"你的女儿在你这里，如果不是有和好的可能，你老公不是不肯撒手孩子吗？"甄鹏淡淡地说。

"是我前夫。"

"前夫？办好手续了？"甄鹏的表情非常惊讶，但很快就笑笑说，"我没打听隐私的意思啊，只是好奇为什么手续办得这么快，这么顺利。"

"我也不太清楚，可是我懒得想，总之璇璇的抚养权在我这里，其他的都不重要。"

说话间，碗已经洗完，甄鹏递给我一条毛巾，他说："是啊，总之烦恼都过去了，一切重新开始。对了，我这里还有上好的铁观音呢，我去泡一壶。"说完，他转身走向客厅。

甄鹏从客厅柜子里拿出一套很讲究的茶具，拿到厨房去洗，他一边走一边对我说："欣瑜，你家的钥匙我放到茶几上了，上次讲课匆匆忙忙忘了给你。"

甄鹏说"你家的钥匙"令我心里很舒服，我租住他的房子，这就是我的家，可是只要有他在，我总有寄人篱下的感觉。毕竟他在这个房子里生活了好几年，任何东西的摆放他都比我熟悉得多。

"还是让你保存着吧。"我客套了一句。

"不了，这是你家，钥匙怎么可以放到别处呢。"甄鹏这时候已经端着茶具坐到沙发上。

没想到甄鹏懂茶艺，我插了一句："你真不简单啊，还懂茶道？"

"是啊，所谓茶道说的是，茶有六道轮回：生在土里，长在木里，死在锅里；遇到懂茶的人，活在水里，涅口在壶里，最后留在心里。禅茶一味，诗酒同源，吃茶去……"

我只是微笑着点头，像个无知的孩子。甄鹏开玩笑说："我讲得这么绕口，你听得很迷糊吧？你看你的样子，和上学的时候不会做几何题一个样子。"

我连忙开玩笑说："你快饶了我吧，找机会你给曼婷两口子卖弄一下你百度的结果，保证她对你佩服得五体投地。"

"这么说，你已经佩服得五体投地了？"甄鹏有一点点邪恶地笑道。

"我啊，也像是上学的时候你给我讲的几何题一样，压根儿就没听明白。每次你讲的问题让老师讲，老师说得就特别通俗易懂，窗户纸似的一捅就破，不像你，一个评书都讲完了，我还是不明白。"

"哈哈哈！那你为啥不会做题了还总是问我呢？"甄鹏哈哈大笑后，又意味深长地笑。

"行啦，别臭美了，那会儿就挨着你近不是吗？我周围的人又是数学白痴，轮到你穷显摆，可劲儿得瑟！"

"嘿嘿，那会儿也是故意说得多，闲得无聊，就给你唠唠呗。"此刻的甄鹏也像是回到了学生时代，脸上露出调皮的笑容。

我也沉浸在回忆里傻傻地笑，可是，有那么一瞬间，我们的目光相对，彼此竟然是那样不自然。虽然我们把当年讲数学题的事说得这么自然，可是谁都心知肚明，那个时候不管是我还是他，都在寻找一切机会和对方多说话。我们心里也都知道，我们彼此喜欢，就是谁也不愿意最先表白，我以为他终究会对我开口说出心里话，可是，就在毕业的前一天晚上，他都没有说出一个字。我对甄鹏万分失望，家里人督促相亲的第三次，我就决定嫁给朱德义。后来，我得到他的消息，甄鹏找了一个特别有钱有势的媳妇儿。

为了打破这种微妙的尴尬，我随口说："时间过得好快啊，一转眼，我的女儿都这么大了。"

甄鹏也应道："是啊，孩子是我们的希望，可是，单亲家庭对孩子会造成不好的影响，你想过没有？"

"想过啊,可是我不会一直单身啊,等以后我碰见个钻石王老五,说不定就闪婚了!"说完我就哈哈笑起来。

甄鹏看我这么豁达,端起一杯茶说:"那就祝贺你早日找到王老五!"

品了一口茶,甄鹏继续说:"对了,我答应你女儿明天带她去公园玩,我还想带上我儿子,你不会介意吧?"

"啊?!不会吧?你可别指望我帮你带儿子,璇璇这么大了,我早就忘了一两岁的小孩子怎么带了。"我惊恐地张大嘴巴说道。

"复习复习就好了,温故知新嘛。"甄鹏笑着说完,表情逐渐落寞起来,他说,"我也该尽一尽做爸爸的责任了,我欠孩子的太多了。"

说完,甄鹏仰起脖子,也不讲究什么茶道了,仿佛此刻喝下去的根本不是茶,而是令人麻醉的酒。

"别悲观嘛,我一定能找到钻石王老五,你也一定会找到像刘慧芳那样的贤妻良母。"我很洒脱地安慰他说。

没想到甄鹏一下就笑喷了,他用手背擦着嘴角的水珠,说:"亏你还是 80 后,现在谁还喜欢刘慧芳那样的女人啊?找女人都是要找上得厅堂下得厨房,而且要……"

我连忙打断甄鹏的话反驳道:"说得那么容易,即使真找个像你说的那样的女人,男人还有更多的理由背叛呢,怎么着家花也不如野花香啊。"

甄鹏苦笑了两声说:"你不能一朝被蛇咬,就否定全天下的男人吧?我不就是活生生的例了吗?我老婆还不是扔下我,自己到国外逍遥快活了?"

"还说我一朝被蛇咬,我看你也快变成祥林嫂了!"说完,我和甄鹏不约而同地哈哈大笑起来。这样的同病相怜本不好笑,谁都知道彼此的心里是何等苦涩。

我抬头看了看时间,都是下午两点钟了。我本来打算下午去附近看看有没有合适的幼儿园,甄鹏见我看表,礼貌地问我:"你下午有事吧?我耽误你了吧?"说着就站起身。

我有点窘迫,不想说出找幼儿园的事,所以低着头抿着嘴唇说:"也没什么事,对了,明天几点去公园?"

"你和璇璇在家等着就行了,我过来接你们,你啥也不用准备,我让保姆提前买好就行了。"

"哦。"

甄鹏走后,璇璇也醒了,看了看窗外,天气还算不错,我对璇璇说:"下午妈妈带你到附近走走,好不好?"

"好啊,好啊。"璇璇在屋里憋了多半天,早就想出去透透气了。

"妈妈,外面很暖和吧?"璇璇睁着大眼睛问我。

"是啊,春天正在悄悄向我们走来哦。"我摸了摸璇璇的小脑袋说。

"那我穿爸爸给我买的毛呢裙,好不好?"说着,璇璇已经向卧室走去,看来她知道那套衣服放在哪儿,我赶紧跟了进去。果然,璇璇正拉开拉杆箱,从里面往外拿衣服。

"璇璇,虽然外面暖和,可是只能暖一会儿哦,太阳向西偏了的时候,马上就会冷了,再过些时候穿,好吗?"

"不嘛,不嘛,我就是要穿,璇璇不怕冷!"璇璇扭动着她的小腰,对我的意见表示强烈抗议。

璇璇的样子让我突然想起小时候的自己,那时候整天盼星星盼月亮似的过每一天,就是想着到了六一那天穿上白色纱裙。那时候,小女孩只有夏天穿裙子,毛呢裙是离我们很遥远的事情,思及此,我对璇璇说:"好吧,妈妈给璇璇找那条打底小棉裤,然后穿上裙子,给璇璇拎着羽绒服。等你冷了,就乖乖地听妈妈的话穿上羽绒服,好不好?"

"好!璇璇一定听话!"

换好衣服,把璇璇的羽绒服放到一个购物袋里,我牵着璇璇就走出家门。

我在附近找到两所幼儿园，一个是公立的，入学需要赞助费两万元，另一个是私人的，没有赞助费，可是每月的学费就要一千元。

璇璇看着我愁眉苦脸的样子，说："妈妈，一定要上幼儿园吗？"

我勉强笑了笑说："是啊，妈妈下周一就要上班去了，怎么能把璇璇扔在家里呢。难道璇璇不喜欢上幼儿园？那里有很多小朋友和璇璇一起玩哦！"

"可是，刚才妈妈为什么没给璇璇报名呢？"璇璇睁着大眼睛疑惑地看着我。

我低下头不知道该怎样回答，璇璇看出我的心思，说："妈妈没钱吗？没有钱的话，就管爸爸要吧。"

璇璇的话令我更加紧张，我连忙说："谁说妈妈没钱啊，妈妈当然有钱，我只是在犹豫，不知道让璇璇上哪个幼儿园比较好。"

"当然是咱们第一次看的那一所啊，我喜欢那里的玩具，第二所幼儿园的玩具太小了，也太破了。"璇璇如实表达自己的感受，可是璇璇说的幼儿园正是那所公立幼儿园。

"璇璇等着吧，妈妈争取周一就送你去喜欢的幼儿园，好不好？"我信心满满地说。

"妈妈太棒了！"璇璇拍着手高兴地叫着。

能借钱的朋友，除了陆曼婷还有欧阳和甄鹏，可是，我并不想和欧阳、甄鹏有经济往来，就只有给曼婷打电话。曼婷自然是没有拒绝，可是，她听说璇璇上学要交赞助费，就说："钱当然可以借给你，可是你知道吗？如果能托个熟人进去，赞助费能少交一些，甚至可以不交。"

"可是，我在这里人生地不熟的，你的意思是让我找朱德义？"我说。

"当然不是，甄鹏就能办这点儿事，用不着找朱德义。"提到朱德义，曼婷非常反感，不过，我也不愿意处处麻烦甄鹏。

"我看还是算了吧，不想总是求人家，钱的事你和张超凡商量一下啊，这个月估计发了工资，我就能还你一半。"

"发工资？你被翔鹏高中录取了？"曼婷疑惑地问。

"难道我没打电话告诉你吗？你看我这记性，那可能是我忘了告诉你了。"我拍拍脑门，这才想起来，昨晚没等拨通电话我就挂掉了。

"好啊，这么好的消息竟然不告诉我，发了工资非好好宰你一顿不可！"曼婷还是那副没心没肺的语气。

璇璇上幼儿园的事终于有了眉目，我心里感觉轻松了很多。做晚饭的时候。我把电视机打开让璇璇看《喜羊羊与灰太狼》。大约七点，晚饭就做好了，璇璇已经靠在沙发上睡着了，凭直觉，我感觉璇璇有些感冒，往常的这个时候，应该是璇璇闹腾得正欢的时候，我赶紧翻找出体温表，温度计显示三十六度八。

谢天谢地，璇璇没有发烧。我把璇璇叫醒，把晾好的小米粥喂给她喝，可是，她总说太困了，不想吃。看着璇璇困得没魂儿的样子，也只好安排她睡觉。我想，可能是一下午跟我转，走路累着了。

可到了晚上十一点的时候，璇璇还是发烧了，我被吓坏了。我对住的这个地方又不熟，我抱着璇璇站在马路上，等了好一会儿也没拦到一辆出租车，正走着，突然看见小区附近有一个牌子，上面写着"便民诊所"，我毫不犹豫地进了那个诊所。

璇璇打过退烧针之后，医生安慰我说："别着急，小孩子难免有个头疼脑热的，问题不大，应该就是感冒引起来的。我也住这个小区，这是我的名片，我们到十二点就关门了，孩子要是还不好，就打我这个电话，我和老伴都是退休的医生。"

我接过名片，感激地道谢，医生等我走出诊所门口，也就准备锁门了。后半夜璇璇睡得一直很好，再也没有发烧，可是，我怎么也睡不着了。打开床头的灯，趴在床上看着璇璇，生怕她有个什么闪失，我后悔自己不该顺着璇璇的意思给她穿裙子,我相信每一个做母亲的都和我一样,有过这样不眠的经历,即使再累也不肯合上眼睛,就这样眼巴巴地看着孩子,直到天明。

按照医生的嘱咐,早上我给璇璇喝过一碗小米粥后,吃了感冒药,我问她哪里难受,璇璇说哪里也不难受,我要带她去医院再看看,她执意不肯,很愧疚地对我说:"妈妈,以后我听话,尽量不把自己弄感冒。"

我欣慰地笑笑说:"你也知道是冻感冒了啊?小丫头,以后妈妈也不能随便惯着你了。"

"可是,妈妈,我还想和甄鹏叔叔带小弟弟去公园玩呢。"璇璇噘着小嘴,用乞求的眼神看着我。

我这才想起答应了甄鹏去公园,果断地对璇璇说:"刚才怎么说的?不行!今天必须在家好好休息,我这就给叔叔打电话,今天不去了!"

说完,我找到手机,拨通了甄鹏的电话,甄鹏自然是同意不去公园,电话里叮嘱我好好照顾璇璇。

放下电话没过两个小时,甄鹏就提着水果篮到我家来了,我感到非常意外,说:"你看你,还值得买东西来看她啊,小孩子都难免头疼脑热的。"

"我正好办事,路过这里。"甄鹏放下水果篮,就径直去卧室看璇璇了,他只打开一个缝隙,转过头对我说,"又睡了啊?要不要去医院做个检查呢?"说着,甄鹏就退回到沙发上。

我倒了一杯热水放到茶几上,说:"我也想带她去检查一下,可是她说想多睡会儿。昨天在小区诊所看的,医生说只是感冒引起的发烧。"

"嗯,那应该没事儿,如果不发烧吃点药就行了。那个诊所的老两口都是儿科大夫,他们对人很热情,半夜十二点打电话,还上门服务呢。"

"嗯,我看人也挺好的,医德更是好,可是那么大岁数了,还要晚上十二点下班,也真够辛苦的。"我说。

甄鹏喝了一口水，继续向我介绍说："是啊，虽然是老两口轮换着，可是毕竟年纪大了。不过，他们的口碑特别好，不愧是干了一辈子革命工作啊。"

我抱歉地笑笑说："真是不好意思，这次不能带孩子们去公园了。"

甄鹏笑着说道："以后会有机会的。不过，你可真见外啊，曼婷如果不给我打电话，我还真忘了孩子进幼儿园的事。"

"陆曼婷可真行，她的嘴巴可真够长的，我本来是不想麻烦你的。"

"要不怎么说你见外呢，其实大可不必，打个电话就行，再不行最多请吃一顿饭的事，就能不交借读费，你为什么去做那个冤大头呢？"甄鹏又喝了一口水，很随意地说。

我正纳闷，他一个教研室的主任，能有那么大权力吗？甄鹏笑着继续说："人际关系是要利用的，你不用别人的关系，别人也不见得省着你不用啊？这件事你别管了，正好我有个熟人就是那个幼儿园的园长，教育口就这么几个人，孩子上幼儿园，进初中啊什么的，这关系都是转来转去的。"

我恍然大悟，点点头说："如果需要请客吃饭，你告诉我一声，总不能让你连吃饭的钱都出了吧。"

甄鹏从兜里拿出一支香烟，刚要点燃就又收了回去："孩子感冒了，我就不吸烟了。"

我微笑着点头，没说话。

甄鹏继续说道："不瞒你说啊，我刚才就是去办这件事了。事情很顺利，园长答应周一就让你带孩子过去，至于吃饭，她说不用，正好中午有其他人请我，我顺便带园长一起过去就行了，这事儿你别管了。"

"哦，那行，等我发工资一起请你和曼婷！"

甄鹏笑着点头，极其认真地看着我说："以后别跟我那么见外，行不行？"

我说:"其实也没有见外啊,我的工作,璇璇进幼儿园的事都是你办成的,可是我没有能帮到你的,真的有些过意不去。"

"老同学嘛,这算什么。对了,你准备璇璇的户口本什么的,别到了周一抓瞎,我饭局的时间快到了,我先走了啊。"说着,甄鹏站起身,向门口走去。

送走甄鹏,我这才想起来,我和璇璇的户口本都在朱德义那里,户口本的户主是朱德义。

我赶紧拨通了朱德义的电话,朱德义语气倒很平静,他说:"有事吗?"

"璇璇要上幼儿园,需要用一下户口本,我也要找机会把我和璇璇的户口迁出来。"

"户口本你随时来拿,用不着那么麻烦,我已经把户口的事办妥了,不然的话,安安的户口没法落实,也没法上幼儿园。"朱德义的语气非常得意,令人有想咬他一口的感觉,可是,我并没有冲动,我用比他更加平静的语气说:"哦,这样啊,那麻烦你给我快递过来吧。"

"你过来拿一下不行吗?"朱德义的语气在一瞬间转而愤怒。

"我认为我们俩没必要再为了这些事见面。"我冷冰冰地说。

"蒋欣瑜!"朱德义有些失态,"那好吧,请自便,我只能告诉你,你和璇璇的户口本在我老婆那里,拿不拿你看着办吧!"说完,朱德义就挂了电话。

我不得不承认,朱德义真是个小人,他居然让我主动去找秦佳璐,看秦佳璐的脸色要户口本!

好吧,我把丈夫都心甘情愿地给了她,还有什么看不开的?再说,婚都离了,如果不是户口本在她家,我们恐怕连路人的缘分都没有。

曼婷的电话正好这时候打进来,她刚从美容院出来,要到我这里来。挂完电话,门铃就响了,顺手拉开门,我看到容光焕发的曼婷笑嘻嘻地站在门口。

"你还没问过我地址,怎么知道是这里?"我好奇地问,曼婷把包往沙发上一扔,神秘地笑笑,说:"我有密探!"

"就是啊,我都差点忘了,你这个电线杆子喇叭筒的本事还是不减当年啊。"我诡异地笑笑,拿了一只茶杯给曼婷倒水。

趁着曼婷在这里照看璇璇,我连忙说:"璇璇感冒了,在卧室睡着了。我要到朱德义那里去拿我和璇璇的户口本,你照看她一会儿啊,我一会儿就回来。"

"啊?不会吧?他为啥不给你送过来?或者约个地方给你不就得了,干吗要到他家里?"曼婷惊讶地张大嘴巴。

我不由自主地耸耸肩膀,苦笑了两声,说道:"算了,我如果和朱德义的非人类想法一样,那我不也就变成猪了吗?懒得搭理他,不管怎么样,我只求你那可爱的表姐麻利地给我就行。"

"啊?还要见我表姐啊,疯了,我看你们全疯了!"曼婷四脚朝天躺在沙发上,见我去卧室换衣服了,她也赶紧去看璇璇。

"还睡着呢?没什么事吧?即使是感冒也不能总是睡啊,我把她搞醒吧?你说呢?"说完,曼婷就嘿嘿地笑起来。

我对曼婷说:"也就睡了不到一个小时呢。闹醒她,你惹得起我没意见,她醒过来给她喝水啊,昨晚发烧来着。"说完,我匆匆忙忙拉开门走出去。

站在大街上,我才发现不知道该到哪里去找秦佳璐,我只好拨通朱德义的电话。朱德义告诉我地址,我一路小跑着走到公交车站,还好,他们住的地方不是很远,大约二十分钟的车程,我就到了朱德义所说的小区门口。

眼前的这个高级住宅小区在前几年开始建造的时候我就很熟悉,H市电视台铺天盖地地做过广告,据说楼盘启动的时候是市长亲自剪彩的。

我还曾经大发感慨，说如果这辈子能买得起这个小区的房子，也就知足了。

命运真是作弄人，朱德义竟然就住在这里，一路上我没有心情观赏豪华小区的绿荫绿地，一门心思寻找1802室。

门铃响过之后，我忐忑不安地站在门外，毕竟我和秦佳璐的关系如此尴尬，真不知道她见我是什么表情？但愿别气急败坏地在我脸上留作品。不过，我再想想，做小三的又不是我，我为什么心虚啊？于是挺了挺腰杆，非常镇定地等待开门。

"怎么是你？"如我所料，秦佳璐的脸色顿时暗了下来。

"你好，打扰了，朱德义让我来取一下我和我女儿的户口本。"

"哦，这样啊，户口本是在我这里，可是，我凭什么给你？"秦佳璐一副盛气凌人的语气。

我或许已经预料到了秦佳璐的表现，非常镇静地说："我可不可以进去说？"

秦佳璐稍稍迟疑了一下，然后说："好吧，进来吧，请坐吧。"

我自然地坐到秦佳璐家的真皮沙发上，只是瞟了一眼豪华的装修，就简单说了句："你家房子真大，真漂亮！"

我这由衷的话语，没想到却触动了秦佳璐敏感的神经。她冷笑了两声，然后说："你千万别怀疑这个房子是朱德义买的，我和他在一起，从来没有花过他一分钱。"

我礼貌地笑笑，自然地说："我从来没有这么想过啊，我信你说的话，朱德义那号人，不吃软饭就算不错了，我怎么会怀疑你花他的钱呢？再说了，这个问题我们已经没必要讨论了，我是来拿户口本的，你给还是不给，给个痛快话吧？"

我承认话里带着讽刺，我说朱德义没出息，也是在向对方表明，这样的人，我弄丢了一点都不可惜，相反，还有点庆幸的意思。

"我把话挑明了说吧,我催促过朱德义多少次,让他和我办理结婚手续,可是他一再推脱,直到他和你离婚,他都没有利利落落地把我和安安的户口迁过去。最近安安上幼儿园,他无数次撒谎说户口本在你那里,是你手里攥着不撒手,直到我逼着他和我登记结婚,他才心甘情愿地拿出户口本。我不给你户口本,不是刻意为难你们娘儿俩,可这是朱德义应该得到的惩罚!所以,我不会轻易给他的,你在我这里也休想取走,让他自己来拿!"

我没有想到秦佳璐如此坦诚,我还以为她会先秀一秀他们豪华的大房子,夫妻如何恩爱,以胜利者的姿态在我面前大肆炫耀她的战利品,然而,她没有。那我也不能表现得太小气,我站起身,对秦佳璐说:"你的心情我能理解,不过,你们两口子恩恩怨怨,尽量还是别牵扯到孩子。我从来没有想过为难安安,我希望你也理解做母亲的心,户口本能送安安和璇璇去幼儿园上学,却不能保证你一辈子的幸福。好了就这样,再见!"

虽然我没把户口本拿回来,可是朱德义在电话里答应得很干脆,说尽量明天送过来,我觉得问题不大,秦佳璐也不是不可理喻。

我回到住处把秦佳璐的话转述给曼婷听,曼婷一听就急了,她迅速掏出手机,焦急地说:"表姐,你听我说,算是我求你,户口本还是尽快给欣瑜吧,好吗?前几天安安入不了幼儿园,你不是也火急火燎的吗?"

"婷婷,你说晚了一步,我已经把户口本撕碎了,我就知道蒋欣瑜会搬你这个救兵,要是不信,你可以过来看看啊。"秦佳璐在电话里一字一句说得那么解恨,而我听到这句话,一句话也说不出来。

"我说你有没有脑子啊?你和秦佳璐是情敌啊,你怎么可以信她的话?小时候我和她一起玩儿,每次抢同一样东西,她都要得到,得不到就会想尽办法破坏,我太了解她了。"曼婷此刻恨铁不成钢的样子像极了我妈。不过,秦佳璐这样的人,倒是很难让人想象。

"我以为她说的是真的,难道她就等着这一天气我吗?"我摇着头,始终不相信秦佳璐会把户口本撕了。

"实在不行,再问问甄鹏吧,不然的话,进公立幼儿园的事就前功尽弃了。"曼婷拿出手机来一边拨电话一边说。

我早就急得没了主意,曼婷说了什么我也没注意听,只看见她把电话按成免提,电话里甄鹏说:"这样吧,你问问欣瑜,如果她的户口本真的撕了,最快的办法是赶紧把她家璇璇的户口补上,挂靠在我的户口本上。如果她自己重办,也要到 S 市公安局尽快补办,补办户口本很慢,你让她考虑一下答复我。"

听到甄鹏的话,我的心里立刻又重新燃起一丝希望。可是冷静下来想想,我和甄鹏非亲非故,把璇璇的户口落到人家那里总是不妥的。

"要不说离婚的女人最啰唆呢,这也怕,那也怕。你有什么好怕的?人家甄鹏不嫌弃在自己身上加个拖油瓶,你还考虑什么啊?"曼婷看出我的犹豫,极不耐烦地说。说完就又拨通了甄鹏的电话,等我还没缓过神来,她已经在电话里说:"欣瑜说,能把璇璇的户口挂靠在你那里很高兴,只是她有些过意不去,又给你添麻烦。"

曼婷把手机递给我,示意我和甄鹏说话。我拿过电话,却支支吾吾说不上话来:"你看,总是麻烦你,真不好意思。"

甄鹏在电话那端笑了笑,说:"明天早上我过去一下,你尽量把和璇璇有关的证件都拿上,我过去接你。"

"哦,好的。"挂掉电话,我就去找璇璇的出生证明,还好,没有搞丢。

曼婷不知道哪里来的火气,我走到哪里就跟到哪里,不停地数落我:"你看看你现在变成什么样子了?随便一个秦佳璐就能欺负你。和你说啊,秦佳璐如果不是我表姐,我早就把她收拾得服服帖帖了,还等她来算计你?欣瑜,你就是太善良了,人善被人欺!"

"我承认这件事是我忽略了,可是,你表姐也太阴险了吧?还真少见说一套做一套却装得这么像的。秦佳璐也就是你表姐,她如果换成任何一个人的表姐,你看看我能轻易饶了她不?"我也气不打一处来,心里愤愤然,恨不得现在就把秦佳璐碎尸万段。

"嘿嘿,知道啦,知道你有仇必报!"曼婷嬉皮笑脸的样子可爱极了。我忍不住在曼婷的额头亲了一口,顺嘴说了句:"你说那几年我怎么会着了朱德义的道,冷淡了这么可爱的一个你呢?"

曼婷听了哈哈大笑,我突然间闻到一股香水味儿,很认真地问:"和我说实话,你和张超凡,到底要不要宝宝?"

"要啊,正在努力啊!"曼婷甜甜地笑道。

"可是,你不能再喷这么浓的香水了,张超凡也要戒烟戒酒啊。"我叮嘱曼婷。

"知道了,可是……我们都同居一年了,也没采取任何措施,我的肚子就是一点消息也没有。"说完,曼婷的脸色突然阴沉下来,叹了叹气说道。

"哦,这样啊,没关系,我们老家有个老中医,可会调理妇女了,等我安定下来就带你去看看啊。"我说。

"嗯,行!"曼婷说着就站起身,她拎起包刚想走,又多了一句话,"我看甄鹏和欧阳对你都是认真的,你别说你没心思啊,人家朱德义结婚结得那么义无反顾,你还不抓紧,难道非让他看笑话不成?"

我拉着曼婷的手,把她按下去,我也坐了下来,非常认真地说:"欧阳,我真没想过,他条件那么好,我离过婚又带着孩子,他喜欢我可能也就一阵儿,说不定学韩国人想搞姐弟恋。呵呵,他玩得起,你说我玩得起吗?"

"你凭什么说人家欧阳就一阵儿啊,说不定还真是你的真命天子呢。"

我白了曼婷一眼,笑了笑,继续说:"再说甄鹏啊,虽然他现在很有能力，也正好是单身。可是，我总是感觉我和他之间有什么东西隔着，我到现在还不明白，他为啥大学四年都不和我表白呢。"

"那你也没问过他？"曼婷追问。

"那我成什么了？我才不问呢，要是问，早在暗恋他的时候我就问了。"

曼婷呵呵笑笑，然后点点头说道："也是，也是。先不管你了，实际问题一个一个来，先集中解决我干闺女的入托问题，我先走了啊。"曼婷说话间打开门，就闪了出去。

第二天，璇璇的感冒就已经好得差不多了，曼婷答应过来接她。可是早餐刚过，就接到欧阳云翳的电话，他说今天是上课时间，让我吃完饭把璇璇送过去。我犹豫了一下，觉得带着璇璇去办户口也不方便，就答应了欧阳云翳。

一个家庭里多一个孩子会凭空多出来好些事情，何况是我自己带着璇璇，总感觉整天都在围着她转，还手忙脚乱的。这不，璇璇又要找出搭配粉色羽绒服的帽子，翻找了半天行李箱还是没找到，她噘着小嘴埋怨，说我是懒女人。

照顾璇璇吃完早餐，吃完感冒药，再换上衣服，已经七点十五分了。我喝了两口粥，抹了抹嘴巴，就牵着璇璇的手走出家门。

上了公交车我才想起来给甄鹏打个电话，告诉他要送璇璇去学琴，他说来附近接我，好在我出来的时候没有忘记带璇璇的出生证明，不然还要跑回去拿。

到了欧阳家，珍珍和李老师已经在了。我顾不得多说话，就赶紧对欧阳云翳说："我要去给璇璇办理户口，回来的时间没准儿。璇璇的课结束后，你给我打个电话，我如果没空，就让曼婷来接她。"

欧阳云翳什么也没说，只是瞥了我一眼就牵着璇璇的手进了里屋。屋里早就传来珍珍的琴声，这时候我接到甄鹏的电话，说他已经到了楼下的商场门口，让我赶紧过去。

李老师见我很匆忙，就站起身说："蒋老师这么忙啊。"

"忙着璇璇户口的事，不然没办法上幼儿园。"我说。

"中午尽量赶回来吧，我想让你陪我一起答谢一下欧阳，我做东，咱们一起吃个饭。"李老师笑着说。

"我尽量吧，我也想借花献佛一起感谢他呢。"

"你先忙，你先忙。"李老师用手指了指防盗门，示意我先去办事。

在商场门口，我看到了甄鹏从一辆黑色轿车上走下来，他向我招手。我从包里把璇璇的出生证明拿出来，甄鹏拿在手里说："那我去办了，你去等着接璇璇吧。"

我顿时吃惊，连忙问道："不用我跟着去吗？"

甄鹏笑了笑，说："不用了，今天周日呢，到哪里找正常办公的人。我托人给加个班，这些都是要吃吃喝喝的，你不适合跟着去。"

我再次低下头，声音低低地说："又让你破费，要不你先记上，我发了工资一点点还给你。"

甄鹏并没有理会我，笑着说："快去等着接女儿吧。"说完，转身上车。

看着甄鹏的车子逐渐消失在车水马龙的街头，我心里突然很怅然。为什么一个离了婚的女人这么难？处处需要求人，处处需要记下人情账。没和朱德义离婚的时候，没觉得他在家里有什么作用，为什么刚一离婚，大大小小的事就都来了呢？欠人情的滋味真的不好受！

女人难！离婚的女人更难！

不过话又说回来，甄鹏给我的感觉像是翻手云覆手雨，能量很大，不像是在教研室里端茶看报纸的人。唉……不想那么多了，不关我什么事。

敲开欧阳云翳的门，给我开门的居然是丁一汉。他是不是欧阳云翳的大哥我管不着，可是这个人貌似和我冤家路窄，见到我，他本来冷酷的脸上掠过一丝笑，他笑得很邪恶。我不理会他，只说了声"谢谢"就径直走进客厅。

"你找云翳有什么事吗？"他轻蔑地笑笑，站在我的对面，我总有一种透不过气来的感觉。

"我为什么要告诉你？"之前他对我的出言不逊浮于脑海，我毫不客气地说，说完我抬头看看客厅的时钟，指针指向九点钟，我对李老师说："李老师，你都等了一个小时了？"

"嗯，和丁先生说了会儿话了。"李老师对丁一汉礼貌地笑笑说。

"那孩子们该休息了吧？"我又说。

"刚才俩孩子玩了一会儿。"

这时候卧室里传出来《小星星》的曲子，还伴随着珍珍在一旁讲解的声音。我不由得发出感慨："这种教学模式倒是不错，珍珍教璇璇更加合适，她更加清楚初学者该注意什么，也在欧阳视野范围内，俩孩子还可以轮换着休息。"

"是啊，刚才珍珍弹琴的时候，欧阳往外撵璇璇，璇璇都不出来，珍珍弹琴，她在一旁载歌载舞的，可高兴呢。"看得出李老师刻意不冷落丁一汉，他拿出一根烟，笑着对丁一汉说，"这俩孩子以后就交给你们家欧阳了，欧阳在钢琴方面一定还会有更大发展的。"

丁一汉笑了笑说："恐怕以后云翳没时间给你的孩子上课了，我今天就带他到我的公司去，十点半的董事会，我还要把云翳介绍给董事会成员，以后他就在我的公司发展。"

李老师有些失落，但还是假装无所谓地笑笑说："哦？那恭喜你们啊，欧阳一定是一位得力干将！请问你是做哪行的？"

丁一汉逐字逐句地说："房地产。"

丁一汉虽然努力不让自己表现得财大气粗，可是，他的样子还是令人很不舒服,毕竟话不投机半句多。很快,我和李老师就聊起天。

"李老师,嫂子没事了吧?"我关心地问道。

李老师先是叹叹气,然后说:"唉……好什么啊,前几天看起来像是好一些了,对你的误会也解除了。那天我对你产生了视觉幻觉,认错人了,真的。"

我轻松地笑着点点头说:"当然,其实我感觉出你是产生幻觉了,而且我猜令你产生幻觉的是那幅画吧?"

李老师默认地点点头,然后说:"对,是我不好。最近新调来一位音乐老师,不知道我爱人又听谁说了,结果又上演了那天的一幕。我想,真的应该把她送到省六院精神科去看看,可是,她爸爸妈妈硬是不肯,好像我故意害他们闺女似的。为了她,珍珍连安静练琴的时间都没有,我从学校搬出来,她不再去学校闹了,可整天还是疑神疑鬼的,珍珍都烦了。"

对李老师的遭遇我深表同情,可是更令人同情的是李老师的老婆,究竟是什么事让她的精神受到刺激,进而发展到这样呢?当然,这不是我关心的问题,不过,我不支持李老师对这件事的态度。我用安慰的语气说:"李老师,听上去嫂子的问题像是很严重,像是精神抑郁的症状。珍珍的姥姥姥爷是嫂子的父母,可是,你才是嫂子最亲的人,我不知道嫂子为了什么事变成这样,不过,我敢断定,她一定是受到伤害才这样的。我觉得即使再多的人反对,你为了嫂子,也应该带她到医院做正规的治疗。"

我的话令李老师沉默了,他低下头去,像是回忆一件痛苦不堪的事情,双手插进头发里,然后慢慢抬起头,眉头紧蹙,认真地看着我说:"蒋老师说得对啊,是我对不起珍珍她妈,是我……"说着,李老师就又低下头去。

李老师旁边传出一个低沉的男人声音,我才突然想起来,丁一汉还在。他拿出一支烟，碰了碰李老师的胳膊，说："老兄，别郁闷了，抽支烟吧。"

丁一汉递烟的动作很熟练，他的表情很具沧桑感，他半眯着眼睛，好像感同身受的样子，这或许是我见到丁一汉以来最有人情味的动作了。不过，在我心里，他依然是个冷酷无情的冷血人。

这时，欧阳从卧室里走出来，他看到我来了，笑着说："璇璇的状态越来越好了，还是孩子之间容易沟通，珍珍用自己的语言来告诉她该怎么弹，她很快就领会了。"

"那还不是你想的法子好？"我笑着说。

丁一汉站起身，冷冰冰地对欧阳说："云翳！时间快到了，董事会要开始了。"

这一幕和那天我遇到丁一汉的情景如出一辙。欧阳耸耸肩膀，不阴不阳地说道："是啊，董事会都要开了，你丁董事长还不赶紧去？"

"这一次不是开玩笑的，你必须跟我去！"丁一汉掷地有声，大声喝道。

欧阳根本就不理会他，笑着对李老师说："老李，我们下课就去吃饭，不然品味阁占不到位子！"

李老师笑着点点头。丁一汉被气得眼睛都绿了，他再一次喝道："真没出息，吃了品味阁就兴奋成那样！我没让你见过大世面吗？搞得跟个土包子似的！"

"还真是很久没见到人世面了，不然今天你做东，让我们几个土包子都见见大世面？"说着，欧阳一个转身就到了丁一汉跟前，还没等丁一汉反应过来，欧阳已经掀开他的西服，迅速地掏出一个钱夹，又以前所未有的速度抽出来一张银行卡，顺手又把钱夹放回主人的衣兜。

欧阳这一系列动作轻车熟路，俨如燕子李三。我不禁暗笑，看着丁一汉被气得全身发抖的样子，心情真的很爽。

"你！"丁一汉下意识捂着胸口继续说，"算我求你了，就算我替你姐姐求你了，你就去公司吧，不然，我这一大摊子将来扔给谁？"

"行了！你再给我提我姐姐，我让你爬着出去，你信不信？你的摊子谁继承算谁的，哦，对了，你也不老啊？去找那些阿红阿绿给你生个孩子去啊，远远要比你来求我省事多了，难道造孽造得你现在就不行了？"说完，欧阳哈哈大笑起来。

丁一汉彻底没了辙，不过，他很快平息了一下自己，然后很镇定地说："小子，你等着，我有的是耐心和你玩儿，就是到时候你别后悔！"说完这句，丁一汉就摔门而去。

我和李老师听得大眼瞪小眼，不过，谁也不想过多打听人家的私事。珍珍和璇璇这时候刚好走出来，欧阳把手里的卡举起来，向两个孩子摇晃着说："今天有人请咱们到五星级饭店去吃饭，你们愿意吗？"

珍珍和璇璇自然很兴奋，一个劲儿高呼欧阳叔叔万岁，李老师连忙上前阻拦说："说好了我请，五星级我也请得起，快把你的卡收起来，或者找机会还给你的家人。"

"家人？你说刚才那个人是我的家人？老李，你快别开玩笑了，我没有那样的家人，他就是一个自动取款机而已。"说着，欧阳又摇了摇手里的银行卡。

我这才明白，欧阳为什么不在乎钱，原来他和丁一汉这么有钱的房地产老板是一家。难怪他不收珍珍和璇璇的学费呢，他之前嘴里说的自动取款机原来就是丁一汉。

欧阳一边安排大家向外走一边说："今天谁拦着我去五星级酒店，我跟谁急啊，有卡不刷，我傻啊？"

第七章　要区别精品男人和劣质男人，
　　　　挑选终生伴侣不能不慎重

　　那天具体吃的啥真不记得了，我也压根儿就记不住那些高贵的菜名，只知道埋单的时候李老师和欧阳抢了好久，最终李老师还是没抢过欧阳。璇璇还没有到这么高级的饭店吃过饭，她很天真地问欧阳："叔叔，这里很贵吗？"

　　"是啊，刚才咱们几个一共吃掉了六千块钱哦。"欧阳一边说，一边笑着摸璇璇的小脸蛋。

　　我被惊到了，也没觉得有很多菜啊，也没觉得有多么名贵，一顿饭下来居然花了六千！

　　走的时候，李老师很郑重地对我说了一句话："欣瑜，你有一句话点醒了我，我是你嫂子这辈子最亲的人，我不能眼睁睁地看她这样下去。"

　　我很欣慰地点点头，送走珍珍和李老师，我很想带着璇璇坐公交直接回家，可刻意疏远欧阳，显得我很矫情。当欧阳拉开车门的时候，我也没犹豫就拉着璇璇上了车。欧阳从后座里把璇璇抱出来，放到副驾驶位置上，璇璇也很高兴。

　　"送我们回去吧，璇璇明天要上幼儿园，我得给她准备东西。"我对欧阳云翳说。

"这么快就联系到幼儿园了？我还说帮你找找看呢。谁这么神通广大？不用说，又是你那个同学吧？"欧阳悻悻然说道。

我笑而不语，心想欧阳真是个孩子，而且是个好孩子，他的心很纯洁很善良。看着阳光下开着车的欧阳云翳，我突然有种找回青春的感觉。我想，如果我还是那么年轻，面临的选择可以那么多，我一定不会把光阴浪费到朱德义身上。

欧阳云翳的车子开得很快也很稳，到小区门口的时候，他踩下脚刹，我对坐在副驾驶的璇璇说："到家喽，下车吧！"

"不想让我认识一下你们的新家？"欧阳两只手扶着方向盘，神情落寞地说。

我顿时笑了，说："既然让你来送我们，当然会请你到家里坐坐的。你看你着急的样子，像是和璇璇一般大的孩子。"

欧阳嘿嘿笑了笑，摸了摸自己的后脑勺，拔掉钥匙下了车。

刚一进单元楼门口，欧阳就问我："几楼？"

"三楼。"我说。

欧阳听了我的话，不由分说地把璇璇抱起来扛上肩膀，嘴里说着："璇璇，来！叔叔给你做人工电梯！"

璇璇坐在欧阳的肩膀上咯咯地笑着，她兴奋极了，两只小手不停地在空中飞舞，嘴里还念念有词："我是小鸟，我要飞！"

打开防盗门，欧阳把璇璇放下来，自己在鞋柜找了双拖鞋。他拎着拖鞋发了一会儿呆，冷冷地说："你住在人家家里啊？连男式拖鞋都是旧的？"

我笑笑，解释道："这是我同学的房子，他和他老婆离婚了，带着儿子跟老妈住，这个房子已经闲置一年多了，怎么了？"

"哦，你连房租都给我了，干吗还要另外找地方？难道你住在这里不用交房租？"欧阳语气淡淡地说。

璇璇这时候已经换了鞋，拉着欧阳陪她玩大鱼吃小鱼的游戏。我对璇璇说："叔叔待会儿就走了，你自己玩儿。乖！不许捣乱，半个小时啊，记住了啊。"

璇璇果然很乖，她先是给欧阳扮了一个鬼脸，就跑到屋里玩游戏去了。

给欧阳沏了一杯茶，我说："欧阳，之前不住在你那里，我是有苦衷的，现在不住你那里是真的不想给你添麻烦。你看，因为我，你和家里人闹得都不愉快了，你那么帮我，我怎么可以连累你呢。"

欧阳端起茶品了一口，然后蹙起眉头说："我说过，他不是我的家人，只是我的自动取款机。我们俩的关系你也看见了，见了面除了吵架就是吵架，我和谁在一起不关他丁一汉的事，所以你也不用为了他躲着我。"

我叹气说："欧阳，你怎么不明白啊，即使他不是你家里人，我也不想住你那里。一个离婚的女人和单身男人合租，会招来非议的，我无所谓，可是，我不想让璇璇受到一点点影响，你明白吗？"

欧阳放下茶杯，眼睛直视着我，说："我明白。可是，你也不能完完全全为璇璇考虑，不为自己的幸福考虑一下吧？"

对再婚的问题，我对谁都是同一个态度。我几乎脱口而出："谁说我不考虑？就像是曼婷说的，朱德义都已经领了结婚证了，我有什么可以犹豫的？"

"那为什么不考虑我？"

欧阳这句话快得令我猝不及防，他终究还是说出来了。不过，也好，我不想和欧阳的来往过程中有暧昧不明的关系，把话说出来对我们将来的相处有好处。

我再一次调整语气说："欧阳，你不是我的菜，真的。每次看到你，我想到的是青春时期的我，可是，那已经离我太遥远了。我们俩之间真的不可能，但是因为曼婷，因为璇璇，我知道我们会成为很好的朋友，我也从来没有像你说的那样躲着你，只是不想给你造成不必要的误会，知道吗？"

此刻，欧阳的神情慢慢地松弛下来，他站起身来走到窗户前，看着窗外说："我知道了，我这样的男人让你很没有安全感，我从现在开始不再对你提任何的要求，但是，你也没有权力阻止我追求幸福，所以，只要你没有正式向我介绍另外一个男人，我就还有机会。"

说完，欧阳慢慢转过身来，他轻轻地走到我面前，眼神专注地看着我，一句话也不说。

"我只能把你当朋友。"我说。

"我接受。"他说。

欧阳说完，叮嘱了我一句："璇璇和珍珍上课的时间，暂时定在每周日上午八点到十二点，我希望你能做到风雨无阻。"

"好的，我尽量。"

"没有人学钢琴课不需要练习，如果你暂时没有条件买钢琴，我希望你每周抽出三两次时间带璇璇到我家来练琴。"欧阳走到我身边，很诚恳地说。

我站起身，拍拍欧阳的肩膀，算是对刚才拒绝他的安慰。我笑着对他说："当然好啦，不交学费还白用琴，我会在给你打扫卫生的时候带璇璇过去，不知道你什么时间段比较方便？"

"随时可以。"他说。

"嗯。"

欧阳已经拉开防盗门，接下来就听见关门的声音，我想要说开车慢点，已经听不到欧阳的脚步声了。

璇璇玩游戏的时间到了，我催促她去午休，自己也在床上躺了下来。

和欧阳摊牌虽然有些别扭,可我对这个结果还算满意,此刻心里无比轻松。我想,小伙子容易冲动,过段时间他找到女朋友,就会把我当成朋友,或者姐姐吧?

璇璇睡得正香,我给她盖好被子然后起身,收拾了几件衣服想洗洗。甄鹏家的全自动洗衣机倒是很高级,还有手搓式的,刚把洗衣机的程序设定好,就听到门铃在唱歌。

打开门,甄鹏满面春风地出现在我面前。他像是进了自己的家,把手里的皮包往沙发上一扔,随后也把自己扔在沙发上。

"累了吧?事情还顺利吗?"

"嗯,还行,明天你就可以送璇璇上幼儿园了,户口本你拿去。"说着,甄鹏从沙发上拿过皮包,拉开拉链,把红色本子拿出来递给我。

户口本除了甄鹏的户口,还有他儿子甄帅的,看到甄帅俩字,我不由地笑了,说:"甄鹏,你儿子的名字真好。"

"是啊,我爸爸给起的名字,他说我家甄帅是名副其实的真帅!"甄鹏笑嘻嘻的样子很像个孩子,只有他这样笑,才让我感觉到真实,是上学时候的甄鹏。

当我翻到第三页看到璇璇的户口时,心里有说不出的感受,尤其是在户主关系一栏,清晰地写着"父女"两个字。我一下子惊呆了,我的表情可能太过意外,甄鹏看见连忙问:"怎么了?"

我才发现这样的表情显得很不礼貌,于是尽量调整心态,说:"这里写的父女,一下子没适应,我想了想也是,能怎么写呢?总不能写寄养吧,呵呵。"

"有点接受不了?"甄鹏笑着问我。

我是有点接受不了,有点把女儿卖掉的感觉,但我怎么也不能表现出来。我违心地说:"不是接受不了,是有些激动,璇璇终于可以名正言顺地上幼儿园了。"说完我还不自然地笑笑。

"要不今晚庆祝一下,做点好吃的?"甄鹏诡异地笑着说。

"看出来了,想蹭饭,是不是?"

"行不行?"

"当然可以,你帮了我这么大一个忙,吃顿便饭还是可以的。你休息一下,我这就去买菜。"

甄鹏答应了一句,歪脑袋就睡着了。我真服了他了,怎么睡觉的速度和孩子一样,前一秒还在说话,下一秒就能听见呼噜声?

因为璇璇感冒刚好,甄鹏中午又在外面大吃大喝的,所以我买了几样清淡的菜。那天的医生说璇璇脸色欠佳,建议给孩子多熬点汤喝,我一直没有腾出时间,今天为了答谢甄鹏,买了大枣、桂圆、枸杞、莲子、银耳,打算晚上熬点桂圆莲子羹。刚一回来,我就清洗了这些干果,待紫砂锅里的水烧开了,我把食材都放进去,开了火熬粥。

馒头是前一天睡觉前自己做的,璇璇不喜欢吃外面买的馒头,之前在家也是婆婆亲自蒸馒头。我把馒头放在蒸锅里,又做了个素炒西芹、蚝油三色蔬、鲜菇炒白菜心,凉拌了一个黄瓜粉皮。

当我把这些都做好的时候,甄鹏和璇璇都已经睡醒,俩人正在沙发上玩扑克呢。我喊他们吃饭,甄鹏说还有一位客人没到呢,我感到好奇,也有些不高兴,他凭啥约客人到我家里来吃饭还不提前打招呼?我说:"是谁啊,你也不提前说,我只做了几个素菜,你的客人来,多不礼貌啊。"

"没事,他不会挑理。"

甄鹏话音刚落,就听见门铃声,我连忙去开门。门外站着一个中年女人,手里拉着一个小男孩儿,小男孩儿我见过,是甄鹏钱夹里照片上的小男孩儿。

"您好,甄先生在这里吗?"女人温和地笑着问我。

"是小甄帅吧?快点进来。"我低下头,连忙迎他们进来。

我从中年女人手里接过甄帅的小手，一边向沙发走去，一边笑着对中年女人说："大姐，您快坐。"

"儿子！想爸爸了没有？"甄鹏看见儿子，脸上露出喜悦的神情，他俯身抱起儿子，不由分说地在他的小脸蛋上使劲啃了几口。

甄帅没做任何反应，只是呆呆地站在原地，瞪大眼睛看着甄鹏，然后迟疑了一下点点头。

璇璇看见家里来了小朋友，更是兴奋。她走过去，突然就抱着甄帅，在他的脸蛋儿上亲了一下，说："这个小弟弟好可爱！"说完，璇璇就帮甄帅去脱外套，站在一旁的女人也赶紧去帮忙。

甄鹏对站在一边的女人说："王姐，你先回去吧，我照顾甄帅就行了。"

王姐是甄鹏家的保姆，之前听甄鹏提过。

"好的，那我明天早点过去。"说着王姐就开门走了出去。

"小弟弟，你喜欢玩积木吗？"璇璇拉着甄帅的小手，笑着问。

"不行，璇璇，我们要开饭了，吃完饭再玩儿。"说着，我走到两个孩子身边，一手拉着一个走进卫生间。

"甄帅，喜欢和小姐姐玩吗？"我一边给他洗手，一边问他。

他依然不说话，看了我半天也没做出任何反应。我感觉这孩子有些异常，但也不敢随便瞎猜，璇璇吵着说："妈妈，我自己洗手，我要给小弟弟做榜样！"

于是我拉着甄帅的小手，走出洗手间。甄鹏给每个人盛了一碗粥，笑着对甄帅说："你看阿姨做了这么多好吃的，待会儿多吃点，说谢谢阿姨了吗？"

甄帅摇摇头，甄鹏继续说："那给阿姨说声谢谢，好不好？"

甄帅的眼睛忽闪了几下，却仍没有做出反应。我连忙说："这孩子很腼腆，快吃饭吧，别为难孩子了。快先喝点粥，阿姨自制的八宝粥，很甜的。"我一边拿了白砂糖的瓶子，用汤匙舀了一勺糖给甄帅的碗里放进去。

甄帅拿起小勺，自顾自吃起来，好像我和甄鹏完全不存在的样子，璇璇跑过来叽叽喳喳地喊："我要挨着小弟弟，我要挨着小弟弟坐。"

甄鹏看了看甄帅，摸了摸他的小脑袋瓜，然后说："欣瑜，来，吃饭！"

璇璇和甄帅很快就吃饱了，璇璇放下筷子，就拉着甄帅走进了卧室。

我和甄鹏一起收拾，洗碗。洗好后，我们俩很自然地走到卧室里看了看两个孩子。璇璇兴奋地对我说："我们搭积木呢，待会儿还要玩拼图。小弟弟不会说话，但是搭积木很快，你看，这是他搭的！"说着，璇璇指着搭好的一个宫殿式的房子说。

"璇璇，不许瞎说！"我连忙制止璇璇，很友好地去摸了一下甄帅的小脑袋说："甄帅不光是帅，还很聪明，这宫殿盖得好漂亮哦！"

甄帅看都没看我一眼，甄鹏向我递了个眼色，示意我出来，我就跟着他来到客厅。

"这孩子有严重的自闭倾向。"甄鹏靠在沙发上，声音很低沉。

"我看出来了，他从小就这样吗？"

"也不是。其实一周岁的时候，他和别的孩子没啥区别，有说有笑的，后来我和他妈妈都忙得不行，就请了个保姆带孩子，加上我和王默然经常吵架，也不知道从什么时候起，孩子就逐渐不爱说话了，也不愿意和人交流，整天在房子里搭积木，玩拼图。"

"医生怎么说？"我问。

"治疗呗，药物的，非药物的。"

"哦，一定很辛苦吧？"

"辛苦倒是不辛苦，吃药有我妈有保姆，就是每周要到康复中心做治疗，效果不是很好。"提到甄帅，提到甄帅的自闭症，甄鹏的脸上布满愁云。

"效果不好打听看看别的医院，不行就换一家康复中心。"我说。

甄鹏摇摇头，说："不是康复中心的问题，是我的问题。"

"你的问题？"我更加好奇地看着甄鹏，他低下头，说："康复中心要求家长陪同，一起训练孩子的语言功能和交流能力。可是，我们家只有我自己，有时候让保姆陪着去，可根本不是那回事，医生说，和孩子交流最好是女性，而且是适龄女性。"

"哦，这样啊，那……"

我正不知道该说什么的时候，甄鹏打断了我说："刚和王默然分开那会儿，我也试着找过几个女朋友，不为了别的，哪怕单纯是为了甄帅，可是始终找不到合适的。"

"别着急，你一定会找到真正爱你和真正疼甄帅的人，甄帅的治疗一定要跟上，总不能因为你找不到女朋友，就影响到孩子的康复吧。不行的话，我每周陪甄帅治疗吧，但一定要在璇璇上幼儿园的时间，不然，我也忙不过来。"我说。

"真的？"甄鹏睁大眼睛惊喜地看着我。

"孩子的病情怎么可以耽误呢，再说了，你帮我那么多忙，我帮你一下也是应该的。"

"太谢谢了，谢谢你，欣瑜！"甄鹏高兴地站起来，他专注地看着我，眼睛里闪着熠熠的光辉，不住地点头说，"你可帮了我的大忙了！"

我笑了笑，鼓励甄鹏说："我虽然不了解自闭症，可是我看甄帅比电视上那些孩子强多了，至少璇璇拉着他去玩，他没有拒绝。我觉得他应该比较容易康复，你别灰心。"

"嗯，为了孩子，再难我也不怕。"甄鹏坚定地说。

"对啦，咱去看看他俩玩啥呢？"说着，我先向卧室走去。

走进卧室，璇璇像只小麻雀似的叽叽喳喳叫了起来，她说："妈妈，叔叔，快过来看啊，我崇拜死小弟弟了，这么难的拼图，他那么快就拼好了，我都拼了好半天了。"

顺着璇璇指的方向，我和甄鹏看到床上摆着一副拼好的拼图，这是一幅童话故事拼图，图上有拇指姑娘，有森林，有野花，总之，大大小小的碎片有几百块。当初买的时候，售货员就劝我不要买这个，说这是适合六七岁孩子玩的，璇璇是初学者，很难拼好。

我盯着拼图看了一会儿，惊讶得叫出声来，我忍不住拉了拉甄鹏的袖子，兴奋地说："甄帅太棒了！这么复杂的拼图，他都能准确无误地拼出来！"

甄鹏并没有表现出高兴，他叹了口气说："这是自闭症孩子的典型特征，他的机械记忆能力特别强。康复中心很多孩子都有自己的特长，那里只有百分之二十的自闭症孩子智力是正常的，甄帅也还算幸运，智商没有问题，所以，我想尽快给他治疗好，让他像其他孩子一样上幼儿园，上小学，中学，大学……"

"你别灰心，你一定能做到！"我点点头鼓励道。

"让甄帅多在你们家玩会儿吧，难得他没有排斥。我带他到别的地方去，他总是待一小会儿就朝门口的方向指，有时候就不停地只说一个字：走！走！走！"

"那我们别打扰孩子了。"说着，我示意甄鹏出去，然后对璇璇耳语说："你要想办法多和小弟弟说话，但不能让他烦你哦，最好也让小弟弟说话哦！"

我不知道我的嘱托是否有作用，但至少可以明确一点，璇璇绝对不会冷落甄帅，甚至还会启发他交流。璇璇最大的爱好就是玩过家家，而每次过家家，她都喜欢玩老师和学生的游戏，她会像一个小老师一样，引导对方和她融在一起。

果然，我和甄鹏刚走，璇璇就进入角色了。我扒开一条门缝看着俩孩子，甄鹏见我很神秘，也紧跟在我身后，偷看俩孩子玩。我把食指放到嘴边，做了一个嘘声的动作。

璇璇先是很严肃地拍拍掌，然后说："各位同学注意了，你们快看甄帅同学拼的拼图多好啊，他做事很认真，也很聪明，希望大家以后向甄帅同学学习。"

可是，甄帅依旧摆弄手底下的积木，根本就不理睬璇璇说什么，连头都不抬一下。这下，璇璇着急了，她假装很生气的样子，叹一口气，然后用一只手轻轻拍拍甄帅的肩膀，学着大人语重心长的语气说："大家都在看你呢，都在为你鼓掌，你不高兴吗？高兴的话，你就笑一下。"

甄帅依旧我行我素，根本不理睬璇璇，璇璇这时用手抬起甄帅的下巴说："来，高兴的话就笑一个，像我这样。"

说着，璇璇龇着牙，咧开嘴巴，眯着眼睛朝甄帅笑笑。这时，甄帅像是听懂了璇璇的话，他抬着头，眼睛注视着璇璇，也咧开嘴嘿嘿笑了两声，这笑容看起来虽然有些傻，可是他毕竟笑了。这是甄帅走进我家唯一的一次交流。

甄鹏高兴得差点笑出声，他小声对我说："璇璇可真有办法。"

我拉着甄鹏坐到沙发上说："你还没看出来吧？在璇璇眼里，这么大点儿的孩子还不会说话，所以，甄帅不和她说话，她不是很生气。不然的话，以她的性格，我可不敢保证她不动手打你家甄帅。不过，你也看见了，璇璇特别好为人师，如果甄帅肯和她说一两句话，她一定认为是自己教会了甄帅说话，所以啊，别打扰他们，让我们家璇璇充分发挥她好为人师的特长吧，对甄帅没有坏处。"

"当然了，我恨不得把甄帅就寄养在你家，你知道吗？这是半年来我看到他唯一的一次笑容，我儿子上一次笑，我都不记得是什么时候的事了。"说着，甄鹏摘下眼镜，擦了擦眼里的泪花。

我把纸巾盒拿过来递给甄鹏，甄鹏突然笑了，他打趣道："你还以为我会泪流成河啊？我真的是很久没有这么感动过了，也很久没有如此开心地笑了。我想，在这个世界上，除了我的父母，也就是我儿子能让我有哭有笑的。"

"是啊，我也有同感，现在除了璇璇能牵扯我的神经，我唯一挂念的也无非是父母。"我同样也把真心话说了出来。

我和甄鹏几乎在同时都叹了一口气，可是接下来，我们俩都沉默了，谁都不知道该说啥。我觉得话题太沉重了，想岔开，就站起身走到窗户前看着那盆花，我刚想问他这盆花叫什么名字，甄鹏突然问我："欣瑜，你为什么不问问我当初为什么不向你求爱？"

我被甄鹏突如其来的问题问呆了，我支吾一下，假装很自然地说："过去的事了，还提它干吗？"

"你真的不想知道原因吗？"他继续问。

我徐徐转过身，见甄鹏正用非常灼热的眼神看着我，我一时无语。

甄鹏抬起头说："不管你是不是想知道，也不管我说了你会不会信，我想我还是说出来。上大二的那年暑假，我发现我真的喜欢你了，因为我开始觉得那个暑假好漫长，好漫长，我每天都思念你，想尽快开学，开学就能见到你，每次给你打电话想向你表达我的思念之情，可是我还是想当面和你说，真的，我那时候想的是开学那天我就向你求爱，可是，就在那个假期，我遇上了王默然。那是在一个酒会上，我爸看我在家闲得无聊，就带我出席一个朋友公司的庆典，王默然很开朗，也很直率，两支舞跳下来，她就说喜欢我，并且说，她喜欢的人一定会得到。那时候我就想，她肯定是一时兴起，耍小姐脾气，谁知道，后来的一件事彻底改变了这一切。"

我的记忆又被他唤回了学生时代，我还是没有说话。甄鹏说着就站起身，缓缓走到我跟前，看了我一眼，就扶着窗前的栏杆俯下身来，望着窗外继续说："我再三拒绝王默然，可是，突然有一天，我父亲找我谈话，他问我是不是相信他为官清廉，那时候我爸爸是铁路局局长。我当然相信我爸爸的为人，可是，爸爸告诉我说，有人诬告他在一条铁路的修建过程中贪污受贿，让我做好心理准备，说他极有可能在牢里待一些年。我当时被吓坏了，可是，我是相信我爸爸的，真的。"

"这件事和王默然有关？"我有些好奇地问。

"和她没有直接关系，可是，不知道她怎么得到了关于我爸的事情。她说我爸爸的事，只要她爸爸一句话就能解决，可是……前提是让我做她的男朋友。"

"为了你爸，你就答应了？"

"嗯。"甄鹏深深地点了点头。

我不知道心里是怎样的感受，只知道此刻不能表现得很在乎。我笑着说："你运气不错啊，又能帮你爸解决那么大的问题，又娶了个漂亮老婆，你该感到高兴才是。"

甄鹏拿出一支烟，走到茶几前，拿了打火机点上吸了一口，半眯着眼睛看着我说："我知道你取笑我了，不过我当时确实是这么想的。可是，我的婚姻是这样的结局，而且最重要的是，是错过了一个对我来说最重要的人。"

"别想这些了，事情都过去了，这样的结果不是你一个人造成的，我不是也不如你前妻勇敢吗？如果我像她那么勇敢，说不定就不会有后来的事了。不过，也难说，说不定那时候我们俩好了，你把我这个草根一扔，直接就奔了那棵大树去了，哈哈！"我的话很轻松，说完自己先哈哈大笑起来。

"你啊，还是那么单纯。"甄鹏的脸上也露出了笑意。抬头看看客厅的挂钟，已经快九点钟了，我对甄鹏说："孩子该玩累了吧？"

"是啊，我们也该回去了。"

我和甄鹏走进屋里，却发现甄帅已经睡着了，璇璇给他盖好被子，正拿着画册讲故事。我看到璇璇的眼皮已经在打架了，于是伏在她身边问："你的宝宝已经睡着了，你在给谁讲故事呢？"

璇璇迷迷糊糊只说了一句："宝宝睡了，宝宝的妈妈也该睡了。"

说着就像是带了开关一样，画册从手里滑落出来，她闭上眼睛，很快就睡着了。

"甄帅！醒醒！"只听甄鹏在甄帅的耳边叫了两声。

我赶紧把甄鹏拉过来，责怪他说："别叫了，孩子都睡着了。"

甄鹏有些为难的样子，说："这……"

"这什么啊，让孩子在这里睡一夜吧，没关系的，反正他对这个地方也熟悉。"我随口说。

甄鹏面带难色说："嗯，那就让你费心了，两个孩子你忙得过来吗？"

我迟疑了一下，心想，甄帅刚两岁多，他又是个特殊的孩子，晚上万一认生，哇哇哭一晚上，有个什么闪失，我可担当不起。思及此，我还真没信心帮他带。可是，如果把睡着的甄帅放到车里，摇摇晃晃，孩子非醒了不可，搞不好还给折腾病了。

我想了想，挽留甄鹏道："要不……你也留下来吧，你们爷儿俩一间卧室，我和璇璇一间卧室，孩子睡着了，就别折腾他回去了。"

"可以吗？"甄鹏问。

"可以。"我说。

于是，我把卧室简单收拾了一下。把两个孩子安排好后，我想去卫生间洗漱，却在卫生间门口遇到了甄鹏，我刚想退回到卧室去，甄鹏说："你洗漱啊，女士优先！"

"不，我不急，我还要写一份教学计划。"话一出口，我又后悔了，电脑在主卧室里，甄鹏今晚要在这个房间睡觉的。说话欠考虑，我连忙说："那个，你平时几点睡觉？"

"我平时睡得都很晚的，十一二点钟吧，没关系，你先写教学计划，我在客厅看电视就行了。"还是甄鹏反应快，他很快就知道电脑是问题的关键。

"嗯，那好吧，我尽量快点。"

趁着甄鹏去卫生间洗漱的空当，我赶紧走进主卧室，迅速打开电脑，可是刚写了个高三音乐教学计划几个字，我就不知道怎么写下去了，我只有初中三年级的教学经验而已。

我只好打开百度，去各个网站学习一下，究竟高三音乐特长生的学习安排是什么样。

"我可以进来吗？这个柜子还有我的睡衣呢，我拿一下啊。"门是开着的，甄鹏依然敲了敲门，他探进身体，一边擦湿淋淋的头发，又把浴袍的带子绑紧了些，他的眼睛掠过我的电脑显示屏，随口又说了一句："你刚去就让你带高三啊？"

我突然就泄下气来，所有人都觉得学校的决定不靠谱，看起来我注定要栽跟头了。我叹叹气说道："是啊，艰苦的岁月才刚开始，那个周主任说我刚获了奖，就要我一个名气，其他有名气点的老师都上岁数了。"

"你说周数学？"

"他叫周数学吗？我只知道是翔鹏高中的教导主任。"

提到周主任，甄鹏的脸色突然有些变化，他紧锁双眉，然后说："应该是他，之前是听说他当了教导主任，这小子……"

"嗯？怎么了？"我好奇地问。

"没事，不过我可警告你啊，离他远点。"甄鹏说。

"哦，知道了。"

"我去换好衣服，帮你讨论一下这个计划啊。"说着，甄鹏就走出卧室。不一会儿，他穿着一身珊瑚绒睡衣来到卧室，拉了一把椅子坐在电脑前，说："欣瑜，其实书上也好，网上也好，那些教学计划都是做做样子的，你这份教学计划是为了应付学校检查，还是真的按计划实施教学呢?"

"当然是实打实的教学计划啊,因为我第一次教高中,主要负责高三特长生的辅导工作,你说我能不紧张吗?"

"哦,这就好办了,那我问你一个问题,学习声乐有捷径可以走吗?"

我迟疑了一下,摇摇头说:"其实除了正确的方法,还真的没有捷径可以走,只要掌握了方法,就要刻苦练习,当然,先天嗓音条件也是很重要的。"

甄鹏摊摊手,很轻松地说:"这不就结了?你别总感觉自己水平不是很高,就觉得自己不是一个好老师,即使你是宋祖英,学生不好好练习,一样是学不成的。很多业务好的好老师却教不出好的学生来,为什么?他们没有很好地把正确的方法教给学生,或者说他的方法没有能够让学生很快掌握技巧。再有,就是刻苦练习的精神是每一个学声乐的人的基本素养,基本上每位老师都能把歌唱技巧和发声方法讲得很好,那么差别就在学生本人的坚持,看谁刻苦,看谁努力得够,那谁就成功了。"

"你的意思是,我只要比其他老师更加努力地教学生,能教育他们更勤奋,我就能很好地完成任务?"

"是啊,就这么简单。"

甄鹏这么一说,我确实豁然开朗了。学习声乐没啥技巧,教声乐也没啥技巧,我只能赢得时间,利用别人休息的时间多和学生交流,多听学生练习,除此之外,我没有别的优势。

这样一来,我宏观上的教学计划就变成第一节课的教学安排,很快我就熟练地写了一份教案出来。我走到客厅,甄鹏正在看电视,他笑着对我说:"教案写完了?"

"写完了。"

甄鹏抬起手腕看看时间,说:"才十点钟,我来检验一下你的教学设计咋样?"

我拿起刚写好的教案递给他,没想到他连看也没看,就笑着说:"把我当成学生吧,我的声乐水平之前和你差不多,可是两年不练,退化到还不如高三学生呢,看看我能不能按你说的,很快重新学会呢?"

我笑了笑,就真的按照我教学设计上写的那样,一点点给甄鹏讲发声,讲气息,陪他一起练习。

半小时后,甄鹏调整了一下气息说:"好啦,咱们不练了。事实证明我按照你的方法练习,还是很有感觉很有效果的,你一定能一炮打响的,嗯?快睡吧,你还想折磨我当你的学生啊。"

我看了甄鹏一眼,想起他刚才认真唱歌的样子,突然笑喷了。他疑惑地问我笑什么,我说这个一定要保密。接着,甄鹏也哈哈大笑起来,仿佛这个客厅就是六年前的课堂,眼前的甄鹏依然是那个淳朴的大男孩儿,我们一起练声,一起抄笔记。

一切那么熟悉,眼前的一切一直延续到了我的梦里,那段不染尘的青春岁月……

黎明来得不晚,我挨个儿地叫醒他们。忙忙碌碌地做了早餐,七点十五分的时候,我已经给两个孩子梳洗完毕,我抱歉地对甄鹏笑笑,说:"我要先去送璇璇上幼儿园,然后直接到学校报到,你们爷儿俩走的时候关上门就行了。"

甄鹏站在客厅,笑嘻嘻地说:"尊敬的蒋老师,是否可以让我和甄帅同学一起送可爱的小公主上学呢?"

"不用了吧?"

"公主殿下,你说用不用?"甄鹏把目光投向璇璇。璇璇入戏很快,她说:"我很乐意,让王子殿下送我上学,走吧,甄帅!"

"哈哈哈!我被你们几个调皮的孩子打败了,好吧,快点!"

璇璇的入学手续办得异常顺利,临走的时候,园长还亲自送了出来。甄鹏说要把甄帅送回家去,然后就去上班。

我坐公交到学校也刚刚七点五十分，看到翔鹏高中的景色，我突然觉得我昨晚做的根本就不是梦，美好的校园生活仿佛又重新开始了。我浑身都带着激情，看见清洁工阿姨都觉得亲切无比。

蒋欣瑜！加油工作！为了璇璇！为了未来！

来到自己的办公桌前，正好是八点钟，同事们已经开始忙活了，互道早安后，教研组组长郭老师找到我，我忙站起身，让出座位来给她。郭老师坐下，然后指了指旁边的椅子示意我坐下，对我说："小蒋啊，这是你的课程表，我简单和你说一下，咱们学校的高三一共是四个班，每个班只有二十几个学生，我和刘静茹老师各带一个班，你带两个班，你每周十二节课。"

我刚想问，为什么老师的工作量会有这么大差异，郭老师可能是看见我疑惑的表情，指了指课程表一本正经地说："你的课时比我和刘静茹老师多一些，可是，我和刘老师的年龄快要比你多一倍了。你看看咱们学校，哪个年轻老师不是又当班主任又教课的，如果你不满意的话，我就和学校协商一下，让你带一个班，当班主任，你说呢？"

班主任是万万不能当的，差不多要一天二十四小时都和学生同步作息，那样的话，我的璇璇怎么办？可是，如果对郭老师的安排没有任何意见的话，她又是明摆着欺负人，两位老师年龄大了我能理解，可是，这不是在公立学校，评职称、评先进都要按资排辈，私立学校讲的是工作效率，工作效率是和工资直接挂钩的，这点儿我还是拎得清的，所以，我不会做冤大头。

郭老师的话说完，办公室里一片寂静，我只能听到同事们翻书和喝水的声音。我是新来的，不能得罪眼前这个人，只能暂时忍气吞声，再想对策。

郭老师的神色很得意，她站起身吩咐："备备课吧，有时间我和刘老师先听听你的课。"

"哦，好的。"我答应得不爽快，但也绝不是不情愿，新人刚来，大家都听听课，增加一些了解，多提提意见没什么，只是这样的课程安排，这不公平的待遇，我有些哑口无言。

扫了一眼课程表，我今天没课，坐在办公桌前有些心乱如麻。不一会儿，蔡老师走过来，她说："我去个厕所，蒋老师，你去不去？"

我跟着蔡老师走出办公室，她用手轻拉了我一下，示意我到休息室去。

刚一进屋，蔡老师就拉我坐下来，急切地说："你被郭老师算计了，以后日子不好过了。"

"怎么？"我疑惑地看着蔡老师。

"欣瑜姐，我是看着咱俩挺有缘分才告诉你的啊，你可千万别出卖我啊。"

"小蔡，每个单位都有一些人想压制别人，可是，令我没想到的是，这是私立学校，为什么还有这种风气呢？你和我都是年轻人，干活吃饭，这个道理我懂，可是我真没想到，同一个年级同一个学科的老师连课时都会不一样？"

蔡老师干脆地说："要不怎么说郭老师欺负人呢？学校每年把高考上线人数分包给教研组组长，比方说今年，学校向高三音乐班要百分之三十上线人数，二本上线人数是百分之六十，超过规定人数，教研组组长和相关老师都有奖金。所以，具体科目和课时安排，学校也是睁一只眼闭一只眼的，只要整体达标一切就OK，不然，一个教研组组长哪里有安排课的权力？"

听了蔡老师的话，我突然明白了，我面临的就是一场赤裸裸的、明目张胆的剥削。

"如果有老师不满意，学校会不会出面干涉课时问题？"我接着问。

"当然会，你完全可以向周主任反映。这不是明摆着欺负人嘛，真是的！"

"我暂时还不能去，找机会再说吧。我不能一来就把自己放到了和郭老师的对立面，如果那样的话，课时即使争取回来，离开学校的日子也就不远了。"

"怎么？"蔡老师问。

"你想啊，郭老师在学校是权威，音乐专业方面的事，有几个领导懂？还不是听郭老师的？郭老师说你有能力，你就有，她如果处处给你使绊儿，你有能力也就变得没能力啦！"

蔡老师倒了一杯水，放到我的手里。她随手也给自己倒了一杯，喝了几口说："我刚来的时候很幸运，没有碰到这个老魔女，你可真点儿背！"

所谓知己知彼百战百胜，我继续问："郭老师啥来头啊？给我说说呗？"

蔡老师放下杯子，打开门往外望了一下，回来坐在我对面小声说："唉……说起郭美人啊，她就是在重点高中的时候拿过一个全国观摩课一等奖，也因此评过全国名师。后来退休返聘在这个学校，周主任也是她的学生。靠这个，她确实有点为非作歹，不过，学校也早想把她辞退掉呢，可是，她总是倚老卖老赖着不走，一个女光棍儿，家里又没事，不工作干什么啊。"

"郭美人？女光棍？她没老公没孩子？"郭美人这个称呼倒是名副其实，郭老师虽然已是一大把年纪，可是保养得很好，从仪表到面容，看不出她的真实年龄，乍一眼看上去也就不过五十岁，但如果她是退休返聘，年龄至少在五十五岁以上。

蔡老师点点头，我迟疑片刻，然后说："我不指望欺负别人，可是，别人把我当软柿子捏，我也不干，如果我上课的课时比她们多一倍，工资反而比她们还少，我是坚决不干的！"

蔡老师把手指放到自己的脑门转了几圈,然后笑着对我说:"开动你的脑筋,一边加油工作一边斗争吧!"

"小蔡,谢谢你啊,这么多事情,要不是你告诉我,我被人卖了还忙着给人数钱呢。现在我要开动脑筋想办法,以后也请你多多帮忙。不过,我还是希望咱们学校以后不会有这样的事发生,大家难得有缘在一起开心工作,干什么啊,搞得跟三辈子仇人似的!"

蔡老师笑了笑,然后说:"是啊,这种气氛搞得我们小姑娘家家的都很世故,单纯和天真都被职场潜规则磨没了,唉……"

"对了,小蔡,你今年多大了?有对象没有?"看着优雅漂亮的蔡老师,我突然想起欧阳还没有女朋友。小蔡和欧阳看上去是很般配的,郎才女貌,而且都很有艺术气质,站在一起简直就是高富帅和白富美的完美搭配。

"还没有,怎么着?要给我介绍对象?"蔡老师温柔地笑了笑,大大方方地问我。

可是,我有些犹豫,如果我直接介绍对象给欧阳,他肯定会生我的气。我说:"我确实认识一个帅哥,只不过我不能直接介绍,要看你们的缘分喽,他这个人最烦这些死板的相亲什么的。对了,机会来了!"

蔡老师见我这样说,神情稍微有些迟疑,说:"我又不是大龄剩女,也不着急。"

"今晚有约会吗?"

蔡老师一头雾水摇摇头,我笑着说:"反正你闲着也是闲着,今晚跟我串个门去呗?"

"去哪儿?"蔡老师瞪大眼睛。

"我要带我女儿去学钢琴,自己去太无聊了,你陪我去呗?我女儿的钢琴老师可是骨灰级地帅哦!"我一边说一边朝蔡老师诡异地笑。

蔡老师显然有些不好意思,不像现在的女孩儿,不当花痴就不错了。

她腼腆地笑笑，说："我把你当亲人，那我就见识见识你说的帅哥呗！"

我偷偷笑了一下，摸着自己的脸开玩笑说："不害羞，动心了吧?"

蔡老师却理直气壮地说："我要说我不动心，你还不得说我矫情啊？咱俩不仅专业相同，欣瑜姐，我发现咱俩特投缘，聊了才多一会儿，咱俩就跟姐妹似的。"

我清清嗓子，再次打趣蔡老师说："你看，还是帅哥的力量大，冲着你这小嘴儿，我多替你在帅哥面前美言几句！"

一会儿工夫，我就在新的单位交了一个这么投缘的朋友，心里自然很高兴，蔡老师年轻又有朝气，我打心眼儿里喜欢她。她又说了很多学校里杂七杂八的事情，我们才去办公室，我总共才来新单位两次，彻底明白了一个道理：只要是有人的地方就会有竞争，只要有竞争的地方，就会有好人和坏人，看来，在这个社会里生存下去真难！

因为璇璇是第一天上幼儿园，我本来打算趁午休的时间去看看她，却接到甄鹏的电话。他说："欣瑜，你在新单位还适应吗？"

"我还适应，只是我担心璇璇不适应。"我说。

"璇璇你就放心吧，我刚给园长打电话问了问，园长还亲自看了她一趟，说璇璇很乖，也很适应新环境，刚一来就和小朋友们玩得很好。"

"啊？你打电话问了？"听到甄鹏这样说，我不由得吃了一惊，甄鹏还真有心，我这个当妈的都没他想得周到。

"是啊，有什么不妥啊，璇璇现在也是我的女儿，你别忘了，她的户口可是在我的名下哦！"甄鹏说着就开心地笑起来，"见到这么个公主似的闺女，开心！开心！"

"谢谢你啊！"我说。

"别光用嘴谢我，改天还请我和我儿子吃粥怎么样？"

甄鹏快乐的声音令人感到很轻松，我自然是很爽快地答应道："没问题，再聊啊，我要去吃饭了。"

下午，我用半天的时间熟悉了一下课本，在网上查阅了相关的声乐高考资料。忙碌起来时间过得很快，转眼就到了接璇璇的时间了，可是我犯难了，学校作息时间是五点半下班，必须等学生放学才能走，我哪能第一天来就违反规定？想了想，先过了今天再说，我于是拨通了曼婷的电话。

"曼婷，你干女儿放学没有人接，咋办？"

"干妈向前冲呗！几点放学？"

曼婷的话惹得我一阵笑，可是时间已经到了，我说："现在，立刻去吧？"

"你啊，要我怎么说你啊，挂了啊，我先去！"想象着曼婷生气的样子，我既高兴又无奈地摇摇头。高兴的是，不管有多少不如意的事情，我还有曼婷这么个好朋友随时随地帮助我，无奈的是，今天糊弄过去了，明天怎么办？总不能每天都让曼婷接孩子吧？

五点半的时候，我拉着蔡老师的手准时跑出校园，因为我知道，五点半正好有公交车。蔡老师气喘吁吁地跟着我跑，刚到公交车站，车就到了，我又不由分说地拉着蔡老师上了车。

上车后，我和蔡老师紧紧地挤在一起，不然的话，我们随时会找不到对方，她还不知道我家在哪一站下呢。在人群里，我对蔡老师说："五站，和平里下车，我就在对面小区住。"

"啊？你让我直接回你家啊？我还没换身衣服呢。"蔡老师毫不掩饰地责怪我说。

"来不及了，你穿得够好看的了，自然大方，年轻有活力！"我如实评价。

下了车，我接到曼婷的电话，说她买了一大堆菜，让我做给她吃，我直接告诉她带着璇璇到欧阳云翳家里，我随后就到。

"快进屋，我的个神啊！让我数数，我看看一共是几个美女？一、

二、三……"说来也巧,我和蔡老师刚要敲欧阳的门,就听见璇璇叫妈妈的声音。欧阳云翳打开门吃了一惊,他惊讶地看着蔡老师,有些疑惑地问我:"这位美女是……"

"这是我的新同事,蔡文静,叫她文静就行!"

"文静!好名字。"欧阳嘿嘿笑了笑。

"文静阿姨好美啊!"璇璇插了一句,她抬起头,用崇拜的目光看着蔡老师。

"是啊,天上掉下来蔡文静,把我们欣瑜都比下去了,天理何在啊。苍天啊,大地啊,还是谢谢你吧,让我下手这么快,早早把我们家超凡骗到手,不然,哪里轮得上我啊!"

"哈哈!你可真实诚,承认你是拐骗我哥们儿了吧?"欧阳抢话说。

"白让我骗你,我都不骗!哼!"曼婷嘿嘿地笑,使劲按了按欧阳的脑门,把车钥匙递给他,用命令的口吻说:"快去,老规矩,把车里大大小小的手提袋都拿上来!"

"好嘞!等着吧您!"欧阳走出去。

"各位美女,听我安排,待会儿璇璇跟欧阳叔叔去卧室上课,曼婷和小蔡聊聊天,我呢,今天给大家做饭。"

"找到工作说话就是不一样啊,你看今天你从心里就透着高兴!"曼婷看着我笑嘻嘻地说。

曼婷这样一说,我才发现我确实很兴奋,我随口就说:"那是啊,工作找到了,璇璇顺利上了幼儿园,又多了小蔡这么个仙女似的朋友,你说我能不高兴吗?"

说着我下意识看了看小蔡,没想到小蔡居然很紧张的样子,她趁机递给我一个眼神,我连忙小声问:"怎么了?有什么不妥?"

小蔡连忙摇摇头,一副很着急的样子,凑近我的耳朵说:"你为什么不早点告诉我,璇璇的钢琴老师是欧阳云翳啊?"

"怎么？你们之前就认识？"

小蔡摇摇头，脸突然红了，她说："我认识他，他不认识我，大名鼎鼎的钢琴新秀谁不认识啊？今年的新年音乐会我在央视音乐频道还见过他呢。"

"哦，还在怪我没让你换衣服啊。"我笑着打趣道。小蔡的脸更红了，这时候，正好门铃响了，我本想去开门，刚迈出步子，又扭过头对小蔡说："我去洗手间一下，你帮忙去开门。"

曼婷也看出了我的心思，忙说："小蔡你去开门，我也去洗洗手。"

小蔡红着脸去开门，璇璇当然不明白我和曼婷的意图，她一个劲儿嚷嚷着："叔叔，我来接你了！"

说着，就争抢着跑到蔡老师前面。我在卫生间偷偷看了看，蔡老师的脸始终是红的，欧阳云翳倒是大大方方把几个手提袋递给蔡老师和璇璇，大踏步走到客厅里。

曼婷说道："欣瑜？你这是玩火啊，你最好别让欧阳那小子看出你是故意的，不然，以他那副脾气，啥事都能干得出来，到时候恐怕你应付不了。"

"反正我又没有公开把蔡老师介绍给欧阳，不过我坚信漂亮女人，是个男人就喜欢，况且蔡老师和欧阳年龄相当，一个舞蹈一个钢琴，一个女貌一个郎才，看着都是天生绝配。到时候他俩真成了，我还是第一功臣呢，想着想着我就感觉很有成就感。"说完我还忍不住嘿嘿笑了两声。

"你啊，但愿像你说的那样。"曼婷一边说一边无可奈何地摇头。

"待会儿吃完饭，你送我和璇璇回去，你负责提议让欧阳把小蔡送回去啊。"我凑近曼婷的耳朵低声说道。

"我那不是明摆着找打吗？这事我不干！我明明知道欧阳那小子的心思，不帮忙也就罢了，拆桥的事我可不干！"曼婷忙伸出一只手挡在自己胸前，态度很坚决。

"洗个手这么半天啊，我也洗洗手！"欧阳在卫生间门外喊，"有人做饭，还有人带菜来，这种日子简直太棒了！"

"是啊，还有这么多美女陪着，一定是美得七荤八素了吧？"曼婷闪身对欧阳说了一句，就坐到沙发上去了。

我打断曼婷和欧阳的对话，说："诸位美女，听我吩咐，璇璇自然是要去练琴，欧阳全程监督，曼婷，你陪小蔡聊天，我呢，专心去烧饭。这样安排可否有意见？"

说完，我不等曼婷说话，就向厨房走去。小蔡说了句："欣瑜姐，我帮你吧。"只听曼婷说："她自己就行了，能干着呢，咱俩聊。难得她这么高兴。"

我刚想要择菜，突然想起欧阳云翳的卫生间有几件脏衣服，就走出厨房说："欧阳，钟点工开始计时了啊，你的衣服平时用洗衣机洗还是用手洗？"

欧阳打开卧室门，非常诡异地笑了笑："我平时都是用洗衣机洗，不过，你见过谁用着钟点工还用洗衣机的？"

说完欧阳就哈哈大笑起来，曼婷和小蔡听得目瞪口呆。

欧阳笑完，接着说："说着玩呢，我的衣服都是送洗衣店的，放着吧，改天我拿过去就行了。"

我转身走向曼婷和小蔡："等价劳动交换，不过我做钟点工换人家钢琴大师的课时费，貌似有些不公平。"

"各取所需嘛，没啥不公平的。我就说嘛，这现成饭不好吃，我们去择菜，你去洗衣服吧。"曼婷说着就站起身向厨房走去。

我犹豫了一下，还是把欧阳的衣服洗了。晾完衣服，我走进厨房，准备大显身手，没想到曼婷的兴奋劲儿也上来了，她一边系围裙，一边得意地说："你没见我们家张超凡都胖了吗？那都是我后勤工作做得好，等着，我今天给你们露一手！"

系好围裙,曼婷就把我推出厨房,我自然不能扫她的兴,说了句:"待会儿别让我重新做,我就烧高香了。"

小蔡也没闲着,她趁我扫地吸尘的时间忙活着擦茶几和桌子,我有些不好意思,一边擦地一边对小蔡说:"你去看电视嗑瓜子吧,不用陪着我做小时工,可是没有工资的哦!"

蔡老师被我逗笑了,她说:"欣瑜姐,认识你真好,还能有这么多朋友,你不能把我当外人。"

"当然不当外人啊,你没见我第一天上班就把你带来了吗?"我说。

"是啊,那我干点活算啥啊。以后我跟着你来呗,你一个人干活多闷啊。"小蔡拿着抹布,笑嘻嘻地说。

我自然看出小蔡的心思,于是开玩笑说:"行啊,行啊,那再好不过了。你看我多美啊,做钟点工还有助理,这是什么待遇啊!"

忙活完卫生,曼婷的饭也做好了,欧阳和璇璇也从卧室走出来,欧阳见曼婷围着围裙,一下子就皱起眉头,他大声地说:"欣瑜,你这钟点工怎么可以偷懒呢?你让她做饭?行!我赶紧给张超凡打电话。"

"你给我们家超凡打电话干什么啊,今晚他有事儿!"曼婷一边端菜一边说,只要提起张超凡,两只眼睛都放光,小两口的恩爱都洋溢在脸上。

"请他来救命啊,你做的这一大桌子菜,我们几个可无福消受!"欧阳说。

"有那么难吃?"蔡老师忽闪着大眼睛问。欧阳痛苦地笑笑,然后说:"我和她同居四年,早就领教过了,好不容易我哥们儿解救了我,谁知道今天又杀回来害人来了啊。"

"同居?!"蔡老师瞪大眼睛看看欧阳,再看看曼婷。

"合租。"我连忙解释道。

蔡老师平复了一下自己的胸口,然后说:"哦,吓我一跳。"

曼婷坐下来拿起筷子说:"小女子今非昔比了啊,你不吃可是会后悔的哦。"说着,她就夹了一口菜递到璇璇的嘴边,璇璇见欧阳这样说,竟然有些左右为难,她紧蹙着眉头,抬头问曼婷:"干妈,真能吃吗?"

曼婷叹了一口气,耐心地说:"干妈还骗你不成?我可是厨师速成班专业学过的。"

璇璇像是做了什么艰难决定一样,闭着眼,张开嘴,开始吃起来。每个人的目光都盯着璇璇的表情,欧阳一边看着璇璇,一边咧开嘴,好像东西吃到他的嘴里难以下咽一样。

"行了,又不是毒药,我也吃!"我刚夹了一口菜就看到璇璇眉开眼笑,兴奋地说:"好吃!真好吃!"

于是,我把菜放到嘴里,咀嚼了几下,果然好吃。满桌子菜每一样都很好吃,菜的卖相虽然不太好看,可是味道真的很正宗。欧阳一边津津有味地吃,一边说:"你们知道贤妻是怎样练出来的吗?"

"这个你没有发言权啊,这个问题得张超凡说了算。"我一边吃一边反驳欧阳。

欧阳嘿嘿笑了笑,然后说:"我也没说不是啊,我这个问题的答案是:贤妻都是被老公训练出来的!"

"切!你以为我家超凡像你似的?"曼婷白了一眼欧阳,手伸过去夺了他的筷子。

"行了,别掐了,今天有客人在呢,蔡老师你别见笑啊。"

"没关系,你们也不能把我当成客人哦!"蔡老师自然地笑笑。

饭菜很好吃,不一会儿就被大家扫荡一空,璇璇也早早地打开了欧阳的电视机,正美滋滋地看《喜羊羊与灰太狼》。我一边收拾碗筷,一边对欧阳说:"你送小蔡回家吧,我洗完碗筷,让曼婷捎我回去,你带好钥匙,我给你锁上门。"

蔡老师听我这样说,连忙从衣架上取下坤包,向防盗门走去。欧阳想要开门，突然转过身去对曼婷说："要不你去送蔡小姐吧，你留下来反正也不干活。"

"我不干，难道你干？"曼婷白了欧阳一眼说。

"我看你忘性还真大，忘记了扔在卫生间的袜子我经常帮忙洗？"欧阳不屑一顾地对曼婷发牢骚。

"我脱下来想下班回来洗，谁让你忍受不了来着？那怨不得我。"曼婷毫不示弱。

"要不是你们家张超凡求我，别再往外扔袜子了，我早就把你的那……"欧阳还没有说完，曼婷就恍然大悟道："我说呢，有一段时间我的袜子总是莫名其妙地找不到，原来罪魁祸首是你啊！"

说着，曼婷的一只手就朝欧阳的背部打过去，欧阳很快还击过来。我急忙拦住说："行了，不许打斗，你以为她还是小姑娘啊。"

闹了一会儿，问了小蔡家的地址，原来小蔡和曼婷家住得很近，最终还是曼婷把蔡老师捎回去了。收拾碗筷的时候，欧阳靠在厨房门上看着我，一句话也不说，可是，我总感觉他有话要说，流水的哗哗声和动画片的声音使我们俩之间的沉默难以捉摸。

收拾妥当，我擦了擦手，低着头走到厨房门口，为了打破尴尬的气氛，我笑着对欧阳说："少东家，您对我的劳动还满意吗？"

"我不满意你。"欧阳一只手扶住墙壁，我停留在离他半米远的地方，他幽深的目光死死地盯着我的脸，这种目光令我有些胆怯，我急忙躲闪。

"我弄得够干净的了，你哪里还不满意？"我假装一无所知，笑着说。

我以为接下来欧阳会直截了当指责我给他介绍女朋友，不承想，他说："那好啊，我来检查一下。"

欧阳诡异地笑了笑，走进厨房随手抹了一下大理石台面，然后说："你看见洗碗池一边的鹿皮抹布了吗？用普通抹布擦干净台面，再用这个擦一遍。"

那块鹿皮抹布我早就见过，擦拭家具的时候我一般会按照欧阳说的，用普通抹布擦一遍，再用鹿皮抹布擦一遍，为的是把家具表面残留的布纤维擦去，露出家具原本的光泽。可是，厨房台面就没必要了吧？

平时没见欧阳这样细心过，我只好开玩笑说了句"喜儿我命好苦哦"，然后就拿起鹿皮抹布擦起台面来。我明明知道欧阳是故意整我的，但也只能忍气吞声。

我擦完台面准备要走，欧阳又说了句："以后都干仔细一些，擦得久一点就行了。"

一路上，欧阳只是和璇璇说话，下车的时候，他说了句："等一下。"

"什么事？"我问。

"帮我看看小蔡明天的课程表，我想约她。"欧阳低低地说。

"哦？真的？"我既惊讶又惊喜。

"怎么？你是羡慕了还是嫉妒了？"欧阳笑嘻嘻地说。

欧阳的行为真的让我感到很意外，我有点捉摸不透，不过窈窕淑女，君子好逑，也没什么好奇怪的。我对欧阳笑笑，然后说："等我信息，我保证完成任务。"

第八章 一个高大英俊的男人,此时泪眼婆娑,令人心碎

第二天,我早早地起床,还不到七点半就把璇璇送去幼儿园,然后第一个到了办公室。我是新来的,自然要给大家留个好印象,我先把地面打扫了一遍,用拖把把地面擦得光鉴可人,又把每一个人的办公桌都擦了一遍,为今天的课做好了充分准备。教案早在昨晚我就已经写好了,我突然想起小蔡的课程表,于是在墙上找了找,迅速浏览今天的课程表,小蔡没有课,我拿出手机编辑了一条信息给欧阳发了过去:美人没课。

还有几分钟八点的时候,大家陆陆续续来到办公室。小蔡刚一进办公室的门,就风一样地来到我身边,俯下身凑近我的耳朵说:"欣瑜姐,欧阳帅得一塌糊涂,我昨晚都失眠了,你看,你看我的黑眼圈。"

我一下子被小蔡逗乐了,看着文文静静的一个女孩子,怎么看到帅哥就花痴成这样了呢?我清清嗓子,看着蔡老师的小脸儿故作沮丧地说:"是啊,这可麻烦了,我赶紧告诉欧阳你有课,不能赴他的约。"

"啊?!你说谁要约我?"小蔡瞪大眼睛,竟然不由自主地喊出声来。

还没等我说话,教研组组长郭老师就推门进来了,她推了推鼻梁上的眼镜,目光在办公室各个角落搜寻了一遭,看到我和小蔡在聊天,于

是清了清嗓音，端起架势开始训我们："大清早的，来了不赶紧工作，就会聊天！"

"谁说的？欣瑜姐刚打扫完卫生！"小蔡毫不客气地反驳郭老师。

"卫生是要打扫，可是作为一个老师，上好每一节课才是王道。"郭老师拉开凳子坐下，语气依然很严厉。

我和郭老师往日无怨、近日无愁的，怎么也不好上来就跟她打擂台。我灵机一动，很谦卑地说："小蔡，别顶嘴了，郭老师说得对，我正在发愁今天的课该怎么上呢，之前郭老师说要听我的课，可是我在应聘时讲过公开课，在这么短的时间里，的确提高不了什么。我就想着，先好好向郭老师这样的老教师好好学习一下，小蔡，你第一节正好没课，咱俩都学习去呗？"

"是啊，是啊，我看没课的老师都应该向郭老师学习去嘛。"坐在我对面的秦老师放下茶杯响应道。

"是啊，是啊，我也去。"有几个老师也纷纷响应。

郭老师的脸色红一阵白一阵，她支支吾吾说了句："改……改天吧。"

"择日不如撞日嘛，难得大家学习劲头这么足，也是郭老师领导有方啊。"秦老师继续说。秦老师和郭老师年龄差不多，看他的样子，就知道已经饱受郭老师摧残的，这会儿抓住机会报复一下。

其实做老师不是怕听课，而是怕在毫无准备的情况下听课。众多的老师都是懂行的，在讲台上的一举手一投足，甚至每一句话都会被行家尽收眼底，讲得顺利的话，不会出业务上的和常识性的差错，可是稍微一紧张，就短不了有说话不连贯冷堂的现象。此刻的郭老师还没进课堂，额头已经渗出汗珠。

上课铃就要响了，诸位老师纷纷搬起凳子，向郭老师的课堂走去，我和小蔡也连忙跟上。小蔡异常兴奋，偷偷对我竖起大拇指，然后小声说："真有你的，以前都是她整别人，你真给力！我代表全教研组的同志们感谢你。"

我不禁偷笑，说："如果她不是处处针对我，我初来乍到，干吗跟她较劲啊？她那么大岁数了，不过，我也真想跟她学习一下呢，毕竟人家拿过全国一等奖，你也认真听啊。"

我大概数了数，坐在教室后排听课的老师有十几位，办公室里的成员一个不差全部到齐，据说第一节课有课的老师还专门临时倒课来听。

郭老师一进课堂，学生干部刚喊"起立"，就有一个男生说："老师！我不是警告过你了吗？你如果再出现在课堂上，别怪我不客气。今天没准备鸡蛋，不代表我明天不会准备。"

"怎么说话呢你！"郭老师被气得浑身发抖，我一看事情有点复杂，顿时有些后悔怂恿大家听郭老师的课。

"我看今天您走错门了吧？这里不是校长室，您走错啦！"另一个学生站起身来大声喊道，不只是他，几乎所有的学生都跟着哈哈大笑起来，坐在我一旁的老师也意味深长地偷笑起来。

我有些自责，这样的场面肯定是很难收场的。初来乍到，我想我这个玩笑开大了，郭老师再不离开课堂，学生真能把她吃掉！我赶紧起身，从教室后门走出去，又从前门走进教室。

"郭老师，您不舒服吧？您赶紧去歇着，我来讲课。"我一边说，一边扶着郭老师走下讲台。

我用板擦在讲桌上敲了几下，台下的学生立刻鸦雀无声，面对新面孔，学生们保持着高度的好奇心和极高的挑衅热情，刚才那几个活跃分子分明没把我放到眼里，一个个虎视眈眈的。

"同学们，郭老师今天身体不舒服，这节课由我来给大家上。我希望同学们认真听讲，听完以后，你们愿意砸鸡蛋也好，拍砖头也罢，尽管来。但是有一点你们必须明白，我不管讲得好与不好，学校不会少发我一分钱工资，可是，不好好听的话，你们不仅损失了家长给你们掏的高昂学费，还浪费了高考前的大好光阴。"

很简单的开场白之后，我就开始认真地讲课。即兴上课对我来说不难，因为同是高三，课程进度又是一样的。这节课我讲的是《歌曲的高潮》，昨晚我已经下载好了相关课件。

课堂中，我采用让学生参与的方式，比如，让学生自己举例歌曲，并找出高潮部分，学生纷纷举手参与。我发现学生的基础并不差，他们当中，大多数学生的演唱还是有一定技巧的，有的唱得还相当不错，一节课很快就过去了。

下课前，我对着全班同学说："我的课讲完了，我还是希望同学们多多地提宝贵意见，不要太暴力，真的拿鸡蛋和板砖来问候我哦。好了，就这样，下课！"

没有想到的是，刚才带头捣乱的同学居然带头鼓掌，台下的几个老师也跟着鼓掌。

回到办公室，秦老师意味深长地对我说："果然是长江后浪推前浪啊，蒋老师有前途啊。"

"谢谢，可是，我今天真不是故意要出风头的，我怂恿大家去听郭老师的课，没想到课堂上会是这样。"我说。

小蔡走近我，扯了扯我的衣服，然后噘着嘴巴说："谁都看出你不忍心了，知道你是好心，可是，郭老师欺负你难道不过分吗？我还以为你替我们被压迫阶级彻底报仇了呢，真不给力啊！"

"行了，那么大岁数了，我真没忍心让她当众难堪。"我当着办公室所有老师的面说。

"小蒋，你的那份情啊，估计是没人领。不信，你等着瞧。"秦老师呷了一口茶，摇摇头说道。

我拍拍小蔡的肩膀，小声说："郭老师的休息室在哪儿？你带我去一下，我有事找她。"

小蔡白了我一眼，疑惑地瞪大眼睛说："你干什么啊？不会是要去给她道歉吧？"

我笑了笑，很诚恳地说："算是吧，毕竟这场风波因我而起。"

小蔡噘着嘴说："那我不去！你也不许去！"

"走吧！"我趁小蔡不注意，拉着她就往外走。

我关办公室门的时候，听见秦老师叹气说："年轻人吃点亏才能成熟啊。"

小蔡心不甘情不愿地领着我向郭老师的休息室走去，一边走还一边唠叨说："大家都是去看笑话的，你败了大家的兴，还要去找她？你脑子真进水了。"

"你为啥觉得大家都是去看笑话的？"

"这你就不知道了吧？郭老师现在的教学方法，就是人在课堂上一站，基本都是学生自己练习，她轻易不开口讲。讲课的话，学生闹得更欢。"

"为什么？"我惊讶地问道。

小蔡不慌不忙地说："她讲课总是不着调，讲着讲着就不讲课堂内容了，总是讲她年轻时候的事，比如说她当年多么刻苦才考上重点大学啊，又比如说她教过的学生有多少出国留学啊什么的。现在的学生，你给他讲这一套谁买账？所以喽，也就是你看到的那一幕呗！"

"那你们还积极响应跟着我去听课？还不拦着我点儿？"我埋怨小蔡道。

"切！她在学生面前摆老资格，同样也和我们摆，上课没本事就会吹毛求疵，同事们都巴不得有人整她呢，我们差点就欢呼你万岁了！"

"行了，这么一会儿责怪我几次了。"我说。

"好了，不说你了，到了。"小蔡喃喃地说。

我敲开郭老师的门，小蔡也跟了进来。郭老师迎我们进门，就又退回到床上坐着，只说了句"请坐"，就紧紧闭嘴。

"郭老师，对不起啊，我真没想到学生会那样。"我站在郭老师对面，恭恭敬敬地说。

郭老师抬起头看看我，站起身来拉我坐下，还点头示意小蔡也坐下来。我看到郭老师眸子里闪着什么东西，她慢慢抬起头来说："小蒋啊，你快别给我说对不起了，是我错在先，我真不该倚老卖老欺负年轻人，课时的事，我们找个时间就调整过来吧。还有，今天在课堂上，如果不是你替我解围，我还真是乱了方寸，不知如何是好了呢，太谢谢你了，雪中送炭啊。"

"没什么，现在的学生可真调皮，谁都短不了遇见的，郭老师您别往心里去。"我不忍心再揭郭老师的伤疤，连忙安慰她。

郭老师终于忍不住低头用手擦了擦眼泪，她再次抬起头说："让你这个年轻人看到我的痛处了，真是不好意思。"

"郭老师千万别这么说，如果您有啥困难就说出来。按道理说我年轻多上点课不算啥，可是我一个人带着孩子，时间确实也蛮紧张的。"我如实说。

"哦，我们现在就调课，调好后，我告诉刘静茹老师一声就行了。"说着，郭老师起身从抽屉里拿出一张课程表，招呼我看。

"那好吧，不过说好了，您要是临时有事或者感觉太累随时叫我，好吗？"我说。

"小蒋真是善解人意，小蔡啊，多向小蒋学习啊。"

"是啊，蒋老师会好好教我的，所谓上梁不正下梁才歪呢。有您这个大梁在那儿稳着我们呢，错不了！"小蔡阴阳怪气地说。

我连忙扭过头朝小蔡使了个脸色，小蔡朝我吐了吐舌头。我看看时间，一节课快要过去了，我接下来还有课。告别郭老师，我和小蔡手拉着手走出门去。郭老师送我们到门口，还一个劲儿向我道谢，看上去非常诚恳的样子。

"欣瑜姐，你很厉害啊！"小蔡用崇拜的目光看着我。

"我咋厉害了？"我说。

"你一个脏字都不带，恭恭敬敬地就把郭美人给收拾了哦！"小蔡满脸得意扬扬的神情。

"唉……说实话，这件事我是真的太冲动了，那么大岁数了，让我搞得下不来台，估计郭老师恨死我了。"我说的是实话，课时的事我的确很气愤，很想报复郭美人，可我只想警告她一下，没想到会搞成这样，初来乍到就锋芒毕露，我后悔极了。

"不会吧？我看她挺和气的啊，还主动把课时帮你调整过来了。"小蔡又是一脸的疑惑，我看看时间，马上就要上第三节课了，对小蔡说："等着欧阳约你吧，我可要上课去了。"

三四节课分别是一班和二班，两个教室挨着，课间我没回办公室，当第四节上完走回办公室的时候，我看见欧阳和小蔡坐在办公室里。

"咦？你怎么在这儿？"我坐在自己的办公桌前，把课本放进抽屉。

"欧阳说带咱俩去吃香辣虾！"小蔡抢先一步说。

"哦，你们去吧，我就不去了。"我说。

"你不去，你有事要办吗？"欧阳放下手里的书，抬头看着我。

这时，我的手机正好响了。我拉开时装包，拿出手机，来电显示是甄鹏。

"下课了吗？"甄鹏问。

"嗯，刚下课。有事？"

"我下午要去康复中心听一个关于自闭症儿童的讲座，可是，上次讲座的笔记本好像落在你家了。如果你有时间我们一起吃个午饭，顺便给我开下门。"

我看了看时间，十二点钟，于是对甄鹏说："没问题，下午我没课，赶两点上班就行。你现在在哪儿?"

"我就在学校附近,我马上过去接你,你在校门口等我就行。"

我挂了甄鹏的电话,欧阳就站起身走到小蔡身边,笑着说:"走吧,美女,人家有人约了。"

"是啊,正好切断电源,不然我这个灯泡得多亮啊!"说完我就朝小蔡笑了笑。小蔡的脸上早已经是彩霞满天,她腼腆地看看欧阳,然后凑近我低声说:"就你善解人意,行了吧?"

"我先去休息室拿点东西,欧阳你在楼道等我一下哈。"说着,小蔡就像蝴蝶一样飞出办公室。

"我锁门,一起出去吧。"我说。

欧阳直直地看着我,我的目光接触到他眼底最深情的部分,他的眸子明亮得像一潭清澈的湖水。我连忙避开欧阳的目光,听见他说:"欣瑜,我是不是要感谢你把小蔡介绍给我?"

我没有看他,很自然地笑笑说:"第一天看见小蔡,我就觉得你俩是天生一对!"

这话是真的,看到小蔡的时候,我被她超凡脱俗的气质所吸引,心想,什么样的白马王子才能配得上她啊,那吹弹可破的肌肤,苗条匀称的身材,别说男人,女人看了都心动。我脑海里突然跳出来的就是欧阳,欧阳的帅和一般男人的帅很不一样,他骨子里的放荡不羁和艺术气质使得整个人有一种说不上来的高贵。

"是不是天生一对,不用你操心,呵呵,还是要感谢你吧。"欧阳频频点点头,露出一抹不可捉摸的笑。

我发现欧阳变了,他的神情和行为都在我拒绝之后变得神秘起来,他的眼神里有一层淡淡的忧郁,他比之前更爱笑了,但笑起来让我感觉他的内心有着千万种微妙的变化,只有一点没有变,那就是他对生活的热情依然还在,真的希望他无忧无虑,开开心心。

"玩得开心点啊,我先走了。"楼道里,我向欧阳挥手告别。

"欣瑜!"他叫住我。

"怎么?有事?"我回过头来问。

"是他吗?你那个叫甄鹏的同学?"他在几米处看着我,眼神热切地期待着我的答案。

"我陪他到我家拿点东西,我租他的房子住,这个你知道。"我如实回答说。

"去吧,再联系。"欧阳把手放在耳边做了一个接电话的姿势,这时,小蔡正好气喘吁吁地跑过来,我没停留,先他们一步走到学校门口。

正当甄鹏从车里走出来向我打招呼的时候,我无意中看见欧阳拉开车门,向我这边看过来,他抬头注视着甄鹏。小蔡在车里连续叫了他好几声,他才反应过来,拉开车门走进车里。

甄鹏帮我拉开车门,他也看到了欧阳,淡淡地笑笑说:"现在的年轻人喜欢姐弟恋,怎么,你没兴趣和他新潮一把?"

甄鹏的态度很轻蔑,让我感觉很不舒服,我的态度顿时冷下来,说:"什么意思?"

"呵呵,开玩笑呢,你看你还当真了。"甄鹏又拉开驾驶室的门,坐了进来,他从后视镜里看了看我,问,"想吃什么?"

"随便吧,买点简单的回家吃也行。"我把头扭到窗外,想看看附近有没有菜市场。

"上了半天课,挺累的,我带你去俏江南吧。"

宫保大明虾球,过桥排骨,石烹豆花,几个菜很快就端上来了。我和甄鹏都有些饿,半小时不到,我们就把盘里的菜一扫而空。快一点的时候,我们从俏江南走出来。上车后,甄鹏对我说:"时间还早,我们去附近的茶社喝茶吧,离学校也近,待会儿直接送你去。"

"不去了,我有几个学生低音区总有问题,正好中午琴房有空,我给他们补补。"我如实说。

甄鹏扶着方向盘，摇头叹息道："补课？你可真敬业，现在的老师有补课的劲头都去外面赚外快了，像你这样的真没几个了。"

"我没工作经验，再不刻苦点儿，真的会耽误孩子们前程的。我上高中那会儿，我们老师就经常给我们加课，要不然，我考不上师范大学声乐系。"

甄鹏再次摇摇头，说："是啊，如果个个老师都像我似的争前恐后地跳槽，老师早就没人干了，欣瑜，你有做好老师的潜质，可是，做老师太苦了。"

"苦？这个学校给我的工资是原来学校的五倍，这还叫苦啊？还是私立学校好啊，家长有钱，学校待遇就是好。我一定珍惜这么好的机会，有了这份工作，我和璇璇生活得才踏实。"

"欣瑜，你没变，还是那么朴实，那么容易满足。"甄鹏说话太酸，我刚想回敬他，没等我开口，他像是想起什么，突然对我说，"对了，康复中心发信息，说今天晚上必须爸爸妈妈一起带孩子去做康复训练。"

"康复训练怎么是晚上？"我疑惑地问。

"平时都是白天，今天不知道为啥是晚上。"

"哦，我很想帮你，和你一起带甄帅去康复中心，可是，璇璇没人看。"我如实说。

"这样吧，璇璇放学了我去接，让璇璇先跟着我妈。我实在不忍心看着别的孩子有爸爸妈妈陪，而甄帅只有我自己，尤其是全家游戏环节，我根本没法帮他完成。"

"那好吧，我陪你去。"看着甄鹏着急的样子，我心里也很难过。

"那下班我来接你，我们一起去接璇璇。"

"嗯，好的。"我点点头。

到了学校给学生补完课，我突然想起郭老师下午还有一节课，郭老师肯定请假休息了。走进办公室，果然没有见到她，其他老师告诉我郭老师请假了，于是，我又把调整好的课时打乱，主动帮郭老师上了课。

放学后，甄鹏就在学校门口等我。上了他的车，甄鹏载着我去接璇璇，璇璇见到甄鹏分外高兴，她兴奋地打开车门，叫道："甄帅！甄帅！"

"弟弟没有来哦！不过，一会儿你就见到他了。"甄鹏把璇璇安排好坐下，回到驾驶位，我也跟着上了车。

"璇璇，妈妈带你到甄帅家里去，好不好？"

"好啊，好啊。"璇璇很兴奋。

"到了弟弟家，我和叔叔要带甄帅去上课，你就跟奶奶玩好不好？"我担心璇璇会不肯留下来，提前给她打个预防针。我不想让璇璇知道甄帅是个有自闭症的孩子，所以没有说带甄帅去看病，而是说要去上课。

"弟弟上什么课？为什么不带我一起去呢？"璇璇噘着小嘴说道。

"课程内容只有男孩才可以听哦。"我撒谎道。

"那好吧。"璇璇乖乖地点点头。

很快到了甄鹏家，璇璇欢欣雀跃地下了车，跟着甄鹏到了他家。甄鹏的父母正在客厅里看电视，见我们来，连忙站起身来迎接。他的父母看上去都像是退休干部，慈眉善目的，但是很内敛，很淡定。

甄母笑着说："这位姑娘就是欣瑜吧？上大学那会儿就听他念叨你，今天终于见到真人了。快进屋，饭都做好了，就等你们呢。"

"谢谢阿姨，璇璇，快叫爷爷奶奶。"

甄鹏的父亲朝我们笑了笑，就走到餐厅去盛饭，老人家看上去精神矍铄，他一边盛饭一边对甄母说："老伴儿，快让孩子们来吃饭，快来。"

璇璇四处张望了一会儿，说："叔叔，甄帅呢？"

"帅帅！吃饭了！"甄母拉着璇璇的手，去卧室叫甄帅吃饭。

过了一会儿，璇璇拉着甄帅的手走出来，对我说："妈妈，吃完饭你一定要参观一下弟弟的房间，好多好多拼图，好多好多积木哦！像个童话世界一样！"

甄鹏的父母很热情，他们非常喜欢小孩儿。吃饭的时候，一边忙着给璇璇夹菜，一边问她几岁啦，喜欢吃什么。饭毕，我争抢着帮忙洗碗，却被老两口拒绝。甄母说："快去歇着，年轻人打扮得干干净净，待会儿还要出门，可不好把衣服弄脏了。"说完就推我到客厅去。

我拉着璇璇坐到沙发上，说："待会儿璇璇跟着奶奶玩儿，你要听奶奶的话，不许提无理要求哦！"

"妈妈，我也要和弟弟一起去上课！"璇璇抬头看着我，眼睛里充满了期待。

"璇璇真不乖，都说过了，只是男孩子才可以上的课哦。"我心里有些着急。

璇璇明显对我的谎言表示不相信，她瞥了我一眼，就走到甄鹏面前，拉着甄鹏的手说道："叔叔，我就知道妈妈是骗我的，对不对？我们在幼儿园上课也是男生和女生一起的，怎么上课还要分男孩儿女孩儿呢？"

甄鹏一下子就被璇璇逗笑了，他抱起璇璇，转头对我说："你啊，随口就撒谎，你以为孩子啥都不懂啊。这样吧，今天带她一起去吧，反正也有好些个好玩的游戏，璇璇也玩会儿去呗？"

我摇摇头表示很无奈，甄鹏伸手刮了璇璇的鼻子一下，高兴地说："好了，璇璇可以一起去喽！"

我们到康复中心的时候，大厅里已经来了很多家庭，一般情况都是父母带着孩子来做康复治疗。我观察了一下，也有几个家庭是四口之家，两个孩子一起来，可是稍加注意就会发现，在这样的家庭里，只有一个患有自闭症的孩子，从他们的眼神里就可以看出来。

首先进行的是半小时的康复动员活动，只有家长被带到会议室去听，甄帅和璇璇被一个年轻姑娘带领着去做集体广播操。

甄鹏说每次活动的动员讲话都很鼓舞人心，这一次也不例外。专家总是从他们的从业经验和家庭的角度讲治疗的意义，进一步鼓舞家长不放弃、不抛弃，让人听了信心百倍，觉得只要坚持康复训练和日常训练，孩子很快就会一如常人。

接下来，专业人员带领我们进入康复训练的游戏环节，首先进行的是简单的镜子游戏，让自闭症孩子一起模仿动作，想象着自己是一面镜子，跟着父母的动作进行。动作开始时，速度也很慢，甄鹏说让我带着甄帅做，璇璇却抢先一步说："叔叔，咱们来个比赛吧，我和叔叔做这个游戏，让弟弟和妈妈做，看我们谁模仿得像，坚持得时间久，好不好？"

璇璇刚说完，就转头去问甄帅："小男子汉，我们比赛了，好不好？"说完，她就不由分说地把甄帅拉到我面前，游戏正式开始。

果然，甄帅显得很有兴致，他一板一眼地跟我做动作，还时不时瞟一眼对手璇璇。璇璇是个鬼精灵，她为了鼓励甄帅，假装做错好几次，结果当然是甄帅获胜。璇璇跑到甄帅面前，摸了摸他的小脑袋瓜说："我就说你很棒吧？你就是很棒哦！"

说完，璇璇会意地朝我和甄鹏笑笑，没想到的是甄帅居然咧开嘴笑了，他笑得很灿烂，还随着璇璇的夸奖用力点了点头。甄鹏非常激动，他迅速迈了两步走到甄帅面前，一把把他举起来，用力亲了亲他的脸蛋说："儿子，你终于笑了，太好了！"说完就把甄帅举起来，放到自己的肩膀上，原地转了好几圈。

璇璇走到我跟前，耳语道："妈妈，你们不说我也知道弟弟有病，对不对？你看这里的小朋友，他们的表情都和弟弟一样，像个机器人一样，妈妈，他们得的是什么病？"

我把食指放到嘴边，说："不许瞎说！弟弟和小朋友们只是太孤单了，他们不爱笑不爱说话，他们感觉太孤独，只要我们陪着他，总有一天他会和你一样，高兴了就笑，难过了就哭，和璇璇一样念儿歌，弹钢琴。"

"真的？那我们经常陪着弟弟吧，他那么孤独真是太可怜了。"

甄鹏看着璇璇可爱的样子，蹲下身来，也亲了她一下："以后叔叔经常带弟弟到你家去玩，欢不欢迎？"

"当然欢迎，我陪弟弟玩，他就不会孤独了，对不对？"璇璇高兴地说。

甄鹏点点头，慢慢站起身，专注地看着我，他的嘴角轻轻扬起："欣瑜，你欢迎我们吗？"

甄鹏眼里不经意流露出来的温柔使我的心剧烈地颤抖了一下，我本能地躲闪他温柔的目光，笑笑说："只要甄帅能早点好起来，我很愿意做一些事，当然更不介意你们来做客。"

接着，我们又按照要求做了倾听游戏和传话游戏，甄帅都表现得很积极，就连康复中心的医生都感到非常惊讶，他说甄帅这次来做康复，有了一个质的飞跃，尤其是璇璇的作用。医生说看起来同龄人之间的交流非常宝贵，如果甄帅能经常和同龄人一起玩，那他一定恢复得很快。医生说这番话的时候，甄鹏意味深长地看了看我，我不知道做何反应，只是微笑着点点头。

"谢谢你。"甄鹏说。

"你帮我那么多，我还没说谢谢呢。"我莞尔一笑，很自然地说。

"那我们就不要谢来谢去的了。"甄鹏说完，就又投入到游戏里去。

后来的游戏环节，甄帅没有再笑，也没有说话，但是，我明显看出他的心情是愉悦的。我想，通往他心灵的大门在逐渐地打开，我很高兴能为甄帅做些什么，真的希望甄帅能快些好起来，能像璇璇一样想说就说，想笑就笑。

从康复中心出来，已经是晚上九点半钟，璇璇嚷嚷着要和弟弟坐在后排，我只好坐在副驾驶位置，时不时回过头看着俩孩子，两个人还意犹未尽。璇璇拉着甄帅的手，玩了一会儿拍手小游戏，我和甄鹏谁也没说话，只是听两个小家伙说话，听着听着我居然有些犯困，于是半靠在座位上闭目养神。

车子停到我住的小区门口，甄鹏叫了我一声，我才发现自己居然睡着了。回头看看俩孩子，他们也已经睡着，分别躺在座位上。

"离家还有一段路，要不然把甄帅放到副驾驶吧，不然的话他从后座上掉下来你也不知道。"我一边说一边抱起甄帅，准备打开前门，把甄帅放进去。

甄鹏也下了车，他拉开车门，我把甄帅放到座位上，可是孩子歪着脖子睡觉的样子很让人心疼。从我家到甄鹏家还有一段路，我担心孩子受颠簸，于是说："要不这样，今晚甄帅睡我这里，明儿一大早你来接他，别晚于我送璇璇上学的时间就行了。"

"嗯，好吧。"于是甄鹏抱出璇璇，我抱着甄帅一起到家里。

安顿好俩孩子，甄鹏也没有要走的意思，我本来打算送他出去，可是他转身就走进卫生间，接着就传出声音："欣瑜，你用厕所吗？不用的话，我想洗个澡。"

啊？他又要在我家洗澡？难道他又不走了？

我犹豫了一下，对着卫生间的门说："回去再洗吧，容易感冒。"

这时，我已经听到淋浴的声音，接着又传来甄鹏的声音："我家太阳能坏了，也不知道今天修好了没有，我用一下你还有意见啊？"

我不再说话，换了身居家服就到卧室打开电脑备课，心想可别把我的洗澡水用完了，我这一天也累死了，不洗个热水澡根本就没办法睡。既然他不客气，我也不能客气，我走出去敲了敲卫生间的门，对着里面喊："节约用水啊，要不然待会儿我还得用热水器，你家的热水器我都不会用呢！"

说完我就又回到卧室备课。明天要讲的课程是唱歌时吐字咬字的训练，我找了一些相关视频下载下来试听，突然听见敲门声，我拉开卧室门一看，甄鹏只裹着一条浴巾出现在我面前。

看见甄鹏结实的胸肌我立刻羞红了脸，急忙扭过脸说："你……你干吗……"

"我喊了半天，你也不吭声，我只好自己到卧室拿喽！"甄鹏一边说一边在衣橱里翻找他的睡衣。我赶紧走出卧室，到储藏间的箱子里拿出他的睡衣，推门闭着眼睛递给他，随后坐在客厅的沙发上。

随后，甄鹏穿好睡衣走了出来。他坐下来，一边用毛巾擦头发一边笑嘻嘻地问我："我的睡衣你帮我洗了？"

我淡淡地说："是啊，洗了，并且放到一个箱子里，还有衬衫袜子什么的，我都一起放进去，然后把箱子放到储藏间了。"

甄鹏脸上的笑容立即消失，又重新堆起一个奸诈的笑，对我说："哦？不欢迎我来？"

我抬起头大大方方地看着他的脸，一本正经地说："第一，我不习惯家里有男人的私人物品，这会惹闲话的，我可是单身妈妈，影响不好；第二，我欢迎你和甄帅来做客，但没说欢迎你来洗澡或者留宿。"

说完我淡淡地笑了笑，重新走进卧室，继续备课。

甄鹏毫不客气地跟我到卧室，他依然保持笑容，对我说："怎么？下逐客令啊？"

我抬头挤出一个笑容说："你说是就是喽！"

他说了句"真不人道"就转身走出卧室。

我随口说了句："不送你了啊，别忘了早点接甄帅！"

可是，过了一会儿我也没听到关门声，我打开卧室门，却看到甄鹏坐在沙发上，眼前摆着一瓶红酒，他手里端着一个高脚杯。他抬头看了我一眼，就全神贯注地看着杯里的红酒，脖子一扬，一饮而尽。

"你有心事？"我问他。

"备好课了？"他说。

"嗯，备好了。"我说。

"那陪我喝酒，好吗?"甄鹏用极其期待的目光看着我，我有些不忍拒绝，甄鹏早已拿了高脚杯，给我倒酒。

"欣瑜，我敬你一杯，真的谢谢你能这么帮我。甄帅的康复以后还要靠你和璇璇，你别嫌烦，好吗?"甄鹏说完，再一次用更加深情的目光期待着我回答。

我点点头说："我也谢谢你。"

他看到我点头，说了句"我先干为敬"，就又仰起脖子一饮而尽。

甄鹏喝得这么痛快，我也就没有犹豫，也一口气把杯子里的酒喝完。

我很少喝酒，之前只和朱德义喝过红酒，殷红的液体，透明的酒杯，再一次令我想起和朱德义初次约会的情景。当时他动情地说："欣瑜，你不是最美丽的女人，但一定是最动人的，只有你才能拨动我的心弦，我发誓一定要娶你做老婆。"

那晚我第一次喝红酒，伴着柔美的音乐，我被朱德义揽在怀里，随着音乐的节拍和他翩翩起舞。当时我清楚地知道我爱朱德义，我也曾在心里发誓，我会一辈子死心塌地跟着他，不管发生任何事。可是，命运却如此捉弄人，短短几年的时间，我们就分道扬镳。

"欣瑜，你想什么呢?"甄鹏又给我倒上酒，抬起头问。

"没，没什么。"我支支吾吾地说，甄鹏一杯接一杯地喝，他的情绪有些落寞。我看得出他有心事，但是他不说，我也不问，只是在他端起杯子的时候我很配合地端起杯子。到后来我们谁也不说话，客厅里只能听到杯盏交错的清脆响声。但我每次只喝一点点，我不能喝醉，璇璇和帅帅还在屋里睡觉，过一会儿我就要去看看两个孩子是不是睡得安稳才能放心。

眼看着一瓶红酒都被甄鹏喝光了，他举着杯子半眯着眼看着我，嘴里含混不清地说："欣瑜，我……我，我不能失去帅帅！我不能！"

我也端起酒杯，甄鹏的酒杯在空中挥舞了一阵，好半天才找到我的杯子碰了一下。我只是感觉脸有些发烫，脑袋相对还比较清醒。我说："我，我理解你，放心吧，帅帅会一直在你身边。"

"欣瑜，帮我看着帅帅，谁……谁也不能把他带走！"甄鹏一边说着，一边踉踉跄跄地朝璇璇的卧室走去，嘴里叨念着，"帅帅，爸爸来了，你不许离开爸爸……"

我不知道甄鹏家发生了什么事，但有一点可以确定，甄鹏爱甄帅如我爱璇璇一样。这样高大的一个男人，此刻泪眼婆娑，醉意朦胧，他像个害怕失去玩具的孩子，所有的无奈和隐忍在这个夜晚暴露无遗。

甄鹏把自己放倒在床上，我连忙抱起璇璇给他腾出更大的地方，把女儿放到我的卧室。这时甄鹏已经睡着，他一只手紧紧搂住甄帅，嘴里不断呢喃着甄帅的名字。我被眼前的画面感动了，眼泪在眼圈里打转，看到甄帅玩过的拼图，我再也忍不住掉下泪来。上天是公平的吗？如果是公平的，为什么这么好的父亲却要摊上这样的病孩子呢？如果是公平的，可爱的像天使一样的孩子怎么会得自闭症呢？

刚想去洗个澡，听到甄鹏的手机在响，而他早已经呼呼大睡。我从客厅衣架上取下甄鹏的外套，从兜里取出手机，来电显示是"老妈"。

甄鹏可能没告诉他母亲晚些回去，我于是硬着头皮接通电话，可是接通电话的那一刻我惊呆了，甄鹏的母亲一边哭一边说："鹏鹏，你快到医院来，你爸爸他……他在急诊室抢救呢。"

"伯母，您别着急，我是欣瑜，甄鹏他喝醉酒在我家呢，伯父在哪家医院？"

"市中心医院，快让鹏鹏来，快点啊！欣瑜！"

我急忙回到卧室，一边用力摇晃甄鹏一边叫："甄鹏，快起来，你父亲住院了。"

甄鹏本能地把我的胳膊支开，翻了个身就又睡去了。我非常着急，于是用手捂住他的口鼻。果然,甄鹏立刻被憋醒,我大声对他说:"快去医院!你父亲病了。"

甄鹏用力摇了摇脑袋,似乎清醒了很多,他神色慌张地向我确定:"你说什么?我父亲病了?"

我一边答应,一边去卫生间拿了条毛巾,放在凉水里浸湿后拎出来拿给甄鹏擦脸。他慌乱地抹了一把脸,似乎彻底清醒了,急忙找车钥匙和手机。

"我开车吧,你喝了很多酒。"我从他手里抢过钥匙。

"你在家照顾孩子吧。"甄鹏说。

"快走吧,我给曼婷打电话。"说完,我就拉着甄鹏急匆匆走出门。

才十点不到,曼婷居然关机。这令我十分着急,慌乱中我翻到了欧阳的电话号码,欧阳睡觉晚,一个大小伙子深更半夜出来要安全些。于是,我硬着头皮按了绿色发送键。

"喂,是欣瑜吗?"电话刚一拨通就听见欧阳说话。

"是我。"

"有什么事吗?别急,慢慢说。"

"我没空解释,你现在开车到我家去,璇璇在家,还有我一个朋友的孩子也在,麻烦你帮我照顾一下,我现在去医院,回来再跟你解释。我在开车,先不说了。"说完我立即挂掉电话。

甄鹏坐在副驾驶座上,他也在不停地拨打电话,只听他说:"妈,您别着急,我就快到了。"

到了市中心医院,甄鹏下车一溜烟就往急救室跑去,我也快速停好车子,以最快的速度跟了进去。

只看见甄母在急诊室外一边哭一边踱步,见到甄鹏,立刻抱住他哭起来。

"妈,我来了,您坐。"甄鹏一边扶着母亲,一边问道:"我爸是怎么了?"

"晚饭后,又接了默然的电话,一激动血压就高了,吃了降压药我以为就没事了,临睡前还和我说话来着……"甄母一边哭一边说。

"医生说我爸是什么病?"甄鹏着急地问。

"脑出血……"甄母刚说完,一位护士就走出来,甄鹏连忙问护士:"我爸怎样?"

"病人非常危险,需要马上手术,请签字。"说着护士递给甄鹏一个手术协议书,签完后,护士说:"病危通知单也签上。"

甄鹏抬头焦急地看了看护士,他紧紧蹙眉,低下头去,迅速签好字递给护士。

"什么?病危通知单?鹏鹏,你爸他……"甄母话没说完就晕了过去。我连忙喊来当班的护士,护士帮她量了血压,叮嘱甄鹏道:"还是给你母亲打个点滴吧,不然老太太撑不住。"

甄鹏点点头,转过头来对我说:"欣瑜,麻烦你看着我妈,我去手术室门口等。"

我点点头对他说:"放心吧,有我呢。"

甄鹏推开病房门走出去,甄母也慢慢苏醒过来,她醒过来第一句就说:"欣瑜,鹏鹏他爸出来没有?"

我连忙安慰甄母说:"还没有,甄鹏去等着了,您先打点滴,我陪您。"

"我也想去等,我不打点滴,护士……护士!"甄鹏的母亲一边说着一只手就要去拔输液管,我赶紧伸手去阻拦她,说:"伯母,您的心情我理解,那边有甄鹏在,伯父会没事的。您先打点滴,不然您也倒下,岂不是乱套了?"

"嗯……"甄母无奈地点点头,她一边不住地小声抽泣,哭了一会儿像是突然想起什么,抬头对我说:"欣瑜,我家帅帅呢?"

"放心吧，伯母，帅帅在我家，他和璇璇一起睡下了，我一个朋友在照顾他，挺好的。"

刚说完，我就接到欧阳的电话，他说："欣瑜，我现在在你家，谁病了？"

我对甄母抱歉地笑笑，走出病房小声地说："你别问那么多了，帮我好好照看俩孩子，找机会请你吃饭啊。"

"这孩子是你那同学的孩子吧？欣瑜，你到底怎么搞的？"欧阳显然有些不高兴，但我知道他的脾气，他也就是发发牢骚不想让我和甄鹏来往，我不等欧阳说完，就挂掉了电话。

回到病房，护士正好在，说甄母没什么事，甄母一听，就毫不犹豫地拔掉输液管，急着下床。护士见状无奈地说："好吧，实在不愿意吊水就算了，没啥大事。"

我点点头，连忙搀扶甄母下床。手术室门外，甄鹏正忙着打电话，过了一会儿，有两个穿白大褂的医生走进来，甄鹏和他们分别握手后说："主任，我爸在里面，拜托您了，一定要救救我爸。"

其中一位医生握了握甄鹏的手，用力点点头就急忙走进手术室。有一个小时的样子，刚才那位医生穿着手术服走出来，对甄鹏说："手术很成功，接下来二十四小时内不再复发，老人家的病情就算稳定了。"

我们三个人都忙着说"谢谢"，医生又走回到手术室，不一会儿，甄父就被推出来，进了ICU病房。

安顿好后，已经是凌晨两点钟，甄鹏把我拉到一边说："欣瑜，帮我送我妈回去，好吗？"

我点点头，甄母却说："鹏鹏，我哪里也不去，我就在这儿等你爸爸醒过来。"

"妈，您回去休息，这里有我呢。"甄鹏说。

"妈哪儿也不去，鹏鹏，我一定要等你爸醒过来，别撵我走好吗？"

甄母用哀求的语气说。

甄鹏拧不过甄母，他招呼了我一声就走到墙角，我也跟了过去。他拿出一张银行卡，对我说："这张银行卡帮我保存一下，明天你找个时间帮我取一些现金，密码是我毕业的年份和学号组合，到时候再告诉你取多少，我妈也在这儿，我恐怕抽不出时间出去。至于帅帅，明早我打电话让王姐去接他。"

"好的，你安心在医院吧，有什么事及时打电话，保持联系。"说完我转头就往外走。

"欣瑜！"

"怎么？"

"谢谢你。"甄鹏说。

我笑了笑，什么也没说就离开医院。

回到家，都快凌晨三点了，我轻轻打开防盗门，换了拖鞋，蹑手蹑脚地推开卧室门，没想到欧阳还没有睡，他坐在床边的椅子上看画册，见我进来，做了一个嘘声的动作，就轻轻地走出来。

我和欧阳走到客厅的沙发上坐下来，欧阳倒像是个主人一样，先给我倒了杯水，然后问："饿了没有？要不我给你下碗面？"

这个大男孩如此细致体贴倒令我很意外，我笑着摇摇头说："我不饿，谢谢，你怎么这么晚还不睡？"

"你不是让我帮你照看孩子吗？"欧阳挠挠头皮说。

"你啊，真死心眼儿。我就是担心他们醒了，见家里没大人会闹，谁告诉你要不眨眼地看着他们。你真是的，快到我卧室躺会儿吧，我在沙发上凑合一晚。"

欧阳突然变得严肃起来，他转头全神贯注地看着我，"究竟谁病了？"

"是甄鹏的父亲。"我说。

"半夜三更的，他打电话告诉你的？"欧阳步步紧逼。

"我和他带他儿子去康复中心做自闭症康复,回来晚了,他在我家喝酒来着。"我喝了一口水,如实说。

"你给我打电话的时候,他还在你家?"欧阳站起身瞪大眼睛看着我。

"欧阳,你误会了。"我着急解释道。

"误会什么?如果他爸爸不生病,是不是他就会住在你这儿了?"欧阳激动地抬起一只手指着我。

被欧阳误会,我也有些气恼,于是很严肃地说:"欧阳!你管得有点儿多了,我们即使是要好的朋友,我的私事也没有义务向你交代!事情不是你想的那样,谢谢你这么晚了还到这里帮我,你快躺会儿吧,我也睡了。"

说完我不再看欧阳,自顾自地去卧室拿了条被子,就蜷缩在沙发上躺下。

"你别以为把小蔡介绍给我,你就可以正大光明地拒绝我的感情,我告诉你,迟早有一天你会后悔把小蔡介绍给我!"欧阳站在我面前,像一座大山一样。他愤怒地说完,以最快的速度穿上外套,拿了车钥匙,一手拉了防盗门,回头看了我一眼说:"欣瑜,你太不了解我了!"

第九章 鬼使神差与甄鹏假结婚，我弄不懂自己是伟大还是无聊

欧阳走后，我一时也没了睡意，蜷缩在沙发上回想刚才的情景，心里有些懊悔。欧阳好心好意来帮我，却闹得这样不愉快。不过，我真心把欧阳当成朋友，也真心希望他和小蔡能够顺利成为男女朋友。

我又回到屋里看了看俩孩子，才去自己的卧室睡了一觉，手机闹铃响过一遍后，已经是六点钟，我赶紧起来去厨房熬粥。两个孩子果然费事，璇璇连自己的衣服都穿不利落，还非嚷嚷着帮甄帅穿衣服，不过，有甄帅在，璇璇也更加听话，在我喊他们吃饭时，她就牵着甄帅的小手来到餐厅。

我拉了把椅子让他坐到我旁边，甄帅还是默不作声，他并没有听我的话，而是走到璇璇跟前拉了把椅子坐在旁边，璇璇高兴地对我说："妈妈，弟弟喜欢我！"

"是啊，你要让着弟弟。"我也非常高兴，这是我认识甄帅以来第一次见他主动和别人接近。看来康复中心的医生说得对，几个大人都抵不过同龄人的交流珍贵。

七点钟时，王姐准时把甄帅接走，临走前，王姐对我说："蒋小姐，

按道理说甄老爷子病了,我应该鼎力帮忙,让甄帅晚上跟我,可是,我丈夫中风,晚上也需要人照顾,您和甄先生是朋友,你看能不能……"

看着王姐为难的样子,我只好说:"那好吧,我下班要六点钟,您六点以后把帅帅送过来吧。"

"这孩子不说不闹,不会太麻烦的,蒋小姐,谢谢你,要不然我家就乱成团了。"王姐诚恳地说。

"帅帅,晚上见!"璇璇朝甄帅摆摆手,插了一句。

晚上没睡好精神自然是倦怠,我刚进办公室就被小蔡发现了,小蔡拿了本书靠近我问道:"这是怎么啦?跟霜打了似的?"

我无奈地笑笑说:"我同学的父亲病了,我陪着到医院,很晚才回来,晚上还要帮他带孩子。虽说他家孩子不费事,可是真费心,生怕出什么闪失。不比自己的孩子,带着踏实。"

"啊?昨天欧阳还叮嘱我说,今晚璇璇该练琴了。"小蔡说。

我突然想起欧阳对我说的话,心里感有些不踏实,于是问她:"你和欧阳……你们相处得还好吗?"

小蔡看了看旁人,然后低声问了我一句:"今天的课备好没有?"

我点点头,小蔡于是拉起我就向门外走去。刚打开办公室门,迎面和郭美人撞了个满怀,还没等我开口,郭美人就朝我微微一笑,说:"我听说昨天的课你帮我上了?谢谢你啊小蒋,今天我自己上吧。"

我回应她一个微笑,说:"郭老师见外了。相互帮助嘛,以后我也短不了麻烦郭老师的。"

郭老师笑着点点头,然后说:"嗯,相互帮助,你们要出去啊,快去吧。"

关上门,小蔡笑嘻嘻地说:"郭美人真不可思议!你没来之前她就是个老妖婆,成天这个不是那个不对的,自从和你闹不愉快后,她整个人都变了,看来还真是一物降一物!"

我拉了拉小蔡，示意她别瞎说："都是教书，哪有那么复杂的关系啊，别把人都想得那么坏。"

"好啦，不说她了。"说话间，小蔡拉着我到了休息室。

小蔡的手脚真利落，三两下就打开门，我疑惑地问她："上班呢。还没工作一会儿就来休息室，让人看见多不好？"

小蔡把我按到床上坐下，说："这个学校最看重的是成绩，至于形式上的东西，领导都是睁一只眼闭一只眼。"

"怎么了？这么兴奋，还非要拉我到这里说？"

小蔡居然红了脸，她倒了一杯水递给我，低头笑嘻嘻地说："欧阳跟你说什么没有？"

她害羞的样子真是好看，脸颊上两朵红云，看得出小蔡非常中意欧阳。想起欧阳昨晚说的话，我有些忐忑："我还没问过他。不过，你应该有自信啊，你人见人爱，花见花开的，还担心他看不上你？小蔡，谋事在人，成事在天，如果喜欢他就好好把握，别错过机会。"

小蔡走了几步，来到窗台下，若有所思地说："自从认识后，他几乎每天都约我，可是，我总感觉他心不在焉的。欣瑜姐，你帮我侧面打听一下，他是不是有别的女朋友啊。"

"他没有女朋友，这个我问过曼婷，听说追他的女孩子很多，不光是他们学校的女老师，还有粉丝直接去他家找呢。不过我没遇上过，别多想，好好相处吧。"我拍拍小蔡的肩膀鼓励道。

"那有机会帮我问问他交没交过女朋友，知己知彼才能百战百胜嘛！"小蔡说完，突然又害羞地转过脸，看来她真是对欧阳动心了。我更加忐忑，担心小蔡有一天知道我介绍欧阳给她是有私心的，肯定会怪我……我只有在心里祈祷，欧阳尽快和小蔡正式恋爱。

正在这时候，我收到一条信息，是欧阳发来的，信息很简单，只是说今晚璇璇练琴。这个机会正好，我连忙对小蔡说："要不然你今晚带璇璇去欧阳那儿上课吧，我正好帮我同事带孩子。你看行吗？"

"嗯，当然好啦！谢谢欣瑜姐！"说完小蔡在我脸上啄了一下。

"花痴！帮我带孩子还要谢谢我，我看你真是顶级花痴！"说完我就哈哈大笑。

小蔡再次羞红了脸，她说："人家信任你，才和你说真话的！"

我拉着小蔡走出休息室，小蔡如沐春风的样子真是好看。我心里感慨，年轻真好，细腻滑嫩的皮肤即使披上麻袋片都能穿出国际大牌的效果，别说男人，就连我都愿意多看几眼。

看到办公桌对面的秦老师，我突然想起甄鹏的父亲，他们年纪相仿，也不知道甄父怎么样了。我拿出手机刚想给甄鹏发个信息，这时候手机铃声响起，是甄鹏。

"伯父怎么样？"我抢先说。

"刚醒过来了，我和我妈去看了一趟，暂时还不能说话。"甄鹏说。

"哦，放心吧，帅帅被王姐接走了，晚上再送到我这里来，你安心在医院吧。"

"嗯，王姐的老公中风了，晚上需要照顾，欣瑜，麻烦你了。"

"老同学嘛，你这么说就见外了啊。"我轻松地说道。

我挂掉甄鹏的电话就投入到工作中，虽然很疲惫，但我的精神头特别好，上完课我就分析学生档案，每一个学生的成绩和专业薄弱点我都默默记下来，方便对学生因材施教，对症辅导。

下午放学，小蔡主动请缨去接璇璇，我有些不放心，就和小蔡一起去，璇璇高兴地跑到我身边，告诉我今晚要去练琴。

"一定要听小蔡阿姨和欧阳叔叔的话，我要到家里照看帅帅弟弟，弟弟的爷爷病了，甄鹏叔叔没空照顾他。"我把事情向璇璇做了简单的解释，璇璇一挥手，只看了我一眼就问小蔡说："阿姨，我们晚上吃什么？"

这时，只听到一个男人接下璇璇的话："吃肯德基好不好？"

我们几个不约而同地抬头，说话的男人缓缓摘下墨镜，璇璇立刻兴奋地扑到他的怀里喊道："欧阳叔叔！"

欧阳一把就把璇璇抱起来，刮了一下她的小鼻子说："走，叔叔带你去吃肯德基！"

欧阳连看都不看我，我赶紧上前两步叫住他，说："今晚我有点事，让小蔡带璇璇去练琴吧，你如果有脏衣服什么的就留下，我得空去洗。"

欧阳抱着璇璇继续向前走，好像眼前根本就没我这个人。片刻，他停住脚步，转过头来对着小蔡喊道："美女，我们在车上等你。"

我知道欧阳还在生我的气，赶紧推着小蔡向前走，嘱咐说："快去吧，待会儿电话联系。"

欧阳的车刚刚绝尘而去，我又听到手机响，是甄鹏的电话。他说："欣瑜，今天还要麻烦你一件事儿。"

"别客气，啥事？"我说。

"待会儿王姐把帅帅送过去，你能不能带他来医院一趟，我爸醒过来了，特别想见见帅帅。"甄鹏带着恳求的语气，我能感觉到他的焦急。

"伯父怎样了？"我问。

"医生说手术很成功，只是担心他老人家年纪大了，难免会二次出血，要在重症监护室多待几天，病情稳定才能转到普通病房。"

"你别急，人在医院啥都好说，需要帮忙尽管说话。"

"嗯，你带璇璇吃点东西，尽快赶过来吧。"

我连忙安慰道："我现在就回家，然后开了你的车子接帅帅，你告诉我王姐家的地址。"

甄鹏告诉我王姐家的具体位置，我就坐了公交车回到家里，换了身轻便衣服就赶着去接帅帅。

自闭症的孩子最大的优点就是适应环境的能力强，我从王姐家接帅帅出来，问他好几次想吃什么，他都像是没听见，于是我也领他到肯德基店，估计小孩子都好这一口。

说实话带着帅帅是真累，尤其是璇璇不在，我担心冷落他，他会闹，可是，无论我说什么，这孩子就是不开口说话。我虽然明知道这是自闭症的症状，可是心里难免着急。好不容易把他带到甄鹏面前，我长长地舒了一口气。

甄鹏果然是神通广大，他母亲身体安好，他却给母亲安排了一个VIP病房。病房很讲究，是套间，外屋有沙发电视机饮水机，还有微波炉。

甄母显然哭过，她抱着帅帅哭了一会儿，说："孩子，待会儿跟你爸爸去看看你爷爷吧，跟爷爷说说话。"

帅帅依旧是老样子，一句话也不说，仿佛这个世界与他无关，他像是从外星上来的。甄母说完后，并没有期待帅帅的回答，她把帅帅的小手拉过去，递到甄鹏手里。

甄鹏对我说："我带帅帅去一下，你先陪我妈说会儿话。"

我没遇到过这类事情也不知道该说啥，甄母坐在沙发上，示意我也坐下来。她深深叹了口气，抬起头勉强挤出笑容对我说："欣瑜，让你跟着受累了。"

"伯母，您客气了，我和甄鹏是同学，他之前也帮过我很多，互相帮助是应该的。"我说。

"鹏鹏上学那会儿就提起过你，唉……我真没想到他和默然能走到这一步。默然这孩子什么都好，就是脾气倔，不爱说话，但做起事来可真令人瞠目结舌啊。"

说着，甄母就又掉下泪来。

我忙递给她一张纸巾，安慰道："伯母，原来的事就别提了，现在最重要的是伯父快点好起来，帅帅的病也尽快好起来。"

甄母抹了一把眼泪，抽泣了一下说："可是，帅帅他……"

看甄母的表情，她似乎遇到了什么难题，于是我关心地问道："伯母，帅帅怎么了？"

"我之前没有恨过什么人，就连默然狠心扔下鹏鹏和帅帅去国外，我都没恨过她。可是，她真不该在这个时候决定把帅帅带到国外去，唉……"

"她要把帅帅带到国外？电话里说的吗？"我很惊讶，连忙问甄母是怎么回事。

甄母再次叹气，说："是，默然打越洋电话，只说过些时候回来带帅帅就挂了电话，我家老甄再打过去，她居然说和我们说不着！这不，老甄一气之下就脑出血了。"

我连忙安慰甄母说："伯母，您别急，伯父一定会很快好起来的，甄鹏的事让他自己处理吧，我相信他能处理好。"

甄母擦了擦眼泪，笑着说："欣瑜啊，那天晚上我不是第一次见你，早在上学那会儿，我就从鹏鹏的相册和手机里见过你的照片，后来鹏鹏阴差阳错地和默然结婚了。可是，我总觉得鹏鹏没有忘记你，老头子病了，这时候说这个显得不合时宜，不过，我真心希望你能做我们鹏鹏的女朋友，当初你们各自结婚，如今又都成了自由身，我想，这也是天意，你俩终究是有缘分的啊。"

甄母的态度非常诚恳，可是我真的没想到过再结婚，这个问题来得有些突然，我说："伯母，先别想那么多了，眼下治好伯父的病才是关键。"

"是啊，也不知道老头子能不能见到鹏鹏结婚那一天。"说完甄母又开始摇头叹气。

这时，甄鹏拉着帅帅的手走进来，甄母站起身，连忙把帅帅拉到自己身边，摸摸他的小脸，简直是爱不释手。

"怎么没有带璇璇来？"甄鹏问道，脸上带着疑惑的神情。

"让我同事带她学琴去了。"我说。

甄鹏点点头对甄母说:"妈,我们出去走走,您和帅帅待会儿吧。"说完,甄鹏示意我走出去。

看看时间才七点多,还不算晚,我就跟着甄鹏来到医院小花园。小花园格外幽静,我和甄鹏肩并肩走在清幽的小路上,虽然已到二月,可是天还有些冷,甄鹏停下脚步,问我:"欣瑜,冷不冷?"

"我不冷,反倒是你,你在医院熬这么久,能吃得消吗?"我说。

甄鹏沉默了片刻,对我说:"欣瑜,我想和你商量一件事。"

甄鹏抬起头看着我,表情非常严肃,非常认真。

"什么事?"我非常吃惊,自打我和甄鹏相遇,还没见过他如此认真的表情。

"做帅帅的妈妈,好吗?"甄鹏的表情依然很认真,很严肃。

"你说什么?"甄鹏的话令我十分吃惊,我怀疑自己的耳朵。

"我想求你嫁给我。"他一字一句地说。

我感到非常意外,下意识地摆摆手说:"对不起,这太突然,我目前还不想考虑这个问题。"

甄鹏缓缓地把一只手伸过来,拉住我的手,目不转睛地看着我说:"我知道你还没从婚姻的阴影里走出来,我能理解。我原本想着过段时间,你心情好些了,我们的感情也就水到渠成了,可是……"

我疑惑地看着他,不知道该说什么。

"欣瑜,我知道这个时候向你求婚,你肯定难以接受,若不是为了帅帅,我一定会等到你完全爱上我,才向你求婚。"甄鹏非常焦急,眉头紧紧地蹙在一起,继续说,"默然要和我打官司,想要回帅帅的抚养权,理由就是我是单亲家庭,不利于帅帅的康复,再有就是,国外治疗条件优于国内。"

"难道她结婚了?"

"是,她找了个美国人,家里有三个孩子,她说这样最适合帅帅康复了,如果我不同意把帅帅给她,只能上法庭。你也知道自闭症的孩子在孩子多的家庭,对恢复是有所帮助的,这样的话,打官司我肯定要输。为了有把握把帅帅留在我身边,我想找个人尽快结婚。我知道,这样说你肯定很难接受,可是,我真没办法,也不能等到你完全爱上我再求婚,欣瑜,全当我求你了,好吗?"

说完这番话,甄鹏两只手握住我的双肩,全神贯注地看着我。虽然是晚上,可是在银色的月光下,我依然看到他眼底的期待和渴望,我的心软了。

我迅速躲闪甄鹏炙热的目光,低声说:"给我点时间,我好好想想,好吗?"

甄鹏松开我,长长地舒了一口气,然后温和地对我说:"嗯,不过,我希望你能明白,即使没有帅帅,我一样会向你求婚的,只是早晚的事。"

我心里很乱,一心想安静一下好好想想。我说:"我们回去吧,一会儿帅帅该困了。"

甄鹏点点头,我们谁也不说话,在这个安静的晚上,护士和医生的脚步显得很匆忙。回到甄母那里,帅帅果然有些犯困,甄母看见我们进来,对甄鹏说:"你送帅帅和欣瑜回去吧,在家洗洗澡,反正晚上也不让探视,你不在这里也没事。"

"嗯,我送他们回去,稍后就回来。妈,您快歇着吧,有事及时给我打电话。"甄鹏抱起孩子,我向外走去。

路上,我给小蔡打了个电话,小蔡说璇璇还在练琴,不叫我惦记,上完课欧阳送她回家时会把璇璇捎回来。我听了,紧绷着的弦终于放松下来,我竟然搂着帅帅在后座上睡着了。

"欣瑜,到家了。"我感觉有人在拍我的脸,朦胧中睁开睡眼,看见甄鹏正看着我,他笑着,唇角弯成的弧度实在是好看,我连忙躲闪甄鹏的目光说:"不好意思啊,睡着了。"

"累了吧?"甄鹏从我手里接过帅帅向我家走去。安排好帅帅,甄鹏就又走进卫生间,这次,他刻意向我要了睡衣。我刚想说让他回家再洗,还没等我开口,他就又说:"我家的太阳能肯定没修好。你就别小家子气了,我用完热水,你就用热水器,水电费我来掏还不行?我妈妈那边没有热水器,老人说不如太阳能用着顺手。"

我有些累,就蜷缩在沙发上睡着了。也不知道睡了多久,只听见周围有人说话,迷迷糊糊睁开眼,看到小蔡坐在我身边,她惊恐地张大嘴巴看着我,甄鹏解释说:"门铃响,你没听见,我就替你开门去了。"

我这才回过神来,甄鹏穿着睡衣,头发还在不停地滴水,难怪小蔡会那么误会了。我朝小蔡摇摇头,小蔡回了我一个诡异的微笑。

我下意识地问了一句:"璇璇呢?"

"在路上睡着了,我刚放到卧室了。"欧阳从璇璇的卧室走出来,满脸严肃地看着我,目光似是要喷火。他目不转睛地看了我几秒钟,然后把目光转向甄鹏,一边走向沙发,一边说:"听说您家里有病人,怎么不留在医院?"

"是啊,我送欣瑜回来,顺便洗了澡换件衣服。"甄鹏说完还不忘对小蔡点头微笑一下。

"哦,这样啊,那你洗好澡了,该换衣服去了吧?"欧阳这样说话,我明显感觉很不自在,连忙转头看小蔡。小蔡可能也听出了什么,目光紧紧跟随着欧阳。

"那我去了,你们聊,我母亲一个人在医院我不放心。"甄鹏一边拿毛巾擦头发,一边向卧室走去。

欧阳的脸色更加难看,他无奈地看了看我,对小蔡说:"文静,我们走吧。"

欧阳站起身,顺手从沙发上拿起外套。小蔡有些茫然,匆忙对我说了句:"欣瑜姐,我也走了啊。"

看来欧阳对我的拒绝还是不能释怀。我靠在沙发上,深深叹了一口气,甄鹏换好衣服从卧室中走出来,站在茶几旁边,神情有些落寞。

"欣瑜,那个小蔡是谁?"

"我同事。"我说。

"你介绍给欧阳的?"

"嗯。"我点点头。

"哦,我先回医院了,我们的事我希望你认真考虑一下,我等你答复。"

甄鹏转身去衣架上拿外套,走到防盗门边又转过头说:"帅帅就拜托你了。"

"甄鹏!"我喊了他一声,"你先别走,我有事和你说。"

甄鹏缓缓走过来坐在我一旁,从茶几抽屉里拿出一包香烟,抽出一根,然后从口袋里拿出打火机,点燃香烟吸了一口,吐出淡淡的烟圈。

这使我再次想起了朱德义,他们抽烟的姿势有些相似,都喜欢看着吐出的烟圈,半眯着眼睛,若有所思的样子。

"我们先假结婚,可以吗?"我低下头,喃喃地说。

"假结婚?"甄鹏有些惊诧,瞪大眼睛看着我。

我点点头,说:"如果你同意假结婚,我们就找时间去领证。"

"你是为了帅帅,还是为了小蔡和欧阳?"他不再看我,抬头盯着对面的墙。

"不管为了谁,我只知道我暂时不能完全接受一段新的婚姻,我想用这种方式给自己机会。"我依然低着头幽幽地说。

沉默了片刻,甄鹏转头看向我说:"你怀疑我向你求婚是为了帅帅?"

"难道不是吗?"我丝毫不躲避他的目光,或许我心里更加期待另一个答案。

"帅帅的事情只是加快了我向你求婚的步伐，难道你不知道？"他像是在责备我，又像是在我的神情里寻找他想要的答案。他目不转睛地盯着我，此刻我的心却是怦怦乱跳，我再次心乱了。我不确定自己的想法，可是很明显，此刻，我确定了甄鹏的心，他眼神里的那份渴望和愤怒已经向我告白，他是认真的。

"我不知道。"我低下头小声说。

甄鹏叹了口气，然后说："好吧，我答应你假结婚。可是，这个假结婚怎么个假法？"

"一切没有变，只是对外宣称我们是夫妻。"

"好吧。"甄鹏站起身，又说了句，"即使是假结婚我也给你几天时间，等我爸爸出院，你如果不反悔，我们就去领证。"说完，甄鹏就走出家门。

我刚冲了个澡走出卫生间，就听见有人按门铃。看了看客厅的挂钟已经是十一点了，谁会这么晚来呢？我不敢贸然开门，就通过猫眼望出去，好在楼道有灯，我看清楚来人，是曼婷！

"曼婷，这么晚，你怎么来了？"我迅速打开防盗门，把曼婷拉进屋子里。见她的脸色有些不好，神情也淡淡的，我又问了一句："说啊，怎么了？吵架了？"

曼婷摇摇头。我连忙把曼婷拉到沙发上，倒了一杯热水递到她手里。曼婷的样子很令人担心，我再次着急地说："急死人了，到底怎么了？"

"超凡今晚又没回来，我自己睡害怕！"曼婷说完，眼睛里竟然噙满了泪水。

我随手从茶几上的纸巾盒扯了纸巾一边给曼婷擦泪，一边问她："他为什么没有回来？"

曼婷喝了一口水，说："他带的一个学生今年要参加高考，人家翻倍给钱让他加班辅导，太晚了就住在那儿了。"

"哦,这样啊。太晚了,偶尔住在学生家也没什么。你看你,都哭了,你之前的胆子哪里去了?是谁当年半夜三更睡不着,一个人到操场跑来着?"

我这样一说,竟然把曼婷逗乐了,她拿过我手里的纸巾擦了擦泪,然后笑着说:"你说也真是奇怪,上学那会儿天不怕地不怕的,真是没有女人味儿。自从我认识超凡以来,我才一点点变得像个女人了。"

想起上学时假小子般的曼婷,我笑着开玩笑说:"是啊,我见到你这样,这会儿还回不过神来呢。看来改变一个女人的最大动力只有男人,她心爱的那个男人。"

"快去洗把脸,早点睡吧,都快十二点了。"我拉起曼婷的手,到卫生间门口,然后到璇璇的卧室看看俩孩子,孩子们睡得都很香。我轻轻带上门,到自己的卧室去铺床,我从柜子里拿出一条被子,曼婷既然找来,她肯定会和我睡一张床的。

靠在床头,胡乱翻看了两页杂志,曼婷就走进来,她哧溜一下毫不防备地钻进我的被窝。我推了她一下:"不胡闹了,万一伤及我家干儿子,张超凡还不得把我给吃了?"

说到这个,曼婷有些沮丧,喃喃地说:"你说为啥我总是怀不上呢?"

"这才几天啊,你别着急啊。"我顺口安慰曼婷说,"你自己钻被窝吧,我有点不习惯。"

我说的是真话,曼婷在我被窝里,我感觉很累。

"不嘛,这才几天被窝里没男人,你就不适应了?你要学着适应适应,要不然以后结婚怎么办?我们家超凡可是每天都要搂着我的。"

"曼婷,我要结婚了。"我淡淡地说。

"啊?!"曼婷瞪大眼睛看着我,她坐起来,把我也拎起来,开始进一步审问:"和谁结婚?"

"甄鹏。"

"怎么这么快啊？你想好了？"曼婷未露惊异的神色，我却很想听听她的看法，我紧接着问："你只是觉得快？没有听到是甄鹏而感到意外？"

"这本来就是情理之中的事，得知你们俩再次遇见，我就知道早晚会有这么一天的，只是没想到这么快。"曼婷说完看着我诡异地笑起来，她盯着我的脸看了一会儿，一边笑一边说："怎么这么快就扛不住了？让人家得手了？"

我轻轻地推了推曼婷说："去你的！哪儿跟哪儿啊，我们连手都没拉过。"

"啊？不会吧？你们俩估计都有毛病，都单着呢，真能抗得住？"曼婷像是看到珍稀动物一样，从上到下扫了我一遍。

"是真的。"我认真地说。

曼婷会意地点点头，非常严肃地看着我说："那真不该这么着急结婚，你可要想好了。"

"嗯，我想好了，我想给自己一个机会。"我没有把假结婚的事告诉曼婷，如果告诉她，曼婷一定会阻拦我，她对甄鹏向来有成见，如果知道我为了帅帅才着急答应结婚，肯定会阻拦我，那样的话，或许我和甄鹏就永远地错过了。

"我确实需要一个温暖的依靠，璇璇也需要一个健康的家庭。至于爱情，我和甄鹏之间不知道是不是当真爱过，又或许是将来会有。失去了一次婚姻，我对爱情对婚姻不抱太大希望，再不济就是搭伙儿把孩子养大吧。"我淡淡地对曼婷说。

"早点结也好，不然甄鹏这样优秀的高富帅，很快就会被别人捷足先登的。"说完曼婷看着我甜甜地笑，然后拉住我的手，十分认真地说，"欣瑜，一定要幸福。"

"嗯，你也一样，一定要幸福。"

……

接下来，我白天忙于工作，晚上帮着甄鹏带孩子。小蔡自告奋勇地帮我送璇璇学琴、练琴，她每天都打扮得清新靓丽，整个人如沐春风。我猜想，她和欧阳的关系一定进展顺利。我和甄鹏见了面谁也不提结婚的事，只是一如既往，偶尔他来接帅帅去看望他父亲，也偶尔约我吃个午饭。半个月后，甄鹏的父亲顺利出院。

当天中午，甄鹏驱车接我到了一家高档的川菜馆，这家餐馆生意很火，一般都要提前订座。

"搞得这样隆重，今天有事？"点完菜后，我好奇地问甄鹏。他淡淡地笑了笑，然后倒了一杯红酒，对我说："喝一小杯，待会儿打车走。"

"啥由头这么隆重，还喝酒？"我笑着说道。

"正式向你求婚。"说着，甄鹏把酒放到我面前，然后像是变魔术一样从手心里托出一枚心形的小盒子。

我一时很慌乱，低下头，小声说："不是早就答应你了吗？既然是假的，干什么还要有这样的形式？"

甄鹏从小盒子里拿出一枚闪着光辉的钻戒，目不转睛地看着我，他说："难道只能是假的吗？"

我依然没有抬头，小声说："暂时只能是假的。"

"你抬起头来看着我，好吗？"甄鹏的神情非常严肃，也非常认真。

"嗯，我同意结婚，但暂时只能是假的。"我再次认真地说道。

甄鹏突然笑了，他把戒指用手拿起来，然后麻利地拉过我的手，说："假的也要像真的一样嘛，这么多人别让我难堪，或许现在就有王默然的人在偷拍呢。"

我的嘴角轻轻扬起，然后很配合地伸出食指，甄鹏把足够克拉的钻戒戴到我的手上。

周围的人或许是见惯了这个场面，并没有人围观。我和甄鹏刚吃东西，却听见有人说话，抬头一看，是丁一汉。

"蒋小姐，真是幸会！"丁一汉轻蔑地看了我一眼，走近我低声地说了一句："恭喜你勾引到一个倒霉蛋。"

甄鹏疑惑地看着我说："这位是……"

还没等我说话，丁一汉意味深长地笑笑，然后转身走开了，他的神情中透露出几分轻蔑。

我感到无比扫兴，甄鹏也看出我的不悦，他问："这人是谁？"

我对甄鹏说："我也搞不太清楚，欧阳说是他哥哥，可是又不是一个姓，我从来没见过欧阳喊他哥哥，他有时候叫他自动取款机，其余的，我就不知道了。"

"这人有点怪……"甄鹏望着丁一汉的背影，摇头蹙眉。

"怪什么，别理他，我对这个人没有好印象！"

"别人的事咱们先不管了。欣瑜，等我父亲完全康复，我们就举行婚礼，好吗？"甄鹏拉着我的手温柔地说。我不知道该说什么，只是微笑地看着甄鹏，然后肯定地点点头。我下意识地从他手心里把手抽出来，甄鹏接着说："明天得空我们就先去领证吧，省得帅帅的事节外生枝。"

"行，我听你的。"我淡淡地说。

第二天，我和甄鹏顺利领取了结婚证书。当晚，正好也是陪帅帅做康复的日子，甄鹏带着我和两个孩子在外面吃饭，两个孩子非常高兴。甄鹏也非常高兴，回家把孩子安顿好，甄鹏依旧像是在自己家一样洗澡，当他换好睡袍坐在沙发上看电视的时候，我才觉察出他的心思。

"太晚了，你回去吧。"我站在电视机前面挡住他的视线。

甄鹏慢慢抬起头，非常认真地对我说："今晚我不走了。"

"这……这怎么行呢？"我非常忐忑，竟脱口而出。

甄鹏诡异地笑笑，说："你见过刚领过证的男人和女人分开睡觉的吗？"

"什么意思？"这下我算是糗大了，当我揣摩出甄鹏话里的意思时，恼羞成怒,脸涨得通红,说不出一句话来。

"可是有人会当真啊,例如王默然,这个关口上,她正愁找不到破绽呢。"甄鹏这句话竟让我感觉到自己自作多情。他见我羞红了脸,继续说,"你早晚是我的菜,我还不至于忘乎所以,你放心睡吧。"

说完,他继续诡异地笑,我更觉自己颜面尽失,一句话也没说就一头扎进卫生间。当我从卫生间穿好睡衣,整齐地出现在客厅的时候,甄鹏早已卷了一条毯子躺在沙发上了。我蹑手蹑脚地推开自己的卧室门,然后插上门闩,简单看了看明天要上的课就睡觉去了。一夜无梦,我发现自己睡得好踏实。

第二天到学校去,我接着上了两节课,感觉非常口渴,于是想到休息室去喝点水。刚想叫上小蔡,转过头发现她正伏在办公桌上发呆,我招了招手,小蔡懒洋洋地跟着我走了出来。

到了休息室,我给自己倒了一杯茶,小蔡却愁眉苦脸地摇头拒绝喝茶。我有些累,就靠在床铺上,一边喝茶,一边养精神。

我刚想问小蔡为啥无精打采,小蔡先说话了,她坐在办公桌前的椅子上,托着腮,扭过头来看着我,讪讪地说:"欣瑜姐,你说男人到底喜欢什么样的女人啊?"

"咋了?你和欧阳闹别扭了?"我试探道。

"也说不上闹别扭,我和欧阳在一起,他好像默认了我做他的女朋友,几乎每天都约我喝茶,聊天,吃饭,我带璇璇去学琴,他也很热情,可是,我总感觉他没有认真对待我,他心里好像有个人。"

"你又多想了,这男女之间的事,虽说有一见钟情的,可是,我觉得还是日久生情牢靠些。所以,你们还需要时间相互了解,等时间到了,一切就水到渠成了。"

"真是这样吗?欣瑜姐,你为什么不抓紧找个人呢?"看小蔡的神情,仿佛话里有话的样子,我突然想起那天因为甄鹏的事,欧阳表现得酸溜溜的样子。担心小蔡疑心，我连忙笑着说："谁说我不找啊，我刚要告诉你呢，就是那天在我家见的我那位同学。"

小蔡的脸上露出一丝笑意，她紧接着问："怎么？你俩……"

"我们俩领证了。"

"什么？"

"嗯，昨天刚领的。"

"啊？闪婚啊？"

我淡淡地笑笑，对小蔡说："都是二婚了，什么闪不闪婚的。我只是觉得甄鹏这个人，我还算了解，我们上大学的时候彼此就有意，现在也算是重拾旧好，我不想别的，只要他对璇璇好就行。"

"那恭喜你了，欣瑜姐！"小蔡的脸上立刻泛起快乐的笑容，接下来，她的话就多了起来，她走到我旁边，双手挽着我的胳膊把我拉起来，像个记者一样采访我：问我和甄鹏是怎样重逢的，怎样好的，谁先提出来的等等。我自然要隐瞒实情，也不会说得那么详细，小蔡倒是听得津津有味，她忽闪着两只大眼睛，始终合不拢嘴，好像比她自己结婚还高兴。

"欣瑜姐，我一定要给你做伴娘！"

"当然，也请欧阳做伴郎，还请你替我转告他哦。"

"那不如我们中午约欧阳吃饭吧，你亲口告诉他这个好消息？"

"还是你们俩去吧，改天我和我老公再一起请你们。"我淡淡地笑笑，对小蔡说。

可是小蔡并不同意："这次是我请你吃饭，正式谢谢你把欧阳介绍给我，你一定要去。"

我点点头，小蔡就兴高采烈地拿出手机给欧阳打电话去了。小蔡放下电话时，脸上还挂着甜甜的笑容。

我和小蔡放学后就看见欧阳的车停在学校门口，他穿一件灰白的风衣，戴着一副墨镜，身体靠在车上。看到我和小蔡，欧阳缓缓起身，摘下墨镜，嘴角轻扬，扫了我一眼，笑着问："有啥好事情？今天要请我吃饭？"

"去了再说，走，上车！"说着，小蔡拉着我的手走过去，欧阳拉开车门，我很快坐进去，他又走到另一侧，打开车门对小蔡说："上来吧？"

小蔡丝毫没有理会欧阳，自顾自走到副驾驶车门前坐了进去。欧阳只是笑了一下，什么也没说。

一路上都是小蔡在说话，一会儿问欧阳今天有几节课，晚上有空没有，啥时候一起去公园等等。我从车子后视镜看到欧阳的脸，他只是淡淡地笑了笑，一副心不在焉的样子。

我和小蔡都喜欢吃辣，她找了一家川菜馆，正好这家餐馆是甄鹏向我求婚的那一家菜馆。服务员帮我们安排桌子的时候，又恰好是我和甄鹏之前待过的那个位置。我淡淡地一笑，心想，自己和这个餐馆还真有缘分。

环境依然很优雅，因为下午要上课，我阻止了小蔡要喝酒的想法，招呼服务员要了几罐饮料。

这家餐馆后厨效率极高，我们刚打开易拉罐，就已经端上来一盘卤鸭掌和一盘糖醋里脊。小蔡笑吟吟地看看我和欧阳说："来，欣瑜姐，我和欧阳先预祝你新婚愉快！"

欧阳的脸色立刻沉下来，他扭过头看着小蔡说："你说什么？"

"电话里你不是一直就问，我给你的好消息是什么？这不，欣瑜姐要结婚了！"小蔡依旧笑吟吟地端着易拉罐，看了看欧阳，对我说："真心祝你幸福！"说完一扬脖，喝了几口饮料。

欧阳手中的杯子依然停滞在空中，他的表情是说不出的惊讶和无奈，小蔡用手拱了拱他说："怎么？欣瑜姐结婚，你不高兴吗？"

欧阳挤出一抹笑容，非常冷静地说："当然，结婚是大喜事，我能问问新郎是谁吗？"

我担心欧阳失态，始终不敢抬头看他的眼睛，我夹了一块糖醋里脊放到小蔡餐盘里，说："趁热吃，欧阳你也吃。"

小蔡像是一只小麻雀，一边吃一边对欧阳说："就是那天晚上在欣瑜姐家洗澡的那个男人，是欣瑜姐的同学，好像他当年就喜欢欣瑜姐呢，是吧，欣瑜姐？"

我淡淡一笑，算是回答小蔡的问题。欧阳的表情非常严肃，此刻的小蔡看起来没心没肺，可是我看得出来，她在偷偷观察欧阳的表情，也在观察我神情的细微变化。

欧阳先是一惊，但他的表情很快就舒展开，像是稀松平常地说："欣瑜，你真决定这么仓促地把自己嫁出去？"

"不算仓促，我和甄鹏上学的时候就认识，如果不是当时他家里发生变故，或许那会儿我们就在一起了。也是我很懦弱，总认为女孩子表白是一件很丢人的事，不知道及时地抓住幸福，才会有和朱德义这个错误……"这番话我是说给欧阳听的，更是说给小蔡听的，我不想变成小蔡和欧阳之间的任何障碍。

"很好，我……我和小蔡预祝你新婚快乐！"说着欧阳也拿起一罐饮料，他用力拉了一下，易拉罐被打开，他仰起脖子喝了好一会儿。

小蔡惊讶地看着欧阳，制止他道："没人说干，你快放下来。"

"饮料而已，没关系。"我笑着对小蔡说。

欧阳终于放下易拉罐，笑着对我说："是啊，你婚礼的时候我一定一醉方休！"

说完，他目不转睛地看着我。我被盯得发慌，直担心小蔡看出什么来，连忙笑着打趣小蔡："小蔡，饮料也能让人喝醉呢？"

欧阳放下易拉罐，淡淡一笑，从桌子上拿起易拉罐的椭圆拉手，捏在手里缓缓起身，然后半蹲下身来，还没等我和小蔡反应过来，欧阳已经单膝跪地，朝着小蔡的方向，缓缓拿起手中的易拉罐拉手说："小蔡，你愿意嫁给我吗?"

"什么?!"小蔡几乎尖叫。

"我说,你愿意嫁给我做妻子吗?"欧阳目不转睛地看着小蔡,一字一句地。

"你说的是真的?"小蔡脸上的表情非常复杂,她眉毛高挑,嘴巴呈O型,但从她的眼睛里我看到的更多的是喜悦,是惊喜!

"如果你没听清楚,我再说一遍,蔡文静,你愿意嫁给欧阳云翳,做他的合法妻子吗?"欧阳不急不缓,表情异常平静。

"我愿意。"小蔡重重地点点头,喜悦之情溢于言表。欧阳拉起小蔡的手,把易拉罐的拉手缓缓戴在她的中指上,由于易拉罐拉手圆孔比较小,"戒指"只戴在中指第一个关节上,但是丝毫不影响小蔡兴奋喜悦的心情。

周围不知道谁带头,响起了一片热烈的掌声,不一会儿,人群中走出来一个胖胖的老板模样的男人。他走到我们眼前,笑嘻嘻地说:"恭喜这位先生和这位小姐,我们这个桌子的位置甚是吉利啊。前几天有一对夫妇也是在这里求婚的,你们已经是第二对了,为了表示祝贺,本店送给你们一道菜,并且今天的菜给你们打七折,沾沾你们的喜气啊。"

这时,有一个服务员端上来一盆"酸菜鱼"放到桌子中间,还说了句:"这是我们老板送的。"

我点头说了声"谢谢",服务员却惊讶地指着我对老板说:"老板,那天订婚的就是这位小姐。"

"是吗,幸会,幸会!"老板笑着握了握我的手,他更加兴奋起来,看了看我,又看看欧阳和小蔡,递给欧阳一张名片,说:"既然大家这么有缘,相互认识一下,以后来店里啊,都给你们打七折。我在胜利路还有一个规模大点的酒店,办婚礼的时候希望能为你们服务。"

"如果两对新人同时举办婚礼,你能给打几折啊?"小蔡半开玩笑地对老板说。

"哈哈，这姑娘真爽快，她这个办法也真不错啊。如果你们举行集体婚礼，我豁出去了，只收本钱，六折！我和几位真有缘啊！"老板说话间已经让人又端来几杯红酒。欧阳要开车，可是我和小蔡硬是没有拦住，他一口气喝了两杯红酒。

老板走后，小蔡又半开玩笑地问欧阳："你说咱们和欣瑜姐一起举办婚礼，好不好？"

欧阳沉默了几秒钟，说："不好！"

小蔡的笑容立刻收拢。

正当她悻悻然低下头时，欧阳接着说："欣瑜举行婚礼要等到啥时候啊？我想尽快娶你。"

他的表情异常认真，抬头深情地看着小蔡。

"我们要等到欧阳的父亲好一些才举行婚礼，你们着急的话就先办。你看，我都忘了恭喜你们俩了！"我再次举起酒杯，看着小蔡。

"没有什么意外的话，咱们这个月底就举行婚礼，你看行吗？"欧阳没有理睬我的祝贺，他始终看着小蔡。小蔡高兴地点着头，欧阳说什么她也忘了回应，一个劲儿地微笑。

我刻意看了看时间，然后对小蔡和欧阳说："不早了啊，下午学校还一大堆事儿呢，我先走了。小蔡，我替你请个假，你和欧阳好好聊聊结婚的事吧。"

"那就改天再聊吧，我学校也有事。"欧阳的话非常简练，说完，他从椅子上拿起外套就到前台结账，小蔡刚要上前阻拦，被我拉住了。小蔡小声说："说好我请客的。"

"现在你请和他请有区别吗？你去结账像话吗？"我拽着小蔡的胳膊说道。

"欣瑜姐说得是。"过了一会儿，小蔡突然有些失落，她拉了拉我的手说，"欣瑜姐，这是真的吗?"

我摸了摸小蔡的头发，然后安慰她道："你说呢，傻丫头，你们俩就是天生一对！站在一起都是一景，你没见刚才那么多人围着你们看啊。"

小蔡的脸上立刻恢复笑容，她挽着我的胳膊，一直到学校大门口都没有松开。

从欧阳的车子上下来，我连忙对小蔡和欧阳说："我有事，先进去了啊。"

可是，很快小蔡就追上我，她又挎上了我的胳膊。我刮了一下她的鼻子笑着说："怎么搞得你要和我结婚似的，反倒和欧阳生分起来，也不坐副驾驶座了，也不单独聊了。"

小蔡若有所思地抬头看看天说："是啊，我心里一下子就慌了，不知道该怎样和欧阳相处了，或许这一切来得太突然，我还有些不适应。欣瑜姐，我其实是知道的，欧阳心里有一个人，可能他知道他和那个人是不可能结合的，才选择和我结婚的吧?"随之，小蔡的表情有些落寞。

我不知道该怎样安慰小蔡，或许我和小蔡都心照不宣，有些事只能点到为止。我说："有些事，只要把握好现在和将来就可以了，纠结在过去是没有丝毫意义的。不过，结婚是大事，你可要想好。"

小蔡意会，点点头。她再次抬头，眼睛里盈满泪水。我假装没看见，随之岔开话题。

晚饭后，还不到六点半钟，我突发奇想，想带璇璇到欧阳家练琴。不知道为什么，我的直觉告诉我，欧阳是为了和我赌气才和小蔡结婚的，想起欧阳说的"希望你别后悔介绍小蔡给我"这句话，我就万分忐忑，给欧阳打了一通电话，他说今晚有空，我就给璇璇穿戴好，准备到欧阳家一探虚实。

敲开门，看见茶几上有一碟花生米和一碟凉拌小菜，还有一只盛满红酒的高脚杯。

"你在喝酒?"我随口问道。

"可是我刚喝了一杯,没有醉。"他说,"你去给璇璇布置一下吧。"

我把璇璇打发到欧阳的卧室,又到卫生间看了一下,没有可洗的衣服,我就拿了抹布接了一盆水,准备拖地板。欧阳家一般都很整洁,既然我说过要帮他做家务,就一定会尽量做到。

简单地收拾杂物后,我擦了一遍电视柜和茶几,然后又用鹿皮抹布一点点把电视机擦干净。

不知道什么时候欧阳已经倚靠在沙发上看着我,我居然没有发觉。我擦好电视机起身,被欧阳吓了一大跳:"吓死我了,你啥时候出来的啊?"

"心不在焉吧,想什么呢?"欧阳往嘴里放了一颗花生米,淡淡地问我。

我把抹布放回卫生间,拿了个小板凳坐在茶几旁边,茶几上已经多了一个高脚杯,也盛满红酒。欧阳示意我端起酒杯,我没有理睬,说:"欧阳,我想和你谈谈。"

欧阳咧开嘴角笑笑,再次示意我喝下酒,他一言不发,只等着我把酒喝下。看来欧阳是和我拧上了,我端起红酒,抿了一口,然后说:"我只想问你,你是赌气才和小蔡结婚吗?"

欧阳依然默不作声,他的神情不屑一顾,我知道,他是在抗议我只喝了一口酒,为了要欧阳的实话,我再次端起杯子,一饮而尽。

"这下可以说了吧?你究竟是不是赌气?"我看着欧阳紧紧逼问他。

他先是淡淡一笑,然后说:"赌气?和谁?和你吗?你给了我可以和你赌气的理由吗?"

"那你是真心喜欢小蔡吗?"我再次追问。

"你说呢?"

"我希望你亲口告诉我。"

"我凭什么亲口告诉你？你和姓甄的小子领证亲口告诉我了吗？"欧阳歪着脖子，一副想要吃了我的架势。

他阴阳怪气的，我不想和他继续打哑谜，平心静气地继续说："欧阳，你和谁结婚我真的管不了，但是小蔡是我介绍给你的，我真心希望她能幸福，如果你是真心对待她，我祝福你们，如果不是，请你不要伤害她！"

"呵呵，教育人倒是一套一套的，我和谁结婚对你来说很重要吗？难道你舍不得我和别人结婚？如果不是，你凭什么来管我？"欧阳耸耸肩膀，邪佞地笑。

"好吧，我什么也不说了，希望你考虑清楚，否则害人害己。"说完，我把小板凳推到一边，然后去卫生间拿了抹布，一点点开始擦地板。欧阳也不再说话，我低着头只盯着我眼前的一小块地板看，偶尔能听见欧阳喝酒的声音，伴随着璇璇生涩的钢琴声，整个房子的气氛沉重。

大约一个小时，地板擦完了，欧阳的酒也喝去一大半。看看快九点钟了，最后一班公交车是九点半，我未经欧阳允许，就打开他的卧室门，告诉璇璇该回家了。

我没有兴趣关注欧阳是否喝醉了，也不想关注，只见他目光空洞，还在大口大口地喝。我给璇璇穿戴整齐，说："快对叔叔说再见，咱们走了！"

欧阳像是没有听见，自顾自地喝酒，懒得理他了，我拉着璇璇的手就走出他的家门。

Lies of Love

爱的谎言

王 颖 | 著

（下）

台海出版社

图书在版编目（CIP）数据

爱的谎言：全2册 / 王颖著. —北京：台海出版社，2017.8

ISBN 978-7-5168-1515-1

Ⅰ.①爱… Ⅱ.①王… Ⅲ.①长篇小说 – 中国 – 当代 Ⅳ.①I247.5

中国版本图书馆 CIP 数据核字(2017)第 189546 号

爱的谎言

著　　者：王　颖	
责任编辑：高惠娟	装帧设计：天下书装
版式设计：天下书装	责任印制：蔡　旭

出版发行：台海出版社
地　　址：北京市东城区景山东街 20 号　邮政编码：100009
电　　话：010 - 64041652（发行、邮购）
传　　真：010 - 84045799（总编室）
网　　址：www.taimeng.org.cn/thcbs/default.htm
E – mail：thcbs@126.com

经　　销：全国各地新华书店
印　　刷：三河市人民印务有限公司

本书如有破损、缺页、装订错误，请与本社联系调换

开　　本：710mm×1000mm　　1/16
字　　数：300 千字　　　　印　张：30
版　　次：2018 年 9 月第 1 版　印　次：2018 年 9 月第 1 次印刷
书　　号：ISBN 978 - 7 - 5168 - 1515 - 1
定　　价：68.00 元（全 2 册）

版权所有　翻印必究

第一章
落花有意流水无情，若是伤害了欧阳云翳我也只能说声抱歉
/ 001 /

第二章
我的上帝！甄鹏竟然是这样一个卑鄙龌龊的家伙
/ 026 /

第三章
重温鸳梦一场空，我就像秋日飘零的树叶一样孤苦伶仃
/ 051 /

第四章
我就是他的玩物，就是关在他笼子里的一只金丝鸟
/ 073 /

第五章
气歪了鼻子笑歪了嘴，朱德义等于帮小三打了六年的工
/ 097 /

第六章
覆水难收，我已经心如死灰，彻底看透了这个人面兽心的人
/ 128 /

第七章
难道为了爱的名义，你就可以毁我的家庭杀我的女儿吗
/ 152 /

第八章
一切杀戮和伤害，一切愧疚和泪水，都以爱的名义出现
/ 181 /

第九章
阳光总在风雨后，爱就是爱，请你不要以爱的名义
/ 207 /

第一章 落花有意流水无情，若是伤害了欧阳云翳我也只能说声抱歉

第二天到学校听到的第一件八卦新闻就是小蔡要结婚了，和一个著名钢琴家闪婚，婚礼就在三月三号。传说丁一汉还送给欧阳一栋别墅作为新婚贺礼，很多老师都在羡慕小蔡有福气，就连周主任的助理刘芳也刻意前来道贺。

接下来的日子，我也跟着小蔡忙活起来，买衣服、买鞋子、买各种生活必需品。和小蔡一起购物，我才了解到她的家庭背景，原来小蔡是个不折不扣的富家女，父亲是一家上市公司的董事长，母亲是退居二线的舞蹈名师。自然，小蔡购物的奢侈程度也令我大跌眼镜，她开着她父亲刚送给她的保时捷往返于各大商场，手里的银行卡都被刷得滚烫。小蔡平时虽然穿戴也略显高档，但从来没有如此奢华过。

一天下午，我和小蔡没课，又出来购物，我开玩笑问："亲爱的，你买这么多名牌衣服，还没等到穿就过时了。"

"欣瑜姐，让你见笑了，我其实也不太喜欢这些奢华的东西，可是，可能你还不知道吧，我父亲的公司是汽车公司，和欧阳哥哥的公司实力相当。在外人来看，我们这叫商业联姻，所以，面子一定要做

足。你带着璇璇没空跟我去香港，欧阳忙着布置新房也没时间，我只好让我同学跟我去，买的这些东西还远远不够。"说完，小蔡无奈地笑笑。

"有钱人家的女儿也很难做？"看着满车的奢侈品，我半开玩笑道。

"是啊，都是表面应酬的事。欣瑜姐你不知道，我刚跟父母提到欧阳的时候，爸爸妈妈很恼火，责怪我私订终身，是后来欧阳的大哥给我爸爸打电话，我才知道欧阳有个大哥，而且和我父亲是商业伙伴，当时我父亲没见欧阳就点头答应了这门婚事，脸上乐得开了花！"小蔡再次苦笑了一声，车子开到一个咖啡厅停下来，她说："欣瑜姐，我们休息一下吧，购物很累，待会儿我和你一起接璇璇，欧阳叮嘱，今天璇璇又该练琴了。"

我们俩走下车，向咖啡厅走去。我说："你们都忙活着，璇璇练琴的事先停一停吧，婚礼的日子只有三四天了，哪里还顾得上？"

我和小蔡就坐到咖啡厅角落里，小蔡点好咖啡说："欣瑜姐，你客气啥？欧阳说了，晚上练琴又不耽误白天办事情，你放心好了。你如果累了，我自己带璇璇过去就行，太晚的话，我就带璇璇回我家，第二天保证准时送到幼儿园。就这样吧，你总跟着我逛街，也累了，早点睡就行了。"

"好吧，那我就不去当电灯泡了，就辛苦你吧？"

小蔡忍不住笑起来，她笑起来露出洁白的牙齿，很清纯很可爱。

咖啡是我和小蔡都喜欢的蓝山，冒着浓浓的香气，已经是春天，室内空调的温度不是很高，让人感觉清爽舒逸。

刚端起咖啡喝了一口，就看见小蔡皱起眉头像是想起什么，我连忙问她："怎么了？"

小蔡把端起的咖啡重新放下，然后疑惑地问我："欧阳和他哥哥是怎么回事，你知道吗？"

我摇摇头说："我只知道他哥哥叫丁一汉，具体是怎么回事，我也不太清楚。"

小蔡漫不经心地用汤匙搅动着咖啡说："是啊，我父亲没和我多说，他只告诉我，我嫁过去绝不会受委屈，说欧阳是他大哥最亲最亲的人。看我父亲的样子是知道详情的，父亲不和我说，我也没有追问。"

我笑笑，安慰小蔡道："伯父说得对啊，管他们是怎么回事，等你们结婚慢慢就知道了，他很疼欧阳这是事实就行了。"

小蔡释然一笑说："嗯，我知道，所以结婚前我不想再问欧阳了，之前问过一次，他立刻就不高兴了。"

"小蔡，你做得对，你一定会幸福的！"我由衷地说。

小蔡再次喝一口咖啡，意味深长地说："我自己选的路，我不会后悔。"

"对了，小蔡，明天领工资，想要什么礼物？"想起明天就能领到五位数字的工资，我心里真是无比激动，不然的话，我要给小蔡的份子钱还要向曼婷借。

小蔡抿嘴一笑，低头从包装袋子里抽出一条香奈儿连衣裙，说："这件裙子是我送给你的。"

"送我的？这不是今天买的衣服里你最喜欢的那件吗？"我连忙把衣服推过去重新放到纸袋里。

"这是我按照你的尺码拿的。"小蔡莞尔一笑，我从纸袋子里拿出连衣裙一看，果然是我的码。突然想起买这件衣服的时候，小蔡非要把我推进试衣间，说是想看看效果，我就帮她试了一下，想不到，她这么有心，居然替我买了。我记得连衣裙是两千八百八十八，连忙推辞道："这么贵重的礼物，我可不能收，你结婚，反倒先送我礼物，哪里有这样的道理？"

小蔡噘着小嘴，有些落寞，说："不收我就生气了，你是我和欧阳的大媒人，送你件衣服算啥？"

"可是……"

"可是什么？再可是我就真生气了啊。"

见小蔡有离席而去的架势，我连忙点头说："好吧，那你结婚我送你啥？"

"那我不管，反正我送你的，你必须收下！"小蔡的脸上重新恢复笑容，看着她灿烂的笑脸，我都替她感到高兴。

喝完咖啡，刚好接璇璇，我们到了幼儿园门口。璇璇见了小蔡比见到我兴奋多了，她像一只蝴蝶似的飞到小蔡身边，我嘱咐她要听阿姨叔叔的话，她都当成耳旁风。小蔡扬起手，做了个可以走了的手势，我也就不再自讨没趣。

刚转身，就看见甄鹏的车子停到我面前，他戴一副墨镜，轻盈地走下车。他刚想走过去和璇璇说话，我制止道："别过去了，小蔡带她到欧阳那里学琴，你去了，她也未必理你，看见小蔡，小丫头连看我一眼都不看！"

甄鹏嘻嘻笑着说："怎么？吃醋了？"

他熟练地拉开车门，然后回到驾驶位，我也非常熟练地坐到副驾驶位。我已经不记得从什么时候起开始坐副驾驶位了，好像是接他父亲出院那次，他把甄父和甄母安排到后座，然后很自然地帮我打开副驾驶位的车门。当着他父母的面，我没有推辞，再后来，他到学校接过我几次，每次也都是打开副驾驶位的车门，我也就顺理成章地坐进去。

"我带你到世贸大厦逛逛去吧，然后一起吃晚饭，行吗？"甄鹏注视前方，一边开车一边说。

"我又不买啥，不想去逛了，直接回家吧。"

"不是要参加小蔡和欧阳的婚礼吗？我也要买件新衣服，你说呢？"

"哦,好吧。"

世贸大厦是 H 市消费档次最高的商厦,小蔡一次就在这个商厦买了几万块钱的衣服。

走下车,甄鹏把胳膊伸出来,自然地弯成一个弧度,示意我挽着他的手。我对他莞尔一笑,没有伸过手去,他也只好作罢,悻悻然垂下手。

甄鹏把我带到一个男装专柜,他刚在柜台边上一站,就有位服务员热情地招呼道:"甄先生,您的衣服已经做出来了,今天取走吗?"

"不急,我上次让你约的女装设计师来了吗?"甄鹏问。

"哦,来了,这边请。"

我还没醒过神来,甄鹏已经拉着我的手走进一间屋子,一个时尚的男设计师拿着皮尺笑吟吟地看着我和甄鹏。

"甄先生?"男设计师的腔调真有点像女人,我差点笑出声来。甄鹏也被惊了一下,不过,他非常镇静地回答:"是的,我叫甄鹏,听说在贵公司您是女装首席设计师,请帮我太太定制一身礼服。如果您做的衣服还算适合我太太,她的婚纱也想劳您大驾。"

我赶紧走到甄鹏身边,拽拽他的衣角,我迅速走出屋子。甄鹏连忙对设计师说了句"稍等",也跟我走出来。

甄鹏不经我同意,就带我来做衣服,我有点生气:"我有参加婚礼的礼服,刚才小蔡送我的,就在你车上呢。"

甄鹏的脸色稍微有些严肃,他把两只手放到我的肩膀上,十分认真地看着我说:"你是我甄鹏的太太,去参加朋友的婚礼,怎么可以穿别人送的衣服呢?"

"可是,说好的,我们……"我刚想提结婚时候的契约,甄鹏却伸出食指放在嘴边,示意我不要说话,他缓缓把手放下来,微笑着说:"进去吧,给老公点面子。"

我被甄鹏推着重新走进屋,心想公众场合我就给他点面子,可是心里盘算着，如果收了他这件衣服，真不知道明天将要拿到手的五位数工资能够我几次挥霍的。怀着忐忑不安的心情，我被设计师推过来拽过去，终于量好了尺码。

"您太太的身材很标准，期待 Model 般的效果吧！"设计师拿腔拿调地说。

"谢谢您的夸奖。"说着，甄鹏拿出一张会员卡递给跟来的服务员，接着对设计师说，"好的，您忙，我们先走了。"

服务员笑得跟朵花似的，她笑着看看我，对甄鹏说："甄先生，您太太真漂亮，身材也好，阿力是不轻易夸人的，您太太不做模特真可惜了。"

我羞红了脸，甄鹏倒是笑得很灿烂。他掏出一张百元钞票递给服务员，说："冲你这句话，拿去喝茶吧。"

服务员没有接钞票，急忙说了句："甄先生，谢谢您，我们有规定，我不能拿。"

说完，她就拿着甄鹏的会员卡到附近的刷卡机上刷起来。听着刷卡声，我显得很露怯，站在原地不知如何是好，甄鹏收回自己的百元钞票放进钱夹，微笑地看着我。

"甄先生，您的西装和您太太礼服的定金一共是一万六千八，您卡里的余额还有二十一万。"服务员说完，礼貌地把甄鹏的卡递回到他手里。我被惊得差点跳起来，如果不是这种环境这种场合，我想我一定会尖叫的，与此同时，心里有种隐隐的不安，我只听说甄鹏很有钱，他的解释就是给学生上课挣的钱，可是，给什么样的学生讲课才会变得如此阔绰，我不禁有些疑惑，也有些惴惴不安。

甄鹏拉着我向外走，他似乎看穿了我的心思，笑着对我说："欣瑜，你还是不信任我，也怪我没有详细和你说过，我除了给一些特殊学生上课，还以我的名义和别人合伙办了几所私立学校，以后慢慢再详细地和你说。"

"哦……"我怯怯地回答，不过我脑子里突然蹦出一个猜想，于是脱口而出："包括翔鹏高中？"

"怎么会？"

"翔鹏高中真没有你的股份？"我担心我进翔鹏高中并不是甄鹏所说的什么靠我自己的实力进来的，而是依赖他的裙带关系，所以情绪有些激动。

"这么紧张干什么啊，真没有，不信你可以去问校长和主任啊，很少有人知道我私下办学的。放心吧，欣瑜，你能进翔鹏高中工作，都是靠你的实力。"甄鹏再次拉起我的手，指着电梯对我说，"去地下。"

我知道地下商城是游乐场，同时也是儿童服装鞋帽的卖场，再次推辞显得我很没趣。我默不作声地跟在甄鹏身后，同样给璇璇挑选了价格不菲的儿童服装。甄鹏看我兴致不高，在一边讪讪地说："璇璇的户口可是在我名下，说起来我才是璇璇的监护人，我给我闺女买衣服，你那么不高兴干什么？"

我真不知道该说什么，随口说："我们回去吧。"

"我们还没吃饭呢。"

"哦，那就吃饭。"

在车上，甄鹏刻意放了《梦中的婚礼》的钢琴曲，他知道，我上学那会儿就迷恋理查德克莱德曼的钢琴曲，尤其是这首《梦中的婚礼》。我曾经迷恋到在餐厅吃饭都要戴上耳机听，也曾经有那么一段时间，每每听到这首曲子，就闭上眼睛憧憬着甄鹏挽着我的手，穿着洁白的婚纱，走在蓝天白云的草地上。沉浸在乐曲里，我居然迷迷糊糊睡着了。

再次醒来，我已经在甄鹏的怀里。我像是做梦一样被一个人抱着，我慢慢睁开眼睛，可是眼前却漆黑一片。

"这是哪儿？"我不由自主地慌了。

脚步停下来，那个人的头慢慢靠近我的耳朵，轻声说："就要到家了。"

"啊?!"我不由大吃一惊,这才发现自己是躺在甄鹏的怀里,我有些慌乱,连忙说:"放我下来,我自己上楼。"

"这就到了。"我这才注意到甄鹏说话气喘吁吁的,原来他已经抱我上了三楼。他顺势把我放下来,拿出钥匙,打开手机,借着手机的灯光把门打开,此刻四周非常安静,只能听见甄鹏大口大口地喘气。

"楼道的灯昨天还亮呢。"我自言自语道。

甄鹏没有理睬我,打开门,摸到开关,屋里顿时灯火通明。

跟着小蔡转了多半天,我累得不行,刚进屋就瘫在沙发上。屋里的强光刺得睁不开眼睛,我索性闭着眼睛,可能是真累了,居然又躺在沙发上睡着了。或许是在做梦,又像是真的,我感觉自己又累又饿,身体疲惫成一摊泥。

不知道过了多久,我感觉有人轻轻拍打我的脸,然后听见一个熟悉的声音说:"快起来吃,这可是我第一次给人煮面啊。"

我揉揉眼睛,甄鹏笑嘻嘻地看着我,茶几上放着一碗热气腾腾的面条。我疑惑地问:"你煮的面?"

甄鹏点点头,说:"快吃,早饿了吧?"

我有点不好意思,看见面条,肚子居然咕噜噜叫起来。甄鹏站起身,不一会儿,他也给自己盛了一碗面条,坐在茶几旁刚吃两口又起身去厨房,再回来的时候,他端着一只盘子,盘子里有几个鸡蛋。他放下盘子,一边剥鸡蛋一边说:"我不会打荷包蛋,所以就煮了几个鸡蛋,只吃面不行的。"说完,把剥好的鸡蛋放到我的碗里。

看到甄鹏低着头,像个乖巧听话的小学生在按照老师的要求做手工一样,认真地剥鸡蛋壳。突然,我内心的某处感觉非常温暖,女人一辈子图什么?不就是图男人对自己好吗?如此看来,甄鹏还算是个细心的人,有那么一瞬间,我内心非常期待和甄鹏此时此刻是真正的夫妻,我们相濡以沫,过着简单朴素的日子,虽然没有轰轰烈烈的感情，却也能如细水长流，岁月静好。

"甄鹏，你也吃。"我说。

甄鹏抬起头，笑容如孩子般天真。我突然想起朱德义帮我剥鸡蛋壳的情景，那是我生璇璇坐月子的时候，饭来张口的朱德义也说自己生平第一次给人剥鸡蛋，他说网上说了，产妇的手如果被烫到会落下毛病，他剥得也很认真，剥完一枚鸡蛋，也总是抬起头来傻呵呵地笑，那时候我生璇璇的辛苦顿时烟消云散，我觉得自己是世界上最幸福的女人，我暗暗下决心，一辈子跟着朱德义，不管是贫困还是疾病。可是，这才几年光景，一切就都不复存在了。

"想什么呢？快吃啊，锅里还有呢。"甄鹏早已把自己碗里的面吃完，眼巴巴地看着我吃。我不好意思地笑笑说："不好意思啊，我吃得比较慢，没什么事，你先回去吧，我自己能行。"

甄鹏放下碗筷，非常认真地看着我说："欣瑜，我正式地说声谢谢你，王默然收到我的结婚证复印件，真的撤诉了。"

"哦，那就好。"我始终低着头。

"我们的婚礼也尽快举行，可以吗？"

我当然明白甄鹏把这两个问题放在一起谈的目的，迟疑了一下说："甄鹏，婚礼还是等伯父好利落吧，既然帅帅的问题已经解决了，也就不着急了，你说呢？"

"帅帅的问题解决了，是不是代表你随时可以反悔？"甄鹏的双手同时落在我的双肩上，以至于我的脸不得不正对着他的脸。

我反问："我说了吗？"

我知道，即使王默然撤诉，也不见得罢手，她一定会彻底调查甄鹏婚姻的属实性，我也一定会给自己寻找幸福的机会，怎么可以轻易反悔呢？

甄鹏僵硬的表情顿时化开，笑容四散开来。他接着说："我不允许你反悔。欣瑜，这段时间我们就去看房子，我想买个大点的房子，这两天你抽出点时间来,我带你到4S店挑一辆车,我没空的时候,你接璇璇方便些。"

我扬起嘴角给他一个温柔的笑,调整了一下情绪,尽量让自己的语气轻松些:"车子等我需要的时候会和你要,房子,你想买的话你就自己看着买吧,装修啊布置什么的,我都是外行。其实我现在住的房子真的挺好的。"

"那我就自己看着办了。"

今天的甄鹏说话总是很认真的样子,我再次淡淡地笑笑,半开玩笑地说:"你太拘于形式了,放松点儿,结个婚谁都会,你别搞得那么正式,那么紧张,更何况咱俩都是二婚。"

甄鹏笑笑,随手把茶几上的两只碗收起来,麻利地站起身到厨房洗碗,稍带从洗手间拿来抹布把茶几擦了擦。他打了个立正,规规矩矩站在我面前,半开玩笑说:"还有吩咐吗?"

"行了,别贫了,赶紧回去吧。"我也站起身,准备送他出门。

他做了个制止的手势接着耍贫道:"干吗送我啊,你再送,我不走了啊。"说完,他扭过头冲我做了个鬼脸迅速拉开门走出去。

走进卫生间,双手划过双颊,我真真切切抚摸到自己的笑肌,我的脸立刻泛起一阵红晕,有些发烫。我知道我的内心还是渴望和甄鹏在一起,可是为什么,我总感觉不像和朱德义结婚那样义无反顾呢?

婚姻是什么?就是一个男人和一个女人在同一个屋檐下吃饭、睡觉吗?如果是这样的,我确定我和甄鹏结婚后不会后悔,如果婚姻真的是爱情的归属,那么我不确定自己还能不能再一次飞蛾扑火。

一夜无眠。

三月三来得可真快,这天正好是星期天,这天天气真的很配合,蓝天白云的,让人觉得心情舒爽。穿上甄鹏为我定做的那件酒红色礼服,真的感觉年轻不少,璇璇嫉妒得睁大眼睛一个劲儿地说:"叔叔真偏心,妈妈这件衣服好漂亮,好华丽哦!"

我第一次听到璇璇连续用两个形容词，不禁笑道："你的裙子也是叔叔买的，你忘了吗？"

璇璇低下头看着自己的粉色毛呢连衣裙说："我的裙子也漂亮，但是没有妈妈的漂亮。"

甄鹏笑着走到璇璇身边，拉着她的手说："等璇璇长大了，叔叔一定给璇璇买更漂亮更华丽的裙子，好不好？"

璇璇趁甄鹏不注意在他的脸上亲了一下，就拉着帅帅迫不及待地向门外走去。

欧阳和小蔡的婚礼是在自家别墅举行的，刚刚走进他家别墅的甬道，就看见别墅的草坪上摆放着桌椅，紫色的帷幔迎风飘舞，烘托出神圣而浪漫的气息。

我是个离了婚的女人，尽管小蔡反复说过，婚礼的时候要我到后台帮忙，我还是以照顾孩子谢绝了。我对小蔡说曼婷是新婚，还可以传授经验，曼婷正闲着没事，所以欣然接受。

我们和其他宾客一样，站在人群里期待新郎新娘的出现，璇璇已经迫不及待地想看到欧阳和小蔡穿着礼服的样子，一个劲儿问我："妈妈，新娘子怎么还不出来啊。"

"别急，别急啊。"我话音未落，就听见《婚礼交响曲》缓缓响起，紧接着新娘挽着新郎，随着音乐节奏缓步走到广场中央。紫色的帷幔轻轻飘起，映着小蔡灿烂的笑容，欧阳的神情格外庄重，他的目光直视前方，仿佛目空一切。我不记得有几天没有见到他了，总感觉眼前这个新郎冷峻的面孔非常陌生，非常遥远。

广场中央摆起了几张长方形的桌子，上面有各式西餐、水果、烧烤等。人们的目光不约而同地关注着新郎新娘的每一个表情，欧阳没有一个动作。他看上去的样子不像是举行婚礼，而是在艰难地奔赴刑场。

司仪是个可爱的小伙子，说话慷慨激昂的，一串华丽的新婚致辞后,司仪问:"欧阳云翳先生,您愿意娶蔡文静小姐做您的妻子吗?无论贫穷、疾病、困难、痛苦,富有、健康、快乐、幸福,你都愿意对蔡文静小姐不离不弃,一生一世爱护她吗?"

欧阳的表情木木的,他的目光反复在人群里搜寻,最后锁定到我的脸上。四目相对,我急忙躲闪,有一种不祥的预感侵袭而来。这时,听见司仪再次问欧阳:"欧阳云翳先生,您愿意娶眼前这位小姐做您的妻子吗?无论贫穷、疾病、困难、痛苦,富有、健康、快乐、幸福,你都愿意对蔡文静小姐不离不弃,一生一世爱护她吗?"

当我抬起头时,只看见欧阳对着小蔡深深地鞠了一躬,然后说了声"对不起",就一路狂奔,跑出了婚礼现场。

全场人瞠目结舌,目光齐刷刷跟随着欧阳的脚步,他跑到别墅门口,跳上了自己的灰色威志,在众目睽睽之下绝尘而去。

顿时,婚礼现场乱作一团,我连忙跑到小蔡跟前,小蔡的脸色煞白,瘫软在地上。曼婷已经俯下身去扶她,可是她纹丝未动。看见我来,小蔡缓缓地抬起头,突然"咯咯"地笑起来,她空洞的眼神和呆滞的表情告诉我,她真的崩溃了。

"欣瑜姐,为什么?为什么?"小蔡突然歇斯底里地叫嚷一句。

我走过去,想和曼婷一起扶她起来,只看到小蔡布满泪水的眼充满了仇恨,好像我是要侵犯她的猛兽,而她是只手无寸铁的小兔子。当我的手触碰到她的身体,她突然愤怒地冲我叫嚷:"你走开!我不想看到你!蒋欣瑜!你走!"

周围的人都被这一幕惊呆了,目光齐刷刷投到我身上。一瞬间我变成了全场的焦点,我不知道接下来该怎么办,眼泪顺势而下,小蔡一字一句吐出几个字:"是——你——偷走了——他的心,是你!"

曼婷向我使了个眼色,低声说:"快去找欧阳问问清楚。"

我起身回过头,甄鹏和璇璇都在目不转睛地盯着我看。我心里的难受程度无以言表,曼婷的婚礼上,那么糗的角色都没有令我如此痛心。我顾不得这些，转头就跑，心里只有一个念头，赶紧离开这里，立刻！

刚跑几步，我就被一个男人攥住手，他不由分说拉起我接着跑，在别墅门口稀里糊涂地上了一辆车，当我被塞到副驾驶位置的时候，才看清了这个男人的脸。

"李老师？"我惊讶地喊出声音。

李老师发动车子，转头看看我说："是我，你也别太难过。"

我没有作声，只是下意识用手平息自己的胸口。

我和李老师谁也不说话，他专心致志地开车，半小时后，车子在靠近一片小树林的地方停下来。李老师叹一口气，转头对我说："欣瑜，你别太自责，今天这场婚礼本就不该举行，发生这样的事，也是意料之中的。"

"什么？意料之中？"我惊讶地看着波澜不惊的李老师。

"他那么深地爱着你，怎么可能娶别人呢？在没有放开你之前，娶了小蔡，等于是害了人家啊。欣瑜，你应该阻拦他举行婚礼的。"

"我……"我一时不知道该怎么解释。

李老师无可奈何地摇摇头，拔下车钥匙对我说："下车吧，看看欧阳在不在这里？"

"这里？这是哪儿？"望望窗外陌生的环境，我惊诧不已。

说话间，李老师已经为我打开车门，我从车里走出来，一阵暖风袭来，身体备感舒畅。好久没有这么好的天了，三月三了，春天如约而至，带给人无限憧憬和希望。

"李老师，这是什么地方？欧阳来这里做什么？"

看着前面的白桦林，一种悲怆的情绪突然油然而生，李老师一边向前走一边说："这里有一块墓地，我听欧阳说过，他姐姐就埋在这里。"

"他姐姐？"

"是啊,他姐姐是欧阳生命里最重要的女人,我猜想,他这会儿应该在这里。"

这片白桦林并不大,不一会儿,就有稀稀松松的松柏出现在我们面前,果然,这里有一片墓地,我问李老师:"你来过这里?"

李老师摇摇头,很亲切地走过来拉起我的手,说:"别害怕,墓地而已。"

"我害怕了吗?"

"你的手很凉。"

其实不仅是我的手很凉,我的心也在不停地突突地跳,我隐隐地担心欧阳,担心他的性格会很偏激。思及此,我不由地脱口而出:"欧阳不会想不开吧?"

李老师很认真地安慰我道:"不会的,放心吧,男人再脆弱也不至于,我很了解欧阳。"

"你很了解他?"

"是啊,我们俩性格很相似,我们每天在网上聊天,是很谈得来的朋友。"李老师笑笑说。

我和李老师已经置身墓地之中,我俩不约而同地寻找欧阳的身影,果然,李老师用手指给我看:"他在那儿……"

顺着李老师指的方向,我看到欧阳熟悉的身影,我们蹑手蹑脚地走过去,在欧阳身后的一块墓碑后面躲起来,李老师小声说:"先别打招呼,看看情况再说。"

只见欧阳双膝跪地,虽然背对着我们,依然能够听见他抽泣的声音。认识欧阳以来,从来没有见过他如此无助,如此脆弱,我有起身安慰他的欲望,身体刚刚直立,就被李老师拉住,他再次强调说:"看看情况,你别急。"

过了一会儿,欧阳渐渐止住哭声,我和李老师屏住呼吸,观察欧阳的一举一动。

欧阳依然双膝跪地，他抬起右胳膊擦擦眼泪，然后对着墓碑说："姐，我做了一件我不情愿做的事情，没人理解我为什么这样做。姐，我想你懂，只有你懂，此时此刻只有你明白我的心，对吗？我也想全身心投入到对小蔡的感情，可是，当我在婚礼上看到欣瑜的那一刻，我就输给了自己，我不能骗自己的心！姐，我爱她，真的爱欣瑜，在她看来我是一时冲动爱上她，我决定从婚礼上跑出来的那一刹那，就是想告诉欣瑜，我对她的爱很深，很深……但是与此同时我知道我要彻底失去欣瑜了，我了解她，她即使只是为了小蔡也不会和我在一起的，姐，我此刻死的心都有了，但是我想想死去的父母，想想你，为了你，我也要活下去。可是，我要离开这个伤心的地方，以后就不能经常来看你了，姐，我走了，现在就去买机票……"

欧阳缓缓站起身，李老师已经按捺不住，他刚想说话，就被我捂住嘴。我摇摇头，小声说："别过去了，你和我都改变不了什么了，我之前还妄想劝劝他重返婚礼，向小蔡道个歉就过去了，看来，没那么简单。"

李老师也认同我的说法，在欧阳没有回过头之前，他拉着我一口气跑到车子里，二话不说就拧开车钥匙，车子一路向前。

"李老师，你没别的事的话，我们去喝杯咖啡吧。"望见路边有个店，像是个咖啡厅，我建议道。

"好，我没别的事。"

这个咖啡厅离市区稍微远点儿，但门外停的车子告诉我，这里生意挺不错。刚进屋，服务员把我们俩带到一个靠窗的桌子前坐下。李老师替我点了一杯蓝山，迫不及待地问我说："欣瑜，你说实话，你真的爱那个叫甄鹏的吗？还是你一直就爱欧阳，你没发现？如果你一句话，欧阳就会留下来的，你想清楚还来得及。"

我苦笑，用更加平静的语气说："我爱上谁不重要，关键是我不爱欧阳，这一点我心里很清楚。我把他当个弟弟，真的，我喜欢他阳光帅气的样子，甚至有时候想去摸摸他的头发，就像是璇璇和我撒娇时摸她的头发一样，李老师，不知道我这样说，你明白吗？"

李老师会意地点点头，他说："希望欧阳能早点明白这一点，真难为他了，也难为你了，欣瑜。"

我对李老师笑笑，摇头说："李老师，嫂子最近怎么样？"

李老师推推鼻梁上的眼镜，神色突然变得难以捉摸，要说他是高兴吧，但是眉头确实蹙在一起的，要说他难过吧，我又明明看见他微微翘起的嘴角。

"怎么……"

李老师灿烂地笑了一下说："你嫂子啊，住院了。"

"住院了？"

住院为啥还这么高兴？我正纳闷，李老师接着解释道："多亏你上次提醒我，要不然你嫂子的病就耽误了，不过现在好了，住院治疗这段时间，抑郁症大大减轻，最最关键的是，我突然明白，原来我是那么爱她，现在她的一颦一笑都牵动我的心，只要有一天不去医院看她，我心里就没着没落的。"

"李老师，你的好日子还在后头呢，珍珍又那么优秀。"我由衷地说。

"欣瑜，这还要感谢你呢，要不是你的话点醒了我，这不知道你嫂子会变成什么样呢。"

蓝山咖啡端上桌来，我搅动几下，抿了一小口，发现李老师的脸上多了一丝惆怅，他也把咖啡搅动几下，没有喝，而是重新放到桌子上，他说："我用各种方式纪念死去的梅梅，本以为自己的行为多么高尚，多么令人感动，却不知道我伤害的是活生生的人，是那个可以一辈子陪我看日出日落的人。其实，对于一个死去的爱人最好的报答，就是好好活着。"

"梅梅是你之前的爱人？"我不由自主好奇地问道。

"梅梅和你长得很像,那天在雪地里,我是真把你当成她了,可惜她已经死去十几年了。她家就住在我家的对面,我们从幼儿园开始就玩在一起,她比较喜欢音乐,但是为了能和我在一起,她还是报考了美术系。她是个天才,学什么都快,大学毕业那一年,我们一起去西藏工作,能在西藏写生是我毕生的愿望,在一次雪崩中,她……"李老师的脸上迅速闪过一丝忧郁,眼泪开始在眼眶里打转。我抽出纸巾递给他,他擦干眼泪不好意思地说:"见笑了,每次提到当天的情景我都忍不住难过。"

"其实嫂子很爱你,正因为她爱你,才会那么在乎你。"我插了一句。

李老师点点头继续说:"是你嫂子让我获得了重生,她的热情,她的开朗渐渐把我从人不人鬼不鬼的生活里拉出来,我不再整天酗酒,不再整天画画,在她的开导下逐渐走到阳光下,我的生活也渐渐地充满了阳光。开始的几年,你嫂子还跟我回老家给梅梅扫墓,可是,我不知道珍惜,也不考虑她的感受,整天思念梅梅……女人的心伤了,真的很难挽回。欣瑜,但愿我醒悟得还不算晚。"

李老师的脸逐渐舒展开,他慢慢抬起头,眉宇间透出一丝喜悦。我说:"李老师,嫂子一定会好起来,等嫂子出院的时候,我建议你们好好搞个庆典,让嫂子高兴高兴。"

李老师端起咖啡,喝了一口,然后身体向后仰了一下,话锋一转说:"我觉得欧阳的性格和我有些相似,总认为自己可以爱一个人一生一世,可那样偏执、痴狂的爱会让对方很有压力,反而忽略了对方的感受。他还年轻,目前还认识不到这一点,不过我经常在网聊的时候劝他,总有一天,他会明白小蔡姑娘对他的爱,绝对不亚于他对你的爱。"

"李老师,欧阳的事还要拜托你,多开导他。他这个样子我真是心急如焚,希望他早一点找到自己的真爱,我也是看着他和小蔡很般配才介绍他们认识的。"

李老师继续说："换一个陌生的环境，再经历一些事，自然就看开了，我就担心丁一汉会想方设法拦住他。"

"丁一汉？他是欧阳的什么人？"我把好奇已久的问题问了出来。

李老师说："丁一汉原本是欧阳的姐夫，欧阳自小父母双亡，六岁的时候，姐姐欧阳云霞带着他嫁给丁一汉。欧阳云霞是个钢琴天才，但苦于家庭条件一直没有正规学习过，所以，欧阳云霞嫁给丁一汉后，唯一的条件就是让弟弟学钢琴。丁一汉那几年生意做得很一般，但他还是投资让欧阳学习钢琴，据说前两年夫妻俩很恩爱。后来，欧阳云霞对欧阳的好遭到丁一汉的嫉妒，以至于他们没有孩子，丁一汉误认为是妻子为了欧阳故意避孕。再后来，丁一汉开始在外面花天酒地。随着经济实力的不断增强，他找女人的势头也愈演愈烈，家庭暴力也逐渐升级。欧阳云霞害怕会牵连到欧阳，所以一味地忍让，最后一次家庭暴力中，丁一汉误伤了欧阳云霞和她肚子里的孩子。欧阳云霞临死前只对欧阳说了一句话，就是求欧阳放过丁一汉，不要去报警，第二天就传出丁一汉的太太在家中突发脑溢血死亡的消息。"

李老师讲述得不是很详尽，但我的心隐隐作痛，一个任劳任怨、忍辱负重的光辉女性的形象在我脑海里跳跃，我仿佛看到一个和我年龄相仿的一位美丽女子，温婉多情，柔情似水。

"欧阳的姐姐很漂亮吧？"我说。

李老师点点头，我突然感到有些难为情，毕竟和一个大男人赤裸裸地讨论感情问题是头一回。我向窗外看了一眼，这时手机响起，居然是欧阳。

我把食指放到嘴边，做了个嘘声的手势，然后把手机显示屏给李老师看。李老师把手放到自己的耳边，示意我接电话。

按下绿色按钮，我轻轻说了句："喂？"

话筒另一头传来欧阳有气无力的声音："欣瑜，我要走了，再过一刻钟就要登机了。欣瑜，你在这里，我怎么舍得走？只要你的一句话，我就留下来，欣瑜，你肯让我留下来吗？"

"欧阳……你别这样……"

"我别怎样？别让我爱你吗？那比杀了我还难。欣瑜，我做的这一切都是向你证明，我是多么爱你。"欧阳的声音渐渐变得有力。

我有些气急败坏地喊道："你想过小蔡怎么办吗？"

"你听好了，为了你，我宁可摧毁整个世界。"

"你……"

"什么？"

随即，话筒里传来欧阳哈哈的笑声，我不想再和他说下去，于是说了句再见就按了红色按键。

刚刚按断，就听见手机铃声再次响起，我连看也没看就说："欧阳，别的我不想多说，你保重。"

"欣瑜，你知道欧阳在哪儿？"电话里是曼婷的声音。

"哦，是曼婷啊，我不知道他在哪儿，他在电话里只说要离开这里。小蔡怎么样？"

曼婷先是叹气一声，然后说："能怎么样啊，被她母亲带走了，我们现在谁也见不到她，丁一汉正到处找欧阳。"

听到曼婷这样说，我连忙叮嘱她，不要把欧阳和我通过电话的事告诉别人。曼婷一再追问为什么，我也很无奈，只好如实交代说："曼婷，有些事你不知道，丁一汉对我有误会，总之，你别说就行了，况且欧阳也没告诉我他要去哪儿，丁一汉如果找不到欧阳，指不定还会出什么乱子呢，听见没有？"

曼婷连连称是，我才放心地挂掉电话，李老师也赞同我的做法，他说："也只能如此。"

坐进李老师的车子里，我依然万分纠结，觉得最最对不住的人是小蔡，毕竟她是我介绍给欧阳的，如今事情搞成这个样子。李老师看出我的心思，说："欣瑜，你回家好好休息吧，小蔡现在不一定想见你，让大家都缓冲一下吧，误会总会解开的。"

我想了想说："不，我知道小蔡生我的气，可是我一定要见到她，不管她是不是原谅我，我都要去。李老师，麻烦你送我到她家，好吗？"

李老师自知拧不过我，无奈地摇摇头说："好吧，你一定要有心理准备，不管小蔡和她家里人说啥你也不能生气，好吗？"

到小蔡家住的别墅，李老师说要在这里等我，我再三推辞，他才驱车离开。

给我开门的是一个保姆模样的大妈。我说明来意后，大妈上下打量了我一番，又用轻蔑的眼神看了我一眼，她说："蒋欣瑜就是你吧？"

我好奇地问："您怎么认识我？"

"你这人真不地道，就连我这个老妈子都明白己所不欲勿施于人的道理，你还是喝了墨水的呢，哼！"

我不想过多理论，说："麻烦您带我去见小蔡，我有话和她说。"

大妈依然阴阳怪气，她一只手扶着铁栅栏，另一只手横在空中，说："我们小姐知道你会来，提前叮嘱我了，说她不见你，更何况，蔡先生明天就把小姐送去国外念书了。"

"小蔡要出国念书？"

"是啊，去学芭蕾舞，小姐最大的愿望就是跳芭蕾舞。"

"您能告诉我是哪里吗？"

"我为什么告诉你啊？要不是因为你，我们小姐也不会出国，就是因为你，还有那个大笨蛋欧阳，我和小姐才要分开。她可是我一手带大的，还从来没有离开过我呢。"说着说着，大妈眼里就含满泪水，她一只手去擦眼泪，一只手还横在空中。

再耗下去她也不肯带我见小蔡，我从包里掏出手机，找到小蔡的号码拨过去，却只听到系统提示音：您拨打的电话已关机。

关机?! 可见她被伤害得多么深，我仿佛不相信自己的耳朵，又反复拨打了几遍，却听到了相同的提示音，我这才彻底地死心，手里握着手机，眼睛木木地盯着楼上的窗户。

大妈早不耐烦了，她白了我一眼，关上那扇硕大的大铁栅栏。我呆呆地站在原地，直到小蔡家的大黄狗跑过来，我这才吓得回过神，一步一步向前挪动步伐，这一刻，我知道，我彻底失去了小蔡这个朋友。

小蔡家离市区很远，路上没有公交车，有两辆出租车停下来问我需不需要，我木木地摇头，不想说一句话，只有不停地走路我才知道自己还存在，突然明白，失去了友情的痛苦堪比失恋。

我一步一步向市区走去，下午四点钟才走到繁华的大马路上，甄鹏给我打电话，我也没心思接，此刻只想一个人静静地找个地方喝酒，这也是生平第一次有强烈的喝酒的愿望。抬起头恰巧看到"当年"酒吧，我曾经在这个酒吧喝得烂醉如泥，我毫不犹豫地再次走进去。

这个时间段酒吧里人不多，只有几对情侣，舒缓的音乐衬托着酒吧的浪漫情调，让人很难想象再过一两个小时这里就变成喧嚣沸腾的另一个世界，充满了诱惑、麻醉和乌烟瘴气。

刚坐在吧台的高脚椅上，一个年轻帅气的调酒师就微笑着对我说："小姐，看您满眼的惆怅，我给您调一杯'忘情水'好不好？"

我摇摇头，轻声说了句："我不喝鸡尾酒，给我一瓶烈的白酒。"

"小姐，不是吧？"调酒师瞪大眼睛看着我。

"看什么？没见过美女喝白酒吗？"我苦笑一声说道。

"小姐，您一看就是不会喝酒的，您确定要一瓶白的？"

我白了帅哥一眼，不耐烦地说："怎么那么多废话?!"

我很少喝酒，并不清楚什么白酒度数高，自然也不会点酒。调酒师递给我一瓶干红葡萄酒笑眯眯地说："小姐，您还是喝这个吧。"

"不，我要劲儿大的！"我干脆地说，把葡萄酒又放回到桌子上。

"这个比白酒还劲儿大呢，又能养颜，适合女性喝，听我的吧，没错！"调酒师非常热情地说。

我拿起红酒走到靠窗的一个角落里自斟自饮，不一会儿就喝了大半瓶，但我没觉得醉，天也渐渐暗下来，把璇璇扔给甄鹏这么长时间还是第一次。

我扶着桌子，试图站起身，却感到一阵阵眩晕，虽然神智依然清醒，可是身体在打晃。

我喊了一声服务员，来了一位穿着黑色制服的小伙子，我对他招招手说："麻烦你帮我叫辆车。"

我拉开背包的拉链拿出两张钞票准备埋单，恍惚中一个熟悉的身影出现在我面前，他挡住服务员的手，我拿着钞票的手停在半空。

"你去吧，待会儿我埋单。拿一瓶伏加特过来。"来人对服务员说。

顺着声音我看到男人的脸，吃惊地叫出声："丁一汉！"

"喝酒喝个够，哪能这么早就走呢。"他心不在焉地看我一眼，就坐到我的对面。

"我……还要回去照顾孩子，对不起，我先走了。"我再次试图站起身，这一次头晕得更加厉害，身体摇摇晃晃站不稳，一阵眩晕后，我倒在丁一汉的怀里。当我睁开眼睛时，他轻蔑地笑笑说："你闯了这么大的祸，难道不想解释解释吗？"

"对不起，我对你没什么好说的。"我用力挣脱他的怀抱，他呵呵笑了两声，就把我重新放到座位上。

这时，服务员果真端过来一瓶伏加特，我连忙对服务员说："麻烦你帮我叫辆车，好吗？"

服务员有些不知所以，他的目光转向丁一汉，丁一汉说："她是我的朋友，我会负责送她回去，你去忙吧。"

服务员转身就要走，丁一汉再次叫住他说："埋单吧，这瓶伏加特帮我存上吧。"说完就掏出几张钞票递给服务员，从座位上把我扶起来，"好吧，我们可以换个地方说话。"

我抬头问他："要去哪儿？我要回家。"

丁一汉像是没有听到我的话，他居然打横把我抱起来，不由我做丝毫反抗，就大踏步向外走去。

"你干什么？放我下来！"我手脚并用，用力挣扎。

丁一汉依然默不作声，他瞥我一眼，抱着我的手丝毫没有松懈。

"再不放开我喊人了啊！"我用尽全身力气却依然徒劳，很快，他就打开车门，把我扔到后座上。

他坐在驾驶座，迅速打火，同时回过头看了我一眼，说道："喊啊，喊非礼啊，你觉得你的样子值得我非礼吗？"

"你……"我被气得浑身发抖，身体软绵绵得像是一摊泥贴在座位上。

"酒量还不小，喝半瓶居然还能这么大声和我说话。"丁一汉絮絮叨叨地说。

我知道任何反抗都是徒劳，于是不再做任何挣扎。我脑子清醒得很，丁一汉无非是因为欧阳逃婚而嫁祸到我身上，他吃不了我，于是我索性闭上眼睛休息。

丁一汉也没再说话，过了一会儿，车子停了，他把我从后座上拽出去，像是拖着一具死尸一样，直接放到自己肩膀上。

"放我下来，这是哪儿？"我拼尽全力挣扎，但都无济于事，他把我箍得紧紧的。

大喊大叫只能显得我白痴，于是我放弃抵抗，安安静静地瘫软在他的肩膀上。我渐渐抬起头，眼前的别墅和欧阳婚礼时的别墅几乎一模一样，我之所以没有误认为这就是欧阳的新房，是因为欧阳那套房子是粉色的外墙，而这一栋是淡紫色的。

"你这是绑架,你知道吗?"我气急败坏地喊道。

"你再喊,信不信这俩畜生会吃了你?"丁一汉冷冷地说。

不知道丁一汉用了个什么暗号,我突然就听见几声狼一样的嚎叫,说实话,我第一次听到这种可怕的声音,吓得早就闭上眼睛。当再次睁眼,就看见在丁一汉身边摇头摆尾的两条大狼狗,舌头都低垂在外面,凶狠的目光吓得我浑身发抖,两只大狼狗不停地围着丁一汉转来转去,仿佛无比期待他肩上的猎物。我被吓得闭上眼睛,但又忍不住睁开眼睛看它们。

"回去!这不是给你们的,快回去!"丁一汉像是和人对话一样对两只狗说。果然,话音未落,两只狼狗就非常顺从地缓缓后退,恋恋不舍地离开。

走到别墅门口的台阶前,丁一汉试图把我放下来。我早就被狼狗吓破了胆,不由自主地抓住他的衣服,就像是抓住救命稻草一样,不肯松手。

丁一汉奸笑了两声,说:"它们已经进笼子休息了。"

我依然不作声,心想镇定些,不能让这家伙看出我慌了神,可是我的手依然没有松开丁一汉的衣服。

突然,丁一汉哈哈大笑起来,他一边狂妄地笑,一边上台阶,一个佣人模样的中年女人叫了他一声"丁先生"就打开房门。我被眼前这个女人吓了一跳,三十岁了,还从来没有见过如此丑陋的女人,她的脸皱皱巴巴的,但不是长满皱纹,像是被烫伤过,脸上的伤疤纵横交错,眼睛只能露出窄窄的一条缝。她刚刚说了一句话,就把大龅牙完全展示在外面。她的丑令我歆歔不已。

我被带进别墅,很快又进了一间房,丁一汉打开一扇门,在我猝不及防的情况下,我已经被扔到一张大床上。

扔下我后,丁一汉活动一下手腕,看都没看我一眼,推门走出去。

屋里很冷,除了一张桌子是枣红色的,其他到处都是白色,白色的床单，白色的窗帘，白色的帷幔。我下意识蜷缩在大床的角落里，两只胳膊紧紧抱在一起，白色的帷幔轻轻飘动，我的心也随之颤动。

丁一汉到底要做什么？我被他绑架了？一连串的问题浮于脑海却理不清头绪，我刚想从背包里拿出手机打给曼婷，丑女人走进来，先一步拿起我的背包，转身就向外走去。

"喂！你拿我的包干什么？"我急得大叫。

丑女人停下脚步，面无表情地说了句："先生交代的。"然后就打开房门走了。我不敢再吭声，说真的，阴冷的丑女人比那两条狼狗还令人毛骨悚然。

又过了好一会儿，还是没人理睬我，我起身拉拉窗户，推推门，但都无济于事，屋子被封得严严实实的。我越来越害怕，身上越来越冷，我蜷缩成一团，不知不觉居然睡着了。

不知道过了多久，我的脸感到痒痒的，像是被什么软绵绵的东西舔来舔去，我睁开眼睛，顿时被吓得没了魂儿，原来是一条狼狗的舌头！丁一汉站在离我三米的地方，露出奸佞的笑，狼狗在我身上嗅来嗅去，我眼前一黑，就昏厥过去。

第二章 我的上帝！甄鹏竟然是这样一个卑鄙龌龊的家伙

又不知道过了多久，我再次醒来，听见耳边有人在说："醒了？"

我睁开眼睛，发现丁一汉坐在我的床边，我被一条宽大的白色被子盖着。

我拼尽全力说出一句话："你到底想干什么？"

丁一汉轻松地耸耸肩，笑着说："别害怕，我只是借用了一下你的手机而已。"

"你究竟想干什么？"

"你本事够大的，我用遍所有人的手机，他都挂了，只有你的信息他回复得很快。"丁一汉说完就再次呵呵笑起来，他用手托起我的下巴，一字一句地对我说，"你给我听好了，即使你反悔想嫁给欧阳，我也不会让欧阳娶你这样的女人，为了让他死心，唯一的办法就是把你——变——成——我——的——女——人！"

"你说什么？你想干什么？"我惊愕地睁大眼睛，用愤怒的眼神盯着他。

"你放心，就你这货色，我懒得碰你，不过，我一定得得到你的心，否则，他一辈子也不会死心。"丁一汉用轻蔑的眼神看了看我，接着说，"你今天就在这里休息一晚，明天我派人送你回去！"

说着，他不知道从哪儿拽出我的背包，一把扔到床上，推门出去。

我长长地舒一口气，心却被揪得紧紧的，匆忙拿出手机，有甄鹏八个未接电话，看看时间，已经是晚上十点钟，但我还是拨通了甄鹏的电话。

电话接听后，立刻传来甄鹏紧张着急的声音，他说："欣瑜！你究竟在哪儿，我都去报警了，可是警察说还不到二十四小时。"

"我没事，就是喝多了两杯，在朋友家睡了。"我张口就撒谎。

甄鹏迫不及待地追问我："朋友？哪个朋友？我给曼婷打电话，她也不知道你去哪里了，你还有什么朋友我不知道的？"

我平息一下语气，用无所谓的语气淡淡地说："行了，回去和你解释，璇璇和帅帅都睡了吗？"

"都……都睡了，你……你今晚能赶回来吗？"

甄鹏说话吞吞吐吐的，非常不自然，我连忙问："有什么事吗？"

甄鹏这次回答很干脆，他说："能有什么事？你快睡吧，明天一大早再回来吧，路上也不安全。"说完，他匆忙挂掉电话。

我虽然感觉出甄鹏有些异常，可是明摆着我肯定是回不去的，索性也就不多想，闭上眼睛继续睡觉。

能在这个龙潭虎穴睡得如此踏实，我真是佩服自己。第二天我是被丑女人叫醒的，她用力摇醒我，冷冷地说："快起床。"

我掀开被子走下床，刚推开门就看见丁一汉在客厅坐着，见我走出来，他轻轻用手指一下卫生间，然后说："麻烦你快点洗漱。"说完他就站起身，向餐厅走去。

我迅速洗脸，梳头，刚一出门，就被丑女人拦住了，她递给我一套衣服，又冷冷地说："先生不喜欢第二天还穿同一套衣服的女人。"

我接过衣服,扫了一眼,这是一套质地和做工都非常讲究的套裙。我把衣服放到沙发上,走进餐厅,宽阔的餐厅放着一张巨大的餐桌,丁一汉在餐桌的一头坐下,餐桌上放着丰盛的早餐。我毫不客气地坐到餐桌的另一头,拿起一块面包就往嘴里塞。

"你不许坐在那里!"站在一旁的丑女人大声斥责我。

"让她坐那儿。"丁一汉抬头看看我,冷冰冰地说。

丑女人惊讶地睁大眼睛,小声地说:"先生,您带回来的女人还没有敢坐在那里的。"

"这个不用你管。"丁一汉说。

"是的,先生。"丑女人向后退了一步低声说。

"你为什么不换衣服?"丁一汉放下手里的面包,抬头质问我。

"你是我什么人?我凭什么听你的?"我脱口而出。

"阿丑,你没告诉她我的习惯?"丁一汉扭头看向站在一旁的叫阿丑的女人。

阿丑低下头连忙说了句:"先生,我说了。"

我刻意笑出声音,然后大声说:"你喜欢?呵呵,你喜欢我就要照做吗?"说完,我目中无人般又拿了一片面包吃起来。

丁一汉被气得脸色发青,他用野兽般凶猛的目光看着我,我却有报仇般的快感,我端起牛奶喝了一口,然后站起说:"我走了。"说完就大踏步走到门口。

丁一汉默不作声,他挥了挥手,只见阿丑起身跟我走出来。

院子里有个年轻小伙子,正在认认真真地擦一辆黑色轿车,阿丑对着小伙子喊了一句,说:"小陆师傅,先生交代你把这位小姐送回去。"

"先生交代过了,知道了。"陆师傅停下手里的活儿,替我打开车门。我犹豫了一下,本想自己走回去,可是四下张望了一下,这分明就是荒郊野外，到处荒无人烟，再远处就是一座一座连绵起伏的大山，我心想这丁一汉真不是一般的神经病，住在这么荒凉的地方，还不如直接去非洲难民区住呢。

我有点心不甘情不愿地坐进车里，司机很敬业，一句话也不说，车子开得倒是很稳。掏出手机看看时间，已经是早上七点半钟，我连忙拨通了甄鹏的电话。电话一接通，甄鹏就急忙说："欣瑜，你上午如果没课就请假到医院来吧，璇璇昨晚发烧了在医院打点滴呢。不过你别着急，烧已经退了。"

"什么？！璇璇发烧？"我惊得目瞪口呆。

"你别急，就是普通感冒，况且这会儿已经退烧了。你还是到学校请好假再来吧，我今天不去上班，你也别太着急。"甄鹏说。

我想了想，周一事情蛮多的，况且我也有课，需要和其他老师调换一下。挂掉电话，我对司机说："师傅，麻烦你把我送到单位，好吗？"

司机头都没回，依然认真地开车，他说："小姐您尽管吩咐，先生说了，您想去哪儿都行。"

我顾不得多想，只是一心一意想到学校请假，恨不得长对翅膀飞到医院，飞到璇璇身边。下了车，我连招呼都没打就跑进教学楼。

推开教研室的门，同事们差不多都到了，大家的目光齐刷刷地看向我。我突然想起昨天婚礼上那一幕，虽然知情者甚少，但是好事不出门，坏事传千里，欧阳逃婚大家肯定早有耳闻。可现在我顾不了那么多，匆忙走到自己座位前，拉开抽屉拿出课程表看了看，转身对郭老师恭恭敬敬地说："郭老师，麻烦您个事，我女儿病了，您帮我代一下课，好吗？"

郭老师瞥了我一眼，上下打量了我一下，突然冷笑起来，一边漫不经心地翻书，一边把声音提高八度，拖着长音道："我可真没想到啊，这么积极的模范教师还会求别人啊。"

听到郭老师阴阳怪气的话,我急得如热锅上的蚂蚁,刚想找另外的老师帮忙代课,郭老师清清嗓子又说:"好吧,既然蒋老师遇到困难了,我也正好找个机会报答你,报答你那次替我解围,帮我代课,呵呵。"说完,郭老师轻蔑地笑笑。

我对郭老师点头道谢,郭老师又假装和蔼地笑笑,然后说:"小蒋啊,你还没请过假吧?多急的事也别忘了到周主任那儿说一声啊,不然你会被扣奖金的哦!"

听到这些话,我突然很自责,或许是我多虑了,郭老师人还是不错的,她的善意提醒令我心里暖暖的。我本以为和郭老师之间的不愉快已经烟消云散,真没想到,接下来的一幕更令我瞠目结舌。

我气喘吁吁地走到周主任的办公室,敲了一会儿门,没人应声,推开门望了望,没有看见刘芳的影子,于是,蹑手蹑脚地走进去。刘芳的办公桌上放着一杯茶,还冒着热气,我心想,这次可要小心了,千万不能像上次那样贸然闯进周主任的办公室。在门口听了听,屋里没有任何动静,我于是壮着胆子一边叫周主任,一边敲门。

屋里还是安安静静的,从门缝里望去,我确实看见了周主任的公文包和眼镜都在桌子上,于是大着胆子推了门一下,突然一个人影从门后闪过,一个男人用力扑向我,把我抱进怀里。

"芳芳,你又逗我开心了!"说着,男人的嘴巴就凑过来。

"周主任,是我,您认错人了!"我一边挣扎一边喊叫。可是,已经来不及了,刘芳突然出现,她正瞪着大大的眼睛,像是一头怒吼的狮子,疯了一样走向我,重重地在我脸上扇了一耳光:"你真是会勾引男人!我看你以后还乱不乱说!"

说完,刘芳向后退了好几步,她朝门外挤了一下眼睛,接着就有一群人拥进办公室。来人不是别人,正是郭老师和教研室的几位老师。郭老师显然很得意,她假装非常惊讶地忽闪着眼睛问:"刘助理,怎么回事?"

"怎么回事？你们音乐组真是才人辈出啊，大白天的公开勾引喝醉的周主任！"

这时周主任已经靠在办公桌上，假装喝醉闭目养神，仿佛刚才发生的一切和他一丁点关系都没有。

"大家误会了，周主任，你快和老师们解释解释啊。"我非常着急，走到周主任面前，试图说服他帮我解围。可是我太天真了，周主任此刻自身难保，他只好硬着头皮假装喝醉，嘴里不停嘀嘀咕咕。

"真是知人知面不知心！刚勾引完蔡老师的新郎，就跑过来勾引学校领导，翔鹏学校居然有这样的害群之马！"刘芳像是得了什么致命的法宝，不阴不阳地说着。

郭老师更是幸灾乐祸："小蒋，我去帮你准备课了啊，你请完假赶紧去看孩子吧，可别耽误孩子。"说完，郭老师又假惺惺地驱散人群。

我木木地站在原地，眼泪不争气地流淌。这显然是个圈套，可是我还偏偏就上了当，我万万没有想到刘芳和郭老师会联合一起整我，看来，有着共同目的的人是很容易达成一致的，刘芳早就视我为眼中钉，郭老师城府更深，她之前不是不想报复我，只是时机不成熟。

我跑着离开学校的速度远远超过来的时候，恨不得立刻消失，永远也不要再出现。

刚跑出楼道，我就看到天在下雨，春天的雨是个慢性子，不急不缓，雨点却非常大。我把坤包挡在头上，刚想到路边拦一辆出租车，没想到丁一汉的车再次开到我面前，陆师傅探出车窗对我说："小姐，快上车！"

"怎么是你？你怎么还没走？"

"先生刚打电话叮嘱我送你。"陆师傅见我不上车，连忙下了车，帮我打开车门。

"谢谢，我打车就可以了。"说完我就向马路边走去。

"您快上来，不然的话我没法交差。"

我没有理睬陆师傅，自顾自地跑到马路边拦出租，可是，一辆又一辆出租过去了，却没有一辆空车。身上眼看就被淋湿了，陆师傅依然在我身后跟着，他再三说："小姐，你不上车，我真没法交差啊，你还是上来吧。"

看着陆师傅正在滴水的头发，我有些不忍心，再次坐进丁一汉的车。

和甄鹏通过话后，我很顺利地找到璇璇住的病房。透过门上窄窄的玻璃条，我看到甄鹏正拿着童话书，我轻轻推开房门，璇璇瘦削的黄脸儿顿时映入眼帘，我的眼泪再也忍不住，立刻扑到床前。

"宝贝，怎么才一天多不见，就憔悴这么多啊？"我摸摸璇璇的小脸，心疼地说。

璇璇委屈地掉下眼泪："妈妈，你上哪儿去了？你不要璇璇了吗？"

"都是妈妈不好……"我迅速抱起璇璇，心里难过极了。

璇璇伏在我的肩头，轻轻地说："妈妈快松开我，不然针跑出来还要重新扎，可疼了。"

我伸手擦去璇璇腮边的眼泪，说："打吊针的时候哭没哭？"

这时，甄鹏连忙笑着说："璇璇可乖了，连哼一声都没有呢。"

"真有这么乖？"我拍拍璇璇的肩膀，然后对甄鹏说，"你一夜没睡吧？快点回去休息吧，这里有我。"

甄鹏对我使了个眼色，于是我帮璇璇盖好被子走出病房。甄鹏坐在楼道的椅子上，非常郑重其事地说："欣瑜，我和你商量件事。"

"什么事？"

甄鹏推推自己的眼镜框，舒了长长一口气，说："璇璇这一病我才知道，对孩子来说有个完整的家有多么重要，我希望你全心全意照顾两个孩子。"

"你什么意思？"我诧异地看着甄鹏。

"没别的意思，你辞掉工作，我来养你，你只负责照顾好俩孩子就行了。"

"今天学校发生的事，你听说了？"

"学校什么事？"

想起刚才学校发生的一幕，我有些难为情地低下头，我说："哦，不知道就算了，我也打算和你说呢，我想辞掉工作，再试试别的学校。"

"欣瑜，不管学校发生什么事，工作的事我们先放到一边，现在咱们家最主要的是要照顾好璇璇，知道吗？"甄鹏的表情非常凝重，用期待的眼神看着我。

甄鹏的表情令我十分意外，我总感觉他像是有事情瞒着我，我急忙问："甄鹏，我怎么听你话里有话啊，到底怎么回事？"

这时，我看到有个戴眼镜的年轻医生出现在楼道里，甄鹏转身笑着对我说："璇璇刚才要吃煎饼，我觉得门口的不卫生，你到老吴家煎饼铺去给她买吧，快去啊，孩子早就嚷嚷要吃呢。"

说完，甄鹏就推着我向楼梯口走去。

我应了一声开始下楼，刚走几个台阶，一摸兜里空空的，我拍拍脑门儿这才想起来没拿包，又连忙上台阶，走廊里就听到甄鹏和一个男人正说话，我探出头去，是刚才楼道里的那位医生，我在拐角处将他俩的对话都听到了。

医生说："你们是怎么做家长的，孩子的病发现得有些晚，看来，只能准备做化疗了。"

甄鹏先是叹了一口气，然后不住地点头，我的脑子在听到"化疗"两个字的时候就已经完全僵化，像一只木偶一样呆立在原地。我不知道下一步该做什么，此刻的大脑只传给我一个信息，那就是医生说的不是真的。

我大踏步冲上前去，一下子抓住医生的白大褂，着急地看着他的脸问道："大夫，您说的要化疗的孩子不是我们家璇璇吧？"

甄鹏见状，连忙搀扶我，医生低下头看了一下病历记录，说："蒋艺璇是你的孩子吗？"

是啊，我真想说我的孩子叫朱艺璇，不是蒋艺璇，是医生搞错了，我的孩子不需要化疗！可是，我的大脑没有坏掉，是给璇璇重新上户口的时候，我把朱艺璇改成了蒋艺璇。

"大夫，请你务必告诉我，我女儿到底怎么了？"我急切地问。

刘医生再次推推近视镜，郑重其事地对我说："你是蒋艺璇的妈妈吧，蒋艺璇被诊断为白血病中晚期，也就是我们常说的血癌。所以，我建议尽早给孩子做化疗，不然的话，并发症多起来，会更加麻烦的。"

我的脑子"嗡"的一下就懵了，这突如其来的打击令我立刻晕厥过去，我瘫软在医院的楼道里。

再次醒来，我在医院的临时输液大厅，甄鹏说我有一些低血糖，再加上过于悲痛才晕倒的。

抬头看看吊瓶里还有一大半液体，我迫不及待地拔掉手上的吊针说："我们去看璇璇吧？"

甄鹏蹲下身来，握住我的手，耐心地说："璇璇这会儿睡着了，再说了，你这个样子见璇璇，她会吓坏的。事情已经这样了，我们应该振作起来，想尽一切办法治好璇璇，你说呢？"

我看着甄鹏着急的样子，心里也有些不忍，点点头说："甄鹏，璇璇是我的命啊，我不能失去她，我该怎么办？谁能告诉我该怎么救璇璇?"

甄鹏缓缓站起身，轻轻抱住我，拍着我的后背鼓励说："在璇璇面前振作一些，你是她唯一的依靠，你如果垮了，她怎么会好？你放心吧，你们娘儿俩以后有我呢，我不会让你一个人面对的。欣瑜，请你相信我，我说的是真心话。"

我的眼泪在眼眶里打转，目不转睛地看着甄鹏："我现在没有工作，还带着璇璇这么个拖油瓶，你真的不嫌弃吗？"

甄鹏用手抚摸了一下我的头发，微笑着对我说："傻丫头，说什么呢，我会像璇璇的亲生父亲一样照顾好她的。欣瑜，啥也别说了，让我照顾你们娘儿俩，我也求你照顾我和帅帅，好吗？"

"去看璇璇吧，我听你的，不会总是愁眉苦脸的。"说着我点点头站起身。

有些事情已经不言而喻，我突然明白朱德义为什么突然把璇璇交还给我抚养，原来那时候璇璇已经被查出来是白血病。可是，我真不明白，他是璇璇的亲生父亲，为什么会如此狠心呢？即使他不想给璇璇治病，至少也要告诉我啊，至少不会因为隐瞒而贻误病情。此时此刻，我恨不得把朱德义撕成碎片。

我实在忍不住心中的愤怒，就在璇璇睡觉的时候给朱德义发了一条信息："你果然连畜生都不如！"

朱德义很快就回电话，我毫不犹豫地再次重复了信息的内容，朱德义却在电话里不紧不慢地说："蒋欣瑜，你发什么神经？如果想我了就好好说，我会找时间去陪陪你的。"

我不知道说什么才能表达心中的愤怒，像一头发疯的狮子一样咆哮着："闭上你的臭嘴！虎毒不食子，你真的连畜生都不如！"

"欣瑜，到底怎么了？发生什么事了？"朱德义貌似很无辜地问。

我继续咆哮道："你为什么无缘无故地把璇璇还给我？别告诉我不

是因为她得了白血病。朱德义，我只知道你道德败坏，真没想到你猪狗不如！"

"什么？你说什么？璇璇得了白血病?！"朱德义着急地问。

"你真不知道？"

"在哪家医院？"

见到朱德义这样的反应，我挂掉电话，看来真的是错怪朱德义了，但是，我依然想不通，朱德义突然把璇璇送回来的原因。

晚饭时间，甄鹏拎着甄母包的馄饨过来，我去给璇璇买拖鞋，刚走到医院门口，迎面就撞上了朱德义。

朱德义一把抓住我，急切地问："璇璇在哪儿？"

我白了朱德义一眼，非常冷静地说："请问你是谁？"

"我是璇璇的爸爸，我要见璇璇！"朱德义理直气壮地说。

我耸耸肩膀，笑着看着他："哦，原来你是璇璇的爸爸啊，那你告诉我，你为什么突然送璇璇回来？"

朱德义的脸色突然暗下来，他把我拉到墙角，两只手扶住我的肩膀："璇璇的事，是刚才我在电话里逼问我妈，我妈才告诉我的，她承认是得知璇璇的病情后才决定放弃抚养权的，当时，她和我说，突然想明白了不能让你们母女分离，我就信了。欣瑜，我之前真的不知道啊！"

"我不想听你说了，既然你知道了，省得我去找你。你是璇璇的爸爸，璇璇的医药费，你理应负担一些，我现在没有工作了，医药费方面我想你不会太让我为难吧？"说完，我就向医院门口走去。

朱德义始终跟着我，他一边走一边说："欣瑜，医药费的事，你给我时间，我来想办法。"

"每人一半，我也不会推卸责任的，就这样吧。"

说话间，我已经到了夜市卖拖鞋的摊位前，一眼就看中了一款兔八哥图案的透明水晶拖鞋，朱德义抢先付了钱，一声不吭地跟着我再次返回医院。

走到楼道，我停下脚步对朱德义说："璇璇见了你会伤心的，这孩子虽然嘴上不说，但是她心里什么都明白，我劝你还是别见她了。"

朱德义先是愣了一下，抬起头理直气壮地对我说："我看自己的女儿，难道还要偷着看吗？"说着就迫不及待地推开病房。

甄鹏正在绘声绘色给璇璇讲《海的女儿》，看见我手里的拖鞋，璇璇忍不住尖叫起来："妈妈，你太厉害了，这么短的时间就能买到我喜欢的图案！"

"璇璇！"朱德义走向前去，他瞥了一眼甄鹏，站在璇璇的病床前。

璇璇看到朱德义先是露出喜出望外的表情，但瞬间，她的脸色就暗下来，噘着嘴小声说："爸爸，我有多久没看见你了？"

朱德义的眼睛顿时湿润，他半蹲在床边拉过璇璇的手说："是爸爸不好，是爸爸不好。"

甄鹏连忙站起身走到我身边，心领神会地向门外退去，可是刚开门，璇璇就说："甄叔叔，你别走，我还想听故事呢。"

甄鹏转身冲璇璇笑笑，说："好，叔叔就在外面。"说着，我们俩就一起走出病房。

坐在楼道的椅子上，我和甄鹏沉默了好一会儿，谁也不说话。甄鹏从衣兜里抽出一支香烟放到手里把玩，烟卷很快就在他的手指间扭曲，他终于抬起头，看着楼道的天花板说："是你通知他的？"

我顿了顿说："就算是吧。"

"是啊，毕竟他才是璇璇的亲生父亲，我算什么呢？到现在也不过是甄叔叔而已。"甄鹏叹了一口气，低下头。

我突然忍不住笑了一下，说："你吃醋了啊？"

甄鹏抬起头,转身看着我说:"我真不明白,璇璇病了,你为什么第一时间告诉他?难道你还指望因为璇璇的病和他重新在一起吗?"

我没有想到甄鹏居然会这样在意朱德义的出现,我说:"你怎么会这么想?你误会了,你还记得之前朱德义突然把璇璇送回来的事吗?原来那时候璇璇已经被确诊为白血病,是朱德义的妈妈隐瞒了他,我也是想搞清楚这件事才一冲动给他发了条信息。"

"什么?!也就是说他们家因为璇璇的病才放弃抚养权的?"甄鹏睁大眼睛,一脸不可置信的表情。他一边摇头一边叹息道:"居然还有这样的人?"

"是啊,我也没有想到,之前璇璇可是她爷爷奶奶的心头肉,真没想到,他们……"

说着,我又哽咽地哭起来。想起璇璇的病,我心如刀割。甄鹏把我拥在怀里,轻轻拍打我的肩膀。此刻,他的胸膛多么饱满结实,虽然他没有说一句话,但我能感觉到他是急我所急,想我所想。

"一切有我在。"甄鹏轻轻松开我,用大拇指擦掉我腮边的眼泪。

我用力点点头,再次激动地投入到甄鹏的怀抱。他抱着我,越来越紧,我清晰地感觉到他的心跳和呼吸,被他拥着的感觉真的很好,很温暖。这个温暖的拥抱让我暂时忘记了璇璇的病,我感觉很踏实。

朱德义已经站在我们面前,他轻轻咳了两声,我和甄鹏才缓缓松开。我抚弄了一下自己的刘海,抬起头看朱德义。朱德义面带怒容,毫不客气地斥责道:"璇璇在那生着病,你还有闲心在这里谈情说爱?"

"你……"我被气得说不出话来。

朱德义再次瞥了一眼甄鹏,冷冷地说:"我下次再来看璇璇,不希望见到这位先生,请你记住!"说完,就迈着大步扬长而去。

甄鹏刚想说什么,话到嘴边又咽回去,他忍住气,站起身拉起我说:"走,我去给璇璇讲故事,你呢,就和她道个晚安,然后就回家睡觉去。"

"那怎么行?我一定要陪璇璇,你白天还要上班儿,晚上不睡觉哪儿行?"我们俩一边争执一边走进病房。

甄鹏看见璇璇立刻就绽开笑脸,他摸了摸璇璇的小脸蛋儿:"小美女还想不想听故事呢?"

"嗯!"璇璇用力点头。

"那你告诉妈妈让她回家,不然我可不讲哦,故事我只能讲给璇璇一个人听哦!"

璇璇果然很听甄鹏的话,吵着闹着让我回家,我拧不过甄鹏,只好照做。甄鹏送我出来叮嘱道:"我妈蒸的包子,我放到冰箱里了,你放微波炉里热一下再吃。还有啊,你别担心我,我经常翘班的,在单位我是领导,一般没有上级领导查我的岗。"

"行,行,但是下不为例啊,不能总耽误工作。"

"知道了,知道了,这么快就变成管家婆了,真有你的!"说完,他开始给璇璇讲故事。

我怎么可能睡得着?我坐在电脑前,一遍遍搜索关于白血病的资料。不论是哪个网站,查阅的结果是一样的,白血病如果想完全康复,最根本的方法就是进行骨髓移植。尽管璇璇的病情还没有到非移植骨髓的地步,但我想早做打算总是好的,我想明天自己先到医院做血液配型。思及此,我赶紧从冰箱里找出甄母包的包子,在微波炉里热了热,就狼吞虎咽地吃起来。

都晚上九点钟了,我意外地听到敲门声。我放下包子,小心翼翼地走到防盗门前,透过猫眼,迷迷糊糊看到是曼婷的身影。

曼婷的脸色晦暗,一副无精打采的样子。刚一进门,她就把自己重重地扔到沙发上。

"这是怎么了？"我疑惑地打量曼婷。

"给我杯水。"曼婷面无表情地说。

"我说你到底咋了？你们家张超凡今晚不回来了？"我倒了一杯清水递给曼婷，自己也靠在沙发上。

曼婷咕咚咕咚喝了几大口，看着我说："难道你以为他经常不回来真很正常？"

我哪里有心思考虑张超凡归不归宿，无精打采地应付道："你别疑神疑鬼了，你们结婚才几天啊，张超凡不至于啊。"

曼婷脸上立刻露出笑容，她凑到我身边嘻嘻地笑着说："我自己在家心里就是不踏实，到你这里来，就是想让你给我吃个定心丸。你说张超凡不至于这么快就对我审美疲劳，另觅新欢，对吧？"

"不会，不会。"我连声说。

曼婷一下子就来了精神，她站起身走到厨房，一边往外拿包子，一边问我："什么馅？"

"西葫芦鸡蛋的，热了再吃！"我软软地靠在沙发上，一动也不想动。

很快，我看见曼婷端着包子放到电脑桌前，漫不经心地说："前两天网上看着件衣服，特好看，给你看看，给我参谋一下啊。"她一边滑动鼠标，眼睛漫不经心地看着显示屏。还没等我反应过来，曼婷就突然几个箭步冲过来，目不转睛地盯着我，摸摸我的额头，惊讶地说："谁得白血病了？欣瑜，你脸色怎么这么难看？"

曼婷的话令我的眼泪猝不及防地滑落下来，我"哇"地哭出声，像是见到至亲的人一般紧紧地搂住曼婷。

"快说啊，是你吗？告诉我不是你，对吗？"曼婷急切地问。她试图松开我，可是被我抱得紧紧的，我用力摇摇头，身体不停地颤抖。

"那是谁？"

"是璇璇……已经是中晚期……"几个字说出口，我哽咽得再也说不了话，把曼婷搂得都喘不过气来，她用力推开我，瞪大眼睛急切地问："是璇璇？"

我哭着点点头。曼婷像是泄了气的皮球一下子瘫软在沙发上，她表情呆滞，只是重复一句话："怎么会是璇璇？怎么会是璇璇……"

我和曼婷抱着哭了好久好久，哭过了身体反而觉得比较轻松，我松开曼婷，擦擦腮边的泪水说："曼婷，我的工作也丢了，麻烦你帮我留意一下看有什么合适的工作，不做老师也行，比如说饭店服务员，酒吧歌手什么的，只要是能挣钱就行。"

"好好的工作怎么又没了？"曼婷瞪大眼睛看着我。

我低下头，淡淡地说："都怪我，处不好人际关系，得罪了小人。这下恐怕我在圈内是臭名远扬了……我真没用！"

"唉……真是人要倒霉喝凉水都塞牙，我留意看看吧。璇璇的医药费可要一大笔呢，即使你找到工作，薪水也不会很高，再说了，璇璇不是也需要人照顾吗？"

"目前，璇璇的医药费都是甄鹏垫付的，可我不想总是连累他。"

"怎么能叫连累呢？你们不是很快就结婚了吗？"曼婷说。

"话是这样说，之前答应甄鹏结婚是假的，虽然我现在真的有假戏真做的想法，可是，也不想因为璇璇促成这件事，不然我成什么了？"我一边叙述一边叹气，真不明白事情为什么会如此复杂。我越来越怀疑自己的能力，我和小蔡的友情毁在我手里，我和甄鹏的爱情搞得如此复杂，欧阳也因为我客走他乡。

"停，停，你刚才说什么？我怎么听不懂？"曼婷满脸疑惑地看着我说。

"哦……"我一拍脑门这才想起来，之前没有把事情真相告诉曼婷，于是我简短地讲了和甄鹏假结婚的过程。

曼婷听完，使劲白了我一眼，还用手拧了我的大腿，愤愤道："你啊……这不知道说你什么好？你知道多少人排着队要嫁给甄鹏啊，还有欧阳，真是烧包，把事情搞成这样，唉……和甄鹏结婚的事顺其自然吧，别刻意，也别逃避。其实我看得出你现在真的想嫁甄鹏了，不要太难为自己，别把自己的真实情感埋得太深，即使是为了璇璇，你也要努力把握，知道吗？"

我点点头表示赞同，和曼婷又聊到半夜才睡着。第二天一大早我就熬了紫米粥，曼婷起得也很早，给张超凡打了个电话就跟着我一起去医院了。

刚一进病房，璇璇看到我就大声嚷嚷道："妈妈，我要看童话里的婚礼是什么样子的？"

曼婷的表情很复杂，她的眼里闪着泪光，努力咧开嘴笑着说："童话里的婚礼只有在童话才能看到啊？"

璇璇忽闪着无辜的大眼睛摇摇头，说道："甄叔叔答应让我看，他说妈妈就是童话里的那个公主，他就是那个王子，你们要举办一次童话婚礼，到时候我就能亲眼看到喽！"

璇璇话音刚落，甄鹏就笑着对我说："欣瑜，你不会拒绝璇璇这个小愿望吧？"

曼婷抢先一步说道："怎么会拒绝呢？她啊，早盼着穿婚纱呢，嘴硬不说罢了。"

甄鹏笑笑对我说："欣瑜，其实我妈早就查了黄道吉日，如果不是璇璇病了，我早想告诉你的。我妈说三月初十就是黄道吉日，正好是你的生日，可谓双喜临门。"

璇璇听了高兴得直拍手，笑着说："我也要穿小婚纱和妈妈一起出嫁！"

璇璇的话让我们几个大人都笑了，我看着甄鹏，也笑着点点头。

曼婷走后，甄鹏单独把我叫到外面，很认真地说："璇璇病着，我还要求举行婚礼，你不生气吧？"

我摇摇头说："冲一冲喜也好，璇璇说不定因此就康复了。"

甄鹏憨憨地笑道，说："你也信这个啊，不瞒你说，我爸没出院的时候，我妈就开始琢磨让你和我结婚冲喜了，这下好了，一举两得！"

我们都笑了，笑过之后，甄鹏再次抓住我的手，很认真地说："欣瑜，你看着我，看着我的眼睛，你在我眼里是满满的，满满的都是你，包括我的心，你知道吗？"

我用力点点头，不由自主地靠在甄鹏的肩膀上，眼泪再次流下来，却无比温暖，无比热切。

接下来的日子，我白天在医院照顾璇璇，甄鹏忙活婚礼。他的确很有经济实力，我们的新房虽然不及欧阳的别墅那么大，但是在豪华程度和精致程度上绝不逊色。

婚礼非常简单，除了甄鹏为数不多的亲戚朋友，就是我的家人。爸爸妈妈并没有对我闪电式再婚感到意外，在他们看来，是朱德义对不起我，我没有必要再为上一段糟糕的婚姻伤心。爸爸妈妈很为我高兴，能找到甄鹏这样的女婿，他们都笑得合不拢嘴。

三月初十上午九点，我们在自家别墅为婚礼做着准备，对我来说，这场婚礼是全新的，我提前一点也不知道。首先令我惊讶的是，甄鹏真的为璇璇定制了一套儿童版婚纱，帅帅穿一身黑色燕尾礼服，璇璇牵着帅帅的小手，站在我的面前，帅帅的表情虽然还是很呆板，但是我能从眉宇间看出他的喜悦，他时不时看着美丽的璇璇，璇璇的笑容分外灿烂，仿佛今天她就是童话里的新娘。

我走过去，在璇璇和帅帅的脸蛋上分别亲了一下，璇璇不高兴地说："别把人家的妆弄花了。"

说完就转身走到我的身后，回头望去，璇璇向帅帅递了个眼色，两个人就分别拉起我的婚纱。不一会儿，甄鹏拎着一双漂亮的水晶鞋出现在我面前，他嘴角轻轻上扬，然后低头帮我换上。

会场到处是可爱的毛绒玩具，有米奇、米妮还有兔八哥，很多我和甄鹏的写真照片也穿插其中，每一张照片上的人都笑得很灿烂，预示着我们未来美好的生活。

通往会场的路上，有十二位长着翅膀的天使作为我的伴娘。不一会儿，甄鹏又神奇地出现在我面前。他一边走向我一边唱着《童话》，他走到我跟前，拉起我的手，缓缓地走到台上，一架盖着深红台布的钢琴出现在我面前，我不禁歔欷不已，甄鹏很绅士地抬起手说："美丽的天使，我们一起唱首歌吧？"

我轻轻点点头，于是，甄鹏弹起《最浪漫的事》的前奏，接着我和他顺利地完成了这首歌的对唱。

证婚人是我和甄鹏的大学同学王赖，他的语言幽默风趣，引得全场大笑。但到了正式交换戒指的环节，王赖很严肃，很认真地问甄鹏："您愿意娶眼前这位蒋欣瑜小姐为妻，永远爱她、敬她、保护她，与她相知相守、共度一生吗？"

甄鹏刚要点头说愿意，突然，人群中一个女人的声音响起："蒋小姐，耽误您两分钟时间，我想听了我的话，再答应嫁给甄鹏也不迟！"

天啊，如此狗血的一幕再次上演，和很多电视剧里演的一样，我和甄鹏的婚礼现场出现了一位神秘女人。那个女人缓缓走出人群，她看了看甄鹏冷冷地笑了几声，然后拉住我的手。

"何秋芬！你来干什么？！"甄鹏两眼圆睁怒视着来人。

"我来参加你的婚礼啊，你这人真不够意思，结婚也不说一声。还好，我准备了一份大礼，蒋欣瑜小姐，跟我去看看吧？"说着，女人就把我拉出会场，别墅的门口放着一辆红色的轿车，女人把我塞到座位上然后说："别怕，我不绑架你，你看看你右手边是什么？"

我慌乱地用手一摸，顺手拿起一打照片，照片上全是这个女人和甄鹏的亲密照，要多暧昧有多暧昧。

我耸耸肩膀笑笑，假装不在乎地说："这又说明什么？"

女人对我的反应也毫不吃惊，她淡淡地继续说："你应该接着往下看。"

我低下头继续翻看照片，果然有一组新照片，是这个叫何秋芬的女人和一个半大老头的暧昧合影。

我瞥了女人一眼，冷笑道："这只能说明你是个朝三暮四的女人，除此之外，能证明什么？"

女人的神情有些愤怒，但是不悦只是瞬间闪过，她阴阳怪气地说："这个老头子你可能不认识，这是甄鹏的前妻王默然的老爹。你知道他的十一个情人都是从哪里来的吗？都是你的准老公设下的圈套，是他亲自为老丈人挑选的情人！"

"啊?！什么?！"我惊讶地叫道。

"这下你知道你要嫁的这个男人是什么货色了吧？他哄着我事成之后带我远走高飞。呵呵，这样的话，估计他和别的女人也说过吧。我压根儿对他也没抱什么希望。他亲口对我说，他当初选择和王默然结婚是想从她老爹那儿捞油水。这个畜生，害了多少无辜的女人！"

我惊得一句话都说不出来，下意识地问："你为什么到现在才来揭穿他？"

何秋芬笑笑接着说："我很早就想给他点颜色看看，蒋小姐如果不信可以跟我走，我还有更多的证据给你看。"

"不用了，你走吧。"我缓缓走下车，拖着长长的白色婚纱走向婚礼现场，甄鹏在我返回的路上截住我，急切地解释道："欣瑜，别听她胡说八道，不是那样的！"

我停住脚步看了他一眼，然后说："不是哪样的？我只能告诉你，你很上镜,比精挑细选的AV男还帅!"说完哈哈笑了几声,然后不紧不慢地走到婚礼台。

看着周围亲朋好友惊疑的眼神,我只是本能地扯了扯嘴角,然后深深地向在场的人鞠了一躬,又以最快的速度拉住璇璇的手,拼命地跑出人群。

别墅门口,一辆黑色的轿车正堵在那里,车门是敞开的,只听到里面有个男人说:"上车!"

没来得及看到男人的脸,只看到他的侧影有些眼熟,我就迫不及待地把璇璇拉上车。我再也不想看到甄鹏,真没想到他刚毅俊美的外表下隐藏着那样肮脏的灵魂。

"妈妈,我们去哪儿?"璇璇不知所以地忽闪着大眼睛问我。

我被璇璇问愣了,下意识地摇摇头。这时驾驶座上男人的声音传入耳膜:"璇璇,先去医院好不好?"

这时,我也清晰地看到男人的脸,这个男人不是别人,正是前几天"绑架"我的丁一汉!

"嗯!璇璇听话!"璇璇回答得很干脆。

我没有作声,默认丁一汉的决定,他一边开车一边和璇璇聊天,还放了一盘钢琴曲的碟片。

碟片是理查德克莱德曼的专辑,璇璇兴奋地问道:"叔叔,您也喜欢钢琴曲吗?"

丁一汉笑着点点头,说:"你该叫我大伯,我没有你欧阳叔叔那么年轻,璇璇也很喜欢钢琴,对不对?如果璇璇很乖很听医生的话,我将来送你一架像欧阳叔叔一样的琴,好不好?"

璇璇非常疑惑,她使劲向前探着小脑袋问:"伯伯也认识欧阳叔叔吗?这太好了!只是妈妈告诉我不能随便收别人的礼物,况且是那么大那么大的礼物。"

丁一汉呵呵笑了两声,说:"璇璇可真乖,那这样你看行吗?如果璇璇钢琴弹得好,就去参加比赛,听说比赛的大奖就是和欧阳叔叔一样的钢琴!"

"真的吗?你怎么知道?"璇璇问。

"因为给钢琴大赛赞助的那个人,伯伯认识啊,当然就知道喽!"

"璇璇,不许随便说话,妈妈没告诉过你吗?"

璇璇低下头不再说话,我突然发现这个世界的男人几乎个个都是天生会哄女人,包括小女孩儿,不管是欧阳还是甄鹏,就连这个严肃得要死的活阎王也不例外。

我不想当着璇璇的面和丁一汉说什么,默默看着他下车,看着他一只手拉着璇璇。璇璇不明所以地看看我,再看看他,疑惑地摇摇头。

经过医院办公室的时候,有一位护士拦住丁一汉说:"丁先生,已经按您的吩咐把蒋艺璇的病房挪到十八楼VIP病房,请跟我来。"

"好的,谢谢。"说着,他就拉着璇璇向前走,

我按住璇璇的手,叫住护士:"护士小姐,麻烦你了,我们还住原来的病房。"

护士停住脚步,满脸疑惑地看着丁一汉,丁一汉笑着扬了扬手说:"护士,你先去把十八楼的病房开窗通一通风,我们稍后就来。"

我拉着璇璇正往原来的病房走去,丁一汉厉声喊住我。我回过头来说:"丁先生,谢谢你送我们来医院,其他的事,你就别管了,我自己可以办。"

丁一汉嘴角轻轻上扬:"你可以?丢了工作、没有经济来源,你还说你可以?"

丁一汉的话使我彻底清醒,即使是单间病房,医药费住院费也都是甄鹏垫付的,以我目前的状况,只能交得起璇璇一两天的医药费。难道我的璇璇要终止治疗,眼睁睁地等待死神的降临吗?突然,我想

起朱德义，突然理直气壮地对丁一汉说："谢谢你的关心，璇璇还有爸爸。"

"爸爸？你是说朱德义？"

为了证实璇璇没有那么可怜，不！或许我的目的是证明我没有丁一汉说得那么可怜，我再次拨通了朱德义的号码。

电话很快接通，还没等我说话，朱德义就先开口，他说："张总啊，麻烦您亲自打电话过问项目的事，已经办妥了，找时间把合同签了就行。"

我听得一头雾水，但我知道这是朱德义用来搪塞秦佳璐的套词。我无可奈何地把电话放下来，万念俱灰地扭过脸去，全身像是灌了铅，再也迈不动步子，索性蹲下身子抱住璇璇，因为只有这样，我泪流满面的样子才不至于被璇璇看到。

"别逞强了，孩子的病不能耽误，你就权当我学雷锋做好事吧，一切听我的安排。"丁一汉的语气突然变得很柔软，他紧蹙的双眉让我感觉到，他真的是不忍心看到璇璇无医可治。

我点点头，站起身小声说："我打欠条。可是，那么贵的病房我们真的住不起，我们换一间普通病房，好吗？"

丁一汉看了看我，又看看璇璇说："你刚才还说要还我钱，难道你不找份工作吗？普通病房谁来照看璇璇？在普通病房再花钱雇个护工的话，还不如直接进 VIP，放心吧，我能打折。"

难道这是高级会馆吗？还打折？我承认丁一汉这句话把我从刚才的阴暗情绪中一下子拉了出来。我不再抵抗，丁一汉走在前面，我拉着璇璇的手像是新生入学的学生跟在班主任后面。

VIP 病房果然是服务周到，璇璇的一切事宜都由护士来做，我只负责陪着就行。丁一汉说："璇璇真乖，你有什么要求就和护士阿姨说，我和你妈妈有事要办。"

璇璇听说我要走，噘着小嘴不高兴，但是她依然勉强地点点头。

"干什么去？"走到隔间，我急忙问丁一汉。

丁一汉目不转睛地看着我说："我陪你到你家收拾东西。"

是啊，难道我还要在甄鹏家继续住下去吗？

"哦，好吧。"不知道为什么，我再一次听从了丁一汉的安排，我像是被他施了魔法，一步一步按照他的想法做事。

坐在车里，何秋芬给我看的照片浮现在眼前，我几乎脱口而出道："是你买通了何秋芬？"

丁一汉握着方向盘目视前方："你以为呢？"

"你用几天的时间调查我和甄鹏？"我盯着他的后脑勺，像是要从那里直接挖出答案。

"你对我的办事效率还满意吗？"他扭过头看，笑着看我。

"真有这必要吗？"我扭头看向窗外。

他默不作声，继续开车。

"调查的确到位。"

"前面怎么走？左拐还是右拐？"他说。

"右拐！"我没好气地说，心想调查还是不到位。

这个活阎王开车倒是很稳，他把车子停到楼下，我打开车门，丁一汉也紧跟着走下车，我加快步伐向楼上走去，他也紧紧跟在我身后。刚上了几个台阶我停下脚步，居高临下地说："丁先生，您可以在车里等我。"

"忙活这大半天讨口水喝，你不介意吧？"他面无表情地说。

"我收拾东西很快的。"我说。

"我喝水也很快的！"他说。

我不再理睬他，打开防盗门闪进屋子关门，丁一汉扶住防盗门非常镇定地看着我。僵持了一会儿，我只得松开防盗门，他紧跟着闪进来，我被累得气喘吁吁，索性坐到了沙发上。

他倒是不客气，四下看了看，直接奔到饮水机前，倒了一杯热水放到我面前的茶几上。我一低头，脸竟然一下子红了。

想起璇璇的事，我对他还是心存感激的，我起身倒了一杯水也放到茶几上。他并没有端起水杯，只是坐到沙发上看我喝完水，拿起一张报纸说："动作麻利点啊。"

我把水杯放下，就到卧室收拾衣物，其实我的行李再简单不过，除了和璇璇的随身衣物，其他都是甄鹏家的。简单打了两个包放到门口，我突然想起来，甄鹏家的电脑上还有我的 QQ 号码和自动登录的电子邮箱地址。想起甄鹏是那样的人，我恨不得八辈子都不要见到他，于是连忙走到电脑前。看了看丁一汉，他正专心地看报纸，并没有在意我的行为。

我先把 QQ 登录框里的号码删除，又把相关的一切记录统统删除，包括邮箱地址。打开常用文件，我想把之前写好的教案拷在 U 盘里带走，可是，打开文件后，我突然发现了一个名为"MR"的文件夹。

之前我从来没有对甄鹏电脑里的资料感过兴趣，可是这一刻，我的好奇心无比强烈，我猜想 MR 或许就是默然的意思。我听甄鹏说过，之前这台电脑只有王默然写作用，他几乎没有碰过。

按照常规我双击了一下文件夹，有几个子文件夹跃然眼前，我简单浏览了一下，大多是些短篇小说或者读书笔记之类，但是有一个文件夹，任凭我如何操作鼠标都打不开，这个子文件夹的文件名也是"MR"。

我先是试着输入"默然"二字，文件夹提示密码错误，我再次输入"王默然"，依然提示错误，于是，我换成默然和王默然的全拼，依然提示错误。正当我要放弃的时候，带有甄帅照片的文件夹提醒了我，我果断地输入"zhenshuai"，果然，文件夹打开了。

第三章　重温鸳梦一场空，我就像秋日飘零的树叶一样孤苦伶仃

　　文件夹打开了，一个标有默然日记的 word 文档映入眼帘，不知道是什么东西吸引着我，我总感觉，这里面有我想要知道的秘密。于是，我连忙双击，打开了这本日记。

　　文档的页数足足有几百页，我先浏览开始部分。日期是几年前，大致写的是王默然和甄鹏从认识到恋爱的全过程，我自知没那么长时间看仔细，于是想用 U 盘拷下来慢慢看。可是，这时候我突然发现，丁一汉已经静悄悄地站在我身后，他非常镇定地说："你看最后几页吧，估计有你想要看的内容。"

　　顾不得其他，我滑动鼠标，很快就看到文档的后半部分，那是王默然出国前一天写的：

　　明天我就要离开这座伤心的城市了，我不得不离开，父亲的事使我丧失了所有生活下去的勇气，可是，我不能死，我死了，就看不到他遭到报应的一天了。所以，我要活下去，不管是什么样的方式，我都必须活着！

我天真地以为,他和我结婚是为了爱情,没想到我错了,他不是像我以为的那样清高,那样桀骜不驯。我万万没有想到,当他知道父亲是个清正廉洁的官后,会不惜一切代价间接腐蚀父亲,用如此卑鄙龌龊的手段获得他想要的财富。

当父亲的第一任情妇来找我的时候,我非常不相信,大骂那个女人诽谤父亲,可是,到现在已经有三四个女人到我这里告发父亲,我才意识到情况的严重性,可是万万没有想到,我查来查去,这一切阴谋的幕后指使者竟然是我的丈夫!

苍天啊,还有没有天理?这是怎样的一个恶魔?!可是,我无能为力,因为我被一个人暗算了,我不能在反贪局工作了,有人想方设法地支开我,甚至想让我消失,呵呵呵,小人得势,我只能先走,儿子,宝贝,但愿你平安快乐地等我回来!等我揭穿那个人面兽心的人,他不配做你的父亲!

"看来何秋芬说得一点也没错。"看完这篇日记,我几乎失神,不由地自言自语道。

我回过头一看,丁一汉也目不转睛地盯着电脑显示器,一副愤怒得要吃人的表情。

"人渣!"丁一汉艰难地挤出清晰的两个字。

我长长地吁了一口气,关掉电脑站起身说:"走吧。"

丁一汉一句话也没说,他把我的两个箱子拖到防盗门前,回头看我正在换拖鞋,就说了句:"我先把箱子拖下去。"

靴子的拉链有些涩,我正费力向上拉,只听到门外有人说话,我抬起头,看见甄鹏气鼓鼓地闯进来,丁一汉本能地向后退了几步,但很快就恢复了霸气。

"你是谁?你怎么在我家?"甄鹏看着眼前这个魁梧的男人,喝道。

丁一汉用轻蔑的眼神看看甄鹏，转头微笑着对我说："我们可以走了吗？"

丁一汉的动作显得很优雅，他再次推开门，拖着行李向外走去。

"欣瑜！你一定要听我解释。"我的一只脚已经跨出房门，甄鹏在我猝不及防的状态下抓住我的手。

丁一汉的脚步声在楼道里显得格外有力，我木木地站在原地，目光停留在对面的白墙上。我用力挤出一抹微笑，对着墙说："省省力气吧，别再解释了，电脑里有你前妻的一本日记，密码很好猜的。"

我像一座雕像一样站在门外。甄鹏抓住我的双手一点点地松开，仿佛我的手臂是他的最后一根稻草，抓不住，他就被掏空了一样。

跨出家门，我逐渐加快步伐，之后一口气跑到楼下。

黑色的车影里，我看到一丝火星时隐时现，靠着这点亮光，我准确地找到了丁一汉的车，默不作声地开门，关门，一系列动作娴熟而连贯，就好像我们是相处多年的老夫妻，一举手一投足都传递着只有对方才能懂的信息。

一阵冷风吹过来，丁一汉依然保持不变的姿势，一只手扶着方向盘，另一只手夹着一根香烟，吐出的烟圈伴随着微冷的空气飘过来，我嗅出淡淡的烟草味道。车窗是开着的，他把手从方向盘上拿下来，放到车窗外面，回过头来朝我一笑道："不介意我吸完烟吧？"

我也一笑："当然。"

接下来依然是沉默，我把头探向窗外，不由自主地吸着带着烟草气味的空气，长长地吐出一口气，心里一下子畅快了许多，像是许多烦恼经过这轻轻的一呼一吸，就像浓浓的烟圈一样迅速散去，最终融合到和我毫不相干的空气里。

漆黑的夜里，那一点火星渐渐熄灭，眼前一片漆黑，很快，车灯亮了，车窗也被关得严严实实。

"白天还是这么短，啥也没做，天就这么黑了。"这种怪异的带点暧昧的气氛被我打断。

"十二点以前依然是你的生日。"丁一汉淡淡地说。

我苦笑。

车子渐渐发动，他也不再说话，我心想，这个人真怪，挑起话题的是他，不理睬我的还是他，这种人，脑子根本就和正常人不一样，不想了，我靠在后座上闭目养神。

我是被阿丑叫起来的，阿丑不耐烦地敲了敲车窗，说："起来了，到家了！"

我揉揉蒙□的双眼，抬头看见阿丑的脸，再次被吓了一跳。我本能地敲敲脑壳，突然想起见过这女人，我缓缓下车。阿丑瞥了我一眼，像是带女犯人一样拽起我的胳膊就向前走，一边走一边唠叨："这小细胳膊小细腿儿的，干啥啥不行，你这么个走法，要下半夜才能走到院子里！也不知道你给先生灌了什么迷魂汤，我还没见过他把哪个女人带回家来呢。你除了小模样长得好，其他到底有什么好？我看啊，连夫人的万分之一也不及！"

伴随着阿丑的唠叨，我走进这栋别墅的大厅，刚踏进去一步，突然，我的眼前一片漆黑，紧接着，又亮起来，我看到宽大的客厅里到处点着蜡烛，上次吃饭的餐桌上放着一个三层的大蛋糕，蛋糕上的火苗映出一张男人的脸。丁一汉端着一杯红酒微笑地看着我，轻轻地说："生日快乐！"

接着，我被他牵着手走到蛋糕面前，他端着酒杯若有所思地说："别许愿了！"

他的语气异常生硬，和此刻的感觉格格不入。

我才懒得理他，这么好的蛋糕，这么奢华的生日宴，我干吗不许愿？管他是谁准备的，总之今天是我的生日。我缓缓走到蛋糕跟前，闭上眼睛双手抱在一起，许下一个愿望："希望我的女儿蒋艺璇尽快康复！"

默念后，我深深吸了一口气，把所有的蜡烛一起吹灭。

抬起头，丁一汉正用分外愤怒的表情看着我。我白他一眼，看在他给我准备生日的份儿上，半开玩笑地说："真没见过你这样的！费尽心思给人家过生日，还不让许愿，这是哪门子道理？"

丁一汉的表情依旧很严肃，眼珠子瞪得大大的，一副要吃人的样子。他把红酒放在桌子上，扭头推门走出去。

我更懒得想丁一汉为什么生气，这会儿最最想做的事情是吃东西，今天早上，从上该死的新娘妆时，曼婷就不让我吃东西了，说是吃饱了穿婚纱不好看。抬头看看挂钟，已经晚上八点钟了，我毫不客气地切了一块蛋糕，大口大口地吃起来。一桌子的菜，没有几个我能叫上名字的，唯一的感觉就是味道蛮好。一番狼吞虎咽之后，我自顾自地进卫生间洗了澡，然后换了一身干净衣服。

丁一汉对我和璇璇的安排细致入微，但是无功不受禄，我打算到外面找份工作，最好是晚上能上班的，白天我还是想亲自照顾璇璇。

刚走到门口，阿丑从房间走出来，没好气地说："你干吗去？"说着走到我身边，用手拉住我的袖子。

"你要限制我自由？"我试图甩开阿丑，可是她的力气很大，她一边拉着我向屋里扯一边说："先生交代的，不让你随便出门。"

"他凭什么限制我？"我用力挣脱阿丑，可是阿丑巨大的身形立刻靠在门板上，两只胳膊呈八字状贴在门上，像是一只挡着小鸡崽儿的老母鸡，她的样子令我笑喷了。

"你不许出去，先生走的时候一再强调！"

"我和你家先生约好了的，不然我打电话试试。"说完，我掏出手机凑近阿丑的脸，当着她的面拨通丁一汉的电话，阿丑刚刚看到丁一汉的名字，我连忙转身，顺势把电话挂断，假装对着手机说："丁先生，你别着急啊，我这就出门了。好了，知道了，老地方见！"

阿丑丝毫没有怀疑，立刻把门打开，她还是不服气地白了我一眼，唠叨:"你可真烦!"

我推开门走出去,夜色已经降临,别墅院子的灯光显得异常孤冷,风吹在脸上凉凉的。小心翼翼地一步一步走到大门外,我刚要推铁栅栏,突然身后传来阿丑的声音:"我不给你开门,看你怎么出去!"

说着,她一把抓住我,像是抓一只小鸡一样,把我放到一旁,门锁很快被打开,我走出栅栏。

真的走出铁栅栏,我才发现这个决定多么荒唐,这是一条几乎没有行人的路,要走三四公里的样子才能走到通往市区的大路。呼呼的风声在耳边不停地响,显得格外荒凉。想起璇璇的医药费,我不得不鼓起勇气向前走,我把风衣的帽子戴在头上,风声果然小了,夜晚的这条路安静得害怕,靠着手机微弱的光,我踉跄前行,大约过了一个小时,才走到通往市区的大道上。

站在大道上,我向过往的车辆用力摆手,手机的光在我眼前划过,形成好看的弧线。终于,有一辆出租车停在我面前,我迫不及待地坐上去。

我终于安然无恙地站在繁华的大街上,看着灯红酒绿的大街,我也不知道到哪里去,再次给朱德义打了个电话,依然是拒接,我恨不得立刻找到他家,骂他不管女儿的死活,可是忍了忍,我还是没有去,毕竟他现在有了新的家庭。

继续向前走,我一边走一边想,干什么工作挣钱相对多,又能晚上上班,突然我想起那天喝醉酒的那个叫"当年"的酒吧。

再次走进这间酒吧,感慨万分。在这里,我彻底看清楚朱德义的真面目,人生中有多少事是难以预料的?自从在曼婷的婚礼上见到丁一汉,从来没有想到还会在酒吧里遇到他,更没想到,我居然还能住到他的家里,更要命的是,女儿还要靠他才能继续治疗。

我刚走进去,就有服务员过来招呼:"小姐,您喝点什么?"

"哦,我有事找你们老板,请问他在吗?"我说。

"好的，您稍等，我告诉老板一声。"服务员礼貌地离开，我的目光也追随过去，只见从吧台后面走出来一个中年男人。

我迎上前去直接说明来意："老板您好，我想在这里唱歌，您看您有需要吗？"

老板盯着我看了几秒钟后，紧蹙眉头："好面熟，好像在哪里见过？"

"老板好记性，我在这里喝过酒，喝醉了还……"我指了指台上正在唱歌的女人，不好意思地低下头。

老板显然想起了那晚的事情，拍拍脑门说："想起来了！记得最后是丁先生替你解围的？要说啊，小姐你唱得还真可以。"

"你认识丁一汉？"我好奇地问。

"就是因为那天的事才认识的，后来丁先生经常到这里喝酒，不然啊，以他的身份，怎么会经常来我们这种小地方呢？"老板笑着说。

"哦，您这里缺歌手吗？我也可以兼职弹钢琴或者伴舞，我的专业是唱歌。"我从来没有像今天这样不谦虚过，我知道我的钢琴水平勉强能上台，舞蹈更不及小蔡的十分之一，但是我顾不了那么多，我很需要这份工作。

"好吧，一看你的气质，就是专业过硬的高才生。不过，在这种场合唱歌，你要有思想准备，不光是要唱你拿手的美声和民族唱法，还要迎合顾客的需要唱一些通俗歌曲，上次唱的《甜蜜蜜》就很好嘛。"说完，老板还朝我色迷迷地笑了笑。

想起那天的情景，我真想钻进老鼠洞去。那天走后，我发誓再也不来这种地方，谁知道，今天竟然求着人家留下我。我知道，在这里我不仅要唱《甜蜜蜜》，还要唱更加通俗甚至有些低俗的歌，配上性感妩媚的舞蹈。

"一天一百块吧。"老板说。

"老板，请借我舞台用五分钟好吗？我相信，不用我说，你会自己否定刚才的决定的。"我坚定地说。

"哦？这么有信心？"老板依旧笑着看着我，听我说后，他举手示意乐队停下来，女歌手悻悻然下了台。

我不慌不忙地走上台，先是走到乐队主角那儿，给他们说明了我需要的伴奏类型，然后对着台下鞠了一躬，为了能提高薪酬，我利用五分钟的时间把歌曲串烧了一下，先唱了我最拿手的那首《珊瑚颂》，接着又一边唱《大姑娘美大姑娘浪》一边跳胶州秧歌，最后还唱了我认为是靡靡之音的《卡门》。

三首歌曲在五分钟之内完成，两处衔接的地方让人感到突然又眼前一亮，尤其是舞蹈的配合，当我跳胶州秧歌伴随着《大姑娘美大姑娘浪》的时候，酒吧的气氛到达了一个前所未有的高潮，欢呼声、尖叫声不绝于耳。我知道，如此放荡地演绎这几首歌不是我的本意，却迎合了顾客的口味，五分钟后，有好几位貌似很有钱的男人往桌子上拍钞票要求点歌。

老板笑得合不拢嘴，他鼓掌说："第一首歌那叫专业！那嗓子真叫一个绝啊！不过后面的歌和舞蹈真能让人的骨头都酥了。好吧，就冲顾客这么喜欢你，每天给你二百，酒吧生意如果因此更好的话，会给你更多。明天就来上班！"

"谢谢老板！"我深深地鞠了一躬，眼里却含了泪。

抬起头来，却看见刚才的女歌手愤愤地看着我，一副吃醋的样子。老板朝她挤挤眼睛，又转头对我说："但你不能每天都来，这样吧，你一三五来，让琪琪二四六来，我也不能因为你就辞掉琪琪吧？"

"好的，没有问题。"我淡然一笑，伸手对女歌手说，"你好，我叫蒋欣瑜，以后多多指教！"

女人瞥了我一眼，说："我哪儿敢啊！"说完就一扭一扭地走开了。

老板赶紧朝我摆摆手，去追女人，一边跑一边喊："琪琪，你看你又生气！"

叫琪琪的女人绝对不是老板的老婆，却这样堂而皇之地相处，我真看懂现在的社会了，一些事情因为司空见惯，就好像都变成合理合法的一样。此刻，我才明白钱是多么重要，为了我的女儿，我必须攒足够多的钱，挣足够多的钱！

我掏出手机给曼婷发了一条信息："睡了吗?"

她很快打过电话，还没等我开口就匆忙说："是不是到我家楼下了？我让我老公帮你拎东西去。"

"不，不用，今晚我不住你家，尽快帮我找个住的地方。"说出这句话我很心虚，幸好曼婷接着说："你在医院?"

我只好顺水推舟接着说："我不能总在医院里，曼婷，帮我找个地方住吧，挺便宜的那种，璇璇暂时住在医院，只有我一个人住，环境差点没关系。"

"你啊，我早就替你打算好了，之前我和欧阳合租的房子，欧阳租金交了一年，就我那份儿，不是也给他半年的吗？你就安心地住在那里吧，算是住我的房子，和欧阳没关系。"

"住回那里去，真的没事吗?"我小心翼翼地问。

"没事啊，当时我确实给过欧阳半年的租金，况且房主都答应了，没事的，别想太多。"

"嗯，谢谢你。"

曼婷长长舒了一口气，说："行啦，我今天想去医院来着，可是，身体懒极了，不愿意动了，我猜你就是去医院了。"

"曼婷，早点睡吧。"

挂掉电话，我依然不想回家，心里盘算着如果在酒吧每周只上三天班，一个月下来也只能挣到两三千元，这和璇璇所需的医药费差距很大，于是我抬起头，目光锁定马路两旁灯红酒绿的各大酒店和商务会馆，即使是在这样的场所端盘子也是要经过严格培训的，我应聘的机会几乎为零。可是，已经到了这一步，不试怎么会知道？

我先后被几家会所拒之门外，连大厅都进不去，就被保安推出来。

过了一会儿,我站在精英会所的门口,犹豫了半天,终于鼓足勇气向大厅走去。刚走到门口保安就拦住我,礼貌地对我说:"小姐,请出示您的会员卡。"

我支支吾吾道:"我和你们的人事部经理是朋友,我和他约好的。"

"那我打个电话问一下。"保安礼貌地说。

"不用了!"一个男人充满磁性的声音从我身后传过来,他上下打量我一遍,充满疑惑地问:"你认识人事部经理?"

我硬着头皮点点头,男人立刻哈哈大笑起来:"你和他很熟?"

我再次点点头。

"那你找他有什么事吗?"男人继续问话。

"我……我找他是有点事,不过,我凭什么告诉你?"我勇敢地抬起头来,看着站在我面前的高个子男人。

"好吧,随我来吧。"说着,男人迈开步伐向前走。

"蔡经理,她……"保安惊讶地喊那个男人。

蔡经理没有回头,他向后扬扬手,制止保安继续说下去。

蔡经理?!这位蔡经理不会就是人事部的经理吧?我刚想转头就跑,没想到蔡经理回过头来冲我笑笑:"你是来人事部找工作的吧?"

我难为情地说:"您……您就是人事部的经理吧?"

"你还不算笨,跟我来!"男人指着人事部的牌子冲我点点头,我小心翼翼地跟了进去。

蔡经理放下公文包,就坐到办公桌前的老板椅上。我怯怯地低着头,小声地说:"蔡经理,我被好多家的保安赶出来,所以才出此下策的,对不起。"

蔡经理端起老板桌上的杯子喝了一口水,然后说:"你想应聘哪个岗位?"

"我……"我渐渐抬起头,声音逐渐放开,"只要能有一份工作,干什么都行。"

"干什么都行?"蔡经理抬头看着我。

"当然,只要是我能做得来的,苦点累点我不怕。"

"你很缺钱?"他疑惑地看着我。

"嗯。"我低下头低低地说。

"我想知道你为什么缺钱。说实话,我们这里很多岗位都缺人,如果我认为你很需要帮助,我很乐意帮助你。"他用恳切的目光看着我。

"我……我女儿病了……所以……"提到女儿生病的事,我顿时哽咽。

"好了,我知道了,你之前是做什么工作的?"

"我是个音乐老师。"

"哦,那你唱首歌听听?"

我清清嗓子,唱了一首《月亮颂》。在我的认识里,在这里消费的人一般都是情趣高雅的成功人士,所以,在唱《月亮颂》的时候,我规规矩矩地演唱。曲毕,蔡经理脸上露出笑意,他拍手鼓掌,然后笑着说:"嗯,唱得很好,这样吧,每个周六来这里唱歌吧,一首歌三百,每次大约需要唱五六首。"

"只有每周六吗?"

我简单算了一下,一个月下来,我的收入能有五六千元,再加上酒吧挣的钱,每个月能有七八千元,也就刚能担负起璇璇的医药费。如果璇璇将来要配型换骨髓,这还远远不够。

"是的,每个周六我们这里都有商家准备的庆典或者签约庆祝会,平时的时间很少,我们这里也有长期的驻唱,只有周六需要人。"

"那你们这里缺少打扫卫生的小时工吗?"我犹豫了一下,还是再次提出问题。

"小时工?你可以?"蔡经理上下打量我。

担心蔡经理不给机会,我急得脱口就说:"我什么活都能干的。"

"哦?"蔡经理呵呵笑了笑,说,"每天傍晚四点到六点,打扫大厅和楼道,每个月两千,你干吗?"

我立刻点点头说:"我干,我干!"

这是老天在帮我吗?我找的这三份工作居然在时间上一点都不冲突。酒吧是周一、周三和周五的晚上,每晚七点到十二点上班,这里打扫卫生在傍晚六点能结束,中间一个小时赶路,时间很充裕。

蔡经理笑着说:"明天就可以来上班,早来一小会儿,会有人带你领工作服。"

"谢谢,谢谢!"蔡经理递给我一份表格,我很快填完,一边道谢,一边走出了办公室。

我简直高兴极了,看来甄鹏有句话说得很对,他说学音乐的人,只要不嫌辛苦,赚钱不是特别难!

刚关上蔡经理的办公室门,我就被一个声音叫住,声音冷冷的。

"你来这里做什么?"丁一汉从耳旁收回手机,侧身疑惑地看着我,眼神里有说不出来的凛冽。

"哦,没什么。"

"你来找工作?"丁一汉看看经理室的门牌,又转头看着我。

"我先走了,今晚不回你家了。"我朝丁一汉点点头,就向电梯走去。

"随便你!"丁一汉很生气的样子,说完也转身向前走。

刚走出会所,就听到手机响,电话是一个陌生男人打来的,他告诉我明天不用来上班了,刚才的聘用取消,话一说完就挂掉电话。我肯定,电话里的男人不是蔡经理,那会是谁呢?

怀着忐忑的心情,我再次上楼,想向蔡经理当面问清楚,刚站在电梯口,就看见丁一汉走出来,我假装没看见他,向电梯走去。可是,他还是矫健地跨了一步,一把抓住我的胳膊。

"都说了不会聘用你,你去也没用。"丁一汉淡淡地说,然后,他毫不客气地拉着我向门外走去。

　　胳膊被他拽得生疼，顾不得场合，我用力甩了一下，可是，我被他箍得更紧了。说话间已经到了会所门口，保安还是先前那样面无表情，我无论怎样挣扎都是徒劳，丁一汉像是拎一只可怜的小鸡一样，把我拎到他的车前，他一只手熟练地打开车门，非常麻利地把我塞到车里。

　　我恨恨地看着坐在驾驶位置的丁一汉，情绪再也控制不住，大声嘶叫："你凭什么干涉我工作？是你叫人不要聘用我的？"

　　丁一汉不说话，通过后视镜我看到他一丝隐隐得意的笑容，更加控制不了情绪："丁一汉！我有手有脚，我能为我的女儿挣医药费，你也不用担心我欠你的钱不还，欠条我已经写好了，就放在客厅的茶几上。"

　　"哦？你打了多少钱的欠条？"丁一汉认真地开车。

　　"我暂时写了二十万。"

　　"你女儿完全康复要换骨髓，我想你一定搜索过了，整个治疗下来，没有一百万也要八十万。"

　　"那我以后自己慢慢想办法，不用你管！"我气冲冲地说。

　　"那好啊，我可以现在就给医院打电话，停止你女儿的治疗，你那么有本事，自己立刻去想办法啊！"丁一汉的态度越来越恶劣，一副很不耐烦的样子。

　　明明知道他是故意气我，可我确实无话可说。我低下头，眼泪再次挂满腮，我知道，这个男人想控制我，事实上，他已经在控制我，在用我的女儿控制我，目前来看，我毫无选择。

　　车里的沉闷是被一首钢琴曲打破的，《梦中的婚礼》一直是我喜欢的曲子，可是此时我感觉异常刺耳，幸好我看到车子已经进了别墅的院子。丁一汉下车后，我也随着下了车，他站在我身边看着我，一句话也不说。

我鼓起勇气，说出了心里总想说的一句话："我想好了，你给医院打电话吧，我女儿的病也不是一两天就能治好的，我自己挣到钱再治，谢谢你的好意了，麻烦你让陆师傅送我一下吧。"

幽幽的光线下，我看不出丁一汉的表情，他依然一句话也不说，却再次像拎小鸡一样把我直接拎到客厅。他把我往沙发上一扔，用手扯动了一下领带，一副要吃人的样子。

"好吧，既然你执意要自己挣钱给你女儿治病，我给你一份工作。"说话间，阿丑已经替他脱掉外套，离开了。

"什么工作？"我抬头疑惑地看着他。

"当我的私人秘书。"他的语气非常霸道。阿丑端来一碗莲子羹放到茶几上："先生，请用。"

"私人秘书？"我不解地问。

丁一汉绕过茶几，坐到我身边。他轻轻搅动莲子羹，用白瓷勺舀起一勺汤，放到嘴里，放下汤匙不屑地笑笑："放心，除了上床。家里只有我一个人，你只负责我的衣食住行就好了，白天我一般都在公司，你的工作时间大概就是早上和晚上，白天你可以抽时间照顾你女儿，怎么样？"

"……"我低下头默不作声。

丁一汉轻松地笑着，继续说："酬劳就是你女儿的药费和你们娘儿俩的生活费。"

我瞪大眼睛看着他，没有答应，也没有拒绝。

"你肯定觉得酬劳相当可观，不过，等你工作起来，就知道我的钱好不好挣了，就怕你到时候反悔。为了防止你反悔，咱们还是签一份合同，你说呢？"

他的表情非常认真，说着，他就叫阿丑拿来纸笔，很快就龙飞凤舞地草拟了一份合同，内容大致是：丁一汉聘用蒋欣瑜为私人秘书，合同期间，蒋欣瑜要为丁一汉提供上床以外的一切私人服务。毁约的话，违约金翻倍赔偿；服务过程做错事的话，任由雇主处置。

我拿过合同，虽然看到"上床"二字有些尴尬，但至少是一份很正式的合同，丁一汉首先在甲方一栏签上自己的名字。看着白纸黑字的合同，我依然犹豫不定，签了，璇璇的治疗费自然是有了着落，可是，这不等于把我自己卖了？

"给我时间考虑一下。"我低声淡淡地说。

"好吧，最晚明天上班以前给我答复。"说着，他站起身向楼上走去。他一边上楼，一边吩咐阿丑道："让蒋小姐睡我旁边的卧室，你去拿钥匙开一下门。"

"为什么？丁先生？这是不可以的！"阿丑非常激动，异常焦急地看着正在上楼的丁一汉。

丁一汉不再理睬阿丑，径直向自己房间走去。

阿丑走过来，把茶几上的莲子羹端在手里，白了我一眼，絮叨道："我都伺候先生二十年了，年薪只有二十万，你刚来，凭什么啊？！还让你睡夫人的房间？你凭什么睡夫人的房间？丁先生可从来都不许女人踏进夫人房间一步的……"阿丑絮絮叨叨说着就到厨房去洗碗。

我无比惊愕，阿丑的年薪居然二十万！丁一汉果然不是一般的有钱！心想着我至少比阿丑年轻，干活麻利，他给我的工资多也就不意外了。

想归想，其实我心里比谁都明白，丁一汉只是用一纸合同就冠冕堂皇地把我列入他的计划之内，可是，我还有别的选择吗？以他的性格和能力，我也没必要再去找其他工作。我想，再找的话，无异于今天的结果。

又过了一会儿，阿丑走过来，冷冰冰地说："走吧，我带你到夫人房间。"

阿丑的这句话提醒了我，丁一汉的老婆不就是欧阳的姐姐吗？让我睡在一个死人睡过的房间，心里很不是滋味。

我轻轻走在阿丑后面,阿丑从腰间拿出一把钥匙,小心翼翼地去开锁。咔的一声,门锁开了,我的心紧跟着提到嗓子眼儿,睡在这样的房间会做噩梦吗?欧阳的姐姐会不会怪我害得欧阳背井离乡?

"阿丑大姐,我能换个房间睡吗?"我在她身后小声地试探道。

"丁先生吩咐的事是不会变的,你以为不管是谁都能进这间房吗?也不知道你是什么造化,先生如此纵容你!"阿丑说着,把钥匙递给我说,"钥匙给你,注意点,别把夫人的东西弄坏了!"说完,她就向楼梯口走去。

我小心翼翼地踏进屋子,一股茉莉花的清新味道沁人心脾,感觉很清爽,但同时,这屋里的冷清也令我生出一丝恐惧。我迅速打开门叫住阿丑:"阿丑姐姐,你能陪我一会儿吗?"

阿丑重新走到门口,她笑嘻嘻的样子令我感到毛骨悚然,也很莫名其妙。

我试图打断她,再次小声道:"阿丑姐姐,你能陪我一会儿吗?"

阿丑突然止住笑声,恢复了冷冷的神情和语气说:"夫人在的时候,我经常到房间里去,自从夫人走了,先生不许任何人踏进屋子半步,卫生都是先生亲自打扫,所以,抱歉,我帮不了你。"说着阿丑就转身离开,她的神情令人捉摸不定,我反而更害怕了。

房间里所有的灯都是亮着的,壁灯,台灯,天花板正中央还有一个简约如菊的吊灯。

房间干净整洁,一点都不像没人住的样子,紫色的帷幔轻轻摆动,笼罩着一层梦幻的色彩,床单也是那种清新淡雅的紫色,床边放着一把套着紫色蕾丝罩子的精致的椅子,看来欧阳的姐姐是紫色控。

打开窗口,紫色的窗帘迎风摆动,旁边的小书桌上有一盏罩着紫色灯罩的小台灯,台灯下面有一个美丽的女人,正在朝我微笑。我轻轻拿起相框,仔细端详照片里的女人,突然感觉漂亮、美丽这样的字眼太过庸俗。

女人的眼睛不是很大，似水的双眸含烟带雾，给人一种朦胧梦幻的感觉，薄而泛粉的唇像是要透过相框散发出深幽的香气。乌黑靓丽的秀发披在淡紫色上衣上，她单手托腮，修长滑嫩的手指令我一下联想到天生艺术家的纤纤玉手，这个女人简直就是从画里走出来的一样。或许，这就是一幅画，我看呆了，真的难以想象，丁一汉怎么会舍得动手打神仙似的老婆！

我放下相框，不由地叹了口气。

"屋里的东西别乱动！"不知道什么时候，丁一汉已经站在门口，他凝视着我，也像是在欣赏一幅画。

"您夫人真美！"我缩回手，浑身都感到很不自在，不过，先前的恐惧早就随着照片上的美丽容颜不知去向。

丁一汉面无表情，他慢慢走近屋里，公事公办地对我说："这个屋里的东西，你尽量别动，必须用的，用完后放回原处。天一擦黑你就把房间所有的灯都打开，睡觉前必须关上窗户。钢琴你可以用，但只能弹奏琴架上的曲子……"

"行了！我要求换个房间！"丁一汉话没说完，我就迫不及待地打断，还没等他反应过来，我就像机关枪一样毫不客气地扫射过去，我说："你到底什么意思？让我住在这死人住过的地方，住就住了，我是打工的，规矩还这么多？"

丁一汉的火气貌似比我还要大，他走到我面前，一把抓住我的手，一脸严肃地对我说："这是瞧得起你！"

"瞧得起我？！难道你以为让个活人住在这屋里，她就活过来了吗？"

丁一汉哈哈大笑起来，他用鄙视的目光看着我，说："太可笑了，你怎么能和她比呢？你也不照照你的模样！"

"是，你说得对。所以啊，你为什么让我住在这里，玷污了你夫人啊！"

我估计自己的眼珠子快要瞪出来了,我像是一只斗鸡仰着脖子,等待丁一汉发飙。

丁一汉貌似一点也不生气,他淡淡地笑了笑,说:"你必须按我说的去做!"

说完转身就向外走去。

我两步走到丁一汉身后,一边走一边说:"对不起,我现在还不是你的员工,我现在就出去找地方睡!"

丁一汉冷冷地甩给我一句话:"你看着办吧。"然后就踱着步子向自己的房间走去。

刚走到门口,阿丑挡在门边,笑嘻嘻地说:"你想走啊,好啊,估计宝宝贝贝现在也饿了,你这么滑嫩滑嫩的小肉肉一定很合它们的胃口!"

说着,阿丑用力一拉,就把屋门打开,随即就传来先前那两只狼狗的叫声。我这才明白,阿丑说的宝宝贝贝就是这两条狗。

我只好退回来,如泄了气的皮球一样瘫软在沙发上,阿丑不再理睬我,回到一楼的房间。

天气逐渐凉了,客厅越来越冷,除了丁夫人的房间是开着的,其他的门都关得严严实实的。反正不能冻着,我很想去丁夫人的房间拿一条被子出来,但只要想到被子是死人用过的,心里就发毛。在客厅转了一圈,我看到角落的衣架挂着一个缎子面包着的大衣,拉开拉链,毛茸茸的领子顿时露出来,用手摸上去滑滑的,感觉舒服极了。我只知道这是一件裘皮大衣,很暖和,我二话不说把包装的拉链拉开,取出大衣,毫不客气地盖在自己身上。衣服很宽很大,我蜷缩着身子,从头到脚包得严严实实的。

可能是我很累了,也可能是裘皮大衣太暖和太舒服了,一整夜我连姿势都没换,一觉就睡到天亮。

"天哪!你也真敢!"一个女人的尖叫声把我从梦中惊醒,紧跟着,身上的裘皮大衣被人拿走。

我睁开眼睛,用力眨巴了几下,只见阿丑手里拎着大衣,像是什么国宝掉在地上被重新捡起来一样,她轻轻地用嘴吹动衣领,衣领上的毛毛泛着柔滑的光,更显得奢华无比。

"你这个该死的女人!你知道这件衣服多少钱吗?你真是不想活了,不想活了!"说着,阿丑从茶几上拿起晾衣架,气呼呼地扔到沙发上。

"不就是件衣服吗,至于吗?"我站起身懒懒地说。

"这是先生花了整整二十万买的衣服,你就随随便便地给窝了一宿。你看看这褶子,本来从护理店拿回来想彻底风干再挂回衣橱的,给你弄得……这可怎么办啊?!"

"二十万?!"我情不自禁地捂住嘴巴,眼睛睁得大大的。

"大早上的,吵吵啥呢?"丁一汉一边向楼下走,一边系衬衣扣子。

"先生,您看这衣服,她居然盖着它睡了一宿觉,还给弄皱了,恐怕要重新去护理。"阿丑小心翼翼地捧着衣服,眼睛喷火似的看了看我。

"不就是一件衣服吗?拿去重新保养吧,不行的话再买一件就是了,不值得大惊小怪的,可以吃饭了吗?"

阿丑点点头,然后又小心翼翼地把裘皮大衣用衣架撑起来,放进刚才的布包里,又挂回到角落的衣架上。

我自知闯了祸,站在原地低着头不肯吭声,丁一汉看了我一眼,甩给我一句话:"想好了,签完字就吃饭。不然的话,我这就给医院打电话,你也从我家消失。"说完,丁一汉就走向餐厅。

阿丑听到丁一汉说的话,不知道从哪儿很快把合同拿出来,走到我跟前没好气地说:"你可真不识抬举!"

说完,又递给我一支钢笔。虽然我知道自己已经无路可走,但总是心不甘情不愿的。阿丑见我犹犹豫豫,一把就把我按到沙发上,一只大手牢牢地握住我的手,不由分说地按住我签字,挣扎中,合同上出现了扭扭巴巴的"蒋欣瑜"三个字。

我简单洗漱后,跟着阿丑并排站在餐桌旁。丁一汉看到我的样子,突然笑了,带着一丝邪佞,一丝温存,这丝笑容在早上明媚的阳光照射下显得很生动。

"以后的早餐你来做,不仅这样,你还要负责陪我一起用餐。具体每天早上吃什么,晚上我再和你细说,洗碗的活让阿丑干就行。"

"哦,知道了。"我低声说。

"知道了还不坐下吃?"丁一汉看都不看我,他专心致志地给自己的面包抹果酱。我挪动几步,坐到他身边,他伸出手,立刻把抹到一半的面包片放到我手里,用命令的语气说:"你来!"

我抬头冷冷地看他一眼,说:"签合同的时候,没说丁先生的行为能力相当于几岁儿童啊?"在我看来,丁一汉就是在摆谱,他完全是故意的。

"拿人薪水,替人干活儿,你哪来那么多废话!"从小到大从来还没有什么人对我这样吆三喝四,心里极为不爽,可是,看在璇璇医药费的份儿上,我还是乖乖地接过面包片,细心地涂抹果酱。

丁一汉喝了一口牛奶,伸手示意我递给他面包,我一边反复涂抹果酱,一面慢条斯理地说:"别急,果酱抹得匀,面包的味道才好吃。我拿人薪水,活儿自然要做得细致些。"

面对丁一汉的刁难,我担心以后的日子会更加难过,我要为自己将来的日子做打算,不能对他百依百顺。

"吃个早餐,一副绣花枕头就要绣好了!"丁一汉说着,不由分说地站起身,从我手里把面包抢过来,三下五除二就吃了。他站起身,用餐巾擦了擦嘴,对我说:"你先去医院看女儿,尽快回来,我回家的时候,不希望看不到你!"

没等我做出反应，阿丑抢着问他："先生，您中午要回来吃饭吗？"

丁一汉一边擦手一边不耐烦地对阿丑说："要我说多少遍？以后关于我的一切让蒋欣瑜干，你没事干点别的就行。"

"哦。"阿丑低下头。

丁一汉擦完手向门口走去，我看到衣架上有他的西装，于是站起身走到衣架前拿下西装，递给刚换好鞋的他。他笑笑，淡淡地说："帮我穿上！"

于是伸出胳膊，我帮他穿好西装，他在镜子前照了照，又重新扭过头来，再次用命令的语气说："帮我整理一下领带！"

他的领带明明是整整齐齐的，我抬起头看着他道："先生的公司上班如果没有时间限制，那就等我慢慢帮你整理，行不行？"

他被气得一句话也不说，愤怒的表情已经让我乐得不行，他瞥我一眼，一副秋后算账的架势。我轻轻打开门，礼貌地说了声："先生慢走！"

丁一汉满面愤怒地闪出门外，我迅速关上门。

赶紧吃了两口饭，洗刷好餐具，拿起坤包向门外走去。刚出屋门，就看见陆师傅在擦一辆辆蓝色保时捷，见我出来，连忙走到跟前对我说："蒋小姐，先生吩咐了，您到哪里，我载您去。"

我刚想拒绝，眼睛下意识朝铁栅栏外望了望，这条陌生的郊区路段，如果步行要走很久，之前走过一次，已经知道距离，于是我毫不客气地坐进车子里。

只有两首钢琴曲的工夫就到了医院，璇璇已经打上吊瓶。近日来，璇璇已经开始了化疗，尽管化疗的副作用折磨得她很没精神，但是每次看到我，她都会笑得那么灿烂。

"妈妈！昨晚你在哪儿睡的？璇璇好想妈妈！"璇璇噘着小嘴，假装很不高兴。

我握着璇璇的小手，眼泪顿时喷涌而出，璇璇的年纪不正是每天晚上跟妈妈撒娇后才能入睡的吗？记得我像她这么大的时候，即使不和妈妈一个屋睡，但还是每晚会缠着妈妈讲故事。

如果等丁一汉睡下我再来医院，那是不可能的，可是，等璇璇出院以后呢？难道我一点点自由和空间都不为自己争取吗？如果哪一天丁一汉翻脸了，我岂不是连个住的地方都没有？思及此，想找工作的愿望再也遏制不住。

我拿出手机，迅速找出精英会所蔡经理的电话，蔡经理问清楚我的来意后，支吾几声说："蒋小姐，如果你想来这里唱歌，唯一的办法是用化名，不然我也不好向上头交代，不知道你得罪了哪位有头有脸的人，董事会直接有人干预这件事。"

"化名就可以去吗？"我兴奋得几乎要跳起来。

"也只能试试，这样吧，这个周六下午两点就有一家企业做宣传，这种商业活动面对的都是各大公司的头号人物，你准备歌曲的时候尽量准备高雅点的，到时候，你来试试吧。"

我连连点头，我知道丁一汉给我的酬劳之所以没有具体数字，就是想完完全全控制我，果然，从医院出来，我很快证实了这一点。

第四章 我就是他的玩物，就是关在他笼子里的一只金丝鸟

接近十一点的时候，我走出医院，陆师傅依然尽职尽责地在门口等我。我说："师傅，我想去商场买一些东西，你先回去吧，我自己打车回去就行了。"

陆师傅很为难地说："丁先生说你到哪儿，我就载你到哪儿，上车吧。"

说着，他为我打开车门，我气不打一处来，丁一汉！难道我卖给你了吗？生气归生气，我也不好让陆师傅为难，于是上车。

商场门口，我要停车，陆师傅拦住我说："蒋小姐，这是先生让我给你的卡。先生说了，喜欢什么东西，尽管刷。"

我接过银行卡，走进商场，其实我什么都不想买，是想叫曼婷出来聊聊天，既然丁一汉限制我的自由，别怪我不客气！刚走进商场，我就打电话给曼婷："亲爱的，迅速来悦泰商场，要开车，不然买了东西拿不回去！"说完，没做任何解释就挂断电话。

无业游民就是这点好，随叫随到，半小时后，曼婷出现在我面前。我坐在悦泰商场顶楼咖啡厅，曼婷左右环顾了一下，疑惑地问："就你

自己?"

"是啊,还能有谁?"

"刷卡机啊?"曼婷落座,不知所以地看着我。

我笑了笑,从兜里拿出银行卡放在桌子上:"反正我也不想买什么,今天便宜你了,随便刷!"

曼婷拿过卡,惊讶地看着我:"你真被包养了?!"

我一副无所谓的样子把曼婷吓了一跳,她把卡重新塞进我的包,重新坐下来,十分严肃地问:"你真想好了?"

我点点头,叹了一口气说:"就算是吧,至少我可以有钱给璇璇治病。"

曼婷瞪大眼睛看着我,一副不慎遇见恐龙的架势:"母爱太伟大了!能让你这么清高的人向世俗低头。"

"是钱太伟大了,好不好?"我淡淡地说。

"嗯,嗯,有道理!"

见曼婷信以为真的样子,我顿时觉得好笑。她立刻醒悟过来,拧了我一把然后说:"到底怎么回事?快说!"

于是,我把和丁一汉之间发生的事情前前后后都给曼婷讲了一遍。曼婷听完,笑着点点头:"丁一汉爱上你了!鉴定完毕!"

"你瞎说什么啊?他明明白白告诉我,他是为了让欧阳死心,所以才想尽一切办法把我变成他的女人,这是哪门子爱?"

"你傻啊,他如果没有爱上你,干吗签合同的时候要写除了上床?如果他像你说的那样,第一时间就该对你下手,省得夜长梦多,将来给欧阳机会,你说是不是?"

我搅动咖啡,认真思考曼婷说的话,虽然她说得很有道理,但是从丁一汉对我的态度,再加上之前他对我的误会,他不可能喜欢我。再说了,这个也不重要,我只有老老实实履行合同,走一步看一步,除此之外，我无能为力。

"算了，不想那么多，反正我和丁一汉之间只是雇佣关系，他不给我具体数字的钱，只让我刷卡，我毫不客气就是了！我倒要看看今天被我刷爆卡，他会是什么表情？想想我都觉得大快人心！"说完，我居然不由自主大笑起来。

曼婷瞥了我一眼，说："我看你啊，真悬！用不了多久就被人家拿下了！"

我拉起曼婷一边走一边说："别浪费时间了，快去选东西！"

不一会儿，我和曼婷就满载而归，我除了帮璇璇选了两套纯棉质地的睡衣，怂恿曼婷买了三五套时装，每一件都不下一千块。曼婷刷卡的时候我有些担心卡里的钱不够，那样的话该多难为情啊。结果，转了一圈下来，曼婷的时装就八九千，卡却没有被刷爆。

曼婷拉着我往外走的时候，我制止她："想不想知道卡里有多少钱？"

"还要买？"曼婷惊讶地看着我。

我坏笑了一下点点头，又是乱七八糟的一大堆东西，每次商场收银员刷卡的时候，我和曼婷都瞪大眼睛看着，可是每次收银员都没有告诉我们："您的余额不足！"

我居然有点悻悻然，累得也不行了，抬头问曼婷："还买不买？"

曼婷笑了笑摇头道："不买了，看起来这刷卡机还真名副其实，我相信以咱俩的消费能力，再选上一下午卡也爆不了！我也充分相信，你绝对不是他的对手！"

我和曼婷拖着疲惫的身体走出商场，大大小小的手提袋放进车里，然后对一旁等待的陆师傅说："走，咱们回去吧。"

上了车，我把银行卡递给陆师傅，他摇头说："先生只让我给你卡，没有叫我收回来。"

我想了想，不再为难陆师傅。很快车子就到了丁一汉的别墅，推门进去，丁一汉正坐在客厅里，一脸的怒容让我感觉浑身冷飕飕的。

阿丑小声责怪我道："你怎么现在才回来？先生等你给他做饭呢。"

"啊?！你不是说他从来不在家吃饭吗?"

"是啊，这是多年的习惯，从来没有在家吃过饭，也不知道这是怎么了？总之，你的祸闯大了!"

阿丑说完，脸上得意的表情再也掩饰不住，我想，她巴不得接下来丁一汉训斥我，折磨我。

丁一汉站起身，冷冷地说："跟我上楼!"

我自知闯了祸，小心翼翼地跟在他身后。他推开门，我也小心地跟进去，我第一次进他的房间，布局和他夫人的房间差不多，只是他的房间所有的用具几乎都是白色，整个一个太平间风格！

"你干什么去了?！"他转身低头看着我。

"看我女儿去了，后来去商场了。"

"买什么了?"他居然笑了，抬起我的下巴，一副温柔的笑意。

我从兜里掏出银行卡递给他，有些幸灾乐祸地说："你的卡被我刷爆了，很心疼吧?"

丁一汉依然保持刚才的温柔笑意，目不转睛地看着我："哦？买什么东西了，这么一会儿就花了三十万?"

"三十万！你说你的卡里有三十万!"我情不自禁地叫出声。

"是啊，本来给你的是零花钱，没想到你半天工夫就花完了，买什么了？衣服？首饰？给你半小时时间，拿来——给我展示一下!"他的语气依然霸道，但脸上怒容一点点消失，甚至都看不出之前留下的痕迹。

"我给曼婷买的时装，我自己花了一万多。"我如实说。

"哦？你拿我的钱送人情了？"丁一汉依然保持和煦的笑容，只是笑容怎么看也不应该出现在这张脸上。

"合同上写的你要负责我的生活费，说过我不可以送东西给别人吗？"我强词夺理道。

"是，合同上是写的我负责你的生活费，但没有说要负责别人的啊？"

"送都送了，大不了以后还给你！"我气急败坏道。

丁一汉突然哈哈大笑起来，他笑嘻嘻地看着我，阴阳怪气地说："还？你的时间都已经卖给我了，你还拿什么还？对，你还有时间没卖给我，床上的时间——你是不是考虑也卖给我啊。"说完，他放浪形骸地大笑起来。

"丁一汉！我一直以为你是个君子，没想到……"我推了他一把，向后退了两步。

"行了！"他突然止住笑声，一只手拽住我的胳膊，眼睛直勾勾地看着我道，"别在我面前演得那么清纯，反而让我觉得恶心。你考虑一下做我的女人，那样的话，别说你送别人一万块钱的礼物，就是送一百万，随你去！"

"丁一汉，你这样的人还缺女人？说出去恐怕是笑话，你为什么纠缠我呢？这样的话，即使我想感激你对我的帮助，我都找不到一点点理由！"我振振有词道。

他再次上前，用比先前更大的力气再次抬起我的下巴，几乎一字一句地咬出来："蒋欣瑜，你听好了，我说过要你的心！我不会罢手！"说完，他推开门走出去。

我随后也走出去，看见阿丑正忙着摆餐桌，丁一汉制止道："收了这些吧，让蒋小姐帮我做，你别管了。"

我连忙走下楼来，毕竟我拿人家的钱，给他干活是理所当然的事情。丁一汉见我走下来,瞥我一眼命令道:"给你半小时的时间,把我的肚子填饱。"说着坐在沙发上拿起一份《商业时报》。

走进厨房,阿丑正在吃饭,满桌子色香味俱全的饭菜。已经一点多钟了,我的肚子早就开始咕咕叫。

真是神经病,放着这么丰盛的午餐不吃,要我做,我会做什么?打开冰箱,看见西红柿,拿出一个问阿丑:"喂!阿丑姐,家里有面吗?"

阿丑停止咀嚼,指了指我头顶的吊柜,接着大吃。

看着我做饭笨拙的样子,阿丑一边收拾碗筷一边劝道:"你啊,我看还是早早答应先生,做他的女人吧,那样啥都不用做了。像我这么辛苦,你何苦来呢?白长那么漂亮的脸蛋了,浪费喽!"

我很想骂她把我看成什么人了,但我没有吭声,细细想想,为了钱出卖自己,并不是光彩的事,或许在阿丑看来,我早早晚晚就是丁一汉盘子里的一块肉,他早晚会不吐骨头地把我吃掉,再像扔破烂一样把我扔出去。

"先生之前有很多女人吗?"我一边做饭一边不由自主地问。

"对,很多很多。"阿丑回答得特别干脆。

"都很好看?"

"我都没见过,先生从来不带女人回来,即使有女人贸然来家里,那么她肯定就会永远消失在先生的视野里,你是他带回来的第一个女人。"

阿丑说起丁一汉,表情和语气显得很慈祥,就像是母亲谈论起儿子,眉眼间流露出女人特有的母性。

我知道阿丑是我在这个家里长期相处的人,所以很想好好和她相处,我试着和她沟通,等待水开的时间,一边帮她收拾碗碟一边说话。

"阿丑姐,以后还真要麻烦你教我做好多事,有什么需要我做的,你尽管吩咐就是了,以后我就归你管理。"

阿丑笑笑,瞥我一眼说:"少和我套近乎,套近乎也没用!"

其实我发现阿丑这个人还是不错的,除了长得有些丑陋,人很勤快,对丁一汉的感情也很深,我想她对我的敌意来自于丁夫人。虽然我不知道阿丑和丁家的缘分有多深,但我看得出来,她像疼儿子一样疼丁一汉,虽然,她的年龄只比丁一汉大十几岁。

很快,一碗西红柿鸡蛋面就出锅了,我把自认为卖相还算可以的面端到餐桌上。丁一汉走到餐桌前坐下,瞪大眼睛看着眼前的面,愤怒地道:"大中午的,你就打发我吃一碗面?"

他的眼珠子快瞪出来了,愤怒的声音像是丛林里的狮子。我被吓得浑身发抖,小声说:"那你想吃什么,我重新做。"

他压了压火,长长地叹一口气,语气来了个一百八十度大转弯:"算了吧,凑合吃吧,你也端来一起吃!"

我如临大赦,连忙去厨房端来一碗面,想要吃,看到丁一汉眉头紧蹙,把吞到嘴里的面又吐出来,我连忙吃一口,紧跟着也吐出来,真咸!

"对不起,对不起,有点咸了!"我站起身忙道歉。

"有点咸?我看是卖盐的被你打死了吧?"

丁一汉这句话使我原本绷紧的心突然放松下来,我笑着说:"你坐一会儿,重新做很快的。"

丁一汉立刻站起身,拉起我的手说:"我可没耐心等到日落西山再吃午饭,走吧,还是出去吃吧。"

在一家川菜馆,我和丁一汉秋风扫落叶般扫荡了几大盘菜,上午逛了半天街,我早就饿了。丁一汉看着我吃饭的样子,露出难得的笑容:"你说你,干啥啥不行,吃啥啥不剩,为什么会如此愚蠢呢?"

他的笑容是我从来没有看到过的,让我立刻想起朱德义有过的笑容,那是一种带着宠溺的笑。

"我之前做饭做菜还算是可以的,就是在你法西斯东家的压制下,才不能顺利施展才能。对了,刚才你的笑很人性化!"

"很人性化?我第一次听到有人这样评价我,什么是很人性化?之前的笑很畜生化?"他抬起头,细细咀嚼刚才的话。

"那可不是我说的,那是你自己说的。"我连忙低下头,认真地吃饭。

他伸手拿起我的包,翻出化妆镜,对着镜子上下左右地照,最后自嘲般笑道:"这幅人性化的脸,怎么看怎么像电影里的特务。我以后还是只对你畜生般地笑吧,不然,你也不适应,对吧?"

吃完饭,丁一汉把我送回他的别墅,吩咐晚饭一定要做得像样点,否则他不会轻饶我,我说要去给璇璇送睡衣,他表示默许。

下午闲来无事,围着阿丑屁股后面问了半天,她只说丁一汉没有特殊喜好的菜,只是口味有点淡,她还说他对吃的东西不是十分讲究,于是我下午去超市买食材,准备把之前会做的几样菜做给丁一汉吃。

阿丑不但不帮我做,还不停地指使我帮她干这干那的。自古以来都是这样,到了一个新地方,老人欺负新人是天经地义的事,看在她比我大那么多的份儿上,我不计较。她倒是心里挺满足,一边嗑瓜子,一边指着这儿说,"擦干净点儿,还有这里,这里……"

为了做几样拿手好菜,我可谓是马不停蹄,终于在晚上七点钟的时候做好了晚饭。阿丑不用伺候他吃饭,电话向丁一汉请假,说是回儿子那里看看。丁一汉电话告知陆师傅去送阿丑,吃饭的时候,只有我和丁一汉两个人。

我兴冲冲地把做好的饭菜摆上桌子,自以为做的菜不管是卖相还是味道都算不错。可是,当我看着他吃菜的表情,心再次提到嗓子眼儿,我再也不想看他那副苦大仇深的样子。还好,我做好每一道菜都亲自尝过了,自认为比较满意。

可是，事情远远超过我的想象，丁一汉再次把吃到嘴里的菜吐出来，我也吓得惊愕地叫起来："怎么了？"

丁一汉立刻喝了一口水，然后说："你自己尝尝，难道卖盐的和你有仇吗？"

我顺手夹了一口菜，果然是咸得要命，可是我清楚地记得每一道菜做完我都亲口尝过，不可能会这么咸的，难道有人捣乱？突然想起阿丑走的时候得意扬扬的表情，我断定，是阿丑在捣乱。

事实就摆在面前，我百口莫辩，丁一汉快被气疯了，他指着我的鼻子说道："你是故意的！"

我用力摇摇头，丁一汉看了看腕上的手表，叹了一口气道："好了，我决定了，在没有被你咸死之前，你还是罢手吧，以后的饭还是阿丑来做吧。"

"我以后真的不用做饭了？"我半信半疑。

"怎么？你是想继续劳动还是想继续害我？"

"哦，知道了，那我不做了，其实我做饭没那么难吃……"

丁一汉瞪我一眼，冷冷地说："以后负责陪我吃就行了！"

"哦……"我低低地回答。

"走吧，到外面吃吧，顺便我也去看看璇璇，你给她买的睡衣合身吗？"说完，他站起身去拿外套。

我如实交代："一下午我都在买菜做饭，还没顾上去医院。"

丁一汉驾车走在去医院的路上，他一边开车一边和我说话："你想吃点什么？"

"我想吃烤肉串。"我毫不客气地说。

"好吧，正好附近有一家韩国烧烤店，这个钟点应该人不多。"

"我想吃路边摊烧烤。"我重新强调。

"你觉得我会带你去吗？"他回过头看了看坐在后座上的我。

"哦，那就算了。"

可是，刚走一会儿，车子就停在路边，向外望去，路边有一个烤羊肉串的，一边叫卖一边在烟熏火燎中烤着肉串。

"下车！"

我惊讶地看着正在和烤串的大叔交谈的丁一汉，真的没有想到他会真的带我来吃路边摊，我想，像他这样的人，这辈子恐怕都不会到这种地方吃东西的。

坐在油腻腻的小板凳上，丁一汉递给我一把肉串，另一只手里也攥着一大把，我惊讶地问道："你……你也吃？"

"为什么不能吃？"他一口咬下一块肉，一边咀嚼一边说。

我淡淡地笑了笑，感觉这时候的丁一汉还是蛮平易近人的。说话间，我和他每人吃完一大把羊肉串，可能是肉串有点咸，我盯着放在路边的啤酒，有点想喝。

"吃饱了，走吧。"丁一汉从车里拿出一瓶矿泉水递给我，可是我还是恋恋不舍地看着那一捆啤酒。

"不是吧？要喝酒？"

我用力地点点头，表示肯定。不等他发话，就向老板要了两瓶啤酒，又问："有冰块吗，帮我放点儿。"

老板很热情地从冰柜里拿出一袋冰块，然后拿来一只干净的碗，帮我把啤酒和冰块放到一起。我不顾一切咕咚咕咚连续喝了几大口，丁一汉像是看怪物一样看着我。

"你这个女人怎么回事？还会喝酒？你小时候是不是一直是放养的啊？怎么像个野丫头？"丁一汉被我惊得瞠目结舌。

连续喝了两大碗啤酒，我才满意地上车。到医院已经是晚上八点半钟，璇璇已经睡着，我把睡衣放到床头，就赶紧走出来。

想起璇璇早上说的话，我的心无比酸楚，对丁一汉说："丁先生，我想请个假,今晚陪女儿。"

"不行!"丁一汉脱口而出。

"哦。"

我的声音都是颤抖的,想想璇璇连想让妈妈陪的愿望都实现不了,眼泪顿时就在眼眶子打转。丁一汉发现了我的异常,他递给我纸巾,说道:"我是说,忙活做饭都一下午了,这里睡也睡不好。"

"好吧,我回去。"我说。

丁一汉终于人性爆发,很爽快地说:"哎……我理解你的心情,这样吧,只此一次,下不为例!"

丁一汉走后,我在卫生间简单洗漱后,就在病房外屋的沙发上打盹儿,护士不知道我在,进进出出好几次,都没发现。

我睡得也不踏实,总是忍不住去看璇璇消瘦的小脸,想想她将要面对的治疗的痛苦,我的心就无法安静下来。后来,我熄灭灯,躺在沙发上看着窗外淡淡的冷冷的月光。

突然,我听到一个重重的脚步声,很熟悉的男人的背影,我抬起头一看,是朱德义。这是晚上,又是医院,不然的话,我恨不得当场就揪住他的衣领,问他为什么躲着我,为什么不正大光明地来看女儿?

朱德义放缓脚步,慢慢走到璇璇床前,轻轻坐下,然后小心翼翼地拉住璇璇的手,我只能看到他宽阔的背影。

他把璇璇的手放到脸上,贴着他的皮肤,轻轻地对睡着的璇璇说话,他的声音很轻,像是讲一个动听的故事,又像是在唱摇篮曲。

"璇璇,我的乖女儿,爸爸对不起你!可怜的孩子,爸爸是个没用的人,你一定怪爸爸不来看你,也不给你交医药费,可是女儿,爸爸真的有苦衷。你的新妈妈,就是弟弟的妈妈一分钱都不让我拿,爸爸是个傻子,之前也没留个心眼儿,我手里连几千块钱都没有,所以,我没有办法面对你,面对你妈妈……不过,我会想办法的,爸爸一定会帮你把病治好，看着你慢慢长大，璇璇，你一定要坚强，我听护士阿姨说璇璇很勇敢，我很高兴。你一定要坚持住，坚持到爸爸妈妈帮你找到合适的骨髓。对了，爸爸刚才已经拜托护士抽过血，但愿你和爸爸的血型相匹配，璇璇，我想一定会的……"

朱德义断断续续说了这么多，看来，他躲着我也是有苦衷的，世界上没有绝对的坏人，任何坏人面对至高无上的亲情时，总会有柔软的那一面。每个人都难免有苦衷，可见秦佳璐对朱德义的管束之严。突然，我对他产生出一种同情，感觉他真是可怜！不过，他的可怜也是自找的，想起他对我曾经的伤害，我的心又有些抽搐。为了避免和他碰面，我悄悄溜到楼道里。等朱德义走了，我才又回去。

璇璇的病终归是要换骨髓，我的血型和璇璇不匹配，现在唯一的希望都寄托在朱德义身上。我在心里不停地向上天祈祷，祈祷能配型成功，那样，我将永远不再憎恨朱德义和他的家人！

可是，两天后，医生告诉我的结果令我再度失望，朱德义的骨髓和璇璇也配不上。

难道只有寄托于中华骨髓库吗？璇璇的血型不是稀有的，一定有一个好心人的骨髓和璇璇的完全匹配，一定！

第二天就是周六，我帮璇璇弄好早餐，收到一条信息："精英会所，八点半到后台准备。"

看看时间已经快八点钟了，公交车挤了一拨没能挤上去，索性我也奢侈一把打个车，付钱的时候我突然发现自己的坤包里多了一打钞票，有两三千的样子，和钞票一起的还有一张字条："房间抽屉里有现金，不够用的话随时可以拿，再不够就去银行取，密码是jxy01024。"

丁一汉心还挺细，可是这串字母和数字引起了我的兴趣，想了半天觉得自己非常可笑，只是简单的字母、数字而已，和我有什么关系？

很快，电梯停在六楼蔡经理的办公室门口，可是并没有人。我照着手机的号码给蔡经理拨过去,他在电话里告诉我直接到十楼的娱乐大厅。

蔡经理正在和一个男人说话,看到我来,向我招手,他告诉我眼前的男人是今天这场演出的策划王老师,他告诉王老师我叫陆曼婷。电话里我一时想不起化名,于是就用了曼婷的名字。后来蔡经理说有事要忙,走了。

王老师是个中年男人,态度很和善,从头到脚打量了我一下,摆摆手把我叫到一间屋子里。

进了房间,王老师十分认真地对我说:"陆小姐,是这样的,蔡经理前两天才通知我这台演出要上你的节目,但我必须把把关……你能不能给我唱首歌?民族、美声、通俗,各唱几句就行,演出要保障九点准时进行。"

时间紧迫,我理解王老师的做法,他是本着对工作认真的态度才让我试唱的,我分别演唱了《月亮颂》《走西口》,还有《最浪漫的事》中的几句。我唱得很规范,心想,这毕竟不是小酒吧,这么大一个会所,来宾一定都是高雅的绅士和雍容的女士。

听完我唱歌,王老师赞赏地点点头,说:"唱得很不错,我需要提醒陆小姐的是今天的嘉宾大多都是男士,我希望你能多唱两首柔情似水的歌曲,最好是加上点女人味十足的舞蹈,我的意思你明白吗?不过,要审时度势,到时候听我安排吧,你先在这个房间好好准备一下。这些衣服你也试试看,哪首歌配哪身衣服,你还是可以做主的。放心吧,只是让你在歌曲的选择和处理上放开一些,没别的。"

说完,他轻轻拍了我肩膀一下就出去忙了。

我从王老师脸上看到的是毫不掩饰的邪佞的笑容,我突然明白,所谓高雅只是看上去或者面子上的,真正要迎合客人的口味,王老师想让我适当地低级趣味一下。唉……县官不如县管,大不了就当这里是酒吧，谁给钱就唱呗，反正只是唱歌而已。

在后台候场的时候，我很紧张，毕竟有几年都没有上台演出了，经过王老师同意，我第一首歌唱的就是《月亮颂》。

前台的掌声一阵接一阵，说明会议结束了，当主持人宣布演出开始的时候，我更加紧张。十几分钟过后，有人告诉我，下一个就是该我了。

我穿着一件红色演出服款款走上舞台，说来也怪，一旦上台反倒一点也不紧张。前奏响起，我很快进入状态，而且是非常好的状态，《月亮颂》我非常熟悉，整首曲子唱下来，我自认为完整流畅，而且很专业。

当我谢幕的时候，有个服务员上台来送给我一束鲜花，他指向不远处端着酒杯的男人告诉我说："那位先生送给你的花，他还要点一首《亲密爱人》和你合唱。"

顺着服务生指的方向，我看到一个戴着眼镜的微胖男人朝我挥了挥手，我连忙收回目光。

走到后台，我把客人的要求告诉王老师，他说："好，你换一下衣服，再下一个就唱《亲密爱人》吧。"

我挑了一件黑色带亮片的旗袍在后台等候，可是王老师硬要我换成一条低胸露背的晚礼服。说实话，如果是在舞台上，这样的衣服稀松平常，可是和客人近距离合唱，我很不情愿穿这样的衣服。

王老师见我很不情愿的样子，警告说："你也太不敬业了，你见过哪件演出服是遮得严严实实的？"

他说得对，我不应该想得太复杂，于是穿着酒红色晚礼服再次出现在小舞台上，按照王老师的要求，我对来宾说："各位先生，各位女士，应慕容先生的要求，现在我和他为大家献上一首男女对唱《亲密爱人》。"

话音刚落，前奏就缓缓响起，慕容先生挺着将军肚款款走上台来，我递给他麦克风。他收起风度翩翩的伪装，取而代之的是色迷迷的表情，他一上来就搂住我的腰，说："请！"

等唱到"亲密的人，亲密的爱人"合唱部分时，他竟然趁着灯光昏暗，在背后摸了一下我的屁股。我被吓得差点尖叫出来，在这时，有个高大男人的身影蹭地蹿出来，只听"咣当"一声，慕容就被踹倒在地。

音乐戛然而止，大家都被这突如其来的事件吸引过目光，大厅的灯光亮起，我看清楚男人的脸，居然是丁一汉！

他一只手钳住我的胳膊，恨不得弄断，他目光犀利，我被吓得浑身发抖。他脱下西装给我披在肩上，转头向一旁端着酒杯的男人冷冷地说道："蔡老，您能替我解释一下吗？"

蔡老放下酒杯，急切地在人群中搜索了一下，最后锁定在蔡经理身上。蔡老走到蔡经理身旁，"啪"的一声，手掌落在蔡经理脸上。

蔡经理怒目圆睁，大声喝道："爸，我们怕他做什么？"

蔡老再次呵斥道："逆子！我不是告诉你了吗，丁先生不许蒋小姐来这里唱歌，不仅这里，方圆几十里你也得安排下去！"

"爸爸！难道你忘了，是谁把小静害得有家不能回吗？欧阳云翳带给咱们家的屈辱难道你忘记了吗？都是因为这个女人！她好不容易到了我的手里，难道就这样罢手吗？"

蔡经理的话我听得云里雾里，仔细打量了一下蔡经理和蔡老，我突然明白过来，在小蔡和欧阳的婚礼上我见过这俩人，一个是小蔡的弟弟，另一个是小蔡的父亲。

天啊，居然有这么巧的事，难怪那天我被保安挡在门外，蔡经理那么主动地招呼我进去呢，原来他早就知道我是谁，他想给我一份工作就是想通过报复我，来报复欧阳和丁一汉。

"你这个畜生！快点给丁先生道歉！"蔡老站在蔡经理面前，像是数落贼一样数落他。

丁一汉转头朝蔡老笑了一下，说："没有管教好欧阳是我的不对，婚礼的事伤害了令爱我很抱歉，但是那毕竟是私事，令公子这样的公私不分，看来，我也要重新考虑一下合作的事，我先回去了。"

说完，丁一汉拉着我就向门外走去。

丁一汉像是塞一只包袱一样把我放进车里，我小心翼翼地蜷缩在后座上，大气都不敢出。

"谢谢你，如果不是你的话，蔡经理不知道将来会怎么对付我呢。"

丁一汉没说话，眼睛直视前方，从后视镜里我看到他愤怒得令人恐惧的脸，眼球因为愤怒而发红。我也不敢再说话，直到被他拎下车子，扔到床上。

"为什么来你房间？"我瞪大眼睛看着他。

这下更惹恼了他，他扑到床上，我瘦小的身子完完全全在他的笼罩之下。他咬着牙，逐字逐句地说："难道让阿丑和陆师傅看到你这个样子吗？嗯？不管你现在是不是我丁一汉的女人，在别人眼里，你就是！所以你的一言一行也代表着我，你再给我闯一次祸试试？"

我索性闭上眼睛不再说话，突然，我再次被他拎起来。我睁开眼睛，看到眼前有一扇毛玻璃门，他伸手拉我入怀，在我没有任何防备的情况下一下拉开礼服的拉链。我下意识捂住胸部，尖叫还没有喊出声的时候，他拉开玻璃门，把我塞进去，喝道："洗澡！"

他的卧室里有一个卫生间，演出服已经潮乎乎的了，却没有换的干净衣服。我轻轻打开浴室门的一条缝，看见丁一汉正舒服地躺在大床上，一动不动。

"喂！帮我从箱子里拿一件衣服，可以吗？"

丁一汉没有吭声，但我看到他从大床上起来，又走到隔壁的屋子里，我的行李还都在他夫人的屋里，没有一会儿，他就把箱子拎过来。

他递给我一件衣服，我穿好后，终于从浴室里走出来，感觉呼吸好多了，可是，眼前的一切令我更加瞠目结舌：丁一汉居然把我的衣服统统扔到地上，拿了一个黑色的垃圾袋，走到门口喊了句："阿丑！你上来一下！"

"你想干吗？"我看着他诡异的行为。

"先生，有什么事？"阿丑说。

"把这些垃圾装进袋子，现在就扔到垃圾桶里去。"丁一汉吩咐说。

"什么？你凭什么？"我夺回我的衣物。阿丑并不理睬我，自顾自地拿着袋子向楼下走去。几天相处下来，我对丁一汉有了一些了解，他决定的事很难改变，我既然是他的私人秘书，自然是敢怒不敢言。

"把头发弄干，跟我出去！"丁一汉看都不看我，丢下一句话就出去了。

他把我带到一个时装设计室，告诉设计师："给这位小姐定制各种场合穿的衣服各三套。"就走到外面的招待室喝茶去了。

设计师不善言谈，一句话也不和我说，量完尺寸后拿着各种颜色的布条在我身上比画了很久，然后告诉我可以出去了。

丁一汉在门外等我，拉着我走的情景和上次甄鹏带我做衣服的情景很像。一时间我有些出神，刚坐到后座上，我发现丁一汉在镜子里看着我，他双手握着方向盘，貌似漫不经心地问道："发什么呆呢？"

"没，没事。"我敷衍道。

丁一汉简直就是神，他愣了愣神，接着说："你在想事情？"语气里带着嘲讽，带着不屑。

看见他的表情我就来气，毫不客气地反驳道："是！怎么了？关你什么事?"

丁一汉愣了几秒，突然发动车子，车子自打起步就非常快，快到我不由自主地闭上眼睛疯狂尖叫。

"停车，慢点，停车！我求你了，你慢点！"

可是，哪怕我喊破喉咙，丁一汉也像完全没听见一样，专心致志地打方向盘。

我知道无论怎么喊叫都无济于事，于是抱起头，身子蜷缩成一团，权当自己已经死了。

当车子停下来，我睁开眼睛再次看到这个世界的时候，觉得不可思议，车子狂飙的那一刻，我认定自己已经死定了，浑身一点力气都没有。丁一汉把手伸到我的后背用力一抄，我整个人就倒在他怀里了，我睁开眼睛惊恐地看了他一眼："放我下来，我自己能走！"

他顿时停下脚步，毫不犹豫地把我放到原地。我立刻瘫软在地上，这时，又看到宝宝贝贝跑出来，围绕在丁一汉的周围，摇头摆尾，显得很亲昵。丁一汉定住脚步，用手指着我打了个口哨，宝宝贝贝就疯了一样向我扑过来，在我身上嗅来嗅去，来来回回转圆圈。我吓得站不起来，好在我不是第一次见这两条狗，否则的话，经过飙车的惊吓，再看见这么凶悍的畜生，我非当场挂掉不可。

丁一汉没有停下脚步，像没事人似的直接进了屋。过了一会儿，这条狗开始用舌头在我身体裸露的部分舔舐，我被吓得闭上眼睛，拼命挣扎，可是，它们似乎很有耐性，不抓不挠，只是伸出半尺多长的舌头对我发起进攻。

我彻底失去理智，大声喊丁一汉的名字，骂他变态，可是他铁了心就是不出来。不仅是他，就连阿丑和陆师傅的影子也没见半个。

我可谓是垂死挣扎，拼尽最后的力气和宝宝贝贝周旋。我以为它们奉主人的命令闹一会儿就会走，可是，又过了一会儿，它们毫不客气地开始进攻我,不咬也不挠,而是用嘴巴咬住我的衣服,拼命向下扯,不一会儿,满院子都是我的衣服碎片,再撕扯下去,恐怕就只剩下内衣内裤了。我再也坚持不住了,用力喊了一嗓子:"我认输!丁一汉,你放过我吧,求求你了,放过我吧。"

丁一汉终于走出门来,他笑着把我从地上拉起来,说:"早这样,我哪里还舍得这么对你?"

我不再吭声,低声地抽泣着。被他抱起来,再次放到房间的浴室里。

他开始往浴缸里放洗澡水,我小声说:"我来吧,我是来伺候你的,怎么可以倒过来?"说完,我试着动了动,可是浑身一点力气都没有。

"好啊,你来给我放洗澡水,然后再帮我搓个背?"他邪佞地笑着,接着说,"如果不的话,你就老老实实听我安排。"

他把我放到热水里,开门走出去,我像一只小猫咪一样低声呻吟,人的生命真有潜能,我连续被吓成这样,居然没有死!

在浴缸里泡了很久,身子越来越暖,眼前雾气氤氲,我居然昏昏欲睡起来。我估计他等得不耐烦了,于是来敲门,过了一会儿,他伸手递给我一套全新的紫色真丝睡袍,两件套,里面是一件吊带睡裙,外面是一件宽松的袍子,有镂空的简约图案。

衣服虽然有些小性感,可是我也不敢再反抗不穿了,再违背他的意思说不定又想出什么法子制裁我,我还是老实点比较好,不然非被吓破胆不可。

走出浴室,当我打开门的一刹那,丁一汉立刻呆住了,他眼睛一眨也不眨,脸上的线条却显得非常温柔。

"怎么了?"我浑身不自在,像是系错纽扣一般尴尬。

我下意识低下头看看是不是真的系错扣子,我突然想起丁夫人最爱紫色，我本能地抗拒身上的衣服，全身都在微微颤抖："你为什么给我穿你太太的衣服？"

丁一汉早已恢复正常神情，他理直气壮地说："这套是新的，她一次也没穿过。"

"可是，我可以把它换下来吗？"

"假如你实在不愿意就换吧，不过，你改天要去买新的。"他淡淡地说。

他刚想走进浴室，我突发奇想，叫住他说："丁先生，我可以问你个问题吗？"

他肯定地点点头，回过身很认真地听我说话。

"你把欧阳当作你的儿子来疼，对吗？"

"不，是比儿子还亲，因为我没有儿子。"

"那你为什么不好好找个女人给你生个儿子呢？"

丁一汉脸上由刚才的凝重顿时转而一笑，他走到我身边，轻轻拍了拍我的脸颊，然后说："你的好奇心太强了。"说完转身去推门。

迅速把头发吹干，我换上整齐的衣服走下楼。我必须明白我的身份，我是丁一汉雇来的私人秘书，所以，必要的事情我还是要做的。我走下楼，看到阿丑正要进厨房准备午饭，我叫了一声阿丑姐，阿丑停下脚步等我说话。

"丁先生洗完澡有什么习惯吗？"

阿丑摇摇头说道："一个大男人洗澡就是洗澡，没啥习惯，你不用管！"

阿丑的话听上去虽然硬生生的，可是，我逐渐感觉出来，其实她并不是很讨厌我。我朝她点头笑了笑，然后就帮她准备午饭。

我被一声吆喝声吓得七魂六魄都出来了，赶紧跑出厨房，抬头一看，丁一汉正光着膀子围着浴巾在房门口喊叫。

"蒋欣瑜！上来！"他一只手扶着浴巾，语气凶狠，像是呵斥贼一样。

"知道了。"我一边答应，一边以最快的速度跑上楼。

"我洗澡你不在门口候着，干什么去了？"他凌厉的目光盯得我有些畏惧。

"帮阿丑做饭去了。"我低下头小声说，像是做错事的孩子。

"不是说以后不用你做饭吗？"说着他把手里的毛巾递给我，然后转过身去，宽大结实的背部立刻呈现在我眼前，湿漉漉的水珠布满整个背部。我把拿着毛巾的手伸过去，以最快的速度帮他擦完水珠，说："好了。"

"这么潦草？"他转过身邪佞地看着我笑。

"毛巾是干的，很吸水的，擦干净了。"我说完就准备向外走。

"还有前面。"他指了指自己的胸膛上流淌的水珠说。

"这个地方你自己够得着，难道非要我擦吗？"我不满地看着他，辩解道，"阿丑姐说你洗澡不用伺候的。"

他脸上的不悦显而易见，不过保持了那副经典的邪佞的笑，他把毛巾搭在肩膀上，两只手放到浴袍的结上，弯腰把头慢慢靠近我的脸，低声说："你再狡辩，下身你也负责。"

我的脸立刻感到火辣辣的，想也没想就从他肩膀上扯下毛巾，然后趁着他弯腰的姿势，帮他擦胸前的水珠。他逐渐站直身体，但是眼睛始终看着我的脸。我不敢看他精壮的肌肉，只是扫了一下，心里暗暗惊叹，这个男人成天干什么啊，肌肉为什么这么发达？这么多年来，我第一次看到如此精壮的身体，毛巾在他的身上胡乱地游走，我不敢抬头，只是垂下眼帘，像是干一项惊险又刺激的工作。

"又不是没见过男人，你至于吗？！"丁一汉呵呵笑了笑，冷冷地嘲笑我。

"对我来说，你就是我工作时的一台机器，什么男人不男人的。"我脱口而出。

"你又在惹我了，是吗？"他的声音立刻充满了十足的火药味，仿佛又在提醒我刚才在院子里发生的一切。

我不再吭声，低着头说道："擦好了。"

"擦好了？这里，还有水珠！"在我毫不防备的情况下，他一把拽起的我的手放到他的腹部。我下意识抬起头，六块结实的腹肌展现在我面前，它的凹处确实还不规则地挂着几滴水珠。

我连忙擦掉，手连同毛巾一块缩回来。

"我对你的工作态度很不满意。从现在开始，你距离我的身体不得超过五米，每天给你两个小时时间去看璇璇，必要的时候上班也跟去，你有意见吗？"

"我……"一时间我不知道该说什么。

"好了，现在我换衣服，准许你下楼等我，一起吃饭。"

我像个机器人一样应了一声，走到楼下。阿丑已经摆好桌子，看见我来说："自打你来了，我的活儿也跟着多起来，之前先生从来不在家吃午饭，你看看你来之后，先生的脾气也见长，洗个澡也发这么大火。真是的，我看他花钱雇你，真不知道图的是什么！想找女人，多少人倒贴，还用得着这么费事？简直就是疯了！"

阿丑的话我当作没有听见，丁一汉走过来，我连忙帮他把椅子拉出来。他坐下后，刚拿起筷子就对我说："给你一个月的时间熟悉了解我的口味，不会做不要紧，但必须知道我爱吃什么，不爱吃什么。"

我帮他盛了一碗饭，放到跟前说道："那你爱吃什么，不爱吃什么呢？"

"自己观察！"说完这句，他就拿起筷子开始吃。一顿饭的工夫，我们谁和谁也没说话，除非丁一汉特别指出，阿丑才和我们一起吃，所以，吃了一顿午饭我像是上了一节瑜伽课一样，不敢随便动，尽量一个姿势多保持一会儿。

吃完饭，丁一汉踱步到茶几前坐下，我刚要帮阿丑收拾桌子，就又被他叫去学习泡茶。他拿起茶壶一边讲解一边示范，等把茶几上所有的小茶杯都倒满后，抬头问我："会了吗？"

我木木地摇摇头，我听到的都是些茶经茶道，他沏茶的过程没觉得有多特殊。丁一汉眉头紧蹙，一副无可奈何的样子，指着茶杯冷冷地说了句："还不快尝尝？"

清晰的门铃声算是救了我，不然的话，他指不定还要唠叨什么。我站起身，刚想去开门，丁一汉又呵斥道："你跑那么快干吗？让阿丑去。"

我只好灰溜溜地退回来，重新坐在沙发上。

阿丑从可视电话里和客人说着话，不一会儿，扭过头来对丁一汉说："丁先生，他说他叫蔡乔生，好像后面还跟着一个人。"

丁一汉稍微愣了一下，说："请他们进来吧。"

我连忙站起身，想到楼上回避一下，可是刚走几步又被丁一汉呵斥回来，他说："你干吗去？"

"你有客人，我在不方便吧？"

"你就坐那儿，没什么不方便的。"他指了指一旁的沙发，对我说。

来人正是今天在精英会所看见的蔡老和他的儿子蔡经理，刚一进门，蔡老先生就客客气气地对丁一汉说："我今天带着犬子来向您赔个不是，他年轻，不懂事。快，还不快向丁先生说对不起！"说着，他伸手拽了拽一旁站着的蔡经理。

"对不起！"蔡经理低着头，小声说。

丁一汉看了看蔡经理，又看看蔡老先生焦急的样子，懒懒地说道：

"蔡老，还是坐下说吧。"

蔡老先生坐在丁一汉一旁的沙发上，他轻轻哼了一声，于是，蔡经理从身上掏出来一个长方形的盒子放到茶几上，说："对不起，丁先生，是我冒犯了蒋小姐，还请蒋小姐原谅。"

说着，他扭过头看着我。我低下头，没有做丝毫回应。

丁一汉的脸上终于露出一点笑容，淡淡地说："其实蔡老不用亲自跑一趟，年轻人嘛，难免犯错，欧阳的事您都不计较，我还能说什么呢？常说的话，买卖不成仁义在，况且咱们的生意还是有机会合作的。"

"真的吗？"蔡老先生激动地站起身来，感激地看着丁一汉。

"当然，只不过在股份的分配上，我想再加五个点，不知道蔡老的意思如何呢？"

丁一汉的语气明显很得意，我虽然听不懂，但也能觉察出丁一汉是趁此机会多掌握一些股权，百分之五在地产商的合作利益上来说，动不动就是几百万或者几千万。之前只听说丁一汉做生意心狠手辣，今天亲眼看见，总算信以为真。

蔡老已经渗出一脑门子汗，他咬咬牙，勉强说了句："好的，就按你说的办。"

丁一汉得意地笑笑，指着他另一旁的沙发道："蔡老弟，你也坐下吧？试试我的工夫茶怎么样？"

蔡老先生一听，连忙起身说道："不打搅先生的雅兴了，不打搅了，我们这就先回去了。"

第五章　气歪了鼻子笑歪了嘴，朱德义等于帮小三打了六年的工

客人走后，丁一汉拿起茶几上的盒子，从里面取出一条黑珍珠项链。我见过的珠宝首饰很少，但是凭直觉，这条项链绝对不是二三十万元能买下来的。丁一汉慢慢地走近我，两只手轻轻地拖着项链靠近我的脖子，我连忙伸手制止他。

"你不喜欢？"他黝黑的眸子里闪动着温柔的光，仿佛比眼前的黑色珍珠更具诱惑。

"不，这个太贵重了，我不能要。"我后退两步说。

"你也看见了，这本来就是送给你的，戴上它！"丁一汉的语气越来越霸道。我从他手里接过项链，又拿起茶几上的盒子，小心翼翼地把项链放进去，十分认真地说，"这个我真的不能要。"

"如果我说可以要呢？"他目不转睛地盯着我，像是要把我吃掉的样子。

"那就请你先帮我保存吧。"我低着头淡淡地说。

突然，我被一双大手箍住腰，脖子里感觉到凉凉的，他在我猝不及防的情况下，麻利地把项链戴在我的脖子上，然后松开我退后两步

道:"我看还行,明天的晚宴你就戴着它,配上你定制的晚礼服,应该还算完美。"

丁一汉看着我,像是欣赏一件他亲手制作的艺术品一样,用手摸了摸下巴,说:"下午好好补个觉,晚上陪我出去。"说完,他就向楼上走去。

我再次被迫走进那间紫色的屋子,奇怪,我居然睡得很沉,还梦见自己在法国普罗旺斯的薰衣草花园,一片汪洋大海般的紫,令人十分陶醉。我还梦见璇璇穿着白色的纱裙在花园里奔跑,她开心的样子像一个永远没有烦恼的天使。

不知道过了多久,我被丁一汉的敲门声叫醒,他告诉我已经下午六点钟了,让我赶紧洗澡更衣,去参加一个重要的晚宴,我虽然很不情愿但也只能听从。

丁一汉亲手把一件玫红色欧根纱晚礼服拿到我面前,他身后还跟着一个年轻的女孩儿,说是化妆师,从洗漱到化妆整整用了两个小时的时间。打扮停当,年轻女孩像是欣赏自己创作的艺术品一样,后退了两步,啧啧赞叹:"这件衣服穿在蒋小姐身上真是美。"

这是一件质地和做工都极其讲究的晚礼服,流线型的设计和特殊的裙摆显得高贵大方,确实很好看。化妆师从盘子里拿出黑色珍珠项链一边替我戴一边感叹道:"蒋小姐,您太有福气了。价值百万的项链再配上这条裙子,简直是美艳绝伦,相信您今晚一定是所有人瞩目的焦点。"

"你说什么?这条项链价值百万?"我惊讶地说。

"您不知道?这条项链是蔡少用一百万在拍卖会上拍下来的,后来转送到您手里,不知道有多少富家小姐嫉妒您,蔡少可是众多名门小姐倾慕的对象呢。"

"项链……"我刚想说项链是送给丁先生的,可是话没说出口,无论我怎么辩解，也很难避开我是丁一汉女人的嫌疑。

一切准备就绪，陆师傅帮我打开车门，丁一汉随后也坐到我旁边，可是，我看到他的脸色有些不好看，有些胆怯，不再看他。

沉默了数秒，丁一汉果断地说："去医院。"

我转头疑惑地看着丁一汉，他的眼神突然变得异常温柔，与此同时，他目光中流淌出来的还有同情、怜爱。

"璇璇怎么了？"我预感到什么，不由自主地拉了一下他的衣服，迫不及待地问。

他的大手把我的手拿下来，握到他的手心里，轻声安慰我："不会有事的，医生只说病情突然有些恶化，去了再说。"

眼泪再也忍不住，我呜呜地哭起来。丁一汉轻轻地把我揽到他的肩膀上，我瘫倒在他的怀里。我一直认为自己很坚强，也无数次想象过璇璇如果坚持不下去，我该怎么办？可是，单单一个病情恶化的消息我都无法承受，我整个人像是瞬间被抽空，大脑一片空白，眼前这个怀抱不管是谁的，我都会觉得无比温暖。丁一汉轻轻拍着我的背，用手把我的脸托起来，他的目光无比坚定："别担心，有我呢。"

看到丁一汉身上的黑色晚礼服，我才突然想到他今晚还有重要的事，我抬起头连忙说道："丁先生，把我放路边吧，你不是还有重要的晚宴吗？不好意思，我就不能陪你去了。"

"没关系，我陪你去医院吧，打个电话说明一声就行了，也就是吃个饭，没什么事。"

医院很快就到了，璇璇已经高烧昏迷了。医生说璇璇下午开始发烧，病情越来越厉害，看着璇璇又细又嫩的胳膊上插着输液管，我的心都要碎了。

"病情不是一直很稳定吗？怎么会突然加重呢？"丁一汉把医生拉到一边问道。

"这个……"刘医生吞吞吐吐不想说，于是丁一汉就干脆把刘医生推到门外。

我感觉事情有些蹊跷，连忙站起身擦擦眼泪，推开门出去。丁一汉和刘医生就在璇璇病房不远的地方说话，刘医生说："今天孩子的爸爸来找过我，还带着一个叫安安的男孩儿，孩子的爸爸血型和璇璇不配，他说那孩子是璇璇同父异母的弟弟，所以我就抽血做了配型。"

"结果怎么样？"丁一汉追问。

刘医生继续说："那个结果要过一会儿才能出来，不过，即使出来，以璇璇的病情，至少要恢复半年才能做骨髓移植。孩子父亲的心情我也是可以理解的，可是……"

"璇璇病情加重和他父亲有关系？"丁一汉再次发问。

"关于这一点我还不敢太肯定，但我只是怀疑。我怀疑璇璇的爸爸给她剪过指甲，因为我看到璇璇的指甲有血痕，估计是因为感染导致高烧不退，昏迷不醒。"刘医生说话很严肃，丁一汉一边听一边点头。

"什么？剪指甲？刘医生，是这样吗？是她爸爸给她剪指甲出血了吗？"我快走几步，上前抓住刘医生的白大褂。

丁一汉向前跨了一大步，安慰我说："刘医生不是说了吗？只是怀疑，护士说是她爸爸走后，过了一会儿才发现璇璇的伤口的，后来阿丽给她包扎的，阿丽说璇璇是不小心剪指甲剪深了。"

我像是一块木头一样被丁一汉拖到排椅上，浑身一点力气都没有。丁一汉轻轻地说："欣瑜，你别激动，这种事情有两种可能，一种是护士干的，但基本可以排除。刘医生既然怀疑是朱德义，那他就是已经问了当班护士，她们也不敢撒谎，等会儿璇璇醒了，就全清楚了。"

听到朱德义三个字，我再也控制不住，连忙跑到璇璇的病房，扒开她的小手，果然有一只手指裹着纱布，露出红红的血痕。我扯了背包就又离开病房。

我颤颤巍巍地从背包里掏出手机，毫不犹豫地打通朱德义的手机。电话一接通我就迫不及待地问："朱德义，我问你，你今天是不是来看璇璇了？"

"是啊，怎么了？"

"怎么了？你是不是给璇璇剪指甲了？"我几乎愤怒。

"没有啊，怎么了？"

"没有，不是你是谁？"我几乎哭着说道，如果朱德义在我面前，我想我会一巴掌扇过去的。

朱德义接着说："哦，对了，可能是安安给璇璇剪的，我前几天就开始教育安安，说姐姐生病了，一定不要惹姐姐生气，一定不让他跟璇璇吵架了。小家伙还挺听话，我说抽他的血化验给姐姐治病，他连一声都没喊疼，可能是趁我洗水果，璇璇剪了指甲吧，或许是安安，也或许是璇璇自己剪的。怎么了？不就是剪个指甲吗？至于发那么大火？"

我用尽全身力气对着手机说："朱德义！你给我听着，璇璇现在昏迷不醒，如果她醒了，说是你的宝贝儿子给她剪的指甲，我饶不了你！"

放下手机，我呆呆地看着来来往往的医生和家属，感觉他们好遥远，远得像是在电视上。我的眼前开始冒金星，而且越来越远，越来越暗，直至我再也看不见。

我再次醒来的时候，发现自己在一间病房里打吊瓶，丁一汉就在床前看着我。我睁开眼睛第一句便问："璇璇醒了吗？"

丁一汉用鼓励的眼神对我说："你别急，医生说了，璇璇没有大问题，只是血小板减少，一直在输血，其他该用的措施一样不落地都用上了，很快就醒了。"

"我要去看她……"我果断地拔下输液吊针，准备起身去看璇璇。

刚走到病房门口，刘医生领着两位陌生的护士走过来，他指指身边的护士说："丁先生，应您的要求，我从高干病房调过来两名特护。这次您就放心吧，以后不经过您和蒋小姐，任何人都不许探视璇璇。"

丁一汉笑笑，两名护士就走进病房，之前那位叫阿丽的护士走出来，站在我面前深深地鞠了个躬就走了，一边走一边抹眼泪。

"好不容易找到的工作，唉……"刘医生一边向楼梯口走去，一边叹息。

"阿丽辞职不干了？"

"连个孩子都看不好，怎么干护士！"丁一汉冷冷地说。

"是你？你凭什么搞得人家丢工作啊，你知道找一份工作多难啊，再说了，璇璇的事也不赖护士啊。"我说。

"我只是建议换两个护士，并没有告她的状。"

"可是……我真觉得，为了这件事害得阿丽没了工作不值得。"

"管好你自己！"丁一汉再次冷冷地说，不留一点余地。

我感到很奇怪，当朱德义出现在璇璇病房的门口时，我刚才的火气竟一点也发不出来。面对朱德义，我没有任何精力和力气说一句话。

"欣瑜，对不起，这些我都不懂，璇璇怎么会昏迷不醒呢？"朱德义焦急地说。

丁一汉很平静地说："白血病病人是不能有创口的，那样很容易感染，甚至出现很严重的并发症。"

这时，病房内传出护士喊叫璇璇的声音，我不由分说地推门而入，护士非常兴奋地对我说："孩子醒了！"

我连忙跑过去，璇璇面无血色，她看到我，嘴唇动了动，声音太小，但看口型是在叫妈妈。我很想抱着璇璇亲亲她的小脸儿，但我知道，她太虚弱了，我生怕自己身上的细菌传给她，我的眼泪毫无征兆地顺势而下。璇璇却扬起小手，想给我擦眼泪，我拿起璇璇还裹着纱布的小手，放到自己的脸颊。璇璇向我身后看去，看见朱德义轻轻地叫了声爸爸，此刻，尽管我有一万个不愿意，也不能阻挡他们的父女情。

璇璇用渴望的眼神看着朱德义，朱德义的眼泪夺眶而出，他声音颤抖地说："宝贝，是爸爸不好，不该带安安来，都是爸爸不好！"

丁一汉微笑着看着璇璇，向我招招手，我于是跟他走出病房。

"欣瑜，璇璇既然醒了，宴会那边我还是要过去一趟，这几天你就在医院照顾璇璇吧，我给你安排的工作，等孩子病情稳定后再说吧。"丁一汉说完，就急匆匆地走出医院。

大约过了两个小时，陆师傅送来了牙刷牙膏等生活用品，说："这些东西都是丁先生亲自到商场挑选的，他还派我特意到梁记粥铺去买。粥还热着呢，快趁热吃吧，看看孩子吃不吃？快进去吧。"

"璇璇饿了吧？喝粥喽！"我强打精神说。

"让爸爸喂我！"璇璇的声音虽然还很弱，但依然掩饰不住喜悦，朱德义接过我手里的粥，盛到碗里喂璇璇。

我把日用品一一归位，摆放整齐后发现手提袋里有一双老北京布鞋，鞋里还有一张字条：穿布鞋吧，减压。

说实话，看到字条，一股暖流悄悄地从我的心底淌过去。

我走过去看了看璇璇，她一口一口吃得很香，自打璇璇接受化疗以来，我都不记得她什么时候吃得这么香。化疗那几天每天她都上吐下泻，吐得死去活来的，医生说也可能出皮疹，可能骨头痛，可能患结膜炎，可能内脏受到伤害，可能溃疡，可能感染，可能……可是那么多可能都没有发生，却出现了剪指甲出血的情况。

"妈妈，过来一起吃吧，爸爸也一起吃！"璇璇笑着说。

我连忙阻止她道："你太虚弱了，少说话，爸爸妈妈会吃的。"

餐盒分好几层，除了适合病人喝的粥，还有几样花花绿绿的清淡小菜，璇璇说："妈妈，我都好久好久没和爸爸妈妈一起吃饭了，你俩也吃，好不好？"

朱德义看了看我，然后拿了两只小碗，盛了点粥，对我说："璇璇既然说了，那就一起吃吧。"

我也毫不犹豫地端起碗，璇璇看了十分高兴，可是，她突然像是想起什么来，眉头蹙了一下说道："妈妈，我求你一件事，你能答应我吗？"

"小鬼，你还没说什么事，你叫妈妈怎么答应啊？"我刮了璇璇的鼻子说。

"妈妈，你别怪安安好吗？"璇璇说完用期待的眼神看着我。

我的泪花再次涌出来，看了朱德义一眼，我没有作声。

璇璇继续说："妈妈，那天是我让安安帮我剪指甲的，剪的时候正好手指上有皮，安安用手扯了几下就出血了。可是，妈妈，安安不是故意的。"

"你不生他的气了？……"

我还没说完，璇璇就打断我说："他一来就给我道歉了，说抢我的爸爸是他不对，求我原谅他，他还说之所以他能抽血给我配型，也就是因为我们俩是一个爸爸。妈妈，安安比我小，我让着他，好不好？"

我点点头，不再说话，住院这段时间我突然发现璇璇变了，她变得更加懂事，心理年龄也比同龄人成熟很多。是啊，经历这么惨烈的病，人很快会长大的，可是，这长大的代价太大了，我宁愿我的璇璇永远是无忧无虑的小女孩儿，哪怕永远长不大，也不要她经历眼前这些悲痛。

过了一会儿，刘医生出现在病房外，他敲了敲门说："朱先生，您出来一下。"

朱德义放下碗筷，问道："是配型结果出来了吗？"

刘医生非常严肃地说:"来我办公室吧。"

朱德义站起身很快跟了出去,我也按捺不住心里的激动,一心一意想知道结果,赶紧跟了出去。

我走到医务室刚想敲门进去,却发现门开着一条缝,通过缝隙我能够看见刘医生的脸,也能听到他在说什么。只见刘医生低了一下头,然后推推眼镜,非常严肃地说:"朱先生,我本来是想下班的,可是化验室送来结果,我就多留一会儿,我也很希望你女儿赶紧好起来。"

"医生,我儿子的干细胞能用吗?"

"朱先生,听到结果我希望你能冷静点。"刘医生明显很为难的样子。

"怎么了?您倒是说啊?不会是安安有什么病吧?"朱德义的声音显得很焦急。

"哦,您误会了,从验血的结果看您儿子很健康,不过,您儿子是A型血。"

"A型?不能用是吗?"朱德义刚说完这句又紧接着说,"什么?您说我儿子是什么血型?"

"你儿子是A型,璇璇是AB型血,根据您填的表格,你和安安的母亲都是B型血。"刘医生说,他推了一份报告到朱德义面前。

"什么?您是说安安不是我的亲生儿子!"朱德义近乎咆哮起来。

"理论上是这样的,朱先生,你别激动。"

我被惊得目瞪口呆,连忙趁朱德义还没出来,闪进一旁的卫生间,等我再回到病房的时候,正好在门口遇见脸色惨白的朱德义。

朱德义面无表情地对我说:"欣瑜,璇璇就拜托你了,我有点事要先走了。"说完像个木头人一样一步一步砸着地板离开。

毫无疑问,这样的打击对于任何一个男人来说都是致命的,按道理说我应该感觉到大快人心,可是,我一点也高兴不起来。此刻我反而多么希望安安就是朱德义的亲儿子,那样的话,璇璇或许就会配型成功,可是,这个希望也这么快就变成了泡影。

本来我还想等到璇璇睡着后跟朱德义谈谈医药费的事,偏偏又出了个这样的意外,我和朱德义没有深仇大恨,也不再为难他。

守在璇璇身边,我的心无比踏实。晚上十一点多的时候,璇璇的体温终于降下来,我接到了丁一汉一条信息:"晚安。"

是啊,我也困得不行了,璇璇也早已经睡着,我赶紧到外屋的沙发上休息。

第二天一大早,曼婷就来到医院,她说打我手机打不通,我看了一下手机,原来是没电了,于是从背包里拿了充电器。开机的声音刚停就听见信息提示音,打开一看又是丁一汉:"早安,加油,璇璇会好的。"

"拿来我看看是谁?"曼婷道。

我撒谎道:"什么啊,服务信息。"

"切,看你刚才嘴角都翘上去了,什么服务信息让你这么高兴啊,中奖五百万啦?"曼婷白了我一眼。

"妈妈,你和阿姨到外屋去吧,我还是犯困,爸爸来了,叫我好吗?"璇璇抗议曼婷的大嗓门,我看了看吊瓶,里面的液体还满着,于是给璇璇掖好被子就推着曼婷到楼道里去。

曼婷的屁股刚沾到座位,就拍了我的肩膀说:"你俩发展得够快的啊,甄鹏看来没把你怎么着啊。"

"对了,你有甄鹏的消息吗?"

曼婷瞪大眼睛像是看稀罕物种一样看着我说:"你没病吧?他把你害得还不惨啊,你还惦记他!"

"虽然一开始我是和他假结婚,可后来,是真的想和他好好过日子来着,真没想到,我都认识他这么多年了,他居然是这种人。我倒不是留恋他，我挺想知道他儿子的情况。"我喃喃地说。

曼婷听了无可奈何地摇摇头："不过细细想来，他即使是个贪财的势利小人，可对你也是真情，先不说别的，就说璇璇生病的事，人家知道了，不也没有袖手旁观吗？即使现在，他也没能放得下你，和我通过几次电话，几乎每句话都说的是你。"

"你和他通过电话？"我疑惑地问。

曼婷说："甄鹏这件案子很特殊，你说他触犯法律吧，也没有哪条法律真的能治罪，况且，那么多受害女人当初把他岳父推倒了，都没有供出他来，可见他在她们身上也是花费了不少精力的。现在也没人追究这些，不过，他爸爸因为他气得急火攻心去世了，儿子也被前妻带走了，他把非法收入都捐给了国家，也算是将功补过吧。"

"捐给国家？真的吗？"

曼婷点点头说道："是真的，甄鹏也是个好面子的人，事情传扬开来，圈子里的人怎么说的都有，没有人能顶着住那么大压力。"

"那他现在在哪儿？"我好奇地问。

曼婷摇摇头说道："他每次打电话都是不同的手机号，他让我转告你，是因为你，他才有勇气面对自己错误的，不然的话，他不会那么勇敢地捐出非法所得。他说不敢请求你的原谅，但一定会默默地祝福你。"

我微微一笑说："我倒也不是真那么恨他，毕竟他对我始终很好，只是我接受不了他对我隐瞒。不瞒你说，我后来真的爱上他了，真的想和他好好过日子，直到现在我都在想，如果当时他肯向我坦白，即使他坐牢，我也会等他的，真的。"

曼婷把我搂到怀里，轻声安慰："我了解你，感情一旦付出就不留余地，难为你了，一茬一茬，都是伤口。"

曼婷搂住我突然想到什么，她一激灵坐好说："这个丁一汉，你可给我考察好了,可别再犯傻了!知人知面不知心,你可要好好相处再下决定啊。"

我淡淡地笑笑说:"放心吧,经过朱德义和甄鹏,我觉得没有什么男人可以轻易地得到我的心了,丁一汉只是想把我变成他的女人用来断了欧阳的念想,至于他对我的好,只不过是实现他最终目的的手段而已。这一点,我很清楚。"

"那你……"曼婷有些犹豫。

我接过话笑着说:"放心,我和他没什么关系,即使真的因为契约和他发生点什么,我也不会后悔。我能为璇璇做的,也就这些了,我自己真的无所谓了。"

说出这些话,我也把自己吓了一大跳,可是细细想来,我的话却句句属实。

"如果为了璇璇,你宁愿委身与他?"

"那就要看璇璇需不需要。我的底线是,只要不触犯法律,为了璇璇,让我做什么都可以。"

曼婷轻轻叹气,我却始终带着微笑。璇璇得病是不幸,可是,我也算是幸运,先是甄鹏,再是丁一汉,不管他们是好人还是坏人,他们帮我解决的是实实在在的问题,我还有什么可以沮丧的呢?

抬头看看曼婷,突然发现她的脸上掠过一丝愁云,我拉过曼婷的手,小声问:"怎么了?还为肚子没动静发愁呢?"

曼婷摇摇头,可是她的眉头紧紧地蹙起,她转头看向别处,喃喃道:"家家有本难念的经啊,别管我了,以后再说给你听。"

曼婷临走的时候,从手提袋里拿出一摞现金递给我,说:"那天刷卡机买的东西大部分我都退了,我就知道不到万不得已,你是不会去取他卡里的钱的,你平时花什么啊……"

曼婷不愧是我的好朋友,她总能在第一时间看穿我的心思。能有这样一个掏心掏肺的朋友，我感到无比庆幸，我把头慢慢地靠向她，轻轻地说："你一定要幸福……"

曼婷用力点点头，也轻轻地对我说："欣瑜，不要对生活失去信心，你一定也要幸福……"

璇璇虽然暂时退了烧，可是病情并不稳定，新来的两个护士非常尽职尽责，其中一位叫小兰的护士从来没有离开过病房。晚饭的时候，我想给璇璇熬点小米粥，还没等我自己动手，小兰就抢着要干。

"我自己来，你忙你的吧。"我说。

"蒋小姐，这都是我应该做的，还是我来吧。"小兰的手脚非常麻利，我争不过她，还是她给璇璇熬了粥。

小兰刚弄完拿毛巾擦手，我笑着说："VIP 病房的护士可真负责。"

"护士？您不知道啊，我是丁先生从外面请来的护工，其实本来我也是干特护的，只不过，我不是这个医院的护士，所以在这儿只能干护工的活儿。"

"什么？你说你是护工？"我一头雾水。

"是啊，只不过我和其他护工有区别，丁先生说我要穿上护士服，他和医院打过招呼了。其实啊，我这衣服和护士服还是有差别的，丁先生说免得给刘医生惹麻烦。您看，口袋这个地方和护士服就不一样。"小兰说。

正说着，叫可欣的护士走进门来，她对我抱歉地笑笑说："哎呀，是我疏忽了，我忘了叮嘱小兰了，丁先生让我告诉小兰，别对您说她是护工，我一时忙起来就给忘了。"

我突然明白了，连忙问可欣："之前的阿丽是不是也是护工？"

可欣护士点点头说道："是啊，丁先生对您是真好，她可能是怕您担心花钱吧，就让我保密。"

· 109 ·

"谢谢你啊,没关系的,我不告诉他。"我笑着回应。

之前我还真以为VIP病房的护士对病人的吃喝拉撒都管着呢,原来这都是丁一汉精心安排的。思及此,我心里顿时有一股暖流淌过,可是又有许多疑问,以丁一汉这样身份和地位,什么样的女人找不到,干吗把时间和精力放在我这个离婚女人身上?难道真的像他说的,为了让欧阳死心?仿佛这个理由很牵强,那要不就是他真的喜欢我?想着这些,我突然忍不住嘲笑自己,他怎么可能喜欢我呢?

坐在沙发上不由自主地发呆,朱德义站在面前我都没有意识到。

"璇璇怎么还睡着,她好点了吗?"

"哦,你……什么时候来的?"我木木地说。

"来了一会儿了,先进屋看了看璇璇。"

我抬头看看墙上的时钟,连忙站起身走进里屋。小兰看见我来,站起身说道:"蒋小姐,叫璇璇起来喝点粥吧,虽说不发烧了,总要吃东西的啊。"

朱德义先我一步走到璇璇床边,俯身亲了一下她的小脸儿,说道:"瞌睡虫,爸爸来了,快起来哦!"

果然,璇璇睁开眼睛,她看见朱德义立刻绽放出灿烂的笑容,兴奋地叫道:"爸爸!"

朱德义也像是换了一个人似的,整个人精神了许多。

这时,小兰端进来一碗粥,我接过来对璇璇说:"乖,起来吃点粥。"

璇璇看见我立刻噘起小嘴儿,兴师问罪一般说:"妈妈,不是告诉你了吗,爸爸来了叫我一声。"

"这不是已经叫了吗?"朱德义笑着从我手里端起粥,用勺子轻轻搅动了两下,璇璇依然不甘心,问:"爸爸,你刚来吗?"

朱德义点点头,把粥用勺子舀了一下,轻轻吹了吹,送到璇璇嘴里,璇璇立刻笑了。

吃完晚饭，朱德义拿出画册给璇璇讲故事。小兰洗了两件衣服也没什么事，就拿了凳子在一边看书，她看书的样子非常认真，我有些好奇，看了一下，她看的是财会方面的书。她的年纪也不过二十来岁，不知道为什么，我突然想，璇璇长大了会是什么样子呢？再看看璇璇现在的样子，眼泪就又不由自主地滑下来。

我一直看着小兰，她有些不好意思，合上书，礼貌地问："蒋小姐，您有什么吩咐吗？"

我愣了一下，连忙擦掉眼泪，说："小兰，你今晚回家睡吧，好好补补觉，璇璇我来照顾。"

"那怎么可以呢？您是不是要解雇我啊？我有什么地方做得让您不满意吗？"她非常急切地说，说完看了看手里的书连忙站起身解释道，"您是嫌我看书吗？以后我不看了好吗，蒋小姐，您千万别解雇我好吗？我还要攒学费考会计证呢。"

我走到小兰身边安慰她："哪里的话，璇璇这几天情况不好，晚上我来陪她，你在这儿，我睡哪儿？你想多了。"

小兰的脸上立刻绽开了笑容，抿着嘴，深深地点头。

璇璇已经睡着，我和朱德义很自觉地到外屋的沙发上坐下，我们谁也不说话，房间里很安静，只能听到挂钟的嘀嗒声和楼道里稀稀落落的脚步声。朱德义首先打破沉默："我留下来陪璇璇，一会儿你也回去休息吧。"

"不了，我是大闲人一个，还是你忙你的吧，毕竟你是有家的人。"我淡淡地说。

我从茶几上拿了一个苹果，一点点削皮，朱德义沉默了一会儿低低地说："欣瑜，是我错了，错得很彻底。我不敢求得你的原谅，但至少我要对璇璇做出补偿，给我一点时间。"

"女儿也是你的，我没有阻拦你对她承担义务，但你真的不用总是来看她，说实话，我是不想见到你。"

"这个不用你说，我也知道。可是，即使是你离开我，也应该找个靠谱点的男人吧？你知道丁一汉是个什么样的人吗？"朱德义扭过头看着我，眼睛里冒出愤怒的光芒。

我咬了一口苹果，说："你这人真逗，我和什么样的男人在一起用得着你管吗？你这么一个大男人，女儿生病了，一分钱都拿不出来，还好意思说我？我倒是要恭喜你找的女人靠谱多了，对了，谢谢你带着安安来配型。"

我的话彻底激怒了朱德义，他腾地一下从沙发上弹起来，气急败坏地吼道："你太过分了！你……你知道些什么？"

我笑笑，咬了一口苹果。这时，有人推开病房的门，我以为是护士，没想到站在我面前的是丁一汉，他手里拎着好些东西。看到朱德义坐在沙发上，丁一汉的表情顿时僵了，说话也冷冰冰的。

"孩子好点了吗？"

朱德义从沙发上站起来，轻蔑地笑笑，说道："我的女儿用不着你关心，你是哪棵葱？"

丁一汉很从容地笑笑，然后非常自然地走到窗台边，转过身看着朱德义，说道："我不是哪根葱，不过，也没有像你那么不知廉耻，女儿的医药费都是别人出的，还大言不惭地问我是哪根葱？"

火药味正浓，我谁都懒得搭理，接过丁一汉大大小小的手提袋，进屋看璇璇。

不一会儿，丁一汉也走进屋，他的面孔依然很冷，语气更加生硬："我问过医生了，璇璇退烧了，你今晚跟我回去。"

"我……"我刚想说要留下来照顾璇璇，却想起朱德义说今晚不走，于是，给璇璇掖了掖被角，又在她的小脸蛋上轻轻吻了一下就走了出来："我走了，明天一大早就过来。"

丁一汉回头朝朱德义讥讽地看了一眼，对我说："车里等你，快点。"说完就推开病房门走了出去。

"你和他住在一起？"朱德义惊得瞪大眼睛，他直勾勾地看着我，试图破解我脸上的表情。

我连头都没有抬，就向门口走去，朱德义一把抓住我的手说："是为了璇璇的医药费，你才卖给他的吗？"

"啪"的一声响，我的手毫不犹豫地打到他脸上，手生疼。我用厌恶的目光看着朱德义，随即又露出一副轻蔑的表情，一句话都没说，就拉开门走出去。

说实话，再次看到朱德义已经没有伤心难过，如果说还有感受的话，那就是除了厌恶还有同情。养了几年的儿子居然是别人的，这对哪个男人来说都是致命的打击，我没有当面耻笑他已经是对他最大的仁慈了，说得更具体一点，我懒得和他说话，如果不是改变不了她是璇璇爸爸的事实，早在他第一次出现在医院我就会让他走。

一路上，丁一汉始终不说话，我不由自主地从后视镜里看了几次，他的表情很严肃。

到他家已经是晚上十点钟，阿丑已经睡下，整个别墅里安安静静，只能偶尔听到宝宝贝贝狼一样的吼叫声，在安静的夜里显得十分恐怖。

换好鞋，我对走在前面的丁一汉说："丁先生，您如果洗澡的话我先给您去放水。"

"跟我上楼！"他生硬地说了句，就默不作声地继续向前走。

走到房间的门口，他开门进去，我刚想走进左侧他夫人的房间，他却很快走出来，递给我一把钥匙，指着右侧房间说："打开它。"

钥匙伸进锁孔，门开了，我好奇地看着丁一汉，他示意我推开门。我小心翼翼地推开门，眼前的景象再次把我镇住了，整个房间都是粉色的，是我喜欢的那种淡淡的粉色。

"真漂亮！我可以进去吗？"我情不自禁地叫出声音。

丁一汉嘴角轻轻上扬，肯定地点点头，我轻轻走进房间，像是一下子走进了梦幻般的童话世界。粉色的薄纱帷幔，浅粉底色深粉小花图案的床单，还有可爱的粉色桃形抱枕，靠垫，每一样东西，我都超级喜欢。梳妆台上放着一套新的化妆品，旁边还放着一个粉色蕾丝边的小花篮，里面放着一些小野花。走上前去，带着淡淡甜味的花朵一下子就吸引了我。

"这些花是真的？"我忍不住端起花篮，脸凑过去闻了闻，确实很香。

"这些花是我亲自到花房摘的，希望你喜欢。"丁一汉的声音柔和了很多。

我笑着打趣道："你怎么知道我喜欢粉色？"

丁一汉露出难得一见的笑容说道："有女人不喜欢粉色吗？"说着，他走到床边坐到床上。

"也是，不过，这房间……"

"给你住。"

"真的？我不用住在你太太房间了吗？"我兴奋得差点叫出来。

丁一汉笑了笑："抽屉里有几套睡衣，你看看喜欢吗？"他的两只手拄在床上，身体向后微微倾斜。

拉开第一个抽屉，各种深深浅浅的粉色睡衣映入眼帘，我再次惊讶地张开嘴巴："怎么这么多？"

我虽然不知道里面有几套睡衣，但是确是满满一抽屉。

"我没买过这些东西，不知道什么样子的合你意，所以就各买了一套。"

他淡淡地说，然后漫不经心地用一只手撑住头，身体逐渐侧过来，非常认真地看着我。他此刻的样子非常像个居家男人，脸上的表情十分满足,也非常和善,和刚才医院里的丁一汉判若两人。

我手里拎着一件睡衣,转过头来对丁一汉说:"你这是给员工的福利,还是想讨好我?"

"你说呢?"

我把睡衣重新放进抽屉,然后转过身,坐在床对面的椅子上郑重其事地说:"丁先生,真不用这样,这些追求小女孩儿的套路很不适合我。"

丁一汉不说话,只是依然用温情似水的眼神看着我。

我笑着说:"以后还是省省吧,当然,我权当这是员工福利,不会拒绝的。"

丁一汉坐起来,表情也变得越来越凝重。

"我不希望再看到你和朱德义有什么瓜葛,否则的话,他会很难堪的,你信不信?"

我没有说话,丁一汉的语气越来越重,突然,他站起身,一把把我扯到他的怀里。

我抬着头看见他愤怒的眼睛,说:"你以为我会担心他吗?不过,有一条是我不希望看到的,我不希望他失业,至少未来他还是要出抚养费的,仅仅为了这一点我想我也不希望他倒霉。"

丁一汉的笑容有些勉强,稍后,他低下头,粗重的呼吸迎面扑来,带着一种淡淡的薄荷香。我能听到他心脏有力跳动的声音,不知道为什么,我的心也开始怦怦直跳,为了掩饰这种尴尬局面,我说:"放开我。"

丁一汉果然松开手,他退后两步,突然哈哈大笑起来,指着他的房间说:"去吧,给我放洗澡水,等着给我递睡衣,不然钱花得也太不值了!"

连续好几天,朱德义晚上都来医院,丁一汉也每晚出现在医院,他不多说话，看到朱德义也不打招呼就走出去。璇璇的病情也逐渐稳定起来。

这天晚上，朱德义来得非常早，对我说："欣瑜，我想和你谈谈，我们能到外面坐一会儿吗？"

我随朱德义走出去。

"什么事？说吧。"站在楼道里，我直截了当地问。

"坐下好吗？我有话说。"朱德义的声音很温柔，不知道有多久，我已经没有听到他这样说话了。朱德义挨着我也坐下来。

看着对面白色的墙壁，我说："说吧，什么事？"

"这张卡里有两万块钱，你先拿着。"朱德义递给我一张银行卡。

我疑惑地看着他。

他淡淡地说："我知道这点钱对璇璇的医药费来说是杯水车薪，不过，你别着急，我会慢慢想办法的。你先把这点钱还给那个人吧，毕竟我才是璇璇的爸爸。"

其实我很想说你早干吗去了？如果你早点拿出钱来给璇璇治病，我至于像现在这样走投无路吗？可是，我毫不客气地接过银行卡，淡淡地说："你现在才知道你是璇璇的爸爸。呵呵，不过，我不嫌晚，我先收下了。"

"安安的事，我想你已经知道了，所以，我必须和秦佳璐离婚，真没想到她是那样的女人，给别人当小三生了孩子还贴到我身上，我还傻乎乎地以为自己传宗接代了呢。虽然我还没搞清楚安安的爸爸是谁，可是我已经有了他不是我儿子的证据，所以，欣瑜，你耐心等等，我办好一切，我们重新开始好吗？我们始终是一家人，璇璇也需要我这个爸爸。"

朱德义这番话说出来，我之所以没有拦住，是因为我很好奇他还会不会说出更加无耻的话来。我耸耸肩膀，差点笑出声来，不过，我努力稳住自己，使自己的语气不骄不躁："你现在的身份是我的前夫，并且永远都是，不过，你是璇璇的亲生父亲，这点也永远不会改变。记住，这两种关系都是无法改变的。"说完，我毫不犹豫地站起身，向病房走去。

没想到朱德义很快跟上来，他一只手抓住我的胳膊，急切地说："欣瑜！你听我说，之前都是我错了，给我一次机会，可以吗？"

我回头看着朱德义的手，斩钉截铁地说道："拿开！"

接着，从我身后传来一阵鼓掌声，回头一看，秦佳璐一边向前走一边鼓掌，身边还站着安安。

"多么精彩的表白啊！好感人哦。"秦佳璐夹枪带棒。

朱德义看了秦佳璐一眼，用几乎训斥的语气说："你来干什么？"

秦佳璐继续冷嘲热讽道："我如果不来，能看到这么精彩的一幕吗？我倒要看看这个女人是怎样勾引我老公的？"

朱德义上前一步喝道："你放尊重点！"

"尊重？你做的事还不让人说吗？半夜三更，你不待在家里守着自己的老婆孩子，跑到这里来干什么？她到底给你灌了什么迷魂药？"

秦佳璐阴阳怪气的样子我居然一点都不气恼，我像是看一场闹剧一样，心情倒是蛮好。真的，像是这俩人和我一点关系都没有，他们就像是电视里的人一样，他们的命运和我没有半毛钱关系。

"你也好意思说别人？当初你怎么勾引我的，你忘了吗？你是怎样利用你肚子里这个孩子骗我的，你忘了吗？"朱德义一边说，一边伸手去抓安安，他用陌生、凶恶的眼神看着安安，然后说，"这孩子恐怕是谁的你都不知道吧？我朱德义就是个不折不扣的大傻瓜，被你这么个货色的女人耍了这么多年。"

"什么？你……你怎么……"秦佳璐被气得浑身哆嗦，她伸出手指指着朱德义的脑门，却一句话都说不出来。

不知道什么时候，楼道里已经站了很多人，有病人家属，也有医生和护士，都是来看这场闹剧的。安安一直在哭，秦佳璐一时语塞，弯腰拉起安安的手就跑下楼。

就连安安和璇璇都成了好朋友，我就真不明白，为什么秦佳璐总是针对我闹个没完没了呢？要知道，她才是第三者，这世界还讲不讲道理了？

朱德义很快也从病房里拿了件外套，走出来对我说："今晚，你在这里吧，我走了。"

我没说话，过了一会儿，丁一汉又来接我，我跟他解释想留下来陪璇璇。

正说着，璇璇在里屋开始叫我，她说："妈妈，是丁叔叔吗？他怎么好久不来看璇璇了？"

我赶紧走进屋，丁一汉也走进来，璇璇笑着对丁一汉说："叔叔不想璇璇吗？"

"当然想了，可是叔叔最近很忙哦，所以来得就少。"丁一汉说话的样子令我感到吃惊，那么高大的一个男人，居然学着孩子奶声奶气地说话。

"快别骗我了！我知道我爸爸在，你就不会来的，不过，我爸爸今晚有事，你进来没事的。"璇璇笑着说。

我更加惊讶，这个小人精，什么都懂，我走到璇璇身边，点了点她的脑门说道："你啊，就会瞎说！"

璇璇笑了笑，丁一汉也刮了璇璇的小鼻子。

"我问过医生，说璇璇的病情基本稳住了，你跟我回去吧，我公司的秘书请假了几天，我明天想带你到公司去。"

"哦。"

小兰走过来对我说："您就放心去吧，这里有我呢，有什么事我给您打电话就行了。"

"是啊,妈妈,你去忙吧,不然璇璇哪里有钱治病呢?"璇璇说。

璇璇如此懂事,这使我的眼泪没能忍住,我立刻站起身,从衣架上拿下背包,先丁一汉一步离开病房。

第二天早饭后,丁一汉一边擦嘴一边漫不经心地对我说:"从你的衣橱里挑件好看的衣服,我们该走了,我在下面等你。"

我走上楼去,打开浅粉色壁橱,里面挂满了衣服,有几身我认出来是那次丁一汉带我定做的,其他可能是他从商场买的。各种款式各种颜色的套装就有六七套,我挑了一件深蓝色套裙穿在身上,感觉很合身,也很适合上班穿,在镜子面前照了两下,于是赶紧下楼。

刚走到客厅,丁一汉放下手中的报纸抬头看了我一眼说:"换一套吧,不用这么正式。"

"不是要去上班吗?"我疑惑地问,浑身有些不自在。

"你又不是正式员工,你穿着我看着好就行了。"

我刚想顶撞丁一汉,说他把我当成花瓶,又担心他损我,我没吱声,就又上楼换衣服去了。

这一次我选了一件暗红色背心裙,配上白色的打底小毛衫,红色显得很清新,不抢眼,也不乍眼。为了在丁一汉那里能过关,我把头发披散下来,简单用梳子梳理了几下,头发很自然地垂在肩上,感觉还算不错。想起外面的天气随时会刮风,我又挑了件卡其色风衣,匆匆忙忙走下楼:"时间到了吧?不好意思啊。"

丁一汉非常认真地看了看我,向门口走去。第一次跟他去上班,心里还是很紧张,担心会有人对我指指点点,一路上我紧紧握着拳头,手心里不由地沁出汗来。

当丁一汉的蓝色保时捷停在霞汉地产集团公司门口,我立即觉得这个公司的名字一定和一个人有关系,其中有个汉字,那肯定是丁一汉，但霞字是谁呢？看到这个"霞"字，我突然想起和李老师在墓地跟踪欧阳云翳的情境，好像墓碑上刻着的字就是"欧阳云霞"。

我想，丁一汉的故事不仅仅像李老师说的那么简单。

走进公司，从进大堂开始，几乎每个人看到丁一汉都会说一句"董事长好"，我跟在他后面，突然感觉自己像是酒店里的一个女招待。

他大踏步走向一个专用电梯，我也紧跟着进去，他按下八楼。电梯开始慢慢上升，我沉默了一会儿，丁一汉非常严肃地对我说："你干吗总是低着头？难道担心我把你吃掉吗？抬起头来！"

其实，我走路没有低头的习惯，可是自打跟丁一汉签了合同，我就开始有意无意地低头。本来就是雇主和雇佣的关系，我不想搞得太复杂，所以我总是下意识躲闪丁一汉各种各样的目光。

我慢慢抬起头来，眼睛盯着不断变化的电梯楼层数字。

终于到了八层，丁一汉整理了一下西装走出电梯，我紧随其后。走廊里有几个员工已经开始上班，他们一一和丁一汉打过招呼，丁一汉推开董事长办公室的门，我也跟进去。

一个穿着深蓝制服的年轻女孩儿向丁一汉问了声好，非常有礼貌地说："办公室已经收拾好了，有什么事叫我，我就在隔壁。"

女孩儿说完还朝我笑了笑，我定睛一看，这不是阿丽吗？

"原来阿丽在这里上班啊？"我不由自主地问了一句。

丁一汉并没有理睬我，坐在老板椅上开始非常认真地整理文件，我木木地站在他面前，不知道该做什么。

过了几秒钟，丁一汉才抬起头来，他笑笑，从抽屉里拿出几本杂志递给我说："你坐在沙发上看书。"

我拿起杂志退回到沙发上。

屋里安静极了，只有我翻动杂志和丁一汉签阅文件的声音，杂志都是一些关于茶的专业书刊，我看得很没趣，屋里的空调度数调得比较高，所以有些犯困。

"学学茶道不是很好吗？"丁一汉突然冒出一句。我一个激灵赶紧坐好，难为情地笑笑说："我有些看不懂。"

丁一汉没有说话，按了一下桌子上的固定电话说了句："找一些女性杂志拿过来。"

过了一会儿，听见有人敲门，进来的正是阿丽，她手里抱着一大摞花花绿绿的杂志，放到我面前，很礼貌地笑着说："这些都是为女客户等候准备的，您先看，下班我去买新的。"

"不用了，这挺好。"我笑着对阿丽说。

"没什么事，我先出去了。"她起身要走，我看了看丁一汉说："让阿丽带我去一下卫生间，可以吗？"

丁一汉抬抬手表示同意，我随后就跟阿丽走出门去。

阿丽始终保持着微笑，她一边走，一边指着前面的白色牌子说："就在前面。"

"阿丽，之前是丁先生安排你到医院假扮护士的？"我很唐突地把早就想问的问题说出来。

阿丽笑笑，说："我到公司上班还要谢谢您呢，上次丁先生辞掉我，看我没工作挺可怜的，所以叫我做秘书，我学历低，只能端端茶倒倒水的。欣瑜姐，丁先生是个好人。他还鼓励我读夜大，前些日子，我刚报了工商管理学。"

不知道为什么，我心里暖暖的，丁一汉并不像看上去那样冷冰冰，这点倒是令我感到很意外。

"你们公司还有别的秘书吗？我是指业务方面的？"

"有啊，我在丁总左边的办公室，他在右边，以后会见到的。"

"另一个秘书没有出差？"我疑惑地问。

"没有啊，秘书即使出差也是跟着老板啊，呵呵。"阿丽笑道。

我突然明白，丁一汉说他公司秘书出差只是个借口而已，可是来这里，我又帮不上什么忙，真要难受死了。

从卫生间出来，阿丽回到自己办公室，我也回到丁一汉屋里。他在专心致志地工作，只是抬眼看了我一下，又低头看文件。

都说男人认真工作的时候是最帅的，丁一汉认真工作的样子却像一只四处寻找猎物的狼，他的眼神坚定，表情果敢，就连眼神都像是随时窥探着森林里大大小小的猎物。

他这个样子，我大气都不敢出。这时，我的手机上出现了一条信息："丁先生该喝茶了，左边第二个桶，铁观音。"

这个电话号码我认识，是阿丽发来的。放下手机，我赶紧去拿茶叶，泡好后放到丁一汉跟前，他抬起头，脸上意外地挂满微笑："你怎么知道这个点我要喝铁观音？刚才出去做功课了？"

我的脸一下就红了，吞吞吐吐地说："我只是随便选了一罐茶叶，你的每个茶叶筒里放的茶叶都不一样吗？"

"当然不一样了，因为每种茶和每种茶的作用是不一样的。不过我想改一下习惯，早上喝茶，中午喝咖啡，晚上喝牛奶。"

"哦，记住了。"说完，我就退后到沙发上，过了一会儿，听到丁一汉对着电话说十点钟开会，他站起身向外走时，我有点不知所措，他推开门见我依然杵在原地，说了句："还不快点儿。"

我一时比较慌乱，迟疑了一下说道："我……就别去了吧，反正我啥也不会。"

"这是你的分内工作！"说完丁一汉就大踏步向前走去，我连忙在后面紧紧跟着。

开会的内容我一点都没听进去，只见他的下属们都以非常异样的目光看着我,我心里一直就在怦怦地跳。会议结束的时候,突然听到丁一汉对所有人说:"向大家介绍一个人,坐在我身旁的是蒋欣瑜小姐,她是我的私人秘书,有时候她会出现在公司,大家就相互关照吧。"说完,会议室响起一片掌声。

开完会,丁一汉用命令的语气说:"今天跟我吃工作餐,吃完送你去医院。"

"员工食堂吗?"

"嗯,有问题吗?"

"你平时也吃员工食堂?"

"今天是第一次。"

我不再说话,但心里只想骂他,他到底是什么意思?想让全世界的人都知道我是他的私人秘书吗?

吃饭的时间很快就到了,他抬起手看看时间,然后对我说:"走吧。"说完,就大步流星地向职工食堂走去。我今天在他公司的亮相本来就够惹眼了,唉,做私人秘书也不是什么见不得人的事。

餐厅里熙熙攘攘的人群,我很快就适应了来自这么多人的注目,大大方方地和丁一汉一起领餐盘,一起打饭,然后找了个地方坐下。

员工们的议论还算隐蔽,但还是依稀可辨,无非是在职工食堂看到丁一汉吃饭备感惊讶,尤其是身边还有个来路不明的女人,再有八卦者直接猜测我是丁一汉的情人或者未婚妻。

丁一汉很认真地舀一勺饭放到嘴里,又夹了点油菜放到碗里,他抬头看看我说:"怎么样?味道还行吗?"

我点点头说:"挺好的,看来在你们公司上班还算不错。"

我用筷子把面前的一个狮子头夹开,喃喃地说。

"以后经常带你来。"他一边说,一边认真地吃。

"为什么带我到这里吃饭?"我还是没有忍住,把这个好奇已久的问题问出来。

丁一汉抬起头，眉宇间有一种难以理解的惆怅，他停下筷子，很认真地说："你真的很想知道？"

"当然。"说着我又吃掉一小块狮子头，还别说，虽然这里是职工食堂，可是我还是第一次吃到这么好吃的狮子头。

"让所有人知道你是我的女人。"丁一汉的嘴唇一张一翕，挤出这几个字。

我顿时怔住，嘴里的东西都忘了嚼，呆呆地拿着筷子，有点不知所措。

"怎么？受宠若惊还是感动至极？"丁一汉嘴角咧开，坏笑道。

我没说话，低头继续吃饭。不一会儿，我竟然把餐盘里的所有食物一扫而空，抬头一看，丁一汉正目不转睛地看着我，表情十分惊讶："喂！你是女人吗？你看看你周围的哪个女人能吃这么多东西？"

"怎么？还不管饱吗？"我站起身，随手从包里拿出纸巾擦擦嘴，拿起餐盘准备去洗，丁一汉伸出一只手，我还没明白什么意思，他就自己走过来，从我包里扯出一包纸巾，一边擦嘴一边唠叨："没见过这样的私人秘书，还让老板自己拿纸巾。"

"哦，对不起，我会注意。"说着，我连忙收起他的餐盒，然后摞到一起，向水池边走去。丁一汉却在后面跟着我，我有些好奇，就问："你不回办公室，跟着我干吗？"

"哦，没什么，我看看职工吃饭有没有浪费现象。"他把手放到鼻子下面，淡淡地说。

"哦。"

一边洗餐盘，丁一汉就在离我两米远的地方看着我，来来往往的人不停地喊他"丁总"，一开始他还回应一句，到后来就没听到他有任何反应了。我以为他走了，洗好餐盘就放回指定处，刚一转身，他拿着一块纸巾递到我面前。

"谢谢，不过，你见过老板给秘书递纸巾吗?"我淡淡地笑笑，没有接纸巾，而是轻轻地甩了甩手上的水珠。

丁一汉自感无趣，拉过我的包，把纸巾重新塞回到包里，刚想走出餐厅，就看见餐厅门口涌来一小群人，随之而来的是一片嚷嚷声。

还没等丁一汉走过去，就有一个男人走过来，对丁一汉耳语了两句就离开了。丁一汉非常镇定，他面不改色地走到人群中，对正在嚷嚷的人说道："你们是德安装修公司的人吗?"

"是!"其中一个憨憨的男人回答得很干脆。他继续说："你是公司的负责人吗?"

"有什么事和我说吧，这里的总经理今天不在，我也可以解决的。"

"那你说话管事吗?"那个男人上下打量丁一汉，然后说。

旁边一个职工说道："他是我们集团公司的董事长，你说管事吗?"

"好，就和你说!"那人扭过头看着丁一汉说道，"我们是来要装修尾款的。"

"装修尾款?那你不是要错地方了吗?你不跟你们朱经理要，管我要是什么道理?"

"朱经理说装修尾款你们根本就没给，他也拿不出钱来给我们，所以，我们就直接过来要了!"那人气势汹汹的样子。

丁一汉挥了挥手，对身旁的一个员工说："叫张会计把发票拿过来给这几位小兄弟看看。"

顺着丁一汉的目光，我看到刚才讲话的男人身后有个熟悉的面孔，定睛一看，原来是朱德义的远房亲戚。这个亲戚我很熟悉，家在农村，因为妻子生病经常到S市看病，大多数情况下住在朱德义家。

"小高！"我连忙走过去。

小高好像不愿意看见我，他连忙躲闪到男人后面。

我好奇地问："你不认识我了？我……我是你德义表哥的前妻啊。"

我庆幸我说话比较慢，不然的话，我会把前妻直接说成妻子的。思及此，我的脸立刻红了，也立即后悔和这个远方亲戚打招呼。

"嫂……嫂子……不是我要来的，他们非拉着我来。"小高低着头，吞吞吐吐的。

小高的话说得我丈二和尚摸不着头脑。这时，有个男人拿着一摞类似发票的东西挤进人群，恭恭敬敬地对丁一汉说："董事长，这是发票。"

丁一汉抬抬手对来人说道："给他们看。"

张会计于是把发票递过去。

带头嚷嚷的那个大汉一把扯过发票，简单地翻阅了两下，脸色一下变得铁青，他把发票交还给张会计，嘴里愤愤地骂道："朱德义你这个狗娘养的，看我不抄了你的老窝！"

朱德义？那人骂的人居然是朱德义！我有些迷惑，于是再次拉着小高问道："你们装修公司的老板是你德义哥？"

小高艰难地点点头，一个劲摇手道："不是我要来的，不是我。"

我淡淡地笑笑，对小高说："我们已经离婚了。拖欠工资这种事搁谁身上也该要个说法，况且你家还有病人呢。"

小高不作声，刚才的大汉可能听到了我和小高的对话，于是急切地问小高："高儿，这女人是不是朱德义的老婆？"

小高连忙吞吞吐吐地说："亮哥，不……不是，他们已经离婚了。"

人群中顿时又乱了，有人说："离婚了也不行，离婚财产肯定也是榨取的我们兄弟们的血汗钱！"

顿时，好几个男人把我围了起来。

"我看谁敢动她一下！"丁一汉厉声喝道，他的眼球外凸，像一头愤怒的狮子。

"你们刚才没听见吗？他们已经离婚了，这个女人现在是我的私人助理，我看看谁有胆量动她一下？"

"丁董事长，您别发火，我们怎么会欺负一个女人呢，只不过听说她是朱德义的……前……前妻，我们这几天又找不到朱德义，所以就……"叫亮哥的男人顿时露出笑脸，结结巴巴地说完，然后把头转向我说道："麻烦您看到朱德义替我们转告一声，我听说了，他在医院伺候孩子呢，要不是看在丁先生的面子上，我会立刻带着兄弟们去医院堵住他的。"

我被突如其来的这档子事搞得蒙蒙的，但是我知道，我必须阻止他们去医院闹事。我顿了顿说："好吧，遇见他我会转告，但我警告你们，如果敢去医院骚扰我女儿，我就立刻报警！"

"放心，放心，我们不会那么不懂事的，我们以后还要仰仗丁先生呢，丁先生，朱德义那小子既然这么不仁义，我希望以后贵公司有装修的活儿直接给我，我保证保质保量完成！"说完，他嘻嘻地笑。

丁一汉眉头紧蹙，一句话都没说，拉起我的手走出餐厅，直接把我塞到保时捷里，随后他也上车，直奔医院。

在我心里有很多疑问，我不知道丁一汉为什么和朱德义有来往，难道他们很早就认识？想起这些，我突然想起曼婷的婚礼，他为什么会出现在曼婷的婚礼上？仅仅因为曼婷是欧阳的朋友吗？越想我越想不明白。

第六章　覆水难收，我已经心如死灰，彻底看透了这个人面兽心的人

走到璇璇的病房门口，丁一汉突然停住脚步，我先推门走进去，丁一汉随后也跟了进来。朱德义果然在这里，在一进门的沙发上靠着。他见我进来，连忙给我打了个噤声的手势，我朝里屋扫了一眼，璇璇睡着了。

朱德义缓缓起身，从外套的里兜里拽出两个红色的本子，表情非常严肃，他拿出其中一个本子递给我说："房子已经过户好了，以后那套房子就是你的。"

我刚要把房产证递给他，不料他又递过来另一个本子："我和璇璇的户口本，之前你不就想要吗？都给你。"

"户口本？秦佳璐不是已经撕掉了吗？"我有些疑惑不解。

"户口本她保管过一段时间，但没有撕。"

我突然明白了，秦佳璐那天说撕了璇璇的户口本只是气话，看来，她没有我想象得那样心狠。

我突然想笑，难道一套房子就能把过去所有的一切都抹去吗？朱德义简直太幼稚了。

"这房子我不要,我们之间早就没关系了。不过如果你有诚意可以把房子卖掉,替璇璇看病。"我轻描淡写地说,把房本塞给他。

"我把公司卖了,我有钱了,这些钱足够给璇璇看病了。"说着,朱德义又从口袋里掏出一个红色的存折,突然把我搂到怀里,像是看着自己的胜利果实一样傻傻地着我。

我接过存折,被上面的数字吓了一跳,定睛数了数,居然是七位数的!我很快明白过来,耸耸肩膀淡淡地笑了笑:"这些钱恐怕是昧着良心赚来的吧?"

"你什么意思?"朱德义有些愤怒,瞪大眼睛冷冷地看着我。

此刻,丁一汉推门进来,似笑非笑地看着朱德义:"什么意思?朱先生,有很多事我们应该谈谈了。"

"我们俩之间的事,你管得着吗?"朱德义毫不示弱,一副盛气凌人的样子。

"这是病房,我们还是到外面说吧。"

丁一汉说完就向外走去,朱德义歪头看了我一眼,然后也大踏步走出去。璇璇依然睡着,今天的状态还不错,能吃能睡。

说实话我非常好奇,朱德义和丁一汉到底有什么交集,我向楼梯下望去,他们走出医院,我连忙加快速度,紧紧跟在他们后面。

医院旁边有一间简朴的咖啡厅,他们前脚走进去,我后脚便跟进去,长这么大第一次盯别人的梢,居然没有被发现。我很庆幸,找了个隐蔽的位置坐下来。

丁一汉和朱德义就坐在我前面的座位上,我看不到他们的表情,却能听到他们说话,服务生过来的时候我紧张得要死,用价格单挡住脸小声说要一杯卡布奇诺。

"丁先生,我们之间有什么好谈的?……哦,好像也有,关于我女儿的医药费,您垫付了多少,请你说个数字,我立刻把钱打到你的账

• 129 •

上。"朱德义的声音显得很有气势,我也能想象得出他那副趾高气扬的样子,心想,你早干吗去了?早点准备好医药费,用得着躲贼似的躲我吗?

"我们之间的事我还是——说清楚。第一,医药费的事我和欣瑜之间有合同,这用不着你管,即使你是还钱,那也是还给欣瑜,我和你说不着;第二,我要先通知你一下,你手下的工人已经知道了实情,他们讨债都讨到我的公司去了,如果不是看在欣瑜的面子上,你侮辱我生意场上的信誉,我会让你付出代价的!"

"什……什么?工人们到你公司去了?"朱德义的气势立刻败下来,像极了抄袭作业被老师发现的学生。

"所以,我还是建议你把你的支票兑现成现金,给工人发该发的工资,不然的话,后果你也清楚。现在谁还敢欠民工的钱?我看你是不想混了。"

"是!我是不想混了,所以我背着老婆把公司卖了,还有,我警告你离欣瑜远点儿,她很快会和我复婚的。"

"你够狠,秦佳璐虽然不是什么好女人,但据我所知,以她的手段,能栽在你的手里,你居然把她的钱席卷而空,难道你不怕她报复吗?"丁一汉说话的语气听起来无比冷静。

"这么说,你认识她?"朱德义说。

丁一汉笑了笑然后说:"何止认识啊,她是我玩剩下的女人!在陆曼婷的婚礼上看到你俩的时候,我看你俩倒是很般配的,一个卑鄙,一个下流!"

"你……"朱德义愤怒得说不出话。

"还用我说得很清楚吗?秦佳璐被我玩剩下,看在她为我做过人工流产的份儿上,我给她二百万作为补偿。没想到,她也是遇人不淑,到头来被你这么个卑鄙的男人耍了!秦佳璐再怎么不济,也曾经是我的女人,我劝你把吞她的东西吐出来,不然,她会让你的祖坟都不得安生的。"

听到这里,我欷歔不已,秦佳璐和丁一汉原来还有这层关系!真是骇人听闻,居然有这么巧的事。

停顿片刻,我估计朱德义已经被气得浑身哆嗦了,丁一汉很绅士地说了句:"我走了,你好自为之吧。"

丁一汉刚站起身,只听朱德义说:"等等!我明白了!原来秦佳璐生的那个杂种是你的!我说呢,面对面和你坐着,总有种熟悉的感觉!难怪,那小杂种长得和你有些相像!"

"什么?你说什么?"随着朱德义"哎哟"一声,估计是丁一汉抓住了朱德义的衣领或者胳膊。

"我……我他妈的就是天下第一号大傻瓜,我替你养了好几年的儿子!"朱德义近乎咆哮。

"什么?你是说婚礼那天的那个孩子是我儿子?是秦佳璐亲口说的吗?"丁一汉的声音没有了先前的风度,他显得很焦急。

"秦佳璐人呢?她在哪儿?"

这时候,咖啡厅冒出了一个女人的声音:"我就在这儿。"

可能是听朱德义和丁一汉说话太投入了,我根本就没注意到就在我身边站了个活生生的人。

随后,再次听到一帮男人嚷嚷的声音,回头一看,正是亮哥和几个工人。一进门看到朱德义,亮哥立刻揪住他的衣领说道:"幸亏跟着你老婆,才在这里堵住你,不然你待在医院,我们还真拿你没办法!"

丁一汉眉头紧蹙,大声呵斥一句:"都给我滚开!"

亮哥看着丁一汉,小心翼翼地说:"丁先生,我们不给你添麻烦,我们这就带他走!"

丁一汉叹了一口气,努力地平复了一下说:"放开他,我保证你们的工资,他一分也不会少你们的!"

亮哥看了看丁一汉,犹豫了一下,缓缓地松开朱德义,然后对其他几个人打了个手势,他们就退出了咖啡厅。

咖啡厅的气氛异常尴尬,吵闹声惊动了经理。经理走近我们,还没说话,丁一汉就从钱包里扯出一沓百元钞票递给经理,经理看到钞票,连忙转身对其他客人大声吆喝:"这位客人包下咖啡馆了,请各位先回,不用结账了,抱歉啊。"

我再想躲是不可能的了,丁一汉拉起我的手,和他并排坐在沙发上,然后用命令的口吻对秦佳璐说:"你坐下!"

秦佳璐坐下的时候,顺手把朱德义也按在沙发上。这样的场面着实尴尬,我刚想站起身,丁一汉再次按住我的手。好吧,这么热闹的场面,看看无妨。

"明天一早带你儿子来这里,去鉴定中心做DNA化验,我在门口等你。"丁一汉看着秦佳璐冷冷地说。

"难道你怀疑安安不是你儿子?"秦佳璐激动地站起身,愤愤地流着眼泪。

丁一汉露出淡淡的笑容:"你和哪个男人睡过觉我不感兴趣,我只想知道那孩子是不是我的。"

"你居然怀疑我跟你的时候还有别的男人?"秦佳璐眼神里露出绝望的情绪,她的眼睛带着血丝,眼泪汩汩而下。

"啪!"的一声,秦佳璐的脸上就出现了几道手印。朱德义恨恨地看着秦佳璐,说话都有些颤颤巍巍,他说:"你个贱货!你居然利用我!"

丁一汉拉着我的手站起来,说:"秦佳璐,明早八点,晚一分钟,后果自负!"

丁一汉把我塞到车里,车子在一瞬间就像是离了弦的弓箭一样,我被吓得闭上眼睛尖叫道:"你疯了吗?你不要命了吗?"

果然，不一会儿就听见警笛声，我鼓起勇气朝后看了看，有两名骑着摩托车的警察紧随其后。丁一汉丝毫没有理会，以极快的速度向前驶去。

"丁一汉！你是不是男人？平白无故多了个儿子你就偷着乐吧？你矫情什么？难道你比朱德义还难受吗？"我被吓得浑身都是汗，见他总是不减速，气急败坏地叫喊起来。

他像是故意跟我作对，权当我是空气，更把我说的话当作耳旁风。估摸时间已经到家了，可是，我睁开眼睛望去，只见车窗外都是大山，不知什么时候车子已经驶出城外，警察没有追上来。

"停车！这是什么鬼地方？！"我喊道。

刚喊完，身体随着车子的惯性猛然一趔趄，我赶紧扶好扶手，我更加生气，嘴里不停地嘟嘟囔囔的。丁一汉终于肯说话了，他用浑厚的男低音愤怒地说："不想死的话，就系好安全带好好坐着！"

随着丁一汉的话音，我再次向窗外望去，这次，我的魂儿差点被吓飞了，周围是蜿蜒的大山，车子正在盘旋前进，山路弯弯曲曲看上去很窄。

"你真变态！"说完这句，我再也没有力气说话，突然感觉浑身无力，后来就什么也不知道了。

再次醒来的时候，我躺在一张洁白的大床上，开始以为丁一汉把我带回他家了，睁开眼才发现，我睡在一个完全陌生的屋子里，周围的摆设和丁一汉家有些相似，但是房间看上去更大。

头很痛，我按了按太阳穴，努力回想之前发生的事。我突然想起来，是和丁一汉在一起。这时，丁一汉推开门走进来，他身穿一款白色睡袍，端着一杯热乎乎的咖啡，慢慢走近我。我下意识低头看看自己，还好，此刻我穿的是自己的衣裤，情节还不至于像电视上演的那么狗血。

"这是哪儿?"我抬起头,没好气地说。

"这是我在山里的一套房子,平时很少过来。"丁一汉递给我手里的咖啡,嘴角带着笑容。

"几点了?"我喝了一口咖啡。

"天快要黑了,我们今天不回去了。"丁一汉坐到床上,离我很近,细细地看着我。

"什么意思?为什么要在这里过夜?"我惊悚地睁大眼睛。

"有区别吗?这里的空气如此新鲜,有什么不好吗?"

"孤男寡女跑到山上来,太不像话了。"我如实说,又像是自言自语。

"快起来吧,我做了面,不吃的话,要饿一夜的。"丁一汉从我手里抢过杯子,然后就自顾自走出去。

迅速穿好衣服,一进客厅就闻见一股泡面味儿,或许是肚子饿了,闻着方便面的味道还蛮香。

坐在餐桌前,刚拿起筷子,就被丁一汉用筷子打了手一下:"你就是这么做老师的吗?吃饭前不洗手吗?"

丁一汉把长长的方便面放到嘴里,一边咀嚼一边说。我突然很想笑,他这副德性哪里像董事长的样子,分明就是一个孩子。我站起身,斜着眼睛看了他一眼,说道:"拜托你吃慢点,不然我以为到了非洲难民区了。"说完,转身去卫生间。

再回来时,丁一汉已经把碗里的面一扫而空,正对我碗里的面垂涎欲滴,我拿起筷子,很快吃起来。不一会儿,一大碗面就被我横扫一空。丁一汉瞪大眼睛看着我说:"你是饭桶吗?吃这么多?我还以为你会给我剩点儿呢。"

"锅里没有了吗?"我喝完最后一口汤问道。

丁一汉摇摇头,我不由自主地说:"这是什么破别墅啊,连吃的都不预备好。"

丁一汉用命令的语气对我说:"你见过董事长给私人秘书煮面吗?还不去刷碗!早知道你这么能吃,还不如我自己吃掉两碗面。"

看在他今天发生状况的份儿上,我不和他较劲,乖乖地刷好碗后,走进客厅。

丁一汉见我走出来,缓缓地从沙发上坐起来,他刚才那副大男孩儿般的热情完全消失,表情再次恢复到冷峻和严肃。

"面有点咸,我去烧点水,水总该有的吧?"我喃喃地说。

丁一汉制止我,他说有珍藏了一年的雪水,用来泡茶最好了,于是他去取水,然后慢条斯理地泡茶。

茶说不上品名,只是感觉香气扑鼻,但又觉得淡淡的、甜甜的。

"欣瑜,你可以陪我聊聊天吗?"丁一汉用恳切的目光看着我。

我轻轻点点头,竟然一下子被他凝重的情绪所感染,我端起一杯茶,很认真地看了丁一汉一眼,表示很愿意听他说话。

"欣瑜,你是不是很好奇我为什么反应如此激烈?"

"是,一般的男人凭空冒出个这么大的儿子,不知道会有多么高兴呢,况且,据我所知,你没有自己的孩子。"我说话和他一样认真。

丁一汉的眼圈有些红,我避开他的目光,把另一杯茶递给他,他仰头喝了一口,说道:"我答应过云霞,绝不让别的女人生我的孩子,我在她的坟上发誓过。"

"云霞是你太太吧。"我插一句。

"嗯,是的,因为云翳,我和云霞闹过很多次别扭。虽然我也喜欢云翳,可是,我就是不明白,云霞为了云翳居然可以把我撇在一边,还居然说是为了云翳的前途才嫁给我。所以,后来我不停地找女人,各式各样的女人,可是,我从来没有把那些女人带回家过,因为我知道,那些女人在我眼里还不如云霞一根头发。

"云霞表面上看起来一点也不生气,可是我知道她内心很受伤,直到那次,我喝醉酒失手,亲手杀死了云霞和我的孩子……所以,我在她的坟前发誓,绝不会让任何一个女人生下我丁一汉的孩子,这一辈子,我只把云翳当成我的孩子。从此以后,我也再没有找过任何的女人,我甚至把年轻的保姆都辞去,只留下阿丑一个人……"

听到这里,我由衷地说:"丁先生,你的话很令我感动,真的。可是,如果安安真是你的亲骨肉,你也应该接受他。"

丁一汉说着说着有些泪眼婆娑。

我也不知道该怎样安慰他,于是就问了句:"秦佳璐到底是个什么样的女人?"

"秦佳璐其实各方面都很不错,她错就错在想取代云霞。我以为像她这样的女人,如果怀了我的孩子,会以此来要挟我,尽管她知道我不会接受任何人的要挟,但我总觉得她会拼一拼的,所以……"

"所以,你觉得安安还有可能不是你的儿子?"

"嗯。"

"说实话,虽然她抢了我的老公,依我对秦佳璐的了解,感觉她不是很坏,她家庭环境也不错,不至于为了嫁入豪门,用一些毒辣的手段吧?"

丁一汉笑笑,抽出一支烟点上,继续说:"欣瑜,你太单纯了。看人不能只看表面,秦佳璐手段很下作,她为了引起我们夫妻之间的误会,还想尽一切办法诬陷云霞,给云霞身上泼脏水。"

"啊?!"我惊讶地叫了一声,在我看来,丁一汉说的事只有电视剧里才会发生,现实生活里怎么会有这种事?

丁一汉的样子看上去确实很纠结,我不知道该说什么好,于是转移话题道:"好了,过去的事不提了,我们出去一起看日落吧,听说山里的日落也很美呢。"

我大大方方地伸出手把丁一汉拉起来,他的双唇抿在一起,点点头,拉着我走出别墅。

傍晚山上的景色果然很美,落日的余晖映照在山坳里,把整个山坳染成了火红色。山风很凉,我不由地打了个寒战,丁一汉把外套脱下来披在我身上,我顿时感到暖洋洋的,我玩笑道:"我们是在演电视吗?好应景啊!"

"你见过电视剧里的女主角吃那么大一碗方便面吗?"丁一汉邪佞地笑着,然后把头转向远方,他脸上的线条顿时格外分明,硬朗的线条勾画出一个刚毅的美男。我一时失神,真的像是看到韩剧里的大叔,而我也像是稚气未脱的少女。

"明天早上早早离开吧,不然,我们会被饿死的。"我喃喃地说。

"是,明天早上有很重要的事。"

山里的水汽相对重,没过一会儿,我就开始打喷嚏,我提议早点回去睡觉。丁一汉就又拉起我的手,然后慢慢地一步一步走回去。一路上我们谁也没说话,直到走进各自卧室前,互道了一声晚安。

我果然还是被冻感冒了,后半夜的时候感觉非常冷,我梦见自己躺在荒无人烟的雪地里,尽管浑身缩成一团,我所能感觉到的依然只是冷。

迷迷糊糊的,有人走近我的卧室,给我端过来一杯水,后来就感觉暖和一些了。

再后来,我是被丁一汉叫醒的,睁开眼睛,丁一汉就坐在我的床前,他伸伸胳膊打了个哈欠说:"快穿衣服吧,你发烧了,这里没有药,我们尽快回去。你可真娇气!"说完转身就向门口走去。

门被打开,随之而来的却是丁一汉一个惊雷般的喷嚏,我看了他一眼不禁想笑,他吞吞吐吐地说:"我不是娇气,是被你传染的。"

我喝了一大杯水,才摇摇晃晃地跟着丁一汉走出来。丁一汉眼泪汪汪的，明显也是感冒了，看着弯弯曲曲的山路，我不禁有点担心，说：“你行不行啊，要不要找个人开车?”

后视镜里看到丁一汉露出一个轻松的笑，他目视前方半开玩笑地说：“没事，就目前来看，我只想和你一起生，并没有和你一起死的打算。”

“都什么时候了，你还开玩笑，真是的。”

这样的丁一汉和平时判若两人，不过，我倒是一点都不紧张了，随着车子的晃动，我居然又睡着了。

车子停下来，丁一汉把我喊起来，揉揉蒙□的睡眼，向外看了看，车子恰好停在一家全国连锁的三宝粥店门口，肚子早就咕咕叫了，再加上浑身没有一点力气，浑身上下软绵绵的。

丁一汉拉着我的手走进粥店，店里人很多，但也很安静，丁一汉帮我点了一碗八宝粥，粥要稍等才能端上来，我下意识从包里拿出手机打开，昨晚山里没有信号。

随着音乐的响起，还有三条未读信息，顺手打开一看，都是朱德义发来的，第一条是：怎么关机了？还不在服务区？第二条是：你和谁在一起？第三条是：早上到医院来，我有很重要的事和你说。

“谁的信息?”丁一汉严肃地看着我。

“是曼婷，打不通电话才发的信息，没什么事，就是联系不到有点担心。”我不知道为什么和丁一汉解释这么多，还毫不犹豫地撒了谎，我只是不想让他知道信息是朱德义发的。

热气腾腾的八宝粥端上来，我顺便看了看手机上的时间，已经八点钟了，我突然想起丁一汉约了秦佳璐八点在医院门口见。

“你……约的时间到了。”我小声提醒了一句。

“喝粥吧，喝完去医院拿点药，实在不行就打点滴，我让陆师傅来接你。”说完，丁一汉就认认真真地低头喝粥。

"安安会不会等着急了呢？要不然咱们先别喝了。"以对丁一汉这段时间的了解，他最讨厌别人迟到，他自己也从来没有迟到过。

"喝粥，不喝粥待会儿也没办法吃药！"丁一汉用命令的语气对我说。

喝完热气腾腾的粥，丁一汉还刻意给璇璇带了一碗。车子停在医院停车场，我远远地就望见秦佳璐穿着一件红色的风衣牵着安安的手，正在向来往的车辆张望。

丁一汉一只手拎着粥，一只手牵着我的手，秦佳璐斜着眼睛看着我，一副盛气凌人的架势，仿佛下一刻亲子鉴定的结果出来了，她就立即变成了丁一汉的妻子似的。

"阿姨，我想去医院看姐姐，可是妈妈不让，你告诉姐姐，就说我很想她。"安安很有礼貌地对我说。

我刚想和安安说话，没想到秦佳璐拧了安安脸蛋一把，安安疼得直叫，秦佳璐训斥道："什么阿姨姐姐的，他们都是只会抢人家爸爸的专业户！"

我不想理睬秦佳璐，相反，我倒是觉得她有些可怜，给男人生了孩子，还要靠 DNA 来确定孩子的身份，难道不悲哀吗？

我以为丁一汉会上前阻止秦佳璐打安安，没想到他非常冷静地对她说："在这里等着，一步也不许离开！"

"你去哪儿？你去看这个女人生的孩子吗？"秦佳璐带着哭腔。

丁一汉头都没有回，非常坚定地牵着我的手向电梯走去。

丁一汉把我领到刘医生的医务室，正好刘医生今天当班，礼貌地说："丁先生，有什么事吗？"

"她发烧，麻烦你给她看一下，有必要的话就住院。"

我碰了碰丁一汉，意思是他这是无理要求，我应该到门诊排队挂号才对。

刘医生迟疑一下说:"好吧。"

刘医生帮我看了看舌苔,还询问了一些具体情况,又重新试了试体温,他说没大事,只是着凉了,于是就拿了处方开药。

这时,兰兰走进来,丁一汉把粥递给兰兰,说:"别对孩子说我们来过,都感冒了,担心传染她,如果问起来,就说妈妈上班很忙。"

兰兰提着粥转身离开,我顿了顿,对刘医生说:"麻烦也给他开点药吧,他总是打喷嚏,估计也是感冒了。"

"我没事。"丁一汉嘴角向上扬了一下,笑着对刘医生说。刚说完,就又不争气地打了个大喷嚏。

刘医生笑笑说:"你们都是着凉了,你的药多拿一些,他吃也可以。"

走之前,我和丁一汉在刘医生的建议下各自打了一针。丁一汉给陆师傅打了电话,才放心地离开。

丁一汉刚走,我也走出医院,璇璇是万万不能感冒的,所以,我忍住去看她的愿望,只是向兰兰问了问情况。在医院门口,碰见了朱德义,他看到我,脸上立刻挂满了笑。很奇怪,我曾经那么迷恋朱德义的笑,曾以为那笑容是世界上最灿烂最迷人的笑容,而此刻,他的笑令我恶心极了。

"你找我有事?"我把双手插进口袋,漫不经心地说。

"你昨天去哪儿了?怎么手机都不在服务区呢?"朱德义焦急地说。

"没事的话,我就先走了。"

朱德义一把拉住我:"我是真有事找你。"

"放开!"我低头对他厉声喝道。

"你就那么讨厌我吗?"朱德义看上去一副可怜兮兮的样子。

"是!很讨厌,要多讨厌有多讨厌,如果你不是璇璇的爸爸,我真想你立刻在这个世界上消失！"我有点难以自控，不过，我说的句句是实话。

鼻子有些酸酸的，再加上感冒，我也结结实实地打了个惊雷似的喷嚏。朱德义连忙问："欣瑜，你感冒了吗？吃药了吗？看过医生了吗？"

我甩开朱德义，不耐烦地说："够了！快说事，不然我真的走了。"

远远望去，我看到陆师傅的车渐渐靠近停车场。

"这里说不方便，我们找个地方坐一下吧。"朱德义说。

"如果不急，还是改天吧，我有些不舒服。"

"是和璇璇有关的重大事情，你不想听吗？"朱德义用急切的眼神看着我。

"好吧。"我勉强点点头。

陆师傅下车已经走到我面前，我对他抱歉地笑笑，告诉他多等我一会儿。

陆师傅点点头，就又走回到车里。

"那人是等你的？"朱德义瞥了一眼陆师傅，阴阳怪气地问，还没等我说话，他接着说，"你最好先让他回去，我要带你去一个地方。"

"朱德义！你有事的话就快说！我没时间陪你磨叽！"我冷冷地看着朱德义。

"你别生气，我说了，这件事情很重大，我要找个安静的地方说。"朱德义的态度像是很诚恳，我告诉陆师傅有事晚些回去，我自己打车就好，陆师傅犹豫了一下应允了。

朱德义身旁停着一辆新车，是什么牌子我看不出来，也没有兴趣看，上车刚坐稳，他坐在驾驶位回头看了一眼说："新买的车子，你喜欢吗？"

我淡淡地笑笑，回应道："和我有关系吗？不过我倒是很好奇，你把秦佳璐的钱都吞掉，秦佳璐肯放过你？"

从后视镜里，我看见朱德义双眉紧蹙，嘴角紧跟着抽动两下，他说："我替她养了这么多年儿子，这些钱都是我应得的，我才是受害者！公司开始注册就用的我的名字，那套豪华房子留给她了，她还想要什么？再说了，丁一汉可不是一般的有钱，她有丁一汉的儿子做筹码，我还不得狠狠地敲一笔吗？"

听了这番话，我立刻后悔刚才挑起的话题，此刻朱德义的这副嘴脸真让人恶心。我下意识扭头看着窗外，视线划过后视镜，一辆熟悉的车子出现在镜子里，大脑很快鉴定出结果，后面跟着的车子是陆师傅的。

陆师傅人很老实，拿人钱财，替人办事，我倒没觉得什么，跟着就跟着吧。

朱德义把我带到我们之前的家里。他满面笑容站在门口说："欢迎女主人！"

随后，他推着我走进去。客厅里布置得像是开生日派对一样，天花板上挂满了彩色的气球，其中一个巨大气球上滑下来一条红色布条，上面写着：欢迎亲爱的老婆回来！

朱德义笑吟吟地走到餐厅，餐桌上放着一个双层大蛋糕，他拿出火柴很快点燃了蜡烛，然后走到吊灯开关处。我连忙上前按住，说："朱德义，非要这样吗？这样只能让我觉得恶心，知道吗？没事的话，我走了。"

一双大手在一瞬间就钳住了我的腰，我凭着惯性打了个转身，人就整个落在朱德义怀里。

朱德义低下头，用他的嘴唇很快堵住我的嘴，我不顾一切地挣扎，只听"啪"的一声，我的手掌结结实实地落在他的脸上。

令我没有想到的是，朱德义不但没有生气，反而做出更加令人吃惊的事，他缓缓地松开我，向后退了几步，膝盖慢慢地弯曲。在一瞬间，我居然愣住了，朱德义双膝跪地。

他缓缓抬起头，用非常专注的目光凝视着我，声音也有一些颤抖，"欣瑜，我知道我错了，我求求你再给我一次机会好吗？"

我恨不得立刻消失，可我耐着性子说完最后的话，才去拉门把手："朱德义，你醒醒吧，你觉得破碎的玻璃杯用胶带粘好，还可以用来喝水吗？我之所以现在和你来往，完完全全是为了璇璇，除了璇璇，我和你没有其他可以说的了。"

刚拉开门，身后传来朱德义的声音："等等！好吧，我们只提璇璇，其实今天叫你来，是想转达刘医生的话。"

"刘医生什么话？"我转过身，瞪大眼睛看着朱德义，紧跟着我的每一根神经也紧绷起来。

"刘医生说璇璇的病情随时都有可能恶化，目前来看等待捐骨髓人是守株待兔，唯一的方法是创造一切有可能匹配的骨髓。"朱德义冷静的语气不带一丝波澜。

"什么意思？你说明白点？"我急切地问。

"就是说，璇璇用她嫡亲弟弟妹妹的骨髓，还是有希望的。"

"什么？他的意思是你和我再生一个孩子？"我的大脑一片空白，机械地根据朱德义的话思维。

"刘医生是这样建议的，新生儿的脐血是最好的。"

我突然就笑了，但瞬间又很想哭，事情怎么是这样的？让我和朱德义再生一个孩子，这怎么可能？

"不……不……"我不由自主地摇头，"朱德义，你不是开玩笑吧？刘医生怎么没和我说？"

朱德义脸上的表情显得很僵硬，语气也分外冷静："昨晚不是你不在吗？刘医生上夜班和我聊了很多关于璇璇的病情。"

"好吧,好吧,让我想想。"飞快地说出这句话,我一口气跑出去,咕咚咕咚下了楼。

幸好陆师傅的车子就在不远处,不然,我真不知道我软软的身体要在哪里停靠一会儿,陆师傅见我跑出来,从车子里走出来上前扶住我:"您没事吧。"

我说了"没事",就迅速钻进后座。

"蒋小姐,我没和丁先生说就自作主张跟着您,您别多心。我是担心您打车不方便,丁先生只交代您用车的时候随叫随到,没有要监视您的意思。"陆先生一边认真地开车,一边解释道。

"没事,我有些累,打个盹儿。"我喃喃地说,浑身像是没有支撑点一样瘫倒在后座。陆师傅回头看了我一眼,继续认真开车。

"蒋小姐,要不回医院吧,我看您脸色不太好。"

我听到陆师傅的话,努力地说:"不用了。"可是陆师傅像是根本就没有听到,后来,他拿出手机来。我迷迷糊糊没有听见他在说什么,再后来,他的声音越来越远,直至听不到任何声音。

再次醒来,我躺在一间和璇璇的病房一样的房间。脑子逐渐清醒,我知道我住院了,一定是丁一汉把我安排到 VIP 病房的。可是,四处张望,却不见丁一汉。

过了一会儿,护士来帮我拔掉针,她一边忙活一边问我:"好点了吗?没大事,就是感冒,看把你老公吓得不轻。"

"我老公?"我疑惑地说。

"丁先生不是你老公吗?整个 VIP 病区都知道丁先生是个好老公、好爸爸,您女儿好些了吧?"护士拔掉管子,站在我面前微笑。

"谢谢,好多了。"我说。

已经是中午了,我从床上下来,简单地洗了把脸,我很想去看看璇璇,但为了避免交叉感染我还是忍住了。拨通兰兰的电话,兰兰说璇璇醒着，我和璇璇说了几句话，璇璇显得气力很弱，不过，每次她都会告诉我自己很好，没有哪里不舒服，越是这样，我的心越是疼痛。

眼泪都快流干了，挂掉电话，突然想起朱德义说的话，强打起精神，我走出病房，敲开了刘医生办公室的门。

刚一进门，刘医生就看出我的来意。他开门见山地说："你是想问脐带血的事吗？"

我点点头，刘医生接着说："通俗一点讲吧，璇璇的病最终还是要靠干细胞移植才能彻底治愈，而新生儿脐带血进行干细胞移植所引发的后遗症更低，而且干细胞的排斥概率也低。换言之，脐带血的干细胞与人体的配对率很高，与父母的配对概率是百分之五十，兄妹则是百分之二十五；即使使用非亲属的干细胞来移植，成功率也比骨髓来得高，因为在一万人当中也许只有一人的骨髓是与病人配对的。同时，脐带血干细胞的浓度十分高而且品质优良，约是骨髓细胞浓度的十到二十倍，细胞的增生能力也比较高。"

我犹豫了一下说："可，可是我和朱德义已经离婚了。"

"哦？我就说嘛，护士们都说丁先生才是你老公。"刘医生推推眼镜笑着说。

"不……不是的……"我急得半天说不出话，想了想还是别说了，刘医生也不是个八卦的人。片刻后，刘医生非常认真地说："我建议你试一下人工授精。"

"人工授精？这个也可以吗？"我眼前一亮，激动地说。

"嗯，没问题的，具体事项你可以咨询妇科医生。这样吧，我帮你给妇产科的主任打个电话，让她和你说。"说着，刘医生就拿起桌子上的电话，把我的情况说明白后，告诉我现在就可以过去。

谢过刘医生，我慢慢地扶着栏杆走下楼，敲开妇科李主任的办公室。

李主任是个五十来岁的大姐，戴一副金边眼镜，样子非常和蔼。我刚踏进门，她像是认识我似的，仔细端详了我一番。

"李主任，我是刘医生介绍过来的。"我礼貌地说。

"请坐，刚才小刘打电话了，请问你贵姓，怎么看你这么眼熟呢？"李主任顺手摘下老花镜擦了擦，又重新戴上，我坐在她对面的椅子上，她也坐下来，一边摇头，一边像是回想着什么。

过了一小会儿，李主任突然说："我想起来了，婷婷的婚礼上我见过你。"

天啊，这一辈子我最最不愿意回想起来的就是曼婷婚礼上的那一幕，那将是我人生当中最不堪回首的往事，没想到，就连年过半百的阿姨都还因此记得我。

"您是曼婷的……"为了掩饰我的窘态，我说。

"哦，我是曼婷妈妈的好朋友，哎……要说你可真够不幸的，孩子现在情况怎么样？"李主任一边说，一边坐下来。

"谢谢您，她目前还好，可是……您能告诉我人工授精成功的机会大不大？"

李主任十分认真地说："你这种情况问题应该不大，首先你要做个全面的妇科检查，如果身体没问题的话，可在排卵期前后三次进行人工授精。"

听完李医生的话，我恨不得现在就进行人工授精，我焦急地说："李主任，我想尽快，怀胎十月才能生下孩子，我担心我女儿……"

"那我给你开单子，你告知男方最好也做一些准备，最好先让他到医院来也做个检查，既然要生孩子，就要生一个健康的，你算一下排卵期，这个月如果条件成熟，会很快的。"说完李主任迟疑了一下，她抬头看了看我，语重心长地说，"你既然是婷婷的朋友，有些话我想提醒你一下，你单身带着个病孩子，如果再生一个，那个孩子怎么办？

你想过吗?"

　　李主任的话令我立刻怔住，不过只要能救璇璇，将来再难再苦我也不怕。和李主任一起计算了一下我的排卵期，居然就在一周后，她说如果我的感冒好得快，应该没问题，李主任又给我讲了感冒可能会给胎儿带来的危害，我认真地听着。

　　或许是救璇璇的渴望太迫切，又或许是药物在我身上起到了应有的作用，走出李主任办公室的时候，我就感觉浑身有劲儿。

　　回到病房刚要给朱德义打电话，他就很快出现在病房。

　　朱德义走到床头柜前，把手里的保温桶放下，又拿了一只碗，一边盛粥一边说："这是我早上就开始熬的排骨绿豆青菜粥，照着电脑视频上做的，璇璇喝了不少，还有一些，你尝尝如果感觉腻，我就去外面的粥铺买。"

　　接过碗，朱德义又递给我一只勺子，还没尝出粥是什么味儿，粥已经被我吃得干干净净了。朱德义笑着说："慢点吃，来，还有点。"说着，他把保温桶里的粥都倒在碗里。

　　"她感冒了，为什么还给她吃这么油腻的东西？"丁一汉同样也提着一只保温桶出现在我面前。

　　两个男人的目光相遇，彼此都是含沙射影。丁一汉不慌不忙地走到另一个床头柜前，他很快也盛来一碗粥递给我，看着我低声说："我咨询过医生，感冒的人最适合蔬菜玉米麦片粥。"

　　"谢谢你，丁先生。"说完，我就拿起勺子，以同样快的速度扫荡完蔬菜玉米麦片粥。

　　肚子已经饱了，可我还是再次端起朱德义的粥一并喝完，我想我吃得多，就会好得快，那样的话我就能尽快接受人工授精。

　　朱德义和丁一汉瞪大眼睛看着我，可能我的食量太让他们意外了吧，尤其是朱德义，生完璇璇的时候，我的记录就是一碗粥两个鸡蛋，可是我刚才一口气喝了三碗粥。

片刻后,朱德义缓缓地走到丁一汉跟前,阴阳怪气地说:"丁先生,我先告辞了,我要祝贺你很快就一家团圆了,时间快到了,我约了秦佳璐办离婚手续,你是不是应该感谢我啊?"

丁一汉嘴角扯出一抹轻蔑的笑意,一句话都没说。朱德义自觉没趣,推门离开。

"丁先生,你那么忙,不用总来看我,我自己可以的。"我抬起头微笑着说。

丁一汉的表情突然变得很天真,他笑笑,从床头柜的纸抽扯出纸巾,坐在床边帮我擦嘴。

"嘴角有米粒。"他喃喃地说。

"让你见笑了,我很能吃吧?"

丁一汉呵呵笑了笑,脸上露出前所未有的温柔的笑意:"你在家是不是经常挨饿啊?都没见你这么能吃过。"

我的脸突然有些发烫,有点不好意思地低下头。过了一会儿,丁一汉说:"我要出差几天,你自己行不行?"

"你忙你的,没事,曼婷说来陪着我。"

"嗯,那就好,照顾好自己才能更好地照顾女儿,只要有空我就会给你电话的。"说着,他把刚才一同拎进来的袋子提到床上来说:"这都是些生活必需品,我让兰兰帮忙挑选的。缺什么,让陆曼婷帮你去买,我再给你点现金吧。"

"不……不用,我这里有……"

当丁一汉把一沓人民币放到我枕头下面的时候,我突然落泪了。我连忙好奇地打开袋子,洗漱用具、内裤、胸衣一应俱全。他一样样交代事情的样子,像极了一个即将远行的丈夫对妻子的叮嘱。

眼泪啪嗒啪嗒掉在塑料袋子上,□□作响,丁一汉笑着低下头去看我的眼，邪佞地笑道："是不是我说要出门，舍不得我？"

我抬起头，非常认真地看着他："你为什么对我这么好？不累吗？"

丁一汉用粗糙的手指帮我擦眼泪，一边擦一边说："为了心甘情愿地把你变成我的女人啊，不是早就说了吗？"

他的话说得如此轻松，像是在和我讨论今天的白菜多少钱一斤，我有一种被羞辱的感觉，感觉眼前的男人像雾像雨又像风，无论如何都难以把握。

我冷笑了一声，戏谑道："如果我现在就愿意了呢？"

我抬起头不经意地看着他，他先是微微扯动了一下嘴角，继而笑得更加彻底了，他哈哈大笑后，非常爽快地反问我："你会吗？"

我低下头不再说话，其实，也没有什么要说的，不是还有一纸契约在我和丁一汉之间吗？这种男人或许天生就是用来玩弄女人的，如果我愿意了，那么我的下场都不见得比秦佳璐好，我更不想做第二个欧阳云霞。

下午三点钟，朱德义再次出现在我的病房，他看上去很高兴，一进门就笑呵呵地看着我。

"朱德义，你坐下，我想和你谈谈新生儿脐带血的事。"我非常严肃地说。

朱德义一副胸有成竹的样子，他坐在床边，认真地看着我，突然笑道："说那么专业干吗？不就是咱俩再生个孩子的事嘛，我就知道你会答应的。"说着，他从上衣口袋里掏出一个暗红色的小本本递给我。

"你看，这个小本本刚领的，还热乎着呢。"朱德义兴奋地笑着。

我接过离婚证看都没看，就随手递给朱德义："生孩子只是救璇璇的一种医学手段，这和你结婚不结婚，离婚不离婚都没关系。朱德义，我已经想好了，我打算人工授精。"

"什么?！人工授精？"朱德义瞪大眼睛，眼珠子快要从眼眶里蹦出来似的，十分恐怖。

我已经料到朱德义这个反应，我并不吃惊，不慌不忙地对他说："是，我已经咨询过医生了，医生说这个月就可以试，我找你谈，也是希望你能尽快先去医院化验一下精子，毕竟涉及孩子，优生优育还是很必要的。至于孩子生下来归我们谁抚养，我先说一下我的态度，孩子归谁我都没有意见，你如果不愿意养，我就单独抚养，你看行吗？"

朱德义站起身，踉踉跄跄地向后连续退了好几步："蒋欣瑜！非要这样吗？难道我的诚意还不够吗？为了求得你的原谅，我都给你跪下了，难道你真的这么狠心吗？"

我担心朱德义会彻底翻脸，想了想，缓和了一下脸上僵硬的表情，用恳求的态度说："朱德义，请你理解我，至少现在你和我最大的愿望是救璇璇的命，我没有心情考虑将来要和哪个男人共度余生，你明白吗？"

"这么说，我还有机会，对吗？"顿时，他的眼里闪出一道喜悦的光芒，就像是要得到心爱玩具的小孩儿："那……那我先去做检查……"

事情进行得异常顺利，一个小时后，医院告知朱德义的精子活性很好，符合人工授精的标准，只要定时到医院采精就可以了。

回到病房，朱德义脸上始终带着笑容，他帮我端茶倒水，削苹果。看着他忙碌的样子，我突然有一种时光倒退的感觉，生完璇璇后，他也像今天这样只是傻傻地笑，傻傻地忙碌着。

人生若只如初见，这句话说得太好了，有些事发生了就再也无法回到从前，我依稀记得朱德义第一次看到我时的表情，他手足无措的样子怎么看都是一个老实本分的男人，第一次和我说话脸先红了的居然是他，不知道是什么把原本很清澈的一个人变得如此不堪。

接下来一连几天，朱德义都像是伺候月子一样照顾我，他奔波于我和璇璇的病房之间，极力扮演着一个好爸爸和好丈夫的角色。住院第三天，我的感冒就好利落了，因为还想做人工授精手术，我没办出院手续，住院第五天，朱德义还兴高采烈地陪我去做手术，医生说过两天再做一次，以确保精子着床率。

住院第七天，我做了最后一次人工授精手术，医生说剩下的事情就是好好养着身体等待结果。

办好了出院手续，心里像是多了一些期待，我期待着能够挽救璇璇的那个小生命早一点出现在我的身体里。

我收拾好物品，准备把这些东西暂时搬到璇璇屋里，这时，朱德义走进来，这几天，他每天早上早早就来，即使我感冒好了，他也依然尽心尽力照顾璇璇。我除了每天看璇璇几次，并没有在她的病房过多停留，一来，我要全力以赴养好身体，努力使人工授精尽早成功，再有，我想避免和朱德义接触的任何机会，原因很简单，随着事情的发展，他已经令我十分讨厌，而且这种情绪愈演愈烈。

朱德义从床上拎起大包小包就向外走，我叫住他说："我就不去陪璇璇了，你去吧，我到外面晒晒太阳。"

朱德义先是愣了一下，嘴角无奈地抽动了几下说："好吧。"

第七章　难道为了爱的名义，你就可以毁我的家庭杀我的女儿吗

今天的阳光格外好，照到人的脸上，令心情立刻变得舒畅起来。刚出医院大厅，一个小孩儿的声音在我身边响起："阿姨，璇璇姐姐好点了吗？"

我才收回仰着的头，看见丁一汉一手拉着安安站在我面前。

我向安安笑笑，摸了一下他的小脑袋瓜："哦，好多了，谢谢你。"

"你办了出院手续，对吗？"丁一汉表情非常严肃。

我点点头，并不感到疑惑，只是心里隐隐有一种期待，他可千万别知道我和朱德义人工授精的事，之前我叮嘱过医生好多次，不让他们说出去。迟疑了一下，我连忙说："哦，你出差回来了？"

"既然完全好了，那跟我回去吧，走！"丁一汉恢复了一贯命令的语气。

我刚想上去拿东西，犹豫了一下，觉得丁一汉如果碰到朱德义肯定又少不了尴尬，我对安安说："姐姐睡下了，以后再来看姐姐，好不好？"

"不好！我现在就要去看姐姐，上次我和姐姐就说好了，要经常去

看她，不能说话不算话，丁叔叔也答应带我去看姐姐的！"安安非常理直气壮的样子。

"别吵了！带你去！"丁一汉呵斥道。

看到丁一汉对安安的态度，在一瞬间唤起我母性的本能，"他还是小孩子，你别这样。"

我弯下腰去牵安安的手，看到安安眼里有眼泪在打转，我掏出纸巾给他擦了一下，然后默不作声牵着他上楼。

对于安安这个孩子，自打知道他是朱德义的儿子时，我就没讨厌过他，现在看到他这样关心璇璇，反而对他生出了更多的同情。才这么小的孩子，就要承受大人们做错事带给他的后果，或许，他现在还不知道什么，将来呢，一旦他对父亲的概念清晰明了的时候，该怎样面对自己的身世和两个爸爸？

刚一进屋，安安就忙着去看璇璇，他看到朱德义坐在床头，迅速跑到他身边，并拉着朱德义的衣袖惊讶地说："爸爸，原来你在这儿啊，妈妈告诉我你出差了。"

"去，我不是你爸爸！"朱德义甩开安安，不耐烦地说，他的目光落到丁一汉身上，站起身，指着丁一汉对安安说，"难道你妈妈没告诉你，这个人才是你爸爸吗？"

"爸爸？你怎么了？你胡说！你就是我爸爸！"安安再次拽住朱德义的衣服，用力摇晃他。

"还不快拦住你儿子！别让这个小崽子叫我爸爸！"朱德义愤怒地看着丁一汉，气鼓鼓地说。

安安看朱德义这个样子，连忙走到丁一汉面前，仰着头对他说："叔叔，你快告诉我，你不是我爸爸，爸爸不要我了。"

丁一汉低下头看了看安安，蹲下身对他说："你跟我走，好好地听我的话，不然你以后连妈妈也见不到！"

"不嘛，不嘛，我就不跟你走，我要爸爸！"安安趁丁一汉不注意，从他身边溜走，迅速跑到朱德义面前，哭着拉着他的衣角，一边哭一边说，"爸爸，你带我去找妈妈，好吗？"

朱德义的心立刻软了，他的表情迅速温和许多，蹲下身，扶着安安的双肩，眼圈红红的。他忍住眼泪，声音颤抖地说："孩子，我真的不是你的亲爸爸，那个人才是，快去找你的亲爸爸吧。"

说完，朱德义缓缓地站起身，再次回到座位上，深情地看着睡梦中的璇璇。

璇璇这几天总是没什么精神，说不了几句话就喊累，屋里这么多人大声说话，她居然睡得这么香。有一次，我问璇璇最希望做的是什么，她居然说就是想睡着，我问她为什么，她说只有睡着了才不难受。

"让璇璇睡觉吧，请你们都出去，好吗？"我说。

"既然璇璇睡着了，有他照顾她就行了，欣瑜，你也跟我回去，有很多事你都没做呢。"丁一汉再次牵起安安的手向外走，安安哭着喊着要找朱德义，丁一汉索性抱起他，朝门外走去。

我拎着包跟着出去，朱德义见我要走，紧跟出来，拽住我的胳膊说："你为什么对他言听计从？！"

他愤怒地用眼睛死死地盯住我，眼珠子快要瞪出来了。

"放开我！我跟谁走那是我自己的事！再不松手我喊人了！"

"今天我把所有的钱都带来了，把钱还给他，你就和他一点关系都没有了！"朱德义松开我的手，然后从衣兜里找出一张银行卡放到我眼前说，"这张卡里有三十万，先去还给他。"

我微微笑了笑，心里气愤地想着，既然你是璇璇的父亲，负担璇璇一半的医药费是理所当然的事情，我为什么拒绝？

"好啊，钱我拿着，先还了之前的部分治疗费，后期治疗费，你再出一些就行了，剩下的我来负担。"说着，我从朱德义手里拿过银行卡。

"你还没答应我不和那个人来往呢?"朱德义有点疑惑地看着我。

"我为什么不和他来往?他是我的老板,我要为璇璇挣后期治疗费,你能把璇璇所有的治疗费付了?不过话说回来,即使你都付了,我在哪儿工作,跟谁工作,那也是我个人的事情。"说完我继续向前走去。

"回来!"朱德义喊了一声。

我转过头,说:"怎么?还有事?"

"那……那是我的全部存款,这些钱都是我卖公司的钱,开公司的钱都是秦佳璐的,你……你不能全拿走。"朱德义显然有些焦急,说话吞吞吐吐的。

朱德义的本来面目果然藏得不深,我冷笑几声说:"好吧,你去看看璇璇枕头底下的费用明细单,现在她已经花去四十万,咱俩一人一半的话,每人二十万,我会存十万到你的账户上的,放心吧。"

"什么?为什么会花这么多钱?"朱德义惊讶地瞪大眼睛。

"VIP病房,还有好多药也都是进口的,有人给我女儿最好的治疗,我是不会拒绝的。"我冷冷地说。

朱德义瞥了我一眼,用轻蔑的眼神看了看我道:"我说呢,原来是把自己给卖了啊,想不到你这种女人为了钱,什么都干!"

我走上前去抡圆了胳膊打了朱德义一个重重的耳光。因为我出手令他有些措手不及,他趔趄了一下,下意识捂住右脸。

"我说得不对吗?如果不是卖给他,他为什么心甘情愿地出钱给璇璇治病?"

我突然不生气了,看到朱德义捂着脸的狼狈样子还感觉有些开心。我笑笑,说:"别说我不卖,要真是卖,你这样的,即使你出一个亿我都不会稀罕!"

朱德义被气得眼睛都绿了,我看着他气急败坏的样子,不由笑了几声,向外走去。

刚出医院大门,就看见丁一汉从车里走出来,他脸色非常难看,斥责道:"怎么磨磨蹭蹭的!"

我低着头不作声,正在这时候,从远处传来一个声音:"丁一汉!你做得也太绝了!快把孩子还给我!"

循声望去,秦佳璐一边跑一边喊,她身穿一件得体的卡其色风衣,脚上穿着高跟鞋,跑起来很滑稽。

"快点上车!"说着,丁一汉就扯起我的手,迅速打开车门,麻利地把我塞到车里,他也以最快的速度坐上驾驶位,车子立刻发动。

安安一个人在车子后排,两只小手拍打着车子后面的玻璃边哭边喊:"妈妈,妈妈!叔叔,我求求你了,停车……我妈妈在后面,我要找妈妈!"

车子渐行渐远,秦佳璐拼命奔跑的身影逐渐消失,安安还是不断地哭闹。突然我的眼睛一酸,眼泪就落下来了,我拉过安安,把他搂到怀里,轻声安慰:"安安听话,过几天就能见到妈妈,不许哭了,再哭的话,会生病的。"

安安抬起头从我怀里钻出来,他泪流满面地对我说:"阿姨,这位叔叔为什么要带走我?是因为我做错事了吗?是因为我之前抢了璇璇姐姐的爸爸吗?阿姨,您快告诉我,我们要去哪里?"

面对如此无助的安安,我不知道该说什么,用手抚摸了一下他的小脑袋瓜,说:"安安没有做错,都是大人的错,安安是个好孩子。"

"那我们要去哪里?"安安渐渐止住哭泣,认真地看着我,好像我说的每一句话他都信。

"我们去一个新家,到了就知道了。"说着我抬起头,看见后视镜里丁一汉刚毅的脸庞,他的神情格外严肃,像是正在履行一项非常神圣的职责。

车子停在别墅,阿丑早早就出来开门迎接,我拉着安安的手走下车,丁一汉对阿丑说,"你先带这孩子洗把脸。"

安安听到丁一汉的话,连忙向我身后躲:"阿姨,我怕!"

我这才想起来,安安是害怕阿丑的样子,也难怪,阿丑的丑可不是光说说的,我第一次见到她也是倒吸一口凉气。

阿丑站在我面前,表情十分冷,她伸出一只手生硬地说:"来,跟我走。"安安更加害怕了,我能感觉到他小小的身体在微微颤抖。

"我带他去吧。"我对阿丑笑笑,尽管我心里十分不愿意接近安安这个孩子,可是,这样的境况之下,我也没有办法做到置之不理。

给安安洗了个热水澡,小家伙居然有些困了,我让阿丑给孩子拿了点吃的,安安吃着吃着竟然睡着了。丁一汉坐在沙发上一句话也不说,只是一根接着一根地吸烟,正好阿丑安排我们吃饭。

一整顿饭的气氛显得十分僵硬,我和阿丑谁都不敢说一句话,只听到餐桌上碗勺的碰撞声。

吃完饭我刚想去房间,脚刚踏上楼梯第一阶就被丁一汉叫住,他说:"我和你谈些事。不管你从什么渠道,我要你帮我找个可靠的女人来,条件很简单,只要能照顾孩子的日常起居就行,关键是可靠。在此之前,你先带他几天,中午好好休息一下,下午我带你们到那晚留宿的别墅去。"

想起那天晚上挨饿和感冒的情景,我脱口而出:"为什么要去那里,在家里不行吗?"

"少啰唆!我不愿意看到他。"丁一汉冷冷地说。

丁一汉刚毅的脸庞和坚定的表情令人不敢接近,我鼓足勇气说:"可是,他毕竟是你的儿子啊!你怎么可以把他放到那么荒凉的地方去?"

"过几天,给他找个好的寄宿学校,先去休息,下午三点去采购物品，天黑之前必须赶到。"丁一汉说着便放下茶杯站起身向楼上走去。

安安显然是累了，小家伙已经睡着，可脸上还挂着晶莹的泪珠。我轻轻拭去他眼角的泪水，我的双眼也模糊了，在安安身边躺下去，没过一会儿竟然睡着了。

我还做了一个梦，梦见眼前躺着的孩子就是璇璇，璇璇苍白的小脸儿在白色灯光的映照下有些发青。我还梦见刘医生告诉我，再不抓紧找和璇璇相匹配的干细胞，璇璇很快就会死去，我将永远见不到她了……我紧紧地搂着璇璇，生怕有人会把她从我身边夺走。

"阿姨……阿姨我喘不来气了……"随着我的梦魇，我听到一个声音在呻吟。

我顿时被惊醒，猛然坐起来，定睛一看，是安安躺在我身边，他正在用无辜的大眼睛看着我，他身体蜷缩成一团，露出惊疑的神色："阿姨，你做梦了？"

我顺手摸了摸安安的小脑袋瓜，说："阿姨吓到你了吧？"

"阿姨，我口渴了。"安安爬起来坐在床上。

"好，阿姨去给你倒水。"我站起身向屋外走去，安安很快也从床上下来，连忙拉着我的手说："阿姨，我跟你去喝水。"

安安坐在沙发上，好像还有些犯困。我倒了一杯温开水递给安安，安安一口气喝下，这时候，听到门外一阵嘈杂的吵嚷声，我连忙开门去看。

眼前的情形令我有些无措，是秦佳璐一边哭叫一边向房里闯，显然，阿丑拦不住她，我下意识退回到屋里，正好，丁一汉正在下楼。

"换衣服吧，我们该出发了。"丁一汉说。

"丁先生，秦佳璐来了。"我小声回复道。

门咣当一声被撞开，秦佳璐先阿丑一步跌跌撞撞地闯进客厅。她看见安安坐在沙发上，便不顾一切地冲到安安身边，一边哭一边说：

"安安,妈妈可找到你了,儿子!妈妈害怕死了,以为再也见不到你了!"

"丁先生,我实在是拦不住她。"阿丑解释道。

"还愣着干什么?阿丑,先把安安带到你房间,好好看着他!"丁一汉向前走了几步,给阿丑闪开一条路。

又是一番体力较量,阿丑身形庞大,尽管秦佳璐护子心切,可最终还是体力不敌,阿丑生生地从秦佳璐怀里把安安抢过来,安安已经被吓坏,除了不停地大声哭,就是不停地喊妈妈。

眼前母子分离的景象我实在看不下去,随着安安的叫喊声逐渐消失,我想我也该离开这里,可是,还没等我挪动双腿,就有一个人影将我扑倒在地。

等我反应过来,我已经被秦佳璐按倒在地上,她一只手揪住我的头发把我的头向地上用力按,另一只手拧住我的脸,她愤怒得像是一头母狮,一边揪住我不放,一边骂:"都是你这个坏女人,是你让我们母子分开的!你的男人我已经还给你了,想不到你还不放过我,你还要来抢我孩子的爹!你还我儿子!你还我儿子!"

丁一汉上前两步,一把抓住秦佳璐的一只胳膊呵斥道:"放开她!不然我叫你永远见不到你的儿子!"

秦佳璐立刻愣住了,她整个人在一瞬间松弛下来,我连忙趁此机会挣脱开。

秦佳璐紧接着也爬起来,她像是从来都不认识丁一汉,目不转睛地看着他:"你说什么?你为了这个女人威胁我?"

"要我再说一遍吗?如果你再敢伤害她,这辈子再也见不到你儿子!"丁一汉冷冷扭头看着窗户说。

"你真的爱上这个女人了?你不是除了你老婆以外再也不爱别的女人了吗?就连怀了你的孩子跪下来苦苦哀求你,你都是这么说的,你忘了吗？"秦佳璐激动得浑身都在颤抖。

"我没忘，你背着我生孩子，你胆子可真不小！这就是你要付出的代价，一百万如果嫌少的话，你一分钱也不会得到，但都是同样的结果，你不可能陪着安安。以后安安的母亲只能是一个人——假如她愿意的话。"说着，丁一汉扭头看了我一眼。

"什么？你是说你要让这个女人做我儿子的妈妈？你疯了吗？这个女人恨不得我们母子早一天死！"秦佳璐像是一头被猎人追杀的母狼，满眼冒着凶狠的光芒。

我不由退后几步。

此刻，丁一汉非常淡定，他从衣兜里掏出一张支票，又抽出一支钢笔，把支票仍在秦佳璐的脚底下，异常平静地说："你是了解我的，等我待会儿改变主意，这张支票就是废纸。如果你想你儿子过得好，你最好再也不要出现在我面前。"

秦佳璐瞪着眼睛死死盯住丁一汉，眼泪已经模糊了她的脸，她缓缓低下头，捡起支票，吐出几个字："算……你……狠……"说完，就一口气跑出去。

我捂着半边脸，咚咚跑上楼，把自己关在房间里，我真后悔自己没有防备秦佳璐，她对我所做的一切，正是早在曼婷的婚礼上我该对她做的。坐在梳妆台前，看着镜子中狼狈的自己，心里有些堵。不过，很快我就平静下来，秦佳璐不是正在遭到报应吗？

"欣瑜，开门。"

丁一汉拿着一小瓶药水站在房间外，我轻轻打开房门，再次退回到梳妆台前。

丁一汉走过来坐在床上，他的表情非常凝重，他轻轻拧开小药瓶，从梳妆台前的棉签盒里抽出一支棉签蘸了点药水，一只手扳过我的脸，凉凉的药水敷在脸上有些凉，他非常认真地帮我一点点涂抹。我低垂着眼睛不说话,彼此只能听到对方清晰的喘息声。

"疼不疼?"丁一汉放下药水,脸上露出一丝笑意。

我低着头不说话,这次,他居然笑出声音,他说:"你不是挺机灵的吗?干吗被她偷袭?"

我不由自主噘起嘴巴回答:"你都说了是偷袭,防不胜防嘛,谁知道她冷不防地把矛头指向我啊。"

丁一汉先是笑了笑,然后像是突然想起什么,眉头瞬间紧蹙在一起,他慌忙站起身对我说:"欣瑜,你先休息一下,我临时有事要出去一下。"

丁一汉走后,我突然有些忐忑,拿起梳子心不在焉地梳理头发,可是越梳越乱。手机铃声突然响起,我连忙抓起手机,是兰兰的电话,她上气不接下气地说:"不好了,欣瑜姐,璇璇被那个疯女人偷走了!"

"什么?你说什么?"我有些慌乱。

兰兰喘着粗气继续说:"璇璇的爸爸打发我去买东西,回来就不见璇璇了,问护士都说没看见。"

突如其来的消息令我全身一点力气都没有,我从凳子上滑下去,过了一小会儿,我艰难地从地上爬起来,穿好衣服向外走去,让陆师傅开车送我到医院去。

刚到医院,就遇见丁一汉从医院里开车出来,他看到我惊讶地问:"欣瑜,你怎么来了?"

"兰兰给我打电话了,璇璇呢?璇璇去了哪里?"我焦急地问,真希望这一切都是丁一汉的安排。

"欣瑜,你别着急,我一定找到璇璇。等消息!你别太着急!"说完,他又对陆师傅说:"照顾好她。"

他麻利地上车,很快车子就绝尘而去。陆师傅有点不放心,也跟着我进了医院。

进了璇璇的病房，看到兰兰正坐在沙发上哭，看到我来，她抬起头说："下午本来朱先生和我一起陪着璇璇的，朱先生接了个电话就出去了，又过了一会儿，我去门口买水果，再回来，璇璇就不见了。"

听了兰兰的叙述，我更加着急，不禁责备道："你怎么连个孩子都看不住呢！"

"欣瑜姐，对不起，是我疏忽了，是我错了。"说着，兰兰就又哭起来。

陆师傅站在一旁，提醒我说："蒋小姐，您何不给那位朱先生打个电话？"

兰兰哭着说："朱先生知道了，我打电话告诉他了，他刚才来过，现在出去找璇璇了！"

是啊，我怎么没想起来？朱德义的电话接通后，我迫不及待地问："朱德义，你见璇璇了吗？璇璇丢了。"

朱德义声音无比焦急，他说："欣瑜，你别着急，我正在努力找，璇璇会没事的，会没事的。"

失魂落魄地放下电话，下一步我不知道从哪里去找璇璇，我的大脑一片空白，陆师傅搀扶我坐在医院走廊的长椅上，刺耳的电话铃声像是从外星球打来的。我全身打了一个颤，顿时醒过神，掏出电话一看，是个陌生的手机号码。

"是蒋欣瑜吧？"对方是个女人。

"是，是我，你是谁？"我尽量平息呼吸。

"怎么，没听出我是谁？"我正绞尽脑汁分辨电话里女人的声音，听筒传来哈哈大笑的声音，这个声音很熟悉，没错，这个女人是秦佳璐。忘了是什么地点，但我确定听到过她一模一样的大笑声。

一种不祥的预感迅速蔓延全身，我焦急地问："秦佳璐？你要干什么？我女儿是不是在你那里？"

秦佳璐再次肆无忌惮地哈哈大笑,笑声像是一把匕首穿透我的耳膜。脑子里顿时浮现出璇璇被绑架的情景,我迫不及待地追问:"璇璇是不是在你那儿?"

手机听筒再次传来秦佳璐阴冷的声音:"蒋欣瑜,你还算聪明,你女儿是在我手上。"

"你到底要怎么样?"

"要怎样?你说我要怎样?因为你,我老公离开我,又因为你,我和我儿子忍受着骨肉分离!我也让你尝尝母子分离的滋味!"秦佳璐逐字逐句说得很清楚,从她的语气里我能清晰地感受到她有多么恨我。

如果她站在我面前,我想她有把我碎尸万段的冲动,就像我第一次见到她,并且知道是她抢走朱德义的时候一样。但此刻我顾不了那么多,几乎用央求的语气说:"秦佳璐,我们有话好好说,只要你把女儿还给我,什么条件我都答应。"

听筒里逐渐传来秦佳璐的哭声,她一边哭一边断断续续地说:"蒋欣瑜,事情都到这时候了,我也求求你,你就放了丁一汉吧,只要你离开他,我想他会接纳我和我儿子的,你放手,好吗?"

我拿着电话,嘴唇有些抖动,但我尽量抑制住激动的情绪,说:"好好,我答应你,本来我和丁先生的关系也不像你想的那样,我对天发誓!"

"不!我不会信你,最起码你也要拿我儿子来交换!给你十二小时,见不到我儿子,我就弄死你女儿!反正我知道,即使丁一汉再不喜欢安安,至少也不会让他死!蒋欣瑜,我希望你好好掂量掂量!"

通过电话,我断定,秦佳璐的脑子一定很乱,她满脑子都是仇恨和报复,这种情况下的女人什么事都干得出来。可是,要拿安安来换璇璇,我如何向丁一汉开口呢?

我的心像是被撕裂,璇璇和这个疯女人在一起太危险了,我必须稳住她，我必须要知道璇璇现在在哪里？我焦急地说："秦佳璐，不用十二小时，我很快就会带你儿子来，你告诉我，你在哪里？"

"先带我儿子来，我再告诉你地点。"秦佳璐的语气非常坚定。

为了拖延时间方便知道璇璇的更多信息，我又接着说："我必须先听听我女儿的声音，不然我怎么知道她在你手里？"

秦佳璐笑了两声然后说："蒋欣瑜，你可真狡猾。好吧，我给你听听你女儿的声音。"

说完电话另一头沉默了数秒，很安静，我隐隐约约听到有汽笛声。汽笛声虽然显得很遥远，但是声音非常清晰，像是周围非常安静的样子。紧接着，电话里听到璇璇的哭喊声，璇璇大声喊着："妈妈！快来救我！"

"璇璇，你在哪儿？"突然电话被挂断，只听到一串忙音。

放下电话，我转身问陆师傅："请告诉我离H市最近的海边在哪儿？"

陆师傅被我问得一头雾水，他皱皱眉头想了想说："H市又不是靠海的城市，怎么会有海边呢？"

"那……那在哪里可以听到汽笛声？不是汽车的汽笛声，是轮船或者火车……"我的话还没说完，就突然想起来我听到的声音更像是火车发出来的。我像是抓住救命稻草一样，上前拉住陆师傅的衣服央求道："陆师傅，拜托你，你带我到有铁路的地方去，璇璇一定在那里！她一定在！"

陆师傅眉头紧蹙在一起，说道："你别着急，如果你这样冒冒失失地去，难免孩子不发生危险，要不先和丁先生商量一下吧。"

"不！我要立刻见到璇璇！陆师傅，求你了，带我去吧！"我浑身颤抖，不知道如何是好。

这时，曼婷突然出现在医院的楼道里，她一边奔跑一边叫嚷着："璇璇有救了！璇璇有救了！"

曼婷身后好像还跟着一个男人,这个男人的身影很熟悉,可是此时此刻我没有任何心思想他是谁。

曼婷气喘吁吁地站在我面前,她两只眼睛放着亮光,激动地说:"璇璇有救了!"

"你知道璇璇在哪儿?"我两只手按住曼婷的肩膀,焦急地看着她。

曼婷回过头看向她身后的男人,如果我没看错的话,这个人应该是甄鹏。

"甄鹏?!"我惊讶地叫道。

甄鹏明显比之前瘦了很多,皮肤也变成了小麦色,他微笑地看着我,说:"找到和璇璇匹配的骨髓了。"

"怎么回事?"

曼婷脸上一直带着笑容,她抢着说:"甄鹏去很远的地方支教,他一直努力寻找和璇璇相匹配的骨髓。这不就巧了,他的一个学生家长前段时间因为摔倒,恰好是甄鹏送他去的医院,得知了你的事情,便做了骨髓配型,这下才知道骨髓和璇璇的很匹配。甄鹏走之前早就秘密地从刘医生那儿要了一份璇璇的血样报告,这个人的化验结果,居然与璇璇的血型匹配度很高!"

"真的吗?是真的吗?"我激动地拉住甄鹏的手,用热切的眼神看着他。

甄鹏点点头,我说了句"你们等着我",就飞快地拉上陆师傅跑出医院。

坐上车,陆师傅迅速发动车子,他手握方向盘,非常坚定地告诉我说:"丁先生已经联系了那个女人,他带着孩子也正在去的路上,我们应该很快就会在那里会合,您不要太着急。"

"陆师傅,是你告诉丁先生的?"

"我告诉他的时候,他已经联系了那个女人,正要通知我一起去领孩子呢。"陆师傅一边开着车一边和我说话。

"可……可是,他舍得把孩子送还给秦佳璐吗?"我小声说,陆师傅没有说话,只是专心地开车。

车子一路颠簸,很快就到了市郊,陆师傅说,丁一汉告诉他秦佳璐的具体位置了,我们直接去就可以。

路越来越难走,眼前出现了一座小山,说是山其实并不准确,山上只有零零散散的石头,这座山更像是一座土坡。陆师傅把车停到山脚下,然后我们向山上走去,脚下有很多软绵绵的黄土,树木稀稀落落地长在高低不平的土坡上。

快到山顶的时候,火车的笛声呼啸而来。我看了看四周,却只能看到稀稀落落的树木,陆师傅气喘吁吁地说:"这个小山和另一座山连接的地方有一条铁路。"

快到山顶的时候,陆师傅小声对我说:"丁先生说山顶有一座小亭子,还有一个小破庙,那个女人带着孩子应该是在庙里。"

我会意地点点头,不顾一切地向上爬。果然,山顶出现了一个八角亭,我和陆师傅四处张望了一下,没有见到任何人。陆师傅指着小庙小声说:"咱们从后边进去,先观察一下地形。"

我点点头,和陆师傅分别从小庙的左右两侧过去,站在小庙的右侧就能清晰地看到对面的八角亭,再向右跨几步,便是山坡的边缘。我突然倒吸一口凉气,向下望去两座小山之间蜿蜒着一条又窄又长的铁路。我知道,铁路看上去离小山很近,实际上是有一段距离的,可是看起来这条铁路修在这里是极为不合理的,视觉上,就像是两座小山挤压出的一条弯弯曲曲的小溪。

我连忙把目光从山下收回来,小庙的右侧墙壁上有个小窗户,窗户用木条钉着,以我的身高恰好看到屋里的情形。为了避免被秦佳璐发现，我两只手扒着窗台，只露出两只眼睛。

秦佳璐和璇璇果然在里面，璇璇的两只手被绑在一起，秦佳璐正在喂她水喝。璇璇喝了几口，她立即拿开，嘴里还念叨着："小丫头片子，事儿真多，一次喝够，待会儿没人给你水喝！"

我的眼泪顺势而下，璇璇的脸色异常苍白，就连嘴唇都没有一点血色。我恨不得冲进屋里，立刻从秦佳璐那里抢过璇璇，把她紧紧地搂在怀里，一辈子再也不撒手。

陆师傅探出脑袋，递给我一个眼色，示意我引开秦佳璐。我会意地点点头，拿出手机打电话说："秦佳璐，你先出来，我已经找到你了，我们先谈谈，好吗？"

秦佳璐没说话，电话就被挂断，她匆忙从小庙里走出来。我立刻连续向右走了几步，秦佳璐一眼就看到了我。不过，她警惕性非常高，她刚走出去几步，就连忙转头往回走。

秦佳璐再出来时，璇璇的脖子上架着一把刀，我和陆师傅都不敢靠近。秦佳璐用仇恨的目光看着我说："蒋欣瑜！你敢和我耍花招？你信不信我立刻杀了她？"

"住手！"山坡下传来丁一汉的声音，稍后，他一只手牵着安安的手，走上山来，并一步一步靠近秦佳璐。

秦佳璐看到安安显得很激动，她眼里闪着晶莹的泪花，声音有些颤抖："安安……"

"妈妈！你放开姐姐！"安安试图甩开丁一汉扑到妈妈怀里，却被丁一汉拽住。

丁一汉非常镇静地说："秦佳璐，你别激动，千万别伤害璇璇，其实你想要回安安完全可以和我说，何苦要这样呢？你是安安的亲生母亲，你带他我能有什么意见呢？"

秦佳璐先是哈哈大笑几声，她眼含着泪水说："丁一汉！你果真是来了！看来，在你的眼里，蒋欣瑜远远比我儿子重要，对不对？"

"不是这样的，你别激动！"丁一汉越来越靠近秦佳璐，秦佳璐被迫向后一点点退去，她搂着璇璇，璇璇却十分安静，眼睛睁得大大的，没有一丝恐惧。

秦佳璐把架在璇璇脖子上的刀动了动，威胁丁一汉说："你别过来，再过来我就弄死她！"

"好，我不过去，我先让安安过去，你让璇璇走过来，好吗？"丁一汉像是哄孩子，用极其温和的语气，脸上也很快柔和了很多。

"我还有一个条件！"秦佳璐斩钉截铁地说。

"什么？你说吧。"

我瞪大眼睛看着秦佳璐，期待着她赶紧说出她的条件。

"我要你和我结婚，真真正正地和我在一起。"秦佳璐带着泪的眼神突然变得异常温柔。

丁一汉轻轻笑了笑说："这一点也不难，你以为我会真的让我的儿子流落在外，不能认祖归宗吗？我原本也打算过段时间就接你和我一起住的。"

"真的吗？"秦佳璐的眼里放出光彩，卡在璇璇脖子上的刀咣当落地。

丁一汉松开安安的手，安安飞快地跑到秦佳璐身边，大声地喊妈妈。我也飞奔到璇璇身边，一把把璇璇搂在怀里，眼泪再也忍不住。璇璇像是被吓傻了，不哭不闹，只是睁着眼睛看着我，我抱起璇璇朝丁一汉走去。

丁一汉接过璇璇，璇璇只是用她的小手牵住了丁一汉的大手，我也连忙绕到璇璇的另一侧，牵着她的小手继续向前走。

"丁一汉！你干什么去？"秦佳璐歇斯底里地叫了一声。

丁一汉转过身笑着说："你快醒醒吧，你以为我真的会和你这种女人在一起吗？你太天真了，你要是离不开儿子，我完全可以当作没有生过他，我劝你还是找个妥当的男人好好过日子吧，别再算计任何人了。"

"丁一汉！你别血口喷人，我算计谁了？"秦佳璐近乎失去理智。

丁一汉表情非常平静，冷笑道："你别告诉我，你勾引朱德义的时候不知道他有老婆。在曼婷的婚礼上你演的戏够水准，我懒得揭穿你，是因为我不想让别人知道我认识你。"

我有些惊愕，原来我一直认为，秦佳璐是在不知情的情况下和朱德义好的，没想到她是如此有心计的女人！

秦佳璐的表情顿时松懈下来，她的脸像是突然被揭掉假面具，露出原本的面目，她仰头大笑，笑声在山谷里回响，异常瘆人。她突然止住笑声，非常认真地问："你到底和不和我结婚？"

"做梦！"丁一汉异常坚定。

"好！好！说得好！"秦佳璐用力点点头，一只手牵着安安，然后蹲下身和安安说话。

我和丁一汉拉着璇璇的手，陆师傅已经在山脚下等我们，想着璇璇就要接受干细胞移植，想象着她很快就要像正常孩子一样玩耍，我仿佛又看到了希望。

突然，我的手松了一下，回头再看时，璇璇已经在秦佳璐的怀里，她一把扯过璇璇，拉着璇璇奋力奔跑。

见状，我不顾一切地撒开腿就追，丁一汉紧随其后。可是，就当我们快要追上的时候，秦佳璐站在山坡上奋力一甩，一瞬间就把璇璇扔下山坡。

我拼尽全力喊出一句："不要……"

随着璇璇的一声尖叫，我听到一阵汽笛声，我站在山坡上向下望去，顿时眼前一片漆黑，接下来我什么也不知道了。

再次醒来，睁开眼睛看到的人是曼婷，曼婷见我睁开眼立即露出笑容，稍后，两行热泪滚滚而下，她一只手擦眼泪，另一只手轻轻抚摸我的额头柔声说："醒了就好，醒了就好。"

看着四周洁白的墙壁和我身上洁白的被子，我突然想起刚才发生的一切。我猛然坐起来，抓住曼婷的手，急切地问："璇璇呢？我的女儿呢？"

"璇璇她……"曼婷只说了几个字，声音就哽咽得再也说不出话来，她把我紧紧地搂在怀里，整个身体都在不停地颤抖。

我努力挣开曼婷的怀抱，一把扯下手上的吊针，曼婷连忙拦住我："你要去干什么？"

我再次抓住曼婷的手，用哀求的眼神看着她："我要去看璇璇，璇璇肯定是受伤了，她在哪个病房，曼婷，你带我去看她，我要见她！"

"欣瑜……"曼婷又一次抱住我，她一边哭一边伏在我的肩膀上说："璇璇她已经走了……"

我用尽全身力气把曼婷推到一边，下意识地拼命摇头："不！你骗我！你骗我！我的女儿怎么会死呢？她很快就可以做干细胞移植手术了，不是吗？"

这时，甄鹏推门进来，我想起甄鹏说的话，激动地说："你来得正好，你把那个人带来了吗？是不是璇璇很快就可以手术了？"

甄鹏手里拎着一只红色平底鞋子，我认出来，那是我女儿璇璇的皮鞋。我猛然跳下床，一下子就瘫软在曼婷身边，她努力把我扶起来，甄鹏也连忙走过来帮忙。

甄鹏把我从地上抱起来重新放回到床上，低声说："欣瑜，璇璇她再也回不来了……"

曼婷看了看甄鹏，甄鹏无奈地摇摇头小声对曼婷说："只找到一只鞋……"

甄鹏的话立即把我带到昨天傍晚的情景里,我想起来,秦佳璐把璇璇甩出去的时候,我清清楚楚地听到了火车鸣笛声。我的女儿摔下去还不够吗?难道……我再也不敢想,我已经没有哭的力气,突然间变得非常冷静:"带我去看璇璇,我要见她,我要见她最后一面。"

甄鹏从地上捡起那只红色的平底鞋,缓缓地递到我面前,他已经哽咽得说不出话。我缓缓地伸出两只手接过来,轻轻地放到我的脸颊,一瞬间就又失去了知觉。

不知道昏睡了多久,我先是迷迷糊糊地听到有几个人说话的声音,感觉像是在梦里,又感觉说话的声音很真切,我努力睁开眼睛,看到几个熟悉的身影。

定睛一看,秦佳璐居然站在我面前。我立刻失去理智,大声喊道:"报警!为什么不报警把她抓起来!她这个恶毒的女人,是她害死了我的璇璇!"

曼婷连忙走到我身边,用力抱住我。秦佳璐转过身,扑通一下跪在我面前,她缓缓地抬起头用恳切的眼神看着我。

我疯了一样地挣扎,喊道:"我不会原谅你!你要么去自首,要么我报警!曼婷,你快报警啊!"

曼婷只是一个劲儿掉眼泪,我又向甄鹏喊:"这个女人是曼婷的表姐,甄鹏,你报警,好吗?"

秦佳璐跪在地上一动不动,她见我止住呐喊,继续说道:"我跪下来不是求得你的原谅,我是想求你另一件事情。你可能还不知道,曼婷他们走后,朱德义立刻从我的手里抢过安安,现在安安还在他手上,不过丁一汉去和他交涉了。他并非是想让安安给你的女儿偿命,他是想以此来要挟丁一汉,他对你还是不死心。我想这一次,丁一汉再也不会放过朱德义。蒋欣瑜,我跪下来求你,是替朱德义求情,就请看在他也曾经是你老公的份儿上,放过他,我知道只有你的话,丁一汉才能听得进去。除了你，没有人能救朱德义。虽然，朱德义最终爱的人是你，可是，我不得不承认我真正爱上的男人却是他。一开始就是我对不起他，让他帮别人养了这么多年儿子，还搞得他妻离子散。我希望丁一汉能念在朱德义为他养儿子一场，放了他。蒋欣瑜，我求你了！"

秦佳璐如泣如诉地说完这番话，就把头低下去，接着，她在我面前着实地磕了三个响头，鲜血顺着她的脑门直流，曼婷见状，把我靠在床上连忙走过去扶她。

"表姐！你没事吧？"曼婷跪在地上，把秦佳璐搂在怀里。这时，我看到秦佳璐的嘴角吐出许多白色的沫沫，她的气力也明显不足。

曼婷见状被吓坏了，立刻吩咐甄鹏道："还愣着干吗？快去叫医生！"

甄鹏飞快地跑出屋子，秦佳璐突然就笑了，她半闭着眼睛断断续续地说："蒋欣瑜，我输了，我彻底认输！不过，我还是想再给你磕三个响头，我知道，早早晚晚你会成为安安的后妈，在我临死之前，我求你了，不要虐待我的儿子！我求你了！"

说完，她试图推开曼婷，再次磕头，可是她的头刚一着地，整个人就没有了动静。

"医生！医生！"曼婷撕心裂肺地呐喊着。

不一会儿，甄鹏和几个医生护士跑进来，很快把秦佳璐抬走了。我脑子里乱极了，自始至终没有说一句话，我不知道我该怎么办，秦佳璐的请求对于我来说是何等残忍！

过了一会儿，曼婷垂头丧气地走进屋子，她站在我面前低声说："欣瑜，她死了。"

"死了?!"我瞪大眼睛看着曼婷。

"她自杀了。"

我一时无语。往事历历在目，但是我对这个可怜的女人恨不起来。

曼婷眼里含着泪水说:"甄鹏马上就过来了,一会儿丁先生也该回来了,他们会照顾你的,我要去陪我姨夫姨妈,帮着打理一下我表姐的后事。我知道你的脑子现在肯定特别乱,但是,我希望你能考虑一下我表姐的话,可以吗?"

我长长地叹口气,说:"曼婷,不瞒你说,就在前一刻我还希望秦佳璐死无葬身之地,可是,当我听到她的死讯时,我没有预想的那样轻松,我不能说我就不会恨她了,但我至少不会再将仇恨继续下去。你表姐的话我不能给她答案,是因为我对未来的生活还很迷茫。不过,替朱德义求情我会的,毕竟我和他之间有过婚姻,有过璇璇,其他的,我不敢保证。"

"欣瑜,你能说这些话我已经很感激了,我先走了,你睡会儿吧。"说完,曼婷推门走出去。

随着曼婷的背影消失在病房,我的心也随之放空。我的大脑一片空白,接下来我真的不知道该怎样面对自己的生活。

甄鹏推门走进来,他缓缓地坐在我的床头,用温柔的眼神看着我,低声说:"我真没想到这次回来看到这样的情景。不过,事情已经发生了,就让它过去吧,每个人都会犯错,秦佳璐已经为自己的行为付出了生命的代价,你和她之间的恩恩怨怨也该了结了。我倒是真佩服她的勇气,我曾经有很多次想一死了之,为自己救赎,可惜,每一次我都没有勇气,不过,现在也蛮好,每天面对一群天真无邪的孩子,面对他们渴望知识的眼睛,我就觉得我找到了最好的赎罪方式。欣瑜,等你好起来,我建议你也出去走走,多看看大自然,你的心情会慢慢好起来的。"

甄鹏这番话我并没有觉得很意外,自打这次见到他,我发现他和以前真的不一样了,他的眼神,他的目光变得非常清澈。我问:"你现在过得快乐吗?"

他点点头,表情非常凝重,目光中闪过一丝温柔:"以前的我真的是配不上你，欣瑜，再次和你相遇，和你相处的这段时间我才逐渐明白过来，我开始那几年多么愚蠢，以为物质可以使自己快乐，以为物质也能让我再次拥有你，我真的错了。欣瑜，也是和你相处的这段时间，才让我最终醒悟过来，真的。"

"你打算在山区扎根一辈子？"我说。

甄鹏笑了笑说："我想应该是。我会经常回来看望我的母亲，不过我最终还是想回到那里，在那里，我还认识了一个代课老师，和你一样善良，一样美丽。"

"祝你幸福。"

这时，丁一汉领着安安出现在病房里。不知道怎么回事，一看到安安，我的眼泪就再也忍不住了，脑海里不光是想起了璇璇，还有看到如此幼小的孩子突然失去母亲，感觉非常可怜。

"丁先生，带着你儿子去见他母亲最后一面吧。"我对丁一汉说。

"什么？"丁一汉疑惑地看着我。

"她服了大量老鼠药，抢救无效，就在一个多小时以前……"

丁一汉的表情瞬间凝住，他的嘴唇紧紧地闭在一起，眉头迅速蹙成一团。

甄鹏看着丁一汉道："丁先生，我带你去。"

安安显然没有听懂大人说话的意思，他拉着丁一汉的手说："带我去找妈妈！我要见妈妈！"

丁一汉拉着安安的手，回头看了看，叹着气跟着甄鹏走出病房。

我能想象出安安见到秦佳璐时伤心欲绝的模样，可是，我再也见不到我的女儿了，她曾经就是我的生命，没有了璇璇，我整个人就像是完全被掏空了一样。甄鹏带走丁一汉和安安后，我按了铃叫护士，和护士好说歹说，才给我注射了一支安定。

丁一汉帮着料理秦佳璐的后事，甄鹏在医院始终陪着我。我的身体其实问题不大,只是伤心过度有些虚脱,这两天的点滴使我的身体恢复很快,只是我不想睁开眼睛想事情,只想睡觉,只有睡着了才什么都可以不想。

丁一汉再次出现在我面前的时候,是三天后的早晨,甄鹏看见丁一汉走进来,微笑着向他打了个招呼,然后走出去。

丁一汉坐在病床前的椅子上,表现出前所未有的温柔,他轻轻拉过我的手,非常凝重地看着我说:"欣瑜,别怪我,趁你睡着的时候我把璇璇那只鞋子拿走了。我给她选了一块非常好的墓地,那里山清水秀,她一定会喜欢的,等你好一些,我就带你去看她,好吗?"

"什么?你们已经下葬璇璇了?"我不知道该说什么,只是心情异常激动。

"入土为安,主要是我不想让你经历那样的场面,别怪我,好吗?"丁一汉站起来,我看到他的眼角有一滴晶莹的泪珠。

"不,我不怪你,谢谢你为我考虑得这样周到,谢谢。"我叹叹气,低下头,眼泪一滴一滴落在洁白的被子上。丁一汉的手指触摸在我的脸上,帮我轻轻拂去泪痕。我突然想起秦佳璐说过的话,抬起头问:"朱德义呢?你把他怎么了?"

丁一汉疑惑地看着我说:"我没把他怎么样,他挟持安安威胁我放弃你,我告诉他你是自由的,他突然就蹲在地上大哭起来。之后,我很顺利地带走安安,他说他根本不会对安安怎么样,只要孩子喊一句爸爸,他就丝毫做不出伤害孩子的事。"

"你,还打算报复他吗?"

丁一汉缓缓地踱步,走到窗台前转过身看着我说:"欣瑜,你别说了,秦佳璐临终前说的话,陆曼婷已经都告诉我了,我知道你肯定会求我放过朱德义,对吗?"

我低下头不说话。

"欣瑜,你太善良了,其实即使再坏的人也不忍心伤害你,秦佳璐也不过是嫉妒心在作祟。所以,即使看在朱德义和你夫妻一场的份儿上,我也不会为难他。我也改变了很多,这件事如果放在一年前,我会让朱德义倾家荡产,无家可归。"丁一汉慢慢地走近我,他非常真诚地看着我的眼睛,突然,他嘴角向上扬了扬说,"我把安安送到寄宿学校了,你出院后,我带你到国外散散心,你这几天的任务就是好好想想,要去哪个国家,嗯?"

"再说吧。"我淡淡地说。

这时,甄鹏敲门进来,他手里拿着一封信对我说:"欣瑜,刚才我妈打电话说让我回去一次,我先走了,有丁先生照顾你我就放心了,这封信是刚才护士让我拿给你的。"

说着,他把信递到我手里,和丁一汉说了几句客套话,走出门外。

信封上的字迹非常熟悉,是朱德义的。我迅速打开信封,掏出信纸,朱德义清晰的笔迹呈现在我眼前:

欣瑜:

这个生硬的称呼我真不习惯,记得我之前给你写邮件都是用亲爱的,可是,此时此刻我知道我没有资格,收到这封信的时候,我应该已经到了公安局,接受法律给我的公正裁决。

我敢肯定,秦佳璐没有告诉你,绑架璇璇的主意是我出的,是我害了咱们的女儿!即使全世界的人都能原谅我,我都不能原谅我自己。我太傻了,我和秦佳璐都太傻了,她想给安安一个完整的家,我想追回我爱的你,可是我们用了如此卑鄙的手段。

女儿的死,表面上只是秦佳璐嫉妒的结果,其实,我才是绑架女儿的真正主谋。欣瑜，在这个世界上，我最最对不起的人就是你，当然，我也欠秦佳璐很多，尽管她和我结婚抱着不可告人的目的，可是，几年的相处下来，我能真真切切地感受到她真的爱我。

今生，我再也不渴望奢求你的爱，但我真的希望你以后能够幸福。

丁一汉是个有故事的男人，也是一个非常有担当的男人，他值得你托付终身，我希望安安不要成为你们幸福的障碍，同样，我也希望安安以后的人生是幸福的，毕竟我做了他几年的爸爸，如果，我是说如果，我希望将来你做安安的妈妈。

不说了，一会儿公安局该下班了，呵呵。

始终爱你的人

看完信，我呆坐在病床上，泪水再次涌出来。丁一汉走过来，拿过信，一目十行地看了一下，就又坐在我身边，搂住我，紧紧地搂住我。我的耳畔响起丁一汉温柔的话语："欣瑜，快点好起来吧，一切都会过去的。"

丁一汉在医院悉心照料我好几天，我的身体也终于好起来了，安眠药的用量越来越小。丁一汉买我爱吃的食物，还经常给我朗诵诗歌，每一次我都是在他深情款款的声音里逐渐睡去的。

出院这天，除了丁一汉之外，曼婷也来看我，她憔悴了不少，秦佳璐的死对她的打击很大，据说秦佳璐是曼婷姨妈唯一的女儿。

"曼婷，你恨我吗？"

曼婷帮我收拾日用品，她停下手里的活儿，看了我一眼说："我恨你干吗？"

"没什么，我只是觉得秦佳璐的死或多或少和我有关。"

曼婷放下手里的活走到我身边，扶住我的肩膀说："不关你的事，我心里清楚得很，你也别瞎想了，这都是她的命，也算是自作自受吧。"说完，曼婷长长地舒一口气。

这时，丁一汉走进来问道："二位小姐收拾好没有？"

曼婷抢先回答道："就好了，可以往下拎包了。"

丁一汉看了看四周，先是拎起一个手提袋，弯下腰去拿床上的手提袋，我连忙拦住他，对正在忙碌的曼婷说："曼婷，我口渴了，你去帮我买一杯奶茶吧。"

曼婷看出来我是有意支她出去，连忙接着话茬儿说："是啊，我也口渴了，丁先生，你要什么？我一起买来。"

丁一汉笑着说了声"不用了"，曼婷转身推门走出去。

门刚被关上，丁一汉就坐在椅子上看着我："欣瑜，你想说什么？"

我低着头坐在床上，不敢看丁一汉的脸，我担心看到他有些话我难以说出口。沉默了片刻，我终于抬起头对丁一汉说："丁先生，谢谢你照顾我们娘儿俩这么长时间，我从心里感激你。在某种程度上，我已经对你形成了依赖，一开始答应接受你的帮助是为了璇璇，既然璇璇都没有了，我也就没有什么理由继续给你添麻烦了，所以，我今天不想回你家……"

"等……"丁一汉打断我，他满脸诧异地站起身，在房间里走来走去，一副心神不定的样子。认识丁一汉这么久，我还是第一次看到他如此彷徨。终于，他停下脚步，重新坐到我面前，他从上衣兜里掏出一包香烟，抽出一根放在食指和中指上，他并没有点燃香烟的意思，一边和我说话，一边揉捻着香烟的烟嘴。他突然笑出声音，表情也恢复到平时的冷静，非常严肃地说："欣瑜，我们当初签的合同是你做我的私人助理，酬劳是璇璇的医药费和你们娘儿俩的生活费，璇璇是没有了，可是，你还需要生活费啊，你单方面毁约是要付违约金的，难道你想付违约金吗？"

我被丁一汉的话逗笑了，却不动声色，非常冷静地说："丁先生，关于签约的事，你和我都心知肚明，那明明就是你为了帮助我想出来的名目，我为了璇璇，也默认了你的帮助，不过现在，我真没必要再赖在你家了。"

丁一汉再次站起身，缓缓地走到窗台前，把手里已经揉捏得快要烂掉的香烟扔出窗外："是，我承认，那是我想得到你所用的手段。可是，我想你还不太了解我，我没有做到的事情，是绝对不会罢手。璇璇没了，你可以到处走走散散心，如果你愿意，我带你到世界各地走走。"

我也起身站起来，顺着丁一汉的目光，却只能看到对面楼层的窗帘，我站在丁一汉身后十分认真地说："送我回去吧，今天我想先住在曼婷家，至于我们之间的契约，以后再说，可以吗？"

"好吧，我给你一段自由时间。"丁一汉犹豫了一下说，说完，把床上和地上的手提袋一个个拎起来，"你等一下陆曼婷吧，我在车里等你。"

过了一会儿，曼婷手里拎着几杯奶茶进了屋，我接过她的手提袋，把曼婷按到椅子上说："曼婷，我无家可归了，你收留我一下呗？到你家住两天，我只要找到房子立马搬出去，绝对不会赖着不走，保证不影响你的甜蜜生活，行不行？"

曼婷瞥了我一眼，又笑嘻嘻地说："欣瑜，你还能和我这样贫，真好！不过，你这过河拆桥拆得也太快了点吧？"

"去你的！"我推了曼婷一下，就拎着奶茶拉起曼婷向楼下走去。

从我的病房到医院大门口只有几十米的路程，谁也不知道我心里有多么复杂。每下一个台阶，每转一个弯，我都能想起我之前经过的心情，或者是买了璇璇爱吃的零食，三步并作两步恨不能立刻送到璇璇面前，或是买了璇璇喜欢的小玩意儿，期待早一点看到她高兴的样子。

走出医院大厅，我忍不住回头看了看医院，眼泪忽然就落下来。曼婷看见我掉眼泪，没有说话，只是默默地牵着我的手上车。

"陆小姐，你指一下路，我送你们回去，欣瑜在你家，你可要多照顾她。有什么事直接给我打电话。"说着，丁一汉从兜里抽出一张名片递给曼婷，曼婷接过名片打趣道："我们相互解个闷，赶哪天丁先生不忙的时候，我带欣瑜找你蹭饭，好不好？"

"那当然好，请两位美女吃饭，我求之不得呢！"

一路上有曼婷总是笑声不断，到了曼婷家楼下，丁一汉握着方向盘扭头对我说："欣瑜，你会给我打电话吗？"

我顿了一下点点头，就拎着一些杂物向曼婷家走去。

曼婷掏出钥匙一边开锁一边对我说："就当自己家一样啊，不许客气！"

"张超凡在家吗？"

"不在，他今天去辅导学生了。"

我和曼婷一进门就把大大小小的手提袋扔在她家地上，就当我和曼婷在鞋柜拿拖鞋的时候，我听到卧室里传来细细碎碎的声音。显然，曼婷也听到了动静，她看了看我，示意我在客厅等她，就迫不及待地光着脚走进卧室。

很快，我听到卧室门咣当响了一下，我一边穿拖鞋，一边说："是你家张超凡在家吗？"

没人回答我的问话，我抬起头正准备看个究竟，却迎上了曼婷的怀抱，她的表情十分扭曲，她一边换鞋一边对我说："拿东西，我们走！"说着，曼婷拎起自己的背包就冲出家门。

第八章　一切杀戮和伤害，一切愧疚和泪水，都以爱的名义出现

我还没来得及了解其中的状况，就又看见张超凡光着膀子从卧室里走出来，他大声喊曼婷的名字，看见我后慌里慌张地闪进卧室。我突然明白了是怎么回事，低头赶紧换自己的鞋，慌乱中居然拿错了鞋子，这是一双细高跟红色皮鞋，我敢断定这双鞋不是曼婷的。

来不及想太多，我赶紧开门跑出去。还好，曼婷没有走出去多远，她一副失魂落魄的样子，看上去立刻就让人联想到她要去河边自杀。

我快跑几步，挽住她的胳膊，她却像个没事人似的，推掉我的胳膊平静地说："咱们去酒吧喝酒吧？"

白天的酒吧营业的很少，我和曼婷漫无目的地在街上转，不一会儿，曼婷的手机就开始唱歌，曼婷掏出手机连看都没看就把手机关掉，紧跟着我也掏出手机立即关掉。

走着走着，我们走到一个叫动感地带的酒吧门口，门是关着的，我第一眼先看到门口放着一块小黑板，小黑板上写的一行字立即把我逗乐了，我一板一眼地念："酒吧营业时间：正常开门：9：00；睡过头了：10：00；泡妞去了：不开门；旅行去了：不开门。"

曼婷听到，笑了，她清清嗓子接着念："正常打烊 12：00；姑娘太多：不打烊；全是爷们儿：提前打烊。"

念完这段通告，我和曼婷笑得前仰后合的，曼婷笑着笑着眼泪顺势而下，她猛然抬起胳膊擦掉眼泪说："欣瑜，想不想知道这哥们儿干吗去了？"

我和曼婷异口同声地喊："砸门！"

于是，我和曼婷手脚并用，酒吧的铁门被我们砸得那叫一个响，来来往往的行人像是看怪物似的看我们俩，我们谁都不在乎，不知疲倦地敲酒吧的门。

大约有十分钟过去了，还是没人开，曼婷看着我问道："泡妞去了？"

我反问曼婷一句："为什么不是旅行去了？"

"旅行？"曼婷瞪大眼睛像是突然想起什么，她拉着我的手兴奋地说："欣瑜，我们俩为什么不去旅行？"

我被惊得不知所以，不过很快跟上她的思维："去哪儿？你说！"

"先去车站随便看看，到时候决定，你看怎么样？"曼婷的样子看起来非常兴奋。

这时，酒吧的门被打开，从里面走出来一个睡意蒙眬的小伙子，他一边揉眼睛，一边骂骂咧咧："谁这么欠抽啊！一大早上不得安生！"

"一大早？"这厮还没睡醒呢吧，现在至少有十一点了。

"要喝酒吗？请进！"小伙子勉强睁开眼睛，拉开一扇门，做了一个请的姿势。

我给曼婷递了个眼色，意思是问她进不进去，曼婷拉起我撒腿就跑，跑了好一阵，终于停下来，我们再次笑得前仰后合。

"怎么？突然不想喝酒了？"我弯着腰气喘吁吁。

"你真没看见吗？"曼婷笑着反问我。

"什么？看见什么？"

"那个男人没穿衣服。"曼婷说完接着哈哈大笑起来。

"你什么眼神啊,我看见了啊,他明明穿着睡袍呢。"我疑惑地看着曼婷。

"可是他脸上分明写着'我是猥亵男'几个大字。"曼婷自说自话,笑得有些傻,我没觉得这件事多么可笑,我走到曼婷身边,把手放到她的额头上轻声说了句:"没发烧啊。"

几乎在一瞬间,曼婷的眼泪夺眶而出。我把曼婷抱在怀里,轻轻拍拍她的后背:"曼婷,没事,我们没有男人一样可以快乐,你想去哪里,我都陪着你。"

曼婷在我怀里哭了好一会儿,她突然抬起头说:"我饿了,咱们去吃东西。"

我和曼婷就近找了一间川菜馆,大吃一顿,曼婷点了很多菜,每一个都辣得不行。我和曼婷都爱吃辣,水煮肉片、酸菜鱼、麻婆豆腐等都被我们一扫而光。

走出餐馆,曼婷拉住一辆出租车,刚想拉开车门,就被一个戴着墨镜的女人截住,墨镜女人说:"车子是我先拦下的。"

"有没有搞错?明明是我招手他才停下的。"曼婷在短短两个小时里仿佛又回到了上学时的状态,说话办事像极了男孩子。

"陆曼婷!"墨镜女人惊讶地叫了一句,随即就摘下墨镜。

随着墨镜女人摘下墨镜,我和曼婷异口同声地喊出同一个名字:"林诗雅!"

林诗雅是上大学的时候和我们一个宿舍的,当时曼婷在我卜铺,她和曼婷隔床相望,俩人经常聊天,她与曼婷的关系仅次于我。刚毕业那年就听说她嫁了个法国男人,后来也没怎么联系。曼婷婚礼那天,听说她还从国外寄来了法国香水。现在,她突然出现在我们面前,真的是又惊又喜。

"是我啊,真巧啊!"林诗雅露出惊喜的神色,她看看我和曼婷说：" 你们俩怎么在一起呢?"

"是啊,我们俩现在都是无业游民,就一起混呗!"曼婷摸摸自己的后脑勺嘻嘻笑着。我知道曼婷的样子是装出来的,其实,她心里不定多么纠结呢。

"曼婷,你除了穿衣风格有些变化,说话和脾气可没怎么改啊。"林诗雅说完,一手拉着我一手推着曼婷上了车,她自己坐在副驾驶位置。

"欣瑜,你们俩去哪儿啊,先送你们。"林诗雅依然保持满脸的惊喜之色。

"先说说你现在在哪儿啊?怎么看上去浑身上下都是异国风情啊?"曼婷这样一说,我上下打量了一下林诗雅,她身穿一条宽松短款休闲裙,戴着一顶宽沿的帽子,是和时下这个城市的时髦小姐打扮不太一样。

这时候,司机师傅也回头说:"二位小姐去哪儿?"

我和曼婷面面相觑,不知道该怎样回答,当着林诗雅的面我有些不好意思,于是支支吾吾地说:"去……车站吧。"

"我们俩随便逛逛。"曼婷随口应和。

"随便逛逛?你俩要是真不忙,我们找个地方叙叙旧呗?"林诗雅像是看透了我和曼婷的心事,用诡异的眼神看着我俩。

"好!好啊。"我也随声附和。

林诗雅继续说:"那好,我约了人在一间茶楼谈事情,你们在那儿喝茶,等我一小会儿。"

车子停在一间带院子的小木屋前,篱笆栅栏上"四季清茶"四个字非常醒目。

这是一个农家小院儿,稀稀落落的树木,还有竹编的椅子,最有特色的就是这里的茶都是自己动手泡,林诗雅和几个大学生模样的女孩儿打过招呼后,就和她们谈事情去了,我和曼婷坐在离她们不远的椅子上。

拿起茶壶,我不由自主地学丁一汉泡茶的样子,手停在空中停顿了一下,曼婷问我:"发什么呆啊?"我赶紧认认真真地泡茶。

"咦!怎么这么专业啊?学过茶艺?"曼婷睁大眼睛诧异地看着我,又指着林诗雅对我说,"你看啊,她给那些人发的什么东西?"

林诗雅给几个姑娘每人几张 A4 纸,几个姑娘看了看,分别和林诗雅握手,林诗雅把剩下的纸张装进她的背包里,转身向我们走来。

"让你们久等了。"林诗雅抱歉地笑笑,把背包放在空座位上接着说,"这次回国遇到你们,简直太意外了!"

曼婷递给林诗雅一杯茶,抬头问她:"诗雅,你在国外做什么工作啊,我怎么感觉神神秘秘的?"

林诗雅低头喝了一口茶,然后把茶杯放在桌子上说:"法国的普罗旺斯知道吗?"

曼婷抢着说:"就是电视上演的有大片大片薰衣草的地方吧?"

林诗雅点点头,长长的波浪卷发随风灵动。我不禁激动不已,普罗旺斯几乎是每个有浪漫情怀女性的梦想。

"你在那儿工作吗?"我羡慕地看着林诗雅。

林诗雅双手交叉,开始叙述:"我老公就是那里的农场主,他家有几十亩薰衣草田,还有葡萄园,对了,还有美丽的罂粟花和向日葵。"

"那你平时就帮你老公干农活吗?"曼婷笑嘻嘻地说。

林诗雅被曼婷的问话逗乐了,她笑着说:"我开了一家酒吧,里面全是我家酿制的葡萄酒,平时我打理酒吧,没事的时候,就帮我老公管理一下农庄。现在的农活一般都用机器,不过也有一小部分是要人工采摘的,这不,这次回国,我帮着劳务输出公司联系了几个过去打工的人。"

我和曼婷连连点头,感觉林诗雅简直太幸福了,能在那么美的地方做事,想象着她穿着白色的纱裙带着荷叶边的帽子,和异国风情的老公在薰衣草花园里嬉戏奔跑，那该是多么浪漫的事啊。

曼婷突然灵机一动，对林诗雅说："你看我和欣瑜也去你那里打工怎么样？"

我被曼婷惊得目瞪口呆，打断她道："疯丫头！我可没想过要出国打工，这也太离谱了吧？"

曼婷甩开我的手道："难道你不想去普罗旺斯看看？咱们花钱去旅游，还不如跟诗雅去国外看看呢，你说呢？"说完，她用胳膊拱了我一下。

林诗雅见状，异常惊讶地说："等等，二位工作不要了？老公不要了？怎么突然变得这么疯？"

"其他的你别管，你就说我和欣瑜如果去，可以吗？"曼婷爽快地说。

林诗雅稍微迟疑了一下，然后说："这样吧，你们真想去的话，就到我的酒吧工作吧，如果通过劳务公司，还要交中介费。"

"真的可以吗？"我十分激动。

"刚才是谁还犹豫来着？"曼婷瞥了我一眼，不满地说。

我笑了笑，兴奋代替了所有的沮丧情绪，想想未来的日子里我也可以在薰衣草田吹风，心里无比激动。

林诗雅始终保持着笑容，她的表情十分轻松淡定，看上去成熟了很多。

"曼婷，你舍得新婚宴尔的老公吗？还有你欣瑜，你女儿该上小学了吧？"林诗雅说。

林诗雅的话让我和曼婷本来忧伤的心情无处遁形，尤其是我，眼泪争前恐后地喷涌而出。曼婷的眼圈也顿时红了，不过，她努力挤出一抹笑容。

"好了，你们别说了，我建议你们俩跟我出去一段时间，权当是旅游吧，女人就是要对自己好点。"林诗雅掏出手机看了看时间，然后掏出两张钞票放在桌子上对我和曼婷说："茶我请，我的电话你们存一下，如果想跟我出去，尽早联系我，我帮你们办签证。"

林诗雅走后，我说："你说这件事靠谱吗？"

曼婷倒是一点也不在乎，她信誓旦旦地说："要说别人不靠谱还有些道理，我和诗雅的关系，你又不是不知道，你觉得她会骗我吗？况且，又不是人家怂恿咱们去的，是咱们自己要去的。"

曼婷说得有道理，我连连点头表示赞同。

接下来的几天，我和曼婷一起逛街，买了一些生活用品，我把丁一汉的银行卡快递给他，我身上剩的钱也不多了，曼婷倒是手里有几张卡，看来平时家里的钱都是她管。

一次购物后，我坐在一家过桥米线店里吃米线，我问曼婷："你真的要携款潜逃？"

曼婷点点头。

我沉思片刻说："我觉得你应该给张超凡一个解释的机会，两个人冷静下来好好谈谈，或许事情真的不是我们看到的那样。"

曼婷冷笑了一声，又喝了一口可乐，挤出一抹笑容，看似很轻松："还谈什么？那个女的我认识，是他一个学生的小姨，他那个学生的父母都在国外，她小姨带着她，你还记得之前有两次张超凡夜不归宿吗？"

我疑惑地点点头，曼婷继续说："从那时候他们俩就勾搭上了，可能这次她家不方便了，偷情地点才改成了我家。呵呵，欣瑜，你觉得我有必要问得很清楚吗？"

"你不打算原谅他？"

曼婷的表情看上去很无所谓，可我知道她心里的苦，结婚没超过一年老公就出轨，谁能接受得了这样的打击呢？

曼婷低下头，又猛然抬起来说："我不知道我是不是可以原谅，至少现在不能，即使他跪下来我也不会原谅。"

每个人对婚姻和爱情都有自己的看法，我不知道我一路走过来做的事情是否是正确的，但我还是不希望看到曼婷轻易地放弃婚姻。往事一幕幕，我缓缓地对曼婷说："曼婷，你觉得我当初该不该义无反顾地离开朱德义呢？"

曼婷很快就回答："我想当时谁都忍不下去，换我也一样。"

"我离开朱德义从来就没有后悔过，可是，这几天我常常在想，如果我当初为了璇璇，为了婚姻，忍一忍呢？还会是今天的局面吗？我总是觉得我对不起璇璇，难道我和他的婚姻，真的只是他一个人的错吗？"我的双臂紧紧抱在一起，望望窗外，天是阴的，感觉浑身有一点凉。

沉默了一会儿，曼婷说："有件事没和你说，前段时间不是总想要宝宝吗？你还说带我去看中医，其实，是超凡有点问题。"

"他有什么问题？"我异常惊讶。

"医生说他精液异常，要取一些前列腺液做进一步化验，他却说不要孩子也不去丢那个人，我就是多说了两句，他就和我闹过两次离家出走，这些事我有些难以启齿，所以也没和你说。"

我欷歔不已，原来曼婷心里装着这么深的一个秘密，家家有本难念的经，一点也不错。都说旁观者清，组成一个家庭多么不容易，散了就能保证下一次爱情会来吗？更不能保证下一次婚姻能顺利。我长长地舒一口气，说："越是这样，你越是该给他一些理解才行，男人最忍受不了自己这方面出问题，你还是再给他一次机会吧。"

曼婷看上去非常烦乱，她双手抱住头不停地摇晃："不提这些了，出都出来了，先去旅行，我们俩都静一静，回头再说吧。"

那天，我和曼婷逛到很晚，最后到酒吧去喝酒，她不听我劝，喝了几杯烈性葡萄酒，很快就醉了。好在我还清醒，打了车把曼婷带回宾馆，她倒头就睡，梦里一直在喊张超凡的名字。看着熟睡的曼婷，突然想起曾经的自己，朱德义、甄鹏，哪一个不是我真爱过的人呢？

他们却以不同的方式伤害了我，我真的怀疑自己还有没有爱的能力。璇璇把我的心也带走了，我像是一只躯壳在这个世界漫无目的地游荡，我像是水里的浮萍，只能随风飘荡，无根无依。

几天后，我和曼婷跟随林诗雅到了机场。

已经过了六一，天气也有一点温热。天气格外好，阳光灿烂而不刺眼，微风佛面，让人感觉清爽又温暖。

上午九点多，我们三人在机场候机，林诗雅不停地向我们介绍这个季节的普罗旺斯。她说，这时候普罗旺斯的樱桃开始红了，葡萄藤也覆盖上了喜人的嫩绿色新叶。我闭上眼睛，仿佛我面前就是远山青黛，似乎可以闻到那一丛丛迷迭香、薰衣草的香气。

突然，我被一个声音惊扰，睁开眼睛一看，不知道什么时候，张超凡出现在我们面前，曼婷和林诗雅也颇感意外。

张超凡一把拉住曼婷，恳切的眼神像是要把曼婷立刻融化："曼婷，别走，好吗？"

曼婷呆呆地坐在原地，脸上没有任何表情。

张超凡依然深情地看着曼婷，双膝跪地，两只手始终没有离开曼婷的身体，他缓缓地低下头，再次抬起头，眼里满是泪水，声音也哽咽了："曼婷，原谅我，我不能没有你。是我错了，求你给我一次机会。"

曼婷的脸依然很冰冷，可是就在张超凡双膝跪地的一瞬间，她的眼泪滂沱而出。她把脸扭到一边，张超凡跪着也把身体移过去，我给林诗雅使了个眼色，分别从椅子上离开。

我们俩站在离曼婷和张超凡几米远的地方，张超凡说着什么，曼婷的表情也变化多样，不一会儿周围就聚集了一些人。这时候听到广播，我和林诗雅拨开人群走过去，曼婷抬着头看着我，我对她笑笑，又对张超凡说："因为你，曼婷不能跟我们去普罗旺斯了，给你个任务，过段时间一定带她来看我，不然我可饶不了你。"

张超凡站起身来，朝我和林诗雅笑笑，曼婷带着眼泪的脸上也露出微笑，她说："谁说我不跟你们去了，我要去！"

"要去也不带着你了！"林诗雅拉起我的手，朝登机口走去。

登机口处，我挥手向曼婷告别，曼婷和张超凡手拉着手向我们高高举起，此刻，我真的很激动，心里有对曼婷深深的祝福，也有离开时的悲怆。

置身普罗旺斯，触目所及几乎都是绿油油的橄榄树，这里的街道、房屋、酒吧，到处充满了浓厚的艺术气息。古罗马的建筑、艺术家的作品和生活在现代文明社会的人，在这里和谐相处，宁静美好。

我问林诗雅酒吧在什么地方，她微笑着告诉我："普罗旺斯最美丽的薰衣草观赏地。"

我满脸疑惑，我们搭上一辆大巴车，山路崎岖狭窄，大巴车在山路上行驶着，山路太窄，如果对面来一辆车，根本没办法通过，周围越来越荒凉、贫瘠，我不禁有些失望的情绪，林诗雅看出来我的想法，笑了笑，没有说话。

下了大巴车，已经是黄昏，我和林诗雅带着大大的旅行包开始向一个小镇走去，我已经是满头大汗，刚想问林诗雅为什么不让老公接我们，话到嘴边又咽回去，入乡随俗，在国外随意打听人家的隐私是很不礼貌的。

到了一条古朴的小巷，人逐渐多起来，虽然看不清小镇的全貌，可是，这里的人文气息和异国情调逐渐呈现在我的眼前，酒吧、客栈、咖啡厅。这条街随着夜幕降临越来越繁华，街上漫步着各色皮肤的人们，我不禁好奇地问："这些人都是游客吗？"

林诗雅点点头，追加了一句："有在这里工作的，也有当地人。"

我们走到一个酒吧模样的屋子前面，林诗雅说："这就是我的酒吧。"

我抬起头看见一串英文,"My heart will go on!"

"我心依旧?酒吧的名字很好听。"

林诗雅笑笑,带着我绕到屋子的后门,进了酒吧的后院。开始我以为进了院子就是酒吧,没想到院子大得出奇,走进院子后门,就看到一排小木屋,分别用英文写着:"住宿区""仓库"等字样。

林诗雅告诉我等一下,她去取钥匙,我环视了一下四周,感觉这里的环境还不错。不一会儿,林诗雅拿回钥匙说:"你住这里的宿舍,可以吗?"

"当然。"我说。

林诗雅把行李放到一边说:"这间宿舍是空着的,你先住下,过两天我搬来和你一起住。"

"和我一起住?你不和你老公住在家里吗?"我几乎脱口而出。

林诗雅低下头,轻声说了句:"我们说好这次回来就办离婚。好了,你收拾一下,祝你愉快,我先到酒吧看看生意怎么样。"

林诗雅的话让我一下愣住,她带上门走出去,我一屁股坐在单人床上,不由地叹息,每个人都有一个秘密,看来,林诗雅的感情也非常坎坷。

这间宿舍很干净,也不算小,放两张单人床和两张桌子,中间的空地还很大,墙壁上有薰衣草,摆放成一个大大的心形,整个房间都弥漫着薰衣草的香气,真想立刻就看到大片大片的薰衣草田,好好感受一下浪漫气息。

过了一会儿,林诗雅把我带到酒吧里,还介绍两个中国女孩儿和一个法国女孩儿给我认识。酒吧的客人逐渐多起来,我兴高采烈地说:"给我一套工作服,我也立刻工作吧?"

"你今天还是做客人吧,老老实实坐在这里享受两杯美酒。"说着,她亲自倒了两杯葡萄酒。

酒吧的气氛真的很好,整个墙面都是复古的原木色,房顶上垂下来的绳子上贴满了花花绿绿的小卡片，直垂到客人的头顶上方。小卡片上写着游客的祝福语和心里话，我随手拉下一条，上面写着一行英文，我英文不是很好，闪了一下给林诗雅看，她念了一句翻译道："美丽的薰衣草花语是等待爱情，我在这里等你回来。"

顺手翻了几下，一行娟秀的中国字呈现在眼前，上面写着"在这里，我收获了我的爱情，这个酒吧见证了它开花结果，谢谢酒吧，谢谢普罗旺斯！"

令人心旷神怡的还有吧台小姐的工作服，是一条紫色长袖雪纺纱裙，头上还带着一个淡紫色花环，她们端着美酒穿梭在客人之间，俨然美丽的天使穿梭在花园里。

都说普罗旺斯非常浪漫，在这间酒吧的角角落落都体现得淋漓尽致。眼前的林诗雅和前些年有很大变化，她虽然有些忧郁，可同时具备了优雅的气质和淡定从容的性格，她从不和我提及她的感情，但从她的眼神里，我知道，她一定是有故事的。

相对无言，我和林诗雅一直喝酒，嘴里说的更多是干杯，为相逢干杯！为生活干杯！

第二天一大早，林诗雅穿一件长袖宝石蓝长裙，戴着一顶黄色荷叶帽子，背着一个简单的背包出现在我的宿舍，我诧异地看着她："这身不会是你的工作服吧？"

她笑了笑，从床上把我拉起来说："快点收拾，我先带你去农庄看看，你一定做梦都想看薰衣草田吧？"

"可是，不是还不到季节吗？"

"薰衣草还没成熟，但是已经有了一层淡淡的紫色，已经很好看了，我带你逛逛去。"

"真的？那我什么时候正式上班？"我一边梳头一边兴奋地说。

"过两天吧，先玩玩，反正我是老板，你怕什么？"

林诗雅开了一辆敞篷车，她载着我来到吕贝隆山区修道院的花田，据说这里是最著名的薰衣草观赏地。

车子停在外面的停车场,我们踩着乱石往山上爬去。怀着急切的心情,爬到修道院石头垒成的院墙外,我们的眼前一亮,迎着中午强烈的阳光,一大片紫色薰衣草闪着迷人的光芒,虽然还是浅淡的紫色,像是给整个庄园蒙上了一层淡紫色的雾气,美轮美奂。

虽然现在不是看花的最好季节,可是向日葵花已经快到收获季节,大片大片的向日葵和紫色的薰衣草相偎相依,我们沉浸在花的海洋,阳光,微风,似乎听到薰衣草细细诉说着普罗旺斯地区无穷无尽的美丽色彩和芬芳。

虽不是旺季,游客已经很多,各色皮肤各色头发的人穿梭在薰衣草田里拍照留念,他们来自不同的国家,对美丽有着相同的向往。

突然,我脑海里想起丁一汉死去的妻子欧阳云霞,她满屋子的紫色,肯定她也向往普罗旺斯的薰衣草。想着想着,我突然觉得很可笑,别说欧阳云霞了,就是丁一汉又和我有什么关系呢?璇璇没有了,我和他之间也就再也没有什么关系了,可是,我明显感觉到自己有那么一丝牵挂,这份牵挂,说不上来是对丁一汉,还是对我和他之间曾经发生的点点滴滴。

下午一点多钟,我和林诗雅走到车子里吃东西,感觉真舒服,有点不想动,正在犹豫要不要回去,听见车窗外林诗雅用法语和几个游客攀谈。

过了一会儿,林诗雅的头探进车窗,笑着问:"累了?不想动了吗?"

我默认地点点头,林诗雅一进车内,我就递给她一瓶矿泉水,她把头伸回去抬头看了看天空,然后又缩进车窗:"刚才有游客说下午有露天音乐表演,都是世界著名的艺术家,想不想看?"

我忍不住质疑地笑了笑:"别开玩笑了,世界著名艺术家为什么不到大剧院去,这里的音响效果多差啊。"

林诗雅瞥了我一眼，讽刺道："亏你还算是搞艺术的，连这也不懂，在田园里开音乐会唱歌剧，比剧院有意思多了，多少人梦寐以求呢，别说别的，没点名气的，谁费劲去搞电源，音响？再说了，这不是戛纳电影节刚刚结束吗？哪个艺术家来了不想趁此机会提高知名度呢？有谁不希望自己像凡·高一样？"

"像凡·高一样为心爱的女孩儿割下耳朵吗？"我笑着打趣道。

林诗雅微笑着看了我几秒钟，拍拍我的肩膀："之前我还替你担心，怕你一时半会儿走不出来，现在看来，大自然的美丽会让你变得更开朗，你还能和我开玩笑，挺好的。"

看来林诗雅了解我的一切，不管我的状况是谁告诉她的，我都非常感谢林诗雅，感谢她收留我，把我当作朋友，随时随地给我温暖。身处异国他乡，这份温暖显得格外珍贵。

"好啊，几点钟开始？咱们这就去吧？"我表现出极高的兴致，就像是林诗雅说得那样，我要勇敢地走出失去女儿的阴影。

林诗雅看看手机说："休息一下吧，要三点才开始，待会儿再过去，我也有些累了。"

我赞同地点点头，中午的眼光格外刺眼，隔着玻璃窗依然能够感受阳光的温度，不过这样睡觉蛮舒服，不知不觉我和林诗雅都在车里睡着了。

再次醒来，已经三点半钟，林诗雅被我叫醒，提醒我戴上帽子和墨镜，我们简单收拾了一下就赶往演出场地。

远远地就望见大片大片的向日葵田前稀稀落落站着一些人，声音也越来越清晰。近了，我看到一个穿着白色纱裙的女人正在演唱《茶花女》选段，具体是哪一段我听不出来，这个歌唱家也有一张非常熟悉的脸，但也记不起名字。游客们撑着各色的雨伞在柔媚的阳光下观赏节目，在淡紫色薰衣草和黄灿灿的向日葵的映衬下，每个人的笑脸也变得格外亲切。

场地很大，林诗雅说这是一块空地，是刻意为每年的演出空出来的，还有很多人拿一块布铺在地上，然后坐在上面看节目，还有人干脆拿出备好的葡萄酒和美食，一边享用一边看节目，很显然，他们也成了这里的一大景观。

"诗雅，这个歌唱家，叫什么来着？"

林诗雅轻松地笑笑，然后说："管她是谁呢？反正唱的是世界最高水平，欣瑜，你怎么音乐思想还是那么老套啊？现在世界各地的青年歌唱家我们不知道的多了去了！"

是啊，林诗雅说得没错，我是个怀旧的人，看《红楼梦》一定是一九八四年那版的，看《射雕英雄传》定是要翁美玲演的黄蓉。我低头笑了笑，觉得自己确实有些一根筋。再次抬头时，我注意到女歌手后面的钢琴伴奏，那是一张非常熟悉的脸庞，那是一张长着黄皮肤黑眼睛的脸。

没错，正在专心为女歌手伴奏的是欧阳云翳！我简直不敢相信自己的眼睛，我把手里的矿泉水倒到手心，拍在脸上、眼睛上，我再次确认我看到的这个英俊帅气的男人确实是欧阳云翳。我不由自主地盯着他看，他的眼神比半年前要忧郁，不过，多了几分成熟，皮肤比之前也黑了不少，变成了时下非常流行的小麦色。他抬头娴熟地翻动琴谱，我连忙躲闪，此刻我的心很乱，不知道该不该上前打个招呼。

正在这时，女歌手的演唱结束了，周围响起了热烈的掌声。我不由自主地拉了拉林诗雅，她正兴致高昂地看演出，刚才的女歌手依然站在人群中央，她向大家谢幕后接着报幕，她用英语说了一段话，我虽然听不懂，但我清晰地听到一串英文里有"欧阳云翳"这个名字。

紧接着，欧阳云翳站起身，他接过女演员手里的话筒，说了一段汉语："对不起，请原谅我说汉语，因为我接下来要说的这段话，我知道一定有人听得懂，站在这里，我非常激动，我终于站在普罗旺斯薰衣草田弹奏钢琴了，这不仅仅是我这一辈子最大的梦想，也是我生命中最最重要的人的一个梦想,我想她一定能听到我为她演奏的《梦中的婚礼》。我在这里演奏,也如同她在演奏一样,我把这首曲子送给她——我亲爱的姐姐,同时,我还要把这首曲子送给我曾经深爱的女人,我希望她不论身处何方,都有我的祝福相伴。"

我不知道欧阳云翳看没看到我,曲子的前奏一响起,伴随着周围人的掌声,我的眼泪也滂沱而下。我二话不说,拉着林诗雅就向车子方向跑去。林诗雅被我搞得一头雾水,但看到我执意要走,也无可奈何地跟出来。

一路上林诗雅意味深长地说了几句话,令我感触很深:"在国外待了几年,遇到各种各样的男人,别的没学会,但我学会了面对感情,咱们中国的传统女人遇到感情的问题经常逃避,其实那真的不是解决问题的办法。不管刚才那个中国小伙子,你和他之间有过什么,在异国他乡遇见,那该是多么深的缘分啊,如果是我,上前打招呼都会迫不及待,干什么躲着人家啊。"

林诗雅看似漫不经心的几句话,令我茅塞顿开,她说得很对,我用不着逃避,因为我从来没有对欧阳产生过友情之外的感情,我躲着他,是不是恰好会产生误会?思及此,我自嘲起来,我淡淡笑了笑,索性对林诗雅坦白:"他叫欧阳云翳,他曾经喜欢我,我对他不来电,我把他介绍给我同事,他在婚礼那天逃婚了。"

诗雅双手放到方向盘上,认真地说:"那你更不应该躲着他啊,不过你也是的,己所不欲,勿施于人,你犯了大忌了,你现在还感觉特亏欠你同事吧?"

我认同地点点头。

诗雅接着说:"放心吧,缘分这东西很难说,你别往心里去,即使你最后和这个小伙子在一起了,也不应该觉得亏欠谁什么,感情,本身就是身不由己的事。"

看着林诗雅坦然轻松的微笑,我不禁问道:"诗雅,你对感情真的看得这么开吗？"

林诗雅一只手把着方向盘，耸耸肩膀："当然啊，我回国第五天接到我老公的国际长途，他只对我说了句'诗雅对不起，我爱上别人了'。我就提出和他离婚了，他也很爽快地答应了，找时间办个手续就好了。财产什么的，他不会亏待我，但我也不想占便宜，我只要酒吧和一间别墅，酒吧是我辛辛苦苦经营起来的，别墅他有三栋，我只要一栋。"

我被诗雅云淡风轻的语气惊得说不出话来，她继续说："我老公，哦，目前还是我老公，他听说我带了中国朋友来，说找时间请你吃饭。"

"吃饭？你和他都要离婚了，他还请你的朋友做什么？"我惊讶地问。

"离婚了，还是朋友啊。"她的言外之意还有，这有什么大惊小怪的？

"呵呵，真潇洒。"我情不自禁地感慨。

当天晚上，我就在林诗雅的酒吧上班了。很久不工作了，觉得一切都是新鲜的，穿上紫色长袖雪纺纱裙，头上也戴了花环，来往的客人纷纷和我们几个服务员拍照留念，身处这间酒吧，会不由自主地微笑，不光是我们服务员，来来往往的客人每个人也都是满面春风。

我感到在这里工作非常愉快，虽然每天都很累，但只要看到客人绽放的笑脸，心里就有一种满足感，每天忙到深夜两点入睡，但第二天可以睡到日上三竿，日子过得无比充实。

三天后的一个中午，林诗雅拉着我出去，说是她老公要请我吃饭，我本来不想去，诗雅劝说："别让老外瞧不起咱中国女人，大大方方吃顿饭，有啥啊。"

林诗雅替我从我的衣橱里选了一件鹅黄色连衣裙，一边帮我打扮一边不断地啧啧赞叹，她自己的穿着更加讲究。我都不知道林诗雅有多少衣服，反正每次见她和上次穿得都不一样，她说女人就是要对自己好点，她钟爱蓝色，今天又穿了一件宝石蓝的低胸长裙，还配了一条白色纱巾，和周围的景色非常合拍。

路上，诗雅告诉我，我们将要去一家普罗旺斯美食大全的餐厅，她一边开车一边给我介绍各种食物的吃法，比如大蒜美乃滋和哪几种食物搭配最恰当，还有马赛鱼汤也一定要喝……

一路上林诗雅滔滔不绝，快到餐厅的时候，她突然接到一个电话，她对着电话讲了一大段法语，表情变得很气愤。她停下车子，顺着她手指的方向说："欣瑜，还有几十米就到了，记住，叫随风而逝餐厅，我要去办点事情，你们不用等我，先吃就好了，我一会儿过来。"

我所了解的法国餐厅大多是一副模样，都是很长的桌子，中间放着鲜花，蜡烛是制造浪漫的必备工具。这家也不例外，除此之外，四周墙壁上有几幅油画，最抢眼的当属凡·高的《向日葵》，虽然是印刷品，但还是给这家餐厅增添了不少艺术气息。

餐厅稀稀落落坐着几位客人，靠近窗户的位置坐着一位法国男人。看了看桌牌号，我走过去，法国男人站起身，非常绅士地和我打招呼："您好，请问是蒋欣瑜小姐吗？我是林诗雅的老公，我的中文名字叫林子。"

我很惊讶，不由自主赞叹道："林子先生，您的汉语说得真好！"

我之前担心的交谈障碍一下子清除了，绷紧的神经立刻放松。心想，这个法国男人蛮可爱的，中文名字还叫老婆的姓，可见当初他们也是轰轰烈烈啊。

"蒋小姐很漂亮，也很有气质。"林子用熟练的普通话说。

我难为情地笑笑，转告他诗雅去处理事情要晚来。他听我说完，非常体贴地替我点了一杯橙汁，林子是个非常健谈的人，他向我介绍了许多当地的风土人情，甚至还给我讲了薰衣草的传说。

半小时后诗雅还是没来，我有点坐不住了。当林子问及我来普罗旺斯的目的时，我随口说："我不是单纯来旅游的，我需要一边工作一边旅游，我在诗雅的酒吧干活儿。"

当我抬起头时，林子像是换了一个人，他色迷迷地盯着我看，手还在桌子底下摸我的大腿。我被吓坏了，心想，难道是我说错话，令他误会了？在酒吧上班的女人难道都被人鄙视吗？法国也这样吗？

林子半眯着眼睛，抬起下巴用十分淫邪的目光看着我说："美丽的东方女人，你太美了，今晚你陪我可以吗？别说做酒吧妹了，如果你愿意，整个酒吧都给你，亲爱的姑娘，你愿意吗？"

我十分慌乱，顾不上想太多，站起身正要向外走，迎面撞上林诗雅，她把我按到椅子上坐下，不急不慢地走过去，胳膊用力一挥，巴掌落在林子脸上，林子还没反应过来，诗雅又抡起胳膊，朝他的另外半边脸扇过去。

"你……"林子捂着脸说不出一句话。

林诗雅非常镇定，但是脸上写满了愤怒，我担心林诗雅误会，支支吾吾说不出一句话。她对我做了个噤言的手势，就接着对林子说："亨利，你做得可真绝！我劝你给自己留一条后路，别以为在法国，你就可以一手遮天，我相信，法国也是讲法律的！"

我不知道林诗雅在说什么，她把几篇写着法文的文件摔到桌子上，然后拉起我的手，说了句："法庭上见！"

走出餐厅，我更加茫然，好在林诗雅情绪调整得很快，她把车子开到一家中餐馆前。我们下了车，林诗雅淡淡地说："欣瑜，陪我好好吃一顿炸酱面好吗？"

我深深地点点头，走进面馆，一种浓郁的中国气息扑面而来，餐馆老板是个中年女人，看见我们来，非常热情地问我们来自中国的哪个地方。

炸酱面很快就端上来，我刚用筷子挑起几根面，就看到林诗雅的脸颊上有大颗大颗的泪珠滚落下来。

"诗雅，你怎么了？"

林诗雅像是没有听到我说的话，她低下头大口大口地吃面，豆大的泪珠源源不断地滚落到碗里，她放下筷子，趴在桌子上大哭起来。

餐厅老板很快走过来关心地问怎么了，诗雅抬起头对老板说："没事，我就是一吃面就想家了。"

老板亲昵地拍拍诗雅的肩膀，说："想家了就过来，把这里当家。"

我和林诗雅朝老板微笑，点头。

老板走后，诗雅擦了几下眼泪，渐渐恢复了常态，她说："亨利就是个人渣！"

"刚才……"

我不知道该怎样和诗雅说刚才的事，没想到诗雅义愤填膺地说："刚才他的丑态我都看见了，没吓到你吧？"

我摇摇头，说："想象不出来，你和这样的男人一起生活了四年。离了就离了吧，真没什么可惜的。"

林诗雅苦笑几声，耸耸肩膀继续说："欣瑜，你以为我是因为离婚伤心得想哭吗？不是的，亨利是个什么样的人，我比任何人都清楚，我被他耍了！他也太欺负中国人了！"

林诗雅的话一下子跳跃到国际问题，我有些茫然，诗雅喝了一口面汤说："他居然背着我，把酒吧和三栋别墅都过户到自己的名下，让我净身出户！"

"什么？怎么会这样？"我惊呼。

林诗雅有些激动，有破釜沉舟的架势，我想，如果此刻她有一把枪，她会不计丝毫代价地向亨利开枪。

诗雅的表情慢慢地恢复平静，最后，她终于松开紧握的双拳，她有些累了。

搀扶着诗雅走进车子里，她的状态很恍惚，我只好代替诗雅开车。可是，我根本就不了解法国的交通规则，刚走了一会儿，我就因为违反交通规则被送到警察局。交过罚款后,一个女警察代驾把我和林诗雅送回酒吧。

回到酒吧,林诗雅开始喝酒,我怎么劝都无济于事,索性陪她一起喝,后来我和她都喝醉了。第二天早上醒来,我们俩都睡在地板上,林诗雅比我酒量大,她拉我起来,还给我弄了早点。

早饭后,我和诗雅坐在安静的酒吧里,我说:"诗雅,你的事我知道我帮不上忙,但我绝对支持你讨回公道。"

诗雅笑着点点头,她抬头看了看墙上的时钟,已经九点多,经过一夜的酒醉,林诗雅又恢复了先前的冷静,她长长舒了一口气,对我说:"欣瑜,我不会轻易认输的。不过,我不能像之前那样照顾你了,不出意外的话,一会儿亨利就会叫我滚蛋,我也会暂时停下所有的事情,早点争取自己的权益。"

林诗雅现在的状态的确令人担心,一个女人单枪匹马在国外,会有多难啊。我说:"你自己可以吗?实在不行和我一起回国算了,这里的一切权当做了个梦。"

"我咽不下这口气,所以,我必须讨个公道。倒是你,欣瑜,我必须告诉你一件事,弹钢琴的那个男人我见过了,那天他尾随我们找到酒吧,我没叫你,他给我留了联系方式,就在刚才去见亨利的时候,我给他打电话了。虽然我不十分清楚你们的关系,可我认为他是个十分可靠的男人,接下来,他会照顾你的。"

"诗雅,我不怪你给欧阳打了电话,不过,我不用别人照顾,我尽快买机票回国就行了,我本来就是来散散心就回去的。"我说。

"我带你出来,必须对你负责任,我把你交给他,我可以安心。你具体是留下来还是回国,我们保持联系吧。"诗雅说着站起身,她指了指酒吧门口笑着对我说:"他来了。"

顺着诗雅手指的方向,我看到一个高大男人的身影,在阳光的照耀下我看不清他的脸,但挺拔的身姿和俊朗的轮廓令我一下子就认出他。

"欧阳？"我不由自主地叫道。

"是我，我们又见面了。"欧阳迈着稳健的步伐走进酒吧，他的面容在我眼前逐渐清晰起来，他转头向诗雅微笑着打招呼。我愣在原地，不知道该说什么。

欧阳的样子一点都没有变化，他走到我跟前坐在我对面，表情很轻松："怎么？看见我还会跑，也就是你蒋欣瑜干得出来吧？"

我表情木木的，还没有反应过来，但心想，我为什么不自然啊，于是迫使自己放松："之前只听说你出国了，没想到是在普罗旺斯。"

"普罗旺斯是我这辈子最想来的地方，也是我姐姐生前最向往的地方。"欧阳表情非常凝重，尤其是提起他的姐姐，我看到他的眸子里闪着深邃的光芒。

不一会儿，诗雅微笑着向酒吧后屋走去，很快，她就把我的行李拎出来，我惊讶地看着林诗雅，不由地说："这么快把我赶出去啊？！"

"你帮不上我什么忙，总不至于继续给我添乱吧？"诗雅说着，把行李放到脚旁，说："快去看看有落下的东西没有？"

我暂时无处可去，只好跟着欧阳上了他的车，诗雅始终保持一种自信的笑容，但我看得出来，她是伪装的。真想留下来帮她做点什么，可是，正如她说，我留下只能添乱。

"欧阳，真是太麻烦你了。"我首先打破沉默。

欧阳不说话，但从后视镜里，我看到他双眉微蹙，神情有些凝重。一路上他都没说话，这令我想起第一次遇见他的情景，那时候，他曾经充当过我的护花使者，从婚礼上逃出来的我还吐了他一身。时隔半年，总有一种时过境迁的感觉，这半年来，我们每个人都有很多改变，为什么我亏欠的人越来越多？关于小蔡，关于欧阳，关于丁一汉，我都像是欠了一身的债。

车子沿着酒吧街一直驶向郊外，过了一会儿才看到稀稀落落的房屋,我有些好奇,问欧阳:"这是什么地方?"

欧阳淡淡地说:"到了就知道了。"

从两旁有高大橄榄树的大公路上,车子沿着崎岖的小路,逐渐进入一个村子。刚一进村,车子在一个农家小院前停下,我刚想问欧阳是否到了,迎面走来一位中年妇女,她熟练地打开大门。

我和欧阳先后下车,只听欧阳和中年法国女人说了些什么,我听不懂法语,却被这个充满田园气息的小院吸引了,脚底下踩着碧绿的草坪,二层小楼的楼道扶栏上缠绕着开满各色鲜花的花藤,墙底是白色,迎着门的墙上画有金鸡报晓的图案,整个围墙都是白色的木条,墙上开满了粉红色的蔷薇。我被眼前的景色所吸引,欧阳说:"我的房间在二楼,你就住我隔壁吧。"

一边上楼,我一边好奇地问:"这房子有别的房客吗?"

楼梯有些陡,欧阳一只手拎着我的行李,另一只手始终拉着我的手:"没有,不过,我经常带朋友过来玩。"

"你自己住这么多房子,是有些浪费。"我简单数了一下,这个二层楼至少也有八间房。

我和欧阳站在二楼的走廊里,放眼望去,尽收眼底的都是深深浅浅的紫,"这里离旅游景点稍微远一些,很多中国游客找不到房间,我遇见的话,会带他们过来免费招待。"

我被欧阳的热情感染了,不由自主地说道:"那我也算是他们其中的一个吗?"

欧阳定睛看着我,笑着说:"你是我请来的贵宾。"

说着,他推开一间屋子的屋门,我被眼前的景象镇住了,满眼的紫色,床幔、床单,还有淡淡的薰衣草香味儿,这间屋子似曾相识,愣了一下,我突然想起来,不由自主地惊讶道:"和你姐姐的屋子几乎一模一样!"

"你去过我姐姐的屋子?"欧阳把行李放到床边,满是吃惊的神色。

还没等我反应过来，欧阳一边点头一边说："他还是那样做了。"

我有些累，坐在梳妆台的椅子上，欧阳坐在床上正对着我，他双手握拳撑在床上，沉默了一会儿，突然抬头问："你爱他吗？"

"你说谁？"我虽然不知道欧阳对我的事了解多少，但凭直觉我知道他说的男人是丁一汉。

"还有谁？除了他自己，他还允许谁和我抢女人？"欧阳转过头去，一副若有所思的神情。

"其实，丁先生这个人挺不错的，他对你也非常好，你不在的时候，经常到你的房间，就连钢琴上你弹过的谱子都不曾翻过页数。"我说的这话是真的，曾经有几次我晚上去卫生间，都看到丁一汉在欧阳住过的屋子里停留，我住欧阳云霞的房间，也发现过丁一汉白天去过的痕迹。

欧阳突然哈哈大笑起来："你还真了解他，他这是良心上的不安，他是不是还和你讲过如何怀念我姐姐？"

欧阳有些激动，看来，丁一汉对他造成的伤害很深。他站起身，居高临下地看着我说："他是不是跟你说他为了我姐，都不再接受别的女人了？是不是他告诉你为了我，他才追你的？"

我很真诚地看着欧阳，也用十分诚恳的语气说："你误会他了，其实，他真的很爱你，像是兄长那样地爱你。我看得出，他对你姐姐的忏悔也绝对不是装腔作势，有个亲人可以依靠不好吗？为什么孤孤单单地活在这个世界上？"

欧阳起身走到窗户前，来回踱了几步，然后靠在墙上，从衣兜里扯出一包烟，顺手拿出打火机点着。伴随着大大小小的烟圈，他的目光也变得非常模糊，像是陷入了一种很难自拔的回忆里。

过了一会儿，欧阳再次走回来重新坐到床边，我把桌上的烟灰缸推到靠近他的位置，他把长长的烟蒂用力向下按了一下，瞬间，烟卷就被碾得粉碎。他呵呵笑了笑，抬起头看着我，说："欣瑜，你或许不太了解我姐姐对于我的意义，或许你了解了，也就能理解我为什么始终不能原谅丁一汉。不过，我现在也已经麻木很多了，上学的那几年，每次见到他总有杀了他的冲动。"

我知道，欧阳和丁一汉之间的误会不是一两天能解得开的，所以也不想再劝他，一切顺其自然吧。我沉默了一下说："你有空的话，帮我订一下机票好吗？我不懂法语，根本没办法出门。"

"真的那么急吗？"欧阳眉头紧紧蹙在一起。

"我在这里又没事，语言也不通，之前是想在林诗雅的酒吧干一段时间的，可是现在……"我像是做错事的孩子一样，低着头，支支吾吾。

欧阳沉思了一下："过几天吧，明天我有个演出，没空去买票，后天我要接待一位朋友。对了，你等我这位朋友一起回国吧，她也要回国呢。"

"朋友？现在在法国吗？"我好奇地问。

欧阳的嘴角微微动了一下，眉宇间透露出一种莫名的欢喜："这个朋友是从网上认识的，跳芭蕾舞的，在英国皇家芭蕾舞学校学习，我邀请她来参加我们的艺术团，可惜她没答应。不过她过两天要来普罗旺斯旅游，说在这里玩几天就回国看望父母，这样的话，你和她一起走，我也就放心了。"

"网上的朋友，靠谱吗？"我随口说。

欧阳再次舒眉展目笑笑，说："我和这个朋友啊，一有空就聊天，我们聊得很开心，有时候因为聊天忘记时差，常常搞得她上课迟到。到法国这半年，我人生地不熟的，也没什么朋友，最好的朋友就是网上这位了，我们很谈得来，彼此算是很了解了。放心吧，她是个非常热情的人，再说了，人家是个小姑娘，要是拐卖，也是你拐卖她好不好？"说完，欧阳仰头大笑起来。

我白了他一眼："看你笑得这么开心，女孩儿很漂亮吧？你可不要错过机会哦！"

欧阳的脸突然沉下来，不过很快就重新调整到刚才的笑容，淡淡地说："我以为我再见到你时，会不顾一切地再次对你表白，没想到当我见到你却没有了那样的想法。我看得出，经过这半年，我们之间还是完全没有可能，与其表白把你吓跑，还不如能这样不远不近地看着你。所以，我会试着爱别人，不瞒你说，我要见的这位女孩儿，曾经很多次令我心动过，但毕竟没见过面，所以，你说的把握机会，还为时过早哦。"

我站起身非常诚恳地对欧阳说："你能这么想，真好！"

欧阳也站起身，嘴角露出一丝笑容，意味深长地看看我，然后慢慢退出房间，关门前，低低地说了声"晚安"就把门带上。

第九章　阳光总在风雨后，爱就是爱，请你不要以爱的名义

第二天，我起床的时候已经是上午九点钟。欧阳已经出去，我在楼梯的走廊上伸伸懒腰，突然觉得肚子很饿，很想吃家乡风味的鸡蛋灌饼，走进厨房，翻找了半天，找到一小袋面粉，打开冰箱，里面有鸡蛋，有生菜。我迫不及待地动手做起来。

和好面，擀好饼，向平底锅里放了一些油，刚想把做好的饼放到锅里，迎面扑来油烟的味道，我顿时感觉恶心极了，以最快的速度跑到卫生间呕吐。

我呕吐了好一阵，感觉恶心，却没吐出什么东西，回想自己昨天一整天的食物，没觉得吃错东西，一种不祥的预感很快充斥大脑，我突然意识到，我可能是怀孕了。掐指一算，离最后一次做人工授精的日子已经快两个月了。

这怎么办？如果我真怀了朱德义的孩子该怎么办？我大脑一片空白。

从卫生间走出来，我没有了吃东西的欲望，必须先确认一下我是不是真的怀孕了。整理好衣服，想去附近药店买一个早孕试纸，可是，

我又不懂法语，想了半天，终于想到一个笨办法，我走进欧阳的屋子，打开他的电脑，迅速百度了一下早孕试纸和药店的法语，然后抄写到一张纸上拿给房东看。

房东正在院子里打扫，她非常热情，看到我的纸条，微笑地点点头，然后说了一连串的法语。我听不懂，着急地胡乱比画，这时，从我身后传来一个女人的声音，她说："她是想告诉你，你在这里等着就行，她会替你买回来早孕试纸的。"

回头一看，我瞪大眼睛，此刻站在我面前的女人竟然是小蔡，蔡文静！

"小蔡，是你？"我不由自主地喊出来。

"是我，欣瑜姐。"小蔡的称呼一下子把我们之间的距离拉近，我紧紧抱住她呢喃道："你怎么样？你一定过得很辛苦吧？"

小蔡和我都是热泪盈眶，我连忙把她拉进屋子，帮她把行李放下。

"小蔡，你知道我在这里？还是你知道欧阳在这里？"我满腹疑团。

小蔡坐在梳妆台前，非常淡定的神情，她看了看我，微笑道："欣瑜姐，先说声对不起，婚礼的事我当初不该责怪到你头上，我知道这都不是你的错。你出现在欧阳住的地方我也不奇怪，他已经原原本本和我说了。只是，我现在的身份是他的一个网友，一个好朋友，他还不知道那就是我。"

"啊？不会这么巧吧？"我的嘴巴不由自主张成 O 形。

小蔡淡淡地说："这当然不是巧合，我是想尽一切办法才找到他的 MSN，后来知道了他的 QQ，以陌生人的身份逐渐接近他。我本来打算明天到，可是昨晚他在 QQ 里告诉我你来了，所以我就急着赶来了。他还不知道，你先别告诉他，我想给他一个惊喜。另外，我想和你商量一下，如果欧阳还是不接受我，我该怎么办，没想到却意外得到欣瑜姐有可能怀孕的消息。"

说到这里，我连忙解释道："这……这和欧阳一点关系都没有。"

小蔡扶住我的肩膀，安慰说："我当然知道啦，你不是才见到欧阳两天吗。"

我忍不住打趣道："我来几天你都知道，可见你俩的关系还真不一般啊。关于欧阳的风吹草动，远隔千万里的你是第一个知道的吧？所以，你放心，欧阳一定会接受你。"

小蔡害羞地低下头，她的脸微微变红，低低地说："欣瑜姐，我确定欧阳已经爱上了网上的我，可是他依然不知道若水是我。不过，有欣瑜姐帮我，我心里有底多了。"

我不知道该如何帮助小蔡，说："我虽然不知道该如何帮你，但我认为欧阳会被你的执着所打动的，相信自己！"说着对小蔡做了个加油的手势，她也自信地笑起来。

这时，房东敲门进来，她笑眯眯地递给我一张早孕试纸就离开了。来不及送出房东，我迅速跑去卫生间，当我看到早孕试纸上的两条红杠的时候，我几乎晕过去。命运跟我开了多大一个玩笑啊，我忍不住哭起来。

小蔡在卫生间外拼命敲门，我才洗了把脸走出来。

小蔡搀扶我从卫生间走出来，替我倒了一杯水，坐在我对面，非常诚恳地拉着我的手说："欣瑜姐，如果你还信任我，告诉我这半年来发生的一切好吗？我想，尽管我帮不到你什么，至少，说出来心里会好受一些。"

我脑子里一团乱麻，心里也理不出头绪，但我确实有倾诉的欲望，如小蔡一样，我想知道我下一步该怎么办。我把璇璇的死和丁一汉如何帮助我讲了一遍，直到哽咽得说不出话来。

小蔡紧紧地抱住我安慰说："欣瑜姐，我求你，你不能放弃幸福，你一定会幸福，一定。"

吃完午饭，小蔡要离开，她坚持要等到明天见欧阳，我正要送她出门，可是，刚走到大门口就看见欧阳的车子驶进院子，小蔡连忙躲到我身后。

欧阳停下车子，摘下墨镜微笑着走近我说："蛮厉害的啊，才来就交了新朋友。"

说着他向我身后望去，小蔡只好从我身后走出来。

"好久不见！"小蔡伸出手来。

欧阳完全愣住，他呆呆的表情像是看到天外来客一样。少时，他伸出手握住小蔡的手，说了句："你是从天而降的吗？"

这句话确实化解了尴尬的气氛，我不知道该说什么，说了句："小蔡来旅游，来旅游。"

我们暂时坐在院子里的石头凳子上，小蔡说："我来了，省得劳驾你去机场接我。"

欧阳显然有些摸不着头脑，小蔡开门见山，语气非常平淡："我就是你在网上认识的若水，不管你接不接受，我都是若水。我这次来目的很明确，我想在浪漫的普罗旺斯向我最爱的男人求婚，我求他再次娶我。"

我瞪大眼睛看着小蔡，简直不敢相信这番话是她说出来的，她平时那么腼腆，时隔半年居然公开向欧阳求婚，这也太令人意外了。

欧阳激动地站起身，他原地转了几个圈，一只手摸着后脑勺，眉头似蹙非蹙："等等，你说什么？你确定你是若水？"

"是我，我从英国直接过来的，婚礼那天我就决定出国学习，后来到了英国皇家芭蕾舞学校学习舞蹈，跳芭蕾是我一生的梦想，所以就去了。这些我们网聊的时候都告诉过你。"小蔡的表情非常从容，异常淡定。

"那你为什么不告诉我你是谁?"欧阳有些恼怒,有些无可奈何地摇着头。

"你又没问过我叫什么?再说了,我们谈得那么投机,我究竟是谁很重要吗?"小蔡依然从容不迫。

欧阳显然很气愤,他沉默了一会儿,大声呵斥道:"你怎么可以这样?!这叫窥探别人的隐私,你知不知道?"

小蔡也有些生气了,她抬起头委屈地看着欧阳,"隐私?你那些隐私是我逼你告诉我的吗?你就给句痛快话吧,给不给我机会?"

说着,小蔡从旅行包里掏出两枚钻戒,这两枚戒指我认识,是当初小蔡和欧阳举行婚礼时未能戴在对方手上的。

欧阳越发生气,他一边向后退一边说:"原来我这半年来,都是在你的监视下。"

欧阳一边向后退,一边摇头,我担心欧阳直接拒绝小蔡,于是打断小蔡的话:"这件事让欧阳好好考虑一下,欧阳你也别急着答复。"

我把小蔡带回到我屋里,责怪她太性急了,不该这么早就说出此行的目的。小蔡却是振振有词:"欣瑜姐,我不会再像之前那样去猜他的心思了,我这么直白地说出来,就是想让他在毫无准备的情况下给我答复,哪怕是拒绝。这次失败了,我就彻底地死心了,我忍了太久太久……有时候感情不一定非要拖泥带水,当人面对选择的时候总是会为难,可是,如果不让他面临选择,他会认为我为他一生都保留着选择的权利,这一次,我不会了,我只给自己最后一次机会。"

我深深地理解小蔡的心情,或许她这样做是对的,这一次,她是孤注一掷。

"在离开前,他如果不告诉我答案,我真的会死心的。逃婚那么大的伤害和屈辱我都承受了,无论什么样的结果真的没关系,最重要的是要面对这个结果。"

此刻的小蔡俨然是一位哲学家,她用自己的方式诠释爱情。与此同时,我也明白了很多,有些事面对不一定难过,逃避不一定躲得过。

我和小蔡聊到深夜,却丝毫没有睡意,许许多多的往事萦绕在心头,虽然我不知道小蔡和欧阳会有怎样的结果,但我明白一点,千万不能再因为我影响到他俩,思及此,我做了一个重大决定,明天一大早就离开。

在普罗旺斯第一缕黎明的曙光到来之前,我拉起旅行箱走出这个花园式的小院子,打车的司机非常热情,他是个三十多岁的法国男人,笑起来露出整齐的牙齿,显得非常亲切。他用英语和我攀谈了好久,我突然灵机一动,用英语拜托他帮我买去中国的机票,并告知我不懂法语的难处,他非常爽快地答应,回答我说:"估计能买到当天的票,因为现在还没到旅游旺季。"

果然,司机师傅很快帮我买到上午九点飞往中国的航班,候机的时候小蔡和欧阳分别给我打来电话,我都一一拒接,分别给他们发了一条信息:"我先回国了,马上要登机,中国见!祝你们幸福!"

发完信息我关掉手机,当飞机离开地面的一刹那,我的心突然也像是散落到高空中一样,悬浮在空中,像是舱外的白云,飘忽不定,无所依从。

一阵干呕后,漂亮的空中小姐帮我拿垃圾袋,我不由自主地把手放到小腹上,情不自禁地想起璇璇,一种难以言表的剜心剧痛涌上来,眼泪模糊了视线。

令我没有想到的是,曼婷居然在接机口等我。突然听到曼婷久违的大嗓门,我抬起头,看到她欢呼雀跃着摇手喊我,另一只手拉着张超凡。

"你怎么知道我下飞机?"我惊讶地问。

"还说呢,要不是小蔡告诉我你回来,我还不知道呢。你可真不够意思，回来也不告诉我，我看你去哪儿？到时候没人收留你，流浪街头啊？"曼婷唠唠叨叨埋怨。

张超凡连忙接过我的行李，温柔地对曼婷说："你哪能提这么重的东西呢？你以为你还是以前啊？"

曼婷害羞地低头笑着，我立刻明白了其中的缘由，不由自主喊出声："曼婷，你是不是怀孕了？怎么这么快？"

"全世界都听见啦，小声点。"曼婷上前试图捂住我的嘴，说完，她快走两步走到我跟前，凑到我耳边小声说，"其实你走的时候我就怀上了，只是不知道而已，原来我家超凡啥问题都没有，医生误诊了！"

"真是太好了！曼婷，恭喜你！"说完，我不由地有些感慨，同样是怀孩子，曼婷是多么幸福啊，可是我肚子里来了个不该来的小东西，真是令人苦恼。

当天晚上，曼婷吵吵着和我一个屋子睡，张超凡不仅帮她倒洗脚水，还亲自给她洗脚，按摩肩膀，直到曼婷喊停，张超凡才笑嘻嘻地走了。看得出，因为曼婷怀孕，他比之前更加疼爱妻子。

看着曼婷又恢复到幸福小女人的状态，我真的替她高兴。曼婷拉过我的手放到她的肚皮上喃喃地说："欣瑜，我不想让我的幸福太短暂，所以我原谅超凡了，可是我不确定我做得对不对。"

"曼婷，你和张超凡的样子真的很令人羡慕，所以，别怀疑自己的决定，看得出他是真的悔改了。再说了，他之前犯错，不也是因为担心自己生不出来孩子太过压抑吗？男人嘛，我们不能要求改变他们的本性，你说对吗？"

这番话说出来我自己都吓了一跳，在对待感情的问题上，我一向有洁癖，或许，真的是糊涂一些才容易得到幸福吧？

曼婷渐渐睁开眼睛，她总是能洞察我的心事，她钻出被窝靠在床头认真地看着我："欣瑜，你有心事吗？这话可不像是你说出来的。"

我淡淡地笑笑，然后很放松地说："曼婷，如果我再生个女儿，你生个儿子，你会让你儿子娶我的女儿吗？"

曼婷瞪大眼睛，像是看绝种动物一样，她不由地用手捂住嘴巴喊道："不会吧？你不会真的怀孕了吧？"

我不由自主地微笑着点点头，默认了怀孕的事实。此刻我的心情非常放松，之前的纠结在一刹那间烟消云散，我突然感觉我就是一个幸福的妈妈，像曼婷一样期待自己小宝宝一天天长大的伟大母亲，仿佛我孕育的就是一个女儿，一个和璇璇一模一样的女儿。

我不知道这种想法是什么时候产生的，我唯一可以确定的是，我真的想再生一个像璇璇一样的女儿，并且我坚定地认为，我肚子里的宝宝就是璇璇，她舍不得离开妈妈，她回来找我了，我怎么可以残忍地不要她呢？

曼婷的嘴巴依旧张成一个O形，她有点慌张地指着我的肚子说："他……他是……丁先生的？"

我非常平静地摇摇头，眼里顿时涌出泪水："曼婷，你知道吗？她是璇璇，是璇璇舍不得我。"

"你打算生下来？他到底是谁的孩子？"曼婷有些迫不及待。

我非常从容地擦了擦眼泪："是朱德义的孩子，不过没关系，他本来就是璇璇的爸爸。"

曼婷举起手摸了摸我的额头，又摸了摸自己的额头："没发烧啊，怎么说的都是胡话啊！"

我非常镇定地把之前人工授精的事讲给曼婷听，听完后，她长长舒了一口气："欣瑜，我看出来了，你是一定要生下这个孩子。可是，你想过没有？丁先生怎么办？这样对他是不公平的。你走的这些日子，他几乎天天打电话问我你的消息，可是，你说巧不巧，当我得知你要回来时，他已经坐上了去普罗旺斯的飞机，说是要去找你。命运真是作弄人，丁一汉真的很爱你，我看得出来。"

关于丁一汉，我真的不能确定他是不是真的爱我，即使他真的爱我，我也没有做好接受一个男人的准备，之前的种种打击已经令我不再相信爱情，不再相信婚姻。我淡淡地笑笑说："我和他没有缘分，真的没有，上天只是派了他帮我渡过难关。一切都过去了，我们两个人是没有未来的。不过，我没觉得遗憾，因为从来没有开始过。"

曼婷非常愤怒："你这个没良心的，你是没看到丁一汉的样子，人瘦了一大圈，整个人像是丢了魂儿一样的，亏你说得这么轻巧，你什么时候也变成铁石心肠了？"

"好了，别批判我了，明天你帮我和甄鹏联系一下。"我拉起被子钻到被窝里。

曼婷再次提高嗓门，也顾得不大半夜："你脑子没病吧？你还招惹他干什么？"一边说着，就又从被窝里把我拎出来。

我点了一下她的脑门儿，"你想哪儿去了？你脑子除了男女关系还有点别的吗？算了，你给我电话号码，我联系，我找他有点事。"

曼婷笑了笑，重新给我盖上被子："不是找他叙旧就好，明天给你号码。"

曼婷真像个孩子，等我再和她说话的时候，她已经开始打呼噜了。

看着曼婷幸福入睡的样子，我突然想起一句话：幸福无非是白天可以有说有笑，晚上还能睡个好觉。这句话真实在，大概也是每个人追求幸福的最高境界。璇璇没有了，我想这世界上令我牵挂的还有父母，在离开喧闹的城市之前，我必须去看望爸爸妈妈。

坐上回家的车子，心里开始有了沉甸甸的牵挂，爸爸妈妈比我想象得要坚强，我并没有直接告诉过他们璇璇已经离开，可是他们看到我的样子，似乎什么都明白了。除了痛哭，爸爸妈妈不断地给我鼓励，尤其是爸爸，他非常坚定地相信我会照顾好自己，也一定会过得很好。

妈妈也没有像以往一样追问我的行踪，只是告诉我无论走到哪里这里都是我的家，家里的大门永远为我敞开。

在家睡觉的感觉无比踏实，躺在从我六岁就开始睡的小床，回忆一幕幕出现，仿佛回忆里的小女孩儿不是自己，而是曾经跟我在一起七年的璇璇，想着璇璇的样子，我更加坚定了自己的决定，我一定要生下肚子里的孩子。这个孩子和任何人都没有关系，他只是我的孩子，是璇璇留给我的唯一念想。想想在今后的人生道路上只要有孩子陪我，我没有理由不快乐。

掏出手机，拨通甄鹏的电话号码，心里竟然没有一丝波澜。他于我而言，或许只应该停留在大学的美好时代，更或许他和曼婷一样，是关心我的好朋友。

"喂？是欣瑜吗？"甄鹏在电话里轻轻问道。

"是我，曼婷已经提前通风报信了吧。"我笑了笑，轻松地说。

"是啊，她只说你要找我，但没说是什么事。"甄鹏的声音听起来非常自然，非常亲切。

"我想拜托你一件事，可以吗？"

"当然，只要我能办到的，我一定全力以赴。"

我笑笑说："谢谢你，你能帮我联系一所学校吗？就在你支教的山区就行，教什么课无所谓，中学或是小学都行。"

甄鹏沉默了片刻，说："欣瑜，我懂你的心情，可是，你确定要来吗？"

"我确定。"虽然我的语气很轻，但是这几个字的分量足以让甄鹏了解我的决心。

甄鹏非常干脆地回答我道："那好吧，等我电话。"

"那好，谢谢你，等你电话。"

我不知道为什么做出这样的决定，或许是我没有勇气一个人在喧嚣的 H 市承受各种流言蜚语，又或许，这是为自己选择的一条生存道路，总之，我想给肚子里的孩子一个安稳的情绪，一份单纯的环境。

没想到甄鹏的办事效率如此之高，第二天中午，我就接到他的电话，他说为我联系了一所乡下中学，还是教音乐，随时都可以去上班，已经安排好了宿舍。

放下电话，我对爸爸妈妈说要出门去工作，他们也没多问，只是千叮咛万嘱咐叫我出门在外注意身体。

当天下午，我就前往远在几百里之外的乡下，甄鹏电话里指导我买票，我先是坐了动车到达 G 市，然后开始坐长途公共汽车。下车后，已经是第二天的傍晚，令我非常惊讶的是，甄鹏居然在车站等我。

看到甄鹏，我异常兴奋。他笑着接过我的旅行箱，介绍给站在他旁边的司机小刘。小刘一边和我握手，一边亲切地说："郭乡长听说乡中要来支教的音乐老师，他很激动，特意派我来接你。"

我们上了一辆绿色的老式车子，车子很破很旧，连个正儿八经的标志都没有，不过我已经感到非常满意，我还以为下了公共汽车要搭村民的毛驴车才能到学校。

路上，甄鹏和小刘积极地向我介绍中学的情况。小刘说："我们这里也有很多有才华的孩子，就是因为没有好的音乐教师，所以，很多孩子都不能去念自己喜欢的学校。其实我们这里并不是很穷，有些家长有能力供孩子读音乐方面的高中，但就是因为方圆几十里都没有一个像样的音乐教师，所以孩子们的理想也只能是空想了。"

我看了看副驾驶座上的甄鹏，好奇地问："你不在这所中学教书？"

甄鹏回过头笑了笑，他没来得及说话就又被小刘打断："甄老师没在这所学校，去年乡长亲自请他去他都没去，他坚持要到最艰苦的地方去，说那几个村的孩子更需要他。他担任那所小学的所有年级的语文课，还有音乐体育美术等全部科目。"

小刘的讲述令我感到，眼前的甄鹏像是换了一个人，我从心里由衷地佩服他，尽管我明白他是为了赎罪，可是有几个人能做到这样？我向甄鹏笑笑，用来表达我的敬佩之情。甄鹏有些难为情，他接过小刘的话说："小刘真是过奖了，我哪里有那么高的境界啊，我只是更喜欢小孩子。"

小刘继续说："不仅这样，甄老师还主动承担了一些事，他教给家长一些电脑知识，让家长学会科学地运用网络，做生意发家致富。"

甄鹏仍然有些难为情，山路也越来越难走，为了不影响小刘开车，我们谁也不再说话，大概又过了一个多小时，甄鹏告诉我到了。

虽然已是暮色降临，依稀能看到学校的概貌，这是一所二层楼，房子就是近几年的建筑，和我想象的完全不同。小刘看出我的疑问，一边帮我提行李，一边说："没想到我们这穷山村还有这么好的学校吧？"

小刘把我的行李放到一进门的一排平房门口，指着眼前的小楼对我说："这所学校就是好心人捐资盖的，还打了一口井，你到这里不用担心没有水用，这院子里有很方便的自来水。"

"谢谢你，刘师傅。"说着，远处有一束手电筒光照过来，老远就听到一个男人说话的声音。

甄鹏说："可能是王校长。"

王校长走过来，笑着说："辛苦了，辛苦了。刚在村口看见车过来，我寻思是你们到了，就赶紧回来了。这位是蒋老师吧，欢迎欢迎啊。"

我笑着答谢，王校长赶紧从裤兜里掏出一把钥匙，借着手电筒微弱的光打开最靠里的一间宿舍。

电灯照亮每个人的脸，我看清楚王校长的模样，六十来岁的一位老人，面容非常慈祥，穿一件发旧的中山装。这使我一下子想起我小时候父亲的模样，不过，王校长手里抽出一根旱烟，露出一点农民的气息，看起来和周围的大山很和谐。

房间大约有十二平方米，放着一张桌子一把椅子，还有一张单人床，再就是暖壶脸盆之类的小物件。墙壁非常白，这屋子显然没人住过，王校长熄掉旱烟把烟头扔在地上用布底鞋踩了一下，抬头笑着对我说："蒋老师，这里条件不比大城市，艰苦了点。我和我老伴儿就住在传达室一旁的屋子，有啥事，你吱声就行。"

"不客气，这已经很好了，比我来之前想象的要好上几十倍，是真的。"我非常诚恳地说。

司机小刘像是突然想起什么，说："差点忘了，王校长，你托我帮孩子带的作业本，我捎过来了，在车上。"

说着，小刘就和王校长向屋外走去，甄鹏也站起身，扯过我的行李，一边打开包，一边说："让他们去吧，我帮你整理一下，待会儿我就回去了。"

我说："我自己慢慢整理就行了。"

甄鹏像是没有听到我的话，他一边把牙刷牙膏之类的小物件摆放到桌子上，一边和我说话。

"曼婷都告诉我了，你别什么事都自己来，有啥事就找王校长，他们老两口人可好了，来之前，王校长说他老伴儿为了迎接你，忙活一下午给你缝被子呢，说不定现在给你烧热水呢。"

甄鹏像是叮嘱初次离家的学生一样，又唠叨了一大堆，生病不可以乱吃药，有事给他打电话等等。正说着，王校长和一个和他年龄相仿的女人走进屋里，女人穿一身朴素的衣服，是中国农民的典型形象，看上去很容易接近，我抢先一步打招呼："您好，我是蒋欣瑜，以后请大婶多多关照。"

一番客套后，王校长和王婶都走出屋。甄鹏也收拾得差不多了，他抬起头看着我,眼里有说不出的温柔,他几次欲言又止,最后只说了一句话,说不许有事不告诉他。

甄鹏走后,小屋里只剩我一个人,洗了脸,洗了脚,身上感觉轻松多了,可是肚子开始咕咕响了,我这才想起来,有六七个小时没吃东西了。

王婶把我叫到她家吃饭,王校长盛了一碗粥,拿了两个馒头,就到外屋去吃。王婶低头喝了两口粥,放下碗看了我一眼叹气说:"欣瑜,你来之前啊,甄老师都把你的事告诉我和老王了,说实话,我就是不太明白,为啥非要生个没爸爸的孩子呢?"

我一时说不上话。

王婶接着说:"其实啊,细细想想,是女人也都理解,所以啊,欣瑜,你既然来到这里,大婶就是你的亲人。你就只管教好学生就行了,别自己做饭了,就跟着我们吃,吃好吃赖的,不是省事嘛!"

王婶几句朴实的话特别令我感动,我放下手里热乎乎的碗,回了王婶一个微笑,"王婶,我一来就给你们添麻烦,挺过意不去的。我看那屋有锅灶,您就放心吧,我自己啥都会做。"

"那好吧,自己做饭自由些,想吃什么做什么,不过,明天啊,我帮你把锅灶什么的搬到你隔壁的屋子去,那么多房子闲着也是闲着,你说行不,老王?难为甄鹏这孩子为你想得这么周到,千叮咛万嘱咐地叮嘱我照顾好你,要是你……"说到这里,王婶一边摇头一边无可奈何地说:"年轻人的事啊,我可说不清楚。"

王校长走进屋来打断王婶的话:"你一个妇道人家,别瞎说,快送蒋老师回屋休息去,别唠叨了。"

王婶白了王校长一眼,站起身拿了桌子上的手电筒,拉起我向屋外走去。一个人躺在床上,心里却无比踏实,置身陌生的环境,仿佛一切烦恼都抛之脑后。看了一会儿自己带来的《初中音乐指南》,心里满是激动，想想我都有半年多没进课堂了，心里还真是有些痒痒了，无比怀念在讲台的日子，想象着明天将要见到一双双渴求音乐的眼睛，我更加兴奋，索性披衣起床，想翻找一本音乐课本或者教学用书，备好明天要上的课。

结果，我找了半天居然没有看到一本书，只好作罢，又翻了几页《初中音乐指南》就睡着了。一觉起来已经七点钟，王婶做好早饭来敲门，她把粥和馒头端给我，笑着说："快趁热吃吧，昨天累了吧。你待会儿跟老王去上课，就别锁门了，我帮你把厨房整理出来。"

我感激地点点头，进屋大口大口喝了玉米粥。说来也奇怪，我的食欲也逐渐好起来，而且没有了恶心呕吐的妊娠反应，掐指算来，怀孕也有两个月了，却连一次孕检也没做过。

整所学校一共有三个年级，每个年级一共是四个班，我怀着激动的心情到各个教室向学生们自我介绍，王校长说每个班每周安排一课时音乐课，说我刚来别累着。

我知道王校长很照顾我，可我比谁都明白，初三的学生如果想升入音乐高中的话，必须把有兴趣的同学组织起来单独加课。我把我的想法告诉王校长，王校长沉思了一会儿说："欣瑜，你既然来到这里，也就不是外人，咱们这里的孩子喜欢音乐的很多，咱们这里的教学条件也不是很差，就是缺少像你这样的老师啊。如果你坚持给初三的特长生加课，那你有空自己选选苗子，单独培训吧，时间由你来定，不过我可说好了啊，身体是第一位的，可别累着。"

站在二楼的走廊里，我笑着对王校长说："您就放心吧，我会悠着点，不然我病倒了，更没人给学生上课，那就得不偿失了。"

王校长指着二楼最边上的教室对我说："蒋老师，走，我带你到音乐教室看看去。"

"什么？咱这里还有音乐教室？"

这所学校还有音乐教室，真的太令我意外了。王校长顿了顿，一边拿钥匙开音乐教室的门一边对我说："瞧，条件还不错吧？"

这个音乐教室真的太令我吃惊了，墙上不仅有专业的五线谱黑板，讲台下还有一架用紫红色绒布盖起来的钢琴。我情不自禁地走到钢琴旁边，掀开绒布，看到一架崭新的星海钢琴。

"很惊讶吧？捐款盖这所学校的人很奇怪，说没有美术教室可以，但一定要有音乐教室，我说没有音乐老师就别买钢琴了，人家坚决不肯。还说如果来了音乐老师及时通知他，他要再买二十架钢琴，用来培养学生。"

"这个人是个音乐爱好者？"我坐在钢琴椅上，欣喜地抚摸着结实的琴键，心里有些疑惑。

"据说他不懂音乐，听旁人说，他老婆是个弹钢琴的。"王校长一面和我说话，一面用鸡毛掸子去扫绒布上的灰尘。

我应了一声连连点头，心想这个好心人不仅仅是个有爱心的人，还是一个性情中人，他一定很爱他的老婆，他老婆一定感觉非常幸福。

王校长打断我的思绪，接着说："这个教室啊，自打弄好后就没人来过，这里就交给你了。"说着，他把钥匙从整串钥匙上取下来递到我手里。

接下来，我投入到忙碌的教学工作中，每天上完一天的课，放学后，就给初三年级十五个爱好音乐的学生加课。学生们虽然没有一点音乐基础，可是他们的领悟能力都很好，尤其是其中的三四个同学，他们的音乐天赋极高，令我非常吃惊，仅仅几节课就能掌握基本的发声技巧，而且音准和一直跟琴打交道的学生旗鼓相当，这样，就更增加了我的信心。

这样的日子我过得很快乐，若不是曼婷偶尔打电话，我真的以为生活在另外一个世界，一个传说中的世外桃源。电话里曼婷的声音非常幸福，总是问我像不像她一样害喜害得厉害，还忘不了顺便夸奖一下张超凡对她照顾得有多好。

司机小刘就是甄鹏所在学校的村子的，他每天往返于乡镇和村子一趟，我经常会收到甄鹏带给我的东西，有时候是洗发水、沐浴露，有时候是两袋孕妇奶粉。甚至，他及时地帮我捎来日常用品，比如牙膏牙刷和洗衣粉。说实话，我心里非常感激甄鹏，他很少打电话给我，却总能在我需要的时候给予我关爱。

我的日子几乎每天都是在学校度过的，虽然这里是乡镇，可是连一个稍微像样一点的商店都没有，每隔半个月才有一次集市，集市的时候因为有课上，所以日常用品都不容易买到。好在王婶一家人种的菜种类还算多，不然我真的担心肚子里的孩子会营养不良。

紧张地忙碌了一个多月的时间，音乐特长生考试的日子终于到了，这个地方的惯例是中考完以后才会测试专业，专业成绩当场公布，再等中考成绩评估学生的综合成绩。

天气逐渐炎热起来，眼看就要放暑假了，我的小腹已经慢慢凸出来，走路已经有些蹒跚。学生专业测试前一天，王校长敲开我的门，兴高采烈地说："蒋老师，我告诉你个好消息，之前和你说过的捐款盖学校的好心人已经给咱们学校买了二十架钢琴，明天就要送过来。"

"真的吗？"我也异常兴奋，有二十架钢琴可以供学生练习，将来我的学生不仅可以练习声乐，学习乐理和键盘音乐也方便多了。

王校长的笑容也很灿烂，他摸摸后脑勺说："我都没告诉人家咱们学校来音乐老师了，人家已经给咱们盖了学校了，怎么还好意思主动要钢琴呢？谁知道，人家这么快就知道了，本来想着明天让你陪我到学校迎接呢，再搞个简单的欢迎仪式，可是……蒋老师，你看这样行不，我带学生去考试，你代替我在学校主持工作，行不？欢迎仪式你也在行，再说了，我和考试的那几个学生的家长也熟。"

我顿了顿，想着自己要和陌生人接触，就有些发怵："王校长，是这样的，我来了这里两个月了，还没去过县城，我想借着这次机会去医院做个检查，再买几本书。"我低下头，看了一下自己微微凸起的肚子。

王校长爽快地答应："应该的，应该的，要不要你王婶陪你去？你一个人行不？"

我点点头说："不用麻烦王婶了，学校这里就辛苦您了。"

王校长走后，我烧了点热水洗了个澡，一整晚我都非常兴奋。想着能够通过 B 超看到小宝宝了，眼里不由自主地噙满了泪水，仿佛我就要看到分别已久的璇璇，看到她张着两只小手奔跑过来。在梦里，璇璇还一个劲儿闹着要爸爸，她说学校里的小朋友都有爸爸，就她自己没有，她一边擦眼泪一边祈求我说："妈妈，没有爸爸的孩子在学校是让人看不起的，他们说我是野孩子，妈妈，你能给我找一个爸爸吗？"

我怀抱着璇璇，只是不停地流泪，用力地点头……第二天醒过来，我的脸上还有没干的泪痕，随着太阳的升起，梦境已经渐渐模糊，我多么想永远停留在梦里，停留在和璇璇在一起的每一分每一秒。我不由自主地抚摸自己的肚子，告诉肚子里的孩子，我爱他，很爱他。

学生们的考试八点已经陆续开始，我带去八个学生，要等所有学生全部考完才公布成绩。考试结束，两个学生笑吟吟地走出考场，争先恐后地向我汇报考试的情况，其中一个女生面带笑意，得意扬扬地甩了甩自己的长辫子，毫不谦虚地对我说："老师，您就放心吧，我刚唱几句评委老师就为我鼓掌了，我的成绩肯定不会令您失望。"

站在女学生旁边的一个男生更加得意："老师，您也放心吧，我唱完您给我选的《母亲》，评委们要求我再唱一个，看上去他们也都很满意。"

我把手指放到嘴边做了一个嘘声的动作："好啦，老师知道了，低调点，小心被别人听到笑话咱们。"

两个学生听了我的话嘻嘻地笑，这时候，手机响了，是王校长打来的电话，他的声音非常着急："欣瑜，不管学生考没考完，你赶紧到县医院来一趟。给咱们送钢琴的那位先生连车带人跌到山下去了，现在已经被120急救车送到了县医院，我这会儿还在路边等车呢，你离得近，先到医院去。"

我放下电话，简单地和学生及家长交代了两句，就打车去了县医院。

车子很快就到了县医院，我快跑几步来到抢救室门口，却看见一个熟悉的人影在抢救室门外徘徊，走近了一看，居然是陆师傅。我惊讶地张大嘴巴，急切地问："陆师傅？你怎么在这里？"

"丁先生他……"陆师傅说到半截就已经哽咽得说不下去。

"你是说要送钢琴的是丁一汉?!"我脱口而出。

陆师傅重重地点点头，眼里噙满了泪水。

"那……他人呢？"我的话说到半截，就觉得眼前一黑，差点晕倒，被陆师傅及时地拖起来。他把我扶到身后的排椅上，神情呆滞地说："才进去一会儿，还不知道什么情况呢，丁先生的头受伤了，路上就昏迷了。"

陆师傅的声音很低，小刘见我身体不支，连忙走过来，轻声安慰我道："蒋老师，放心吧，丁先生会没事的，好人一定会有好报。"

眼泪流淌下来，模糊了视线，我丝毫没有力气，轻声说："借我肩膀一下。"于是，我靠在陆师傅身上，浑身像是一摊泥一样一点力气都没有。老天跟我开了多么大的一个玩笑，当我想安安静静一个人生活的时候，生活却给了我重重一击。我以为，丁一汉已经和我没有任何关系，可是为什么我的心如此之痛？我不敢闭上眼睛，生怕一醒来有人告诉我丁一汉已经死了，在这个世界上我永远也看不到他了……为什么，为什么直到这一刻，我才真正明白，这个男人对我如此重要！我的灵魂像是在一瞬间被抽离，我心里暗暗祷告上天，请你仁慈一点，只要他活着，让我做什么我都愿意。

过了一会儿，模糊的视线中出现了一个白大褂的身影，我像是被电击了一般，突然从椅子上弹起来。

戴眼镜的医生看看我们几个，神情非常严肃地说："病人重度脑震荡，颅内出血过多，需要做脑部手术，哪位签字？"

我愣了一下，看了看陆师傅，陆师傅也正看着我，说："蒋小姐，你来签字，好吗？"

我流着眼泪点点头，从医生的手中接过手术通知单，颤颤巍巍地写下"蒋欣瑜"三个字，再次瘫软在陆师傅的怀里。

医生临走前说了句："你们很幸运，我们这里有聘请来的一位专家，打算下午要走的，不然，我们这个小地方是做不了这样的手术的。"

医生的话或多或少起到了安慰作用，可是时间一分一秒地过去，手术室的指示灯依然亮着。不一会儿，王校长气喘吁吁地跑来，他看到我们，连忙问："丁先生怎么样了？"

小刘师傅把医生的话传达给王校长，王校长心急如焚，对我说："蒋老师，你别怪我没告诉你那位好心人是丁先生，是丁先生不让我说的，好在你也没有问过我。"

我不知道丁一汉为什么知道我来到了这里，这已经不重要，重要的是我希望他醒过来，只要他能醒过来，我愿意为他放弃一切。此刻我发现，不知道在什么时候，我已经深深地爱上了丁一汉。

我确定，我爱他，我需要他。

过了一会儿，甄鹏气喘吁吁地出现在手术室门口，他先是小声询问了一下丁一汉的病情,然后走到我身边坐下来,轻声安慰说:"欣瑜,坚强点,他会没事的。"

我不知道要说什么,只用惊疑的目光看着甄鹏,他叹了一口气平静地说:"欣瑜,别怪我告诉丁一汉你在这里,要不是我被他的真心所动,我是不会说的。其实,我来这里不久,就已经知道这所学校是他捐资盖的,有一点小刘没全说对,我一方面觉得,我应该到更艰苦的地方去赎罪,另一方面,我不想在丁一汉捐资的学校教书,那时候,我还在为婚礼上他把你带走耿耿于怀。欣瑜,几乎没有哪个男人不犯错误,包括我,朱德义,丁一汉,甚至欧阳……可是,你不能因此就再也不相信感情,当丁一汉面容憔悴地出现在我面前,求我告诉他你的下落时,我们相互对视,从一种复杂甚至带有敌意的目光里我看到了一种爱,同时,我看到一种光,那是一种把你完全放到心里面才会释放出的光芒。"

"别说了……"我哽咽着说不出话来。

甄鹏也不再说话,他抬头看了看手术室的灯:"可能还要几个小时,要不我先给你找个地方休息一下吧?"

我本能地摇摇头,突然想起来,丁一汉生死未卜,我应该通知欧阳一声,不管怎么说,欧阳都是丁一汉养大的,他们的关系即使再恶劣,他也不至于不闻不问。

"陆师傅,我们是不是给欧阳打个电话?"

陆师傅说:"我已经打过了,他说他已经从法国回来几天了,很快就会赶过来。"

甄鹏抬起手腕看了看手表,然后对陆师傅说:"拜托你照看欣瑜,我去买点吃的。"

甄鹏拎回来一些热乎乎的包子,额外给我买了一些小米粥,大家都吃不下去。甄鹏劝说道:"手术很可能要十来个小时,大家多少吃点。"

于是，大家纷纷拿了包子，小刘接了一个电话对我说："有消息给我打电话，钢琴被交通人员从山坡下弄上来了，我要协助运到学校去。"

王校长向我要音乐教室的钥匙，我一直在发呆居然没有听到，后来还是陆师傅提醒我一句："蒋小姐，向你要钥匙呢。"

回过神来，我从包里掏出钥匙，塞到小刘手里，小刘拿了钥匙说了句："只拿音乐教室的。"

话说出来他见我心不在焉，摇了摇头，王校长从我的钥匙串上取下音乐教室的钥匙，递给小刘师傅。

时间好像停止了一样，十来个小时的时间像是过了好久好久。半夜两点钟，医生从手术室走出来，神情依然很严肃，他郑重其事地说："手术很顺利，但是病人并没有脱离危险期，需要观察三天三夜，颅内不再出血的话，基本就能醒过来了。不过，家属要有心理准备，如果他迟迟不醒，也有可能成为植物人，原则上这样的概率很小，但也是会有的。"

"我可以去看看他吗？"我热切地等待医生的回答。

"可以的，适当的时候和他多说说话，有助于他早点醒过来，但最好每次只有一个人进去，不能太嘈杂。"

这时候，有人把丁一汉从手术室里推出来，我踉踉跄跄地走上前去，看到丁一汉苍白的脸，他的头被纱布包得严严实实，他安静地躺着，表情很平静。

我仍然不能控制自己的情绪，看着丁一汉面无表情的脸，我的心像刀割一样疼痛，我真的好害怕他再也醒不过来。我两只手抚摸他粗糙的大手，像是得到了一件人间至宝，我把它放到我的脸颊上，让他手上粗糙的纹理划过我的脸庞，一股暖流涌上心头。我说："我错了，我错了,老天可以用任何方式惩罚我,可是,我求求老天千万不要用这种方式惩罚我,如果再给我一次机会,我保证再也不逃开,再也不!"

我再一次知道将要失去一个人是如此痛苦,就好像有人把我身上的神经一根根抽离,使我不能呼吸。我痛恨自己,恨我为什么要躲开他,他已经跟随我到了普罗旺斯,为什么我还要到这个地方来,我从来没有像此刻这样痛恨自己。

我坐在丁一汉的病床前,丝毫没有睡意,陆师傅喊了我几次要我去休息,都被我拒绝了。我必须守在这里,我想他醒过来第一个看到的人是我,我要亲口告诉他,我再也不逃开。

两天两夜没有合眼,也几乎没有进食,我的眼前开始模糊,站都站不起来,终于因为身体太弱,虚脱在丁一汉的病床前。

醒来后已经是第二天早上十点钟,看看四周洁白的墙壁,我茫然想起这是丁一汉昏迷的第四天。记得医生说过,如果三天三夜醒不过来,他很有可能再也醒不了。

我不顾一切地拔掉胳膊上的吊针,跟跟跄跄地下了床,我的身体飘忽忽的。当我走到门口的时候,小蔡端着饭盆走进屋来,"欣瑜姐,你不能乱动,你太虚弱了。"

"小蔡,你什么时候来的?丁一汉,他醒了吗?"我诧异地看着她。

小蔡赶紧把饭盆放到桌子上说:"我和欧阳是昨天晚上赶到的,丁大哥……他还没有醒,刚才医生把欧阳叫走了。"

"为什么还没醒?已经是第四天了,扶我去看他,小蔡,我求你了,带我去看他。"我用祈求的眼神看着小蔡,小蔡无可奈何地扶着我向外走。

刚转过身迎面撞上欧阳,他的神情有些凝重,我连忙抓住欧阳的手,焦急地问:"医生怎么说?"

　　欧阳坐在我旁边的椅子上,他眉头紧蹙,长长地叹了一口气。

　　我更加着急,再次问:"你倒是说啊,医生怎么说?"

　　欧阳的声音更加低沉:"医生说家属要做好心理准备,一般这样的病人三天之内醒不过来,再醒过来的概率就很小了……"欧阳的声音有些哽咽,他再次抬起头来时,眼中闪烁着晶莹的泪珠。

　　我一句话都说不出来,大脑瞬间一片空白。小蔡轻轻抚摸我的后背,眼中也噙满了泪水,欧阳用袖子抹去眼中的泪水,用拳头用力砸在自己的大腿上,表情极为痛苦。

　　"我其实早就原谅他了,只是我和他相处的模式很难改变。姐姐临终前嘱托我永远不离开他,可是我没能做到,包括他到普罗旺斯去找你,我都没理他,我明明知道他一直以来就把我当亲弟弟对待的,可是我……"欧阳的眼泪成双成对滚落下来,他站起身,走到窗户前,面对着窗口,平复了一下心情,转过身看着我,"欣瑜,我看得出来,他是多么在乎你,虽然他表面上口口声声说为了我才接近你,但是我看得出来,是因为他早就喜欢你。他对我说早在见你第一面时,他就无法自拔地爱上你,只是他当时不确定他爱上的是你,还是姐姐的影子,但我从他的眼神里看得出来,他爱你到了可以牺牲任何东西,甚至生命……"

　　"别说了……欧阳求你别说了……带我去见他,我不信……我不信他再也醒不过来……"我已经泣不成声,但是身体像是充满了巨大的能量,我挣脱小蔡,一路狂奔到丁一汉的病房。

　　眼泪早已模糊了视线,但我能清晰地看到丁一汉的脸,那么平静,那样安详,我再也控制不住自己,用力狠狠地捶打他的身体:"丁一汉!你好狠心,你为什么不醒过来?你是个骗子!你骗到了我的感情,你却想逃,我告诉你,你休想逃,你休想丢开我!你快醒过来,你这个大骗子!"我一边咆哮一边用力摇晃他的身体,可是他丝毫没有反应。

小蔡和欧阳坐在一旁,只是默默地流泪一句话都不说。

我喊得有些累,就坐在椅子上,再次抓起丁一汉的手,用力揉搓,我真的不知道该如何是好,我用尽全身气力握住他的手,指甲深深地陷入他的皮肤:"一汉,你不疼吗?你不心疼吗?你忍心看着我从此像个活死人吗?你怎么可以这么残忍,我错了,我向你认错,只要你醒过来,我就再也不逃开,一辈子黏着你,我发誓,再也不离开你,求求你了……醒啊,一汉;你信我说的话吗?你不信吗?那我写下来,好不好?我写保证书!"

我迅速找来纸和笔,在眼泪打湿的信纸上写下几行字:我,蒋欣瑜自愿嫁给丁一汉做老婆,一生一世不离开他,我愿意跟随他一直到老,无论贫穷、疾病和任何苦难,永远不离开他。

写完后,我折叠了两下,俯身想把信放到他的枕头底下,没想到我被一双手抓住了,只见丁一汉迅速睁开眼睛,露出一个狡猾的笑脸。

我惊诧地看着他:"你……"

我把目光投向欧阳,欧阳脸上的笑容比丁一汉更加诡秘、狡猾。小蔡也疑惑地看着欧阳,欧阳连忙抱住头向我求饶道:"我是从犯,他……他才是主犯!"说完,迅速拉着小蔡跑出病房。

我有点窘迫,丁一汉微笑着看着我,轻声说:"你刚才在信上写的什么?念给我听!"

"你可真坏!我什么也没写。"我试图站起身离开丁一汉的病床,可是我的手还被他牢牢地抓住。他说:"你从枕头底下拿出来一样东西,我来这儿之前就准备好的,现在我把它送给你。"

我把手伸进他的枕头下面,触碰到一个绒绒的小盒子,拿出来一看,是一个首饰盒。

"打开它。"丁一汉温柔地说。

我按了一下，首饰盒被弹开，一枚水滴形状的钻戒出现在我面前。

"这颗钻有点小，但是我喜欢。它像一滴泪珠，就像你的一滴眼泪，我叫它'天使之泪'，我将永远珍惜它，我希望你也是。"

当丁一汉把天使之泪戴在我手上的那一刻，我的心在一瞬间融化，我真的感觉到我就是最幸福的女人。

一个月后，我和丁一汉，小蔡和欧阳，我们四个人在乡下举行了一场别致的田园婚礼。我和小蔡骑在戴着大红花的毛驴背上，围绕村子转了一大遭，在村民和学生的祝福下，变成世界上最幸福的两对新人。甄鹏和王校长分别为我们主婚。

根据丁一汉的建议，我们把婚礼上节省下来的钱捐到当地的学校，用来改善办学条件。

那一年春节，我顺利地生下一个漂亮的女婴，我给她起名丁念璇，小名叫念念。

——全书完——